读客

读客科幻文库

跟着读客读科幻，经典科幻全看遍。

沙丘❸
沙丘之子

【美】弗兰克·赫伯特 著

张建光 译

江苏凤凰文艺出版社
JIANGSU PHOENIX LITERATURE AND
ART PUBLISHING. LTD

CHILDREN OF
DUNE

FRANK HERBERT

献给比弗利：

感谢她对我们之间爱情的伟大付出，和无私分享的美丽与智慧。

她是真正启迪了这本书的人。

穆阿迪布的教义已经成为学者、迷信者和信奉邪教者的辩论场。他倡导一种平衡的生活方式，这是一种生活哲学，人类能以此应对在这不断变化的宇宙中产生的各种问题。他说人类仍在进化的过程中，这是个永不停息的过程。他说进化本身也遵循着多变的原则，只有永恒的时间才能知悉。邪教的推理怎么能与如此精辟的理论相比？

——摘自门泰特邓肯·艾达荷语录

山洞地面的岩石上铺了条深红色的地毯，一个光点出现在地毯上。它散发着微光，却没有明显的光源，就那么显现在那块由香料纤维织就的红色织物表面上。这个探头探脑的光斑直径大约两厘米，变化起来毫无规律——一会儿拖得很长，一会儿又变成椭圆形。当光点接触到一张床的深绿色侧面时，它一下子向上跃起，蜿蜒着在床上爬行。

一个长着红褐色头发的孩子躺在绿色的被子下面，他的脸像婴儿一样胖嘟嘟的，嘴很大，没有弗雷曼人那种传统式的瘦骨嶙峋、头发稀疏的特点，但也不像其他世界的人那样充满水分。光点经过孩子紧闭的眼睑时，孩子动了动身子，光点随即消失。

现在，岩洞里只能听到均匀的呼吸声。还有，在呼吸声的背后，隐约传来水从装在岩洞上方高处的风力蒸馏器中滴入盆里那令人安心的声音：嗒、嗒、嗒……

　　光斑再次出现在石室里——比刚才稍稍大了一些，强度也大了几个流明[1]。这次似乎连光源也一起现身了：一个躲在斗篷内的人站在石室边缘处的拱形门廊内，光源就在那儿。光点再次在石室内四处移动，摸索着、测试着，仿佛带着某种威胁、某种焦躁。它避开了熟睡的孩子，在洞顶角落里那个换气口格栅上停顿了一小会儿，随后开始探究起绿色和金色相间的墙帷上的一个凸起。石壁上覆盖着墙帷，看上去稍显柔和。

　　现在，光斑消失了。躲在斗篷内的人动了起来，织物摩擦发出的窸窸窣窣的声音，暴露了他的行动，于是他停在拱形门廊一边的哨位上。任何一个了解泰布穴地日常事务的人都会立刻认出他就是斯第尔格，泰布穴地的耐布，那对将继承父亲保罗·穆阿迪布衣钵的双胞胎孤儿的护卫。斯第尔格经常在夜间巡视双胞胎的住处，他总是先到甘尼玛休息的地方看看，然后再到这里——也就是隔壁——确认雷托也没出事后，结束他的巡视。

　　我是一个老傻瓜，斯第尔格想。

　　他用手指触摸着投射出光斑的投影仪冰冷的表面，随后把它挂回到腰带上拴着的铁环上。投影仪是必需的，但斯第尔格仍旧觉得它很麻烦。这东西是属于皇室的精密仪器，能探测出任何大型活生物体的存在。刚才的影像显示出，皇家石室中只有那对熟睡的孩子。

　　斯第尔格知道，自己的想法和情绪就像那个光斑一样跳动不已。他无法使躁动不安的内心平静下来，某种巨大的力量控制了他。这股力

---

[1] 流明：光照强度计量单位。

量推动着他，让他走到这一刻。此刻，他感到威胁正在加剧。这里躺着的是吸引宇宙中所有野心家的磁石，是世间的财富、永远的权力，以及最有力量的神奇法宝：穆阿迪布的传人。这对双胞胎——雷托和他的妹妹甘尼玛——的身体里汇聚了可怕的力量。尽管穆阿迪布已经死了，但只要他们活着，他就仍然活在他们的身体里。

他们不仅仅是九岁大的孩子，他们是自然的力量，是人们尊崇和畏惧的对象。他们是保罗·厄崔迪的孩子，正是他后来成为了穆阿迪布，所有弗雷曼人的救世主。穆阿迪布点燃了人性的热情；弗雷曼人从这个行星出发，通过圣战，将他们的激情远播到宇宙各处，建立了神权政府，其无处不在的权威在每颗星球上都留下了印记。

然而穆阿迪布的孩子也是血肉之躯，斯第尔格想，我拿刀轻轻捅他们两下，就能使他们的心脏停止跳动，他们的水将会被部落回收。

这个想法让他的思绪变成了一团乱麻。

杀死穆阿迪布的孩子们！

但是，多年来的经历使他能够明智地审视自身。斯第尔格知道产生如此可怕的想法的源头是什么。这个想法来自受到谴责的左手，而不是受到祝福的右手。对他来说，生命的表象和存在已毫无神秘感可言。曾经，他以自己是一名弗雷曼人而自豪，把沙漠当作朋友，并在内心深处把他的行星命名为沙丘，而不是帝国所有星图上所标注的厄拉科斯。

他想，当传说中的弗雷曼人的先知和救世主还只是一个梦想时，一切是多么简单啊。找到我们的救世主之后，对先知的渴望弥漫到整个宇宙，每个被征服的民族都在渴望着自己的救世主。

斯第尔格向黑黢黢的石室卧房深处望去。

如果我的刀能够解放那些被征服的民族，他们是否会把我当成他们的救世主？

雷托在他的小床上不安地翻来覆去。

斯第尔格叹了口气。他从未见过那位厄崔迪家族的祖父，雷托就是从他那儿继承了这个名字。但是很多人都说穆阿迪布的精神力量来源于那位祖父。这种可怕的精神力量会在这一代消失吗？斯第尔格发现自己无法回答这个问题。

他想：泰布穴地是我的。我统治着这里。我是弗雷曼的耐布。如果不是我，穆阿迪布也将不复存在。现在，这对双胞胎……通过他们的妈妈和我的亲人契尼，我的血液也流淌在他们的血管里。在那里，我与穆阿迪布、契尼以及所有其他的人结合在了一起。我们对我们的宇宙都做了些什么？

斯第尔格无法解释，为什么在深夜里他的脑海中会出现这种想法，为什么这种想法的出现会使他如此内疚。他蜷缩在自己的斗篷里。现实与梦想是根本不同的。曾经，友好的沙漠从行星的一极延伸到另一极，但是现在它已经缩减到原来的一半。传说中绿色天堂的扩散让他感到恐惧。这和梦想中的不一样。当他的行星改变时，他知道他自己也已经变了。比起过去那个身为泰布首领的他来，现在的他精明多了。他明白很多事：治国的经验，细小的决策所能带来的意义深远的后果。然而，他却觉得这种知识和精明就像一层包裹在铁芯外的装饰物，而铁芯本身则代表着更为简洁、更具有决断力的意识。现在，那个古老的铁芯在向他大声呼喊，恳求他回归到更为单纯的价值观中去。

泰布穴地清晨的声音扰乱了他的思绪。人们开始在岩洞中四处走动。他感到一阵微风拂过他的面颊：人们打开密封口，走入黎明前的黑暗中。这阵风也说明现在的人们是多么粗心，拥挤的居民们不再遵循古老的节水规则。是啊，当这个行星上第一次有了降雨记录，当天空中出现了白云，当八个弗雷曼人在过去干涸的河床上被洪水吞没以后，他们为什么还需要节约用水呢？溺水事件发生以前，沙丘的语言里没有"溺死"这个词汇。但这里已经不再是沙丘了，这里是厄拉科斯……而现在是清晨，一个重要日子的清晨。

穆阿迪布的母亲，也就是这对皇室双胞胎的祖母杰西卡，将于今天回到这颗行星。为什么她选择在此时结束她自我放逐的生活？为什么她放弃了卡拉丹的舒适，而选择了危险的厄拉科斯？

斯第尔格还有其他忧虑：她是否能感觉到自己的动摇？她是一个贝尼·杰瑟里特女巫，通过了姐妹会最严格的训练；从身份上讲，她又是一位令人尊敬的圣母。这样的女人很敏锐，也很危险。她是否会令他举刀自裁？过去，列特-凯恩斯的卫士就接到过这样的命令。

我应该服从她的命令吗？他想。

他无法回答这个问题。他又想起了列特-凯恩斯，正是这个行星学家率先梦想着要把这颗满是沙漠的沙丘星球转变为适宜人类居住的绿色星球——眼下发生的正是这种事。列特-凯恩斯是契尼的父亲，没有他，也就没有梦想，没有契尼，没有这对皇室双胞胎。这根脆弱的链条居然是这样延续下来的，一想起这个，斯第尔格便感到沮丧。

我们是如何在此相遇的？他问自己，**我们是怎样结合在一起的？出于什么样的目的？我的责任是不是去终结这一切，粉碎这个伟大的结合？**

斯第尔格承认，他体内存在着可怕的渴求。他可以作出那样的选择，不顾亲情和家庭去做一个耐布有时不得不做的事情：为了整个部落的利益而作出极端的选择。从某个角度来看，这样的谋杀行为是一种暴行，代表着终极的背叛。**杀害天真的孩子们！**然而，他们不仅仅是孩子。他们和其他弗雷曼孩子一样吃香料，参加泰布穴地的狂欢，搜寻整个沙漠寻找沙鲑，玩孩子们玩的其他种种游戏……然而更重要的是，他们参与了议会。虽然他们都还只是小孩子，但已经具备足够的判断力来参与政事了。从身体上看，他们可能是孩子，但从经验上看，他们已经老谋深算。他们生来就有完整的遗传记忆库，正是这种可怕的意识使他们的姑姑厄莉娅和他们自己截然不同于其他任何活着的人。

在无数个夜晚，斯第尔格无数次发现自己的思绪缠绕在这对双胞胎和他们的姑姑所共有的不同于常人之处上。很多次，他被这种折磨从睡梦中惊醒，然后来到双胞胎的卧室，脑子里仍旧继续着刚才的噩梦。现在，他的疑虑已有了明确的目标。无法作出决定本身就意味着一种决定——他知道这个道理。这对双胞胎和他们的姑姑在子宫内就已经醒来，知悉了由他们的祖先遗传给他们的所有记忆。造成这种后果的是香料，是母亲们——杰西卡夫人和契尼的香料瘾。在上瘾前，杰西卡生了儿子穆阿迪布。厄莉娅则是她上瘾以后生的。回想起来，这一切都能看得很清楚。贝尼·杰瑟里特们指导的无数代育种计划创造了穆阿迪布，但姐妹会的计划中并没有为香料的影响留出余地。哦，她们知道存在这种可能性，但是她们害怕它，把它称作邪物。最让人不安的莫过于此——邪物。作出这种判断，她们一定有自己的道理。还有，如果她们认为厄莉娅是个邪物，那么该判断也同样适用于这对双胞胎，因为契尼也同样上瘾了，她的身体里饱含着香料，还有，不知道出于何种原因，她的基因和穆阿迪布的正好形成了某种形式的互补。

斯第尔格脑筋飞转。毫无疑问，这对双胞胎将会超越他们的父亲。但是会从哪个方面呢？那个男孩曾说过，他有成为他父亲的能力——并且得到了证明。当雷托还是个婴儿的时候，他就展示过只有穆阿迪布才可能拥有的记忆。还有其他的祖先守候在那座巨大的记忆库中吗？那些祖先的信仰和习惯是否会对现在的人类构成无法估量的危险？

邪物，神圣的贝尼·杰瑟里特女巫就是这么说的。然而姐妹会却对这对双胞胎的基因垂涎三尺。她们希望得到他们的精子和卵子，却不想让载着精子和卵子的那两具躯壳存在于世间。这是杰西卡夫人这次回来的原因吗？为了支持她的公爵，她与姐妹会断绝了关系，但是有传言说她又回到了贝尼·杰瑟里特的组织中。

我可以结束所有这些梦想，斯第尔格想，**轻而易举。**

然而，他又一次对自己会产生这种念头感到惊讶。穆阿迪布的双胞胎是否应该为这个现实世界——这个摧毁了他人梦想的现实世界——负责？答案是否定的。他们只不过是面透镜，穿过镜面的光线折射出宇宙中的一种新秩序。

痛苦中，他的思绪又回到弗雷曼人最主要的信仰上。他想：**上帝的旨意已经到来，不应该轻举妄动；让上帝来指引方向，沿着上帝的方向前进。**

让斯第尔格最为心烦的是穆阿迪布的宗教。为什么他们把穆阿迪布当成了上帝？为什么要神化一个有着血肉之躯的凡人？穆阿迪布的宗教创造了一个怪兽般的统治实体，对与人类有关的一切事务都横加干涉。政教合一，违反了法律就意味着原罪。对政府颁布的任何法令有所质疑都必然带上一股亵渎的气味；任何反叛都会引来地狱烈火般的镇压，而镇压者总是理所当然地将自己视为卫道者，认为自己的一切作为都是正当的。

然而，颁布政府法令者毕竟是凡人，不可避免地会出现错误。

斯第尔格悲哀地摇了摇头，没有意识到仆人已经进入了皇家石室前厅，准备开始清晨的工作。

他用手指抚摸着挂在腰间的晶牙匕，回忆着它所象征的往昔岁月。他不止一次同情那些反叛者，但在他的命令下，反叛行为被一次次不断镇压。矛盾的心情经常充斥在他胸中，他真希望自己知道如何去化解这个矛盾，回到这把刀所代表的简单的世界中。但宇宙是不可能后退的，它是推动这一片灰蒙蒙无尽虚空的一台巨大的发动机。即使他的刀杀死了这对双胞胎，也会被这虚空反弹回来，在人类的历史长卷中织入更多的复杂，制造出更多的混乱，引诱人类去尝试其他形式的有序和无序。

斯第尔格叹了口气，这才意识到周围的动静。是的，这些仆人代表着穆阿迪布双胞胎周围的一种秩序。他们时不时地进来，处理各项必要的事务。最好向他们学习，斯第尔格告诉自己，在最佳的时间以最佳的方式解决问题。

我也是个仆人，他告诉自己，我的主人就是仁慈的上帝。他引用了一段话："我们在他们的脖子上套上高齐脸颊的项圈，所以他们的头高高扬起；我们还在他们的身前和身后竖起屏障，把他们隐藏起来，所以他们什么也看不到。"

这是弗雷曼古老的教义里的一段话。

斯第尔格暗自颔首。

预知和展望未来——就像穆阿迪布用他那令人生畏的洞察力所做的那样——这种行为对人类的发展产生了反作用。它为决策拓展了新的空间。是的，它大大解放了人类，但它也可能是上帝一时的兴致。究竟如何，这又是一个普通人无法理解的复杂问题。

斯第尔格把他的手从刀上拿开。晶牙匕带来的回忆使他的手指一阵微微的刺痛。但是，曾经在沙虫巨嘴中闪闪发光的刀刃现在静静地躺在刀鞘里。斯第尔格知道，他现在不会拔出刀来杀死那两个孩子。他已经作出了决定。最好还是遵从他至今仍然珍惜的传统美德：忠诚。能够理解的复杂性总归比无法理解的复杂性要好；现实的情况总归比未来的梦想要好。斯第尔格口中苦涩的味道告诉他有些梦想是多么虚无、令人厌恶。

不！不需要更多的梦想了！

问："你见过那个传教士吗？"

答："我见过一只沙虫。"

问："沙虫怎么了？"

答："它给了我们可以呼吸的空气。"

问："那我们为什么要摧毁它的领地？"

答："因为夏胡鲁的旨意命令这么做。"

——摘自哈克·艾尔-艾达的《厄拉科斯之谜》

按照弗雷曼的习惯，厄崔迪双胞胎在黎明前一个小时起床。他们在相邻的两个密室中，以一种神秘的和谐同时打着哈欠，伸着懒腰，感知着岩洞居民们的活动。他们能听到仆人在前厅里准备早餐，一种简单的稀粥，椰枣和坚果泡在从半发酵的香料中提取的液体中。前厅中装有一些球形灯，一片柔和的黄色灯光穿过开放式拱形门廊照进卧室。在柔和的灯光下，这对双胞胎麻利地穿好衣服，穿衣的同时还能互相听到对方的动静。两个人事先已经商量好，穿上蒸馏服，以抵御沙漠里的热风。

双胞胎在前厅里会合，并注意到仆人们一下子安静下来。雷托在他的蒸馏服外披着一件镶有黑边的褐色斗篷，他的妹妹则穿着一件绿色的斗篷。他们斗篷的领口都用一个做成厄崔迪鹰徽形的别针系在一起。别针是金子做的，金子上镶嵌着红宝石，代表鹰的眼睛。

看到这样华丽的服饰，哈拉——斯第尔格妻子们中的一个——说道："你们穿成这样是为了你们的祖母吧。"雷托端起他的碗，看了看哈拉那黝黑的、被大风吹皱的脸。他摇了摇头，说道："你怎么知道我们不是为了自己才这么穿的呢？"

哈拉迎着他捉弄人的目光，毫无惧色地说："我的眼睛和你的一样蓝，看得和你一样清楚。"

甘尼玛大声笑起来。哈拉总是在这种弗雷曼式的斗嘴游戏中游刃有余。她接着说道："不要嘲弄我，孩子。你是有皇家血统没错，但我们身上都有香料的烙印——我们的眼睛都没有眼白。有了这种印记，哪个弗雷曼人还需要更多的华丽服饰？"

雷托微笑着，懊丧地摇了摇头："哈拉，我亲爱的，如果你年轻一些，没有嫁给斯第尔格，我会娶你的。"

哈拉平静地接受了这个小小的胜利，示意其他仆人继续整理前厅，为今天的重要场面做好准备。"好好吃你的早餐，"她说，"你今天需要能量。"

"你能肯定，对于我们的祖母来说，我们的衣着不会显得过于华丽吗？"甘尼玛嘴里灌满稀粥，含混不清地问道。

"别怕她，甘尼。"哈拉说道。

雷托往嘴里喂了一大勺粥，用询问的目光看着哈拉。这个女人真是一肚子民间智慧，一眼就看出了华丽衣着的含意。"她会认为我们害怕她吗？"雷托问道。

"应该不会。"哈拉说道，"记住，她是我们的圣母。我知道她的本事。"

"厄莉娅穿成什么样？"甘尼玛问道。

"我还没有看到她。"哈拉简短地回答道，然后转身离去。

雷托和甘尼玛交换了一下眼色，分享着某种秘密，然后伏下身去，快速地吃完早餐。很快，他们来到了宽阔的中央通道。

甘尼玛用他们共享的基因记忆库中的某种古老语言说道："这么说，我们今天会有一个祖母了。"

"这让厄莉娅很烦心。"雷托说道。

"她有那么大的权力，换了谁都不愿意放弃。"甘尼玛说。

雷托短促地笑了笑，从这样年轻的肉体中发出成年人的声音，听上去让人感觉有些怪："还不仅仅是这些。"

"她母亲的双眼能否看到我们所看到的事情？"

"为什么不会呢？"雷托反问道。

"是的……厄莉娅担心的可能正是这个。"

"谁能比邪物更了解邪物？"雷托问道。

"你知道，我们也可能是错的。"甘尼玛说。

"但是我们没有错。"他随即引用了贝尼·杰瑟里特《阿扎宗教解析》中的一段话，"合理的推理和可怕的体验使我们把出生前就拥有记忆的人称为邪物。因为，又有谁能知道，我们邪恶过去中某个迷失自我并且受到诅咒的角色是否会控制我们的肉身？"

"我知道这段历史，"甘尼玛说道，"但如果真是这样的话，为什么我们还没有受到这种来自我们身体内部的攻击？"

"可能是我们的父母在保护我们。"雷托说。

"那么，厄莉娅为什么没有受到同样的保护？"

"我不知道。可能因为她的父母中还有一位活在人世，也可能只是因为我们还年轻，还算坚强。也许当我们变老了，变得更加愤世嫉俗的时候……"

"我们必须小心谨慎地与这位祖母相处。"甘尼玛说道。

"而且不能讨论那位在我们行星上四处游荡传播异教的传教士。"

"你不会真的认为他是我们的父亲吧!"

"对这件事我不作判断,但是厄莉娅害怕他。"

甘尼玛使劲摇摇头:"我不相信这些关于邪物的无稽之谈!"

"你的记忆和我的一样多,"雷托说,"愿意相信什么,你就相信什么吧。"

"你认为这是因为我们还没敢尝试入定状态,而厄莉娅却已经试过了?"甘尼玛说。

"这正是我的想法。"

他们陷入了沉默,随后汇入中央通道的人流中。泰布穴地这会儿还挺凉,但穿着蒸馏服感觉很暖和,双胞胎把兜帽甩在他们的红发之后。他们的脸暴露了他们拥有相同的基因性状:大大的嘴巴、两只分得很开的眼睛,还有香料上瘾后的纯蓝眼珠。

雷托率先发现他们的姑姑厄莉娅正向他们走来。

"她来了。"他转用厄崔迪家族的战时用语提醒甘尼玛。

厄莉娅停在他们面前,甘尼玛朝她点了点头,说道:"战利品问候她杰出的姑姑。"她这句话也是用恰科博萨语说的,并且在说的过程中强调了自己名字所代表的意义——战利品。

"你看,我敬爱的姑姑,"雷托说道,"我们今天特地为迎接你的母亲做好了准备。"

厄莉娅是众多皇室成员中唯一对于这对双胞胎成人式的言行丝毫不觉奇怪的人。她分别看了看这两个双胞胎,然后说道:"看紧你们的嘴巴，两个都是！"

厄莉娅的金发拢在脑后，扎成两个金色的发圈。她鸭蛋形的脸上眉头紧皱，大大的嘴巴带有放纵生活留下的印记，嘴部周围的肌肉绷得紧紧的，纯蓝色的眼睛周围布满由于过度操心而留下的鱼尾纹。

"我已经警告过你们今天应该怎样表现，"厄莉娅说道，"你们和我一样，都知道这其中的原因。"

"我们知道你的原因，但是你可能不知道我们的。"甘尼玛说道。

"甘尼！"厄莉娅生气地喝道。

雷托盯着他的姑姑，说："和平常一样，我们今天也不会装成只会傻笑的婴儿。"

"没有人让你们傻笑。"厄莉娅说道，"但是我认为，如果由于你们的言行而激起了我母亲某些危险的想法，那么此举是不明智的。伊勒琅也同意我的意见。谁知道杰西卡夫人决定扮演什么样的角色？毕竟，她是个贝尼·杰瑟里特。"

雷托摇了摇头，思索着：为什么厄莉娅不能看到我们正在怀疑的事情？她是不是走得太远了？他特别留意厄莉娅脸上那个细微的基因印记，这个印记泄露了谁是她外祖父这一秘密。弗拉基米尔·哈克南男爵不是个易于相处的人。想到这一点，雷托感到自己心中一片茫然、一阵烦躁：他也是我的祖先啊。

他说："杰西卡夫人受的训练就是如何统治。"

甘尼玛点点头："她为什么选择在这个时候回来？"

厄莉娅板起脸："她回来会不会只是为了看望她的孙儿们？"

甘尼玛想：我亲爱的姑姑，这只是你的希望。但这显然不可能。

"她不能统治这里，"厄莉娅说道，"她已经有了卡拉丹，应该足够了。"

甘尼玛安抚地说："当我们的父亲走入沙漠寻求死亡的时候，他传令你作为摄政王。他……"

"你有什么意见吗？"厄莉娅问道。

"这是个合理的选择，"雷托接过妹妹的话头，"只有你知道像我们这样的人是什么样子。"

"有谣传说我的母亲已经重返姐妹会。"厄莉娅说，"你们两个都知道贝尼·杰瑟里特姐妹会是怎么想的……"

"邪物。"雷托接道。

"是的！"厄莉娅咬着牙，恶狠狠地说。

"俗语说，一朝是女巫，一辈子是女巫。"甘尼玛说道。

妹妹，你在玩一个危险的游戏，雷托想。但他还是接着妹妹的话说："判断我们的祖母比判断她的同类人容易得多。厄莉娅，你拥有她的记忆，你一定能猜出她会作出什么举动。"

"容易！"厄莉娅摇摇头。她环顾四周，看了看拥挤的中央通道，然后转回头对这对双胞胎说："如果我母亲的城府不是那么深的话，你们现在就不会站在这里了——我也不会。我将成为她的第一个孩子，而且这一切……"她耸了耸肩，身体一阵轻微的颤抖，"我警告你们两个，今天一定要谨言慎行。"厄莉娅抬起头，"我的卫兵来了。"

"你仍然坚持认为我们陪你去太空船着陆场不安全？"雷托问道。

"等在这儿，"厄莉娅说，"我会带她过来。"

雷托和他的妹妹交换了一个眼色，说道："你多次告诉过我们，我们从先人那里继承的记忆从某种程度上说缺乏实用性，只有当我们通过自己的肉身积累了足够多的体验之后，才能让这些记忆充分地为我们所用。我的妹妹和我相信这一点。我们估计，祖母到来以后，我们体内会发生某些危险的变化。"

"必须做好准备。"厄莉娅说道。她转过身，在卫兵包围下沿着中央通道快步向穴地贵宾通道走去。扑翼飞机在那儿等着他们。甘尼玛拭去一滴从她右眼流出的泪水。

"给死去的人的水？"雷托挽着妹妹的胳膊，轻声说。

甘尼玛深深地吸了一口气，根据从祖先那里获取的经验，分析着她刚才观察到的姑姑的情况。"她那个样子，是因为入定状态吗？"她问道，心里知道雷托会怎么说。

"你还有更好的解释吗？"

"只是探讨一下，为什么我们的父亲……甚至我们的祖母……没有完全屈服于入定状态？"

他仔细看了看她，这才说道："你和我一样清楚这个问题的答案。他们到厄拉科斯之前就已经形成了固定的性格、个性。至于入定状态，这个嘛……"他耸了耸肩，"他们并不是一生下来已经拥有了祖先的记忆，但厄莉娅……"

"为什么她不相信贝尼·杰瑟里特的警告？"甘尼玛咬着下唇，"厄莉娅和我们一样，从同一个记忆库中提取信息，作出决策，可她为什么……"

"她们已经在称她为邪物了。"雷托说道，"发现自己的力量超出其他人是非常有诱惑力的，你不这么想吗……"

"不，我不这样想！"甘尼玛避开哥哥探询的目光，身体略微有些发抖。她在基因记忆库中搜寻相关信息，在那里，姐妹会的警告言犹在耳：出生前就拥有记忆的人很容易成长为恶劣的成年人，可能的原因是……她又一次战栗了。

"很遗憾，我们家族历史中没有几个出生前就有记忆的人。"雷托说。

"或许我们有。"

"但是我们已经……啊哈，是的，我们又面对这个没有解决的老问题了：我们是否真的拥有权限，能够进入每位祖先的全部记忆？"

通过自己混乱的思绪，雷托感应到这场对话已经扰乱了妹妹的情绪。他们多次探讨过这个问题，但每次都没有结果。他说道："每次当她催促我们进入入定状态的时候，我们必须推脱、推脱再推脱。尤其要避免过量服用香料。这是我们最好的选择。"

"要让我们能够过量服用，这个剂量一定要非常大才行。"甘尼玛说道。

"我们能忍受的剂量可能远远超出一般人，"他赞同道，"看看厄莉娅吧，她服用的剂量多大。"

"我挺同情她的，"甘尼玛说道，"香料对她的诱惑一定既微妙又诱人，它偷偷地缠上了她，直到……"

"是的，她是一个受害者，"雷托说道，"邪物。"

"我们也可能错了。"

"可能。"

"我一直在想，"甘尼玛若有所思地说，"如果我能寻找的祖先的记忆来自……"

"历史就在你的枕边。"雷托说道。

"我们必须创造机会，和我们的祖母谈谈这个问题。"

"这也是她留在我记忆中的信息催促我要做的事。"雷托说道。

甘尼玛迎着他的目光，说道："知识和信息过多，所以无法作出简单的决定。向来如此。"

沙漠边的穴地，

属于列特，属于凯恩斯，

属于斯第尔格，属于穆阿迪布，

然后又属于斯第尔格。

一个又一个耐布长眠沙中，

但是穴地依然屹立。

——弗雷曼民歌

离开那对双胞胎时，厄莉娅感到自己的心跳得厉害。有那么几秒钟的时间，她差点冲动地决定留在他们身旁，请求他们的帮助。多么愚蠢懦弱的表现啊！想起那一刻，厄莉娅陷入了沉思。这对双胞胎敢于尝试预见未来吗？那条曾经毁了他们父亲的道路一定在引诱着他们——在入定状态下洞悉未来，这种诱惑就像风中的薄雾般摇曳不定。

*为什么我看不到未来？*厄莉娅想，*我这么努力地尝试，为什么它却总是躲避我？*

一定要让这对双胞胎作出尝试，她告诉自己，要诱惑他们这么做。他们仍有孩子的好奇心，而这种好奇心又与跨越数千年的记忆紧紧相连。

和我一样，厄莉娅想。

她的侍卫们打开穴地贵宾通道的水汽密封口，站在入口两边，她随后走上停着扑翼飞机的着陆台。从沙漠深处吹来的风裹挟着沙尘刮过天空，但好歹天色还是挺亮。厄莉娅从穴地的球形灯光下来到日光中，环境的变化让她抛开了原来的思绪。

为什么杰西卡夫人选择在这个时候回来？难道有关摄政女皇的故事也传到了卡拉丹？

"我们得抓紧时间，夫人。"一个侍卫在风声中提高嗓门说道。

厄莉娅在别人的帮助下上了扑翼飞机，系好安全带。但是她的思绪仍旧没有停止。

为什么现在来？

扑翼飞机的机翼一上一下拍打了几下，整架扑翼飞机腾空而起。她切切实实感受到了地位所带来的浮华和权力——但是这些都是多么的脆弱。多么脆弱啊！

为什么是现在，在自己的计划还没有完成的时候？

空中飘浮的沙尘渐渐消散了。她能看到阳光照耀着行星的大地。地貌正在发生巨大的变化，过去干燥的土地上覆盖了大面积的绿色植物。

如果无法预见未来，我会失败的。哦，只要具备了保罗的预知能力，我将会作出一番怎样的丰功伟绩呀！我乞求这样的预知能力，但并不是为了解决自己的痛苦。

痛苦的渴求使她浑身战栗，她唯愿她没有这样的愿望，和其他人一样，接受呱呱坠地的冲击，懵懵懂懂、平平安安地了此一生。但是，不！她生来就是一个厄崔迪，母亲的香料瘾激活了潜藏在她记忆深处的无数世纪的意识，她是个受害者。

为什么我的母亲今天回来？

哥尼·哈莱克应该和她在一起——那位无比忠实的仆人；外貌丑陋的雇佣杀手；一位忠诚坦率的音乐家，既可以用乐器拨片杀人，又可以轻松地用巴厘琴奏乐助兴。有人说他已经成为她母亲的情人。这一点还有待确认，它可能会成为最有价值的情报。

变成普通人的想法不知不觉间离开了她。

必须引诱雷托进入入定状态。

她想起以前问过雷托，他会怎样处理和哥尼·哈莱克的关系。雷托当时便察觉到了这个问题背后的深意，他说哈莱克忠诚于"一个错误"，然后又补充了一句："他崇拜我……的父亲。"

她注意到了那片刻的犹豫，雷托差点脱口说出"我"，而不是"我的父亲"。是啊，有时要把基因记忆和活人自己的言行分开是很困难的。有关哥尼·哈莱克的回忆就不容易区分。

厄莉娅的嘴角露出一丝冷冷的微笑。

保罗去世后，哥尼与杰西卡夫人一直在卡拉丹。现在，他的返回将会使已经十分复杂的形势更加复杂化。回到厄拉科斯后，他会在现有的关系中加入他自己的因素。他曾经效力于保罗的父亲，这一系的次序分别是雷托一世到保罗到雷托二世。此外还有一条分支，即贝尼·杰瑟里特姐妹会的育种计划：杰西卡到厄莉娅到甘尼玛。哥尼的到来将加剧这种混乱，这个人可能会有其利用价值。

如果他发现我们带着他最憎恶的哈克南家族的血统，他会作出什么反应呢？

厄莉娅嘴角的微笑变成了沉思的表情。毕竟，那对双胞胎还是孩子。他们就像有无数对父母的孩子，他们的记忆既属于别人，也属于自己。他们将站在泰布穴地的着陆台上，看着他们的祖母乘坐的飞船在厄拉奇恩盆地下降的轨迹。飞船在空中留下的喷气尾迹很显眼，对于杰西卡的孙子孙女来说，这道尾迹会使她的到来更具体吗？

母亲会问我是怎么训练他们的，厄莉娅想，会问我使用惩罚手段时是否明智。而我会告诉她，他们是在自己训练自己——就像我曾经做过的那样。我会引用她孙子说过的话："在统治者的责任中，有一项是进行必要的惩罚……但只能以受害者犯了错误为前提。"

厄莉娅突然想到，如果她能让杰西卡夫人将主要精力集中在双胞胎身上，其他事情就可能逃过她锐利的眼睛。

这完全可以做到。雷托很像保罗。这很自然，他可以在任何他愿意的时候变成保罗。就连甘尼玛也具备这种令人胆寒的能力。

就像我可以变成我的母亲，或是其他任何一个与我分享他们人生记忆的人。

她将思绪转向别处，看着掠过机身外的屏蔽场城墙的形状。随后，她又想到：离开了富含水分、温暖安全的卡拉丹，重又回到沙丘星球厄拉科斯，她会有什么感受？在这里，她的公爵被谋杀了，而她的儿子成了一个殉教者。

为什么杰西卡夫人在这个时候回来？

厄莉娅找不到答案——至少找不到明确的答案。她可以分享体内无数人的自我意识，但个人的经历不同，每个人的动机也会变得不一样。只有每个个体所采取的个人行为才能显示该个体的决定。对于出生前就有记忆的厄崔迪来说，这一点显得尤为重要。他们的出生过程不同于常人：离开母体只是一种肉体上的彻底分离，在此之前，母体已经给小生命留下了丰富的记忆库。

厄莉娅不认为她同时爱着也恨着她的母亲是一件奇怪的事。这是一种必然，是一种必要的平衡，不需要为此内疚或遭受谴责。这个问题无所谓爱，也无所谓恨。应该谴责贝尼·杰瑟里特姐妹会吗？因为她们设计了杰西卡夫人的道路？当某人的记忆覆盖了上千年时，很难将内疚和对他人的谴责区分开来。姐妹会只是想优选出一个魁萨茨·哈德拉克，充当成熟圣母的男性对应者……而且……身为具有超常感知力和意识力的人，魁萨茨·哈德拉克可以同时出现在多个时空。在这个育种计划中，杰西卡夫人仅仅是一个无关紧要的小卒，然而她品位低下，居然爱上了分配给她的生育伴侣，为了满足她所挚爱的公爵的愿望，她没有按照姐妹会的安排生一个女孩，而是生了一个男孩。

让我在她染上了香料瘾以后出生！现在，她们又不想要我了！现在，她们居然害怕我！还找来了各种理由……

她们成功地制造了保罗，她们的魁萨茨·哈德拉克，只是早了一代。这是她们长期计划中的一个小小的计算错误。现在他们又面临着一个新问题：邪物，邪物的身上带着她们寻找了好几代的宝贵基因。

厄莉娅感到眼前落下一片阴影，抬头一看，只见她的护航机队已排成着陆前的最高警戒队形。她摇了摇头，感叹着自己的胡思乱想。在头脑中拜访历史人物，把他们的错误再梳理一遍，这会带来什么好处？现在毕竟是一个全新的时代了。

邓肯·艾达荷已将他的门泰特意识集中于杰西卡为什么会在这时候回来的问题上，他用他的天赋——如古代计算机般的大脑——评估着这个问题。他说，她回来是为了帮姐妹会取回那对双胞胎，因为他们同样携带着那些宝贵的基因。他很可能是对的。这个目的足以让杰西卡夫人从自愿隐居在卡拉丹的状态中走出来。如果姐妹会命令她……除此之外，还有什么能让她回到这个对她来说充满痛苦回忆的地方呢？

"我们会弄清的。"厄莉娅喃喃地说。

她感到扑翼飞机在她城堡的屋顶上着陆了，反作用力和刺耳的刹车声使她心中充满对未来的不祥预感。

melange（也可以写作me'-lange或ma, lanj），美琅脂，字源不明（被认为源于古老的地球法语）：词义一，香料的混合物；词义二，产于厄拉科斯（沙丘）的香料，智者萨卡德统治时期的皇家化学师尤瑟夫·艾可可第一个注意到这种物质；美琅脂只存在于厄拉科斯的沙漠最底层，它与第一代的弗雷曼救世主保罗·穆阿迪布（厄崔迪）的预知能力有着密切的联系；宇航公会的宇航员和贝尼·杰瑟里特也使用这种香料。

——摘自《皇家词典》（第五版）

两只大型猫科动物在黎明的曙光中跃上山脊，悠然跑动着。它们并不是在急切地寻找猎物，只是在巡视它们的领地。它们被称作拉兹虎，是八千年前被带到萨鲁撒·塞康达斯行星的稀有品种。基因繁殖手段抹去了古老地球虎群的一些原有特征，同时强化了其他特点，它们的虎牙仍然很长，脸很宽，长着机灵警觉的眼睛；脚掌变得很大，以使它们在崎岖不平的地面获得足够的支撑；它们藏在鞘内的趾爪伸出后有大约十厘米长，由于鞘的摩擦，趾爪末端变得像剃刀一样锋利；它们的毛皮呈均匀的褐色，使它们几乎能在沙漠中隐身。

与先辈们比较起来，它们还有一点不同之处：当它们还是幼兽时，大脑中就被植入了伺服刺激器。它们变成了拥有传感装置者的爪牙。

天气很冷，拉兹虎停下来，仔细查看地形，呼出的热气在空中形成了白雾。它们附近的萨鲁撒·塞康达斯一片贫瘠，这儿藏匿着寥寥几只从厄拉科斯偷运出来的沙鳟，人们幻想凭借这些宝贵的生命打破厄拉科斯对香料的垄断。在这两头大猫站立的地面上，散布着褐色的岩石，间或点缀着稀稀拉拉的灌木；在清晨的阳光中，银绿色的灌木拉着长长的阴影。

突然间，事先毫无征兆地，大猫警觉起来。它们的眼睛慢慢转向左侧，接着头也转了过来。下方远处那片满目疮痍的土地上，两个孩子正手拉手嬉戏。这两个孩子看起来年龄相当，大约在九到十岁之间。他们长着一头红发，穿着蒸馏服，蒸馏服外披着边缘打了孔的白色斗篷，额头处用闪烁着珠宝光泽的丝线绣着厄崔迪家族的族徽——鹰冠。他们高高兴兴地交谈着，两只猎食猫科动物可以清晰地听到他们的谈话。拉兹虎了解这种游戏，它们以前曾经玩过，但是它们仍然保持静止，等待着伺服刺激器触发追踪指令。

一个男人出现在两只大猫身后的山脊顶上。他停了下来，仔细研究着面前的场景：大猫和孩子们。这个男人穿着一件灰黑色的皇家萨多卡作训服，军服上面的徽章表示他的职位是莱文布雷彻——霸撒的副官。在他的脖子和腋窝之间挂着一根带子，带子上吊着一个薄套子，套子靠在前胸，里面装着伺服刺激器，无论哪只手都能很方便地操作发射器上的按键。

两只老虎没有转过身来看他。它们很熟悉这个男人的声音和气味。他匆忙下了山脊，在距离那两只大猫两步远的地方停了下来，随后用手抹了抹自己的头。空气很冷，但这样的工作却让人发热。他再次用灰白色的眼睛仔细研究着眼前的场景：大猫和孩子们。他把一缕被汗水浸湿的金发塞进黑色的头盔，然后用手按了一下植入式喉头麦克风。

"大猫已经发现他们了。"

植入耳后的接收器中传来回复的声音："我们看到它们了。"

"这一次怎么办？"莱文布雷彻问道。

"没有接到追踪命令，它们会去抓那两个孩子吗？"接收器里的声音反问道。

"它们已经准备好了。"莱文布雷彻说道。

"很好。让我们来看看四节训练课是不是足够了。"

"你们准备好了就告诉我。"

"已经好了。"

"开始行动。"莱文布雷彻说道。

他先拔开信号发射器右手边一个红色按键上的安全销，然后按下那个按键。现在，那对大猫不再受任何信号的约束了。他把手指放在红色按键下方的一个黑色按钮上，如果那对大猫转而攻击他，他随时可以制止它们。但它们根本没有注意他的存在，匍匐在地面，宽大的脚掌流畅地运动着，朝山脊下的那对孩子前进。

莱文布雷彻蹲下身来仔细观察。他知道，他周围某个地方有个隐蔽的传输眼，把这里的一切传送到王子居住的要塞里的一个秘密监视器上。

大猫们先是慢跑，随后开始狂奔。

孩子们这时正专心攀爬着布满岩石的山梁，并没有意识到自己已经身处险境。其中一个孩子正在大笑，声音在寂静的空气中显得又高又尖。另一个孩子被绊倒了，重新站稳身子后，他转过身，看到了那对大猫。他指着大猫说："看啊！"

两个孩子都停了下来，好奇地紧盯着对他们生命的入侵。两只拉兹虎袭击他们的时候，他们仍然一动不动地站着。两个孩子死于随意而又凶狠的攻击，他们的脖子当即被咬断了。大猫开始吃他们。

　　"需要我召回它们吗？"莱文布雷彻问道。

　　"让它们吃完吧。它们干得很漂亮。我知道它们会的：这一对是完美的。"

　　"也是我见过最好的。"莱文布雷彻赞同道。

　　"很好。已经派了车去接你。通话完毕。"

　　莱文布雷彻站起身来，伸了伸懒腰。他克制住自己，不去看他左手边的高地，那里的闪光点暴露了传输眼的位置。传输眼把他的良好表现传送给了远在首都绿洲处的霸撒。莱文布雷彻微笑了：今天的工作表现将使他获得提升。他仿佛感受到了脖子下挂着巴图徽章的感觉——总有一天，会飞黄腾达……甚至有一天会成为霸撒。在已逝的沙达姆四世的孙子——法拉肯——的部队里，干得好的人都会迅速获得提拔。某一天，当王子坐上他理应得到的皇位时，人员的晋升会变得更快。霸撒军衔都可能不是最终的奖励。这个世界上需要更多的男爵和伯爵……当那对厄崔迪的双胞胎被除掉之后。

弗雷曼人，必须回到他原来的信仰中去，回到形成人类社会的本质中去。他必须回到过去，回到在与厄拉科斯的斗争过程中学会生存的过去，弗雷曼人唯一应该做的就是敞开心灵，接受来自心灵内部的教导。对他而言，帝国、兰兹拉德联合会和宇联商会的万千世界毫无意义，它们只能夺取他的灵魂。

——厄拉奇恩的传教士语

　　杰西卡夫人乘坐的飞船从空中俯冲而下，停靠在暗褐色的着陆场上，机身还在发出隆隆的喘息声。着陆场四周直到远处是一片人海。她估计大约有五十万人，其中三分之一可能是朝圣者。他们站在那里，安静得可怕，注意力集中在飞船的出口平台。平台处舱门的阴影遮住了她和她的随从们。

　　还有两个小时才到正午，但人群上方的空气中已有尘埃在反射微光，预示着今天将会是炎热的一天。

　　杰西卡戴着象征圣母的头巾，她用手捋了捋头巾下的古铜色头发——夹杂着斑驳银丝，头发紧紧包裹着她鸭蛋形的脸庞。她知道长途旅行之后，她的状态并不算很好，再说黑色的头巾也不适合她。但是她过去在这里就是这身装束，弗雷曼人不会忘记这身长袍所代表的特殊意义。她叹了口气，星际旅行对她来说并不轻松，还有过去时光带给她的沉重的记忆——那次当她的公爵被迫违心进入这片封地时，她也是通过星际旅行从卡拉丹来到厄拉科斯。

慢慢地，通过贝尼·杰瑟里特训练赋予的、能够发现关键的细节特征的能力，她开始仔细研究起面前的这片人海。他们中有穿着灰色蒸馏服、来自沙漠深处的弗雷曼人；也有穿着白色长袍的朝圣者，肩膀上戴着赎罪的标记；还有富有的商人们，他们穿着轻便的常服，以此炫耀他们在厄拉奇恩炎热的空气中并不在乎水分的流失……还有"忠信会"派出的代表团，他们身着绿色长袍，戴着厚重的头罩，静静地站在他们自己圣洁的小圈子里。

她的视线从人群上移开，只有这时，她才能感受到这次欢迎与从前她和她亲爱的公爵一起到来时所受到的迎接有些许相似之处。那是多久以前的事情了？二十多年了。她不喜欢回忆其间发生的令人心碎的往事。在她心里，时间沉甸甸的，停滞不前，仿佛她离开这颗行星的这些年都不存在一样。

又一次入虎口了，她想。

就在这里，在这片平原上，她的儿子从已逝的沙达姆四世手中夺过了统治权，历史的这一次大动荡已将这片土地深深镌刻在人们的心里和信仰里。

身后的随从们发出不安的声音，她又叹了口气。他们肯定是在等迟到的厄莉娅。已经可以看到厄莉娅和她的随从们从人群外围逐渐向这里走近，皇家卫队在他们前面清理通道，在人群中引起了一阵阵波动。

杰西卡又一次审视着周围的环境。在她眼中，很多地方都和以前不同了。着陆场的塔台上新增了一个祈祷用的阳台。平原左边目力所及的地方矗立着巨大的塑钢建筑，那是保罗建造的城堡——他的"沙漠之外的穴地"，人类有史以来最大的一体化建筑物。即使把整个城市都装在它的围墙之内，它里面依然有多余的空间。现在那里驻扎着帝国政体中最强大的统治力量，厄莉娅建筑在她兄长尸体之上的"忠信会"。

必须除掉那个地方，杰西卡想。

厄莉娅的代表团已经到达出口舷梯的脚下，不出人们预料，他们在那里停下脚步。杰西卡认出了斯第尔格那粗壮的身材。上帝呀，竟然还有伊勒琅公主！她那诱人的身材遮掩了她的一腔野性，微风撩起她头顶的金发。真气人，伊勒琅看起来一点都没有变老。还有站在队伍最前端的厄莉娅，年轻的身材显得既张扬又放肆，目光死死盯着飞船舱门的阴影处。杰西卡仔细端详着女儿的脸，嘴角绷得紧紧的。一阵悸动掠过杰西卡的身体，她听到自己的内心在她耳边呐喊。那些传言都是真的！太可怕了！太可怕了！厄莉娅走上了禁路。事实摆在那里，受过训练的人都能作出判断。邪物！

杰西卡用了片刻工夫调整情绪。直到这时她才发现，自己原本是多么希望能看到那些谣言都是假的。

那对双胞胎会怎么样？她问自己，**他们是否也迷失了自我？**

慢慢地，杰西卡以上帝之母的姿态走出阴影，来到舷梯口。她的随从们则根据指示留在原处。接下来是最关键的时刻。现在，杰西卡一个人孤零零地处在所有人的视线中。她听到哥尼·哈莱克在她身后紧张地清着嗓子。哥尼多次反对她这样："你身上一点屏蔽场都没有？天啊，你这个女人！简直神经不正常！"

但是，在哥尼所有让人欣赏的品德中，最核心的就是服从。他会说出自己的不同意见，然后服从命令。现在他就在服从命令。

杰西卡现身时，人海中涌出一阵低呼，如同巨大的沙虫发出的嘶哑声。她举起双臂，作出神职人员加冕于皇帝时的祝福姿势。人们一片接着一片，纷纷跪倒在地，像是个巨大的有机体，尽管不同片区的人们作出反应的时间长短不一。就连官方代表们都表示了恭顺之意。

杰西卡在舷梯口停留了一会儿。她知道她身后的其他人和混在人群中的她的特工们已经在脑海中形成了一张临时地图。依靠这张地图，他们能够在人群中辨识出那些下跪时迟疑的人。

杰西卡仍然保持着双臂上举的姿势，哥尼和他的人出现了。他们迅速绕过她，走下舷梯，毫不理会官方代表们惊异的表情，而是直接与人群中打着手势表明自己身份的特工们会合在一起。很快，他们在人海中散开，不时跳过一群群跪着的人的头顶，在狭窄的人缝间快速奔跑。目标人物中只有少数人意识到了危险，想要逃走。他们成了最易对付的猎物：一把飞刀或是一个绳圈，逃跑者已然倒地。其他人则被赶出人群，双手被缚，步履蹒跚。

在整个过程中，杰西卡始终伸展双臂站着，用她的存在赐福人群，让人海继续屈从。她知道那些广为流传的谣言，也知道其中占主导地位的谣言是什么，因为那是她预先埋下的：圣母回来是为了芟除杂草。万福我们上帝的母亲！

一切结束时，几具死尸瘫软在地，俘虏们被关进着陆场塔台下的围栏内。杰西卡放下了她的双臂。大概只用了三分钟。她知道哥尼和他的人几乎不可能抓到任何一个头目——那些最具威胁的人。这些家伙十分警觉，非常敏感。但是俘虏中会有几条令人感兴趣的小鱼，当然还少不了普通的败类和笨蛋。

杰西卡放下手臂之后，在一片欢呼声中，人们站了起来。

像什么都没发生过一样，杰西卡独自一人走下舷梯。她避免与女儿的目光接触，将注意力集中在斯第尔格身上。他蒸馏服兜帽的颈部被一大丛黑色的络腮胡子遮盖，胡子已经点缀着点点灰色，但他的眼睛仍然像他们第一次在沙漠相见时一样，给她一种震撼的感觉。斯第尔格知道刚刚发生了什么，并接受了这一事实。他表现得像个真正的弗雷曼耐布，男儿的领袖，敢于作出血腥的决定。他的第一句话完全符合他的个性。

"欢迎回家，夫人。能欣赏到直接有效的行动总能令人愉悦。"

杰西卡挤出了一丝微笑："封锁着陆场，斯第尔格。在审问那些俘虏之前，不准任何人离开。"

"已经下令了，夫人，"斯第尔格说道，"哥尼的人和我一起制订了这个计划。"

"如此说来，那些就是你的人——那些出手相助的人。"

"他们中的一部分，夫人。"她看到了他欲言又止的样子，点了点头，"过去那些日子里，你对我研究得很透，斯第尔格。"

"正如您过去告诉我的那样，夫人，人们观察幸存者并向他们学习。"

厄莉娅走上前来，斯第尔格让在一旁，让杰西卡能够直接面对她的女儿。

杰西卡知道自己没有办法隐藏她已了解到的东西，她甚至没想去隐藏。只要有这个必要，厄莉娅可以在任何时候清楚地观察到需要注意的细节，她像任何一个姐妹会的高手一样精于此道。通过杰西卡的行为举止，她已然知晓杰西卡看到了什么，以及杰西卡本人对所看到事物的看法。她们是死敌，对这个词的含意，常人只有最肤浅的理解。

厄莉娅的选择是直截了当地迸发出怒火，这是最简单、最适当的反应。

"你怎么敢没有征求我的意见就擅自制订这么个计划？"她冲着

杰西卡的脸问道。

杰西卡温和地说道："你刚刚也听说了，哥尼甚至没让我参与整个计划。我们以为……"

"还有你，斯第尔格！"厄莉娅转身面对斯第尔格，"你究竟效忠于谁？"

"我的忠诚奉献给穆阿迪布的孩子，"斯第尔格生硬地说，"我们除去了一个对他们的威胁。"

"这个消息为什么没有让你觉得高兴呢……女儿？"杰西卡问道。

厄莉娅眨了眨眼，朝她母亲瞥了一眼，强压下内心的骚动。她甚至设法做到了露齿微笑。"我很高兴……母亲。"她说道。她的确觉得高兴，这一点连厄莉娅本人都感到奇怪。她心中一阵狂喜：她终于和她母亲摊牌了。让她恐惧的那一刻已经过去，而权力平衡并没有发生改变。"我们方便时再详谈这个问题。"厄莉娅同时对母亲和斯第尔格说道。

"当然。"杰西卡说道，并示意谈话结束，转过身来看着伊勒琅公主。

在几次心跳的时间里，杰西卡和公主静静地站着，互相研究着对方——两个贝尼·杰瑟里特，都为同一个理由与姐妹会决裂：爱。两个人所爱的男人都已死了。公主对保罗付出的爱没有得到回报，她成了他的妻子，但不是爱人。现在，她只为了保罗的弗雷曼情人为他所生的那两个孩子活着。

杰西卡率先开口："我的孙儿们在哪里？"

"在泰布穴地。"

"他们在这儿太危险了，我理解。"

伊勒琅微微点了点头。她看到了杰西卡和厄莉娅之间的交流，但厄莉娅事先便把一个观念灌输给了她："杰西卡已经回到了姐妹会，我们俩都知道她对保罗的孩子的基因有什么样的计划。"于是，她便根据这种观念对所看到的一切作出了自己的解释。伊勒琅从来没能成为贝尼·杰瑟里特能手——她的价值在于她是沙达姆四世的女儿；她总是太高傲，不想充分拓展自己的能力。现在，她贸然选择了她的立场，以她所受的训练，本来不至于如此。

"说真的，杰西卡，"伊勒琅说道，"你应该事先征询议会的意见，然后采取行动。你现在的做法是不对的，仅仅通过……"

"我是不是应该这样想：你们两个都不相信斯第尔格。是这样吗？"杰西卡问道。

伊勒琅意识到这个问题没有答案，这点聪明她还是有的。她高兴地看到耐心已消耗殆尽的教士代表团走了过来。她和厄莉娅交换了一下眼色，想道：杰西卡还是那样，自信、傲慢！一条贝尼·杰瑟里特公理在她脑海里不期而至：傲慢只是一堵城墙，让人掩饰自己的疑虑和恐惧。杰西卡就是这样吗？显然不是。那肯定只是一种姿态。但这又是为了什么呢？问题深深困扰着伊勒琅。

教士们乱哄哄地缠住了穆阿迪布的母亲。有些只是碰了碰她的手臂，但多数人都深深弯腰致敬，献上他们的祝福。最后轮到代表团的两名领导者上前，这是礼仪规定的：地位高的最后出场。他们脸上挂着经过训练的笑容，告诉她正式的洁净仪式将在城堡内——也就是过去保罗的堡垒——举行。

杰西卡研究着眼前这两个人，觉得他们令人厌恶。其中一个叫贾维德，是一个表情阴沉的圆脸年轻人，忧郁的眼睛深处流露出猜忌的神情；另一个叫哲巴特拉夫，是以前她在弗雷曼部落中认识的一个耐布的第二个儿子——这一点，他本人并没忘记提醒她。很容易就能看出他是哪类人：愉快的外表掩饰着冷酷，瘦长脸，一头金发，一副洋洋自得、知识渊博的样子。她判断贾维德是两人中更为危险的一个，既神秘，又有吸引力，而且——她找不到更好的词来形容他——令人厌恶。她觉察到他的口音很怪，一口老派弗雷曼人口音，仿佛来自某个与世隔绝的弗雷曼部族。

"告诉我，贾维德，"她说道，"你是什么地方的人？"

"我只是沙漠中一名普通的弗雷曼人。"他说道，他的每个音节都表明他在撒谎。

哲巴特拉夫以近乎冒犯的语气打断了他们，口气近于嘲弄："说到过去，可谈的实在太多了，夫人。您知道，我是最先意识到你儿子神圣使命的那批人之一。"

"但你不是他的敢死队员。"她说道。

"不是，夫人。我的爱好更偏向于哲学，我学习如何成为一名教士。"

以此保护你那身皮，她想。

贾维德道："他们在城堡内等着我们，夫人。"

她再次察觉到了他那种奇怪的口音，这个问题一定要查清楚。"谁在等我们？"她问道。

"是忠信会，所有那些追随您神圣儿子的名字和事迹的人。"贾维德说道。

杰西卡向周围扫了一眼，见厄莉娅朝贾维德露出了笑脸，于是问道："他是你的下属吗，女儿？"

厄莉娅点点头："一个注定要成就大事的人。"但是杰西卡发现，贾维德并没有因为这句赞誉流露出丝毫欣喜。她心里暗暗记下这个人，准备让哥尼特别调查他一番。此时，哥尼和五个亲信走了过来，表示他们已经审问了那些下跪时迟疑的可疑分子。他迈着强健的步伐，眼睛一会儿向左瞥一眼，一会儿又向右看，四处观察着，每块肌肉既放松，又警觉。这种本领是杰西卡教他的，源于贝尼·杰瑟里特普拉纳-宾度手册上的记载。他是一个丑陋的大块头，身体的所有反应都经过严格训练，是一个不折不扣的杀手。有些人视他为魔鬼，但杰西卡爱他，看重他，胜过其他任何活着的人。他的下颌处有一道被墨藤鞭抽打后留下的扭曲的伤疤，使他看上去十分凶恶。但看到斯第尔格后，浮现的笑容软化了他脸上的线条。

"干得好，斯第尔格。"他说道。他们像弗雷曼人那样互相抓住对方的胳膊。

"洁净仪式。"贾维德道，碰了碰杰西卡的手臂。

杰西卡回过头。她仔细组织着语言，发音则用上了能够控制他人的音言，同时精心计算着她的语气和姿势，以保证她的话语能对贾维德和哲巴特拉夫的情绪准确地产生影响："我回到沙丘，只是为了看望我的孙子和孙女。我们非得在这种无聊的宗教活动上浪费时间吗？"

哲巴特拉夫的反应是震惊不已。他张大了嘴巴，惊恐地瞪大了眼睛，看了看周围听到了这句话的人。他的眼睛留意到每个听到这句话的人的反应。无聊的宗教活动！这种话从他们的先知的母亲口中说出来，会带来什么后果？

然而，贾维德的反应证实了杰西卡对他的判断。他的嘴角绷紧了，接着却又露出了微笑。但是，他的眼睛里没有笑意，也没有四处观望，留意别人的反应。贾维德早已对这支队伍里的每个人都了如指掌。他知道从现在这一刻起，他应该对他们中的哪些人予以特别的关照。短短几秒钟之后，贾维德陡然间停止了笑容，表明他已经意识到刚才他暴露了自己。贾维德的准备工作做得不错：他了解杰西卡夫人具备的观察力。

一闪念间，杰西卡权衡了各种手段。只要对哥尼做一个细微的手势，就能置贾维德于死地。处决可以就在这里执行，以达到杀一儆百的效果，也可以在以后悄悄找个机会，让死亡看上去像是一次事故。

　　她想：当我们希望隐藏内心最深处的动机时，我们的外表却背叛了自己。贝尼·杰瑟里特的训练可以识别暴露出来的种种迹象，提升能手的能力，超越这个阶段，让她们得以居高临下地解读其他人一览无余的肉体。她意识到，贾维德的智力具有很高的利用价值，是可以使力量保持平衡的砝码。如果他能被争取过来，他便可以充当最需要的那个环节，让她深入厄拉奇恩世界。而且，他同时还是厄莉娅的人。

　　杰西卡说道："官方随行人员的数目必须保持小规模。我们只能再加一个人。贾维德，你加入我们。哲巴特拉夫，只能对不起你了。还有，贾维德……我会参加这个……这个仪式……如果你坚持的话。"

　　贾维德深深吸了口气，低声说道："听从穆阿迪布母亲的吩咐。"他看了看厄莉娅，然后是哲巴特拉夫，目光最后回到杰西卡身上，"耽误您和孙儿们团聚真令我万分痛苦，但是，这是……是为了帝国……"

　　杰西卡想：好。他本质上仍是个商人。一旦确定合适的价钱，我们就能收买他。他坚持让她参加那个什么了不得的仪式，对此，她甚至感觉到一丝欣喜。这个小小的胜利会让他在同伴中树立威信，他们两人都清楚这一点。接受他的洁净仪式是为他未来的服务所支付的预付款。

　　"我想你已经准备好了交通工具。"她说道。

我给你这只沙漠变色龙，它拥有将自己融入背景的能力，研究它，你就能初步了解这里的生态系统和构成个人性格的基础。

——摘自《海特纪事·诽谤书》

　　雷托坐在那儿，弹奏着一把小小的巴厘琴。这是技艺臻于化境的巴厘琴演奏大师哥尼·哈莱克在他五岁生日时寄给他的。四年练习之后，雷托的演奏已经相当流畅，但一侧的两根低音弦仍时不时地给他添点麻烦。他觉得情绪低落时弹奏巴厘琴颇有抚慰作用——甘尼玛同样有这个感觉。此刻，他在泰布穴地上方崎岖不平的岩丛最南端，坐在一块平平的石头上，头顶着晚霞，轻轻弹奏着。

　　甘尼玛站在他身后，小小的身子浑身上下散发出不高兴。斯第尔格通知了他们，祖母将在厄拉奇恩耽搁一阵子。从那以后，甘尼玛就不愿意出门，尤其反对在夜晚即将降临时来到这里。她催促哥哥："行了吧？"

　　他的回答是开始了另一段曲子。

　　从接受这件礼物到现在，雷托头一次强烈地感到，这把琴出自卡拉丹的某位大师之手。他拥有的遗传记忆本来就能触发他强烈的乡愁，思念着厄崔迪家族统治的那颗美丽的行星。弹奏这段曲子时，雷托只需要敞开心中阻隔这段乡愁的堤坝，记忆便在他的脑海中流过：他回忆起哥尼用巴厘琴给他的主人和朋友保罗·厄崔迪解闷。随着巴厘琴在手中鸣响，雷托越来越觉得自己的意识被他的父亲所主导。但他仍旧继续弹奏着，发觉自己与这件乐器的联系每一秒钟都变得更加紧密。心中的感应告诉他，他能够弹好巴厘琴，这种感应已经达到了巴厘琴高手的境界，只是九岁孩子的肌肉还无法与如此微妙的内心世界配合起来。

甘尼玛不耐烦地点着脚尖，没有意识到自己正配合着哥哥演奏的音乐的节拍。雷托蓦地中断了这段熟悉的旋律，开始演奏起另一段非常古老的乐曲，甚至比哥尼本人弹奏过的任何曲子更加古老。由于过于专注，他的嘴都扭曲了。弗雷曼人的星际迁徙刚刚将他们带到第五颗行星时，这段曲子便已经是一首古歌谣了。手指在琴弦间弹拨时，保罗听到了来自记忆深处的、具有强烈禅逊尼意味的歌词：

> 大自然美丽的形态
> 包含着可爱的本真
> 有人称之为——衰亡
> 有了这可爱的存在
> 新生命找到了出路
> 泪水默默地滑落
> 却只是灵魂之水
> 它们使新的生命
> 化为痛苦的实在——
> 只有死亡能使生命脱离这个痛苦的肉体
> 让它圆满

他弹完了最后一个音符。甘尼玛在身后问道："好老的歌。为什么唱这个？"

"因为它合适。"

"你会为哥尼唱吗？"

"也许。"

"他会称它为忧郁的胡说八道。"

"我知道。"

雷托扭过头去看着甘尼玛。他并不奇怪她知道这首歌的歌词，但是忽然间，他心中一阵惊叹：他们俩彼此之间的联系真是太紧密了！即使他们中的一个死去，仍会存在于另一个的意识中，每一寸分享的记忆都会保留下来。这种密切无间像一张网，紧紧缠着他。他的目光从她身上移开。他知道，这张网上有缝隙，他此刻的恐惧便来源于这些缝隙中最新的一个——他感到他们俩的生命开始分离，各自发展。他想：我怎么才能把只发生在我一个人身上的事告诉她呢？

他向沙漠远处眺望，望着那些高大的、如波浪般在厄拉科斯表面移动的新月状沙丘。沙丘背后拖着长长的阴影。那里就是克登，沙漠的中央。这段时间以来，已经很少能在沙丘上见到巨型沙虫蠕动留下的痕迹。落日为沙丘披上血红色的绥带，在阴影的边缘镶上一圈火一般的光芒。一只翱翔在深红色天空中的鹰引起了他的注意，鹰猛冲下来，攫住一只山鹑。

就在他下方的沙漠表面，植物正茁壮成长，形成一片深浅不一的绿色。一条时而露出地表、时而又钻入地下的引水渠灌溉着这片植物。水来自安装在他身后岩壁最高处的巨型捕风器。绿色的厄崔迪家族旗帜在那儿迎风飘扬。

水，还有绿色。

厄拉科斯的新象征：水和绿色。

身披植被的沙丘形成一片钻石形状的绿洲，在他下方伸展。绿洲刺激着他的弗雷曼意识。下方的悬崖上传来一只夜莺的啼叫，加深了此刻他正神游在蛮荒过去的感觉。

Nous changé tout cela，他想。下意识地使用了他与甘尼玛私下交流时用的古老语言。他说道："我们改变了这一切。"他叹了口气。Oublier je ne puis。"但我无法忘却过去。"

在绿洲尽头，他能看到弗雷曼人称之为"空无"的地方——永远贫瘠的土地，无法生长任何东西。"空无"沐浴在落日的余晖下。水和伟大的生态变革正改变着它。在厄拉科斯上，人们甚至能看到被绿色天鹅绒般的森林覆盖着的山丘。厄拉科斯上出现了森林！年轻一代有些人很难想象在这些起伏的山包之后便是荒凉的沙丘。在这些年轻人的眼中，森林的阔叶并没有什么特别之处。但是雷托发现自己正以古老的弗雷曼方式思考。在变化面前，在新事物的面前，他感到了恐惧。

他说道："孩子们告诉我，他们已经很难在地表浅层找到沙鲑了。"

"那又怎么样？"甘尼玛不耐烦地问道。

"事物改变得太快了。"他说道。

悬崖上的鸟再次鸣叫起来。黑夜笼罩了沙漠，像那只鹰攫住鹌鹑一样。黑夜常常会令他受到记忆的攻击——潜藏在他内心深处的所有生命都在此刻喧嚣不已。对这种事，甘尼玛并不像他那样反感，但她知道他内心的挣扎，同情地将一只手放在他肩头。

他愤怒地拨了一下巴厘琴的琴弦。

他如何才能告诉她正发生在自己身上的变化呢？

他脑海中浮现的是战争，无数的生命在古老的记忆中觉醒：残酷的事故、爱人的柔情、不同地方不同人的表情……深藏的悲痛和大众的激情。他听到了挽歌在早已消亡的行星上飘荡，看到了绿色的旗帜和火红的灯光，听到了悲鸣和欢呼，听到了无数正在进行的对话。

在夜幕笼罩下的旷野，这些记忆的攻击最难以承受。

"我们该回去了吧？"她问道。

他摇摇头。她感觉到了他的动作，意识到他内心的挣扎甚至比她设想的还要深。

为什么我总是在这儿迎接夜晚？他问自己。甘尼玛的手从他肩上抽走了，但他却没有感觉到。

"你在折磨自己，而且你知道你这么做的原因。"她说道。

他听出了她语气中的一丝责备。是的，他知道。答案就在他的意识里，如此明显：因为我内心的真知与未知驱使着我，使我在风浪里颠簸不已。他能感觉到他的过去在汹涌起伏，仿佛自己踏在冲浪板上。他强行将父亲那跨越时空的记忆放在其他一切记忆之上，压制着它们，但他还是希望自己能获得有关过去的所有记忆。他想得到它们。那些被压制的记忆极其危险。他充分意识到了这一点，因为在他身上发生了新的变化。他希望把这种变化告诉甘尼玛。

一号月亮慢慢升起，月光下，沙漠开始发光。他向远处眺望，起伏的沙漠连着天际，给人以沙漠静止不动的错觉。在他左方不远处坐落着"仆人"，一大块凸出地表的岩石，被沙暴打磨成了一个矮子，表面布满皱褶，仿佛一条黑色的沙虫正冲出沙丘。总有一天，他脚下的岩石也会被打磨成这个形状，到那时，泰布穴地也将消失，只存在于像他这样的人的记忆中。他相信，哪怕到那时，世上仍会有像他这样的人。

"为什么你一直盯着'仆人'看？"甘尼玛问道。

他耸了耸肩。违抗他们监护人的命令时，他和甘尼玛总会跑到"仆人"那儿。他们在那里发现了一个秘密的藏身之处。那个地方吸引着他们，雷托知道原因。

下方的黑暗缩短了他与沙漠之间的距离，一段地面引水渠反射着月光，食肉鱼在水中游动，搅起阵阵涟漪。弗雷曼人向来在水中放养这种食肉鱼，用来赶走沙鳟。

"我站在鱼和沙虫之间。"他喃喃自语道。

"什么？"

他大声重复了一遍。

她一只手支着下巴，琢磨着面前感动了他的场景。她父亲也曾有过这种时刻，她只需注视自己的内心，比较父亲和雷托。

雷托打了个哆嗦。在此之前，只要他不提出问题，深藏在他肉体内的记忆从来不会主动提供答案。他体内似乎有一面巨大的屏幕，真相渐渐显露在屏幕上。沙丘上的沙虫不会穿过水体，水会使它中毒。然而在史前时期，这里是有水的。白色的石膏盆地就是曾经存在过的湖和海洋。钻一个深井，就能发现被沙鳟封存的水。他似乎亲眼目睹了整个过程，看到了这个行星所经历的一切，并且预见到了人类的干预将给它带来的灾难性的改变。他用比耳语响不了多少的声音说道："我知道发生了什么，甘尼玛。"

她朝他弯下腰："什么？"

"沙鳟……"

他陷入了沉默。沙鳟是一种单倍体生物，是这颗行星上的巨型沙虫的一个生长阶段。他最近总是提到沙鳟，她不知道为什么，但不敢追问下去。

"沙鳟，"他重复道，"是从别的地方被带到这里来的。那时，厄拉科斯还是一颗潮湿的行星。沙鲑大量繁殖，超出了本地生态圈所能允许的极限。沙鲑将这颗行星上残余的游离水全部包裹起来，把它变成了一个沙漠世界……它们这么做的目的是为了生存。在一个足够干燥的行星上，它们才能转变成沙虫的形态。"

"沙鲑？"她摇了摇头，但她并不是怀疑雷托的话。她只是不愿意深入自己的记忆，前往他采集到这个信息的地方。她想：沙鲑？无论是她现在的肉体，还是她的记忆曾经居住过的其他肉体，孩提时代都多次玩过一种游戏：挖出沙鲑，引诱它们进入薄膜袋，再送到蒸馏器中，榨出它们体内的水分。很难将这种傻乎乎的小动物与生态圈的巨变联系在一起。

雷托自顾自地点了点头。弗雷曼人早就知道必须在他们的蓄水池中放入驱逐沙鲑的食肉鱼。只要有沙鲑，行星的地表浅层就无法积聚起大面积水体。他下方的引水渠内就有食肉鱼在游动。如果只是极少数量的水，沙虫还可以对付，例如人体细胞内的水分。可是一旦接触到较大的水体，它们体内的化学反应就会急剧紊乱，使沙虫发生变异，并且迸裂。这个过程会生成危险的浓缩液，也是终极的灵药。弗雷曼人在穴地狂欢中稀释这种液体，然后饮用。正是在这种纯净的浓缩液的引领下，保罗·穆阿迪布才能穿越时间之墙，进入其他人从未涉猎的死亡之井的深处。

甘尼玛感到了哥哥的颤抖。"你在干什么？"她问道。

但他不想中断他的发现之旅："沙鲑减少——行星生态圈于是发生改变……"

"但它们当然会反抗这种改变。"她说。她察觉到了他声音中的恐惧。虽然并不乐意，但她还是被引入了这个话题。

"沙鲑消失，所有沙虫都会不复存在。"他说道，"必须警告各部落，要他们注意这个情况。"

"不会有香料了。"她说道。

她说到了点子上。这正是生态系统改变所能引起的最大危险。这一切都是因为人类的侵入破坏了沙丘各种生物之间相互依存的关系。危险悬在人类头上。兄妹俩都看到了。

"厄莉娅知道这件事，"他说道，"所以才会老是一副幸灾乐祸的样子。"

"你怎么能肯定呢？"

"我肯定。"

现在，她知道了雷托烦扰不堪的原因。这个原因给她带来了一阵寒意。

"如果她不承认，各个部落就不会相信我们。"他说道。

他的话直指他们面临的基本问题：弗雷曼人会企盼从九岁的孩子口中说出些什么呢？越来越远离她自己内心世界的厄莉娅就是利用了这一点。

"我们必须说服斯第尔格。"甘尼玛说道。

他们像同一个人一样，转过头去，看着被月光照亮的沙漠。刚才的觉悟之后，眼前的世界已经全然不同。在他们眼中，人类对环境的影响从未如此明显。他们感到自己是构成整个精密的动态平衡中不可或缺的一部分。有了全新的眼光，他们的潜意识也发生了巨大变化，他们的观察力再次得到了提升。列特-凯恩斯曾经说过，宇宙是不同物种间进行持续交流的场所。刚才，单倍体沙鲑就和作为人类代表的他们进行了沟通。

"这是对水的威胁，各部落会理解的。"雷托说道。

"但是威胁不仅仅限于水，它……"她陷入了沉默。她懂得了他话中的深意。水代表着厄拉科斯至高无上的权力。在弗雷曼人的骨子里，他们始终是适应力极强的动物，能够在沙漠中幸存下来，知道如何在最严酷的条件下管理与统治。但当水变得充裕时，这一权力象征发生了变化，尽管他们仍旧明白水的重要性。

"你是指对权力的威胁。"她更正他的话。

"当然。"

"但他们会相信我们吗？"

"如果他们看到了危机，如果他们看到了失衡——对，他们会相信我们的。"

"平衡，"她说道，重复着许久以前她父亲说过的话，"正是平衡，才能将人群与一伙暴徒区分开来。"

她的话唤醒了他体内的父亲的记忆，他说道："两者相抗，一方是经济，另一方是美。这种战斗历史悠久，比示巴女王[1]还要古老。"他叹了口气，扭过头去看着她，"这段时间以来，我开始做有预见性的梦了，甘尼。"

她不由得倒吸一口冷气。

他说道："斯第尔格告诉我们说祖母有事耽搁——但我早已预见到了这个时刻。现在，我怀疑其他的梦也可能是真的。"

"雷托……"她摇了摇头，眼睛忽然有些潮湿，"父亲死前也像你这样。你不觉得这可能是……"

"我梦见自己身穿铠甲，在沙丘上狂奔。"他说道，"我梦见我去了迦科鲁图。"

"迦科……"她清了清嗓子，"古老的神话而已！"

---

[1] 示巴女王：《圣经》中的人物，阿拉伯半岛的女王。

"不，迦科鲁图确实存在，甘尼！我必须找到他们称之为传教士的那个人。我必须找到他，向他询问。"

"你不认为他是……是我们的父亲？"

"问问你自己的心吧。"

"很可能是他。"她同意道，"但是……"

"有些事，我知道我必须去做。但我真的不喜欢那些事。"他说道，"在我生命中，我第一次理解了父亲。"

他的思绪将她排斥在外，她感觉到了，于是说道："那个传教士也可能只是个神秘主义者。"

"但愿如此。但愿。"他喃喃自语道，"我真希望是这样！"他身子前倾，站了起来。随着他的动作，巴厘琴在他手中发出低吟，"但愿他只是个没有号角的加百列[1]，只是个平平常常、四处传播福音的人。"他静静地看着月光照耀下的沙漠。

她转过脸来，朝他注视的方向看过去，看到了在穴地周围已经腐烂的植被上跳动的磷火，以及穴地与沙丘之间明显的分界线。那里是一个充满活力的世界。即使沙漠进入梦乡，那个地方却仍然有东西保持着清醒。她感受着那份清醒，听到了动物在她下方的引水渠内喝水的声音。雷托的话改变了这个夜晚，让它变得动荡不已。这是在永恒的变化中发现规律的时刻，在这一刻，她感受到了可以回溯至古老地球时代的记忆——从地球到现在，整个发展过程的一切都被压缩在她的记忆之中。

"为什么是迦科鲁图？"她问道。平淡的语气和这时的气氛十分不相称。

"为什么……我不知道。当斯第尔格第一次告诉我们，说他们如

---

[1] 加百列：七大天使之一，上帝传递好消息给人类的使者。

何杀死了那里的人，并把那里立为禁地时，我就想……和你想的一样。但是现在，危险蔓延开来……从那儿……还有那个传教士。"

　　她没有回答，也没有要求他把他那些可以预见未来的梦告诉她。她知道，这么做就等于让他知道她是多么恐惧。那条路通向邪物，这一点，他们两人都清楚。他转过身，带着她沿着岩石走向穴地入口时，那个没有宣之于口的词沉甸甸地压在他们心头：邪物。

宇宙属于上帝，它是一个整体，与之相比，任何个体都是短暂的。短暂的生命，即便是我们称之为智慧生命、具有自我意识和理性的生物，也只能在某个时期很不可靠地掌握宇宙的一个极小的局部。

　　　　　　　　　　——摘自宗教大同编译委员会的注解

　　哈莱克嘴里说着话，但他真正的意图是通过手势传达的。他不喜欢教士们为这次报告准备的小接待室，知道这里头肯定布满了窃听设备。让他们试试破解细微的手势吧。厄崔迪家族使用这种通信方式已经好几个世纪了，没有谁比他们更精于此道。

　　屋外，天已经黑了。这间小屋没有窗户，光线来自屋顶角落处的球形灯。

　　"我们抓的人中，很多是厄莉娅的手下。"哈莱克比画着，眼睛看着杰西卡的脸，嘴里说的却是对这些人的审问仍在继续。

　　"这么说，和你预料的一样。"杰西卡用手语回答。随后，她点了点头，嘴里说道，"审讯完成以后，我希望你提交一份完整的报告，哥尼。"

　　"当然，夫人。"他说道，随即又用手语说，"还有一件事，让人很不安。在大量药物的作用下，俘虏中有些人提到了迦科鲁图。但是，一说出这个名字，他们立即死掉了。"

"一个心脏停跳程序？"杰西卡用手势问道。随后她开口说道："你释放过任何俘虏吗？"

"放了一些，夫人——明显的小角色。"同时他的手指也在飞快比画，"我们怀疑是强迫性中止心跳的程序，但还不敢确认。尸检仍未完成，但我认为应该让你立刻知道迦科鲁图这件事，所以立刻赶来了。"

"公爵和我一直认为迦科鲁图是个有趣的传说，可能会有些事实依据。"杰西卡的手指说道。提到她早已死去的爱人时，她心头总会涌起一股悲伤。她强行压下自己的伤感。

"您有什么命令吗？"哈莱克大声问道。

杰西卡同样以话语作出了回答，下令他返回着陆场，报告任何有用的发现，但是她的手指却发出了其他的指令："与你在走私徒中的朋友重新取得联系。如果迦科鲁图确实存在，对方只能通过出售香料得到活动经费。除了走私徒之外，他们找不到其他市场。"

哈莱克微微点了点头，同时用手语道："我已经在这么做了，夫人。"毕生所受的训练促使他又补充了一句，"在这里你一定要非常小心。厄莉娅是你的敌人，大多数教士都是她的人。"

"贾维德不是。"杰西卡的手指回答道，"他恨厄拉科斯。我想，除了贝尼·杰瑟里特能手，其他任何人都觉察不到这一点。但我非常肯定。他有企图，厄莉娅看不出来。"

"我要给您增派卫兵，"哈莱克大声说道，避免与杰西卡的目光接触。她的目光显示，她并不喜欢这种安排。"我确信，这里有危险。您今晚会住在这里吗？"

"我们待会儿去泰布穴地。"她说道。

杰西卡迟疑了一下，本想告诉他不要再给她派卫兵了，但最终还是选择了沉默。应该相信哥尼的直觉。不止一个厄崔迪学到了这一点。

"我还有一个会——和修道院的院长。"她说道，"这是最后一个会，我很高兴快要摆脱这地方了。"

我看到沙漠中走出另一只野兽：它像羔羊般长着两只角，嘴里却满是犬牙，脾气像龙一样暴躁；它的身体闪烁着光芒，散发出蒸腾的高热。

——摘自改编后的《奥兰治天主圣经》

他称自己为传教士，但厄拉科斯上很多人都认为他是从沙漠返回的穆阿迪布——穆阿迪布没有死。穆阿迪布确实有可能还活着，试问有谁看到了他的尸体呢？但真要这么说的话，又有谁能看到被沙漠吞没的尸体呢？可疑问仍然存在——是穆阿迪布吗？经历过从前那段日子的人中，没有一个站出来说："是的，我看他就是穆阿迪布，我认识他。"但尽管如此，他们之间还是有相同之处，可以作一番比较。

和穆阿迪布一样，传教士也是个瞎子，他的眼窝是两个黑洞，周围的疤痕看上去像是熔岩弹造成的。他的声音具有强大的穿透力，和穆阿迪布一样，能迫使你从内心最深处寻找答案。这一点很多人都注意到了。他是个瘦高个，灰色的头发，坚毅的脸庞上布满伤痕。但是绵延的沙漠给很多人都带来了这样的外表，只要看看你自己，就能找到证据。还有一个争议之处：传教士有一个替他带路的弗雷曼年轻人，但没人知道这小伙子来自哪个穴地。有人询问他时，他总是说他做这个是为了挣钱。人们争论说，通晓未来的穆阿迪布不需要向导。只有在他生命的尽头，当他承受的无尽痛苦最终征服了他时，他才会需要一个向导。这一点，人人都知道。

一个冬日的早晨，传教士出现在厄拉奇恩的街道上，一只古铜色的瘦骨嶙峋的手搭在年轻向导肩上。这位小伙子声称自己名叫阿桑·特里格，他以在拥挤的穴地练就的敏捷，带着他的主人穿行在充满燧石味的尘土中，从未让主人的手离开他的肩膀。

大家注意到，瞎子那件传统斗篷下面的蒸馏服非同寻常，过去，只有沙漠最深处的穴地才会制造这样的蒸馏服，跟现在这些蹩脚货完全是两回事。采集他呼吸中的水蒸气以供回收使用的鼻管由某种织物缠绕而成，那是一种现在已经几乎绝迹的黑色藤蔓织物。蒸馏服的面罩扣在脸的下半部，面罩上满是被飞沙蚀刻而成的片片绿色。一句话，这位传教士来自沙丘星遥远的过去。

那个冬日的早晨，许多路人注意到了他。弗雷曼瞎子毕竟是很罕见的。弗雷曼法律仍然要求将瞎子交给夏胡鲁。尽管在水分充足的现代社会，大家已经不再遵从这条法律，但法律条文从产生到现在一直没有变更过。瞎子是奉献给夏胡鲁的礼物，他们会被弃置在沙漠深处的开阔地带，任由沙虫享用。需要这么做的时候，人们总会选择被最大的沙虫——那种被称为沙漠老爹的大家伙——所统治的地区。这些事，城里人也知道，他们毕竟听过传说。因此，一个弗雷曼瞎子足以引起大家的好奇，人们纷纷停下了脚步，看着这奇怪的一对。

那小伙子看起来像十四岁的样子，新生代中的一员，穿着一件改良的蒸馏服，面部暴露在会夺走人体水分的空气中。瘦瘦的身材，长着纯蓝的香料眼睛、小巧的鼻子，纯洁的表情掩盖了年轻人常有的愤世嫉俗。和小伙子截然相反，瞎子令人联想起几乎快被遗忘的过去——步幅很大，步伐却很缓慢。只有长年在沙漠中跋涉、只凭双腿或被俘获的沙虫行走的人才这样走路。他的头在似乎有些僵硬的脖子上高高地仰着，许多盲人都是这种姿势。只有在朝引起他兴趣的声音侧过耳朵时，那颗裹在兜帽里的头颅才会转动。

两个人穿过白天聚集的人群，最后来到像梯田般一级级向上的台阶前，台阶通向峭壁般矗立的厄莉娅神庙。传教士登上台阶，和他的向导一起，一直爬到第三个平台处。朝圣者们就是在这里等待上面那些巨门的晨启的。那些门大得无以复加，某个古代宗教的大教堂都可以整个从中穿过。据说，穿过巨门意味着把朝圣者的灵魂压缩得小如纤尘，足以穿过针眼，或是进入天堂。

在第三个平台边缘，传教士转过身，仿佛在用他空洞的眼窝观察四周，看到了城市的居民（其中有些人是弗雷曼人，穿着只起装饰作用的蒸馏服仿制品），看到了刚刚步下宇航公会飞船的急切的朝圣者，等待着踏出能保证他们在天堂占有一席之地的礼拜的第一步。平台是个喧闹的地方：有穿着绿袍的忠信会的信徒，随身带着受过训练、能发出被称为"呼叫天堂"的叫声的鹰；商贩们大声叫卖着食物；待售的商品琳琅满目，叫卖声此起彼伏；还有沙丘占卜师手持小册子，志贺藤制的小册子上还印着注解；一个小贩手持样式奇特的布料，保证"被穆阿迪布本人亲手触摸过"，另一个拿着一瓶水，"经鉴定来自穆阿迪布生活的泰布穴地"。平台上喧嚷着超过百种加拉赫方言，其间还穿插着奥特林语言中刺耳的喉音和尖叫。变脸者和侏儒（来自特莱星系那些可疑的工匠行星）身穿白衣，在人群中蹦来跳去。这里有干瘦的脸，也有丰满的、充满水分的脸。匆忙的脚步在粗砺的塑钢表面上移动，发出"沙沙"的声音。这些杂音后不时响起祈祷者热切的呼唤——"穆——阿——迪——布！穆——阿——迪——布！请聆听我灵魂的乞求！你是救世主,聆听我的灵魂!穆——阿——迪——布!"

朝圣的人群旁边,两个艺人正在表演,以求挣得几个小钱。他们朗诵的是现在最流行的戏剧中的台词,"阿姆斯泰得和林德格拉夫的辩论"。

传教士侧着头,仔细听着。

表演者是两个声音沉闷的中年城里人。接到口头命令之后,年轻的向导开始向传教士描绘他们的样子。他们穿着宽松的长袍,甚至不屑于在他们水分充足的身体上披一件蒸馏服仿制品。阿桑·特里格觉得这种服饰挺好玩,但马上受到了传教士的申斥。

背诵林德格拉夫那一段的表演者正在发表他的结束演说:"呸!只有意识之手才能抓住宇宙。正是这只手驱使着你宝贵的大脑,因而也就驱使着被你大脑所驱使的任何事物。只有在这只手完成它的职责之后,你才能看见你的创造,你才能成为有意识的人!"

他的演说赢得了几声稀疏的掌声。

传教士吸了吸鼻子,鼻孔吸进了这个地方丰富的气味:从穿着不合适的蒸馏服中散发出的浓重酯味;不同地方传来的麝香;普通的燧石味沙尘;无数奇怪食物从嘴里散出的气体;厄莉娅神庙内点燃的稀有熏香,伴随着被巧妙引导的气流沿着阶梯向下弥漫。传教士吸收着周围的信息,他的思维在他眼前形成了图像:我们竟然落到了这一步,我们弗雷曼人!

忽然间,平台上的人群纷纷转移了注意力。沙舞者来到阶梯底部的广场,他们中约有五十人用绳子连在一起。他们显然已经这么跳了好几天了,想要捕获灵魂升华的瞬间。他们随着神秘的音乐提腿顿足,嘴角淌着白沫。他们中有三分之一的人已经失去知觉,只是吊在绳子上,如同牵线木偶般被其他人拖来拽去。就在这时,一个木偶醒了过来。人群显然知道接下来会发生什么。

"我——看——见——了！"刚醒来的舞者尖声大叫道，"我——看——见——了！"他抗拒着其他舞者的牵引，灼灼发光的目光投向左右，"城市所在的地方，变得只有沙子！我——看——见——了！"

旁观者爆发出一阵哄堂大笑。就连新来的朝圣者都发出了笑声。

传教士再也无法忍受了。他抬起双臂，用曾经命令过沙虫骑士的声音喝道："安静！"广场上的整个人群都在这个战阵号令般的呐喊声中安静下来。

传教士用瘦骨嶙峋的手指了指舞者。真神奇，他似乎能看到面前的景象。"你们听到那个人了吗？亵渎者，偶像崇拜者！你们都是！穆阿迪布的宗教并不是穆阿迪布本人。他就像抛弃你们一样抛弃了它！沙漠必将覆盖这片土地。沙漠必将覆盖你们！"

说完，他放下双臂，一只手放在年轻向导肩上，下令道："带我离开这里。"

或许是因为传教士的措辞：他就像抛弃你们一样抛弃了它；或许是因为他的语气，显然比普通人更加强烈，肯定受过贝尼·杰瑟里特音言的训练，仅仅通过细微的音调变化就能指挥众人；又或许只是这片土地本身的神奇，因为穆阿迪布在此生活过、行走过和统治过。平台上有人大声叫了起来，冲着传教士远去的背影放声高呼，声音因对宗教的畏惧而瑟瑟发抖："那是穆阿迪布回到我们身边了吗？"

传教士停住脚步，手伸进斗篷下方的口袋中，掏出一件东西，只有离他最近的几个人才能认出那是什么。是一只被沙漠风干的人手——偶尔能在沙漠中找到，像这颗行星在嘲笑人生的渺小。这种东西通常被视为来自夏胡鲁的信息。手干缩成了紧握的拳头，沙暴在拳头上磨出了斑斑白骨。

"我带来了上帝之手，这就是我带来的一切！"传教士高声说道，"我代表上帝之手讲话。我是传教士。"

有些人将他的话理解为那只手属于穆阿迪布，但其他人的注意力都放在他那居高临下的姿态和可怕的声音上。从此以后，厄拉科斯开始流传他的名字。但这并不是人们最后一次听到他的声音。

我亲爱的朋友，所有人都知道，入定状态中存在着自然界最可贵的珍宝。或许真是这样。然而，在我的内心，仍然对此存有深深的疑虑。每次进入入定状态都会获益？看样子，有些人滥用了入定状态，以致公然向上帝挑衅。他们以全宇宙教会的名义丑化灵魂。他们草草阅读了这种状态的表面，自以为获得了恩赐。他们嘲笑自己的同伴，深深地伤害了真正的信仰，并恶意扭曲了香料这份厚礼的真意，造成的损害是人力无法修复的。要想真正与香料合而为一，同时不被香料赋予的力量所腐蚀，最重要的就是必须做到言行一致。如果你的行为引发了一系列邪恶的后果，他人只能根据这些后果来评判你，而不是根据你的解释。我们就是用这种方法来评判穆阿迪布的。

　　　　　　　　　　——摘自哈克·艾尔-艾达的《异端之研究》

　　这是间小屋子，带着些许臭氧味道，屋内的球形灯发出昏黄的灯光，在地上留下一片灰色的阴影。墙上装着一面发出金属蓝色光泽的传输眼监视器。屏幕宽约一米，高度大约只有三分之二米。图像显示着一个贫瘠多石的遥远山谷，两只拉兹虎正在享用刚捕获的猎物的血淋淋的残躯。老虎上方的山梁上，能看到一个穿着萨多卡工作服的瘦子，衣领上缀着莱文布雷彻的徽章。他的胸前挂着伺服控制器的键盘。

屏幕前有一把悬浮椅，椅子上坐着一个看不清年纪的金发女人。她长着一张鹅蛋脸，看着屏幕时，她纤细的双手紧紧抓着扶手。镶着金边的白色长袍覆盖了她的全身，隐藏了她的身材。她右方一步远处站着一个矮壮的男子，身穿传统皇家萨多卡军团铜色的霸撒军服。他的灰色头发理成了小平头，头发下方是一张毫无表情的国字脸。

女人咳嗽一声，道："和你预料的一样，泰卡尼克。"

"确实如此，公主。"霸撒副官用嘶哑的嗓音回答道。

她因为他的紧张笑了笑，接着问道："告诉我，泰卡尼克，我的儿子会喜欢法拉肯一世皇帝这个称号吗？"

"这个尊号对他很合适，公主。"

"我问的不是这个。"

"他可能不会同意为取得那个，嗯，称号所采取的某些做法。"

"又是这句话……"她转过身，在阴暗中看着他，"你过去尽忠于我的父亲。他的皇位丢给了厄崔迪家族不是你的错。但是当然，你和其他任何人一样，都能强烈地感受到失去这一切所带来的刺痛……"

"文希亚公主有什么特别的任务要派给我吗？"泰卡尼克问道。他的嗓音一如既往的嘶哑，现在又多了一层渴望。

"你有打断我说话的坏习惯。"她说道。

他笑了，露出牙齿，在屏幕的照射下闪闪发光。"你时不时会让我想起你父亲。"他说道，"在指派一个……嗯，棘手的任务前总是这么婉转。"

她的视线从他身上移开，回到屏幕上，以掩饰她的恼怒。她问道："你真的认为那些拉兹虎能把我的儿子推上皇位？"

"完全可能，公主。你得承认，对于它们两个来说，保罗·厄崔迪的私生子只不过是一顿可口的加餐而已。等那对双胞胎死了之后……"他耸了耸肩。

"沙达姆四世的孙子将成为合理的继承人。"她说道，"但还必须取决于我们是否能取得弗雷曼人、兰兹拉德联合会和宇联商会的同意，更不用说厄崔迪家族的任何幸存者都会……"

"贾维德向我保证，他的人能轻易对付厄莉娅。在我看来，杰西卡夫人不能算作厄崔迪家的人。剩下的还有谁？"

"兰兹拉德联合会和宇联商会只不过是逐利之蝇，"她说道，"但是怎么对付弗雷曼人？"

"我们会用穆阿迪布的宗教淹死他们！"

"说得轻巧，我亲爱的泰卡尼克！"

"我懂，"他说道，"我们又回到老问题上了。"

"为了争夺权力，科瑞诺家族干过比这更坏的事。"她说。

"但是，要皈依……穆阿迪布的宗教……"

"别忘了，我的儿子尊重你。"她说。

"公主，我一直盼望着科瑞诺家族能重掌大权，萨鲁撒行星的每个萨多卡都这么想。但如果你……"

"泰卡尼克！这里是萨鲁撒·塞康达斯行星。不要让弥漫在我们过去那个帝国的懒惰习气影响你。认真、仔细——留意每个细节。这些品质将把厄崔迪家族的血脉埋葬在厄拉科斯沙漠深处。每个细节，泰卡尼克！"

他知道她用的招数。这是她从她姐姐伊勒琅那儿学来的转移话题的技巧。他感到自己正在输掉这场争论。

"你听到了吗，泰卡尼克？"

"听到了，公主。"

"我要你皈依穆阿迪布的宗教。"她说道。

"公主，我会为你赴汤蹈火，但是……"

"这是命令，泰卡尼克——你明白吗？"

"我服从命令，公主。"但他的语调并没有发生什么变化。

"不要嘲弄我，泰卡尼克。我知道你厌恶这么做。但如果你能树立一个榜样……"

"你的儿子仍旧不会照这个榜样行事的，公主。"

"他会的。"她指了指屏幕，"还有件事，我觉得那个莱文布雷彻可能会带来麻烦。"

"麻烦？怎么会？"

"有多少人知道老虎的事？"

"那个莱文布雷彻，它们的驯兽师……一个飞船驾驶员，你，当然还有……"他敲了敲自己的椅子。

"买家呢？"

"他们什么也不知道。你担心什么，公主？"

"我的儿子，怎么说呢，他有点过于敏感。"

"萨多卡是不会泄露秘密的。"他说道。

"死人也不会。"她的手向前伸去，按下了屏幕下方的一个红色按键。

拉兹虎立刻抬起头。它们绷紧身体，盯着山上的莱文布雷彻。随即，两头老虎整齐划一地转过身，顺着山梁向上奔去。

一开始，莱文布雷彻显得很是轻松，他在控制器上按下了一个按钮。他的动作完成了，但是两只猫科动物仍旧朝他狂奔过来。他开始慌乱，一次次重重地按下那个键。随后，醒悟的表情出现在他脸上，他将手猛地伸向腰间的佩刀。但是他的动作已经太迟了。一只锋利的爪子扫中他的胸膛，将他击倒在地。当他倒下时，另一只老虎用巨大的犬牙咬住他的脖子，使劲一甩。他的颈椎断了。

"关注细节。"公主说道。她转过身，看到泰卡尼克抽出了刀，不禁呆了呆。但是他将刀递给了她，刀把朝前。

"或许你希望用我的刀来处理另一个细节。"他说道。

"把刀插回刀鞘，别像个傻瓜似的！"她愤怒地喝道，"有时，泰卡尼克，你让我……"

"那是个挺棒的人，公主。我手下最棒的。"

"我手下最棒的。"她更正他。

他深深地、颤抖着吸了一口气，将刀收入鞘中："你准备怎么对付我的飞船驾驶员？"

"一次意外。"她说道，"你会告诫他，把这对老虎运回我们这儿时要万分小心。当然，等他把老虎交给飞船上贾维德的人以后……"她看了一眼他的刀。

"这是个命令吗，公主？"

"是的。"

"那么我呢？应该自杀呢，还是由你亲自处理，嗯，这个细节？"

她假装平静，语气凝重地说："泰卡尼克，如果我不是百分之百确信你会坚决服从我的命令，甚至是命令你自杀，你就不会站在我的身旁——还带着武器。"

他咽了口唾沫，看着屏幕。老虎再次开始进食。

她忍住了，没有看屏幕，继续盯着泰卡尼克道："另外，你还得告诉买家，不要再给我们送来符合要求的双胞胎孩子了。"

"遵命，公主。"

"不要用这种语气和我说话，泰卡尼克。"

"是，公主。"

他的嘴唇抿成了一条直线。她开口问道："这样的服装，我们还有多少套？"

"六套，长袍、蒸馏服和沙地靴，上头都绣有厄崔迪家族的族徽。"

"像那两套一样华丽？"她朝屏幕点了点头。

"特为皇家而制，公主。"

"关注细节，"她说，"这些服装会被送往厄拉科斯，作为送给我的皇室外甥的礼物。它们是来自我儿子的礼物，你明白吗，泰卡尼克？"

"完全明白，公主。"

"让他起草一张适当的便条。便条上应该说，他把这些微不足道的衣物视为对厄崔迪家族效忠的象征。诸如此类的话。"

"在什么场合送呢？"

"总有生日啊，圣日啊，或是其他什么特殊的日子，泰卡尼克。我交给你处理。我相信你，我的朋友。"

他默默地看着她。

她的脸沉了下来："你应该知道的，不是吗？我丈夫死后我还能相信谁？"

他耸了耸肩膀，想象着她和蜘蛛有多么相像。和她过分亲近没什么好处，他现在怀疑，他的莱文布雷彻就是和她走得太近了。

"泰卡尼克，"她说道，"还有一个细节。"

"是，公主。"

"我的儿子正在接受如何施行统治的训练。最终他必须用自己的手去握剑。你应该知道那个时刻何时会到来。到时候，我希望你能立即通知我。"

　　"遵命，公主。"

　　她向后一靠，用能看穿他的眼光看着他："你不赞同我，我知道。但我不在乎，只要你能记住那个莱文布雷彻的教训就好。"

　　"他训练动物非常在行，但同样是可以舍弃的。我记住了，公主。"

　　"我不是这个意思！"

　　"不是吗？那么……我不明白。"

　　"一支军队，"她说道，"完全是由可舍弃、可替换的人组成的。这才是我们应该从莱文布雷彻身上学到的教训。"

　　"可替代品，"他说道，"包括最高统帅？"

　　"没有最高统帅，军队就没有必要存在了，泰卡尼克。正是由于这个原因，你才要马上皈依穆阿迪布的宗教，同时开始让我儿子转变信仰。"

　　"我立即着手，公主。我猜你不会为了因为要教他宗教而缩减其他课程的时间吧？"

　　她从椅子里站起身，绕着他走了一圈，随后在门口处停了一下，没有回头，直接说道："总有一天，你会感受到我忍耐的限度，泰卡尼克。"说完，她走了出去。

要么我们抛弃了久受遵从的相对论，要么我们不再相信我们能精确地预测未来。事实上，通晓未来会带来一系列在常规假设下无法回答的问题，除非：第一，认定在时间之外有一位观察者；第二，认定所有的运动都无效。如果你接受相对论，那就意味着接受时间和观察者两者之间是相对静止的，否则便会出现偏差。这就等于是说无人能够精确地预测未来。但是，我们怎么解释声名显赫的科学家不断地追寻这个缥缈的目标呢？还有，我们又怎么解释穆阿迪布呢？

　　　　　　　　　　——摘自哈克·艾尔-艾达的《有关预知的演讲》

　　"我必须告诉你一些事，"杰西卡说道，"尽管我的话会激起你很多有关我们共同过去的回忆，而且会置你于险地。"

　　她停下来，看看甘尼玛的反应。

　　她们单独坐在一起，占据了泰布穴地一间石室内的一张矮沙发。掌控这次会面需要相当的技巧，而且杰西卡并不确定是否只有自己一个人在掌控。甘尼玛似乎能预见并强化其中的每一步。

　　现在已是天黑后快两个小时了，见面并互相认识时的激动已然沉寂。杰西卡强迫自己的脉搏恢复到平静状态，并将自己的意识集中到这个挂着深色墙帷、放置着黄色沙发的石头小屋内。为了应对不断积聚的紧张情绪，她发现自己多年来第一次默诵应对恐惧的贝尼·杰瑟里特祷告词：

"我绝不能恐惧。恐惧是思维杀手。恐惧是带来彻底毁灭的小小死神。我将正视恐惧，任它通过我的躯体。当恐惧逝去，我会打开心眼，看清它的轨迹。恐惧所过之处，不留一物，唯我独存。"

她默默地背诵完毕，平静地做了个深呼吸。

"有时会起点作用。"甘尼玛说道，"我是说祷告词。"

杰西卡闭上眼睛，想掩饰对她观察力的震惊。很长时间没人能这么深入地读懂自己了。这情形令人不安，尤其是因为读懂自己的人是隐藏在孩子面具后的智慧。面对恐惧，杰西卡睁开了眼睛，知道了内心骚动的源头：我害怕我的孙儿们。两个孩子中还没有谁像厄莉娅那样显示出邪物的特征。不过，雷托似乎有意隐藏着什么。正是由于这个原因，他才被排除在这次会面之外。

冲动之下，杰西卡放弃了自己根深蒂固的掩饰情感的面具。她知道，这种面具在这里派不上什么用场，只能成为沟通的障碍。自从与公爵的那些温馨时刻逝去之后，她再也没有除下自己的面具。她发现这个举动既令她放松，又让她痛苦。面具之后是任何诅咒、祈祷或经文都无法洗刷的事实，星际旅行也无法把这些事实抛在身后。它们无法被忽略。保罗所预见的未来已被重新组合，这个未来降临到了他的孩子们身上。他们像虚无空间中的磁铁，吸引着邪恶力量以及对权力的可悲的滥用。

甘尼玛看着祖母脸上的表情，为杰西卡放弃了自我控制感到惊奇不已。

就在那一刻，她们头部运动出奇地一致。两人同时转过头，眼光对视，看到了对方心灵的深处，探究着对方的内心。无需语言，她们的想法在两人之间交流互通。

杰西卡：我希望你看到我的恐惧。

甘尼玛：现在我知道你是爱我的。

这是个绝对信任的时刻。

杰西卡说道："当你的父亲还是个孩子时，我把一位圣母带到卡拉丹去测试他。"

甘尼玛点点头。那一刻的记忆是那么栩栩如生。

"那个时候，我们贝尼·杰瑟里特已经十分注意这个问题了：我们养育的孩子应该是真正的人，而不是无法控制的动物一般的人。究竟是人还是动物，这种事不能光看外表来作出判断。"

"你们接受的就是这种训练。"甘尼玛说道。记忆涌入她的脑海：那个年迈的贝尼·杰瑟里特，盖乌斯·海伦·莫希阿姆，带着剧毒的戈姆刺和烧灼之盒来到卡拉丹城堡。保罗的手（在共享的记忆中，是甘尼玛自己的手）在盒子里承受着剧痛，而那个老女人却平静地说什么如果他把手从痛苦中抽出，他会立刻被处死。顶在孩子脖子旁的戈姆刺代表着确切无疑的死亡，那个苍老的声音还在解释着测试背后的动机：

"听说过吗？有时，动物为了从捕兽夹中逃脱，会咬断自己的一条腿。那是兽类的伎俩。而人则会待在陷阱里，忍痛装死，等待机会杀死设陷者，解除他对自己同类的威胁。"

甘尼玛为记忆中的痛苦摇了摇头。那种灼烧！那种灼烧！当时，保罗觉得那只放在盒子里的痛苦不堪的手上的皮都卷了起来，肉被烤焦，一块块掉落，只剩下烧焦的骨头。而这一切只是个骗局——手并没有受伤。然而，受到记忆的影响，甘尼玛的前额上还是冒出了汗珠。

"你显然以一种我办不到的方式记住了那一刻。"杰西卡说道。

一时间，在记忆的带领下，甘尼玛看到了祖母的另一面：这个女人早年接受过贝尼·杰瑟里特学校的训练，那所学校塑造了她的心理模式。在这种心理定式的驱使下，她会做出什么事来？这个问题重又勾起了过去的疑问：杰西卡回到厄拉科斯的目的到底是什么？

"在你和你哥哥身上重复这个测试是愚蠢的行为，"杰西卡说道，"你已然知道了它的法则。我只好假定你们是真正的人，不会滥用你们继承的能力。"

"但你其实并不相信。"甘尼玛说道。

杰西卡眨了眨眼睛，意识到面具重又回到她的脸上，但她立即再次把它摘了下来。她问道："你相信我对你的爱吗？"

"是的。"没等杰西卡说话，甘尼玛抬起手，"但爱并不能阻止你来毁灭我们。哦，我知道背后的理由：'最好让人中的兽类死去，好过让它重生。'尤其当这个人中兽类带有厄崔迪的血统时。"

"至少你是真正的人，"杰西卡脱口而出，"我相信我的直觉。"

甘尼玛看到了她的真诚，于是说道："但你对雷托没有把握。"

"是的。"

"邪物？"

杰西卡只得点了点头。

甘尼玛说道："至少现在还不是。我们两个都知道其中的危险。我们能看到它存在于厄莉娅体内。"

杰西卡双手捂住眼睛，想：*在不受欢迎的事实面前，即便爱也无法保护我们。*她知道自己仍然爱着女儿，并为无情的命运默默哭泣：*厄莉娅！哦，厄莉娅！我为我必须承担的责任痛心不已。*

甘尼玛清了清嗓子。

杰西卡放下双手，想：我可以为我可怜的女儿悲伤，但现在还有其他的事需要处理。她说："那么，你已经看到了厄莉娅身上发生的事。"

"雷托和我看着它发生的。我们没有能力阻止，尽管我们讨论了多种可能性。"

"你确信你哥哥没有受到这个诅咒？"

"我确信。"

隐含在话中的保证清清楚楚，杰西卡发现自己已经接受了她的说法。她随即问道："你们是怎么逃脱的呢？"

甘尼玛解释了她和雷托设想的理论，即他们没有进入入定状态，而厄莉娅却经常这样，这点差别造成了他们的不同结果。接着，她向杰西卡透露了雷托的梦和他们谈论过的计划——甚至还说到了迦科鲁图。

杰西卡点点头："但厄莉娅是厄崔迪家族的人，这可是极大的麻烦啊。"

甘尼玛陷入了沉默。她意识到杰西卡仍旧怀念着她的公爵，仿佛他昨天才刚刚死去，她会保护他的名誉和记忆，保护它们不受任何侵犯。公爵生前的记忆涌过甘尼玛的意识，更加深了她的这一想法，也使她更加理解杰西卡的心情。

"对了，"杰西卡用轻快的语调说，"那个传教士又是怎么回事？昨天那个该死的洁净仪式之后，我收到了不少有关他的报告，令人不安。"

甘尼玛耸耸肩："他可能是……"

"保罗？"

"是的，但我们还无法检验。"

"贾维德对这个谣言嗤之以鼻。"杰西卡说道。

甘尼玛犹豫了一下，随后说道："你信任贾维德吗？"

杰西卡的嘴角浮出一丝冷酷的微笑："不会比你更信任他。"

"雷托说贾维德总是在不该笑的时候发笑。"甘尼玛说道。

"不要再谈论贾维德的笑容了。"杰西卡说道，"你真的相信我儿子还活着，易容之后又回到了这里？"

"我们认为有这种可能。雷托……"突然间，甘尼玛觉得自己的嗓子发干，记忆中的恐惧揪住了她的胸腔。她迫使自己压下恐惧，叙述了雷托做过的其他一些具有预见性的梦。

杰西卡的头摇来晃去，仿佛受了伤。

甘尼玛说道："雷托说他必须找到这个传教士，明确一下。"

"是的……当然。当初我真不该离开这儿。我太懦弱了。"

"你为什么责备自己呢？你已经尽了全力。我知道，雷托也知道。甚至厄莉娅也知道。"

杰西卡把一只手放在脖子上，轻轻拍了拍，随后说道："是的，还有厄莉娅的问题。"

"她对雷托有某种神秘的吸引力，"甘尼玛说道，"这也是我要单独和你会面的原因。他也认为她已经没有希望了，但还是想方设法和她在一起……研究她。这……这非常令人担忧。每当我想说服他别这么做时，他总是呼呼大睡。他……"

"她给他下药了？"

"没有，"甘尼玛摇了摇头，"他只是对她有某种奇怪的同情心。还有……在梦中，他总是念叨着迦科鲁图。"

"又是迦科鲁图！"杰西卡叙述了哥尼有关那些在着陆场暴露的阴谋者的报告。

"有时我怀疑厄莉娅想让雷托去搜寻迦科鲁图，"甘尼玛说道，

"你知道，我一直认为那只是一个传说。"

杰西卡的身体战栗着："可怕，太可怕了。"

"我们该怎么做？"甘尼玛问道，"我害怕去搜寻我的整个记忆库，我所有的生命……"

"甘尼玛！我警告你不能那么做。你千万不能冒险……"

"即使我不去冒险，邪物的事照样可能发生。毕竟，我们并不确知厄莉娅身上到底发生了什么。"

"不！你应该从这种……这种执着中解脱出来。"她咬牙说出了"执着"这个词，"好吧……迦科鲁图，是吗？我已经派哥尼去查找这个地方——如果它真的存在的话。"

"但他怎么能……哦！当然，通过走私徒。"

杰西卡陷入了沉默。这句话再一次说明了甘尼玛的思维能够协调那些存在于她体内的其他生命意识。我的意识！这真是太奇怪了，杰西卡想道，这个幼小的肉体能承载保罗所有的记忆，至少是保罗与他的过去决裂之前的记忆。这是对隐私的入侵。对于这种事，杰西卡的第一反应就是反感。贝尼·杰瑟里特姐妹会早已下了判断，而且坚信不疑：邪物！现在，杰西卡发现自己渐渐受到这种判断的影响。但是，这孩子身上有某种可爱之处，愿意为她的哥哥而献身，这一点是无法被抹杀的。

我们是同一个生命，在黑暗的未来中摸索前进，杰西卡想，我们身上流着相同的血。她强迫自己下定决心，一定要坚持她和哥尼·哈莱克预先设定的计划：雷托必须与他的妹妹分开，必须按姐妹会的要求接受训练。

我听到风刮过沙漠，我看到冬夜的月亮如巨船般升上虚空。我对它们起誓：我将坚毅果敢，统治有方；我将协调我所继承的过去，成为承载过去记忆的完美宝库；我将以我的仁慈而不是知识闻名。只要人类存在，我的脸将始终在时间的长廊内闪闪发光。

　　　　　　　　　　——摘自哈克·艾尔-艾达的《雷托的誓言》

　　早在年轻时，厄莉娅·厄崔迪就已经在普拉纳-宾度训练中练习过无数个小时，希望强化她本人的自我，以对抗她体内其他记忆的冲击。她知道问题所在——只要她身在穴地，就无法摆脱香料的影响。香料无所不在：食物、水、空气，甚至是她夜晚倚着哭泣的织物。她很早就意识到穴地狂欢的作用，在狂欢仪式上，部落的人会喝下沙虫的生命之水。通过狂欢，弗雷曼人得以释放他们基因记忆库中所累积的压力，他们可以拒绝承认这些记忆。她清楚地看到她的同伴中如何在狂欢中着魔一般如痴如醉。

　　但对她来说，这种释放并不存在，也无所谓拒绝承认。在出生之前很久，她就有了全部的意识，周围发生的一切如洪水般涌入这个意识。她的身体被死死封闭在子宫里，只能与她所有的祖先联系在一起，还有通过香料进入杰西卡夫人记忆深处的其他死者。在厄莉娅出生之前，她已经掌握了贝尼·杰瑟里特圣母所需知识的方方面面，不仅如此，还有许许多多来自其他人的记忆。

伴随这些知识而来的是可怕的现实——邪物。如此庞大的知识压垮了她。她出生前便有了记忆，无法逃脱这些记忆。但厄莉娅还是进行了抗争，抵抗她的先辈中的某些十分可怕的人。一段时间里，她取得了短暂的胜利，熬过了童年。她有过真正的、不受侵扰的自我，但寄居在她身体内部的那些生命无时无刻不在进攻，盲目、无意识地进攻。她无法长久抵挡这种侵袭。

总有一天，我也会成为那样的生命，她想。这个想法折磨着她。懵然无知地寄居在她自己产下的孩子内部，不断向外挣扎，拼命争取，以求获得属于自己的哪怕一丝意识，再次得到哪怕一点点体验。

恐惧控制了她的童年，直到青春期到来，它仍旧纠缠不去。她曾与它斗争，但从未祈求别人的帮助。谁能理解她所祈求的是什么？她的母亲不会理解，母亲从来没有摆脱对她这个女儿的恐惧，这种恐惧来自贝尼·杰瑟里特的判断：出生之前就有记忆的人是邪物。

在过去的某个夜晚，她的哥哥独自一人走进沙漠，走向死亡，将自己献给夏胡鲁，就像每个弗雷曼瞎子所做的那样。就在那个月，厄莉娅嫁给了保罗的剑术大师，邓肯·艾达荷，一个由特莱拉人设计复活的门泰特。她母亲隐居在卡拉丹，厄莉娅成了保罗双胞胎的合法监护人。

也成了摄政女皇。

责任带来的压力驱散了长久以来的恐惧，她向体内的生命敞开胸怀，向他们征求建议，沉醉在入定状态中以寻找指引。

危机发生在一个普通的春日，穆阿迪布皇宫上空天气晴朗，不时刮过来自极地的寒风。厄莉娅仍然穿着表示悼念的黄色服装，和昏暗的太阳是一个颜色。过去的几个月中，她对体内母亲的声音越来越抗拒。人们正在为即将到来的在寺庙举行的圣日典礼作准备，而母亲总是对此嗤之以鼻。

体内杰西卡的意识不断消退，消退……最终消退成一个没有面目的请求，要求厄莉娅遵从厄崔迪的法律。其他生命意识开始了各自的喧嚣。厄莉娅感到自己打开了一个无底的深渊，各式面孔从中冒了出来，像一窝蝗虫。最后，她的意念集中到一个野兽般的人身上：哈克南家族的老男爵。惊恐万状之中，她放声尖叫，用叫声压倒内心的喧嚣，为自己赢得了片刻的安宁。

那个早晨，厄莉娅在城堡的房顶花园作早餐前的散步。为了赢得内心这场战斗的胜利，她开始尝试一种新方法，凝神思索着禅逊尼的戒条。

但屏蔽场城墙反射的清晨的阳光干扰着她的思考。她从屏蔽场城墙收回视线，目光落在脚下的小草上。她发现草叶上缀满夜晚的水汽凝成的露珠。一颗颗露珠仿佛在告诉她，摆在她面前的选择何其繁多。

繁多的选择让她头晕目眩。每个选择都携带着来自她体内某张面孔的烙印。

她想将意念集中到草地所引发的联想上来。大量露水的存在表明厄拉科斯的生态变革进行得多么深入。北纬地区的气候已变得日益温暖，大气中的二氧化碳含量正在升高。她想到明年又该有多少亩土地会被绿色覆盖，每一亩绿地都需要三万七千立方英尺的水去浇灌。

尽管努力考虑这些实际事务，她仍然无法将体内那些如鲨鱼般围着她打转的意识驱除出去。

她将手放在前额上，使劲按压着。

昨天落日时分，她的寺庙卫兵给她带来了一名囚犯让她审判：艾萨斯·培曼，他表面上是一个从事古玩和小饰物交易、名叫内布拉斯的小家族的门客，但实际上，培曼是宇联商会的间谍，任务是估计每年的香料产量。在厄莉娅下令将他关入地牢时，他大声地抗议道："这就是厄崔迪家族的公正。"这种做法本应被立即处死，吊死在三角架上，但厄莉娅被他的勇敢打动了。她在审判席上声色俱厉，想从他嘴中撬出更多的情报。

"为什么兰兹拉德联合会对我们的香料产量这么感兴趣？"她问道，"告诉我们，我们可以放了你。"

"我只收集能够出卖的信息，"培曼说道，"我不知道别人会拿我出售的信息干什么。"

"为了这点蝇头小利，你就胆敢扰乱皇家的计划？"厄莉娅喝道。

"皇室同样从来不考虑我们自己的计划。"他反驳道。

钦佩于他的勇气，厄莉娅说道："艾萨斯·培曼，你愿意为我工作吗？"

听到这话后，他的黑脸上浮出一丝笑容，露出洁白的牙齿："你打算先弄清楚，再处决我，对吗？我怎么会突然间变得这么有价值了，值得你开出价格？"

"你有简单实用的价值。"她说道，"你很勇敢，而且你总是挑选出价最高的主子。我会比这个帝国的任何人出价更高。"

他为他的服务要了个天价，厄莉娅一笑置之，还了一个她认为较为合理的价钱。当然，即使是这个价钱，也比他以往收到的任何出价高得多。她又补充道："别忘了，我还送了你一条命。我想你会认为这份礼物是个无价之宝。"

"成交！"培曼喊道。厄莉娅一挥手，让负责官员任免的教士兹亚仁库·贾维德把他带走。

不到一小时之后，正当厄莉娅准备离开审判庭时，贾维德急匆匆地走了进来，报告说听到培曼在默诵《奥兰治天主圣经》上的经文："Maleficos non patieris vivere."

"你们不应在女巫的淫威下生活。"厄莉娅翻译道。这就是他对她的答谢！他是那些阴谋置她于死地的人之一！一阵从未有过的愤怒冲刷着她，她下令立即处死培曼，把他的尸体送入神庙的亡者蒸馏器。在那里，至少他的水会给教会的金库带来些许价值。

那一晚，培曼的黑脸整晚纠缠着她。

她尝试了所有的技巧，想驱逐这个不断责难她的形象。她背诵弗雷曼《克里奥斯经》上的经文："什么也没发生！什么也没发生！"但培曼纠缠着她，度过了漫漫长夜，使她昏昏沉沉迎来了新的一天，并在如宝石般折射着阳光的露珠中又看到了他的脸。

一名女侍卫出现在低矮的含羞草丛后的天台门旁，请她用早餐。厄莉娅叹了口气。这么多毫无意义的选择，折磨着她，让她仿佛置身地狱。意识深处的呼喊和侍卫的呼喊——都是无意义的喧嚣，但却十分执着，她真想用刀锋结束这些如同淅淅沥沥的沙漏般恼人的声音。

厄莉娅没有理睬侍卫，眺望着天台外的屏蔽场城墙。山脚下是一个沉积物形成的冲积平原，看上去像一把由岩屑形成的扇子，早晨的阳光勾勒出沙地三角洲的轮廓。她想，一对不知内情的眼睛或许会把那面大扇子看成河水流过的证据，其实那只不过是她哥哥用厄崔迪家族的原子弹炸开了屏蔽场城墙，打开了通向沙漠的缺口，让他的弗雷曼军队能骑着沙虫，出乎意料地打败他的前任沙达姆四世。现在，人们在屏蔽场城墙的另一面挖了一条宽阔的水渠，以此阻挡沙虫的入侵。沙虫无法穿越宽阔的水面，水会使它中毒。

*我的意识中也有这么一条隔离带吗？*她想。

这个想法让她的头更为昏沉，让她觉得更加远离现实。

沙虫！沙虫！

她的记忆中浮现出了沙虫的样子：强大的夏胡鲁，弗雷曼人的造物主，沙漠深处的致命杀手，而它的排泄物却是无价的香料。她不禁想：多么奇怪的沙虫啊，瘦小的沙鲑能长成庞然大物。它们就像她意识中为数众多的个体。一条条沙鲑在行星的岩床上排列起来，形成活着的蓄水池。它们占有了行星上的水，使它们的变异体沙虫能够在此生存。厄莉娅感到，她身上也存在着类似的关系：存在于她意识中的诸多个体的一部分正抑制着某些可怕的力量，不让它们奔突而出，彻底毁灭她。

那侍卫又喊起来，让她去吃早餐。她显然已经等得不耐烦了。

厄莉娅转过身，挥手让她离开这里。

侍卫服从了命令，但离开时重重地摔上了门。

摔门声传到厄莉娅耳里，这记响声中，她觉得自己被她长久以来一直在抗拒的一切俘获了。她体内的其他生命像巨浪般汹涌而出，每个生命都争着将各自的面孔呈现在她的视界中央——一大群脸。长着癣斑的脸，冷酷的脸，阴沉的脸。各式各样的脸如潮水般流过她的意识，要求她放弃挣扎，和他们一起随波逐流。

"不，"她喃喃自语道，"不……不……不……"

她本该瘫倒在过道上，但身下的长椅却接受了她瘫软的身体。她想坐起来，却发现自己办不到，只得在塑钢椅上摊开了四肢，只有她的嘴仍在反抗。

体内的潮水汹涌澎湃。

她感到自己能留意每个微小的细节。她知道其中的风险，以警觉的态度对待她体内每张喧嚣不已的嘴里说出的话。一个个刺耳的声音想引起她的注意："我！我！""不，是我！"但她知道，一旦她将注意力完全放到某个声音上，她就会迷失自我。在众多面孔之中甄别出某一张，追踪与那张脸相伴的声音，意味着她将被这张分享她生命的面孔单独控制。

"正是因为有了预知未来的能力，你才会知道这一点。"一个声音低声说。

她双手捂住耳朵，想：我不能预言未来！就算进入入定状态也不起作用！

但那声音坚持着：你会的，只要你能得到帮助。

"不……不。"她喃喃自语。

其他声音在她意识内响起："我，阿伽门农[1]，你的祖先，命令你听从我的吩咐！"

"不……不。"她用双手使劲压住耳朵，耳朵旁的肉都压疼了。

一阵癫狂的笑声在她耳内响起："奥维德[2]死后出了什么事？简单。他是约翰·巴特利特[3]的前世。"

这些名字对困境之中的她来说毫无意义。她想朝着它们以及脑海中的其他声音放声尖叫，却无法发出自己的声音。

某个高级侍卫又派刚才那个侍卫回到了天台上。她站在含羞草丛后的门口，再次瞥了一眼，见厄莉娅躺在长椅上。她对她的同伴说道："嗯，她在休息。你知道她昨晚没能睡好。再睡一觉对她有好处。"

但厄莉娅没有听到侍卫的声音。脑海中一阵刺耳的歌声吸引了她的意识："我们是愉快的鸟儿，啊哈！"声音在她颅内回荡，她想着：

---

[1] 阿伽门农：特洛伊战争中希腊军队的统帅。

[2] 奥维德：前43—18，罗马诗人。

[3] 约翰·巴特利特：1820—1905，美国出版商和编辑，编撰了常用引语(1855)和莎士比亚作品索引。

我快疯了。我快失去理智了。

长椅上的双脚微微动弹，作出逃跑的动作。她只觉得一旦能控制自己的身体，她会立刻逃离。她必须逃走，以免让她意识内的潮流将她吞没，永远腐蚀她的灵魂。但她的身体却不听使唤。帝国内最强大的力量随时听命于她任何小小的愿望，而此刻的她却无法命令自己的身体。

一个声音在体内笑道："从某方面来说，孩子，每个创造性的活动都会带来灾难。"这是个低沉的声音，在她眼前隆隆响起。又是一阵笑声，仿佛是对刚才那句话的嘲弄。"我亲爱的孩子，我会帮助你，但你同时也得帮助我。"

厄莉娅牙齿打着颤，对一片喧嚣之上的这个低沉的声音说："是谁……谁……"

一张面孔在她意识中形成了。一张笑眯眯的肥脸，像一个婴儿，但那双眼睛中却闪烁着贪婪的目光。她想抽回意识，但仅能做到离那张脸稍微远一点，看到与脸相连的身体。那具身体异常肥胖，包裹在长袍中，长袍下端微微凸出，表示这具胖身体需要便携式浮空器的支撑。

"你看到了，"低沉的声音说道，"我是你的外祖父。你认识我。我是弗拉基米尔·哈克南男爵。"

"你……你已经死了！"她喘息道。

"当然，我亲爱的！你体内绝大多数人都已经死了。但其他人不会来帮助你。他们不理解你。"

"走开，"她恳求道，"哦，请你离开。"

"可你需要帮助呀，外孙女。"男爵的声音争辩道。

他看上去是多么不同寻常啊，她想，在闭合的眼睑内看着男爵的形象。

"我愿意帮助你，"男爵引诱地说，"而这里的其他人只会争着控制你的全部意识。他们中的每个人都想赶走你自己的意识。但是我……我只要求一个属于自己的小角落。"

她体内的其他生命再次爆发出一阵狂飙。大潮再次威胁要淹没她，她听到了她母亲的声音在尖叫。厄莉娅想：**她不是还没死吗？**

"闭嘴！"男爵命令道。

厄莉娅感到自己产生了一股强烈的渴望，想强化那道命令。渴望流过她的整个意识。

她的内心沉寂下来，安宁感如同凉水浴般淌过全身，野马狂奔般的心跳逐渐恢复到正常水平。男爵的声音又适时响了起来："看到了？联合起来，没有谁能战胜我们。你帮助我，我帮助你。"

"你……你想要什么？"她低声道。

眼睑内的肥脸露出沉思的表情。"嗯……我亲爱的外孙女，"他说道，"我只要求一些小小的乐趣。让我时不时地和你的意识接触。其他人无须知道。让我能感到你生活的一个小角落，例如，当你陶醉在你爱人的怀抱里时。我的要求难道很高吗？"

"是的。"

"好，好。"男爵得意地笑道，"作为回报，我亲爱的外孙女，我能在很多方面帮助你。我可以充当你的顾问，向你提出忠告，无论在你体内还是体外的战斗中，让你成为不可战胜的人。你将摧毁一切反对者。历史会遗忘你的哥哥，铭记你的名字。未来是你的。"

"你……不会让……其他人控制我吗？"

"他们无法与我们抗衡！独自一人，我们会被控制，但联合起来，我们就能统治他人。我会演示给你看。听着。"

男爵陷入了沉默，他在她体内存在的象征——他的形象也消失了。接下来，没有任何其他人的记忆、脸孔或是声音侵入她的意识。

厄莉娅颤悠悠地长出一口气。

伴随着叹息，她冒出了一个想法。它强行进入她的意识，仿佛那就是她自己的想法，但她能感到它背后另有一个沉默的声音。

老男爵是个魔鬼。他谋杀了你父亲。他还想杀了你和保罗。他试过，只不过没有成功。

男爵的声音响了起来，他的脸却没有出现："我当然想杀了你。你难道没有挡我的道吗？但是，那场争端已经结束了。你赢了，孩子！你是新的真理。"

她感到自己不断点头，脸孔摩擦着长椅粗糙的表面。

他的话有道理，她想。贝尼·杰瑟里特姐妹会有一条定理：**争端的目的是为了改变真理的本质。**这条定理强化了男爵合情合理的言词。

是的……贝尼·杰瑟里特的人肯定会这么想。

"正确！"男爵说道，"我死了，你还活着。我只留下了微弱的存在。我只是你体内的记忆。我是你的奴仆。我为我提供的深邃建议所要求的回报是如此之少。"

"你建议我现在该怎么做？"她试探着问道。

"你在怀疑昨晚作出的判断，"他说道，"你不知道有关培曼言行的报告是否真实。或许贾维德把培曼视为了对他目前地位的威胁。这不就是困扰你的疑虑吗？"

"是的。"

"而且，你的疑虑基于敏锐的观察，不是吗？贾维德表现得和你越来越亲密。连邓肯都察觉到了，不是吗？"

"你知道的。"

"很好，让贾维德成为你的情人……"

"不！"

"你担心邓肯？你丈夫是门泰特呀。他不会因为肉体上的行为受到刺激或是伤害。你有时没感到他离你很远吗？"

"但是他……"

"一旦邓肯知道你为摧毁贾维德所采取的手段，他内心的门泰特部分会理解你的。"

"摧毁……"

"当然！人们可以利用危险的工具，但它们变得太危险时，就应该弃之不用。"

"那么……我是说……为什么……"

"啊哈，你这个小傻瓜！这是对其他人的一个教训，极有价值的教训。"

"我不明白。"

"有无价值，我亲爱的外孙女，取决于成果，以及这一成果对其他人的影响。贾维德将无条件地服从你，将完全接受你的统治，他的……"

"但这是不道德的……"

"别傻了，外孙女！道德必须基于实用主义。道德必须臣服于统治者。只有满足了你内心最深层欲望的胜利才称得上是真正的胜利。你难道不仰慕贾维德的男子气概吗？"

厄莉娅咽了口唾沫，虽然羞于承认，但她无法在存在于自己内心的观察者面前隐藏事实。她只得说道："是。"

"好！"这声音在她脑海中听起来是多么欢快啊，"现在我们开始相互理解了。当你挑起了他的欲望，比如在你的床上，让他相信你是他的奴仆，然后，你就可以问他有关培曼的事了。装作是开玩笑：为你们之间提供笑料。当他承认欺骗你之后，你就在他的肋骨间插入一把晶牙匕。啊哈，流淌的鲜血会增加多少情趣……"

"不，"她低语道。由于恐惧，她只觉得嘴巴发干，"不……不……不……"

"那么，就让我替你做吧。"男爵坚持道，"你也承认必须这么做。你只需要设置好条件，我会暂时取代……"

"不！"

"你的恐惧是如此明显，外孙女。我只是暂时取代你的意识。许多人都可以最完美不过地模仿你……不说这个了，反正这些你全知道。但如果取代你的人是我，啊，人们能立即辨别出我的存在，你知道弗雷曼法律如何对付被魔鬼附身的人。你会被立即处死。是的——即便是你，也同样会被立即处死。你也知道，我不希望发生这样的事。我会帮你对付贾维德，一旦成功，我马上退到一边。你只需……"

"这算什么好建议？"

"这个建议将帮你除去一个危险的工具。还有，孩子，它将在我们之间建立工作关系，这种关系能教会你如何在将来作出判断……"

"教我？"

"当然！"

厄莉娅双手捂住眼睛，想认真思考。但她知道，任何想法都可能被她体内的这个存在所知悉，而且，这些想法完全可能就是那个存在的产儿，却被她当成了自己的念头。

"你没必要这么放心不下，"男爵引诱着说道，"培曼这家伙，是……"

"我做错了！我累了，仓促作出了决定。我本该先确认……"

"你做得对！你的判断不应当以厄崔迪家族那种愚蠢的公平感为基础。这种公平感才是你失眠的原因，而不是培曼的死亡。你作出了正确的决定！他是另外一个危险的工具。你是为了保持社会的稳定才这么做的——这才是你作出决断的正当理由，绝不是有关公平的胡扯。世上绝对没有公平一说。试图实现这种虚伪的公平，只会引起社会的动荡。"

听了这番为她对培曼的判断所作的辩护之后，厄莉娅不禁感到一丝欣喜。但她仍旧无法接受这种说法背后无视道德的理念。"公平是厄崔迪家族……是……"她的双手从眼睛上放下，但仍然闭着双眼。

"你所作出的一切神圣裁决都应该从这次的错误中吸取教训。"男爵道，"任何决定都只能有唯一的出发点：看它是否有利于维护社会秩序。无数文明都曾以公平为基石。这种愚昧摧毁了更为重要的自然等级制度。任何个体都应当根据他与整个社会的关系来判定其价值。除非一个社会具有明确的等级，任何人都无法在其中找到自己的位置——不管是最低还是最高的位置。来吧，来吧，外孙女！你必须成为人民的严母。你的任务就是维持秩序。"

"但保罗所做的一切都是为了……"

"你的哥哥死了，他失败了！"

"你也是！"

"正确……但对我来说，这只是个设计之外的意外事故。来吧，咱们来对付这个贾维德，用我告诉你的方法。"

这个想法让她的身体热乎乎的。她快速说道："我会考虑的。"她想：真要这么做的话，只要让贾维德就此安分下来就行。不必为此杀了他。那个傻瓜可能一下子就会招供……在我的床上。

"您在和谁说话，夫人？"一个声音问道。

一时间，厄莉娅惶惑不已，以为这是来自体内喧嚣生命的又一次入侵。但她辨出了这个声音。她睁开双眼。兹亚仁卡·维里夫，厄莉娅女子侍卫队的队长，站在长椅旁，那张粗糙的弗雷曼脸上神情忧虑。

"我在和我体内的声音说话。"厄莉娅说道，在长椅上坐直身体。她感到通体舒畅。恼人的体内喧嚣消失后，她整个人飘飘欲仙。

"您体内的声音，夫人。是的。"她的回答使兹亚仁卡的双眼闪闪发光。每个人都知道厄莉娅能利用其他他人所没有的体内资源。

"把贾维德带去我的住处，"厄莉娅说道，"我要和他谈谈。"

"您的住处，夫人？"

"是的！我的私人房间。"

"遵命。"侍卫服从了命令。

"等等，"厄莉娅说道，"艾达荷先生去泰布穴地了吗？"

"是的，夫人。他按您的吩咐天没亮就出发了。你想让我去……"

"不用。我自己处理。还有，兹亚仁卡，不要让任何人知道贾维德被带到了我的房间。你亲自去。这件事非常重要。"

侍卫摸了摸腰间的晶牙匕："夫人，有威胁……"

"是的，有威胁，贾维德是关键人物。"

"哦，夫人，或许我不应该带他……"

"兹亚仁卡！你认为我对付不了他吗？"

侍卫的脸上露出一丝残酷的笑容："原谅我，夫人。我马上带他去您的私人房间，但是……如果夫人允许，我会在你门口安排几个卫兵。"

"只要你在那儿就够了。"厄莉娅道。

"是，夫人。我马上去办。"

厄莉娅点点头，看着兹亚仁卡远去。看来她的侍卫们不喜欢贾维德。又一个对他不利的标志。但他仍然有其价值——非常有价值。他是她打开迦科鲁图的钥匙，有了那地方之后……

"或许你是对的，男爵。"她低语道。

"你明白了！"她体内的声音得意地笑道，"啊哈，为你效劳很愉快，孩子，这只是个开始……"

从古到今，人民都被下面这些说法所蒙蔽，但是，任何成功的宗教都必须强调这些说法：邪恶的人永远没有好下场；只有勇敢的人才能得到美人青睐；诚实是最好的立身处世之道；身教重于言传；美德总有一天会压倒恶行；行善本身就是回报；坏人能被改造；教会护身符能保护人免于魔鬼的诱惑；只有女人才懂得古时的神秘；富人注定不快乐……

——摘自《教会教导手册》

"我叫穆里茨。"一个干瘦的弗雷曼人说道。

他坐在山洞内的岩石上，洞内点着一盏香料灯，跳动的灯光照亮了潮湿的洞壁，从这里延伸出去的几条通道消失在黑暗之中。其中一条通道中传来滴水的声音。对于弗雷曼人来说，水意味着天堂，但是，穆里茨对面那六个被缚的人并不希望听到这富有节奏的滴答声。石室通道深处的亡者蒸馏器散发出一股腐烂的味道。

一个年纪大约为十四个标准年的少年从通道中走了出来，站在穆里茨的左手边。在香料灯的照耀下，一把出鞘的晶牙匕反射着惨淡的黄光。少年举起刀，对每个被缚的人比了比。

穆里茨指指那小男孩道："这是我儿子，阿桑·特里格，他快要进行成人测试了。"

穆里茨清了清喉咙，依次看看六个俘虏。他们坐在他对面，形成一个松散的半圆，两腿被香料纤维绳紧紧捆住，双手反绑，绳子在他们的脖子处打成一个死结。脖颈处的蒸馏服被割开。

被缚的人毫不畏惧地看着穆里茨。他们中的两人穿着宽松的外星服饰，表明他们是厄拉奇恩市的富有居民。他们俩的皮肤比他们的同伴光滑得多，肤色也浅些，他们的同伴则外表干枯，骨架突出，一望而知出生于沙漠。

穆里茨的外貌很像沙漠原住民，但他的双眼凹得更深，甚至在香料灯的照耀下，这双眼睛也没有丝毫反光。他的儿子就像是他未成年的翻版，一张扁平的脸上掩饰不住他内心的风暴。

"我们这些被驱逐的人有特殊的成人测试。"穆里茨说道，"总有一天，我的儿子会成为沙鲁茨的法官。我们必须知道他能否完成他的使命。我们的法官不能忘记迦科鲁图和我们的绝望日。克拉里兹克——狂暴的台风，在我们的心中翻滚。"他用单调的诵经语调说完了这番话。

坐在穆里茨对面的一个城里人动了动："你不能这样威胁我们、绑架我们。我们的到来是和平的，为了寻找乌玛。"

穆里茨点了点头："为了寻找个人的宗教觉醒，对吗？好，你会得到觉醒的。"

城里人说道："如果我们……"

他身旁一个肤色黝黑的弗雷曼人打断了他："安静，傻瓜！这些人是盗水者，是我们认为已经被消灭干净了的人。"

"只不过是个传说而已。"城里人说道。

"迦科鲁图不只是个传说，"穆里茨说。他再次指了指他的儿子，"我已经向你们介绍了阿桑·特里格。我是这地方的阿里发，你们唯一的法官。我的儿子也将接受训练，成为能发现魔鬼的人。传统的做法总是最好的做法。"

"这正是我们来到沙漠深处的原因，"城里人抗议道，"我们选择了传统的做法，在沙漠中……"

"带着雇来的向导，"穆里茨指指深肤色的俘虏们，"你能买到通向天堂的道路？"穆里茨抬头看着他儿子，"阿桑，你准备好了吗？"

"我回想起很久以前的一个夜晚，他们闯入我们这里，杀死我们的人。"阿桑说，语气中透露出一丝紧张，"他们欠我们水。"

"你父亲将他们中的六个交给你，"穆里茨说道，"他们的水是我们的。他们的鬼魂是你的。他们的鬼魂会成为你的奴隶，能警告你魔鬼的来临。你打算怎么做，我的儿子？"

"我谢谢父亲，"阿桑说道。他向前迈了一小步，"我接受被驱逐的人的成人测试。这是我们的水。"

说完，这个少年走向俘虏们。从最左面开始，他抓住那个人的头发，将晶牙匕从下颌向上插进大脑。他手法熟练，只浪费掉最少量的血。只有一个城里人在少年抓住他头发时发出了抗议，大声叫嚷。其他人都按照传统方式朝阿桑·特里格吐口水，说："看，当我的水被动物取走时，我毫不珍惜！"

杀戮结束后，穆里茨拍了一下手。仆人们走上前来清理尸体。"现在你是成年人了，"穆里茨说道，"我们敌人的水只配喂给奴隶。至于你，我的儿子……"

阿桑·特里格紧张地朝父亲看了一眼。少年绷得紧紧的嘴唇一撇，勉强露出一丝笑容。

"不能让传教士知道这件事。"穆里茨说道。

"我知道，父亲。"

"你做得很好，"穆里茨说道，"闯入沙鲁茨的人必须死。"

"是，父亲。"

"你受到信任，执行如此重要的使命，"穆里茨说道，"我为你骄傲。"

一个世故的人可以重新回归纯朴。这其实是指他的生活方式发生了变化。过去的价值观改变了，与大地和大地上的动物、植物联系在一起。之所以出现这种变化，是因为他真正理解了被称为"自然"的多元化、相互关联的诸般事件，对自然这一系统内部的力量有了相当程度的尊重。有了这种理解和尊重，他就可以被称为"回归纯朴"。反之亦然：纯朴的人也可以世故起来，但这一转变过程必然对他的心理和意识带来伤害。

——摘自哈克·艾尔-艾达的《雷托传》

　　"我们怎么能确定？"甘尼玛问道，"这样做非常危险。"

　　"我们以前也试过。"雷托争论道。

　　"这次可能会不一样。如果……"

　　"摆在我们面前的只有这条路。"雷托说道，"你也同意我们不能走香料那条路。"

　　甘尼玛叹了口气。她不喜欢这种唇枪舌剑往来辩驳，但她知道哥哥必须这么做。她也知道她为什么忧心忡忡。只需看看厄莉娅，就能体会内心世界是多么危险。

"怎么了？"雷托问道。

她又叹了一口气。

他们在一个属于他们自己的秘密地方盘腿而坐，这是一个从山洞通向悬崖的狭窄开口。她的父母亲过去常常坐在那个悬崖上，看着太阳普照沙漠。现在已是晚餐结束后两个小时了，也是这对双胞胎进行普拉纳-宾度训练的时间。他们选择了锻炼自己的心智。

"如果你不肯帮忙，我就一个人尝试。"雷托说道。

甘尼玛的目光从他身上挪开，看着封闭这个开口的黑色密封口。雷托仍然向外看着沙漠。这段时间以来，他们时常用一种古老的语言相互交流，现在已经没人知道这种语言的名字了。古老的语言为他们的思想提供了绝对的隐私，其他人无法穿透这层屏障。即便是厄莉娅也不行。摆脱了复杂的内心世界之后，厄莉娅与她意识中的其他记忆切断了联系，最多只能偶尔听懂只言片语。

雷托深深吸了一口气，闻到了独特的弗雷曼穴地中的气味，这种气味在无风的石室中经久不散。这里听不到穴地内部隐约的喧闹，也感觉不到潮湿和闷热。没有这些，两个人都觉得这是一种解脱。

"我同意我们需要他的指引，"甘尼玛说道，"但如果我们……"

"甘尼！我们需要的不仅仅是指引。我们需要保护。"

"或许根本不存在保护。"她盯着哥哥，直视他的目光，像一只警觉的食肉兽。他的目光暴露了他不平静的内心。

"我们必须摆脱魔道。"雷托说道。他使用了那种古老语言中的特殊不定词，一种在语气和语调方面不偏不倚，但是应用却十分灵活的修辞方式。

甘尼玛正确理解了他的本意。

"Mohw' pwium d'mi hish pash moh' m ka." 她吟诵道。抓住了我的灵魂意味着抓住了一千个灵魂。

"比这还要多。"他反驳道。

"知道其中的危险，但你仍然坚持这么做。"她使用的是陈述句，而非疑问句。

"Wabun' k wabunat!"他说道。起来，你们！

他感觉自己的选择已是明显的必然。最好主动作出这个选择。他们必须让过去和现在缠绕在一起，然后让它们伸向未来。

"Muriyat."她低声让步道。只有在关爱下才能完成。

"当然。"他挥了挥手，表示完全同意，"那么，我们将像我们的父母那样互相协商。"

甘尼玛保持着沉默，她喉咙里像哽了什么东西一样堵得慌。她本能地向开阔沙漠的南方看去。残阳下，沙丘展示着浅灰色的轮廓。他们的父亲就是朝着那个方向最后一次走进了沙漠。

雷托向下看着悬崖下方的穴地绿洲。下面的一切都笼罩在昏暗中，但他知道绿洲的形状和颜色：铜色的、金色的、红色的、黄色的、铁锈色和赤色的花丛一直生长到岩石旁，那些岩石是围绕着种植园引水渠的堤岸。岩石之外是一片臭气熏天的已死亡的厄拉奇恩本地植被，它们是被这些外来的植物和太多的水杀死的。现在，这片死亡植被充当了阻挡沙漠的屏障。

甘尼玛说道："我准备好了，我们开始吧。"

"好的，管不了那么多了！"他伸出手，抓住她的手臂说道，"甘尼，唱那支歌吧。它会让我放松。"

甘尼玛身体靠近他，左臂搂住他的腰。她深深吸了两口气，清了清嗓子，开始平静地唱起她母亲经常为父亲唱的那首歌：

现在我要补偿你们的誓言；

我向你们抛洒甜水。

生命将在这个无风之地繁荣。

我挚爱的子民，必将生活在天堂，

敌人必将坠入地狱。

我们一起走过这条路，

爱已经为你们指明方向。

我会指引你们走上那条道路，

我的爱就是你们的天堂。

　　她的声音飘荡在宁静的沙漠上。雷托感到自己不断下沉、下沉——变成了他的父亲，父亲的记忆如同毯子一样铺了开来。

　　在这短暂的一刻，我必须成为保罗，他告诉自己说，我身旁不是甘尼玛，而是我深爱的契尼，她明智的忠告多次拯救了我们。

　　在恐惧和平静之中，甘尼玛已经滑入她母亲的个人记忆，就和她原先预料的一样，没有任何问题。对于女性来说，做到这一点更加容易——同时更加危险。

　　用一种突然间变得沙哑的嗓音，甘尼玛说道："看，亲爱的！"一号月亮已经升起，冷光照耀下，他们看到一条橙色的火弧向上升入天空。载着杰西卡夫人来此的飞船，此时正满载香料，返回位于轨道上的母船。

　　就在这时，一阵最深刻的记忆击中了雷托，如同嘹亮的钟声般在他脑海内回响。在这一刹那，他变成了另一个雷托——杰西卡的公爵。他强迫自己把这些回忆扔在一旁，但他已然感觉到了针扎般的爱和痛。

我必须成为保罗，他告诫自己。

转换发生了，体内发生了令人惊恐的二元变异。雷托觉得自己成了一面黑色的屏幕，而父亲则是投射在屏幕上的影像。他同时感觉到了自己和父亲的肉体，两个肉体之间差异急速缩小，他的自我似乎随时会被吞没。

"帮帮我，父亲。"他喃喃自语道。

急剧转换的阶段过去了。现在，他的意识成了另一个人的意识，他作为雷托的自我站在一旁，成了一个观察者。

"我的最后一个幻象还没有成为现实。"他以保罗的声音说道，"你知道我看到的幻象是什么。"

她用右手摸了摸他的脸颊："你走进沙漠是为了寻求死亡吗，我亲爱的？你是这么做的吗？"

"或许我这么做了。但那个幻象……难道它还不足以成为我坚持活下去的理由？"

"哪怕是作为瞎子活下去？"她问道。

"哪怕是作为瞎子活下去。"

"你想去哪儿？"

他颤抖着，深深吸了口气："迦科鲁图。"

"亲爱的！"泪水滑下她的面颊。

"作为英雄的穆阿迪布必须被彻底摧毁，"他说道，"否则，这个孩子无法带领我们走出混乱。"

"金色通道，"她说道，"这是个不祥的幻象。"

"这是唯一可能的幻象。"

"厄莉娅已经失败了，接着……"

"彻底失败。她的表现你也看到了。"

"你母亲回来得太晚了。"她点了点头，甘尼玛那张孩子气的脸上现出的是聪慧的契尼的表情，"再没有其他的幻象了吗？或许……"

"没有，亲爱的。还没到时候。窥视未来，然后安全返回——这种事，这孩子目前还无法做到。"

他再一次颤抖着长出一口气，旁观的雷托能感觉到父亲多么希望能再活一次，能在活着时作出决定……他多么希望能够改变过去作出的错误决定啊！

"父亲！"雷托喊道，声音仿佛在自己的颅内回荡。

父亲在他体内的存在渐渐消退，这是强有力的意志的表现，强行压下自己的冲动，放开自己掌握中的感知官能和肌肉。

"亲爱的，"契尼的声音在他耳边低语，消退放慢了速度，"怎么了？"

"先等等。"雷托说道，这是他自己的声音，焦躁不安。他接着说："契尼，你必须告诉我们，我们怎么才能……才能避免重蹈厄莉娅的覆辙？"

体内的保罗回答了他，声音直接传到他的内耳，时断时续，伴随着长时间的停顿："没有确切的方法。你……看到的是……几乎……发生在……我身上的……事。"

"但是厄莉娅……"

"该死的男爵控制了她！"

雷托感觉自己的喉咙发干，仿佛在冒烟："他……控制……我了吗？"

"他在你体内……但是……我……我们不能……有时我们能……互相感觉到，但是你……"

"你能感知我的想法吗？"雷托问道，"你知道他是否……"

"我有时能感觉到你的想法……但是我……我们只存在于……你的意识中。你的记忆创造了我们。十分危险……这种极其精确的记忆。我们中的有些人……热衷于权力的人……那些不择手段追求权力的人……他们的记忆会更精确。"

"更强大？"雷托低语道。

"更强大。"

"我知道你的幻象，"雷托说道，"与其让他控制我，还不如把我变成你。"

"不！"

雷托点了点头，他知道父亲需要多么强大的意志力才能回绝他的请求。他也意识到了一旦父亲没能抵抗诱惑的后果。任何形式的掌控都能将被掌控的人变成邪物。意识到这一点，他产生了一股全新的力量，感到自己的身体变得异常敏锐，对过去的错误——他自己的和他祖先的——也有了更深层的认识。此前，这具身体之所以比现在迟钝，是因为他内心深处的怀疑：不知道自己究竟有没有预见未来的潜力。这一点，他现在明白了。一瞬间，诱惑与恐惧在他体内展开了激烈的斗争。这个肉体拥有将香料转变成未来幻象的能力。有了香料，他可以呼吸到未来的空气，扯碎时间的面纱。他感到自己很难摆脱这诱惑，于是双手合十，进入龟息意识。他的肉体打退了诱惑。他的肉体掌握着来自保罗血脉的知识：寻找未来的人希望能在与明天的赌博中获胜，然而他们却发现自己陷入了生命泥潭，他们的每次心跳和每次痛苦的哀号都已事先知悉。保罗的幻象指出了一条脱离泥潭的生路，尽管这条路很不稳定。但是雷托知道他没有别的选择，只能走上这条路。

"生命之所以美丽，是因为生命随时会给你带来事先未知的惊喜。"他说。

一个温柔的声音在他耳内低语："是的，多么美丽，真不愿意放弃这样美丽的生命。"

雷托转过头去。甘尼玛的双眼在明亮的月光下闪闪发光，而他看到的却是契尼在注视着他。"母亲，"他说道，"你必须放弃。"

"啊，诱惑啊！"她说道，吻了吻他。

他推开她。"你会夺走你女儿的生命吗？"他问道。

"太简单了……简单到极点。"她说道。

雷托只觉得恐惧在体内升起。他想起他体内父亲的自我用了多么强大的意志力才放弃了他的肉体。甘尼玛方才也像他一样，旁观并倾听，理解了他需要从父亲那儿学到的东西。难道她会失陷在那个旁观者的世界中，永远无法逃离了吗？

"我鄙视你，母亲。"他说道。

"其他人不会鄙视我，"她说道，"成为我的爱人吧。"

"如果我这么做了……你知道你们两个将成为什么样的人，"他说道，"我父亲会鄙视你的。"

"绝不会！"

"我会的！"

这声音完全不受他意志的控制，直接从他喉咙处挤了出来。声音中带着保罗从他的贝尼·杰瑟里特母亲处学来的音言声调。

"别这么说。"她呻吟道。

"我会鄙视你！"

"不……不要这么说。"

雷托摸了摸喉咙，感到那里的肌肉再次属于了自己："他会鄙视你。他将不再理睬你。他将再次走入沙漠。"

"不……不……"

她用力摇头。

"你必须走，母亲，"他说道。

"不……不……"但声音已不再像刚才那么坚定了。雷托看着他妹妹的脸。她脸上的肌肉扭曲得多厉害啊！脸上的表情随着她体内的挣扎不停变动。

"走，"他低语道，"走吧。"

"不……"

他抓住她的手臂，感觉到了她肌肉的震颤和神经的抽搐。她挣扎着，想挣开他，但他把她抓得更紧了，同时低声说道："走……走……"

雷托不断责备自己说服甘尼玛进入这场父母亲的游戏。以前，他们曾多次玩过这个游戏，但近来甘尼玛一直在抗拒。他意识到女性在内部攻击面前显得更为脆弱。贝尼·杰瑟里特的恐惧看来便起源于此。

几个小时过去了，甘尼玛的身体仍然在内部的斗争中战栗和扭曲着，但是现在，妹妹的声音也加入了争论。他听到了她在对体内的形象说话，声音中充满祈求。

"母亲……求你了……"她说道，"你看看厄莉娅！你想成为另一个厄莉娅吗？"

终于，甘尼玛倚在他身上，低声说道："她接受了。她走了。"

他抚摸着她的头："甘尼玛，对不起，对不起。我再也不会让你这么做了。我太自私了。原谅我。"

"没什么需要原谅的。"她喘息着说道，仿佛消耗了太多体力，"我们学到了很多东西，我们必须了解的东西。"

"她对你说了很多吗？"他说道，"等会儿我们分享一下……"

"不！现在就分享。你是对的。"

"我的金色通道？"

"是，你那该死的金色通道！"

"没有关键数据支持的逻辑分析毫无意义，"他说道，"但是我……"

"祖母回来是为了指引我们，还有，看看我们是否已经被……污染了。"

"邓肯早就这么说过。没什么新鲜的……"

"他通过计算得出了这个答案。"她同意道，声音逐渐变得有力起来。她离开他的怀抱，向外看着黎明前宁静的沙漠。这场战斗……这些知识消耗了他们整整一夜。水汽密封口后的卫兵肯定对很多人作出了解释。雷托曾命令他不要让任何人打扰他们。

"随着年龄的增长，人总是变得越来越成熟、圆滑。"雷托说道，"而我们体内蓄积着那么久远的记忆，我们能从中学到什么？"

"我们看到的宇宙从来不是固定不变的同一个宇宙，这个宇宙也从来不是完全由客观物质所组成。"她说，"所以，我们不能把这位祖母看成一位纯粹的祖母。"

"那么做就危险了。"他同意道，"但我的问题是……"

"对我们来说，有的东西远比成熟、圆滑重要得多。"她说道，"在我们的意识中，我们必须预留一部分，专门体察我们无法预知的事件。正是为了这个……母亲才会常常和我说起杰西卡。当我们两个最终在我体内协调一致之后，她说了很多事。"甘尼玛叹了口气。

"我们知道她是我们的祖母，"他说道，"你昨天和她相处了好几个小时，这就是为什么……"

"我们的内心将决定我们对她采取什么态度，只要我们愿意这么做。"甘尼玛说道，"这也是我母亲反复警告我的话。她引用了祖母说过的话，而且——"甘尼玛碰了碰他的肩膀，"我还听到了祖母的声音，在我体内回响。"

"小心！"雷托说道。这种想法让他很不舒服。这个世上还有靠得住的东西吗？

"最致命的错误大多源自不合时宜的假设，"甘尼玛说道，"这就是母亲反复引用的话。"

"纯粹的贝尼·杰瑟里特语言。"

"如果……如果杰西卡完全回归了贝尼·杰瑟里特姐妹会……"

"对我们来说就危险了，极度危险。"他说道，"我们身上流着魁萨茨·哈德拉克——他们的男性贝尼·杰瑟里特——的血脉。"

"她们不会放弃那个追求，"她说道，"但她们可能放弃我们。祖母可能就是她们的工具。"

"还有另外一种解决办法。"他说道。

"是的——我们两个——结成配偶。但她们也知道，近亲繁殖会给这种配对带来很大的麻烦。"

"她们肯定探讨过这种做法。"

"我们的祖母肯定也参与了。我不喜欢这么做。"

"我也不喜欢。"

"不过，为了延续血脉，前朝皇室也这么做过。这不是第一次……"

"这种做法让我恶心。"他战栗着说。

她感到了他的颤抖，陷入了沉默。

"力量。"他说道。

由于他们之间的神奇的联系，她知道他在想些什么。"魁萨茨·哈德拉克的力量必须被毁灭。"她同意道。

"如果为她们所用的话。"他说道。

就在这时，白昼降临到他们下方的沙漠。他们感到了热量上升。悬崖下种植园内的颜色显得分外鲜明。浅绿色的叶子在地上留下了阴影。沙丘的清晨，低矮的银色太阳发出的光线照亮了绿洲。在悬崖的遮挡下，绿洲上点缀着片片金色和紫色的阴影。

雷托站起来，伸了个懒腰。

"走走金色通道吧。"甘尼玛说道，既是对他说，也是对她自己说。她知道，父亲最后的幻象已与雷托做的那些预言性的梦会合，与雷托的梦融为一体。

有东西刮擦着他们身后的密封口，密封口后传来了人声。

雷托换了一种语言，用他们私下用的古老语言说道："L'ii ani howr samis sm' Kwi owr samit sut."

这就是自发出现在他们意识中的决定。从字面意思上来说就是：*我们会相互陪伴，前往死亡之地，但只有一个人能活着回来报告那里的情况。*

甘尼玛也站了起来，两个人一起揭开密封口，回到穴地。卫兵们站了起来，跟随这对双胞胎前往他们的住处。这个早晨，穴地内的人群在他们面前分开的样子与以往不同，还不断与卫兵们交换着眼神。在沙漠中独自过夜是弗雷曼圣人的传统仪式。所有乌玛都经历过类似的守夜。保罗·穆阿迪布经历过……还有厄莉娅。现在轮到了这对皇家双胞胎。

雷托注意到了这个不同之处，并告诉了甘尼玛。

"他们不知道我们为他们作出了什么决定，"她说道，"他们真的什么都不知道。"

他仍然用私下用的古老语言说道："这种事，必须有一个最幸运的开端。”

甘尼玛迟疑片刻，稍稍整理她的思路，随后开口道：“到时候，就为这对兄妹哀悼吧。必须完全逼真，甚至坟墓都得造好。心必须紧紧伴随着长眠于地下的人，因为说不定真的会就此长眠，永不醒来。”

在那种古老语言中，这段话通过一个与不定词分离的代词宾语，表达了非常深远的寓意。这种语法规定，每个短语的意义都由它所处的位置决定，在不同的位置有截然不同的含意，但这些含意之间又有某种微妙的关联。

她话中的部分含意是：他们冒着死亡的风险开展雷托的计划，可能是模拟的死亡，也可能是真正的死亡。只要进行过程中稍有变化，那便是真正的死亡，真是所谓假戏真做。从整体上看，这句话还有另一层意思，那就是对活下来的人的一种期许：活着的人要行动起来。任何一步的差错都将毁掉整个计划，使雷托的金色通道成为一条死路。

“说得好。”雷托同意道。他掀开门帘，两人走进住所的前厅。

见他们进来，室内的仆人们一顿，停下了手中的活计。双胞胎走进通向杰西卡夫人房间的拱形门廊。

“记住，你并不是地狱的判官。”甘尼玛提醒他道。

“我也不打算成为一个判官。”

甘尼玛抓住他的手臂，让他停下。“厄莉娅darsaty haunus m'smow。”她警告道。

雷托盯着他妹妹的眼睛。她说得对，厄莉娅的行为的确散发出一种可疑的味道，他们的祖母已经意识到了。

“我们厄崔迪家族一直有大胆鲁莽的传统。”他说道。

“想要什么就一把拿过来。”她说道。

“要么如此，要么成为我们那位摄政女皇宝座前卑下的请愿者。"他说道，"厄莉娅会很高兴我们这么做的。"

"但是我们的计划……"她咽下了后半句话。

我们的计划，他想，现在，她已经完全支持这个计划了。他说："我把我们的计划看成井台上的劳作。"

甘尼玛回头看了看他们刚刚经过的前厅，闻到了早晨特有的气味。这种气味永远带着一股万事开端的味道。她喜欢雷托这句话。

井台上的劳作。这是一个象征。他把他们的计划看成低贱的农活：施肥、灌溉、除草、栽种、修剪——但是在弗雷曼语境中，在这个世界的农田中操劳，也就是在另一个世界中耕耘，只不过那里耕耘的是心灵的田畴。

在岩石门廊内逗留时，甘尼玛仔细琢磨着哥哥。她越来越明显地感觉到他的追求分为两个层次：一、他和父亲关于金色通道的幻象；二、让她不再干涉，允许他根据他们的计划，开始一个极其危险的行动：创造新的神话。她感到了恐惧。他内心深处是否还有一些幻象没有与她分享？他是否将自己视为潜在的领导人类重生的神——将自己视为上帝，而人类是他的子民？对穆阿迪布的崇拜已经渐渐走上了邪路，原因之一是厄莉娅的错误管理，另一个原因则是不受约束的军事化教会控制了弗雷曼人。雷托想使这一切浴火重生。

他在我面前掩饰了一些东西，她意识到。

她回想起他曾经对她说过的梦。梦中的现实是如此灿烂，清醒之后，他会头晕目眩地漫步好几个小时。他说过，那些梦从来没有任何变化。

在明亮的黄色日光下，我站在沙地上，但是天上却没有太阳。随后我意识到我自己就是太阳。我的光芒如同金色通道那样照耀四方。当我意识到这一点之后，我从自己的身体里走了出来。我转身，期望看到

自己像太阳般耀眼。但我不是太阳，我只是一幅涂鸦，像孩子们画的那种画，歪歪扭扭的眼睛，树棍一样的胳膊和腿。我的左手里有一根权杖，而且是一根真正的权杖——在细节方面，比拿着它的树棍似的胳膊真实得多。权杖在移动，我害怕了。随着它的移动，我觉得自己在慢慢醒来，但我知道自己仍在梦中。我意识到我的皮肤被某种东西包裹住了——一件盔甲，随着我的移动而移动。我看不到盔甲，但我能感觉到。这时，恐惧离开了我，因为盔甲给了我一千个人的力量。

甘尼玛盯着雷托，他想移开目光，继续朝通向杰西卡房间的走廊前进。但甘尼玛拒绝了。

"这条金色通道可能比其他通道好不到哪儿去。"她说道。

雷托看着他们之间的岩石地面，感到甘尼玛的怀疑正不断加强。

"我必须这么做。"他说道。

"厄莉娅已经入了魔道，成为邪物。"她说道，"同样的事也可能发生在我们身上。甚至可能已经发生了，只是我们不知道罢了。"

"不会，"他迎着她的目光，摇了摇头，"因为厄莉娅抗拒过。抗拒使她体内的生命有了力量，压倒了她自己的力量。我们则大胆地向自己内部搜寻，寻找古老的语言和知识。我们已经与体内的生命融合在一起。我们没有抗拒；我们与他们共生。这就是昨晚我从父亲那儿学来的，也是我必须学会的。"

"他在我体内没有提过这些。"

"当时你在倾听我们母亲的教诲，这是我们……"

"我差点迷失了。"

"她在你体内仍旧那么强大吗？"他的脸由于紧张而绷紧了。

"是的……但现在，我认为她在用爱保护我。你在和她争论时表现得很出色。"甘尼玛回想着体内母亲的形象，说道，"我们的母亲与其他人一起为我而存在，但是她已经被你说服了，所以我现在可以放心地听从她的教诲。至于其他人……"

"是的，"他说道，"我听从我父亲的教诲，但是我觉得，我听从的其实是与我同名的祖父的建议。或许同名使我更易于听从他的意见。"

"你接受的建议中，有没有让你去和我们的祖母谈论金色通道的事？"

雷托顿了顿，等着一个仆人端着杰西卡夫人的早餐盘从他们面前经过。仆人走过后，空气中弥漫着香料的强烈气味。

"她同时活在我们的和她自己的体内，"雷托说道，"所以，她的建议能被我们考虑两次。"

"我不行，"甘尼玛抗议道，"我不会再冒这类风险了。"

"让我来吧。"

"我想我们都承认她已经回归了姐妹会。"

"是的。贝尼·杰瑟里特是她生命的开端，她自己占据了生命的中段，现在贝尼·杰瑟里特又成了她生命的结尾。但是请记住，她也携带着哈克南家族的血脉，在血缘上比我们离哈克南家族更近，而且她同样有内部生命的体验，和我们一样。"

"但她的体验非常粗浅。"甘尼玛说道，"你还没有回答我的问题呢。"

"我想我不会和她说金色通道的事。"

"我会的。"

"甘尼玛！"

"把厄崔迪家的人再树几个起来，被人视为神明？不，我们不需要，我们需要的是人性。"

"我向来赞成这种意见，还记得吗？"

"是的。"她深深吸了一口气，将目光转向别处。前厅的仆人们偷偷窥视他们，从语气中听出他们在争论，只是听不懂他们使用的古老语言。

"我们别无选择，"他说道，"如果我们不行动，还不如伏刃而死得了。"他使用的是弗雷曼人的语言，本意是"把我们的水洒在部落的蓄水池内"。

甘尼玛再一次注视着他。她只能同意，但觉得自己陷入了一个迷魂阵。他们两人都知道，不管他们怎么做，未来总会有彻底清算的一天。从体内无数生命中汲取的经验更强化了甘尼玛的这一信念，但利用这些生命的经验，就是加强他们的力量。

甘尼玛感到了深深的恐惧。他们潜伏在她体内，犹如一群潜藏的魔鬼。

除了她的母亲。她曾经占据了甘尼玛的肉体，但最终还是放弃了。直到现在，甘尼玛仍然能感觉到那场体内斗争带来的震颤。如果不是雷托的劝阻，她可能会就此迷失。

雷托说他的金色通道能带领着他们走出困境。她知道他说的是真心话，只是也许隐藏了什么。他需要她的创造力来丰富他的计划。

"肯定会测试我们。"他说道，他知道她在担心什么。

"不是用香料。"

"也可能会用到香料。当然，还会在沙漠中进行魔道测试，看我们是不是邪物。"

"你从来没有提过魔道测试！"她责备地说，"这是你梦境的一部分吗？"

他想要咽口唾沫润润嗓子，诅咒着自己的疏忽："是的。"

"在你的梦中，我们……坠入魔道了吗？"

"没有。"

她想象着测试——那个古老的弗雷曼测试，通常以横死收场。看来这个计划还有更多的复杂之处。这个计划会让他们走在钢丝绳上，两边都是万丈深渊，无论倒向哪一边，都不会有人扶持他们。

雷托知道她在想什么："权力吸引着疯子。向来如此。我们一定要竭力避开我们体内的那些疯狂者。"

"你确信我们不会……坠入魔道？"

"如果我们创造了金色通道，就不会。"

她仍然怀疑，说道："我不会怀上你的孩子，雷托。"

他摇了摇头，强压着内心想要坦白的欲望，用古老语言中的皇家正式用语说道："我的妹妹，我爱你胜过爱我自己，但你所说的并非我的渴望。"

"很好。那么，在和祖母见面之前，让我们讨论讨论另一种做法。一把插在厄莉娅身上的刀或许会解决我们的大多数问题。"

"如果你相信这么做可行的话，就等于相信在泥地里走路却不留痕迹。"他说道，"再说，厄莉娅会给任何人这种机会吗？"

"大家在议论贾维德的事。"

"邓肯表现出戴绿帽子的模样了吗？"

甘尼玛耸了耸肩膀。

"我们必须按我的方法去做。"他说道。

"另一种方法可能还没那么肮脏。"

听到她的回答之后，他知道她已经打消了疑虑，同意了他的计划。他感到欣喜。但他发现自己正看着双手，怀疑手上沾着洗不净的污迹。

这是穆阿迪布的成就：他将每个人的潜意识都视为未经开掘的记忆库，保存在其中的记忆可以追溯到形成我们共同基因的最初的细胞。他说，我们每个人都能衡量出与那个共同起源的距离。看到并说出这一点之后，他作出了大胆的决定。穆阿迪布承担起了整合基因记忆、让它不断进化的任务。于是，他撕破了时间的面纱，使过去与未来融为一体。这就是穆阿迪布传承给他儿子和女儿的创造力。

　　　　　　　　——摘自哈克·艾尔-艾达的《厄拉科斯的圣经》

　　法拉肯大步行走在他祖父皇宫内的花园里，萨鲁撒·塞康达斯行星上的太阳升高至正午位置，他的影子也随之变得越来越短。他必须尽量迈开步子才跟得上他身旁的高个子霸撒。

　　"我还有疑虑，泰卡尼克。"他说道，"哦，宝座对我有吸引力，这是不可否认的。但是——"他深吸了一口气，"——我还有更多的爱好。"

　　刚刚与法拉肯母亲激烈辩论过的泰卡尼克扭头看着他身边的王子。随着十八岁生日的来临，小伙子的肌肉正越来越结实。随着时间的流逝，他体内文希亚的成分越来越少，而老沙达姆的影响却越来越强。

老沙达姆喜爱自己的私人嗜好多于承担皇室的职责。这一点使他的统治手段变得越来越软弱，最后使他丢掉了皇位。

"你必须作出选择。"泰卡尼克说道，"哦，当然，你无疑会有时间满足其他某些爱好，但是……"

法拉肯咬了咬他的下嘴唇。他到这儿来有新的任务，但他觉得有些泄气。他宁愿回到那片岩石圈起来的土地上，沙鳟的试验正在那儿展开。这是个具有无限潜力的项目：从厄拉科斯手中争夺香料的垄断权。那以后，什么都可能发生。

"你确信那对双胞胎会被……除掉？"

"没有什么能百分之百确定的，我的王子，但是前景不错。"

法拉肯耸了耸肩。暗杀是皇室生活中的一部分。他们的语言中充满了各式除去重要人物的微妙的表达方式，只需一个简单的词语就能让人知道是在饮料中下毒还是在食物中下毒。他猜那对双胞胎会被毒药除掉。这不是个令人愉快的想法。无论从哪方面来说，那对双胞胎都是两个有趣的人。

"我们必须搬到厄拉科斯去吗？"法拉肯问道。

"到风口浪尖上，这是最好的选择。"但泰卡尼克觉得，法拉肯似乎在回避某些问题。不知这些问题到底是什么。

"我很不安啊，泰卡尼克。"法拉肯说道，他们绕过一处长着灌木丛的角落，朝着被巨大的黑色玫瑰包围的喷泉走去。灌木丛后传来园丁们修剪枝条的声音。

"什么？"泰卡尼克立即问道。

"有关，嗯，你加入的宗教……"

"这没什么奇怪的，我的王子。"泰卡尼克说道，他希望自己的声音仍然能保持镇定，"这种宗教和我这个战士很相配。对萨多卡来说，这是一种非常合适的宗教。"至少后面这句话是真的。

"是的……但我的母亲对此感到异常兴奋。"该死的文希亚！他想，她的举动引起了她儿子的怀疑。

"我不管你母亲想什么，"泰卡尼克说道，"一个人的宗教观是他自己的私事。或许她从中看到了某些有助于你登上皇位的东西。"

"我也是这么想的。"法拉肯说道。

哈，好个敏锐的小伙子！泰卡尼克想。他说道："你自己去体会体会那种宗教吧，你马上就会明白我为什么选择它。"

"可那是……穆阿迪布那一套呀。他毕竟是厄崔迪家族的人。"

"我只能说上帝的行事方式凡人无法了解。"泰卡尼克说。

"我明白了。告诉我，泰卡尼克，为什么刚才你要我和你一起散步呢？马上到正午了，这个时候你通常都会奉我母亲的命令去什么地方办事。"

泰卡尼克在一张石凳前停住脚步，那张石凳面对着喷泉以及喷泉后的大玫瑰。水声抚慰着他，开口说话时，他的注意力仍然集中在喷泉上。"我的王子，我做了一些你母亲不喜欢的事。"他暗自想道：只要他相信了这个，她那该死的安排就有可能成功。泰卡尼克实在是希望她的安排会失败。把那个该死的传教士带到这儿来。她简直疯了。那么大的投入！

泰卡尼克保持着沉默，等待着。法拉肯问道："好吧，你干了什么，泰卡尼克？"

"我带来了一位占梦者。"泰卡尼克说道。

法拉肯看了一眼自己的同伴。有些老萨多卡原本便喜爱玩这种解梦游戏，被"超级做梦者"穆阿迪布打败之后更是有愈演愈烈的趋势。他们认为梦中有让他们重返权力和荣耀的通道。但是泰卡尼克一贯对这种游戏避之不及。

"听上去不像你干的事呀，泰卡尼克。"法拉肯说道。

"我只能说这是由于我新近皈依的宗教的缘故。"他看着喷泉说。说到宗教，当然，这就是他们冒险把传教士带到这儿来的原因。

"那么，就从你的新宗教说起吧。"法拉肯说道。

"遵命。"他转过身，看着这个年轻人。一切都要依靠他所做的那些梦，这个年轻人的梦境铺就了科瑞诺家族重掌大权的道路。

"教堂和国家，我的王子，科学和信仰，甚至包括发展与传统——所有这些，都被整合在穆阿迪布的教义中。他教导说世上没有不可妥协的对立。这种对立只可能存在于人们的信仰之中，有时或许还会存在于他们的梦想中。人们从过去中发掘未来，这二者是同一个整体的组成部分。"

虽说抱着怀疑的态度，法拉肯发觉自己还是被这番话吸引住了。他听出泰卡尼克的语气中有一丝不情愿，好像他是被迫说出这番话的。

"这就是你带来这位……这位占梦者的原因？"

"是的，我的王子。或许你的梦能够穿越时光。只有当你认识到宇宙是个统一体时，你才能掌握潜伏在你体内的潜意识。你的那些梦……怎么说呢……"

"可我认为我的梦没什么用，"法拉肯抗议道，"它们确实让人很好奇，但仅此而已。我没想到你会……"

"我的王子，你做的任何事都是重要的。"

"谢谢你的恭维，泰卡尼克。你真的相信这家伙能破解宇宙的神秘？"

"是的，我的王子。"

"那就让我母亲不高兴去吧。"

"你会见他吗？"

"当然——你带他来不就是为了让我母亲不高兴吗？"

他在嘲弄我吗？ 泰卡尼克不禁怀疑起来。他说："我必须警告你，这位老人戴着个面具。这是一种机械装置，使瞎子能通过皮肤观察外界。"

"他是个瞎子？"

"是的，我的王子。"

"他知道我是谁吗？"

"我告诉他了，我的王子。"

"很好。我们去他那儿吧。"

"如果王子能稍等一会儿，我会把那个人带到这里来。"

法拉肯看了看喷泉花园的四周，笑了。这个地方倒是与这种愚昧行为非常相配。"你告诉他我做过什么梦吗？"

"说了个大概，我的王子。他会问你一些具体的问题。"

"哦，很好。我等着。带那个家伙过来吧。"

法拉肯转过身，只听泰卡尼克匆忙离去。他看到一个园丁在灌木丛那头工作，他只能看到园丁戴着棕色帽子的头，以及闪亮的剪刀在绿色植物上戳来戳去。这个动作有催眠的作用。

占梦这一套简直是胡扯，法拉肯想，*泰卡尼克没跟我商量就这么做是不对的。他在这个年纪入教本来就已经够奇怪的了，现在居然又开始相信占梦。*

身后传来脚步声，是他熟悉的泰卡尼克的自信的步伐，掺杂着一阵拖沓的脚步声。法拉肯转过身，看着渐渐走近的占梦者。他那副面具是个黑色面纱般的东西，遮住了从额头到下巴的部分。面具上没有眼孔。制造这玩意儿的伊克斯人吹嘘说，整个面具就是一只眼睛。

泰卡尼克在离他两步远的地方停住脚步，但戴面具的人停在离他不到一步的地方。

"这位是占梦者。"泰卡尼克说道。

法拉肯点点头。

戴着面具的老人深深地咳嗽了一声，仿佛想从他的胃里咳出什么似的。

法拉肯敏锐地察觉到，老人身上散发出一股香料发酵的味道。气味是从裹着他身体的灰色长袍内发出的。

"面具真的是你身体的一部分？"法拉肯问道，意识到自己希望推迟谈论有关梦的话题。

"当我戴着它时，是的。"老人说，声音中有轻微的鼻音，是弗雷曼口音。"你的梦，"他说，"告诉我。"

法拉肯耸耸肩膀。为什么不呢？这不就是泰卡尼克带老人前来的原因吗？但真的是吗？法拉肯产生了怀疑，他问道："你真的是个占梦者？"

"我前来为你解梦，尊贵的殿下。"

法拉肯再次耸了耸肩。这个戴着面具的家伙令他紧张。他朝泰卡尼克看了一眼，泰卡尼克仍然站在刚才的位置，双臂环抱在胸前，眼睛盯着喷泉。

"你的梦。"老人坚持道。

法拉肯深深吸了口气，开始回忆自己的梦。当他完全沉浸于其中时，开口叙述就不再那么困难了。他描绘起来：水在井中向上流，原子在他的脑袋中跳舞，蛇变身成为一条沙虫，然后爆炸，成为一片灰尘。说出蛇的故事时，他惊讶地发现他需要下更大的决心才能说出口。他觉得极其勉强，越说越恼怒。

法拉肯说完了，老人显得无动于衷。黑色的薄纱面罩随着他的呼吸微微飘动。法拉肯等待着。沉默仍在继续。

法拉肯问道："你不准备解我的梦吗？"

"我已经解好了。"他说道，声音仿佛来自远方。

"是吗？"法拉肯发现自己的声音近乎尖叫。说出这些梦使他太紧张了。

老人仍然保持着无动于衷的沉默。

"告诉我！"他语气中的愤怒已经很明显了。

"我说我已经解了，"老人说道，"但我还没有同意把我的解释告诉你。"

连泰卡尼克都震动了。他放下双臂，双手在腰间握成了拳头。"什么？"他咬牙说道。

"我没有说我会公布我的解释。"老人说道。

"你希望得到更多的报酬？"法拉肯问道。

"我被带到这里来时，并没有要求报酬。"他回答中的某种冷漠的高傲缓解了法拉肯的愤怒。以任何标准来衡量，这都是个勇敢的老人。他肯定知道，不服从的结局就是死亡。

"让我来，我的王子。"泰卡尼克抢在法拉肯开口前说，"你能告诉我们为什么你不愿意公布你的解释吗？"

"好的，阁下。这些梦告诉我，解释梦中的事情毫无必要。"

法拉肯再也控制不住自己了："你是说我早就知道了这些梦的含义？"

"或许是的，殿下，但这并不是我的重点。"

泰卡尼克走上前来，站在法拉肯身旁。两个人都盯着老人。"解释你的话。"泰卡尼克说道。

"对。"法拉肯说道。

"如果我解释了你的梦，探究你梦中的水和沙尘、蛇和沙虫，分析原子在你脑袋中跳舞，就像它们在我脑袋中跳动一样——哦，我尊贵的殿下，我的话只能让你更加疑惑，而且你会坚持自己错误的理解。"

"你不担心你的话惹我生气吗？"法拉肯问道。

"殿下！你已经生气了。"

"你是因为不相信我们？"泰卡尼克问道。

"非常接近了，阁下。我不相信你们两个，是因为你们不相信你们自己。"

"你做得太过分了。"泰卡尼克说道，"有人曾因为轻得多的犯上行为而被处决。"

法拉肯点了点头："不要引诱我们生气。"

"科瑞诺家族愤怒时的致命后果已广为人知，萨鲁撒·塞康达斯的殿下。"老人说道。

泰卡尼克抓住法拉肯的手臂，问道："你想激怒我们杀了你？"

法拉肯没有想到这一点，这种可能性让他感到一阵寒意。这位自称传教士的老人……他是否隐藏了什么东西？他的死亡能带来什么后果？殉教者有可能引发危险的后果。

"我想，不管我说了什么，你都会杀了我。"传教士说道，"我想你了解我的价值观，霸撒，而你的王子却对此有所怀疑。"

"你坚持不肯解梦吗？"泰卡尼克问道。

"我已经解过了。"

"你不肯公布你从梦中看到的东西？"

"你在责怪我吗，阁下？"

"你对我们有什么价值，让我们不能杀你？"法拉肯问道。

传教士伸出他的右手："只要我挥一挥这只手，邓肯就会来到我面前，听候我的差遣。"

"毫无根据的吹嘘。"法拉肯说道。

但是泰卡尼克却摇了摇头，想起了他与文希亚的争辩。他说道："我的王子，这可能是真的。传教士在沙丘上有很多追随者。"

"你为什么没告诉我他来自那个地方？"法拉肯问道。

没等泰卡尼克开口回答，传教士便对法拉肯说道："殿下，你不应该对厄拉科斯有负罪感。你只不过是你这个时代的产物。"

"负罪感！"法拉肯勃然大怒。

传教士只是耸了耸肩。

奇怪的是，这个动作使法拉肯转怒为喜。他大笑起来，扭过头，见泰卡尼克正吃惊地看着他。他说："我喜欢你，传教士。"

"我很高兴，王子。"老人说。

法拉肯压下笑意："我们会在这儿安排一个房间，你将正式成为我的占梦者——哪怕你不告诉我，你在我的梦中看到了什么。你还可以给我讲讲沙丘，我对那个地方非常好奇。"

"我不能答应你，王子。"

他的愤怒又回来了。法拉肯看着他黑色的面具："为什么不能，占梦者？"

"我的王子。"泰卡尼克说道，碰了碰法拉肯的手臂。

"什么事，泰卡尼克？"

"我们带他来这里时，与宇航公会签署了一个协议。他将回到沙丘。"

"我将被召唤回厄拉科斯。"传教士说道。

"谁在召唤你？"法拉肯问道。

"比你更为强大的力量，王子。"

法拉肯不解地看了泰卡尼克一眼："他是厄崔迪家族的间谍吗？"

"不太可能，我的王子。厄莉娅悬赏要他的命。"

"如果不是厄崔迪家族，那么是谁在召唤你？"法拉肯转过头，看着传教士。

"比厄崔迪家族更为强大的力量。"

法拉肯不禁发出了一阵笑声。简直是一派神秘主义者的胡言。泰卡尼克怎么会上了这种家伙的当？这位传教士可能是被——某种梦召唤着。梦有这么重要吗？

"完全是浪费时间，泰卡尼克，"法拉肯说道，"你为什么要让我参与这出闹剧？"

"这是个很合算的交易，我的王子，"泰卡尼克说道，"这位占梦者答应我把邓肯·艾达荷变成科瑞诺家族的间谍。他要求的价钱就是让他见到你并给你解梦。"泰卡尼克暗自想道：**至少占梦者对文希亚是这么说的！霸撒心中却十分怀疑。**

"为什么我的梦对你如此重要，老人家？"法拉肯问道。

"你的梦告诉我，重大事件正朝着一个合乎逻辑的结果迈进。"传教士说道，"我必须尽快回去。"

法拉肯嘲弄地说道："但你仍然没有解释，不给我任何建议。"

"建议，我的王子，是危险的东西。但我会斗胆说上几句，你可以视为建议或任何能使你高兴的解释。"

"不胜荣幸。"法拉肯说道。

传教士戴着面具的脸僵直地面对着法拉肯："政府会因为看起来微不足道的原因而蓬勃或衰败，王子。不管是多么微小的事件！两个女人间的争吵……某天的风会吹向哪个方向……一个喷嚏、一次咳嗽、织物的长度或是沙子偶尔迷住了朝臣的眼睛。历史发展的轨迹不总是体现在帝国大臣的治国纲领中，也不受假借上帝之手的教士们的教导所左右。"

法拉肯发觉自己被这番话深深地触动了，他无法解释自己的内心为何会泛起波澜。

然而泰卡尼克的思绪却锁定在其中的一个单词上。为什么传教士要特别提到织物呢？泰卡尼克想到送给厄崔迪双胞胎的皇家服装，还有受训的老虎。这个老人在微妙地表达一个警告吗？他知道多少？

"你的建议是什么？"法拉肯问道。

"如果希望成功，"传教士说道，"你必须缩小策略的应用范围，将它集中在焦点上。策略用在什么地方？用在特定的地方，针对特定的人群。但即使你给予了最大限度的关注，一些无关紧要的细节仍然会从你眼皮底下溜走。王子，你的策略能缩小到一个地方总督的妻子身上吗？"

泰卡尼克冷冷地插话道："为什么总对策略说个没完，传教士？你认为我的王子将拥有什么？"

"他被人带领着去追求皇位，"传教士说道，"我祝他好运，但他需要的远不只是好运气。"

"这些话很危险，"法拉肯说道，"你怎么敢这么说？"

"野心通常不会受到现实的干扰，"传教士说道，"我敢这么说是因为你站在一个十字路口。你可以成为一个受尊敬的人。但是现在，你被一群不顾道德正义的人包围了，被策略先行的顾问们包围了。你年轻、强壮而且果敢。但你没有受到更高级的训练，无法通过那种手段发展你的个性。这很令人难过，你身上有弱点，我已经描绘了这些弱点的范围。"

"什么意思？"泰卡尼克问道。

"说话注意点，"法拉肯说道，"什么弱点？"

"你没有深究过你到底喜欢什么样的社会，"传教士说道，"你没有考虑国民的希望。即便是你正在追求的帝国，你也没有想象过它应该是一种什么形式。"他将戴着面具的脸转向泰卡尼克，"你的眼睛盯着权力，而不是权力本身的微妙作用和危险。你的未来因此充满不确定因素。无法看到每个细节时，你怎么能创造一个新纪元呢？你果敢的精神不会为你而用。这就是你的弱点所在。"

法拉肯长时间地盯着老人，考虑着他话中隐含的深意。话中深意建筑在如此虚无的概念之上。道德！社会目标！和社会演变相比，这些只不过是神话而已！

泰卡尼克说道："我们谈得够多了。你答应的价钱呢，传教士？"

"邓肯·艾达荷是你们的了，"传教士说道，"利用他的时候要小心。他是无价的珍宝。"

"哦，我们有个合适的任务派给他。"泰卡尼克说道，他看了一眼法拉肯，"可以走了吗，我的王子？"

"在我改变主意之前送他走吧。"法拉肯说道。随后，他盯着泰卡尼克："我不喜欢你这样利用我，泰卡尼克！"

"原谅他吧，王子，"传教士说道，"你忠诚的霸撒在执行上帝的旨意，尽管他本人并不知晓。"鞠了一躬之后，传教士离开了，泰卡尼克也匆匆随他而去。

法拉肯看着远去的背影，想着：我必须研究一下泰卡尼克信奉的宗教。随后他沮丧地笑了笑，多奇怪的占梦者啊！但这又有什么？我的梦并不重要。

他看到了盔甲。盔甲不是他自己的皮肤，它比塑钢更坚固。没有东西能穿透他的盔甲——刀、毒药、沙子不行，沙漠上的沙尘或干热也不行。他的右手掌握着制造大沙暴的力量，能震动大地，将它化为乌有。他的双眼紧盯着金色通道，左手拿着至高无上的权杖，他的眼睛看到了金色通道另一端的永恒。

——摘自甘尼玛的《我兄长的梦》

"对我来说，最好是当不上皇帝。"雷托说道，"哦，我不是指我已经犯下了父亲的错误，通过香料看到了未来。我是因为自私才这么说的。我和妹妹需要一段自由的时光，让我们真正了解自己。"

他不说话了，探询地看着杰西卡夫人。他已经说出了他和甘尼玛商量好要说的事。他们的祖母会怎么回答呢？

杰西卡在昏暗的灯光下看着她的孙子，一盏球形灯照亮了她位于泰布穴地的房间。这是她到达这里后第二天的清晨。但她已经接到了令人不安的报告，说这对双胞胎在穴地外的沙漠中待了一夜。他们干什么？她昨晚没有睡好，浑身酸痛。这是身体在向她提出要求，要她脱离目前精神高度集中的状态。自从在着陆场的那一幕以来，她一直处于这种状态中，以此处理必要的事务。这里便是出现在她噩梦中的穴地——但外面却不是她记忆中的沙漠。那些花都是从哪儿来的？而且，周围的空气感觉如此潮湿。年轻人中间，穿戴蒸馏服的纪律正在日渐宽松。

"孩子，你需要时间了解自己的什么？"她问道。

他微微摇了摇头。他知道，孩子的身体做出这个完全成人化的动作，给人的感觉肯定很古怪。他暗暗告诫自己，一定要掌握主动权。"首先，我不是个孩子。哦……"他指了指自己的胸膛，"这是个孩子的身体，毫无疑问。但我不是个孩子。"

杰西卡咬了咬上嘴唇。这个动作会暴露她的内心，但她没有在意。她的公爵，多年前死在这个受诅咒的行星上的公爵，曾嘲笑过她的这个动作。"唯一不受你控制的反应。"他是这么说的，"它告诉我你很不安，让我亲吻这对香唇，好让它们停止颤抖。"

现在，这个继承了她公爵名字的孙子同样笑着说了一句话，让她惊讶得仿佛心脏都停止了跳动。他说："你很不安，我从你嘴唇的颤抖中看出来的。"

全凭贝尼·杰瑟里特训练出的强大自控能力，她才多少恢复了镇定。杰西卡勉强开口道："你在嘲笑我？"

"嘲笑你？我永远不会嘲笑你。但是我必须让你明白我们和其他人是多么不一样。请你想想很久以前的那次穴地狂欢，当时，老圣母将她的生命和记忆给了你。她将自己的意识和你协调一致，给了你长长的一串记忆链条，链条的每个环节都是一个人的全部记忆。这些记忆至今仍然保存在你的意识中。所以，你应该能够体会到我和甘尼玛正在经历的事。"

"也就是厄莉娅经历过的事？"杰西卡有意考验他。

"你不是和甘尼玛谈论过她吗？"

"我希望和你谈谈。"

"很好。厄莉娅拒绝接受她不同于一般人这一事实，结果她变成了她最怕变成的那种人，无法将体内过去的生命化入她的潜意识。对任何人来说，这都是非常危险的，而对我们这种出生前就有记忆的人来说，它比死亡更加可怕。关于厄莉娅，我只能说这么多。"

"那么，你不是个孩子。"杰西卡说。

"我已经有好几百万岁了。这就迫使我作巨大的调整，而普通人永远不会有这种要求。"

杰西卡点了点头，感觉平静了许多。现在的她比和甘尼玛单独在一起时警惕许多。甘尼玛在哪儿？为什么来的只有雷托一个人？

"说说吧，祖母，"他说道，"我们是邪物呢，还是厄崔迪家族的希望？"

杰西卡没有理睬这个问题："你妹妹在哪儿？"

"她去引开厄莉娅，好让她不来打搅我们。必须这么做。但甘尼玛说的不会比我更多。昨天你没有观察到吗？"

"我昨天的观察是我的事。为什么你会提到邪物？"

"提到？别戴着你的贝尼·杰瑟里特面具讲话，祖母。我会直接查询你的记忆，一字一句地拆穿你的把戏。我看出的不仅是你颤抖的嘴唇。"

杰西卡摇了摇头，感到了这个继承了她血脉的……个体的冷漠。他掌握的资源实在太多了，多得让她胆寒。她模仿着他的语气，问道："你知道我的意图是什么吗？"

他哼了一声："你无须问我是否犯了与我父亲相同的错误。我没有窥视过我们这个时代之外的东西——至少没有主动寻求过。对于未来，每个人都可能产生幻觉，当未来变成现实时，会觉得这个现实似曾相识。我知道预知未来的危害。我父亲的生命已经告诉了我。不，祖母，完全掌握未来就等于完全为未来所困。它会摧毁时间，现在会变成未来，而我要求自由。"

杰西卡的话已经到了嘴边，差点脱口而出，但最后还是控制住了。她能说什么？说他这种态度跟某个人很相似？可他并不知道，这叫她如何开口？**太难以置信了！他是我亲爱的雷托！**这想法让她震惊不已。一刹那间，她幻想着这副儿童面具会不会变成那张她亲爱的面孔，再次复活……不！

雷托低下头，暗暗斜着眼睛窥视她。是的，她还是可以被操纵的。他说道："当你想预测未来时——我希望这种情形很少发生——你和其他人几乎没有分别。大多数人认为知道明天鲸鱼皮的报价是好事，或是想确定哈克南家族是否会再次统治他们的母星杰第主星。但我们不同，我们无须预测，也能摸清哈克南家族的底细，不是吗，祖母？"

她拒绝上他的钩。他当然知道他的祖先中流着哈克南的血。

"哈克南是什么人？"他挑衅地说，"野兽拉班又是什么人？我们又是什么人，嗯？我离题了。我说的是预测未来的神话：完全掌控未来！掌握一切！它将带来多么巨大的财富啊——当然也有巨大的代价。下层社会的人相信它。他们相信如果稍知未来有好处，那么知道得更多意味着更好。多好啊！如果你把一个人生命中的全部变数告诉他，指出一条至死都不再改变的道路——那是一份来自地狱的礼物。无限的厌倦！生命中发生的一切都是重复他早已知道的东西。没有变数。他事先便知道一切回答、一切意见——一遍接着一遍，一遍接着一遍……"

雷托摇了摇头："无知有其优势，充满惊奇的宇宙才是我追求的！"

杰西卡听着这番长篇大论，惊讶地发现，他的用语与他父亲极其相似——她那失踪的儿子。甚至连想法都相似：保罗完全可能说出类似的话。

"你让我想起了你父亲。"她说道。

"你难过吗？"

"有一点，但知道他在你体内活着，我很高兴。"

"但你却完全不了解他在我体内的生活。"

杰西卡感觉他的语气很平静，但渗出丝丝苦意。她直视着他。

"还有，你的公爵是如何在我体内生活的。"雷托说道，"祖母，甘尼玛就是你！她完全可以充当你，甚至到了这样的程度，对她来说，你在怀上我们父亲之后的一切行为没有任何秘密可言。你也是我！我是一架什么样的肉体记录机器啊！有时我觉得记录已多得让我无法承受。你来这里是为了对我们作出判断，对厄莉娅作出判断？还不如让我们对你作出判断！"

杰西卡想从自己的内心寻找答复，但找不到。他在干什么？为什么他要强调这些不同之处？他故意想让她排斥他吗？他是否已经到了厄莉娅的状态——邪物？

"我的话令你不安。"他说。

"是的。"她允许自己耸了耸肩，"是的，令我不安——你完全清楚其中的原因。我相信你认真温习过我所受的贝尼·杰瑟里特训练。甘尼玛承认这么做过。我知道厄莉娅……也这么做了。你身上的与众不同之处会带来许多后果，我相信你知道这些后果是什么。"

他瞥了她一眼，眼光专注，让人紧张。"是的，但我们本来不想这么做。"他说道，他的声音中仿佛都带上了杰西卡的疲倦，"我们就像你的爱人一般明了你嘴唇颤抖的秘密，我们随时可以回忆起你的公爵在床上对你说的亲热话。你无疑已经在理智上承认了这一点。但我警告你，仅在理智上承认是远远不够的。如果我们中的任何一人成了邪物——完全有可能是在我们体内的你造成的！或是我的父亲……或是母亲！你的公爵！控制我们的可以是你们中的任何一个——所需的条件都是一样的。"

杰西卡感到她的胸膛里阵阵烧灼，她的双眼湿润了。"雷托……"她终于强迫自己喊出了他的名字，发现再次喊这个名字的痛苦比她想象的要小，"你想从我这里得到什么？"

"我希望教我的祖母。"

"教我什么？"

"昨晚，甘尼玛和我扮演了母亲和父亲，这差点毁了我们，但我们学到了很多东西。只要把自己的意识调整到适当状态，我们可以掌握许多情况，也能简单地预测未来。还有厄莉娅——她很有可能在密谋绑架你。"

杰西卡眨了眨眼睛，被他脱口而出的指控震惊了。她很清楚他的把戏，她自己也用过很多次：先让一个人沿着某个方向推理，然后突然从另一个方向放出一个惊人的事实。一次深呼吸之后，她再次平静下来。

"我知道厄莉娅在干什么……她是什么，但是……"

"祖母，可怜可怜她吧。不仅用你的智慧，也用你的心。你以前就这么做过。你是个威胁，而厄莉娅想要她的帝国——至少，她变成的这个东西是这么想的。"

"我怎么知道这不是另一个邪物在对我说话？"

他耸了耸肩。"这就是你该用你的心作出判断的地方。甘尼玛和我知道她的感受。习惯内心大量生命的喧嚣，不是件容易的事。哪怕把他们暂时压制下去，但只要你回忆什么，他们便会争先恐后蜂拥而至。总有一天——"他咽了口唾沫，"一个强壮的内部生命会觉得分享肉体的时机已经到来。"

"你就不能做些什么吗？"她问出这个问题，但她害怕听到答案。

"我们相信能做些什么……是的。不能屈从于香料；这一点非常重要。还有，不能单纯采取压制过去的办法。我们必须利用它、整合它，最终将他们与我们融为一体。我们不再是原来的自我——但我们也没有堕入魔道。"

"你刚才说有个阴谋要绑架我。"

"这很明显。文希亚野心勃勃，希望她的儿子能有所作为。厄莉娅则对自己有野心，还有……"

"厄莉娅和法拉肯想联手？"

"这方面倒没有什么迹象。"他说道，"但是厄莉娅和文希亚在两条平行的道路上前进。文希亚有个姐姐在厄莉娅的宫殿里。还有比传个消息更简单的事吗……"

"你知道传过这类消息？"

"就像我看到了并逐字读过一样。"

"但你并没有亲眼见过？"

"没有这个必要。我只需知道厄崔迪家族的人都聚集在厄拉科斯上。所有的水都汇聚在一个池子里了。"他比画了一个行星的形状。

"科瑞诺家族不敢进攻这里！"

"如果他们真的进攻，厄莉娅会从中得到好处。"他嘲讽的语气惹怒了她。

"我不会要求我的孙子庇护我！"她说道。

"该死的女人，不要再把我看成你的孙子了！把我看成是你的雷托公爵！"他的语气、面部表情，甚至这说来就来的脾气和他的手势，简直与她的公爵一般无二。她不知所措，陷入了沉默。

雷托用淡漠的语气说道："我在帮你，让你做好准备。你至少得配合配合我。"

"厄莉娅为什么要绑架我？"

"当然是往科瑞诺家族身上栽赃。"

"我不相信。即便是她也很难作出这么荒唐的行为！太危险了！她怎么能这么做！我不相信。"

"发生的时候你就会相信了。嗯，祖母，甘尼玛和我只是偷听了一下我们的内心，然后便知道了。这只是简单的自我保护的本能。"

"我绝不相信厄莉娅会计划绑架……"

"上帝呀！你，一个贝尼·杰瑟里特，怎么会这么愚蠢？整个帝国都在猜测你为什么到这里来。文希亚的宣传机器已经做好了准备，随时可以诋毁你。厄莉娅不能坐视发生这种事。一旦你的名声毁了，对厄崔迪家族来说是个致命打击。"

"整个帝国在猜测什么？"

她尽量以冰冷的口气说出这句话，知道她无法用音言来欺骗这个并非孩子的人。

"杰西卡夫人打算让那对双胞胎交配！"他怒气冲冲地说，"姐妹会想这么做。乱伦！"

她眨了眨眼睛。"无聊的谣言。"她咽了口唾沫，"贝尼·杰瑟里特不会允许这种谣言在帝国内自由散布。别忘了，我们仍然有影响力。"

"谣言？什么谣言？你们当然有让我们交配的愿望。"他摇了摇头，示意她别说话，"别不承认。"

"你相信我们会这么愚蠢吗？"杰西卡问道。

"我确实相信。你们姐妹会只不过是一群愚蠢的老女人，向来无法考虑育种计划以外的事务！甘尼玛和我知道她们手中的牌。你觉得我们是傻子吗？"

"牌？"

"她们知道你是哈克南的后代！记在她们的亲缘配子目录里：坦尼迪亚·纳卢斯为弗拉基米尔·哈克南男爵生下了杰西卡。一旦那份记录被意外地公之于众，你就会……"

"你认为姐妹会会堕落到对我进行恐吓？"

"我知道她们会的。哦，她们会为恐吓包上糖衣。她们让你去调查有关你女儿的谣言。她们满足了你的好奇和忧虑。她们激发了你的责任感，让你为隐居卡拉丹感到愧疚。而且，她们还给了你一个拯救孙儿的机会。"

杰西卡只能无言地看着他。他仿佛偷了她与姐妹会学监的交流。她感到自己完全被他的话征服了，开始承认他说的厄莉娅要绑架她的阴谋或许是真的。

"你看，祖母，我要作一个十分艰难的决定。"他说道，"一、维持厄崔迪家族的神秘光环，为我的国民而活……为他们而死；二、选择另一条道路，一条可以让我活好几千年的道路。"

杰西卡不由自主地畏缩了。对方信口说出的这些话触及了贝尼·杰瑟里特的大忌。很多圣母本来大可以选择那条路……或者作出这种尝试。毕竟，姐妹会的创始人知道控制体内化学反应的方法。一旦有人开始尝试，或早或晚，所有人都会走上这条路。永葆青春的女人的数量不断增加，这是无法掩盖的。但她们确信，这条路最终会毁了她们。短命的人类会对付她们。不——这是大忌。

"我不喜欢你的思路。"她说道。

"你不理解我的思路。"他说道，"甘尼玛和我……"他摇了摇头，"厄莉娅本来可以做到，可惜她放弃了。"

"你确定吗？我已经通知姐妹会厄莉娅在练习禁忌之事。看看她的样子吧！自从我离开这里，她一天都没变老……"

"哦，你说的是这个！"他一只手一摆，表示自己说的并非姐妹会对追求长生的禁忌，"我说的是别的事——一种其他任何人都没有达到过的尽善尽美。"

杰西卡保持着沉默，惊骇于他那么轻易就能从她身上套出秘密。他当然知道这种消息相当于判了厄莉娅的死刑。虽说他转变了话题，但说的同样是冒天下之大不韪的大罪。难道他不知道他的话极其危险吗？

"解释你的话。"她终于说道。

"怎么解释？"他问道，"除非你能理解时间和它的表象完全不同，否则我无从解释。我父亲怀疑过这个问题，他曾经站在顿悟的边缘，但他退缩了。现在轮到甘尼玛和我了。"

"我坚持要求你作出解释。"杰西卡摸了摸藏在长袍褶皱内的毒针。它是一根戈姆刺，极其致命，轻轻一刺就能在几秒钟内取人性命。*她们警告过我或许会用上它。*这种想法使她手臂的肌肉微微颤抖。幸好还有长袍掩饰。

"好吧。"他叹了口气，"第一，对时间来说，一万年和一年之间没有什么分别，十万年和一次心跳之间也没有分别。没有分别是时间的第一个事实。第二个事实是：整个宇宙的时间都在我体内。"

"一派胡言。"她说道。

"如何？你不明白。那我尽量用另一种方式来解释好了。"他用右手打着手势，一边说，一边左右摆动着这只手，"我们向前，我们回来。"

"这些话什么也没解释!"

"说得对，"他说道，"有的东西用语言是无法解释的。你必须自己去体会。但你还没有准备好作出这样的冒险，就像你虽然在看着我但却看不见我一样。"

"但是……我正看着你。我当然看见了你!"她盯着他。他的话是她在贝尼·杰瑟里特学校里学过的禅逊尼法典：玩弄文字游戏，混淆人们的头脑。

"有些东西的发生超出了你的控制范围。"他说道。

"这句话怎么解释那……那种还没人达到过的尽善尽美?"

他点了点头："如果有人用香料来延缓衰老和死亡，或通过你们贝尼·杰瑟里特畏之如虎的调整肉体化学平衡的方式，这种延缓只是一种虚无的控制。不管一个人迅速还是缓慢地穿过穴地，他毕竟要穿过。穿越时间的旅途只能由内心来感知。"

"为什么要玩弄文字游戏？早在你父亲出生前，我就不再相信这些胡说了。"

"信任可以重新培养起来。"他说。

"文字游戏! 文字游戏!"

"啊哈，你已经接近了!"

"哼!"

"祖母?"

"什么?"

他久久地沉默着，随后道："明白了吗？你仍然可以以你而不是姐妹会的身份对外界刺激作出反应。"他对她笑了笑，"但是你无法看透阴影，而我就在阴影里。"他又笑了笑，"我的父亲曾非常接近这个境界。当他活着时，他活着，但是当他死时，他却没有死去。"

"你在说什么？"

"他的尸体在哪儿？"

"你认为是那个传教士……"

"可能，但即便如此，那也不是他的躯体。"

"你什么也没解释清楚。"她责备道。

"我早说过你不会明白的。"

"那为什么……"

"因为你要求我解释，我只好告诉你。现在，让我们回到厄莉娅和她的绑架计划上……"

"你想干出那件大忌之事吗？"她问道，抓住她长袍内剧毒的戈姆刺。

"你会亲自充当她的行刑者吗？"他问道，语气十分温和，很有欺骗性。他指着她藏在长袍内的手，"你认为她会让你得手吗？或是你认为我会让你得手？"

杰西卡发觉自己连咽唾沫都办不到了。

"至于你的问题，"他说道，"我没打算触犯你们的禁忌。我没有那么愚蠢。但你让我极其吃惊。你竟敢来对厄莉娅作出判断。她当然违反了贝尼·杰瑟里特的戒律！你指望什么？你远离她，让她成为这里事实上的女王。这是多么巨大的权力啊！你隐居在卡拉丹，躺在哥尼的怀抱里抚慰你的伤口。很好。但你凭什么来对厄莉娅作出判断？"

"我告诉你，我不会……"

"闭嘴！"他厌恶地将目光从她身上移开。但是他的话却是用特殊的贝尼·杰瑟里特方式说出的——能控制人心智的音言。她陷入了沉默，仿佛有一只手捂住了她的嘴。她想：谁还能更高明地施展出音言，用它来攻击我？这种自我宽慰的想法令她觉得好受了些。她多次对别人使用过音言，却从来没想过有一天会栽在它底下……不能再有第二次了……自打从学校毕业后……

他重新望着她："对不起。我只是看到了你是多么盲目……"

"盲目？我？"听到这话，她比受到音言的攻击更加恼怒。

"你，"他说道，"盲目。如果你体内还有一丝真诚，你就应该从自己的反应中发现些什么。刚才我叫你祖母，你的回答是'什么'。我禁锢了你的舌头，激发起你掌握的所有贝尼·杰瑟里特秘技。用你学到的方法审视自己的内心吧。你至少可以做到……"

"你怎么敢！你知道什么……"她咽下了后半句话。他当然知道！

"审视内心，照我的吩咐去做！"他的声音专横之极。

他的声音再一次震慑了她。她发觉自己的感官停止了活动，呼吸突然变得急促起来。在她意识中，只有一颗跳动的心，还有喘息……忽然间，她发现自己的贝尼·杰瑟里特训练无法使心跳和呼吸恢复到正常水平。她震惊地瞪大了双眼，感到自己的肉体在执行并非发自自己的指令。慢慢地，她重新恢复了镇静，但是她的发现仍然驻留在意识中。这次谈话的整个过程中，这个非孩子的个体就像在弹琴般操纵着她。

"现在你应该知道，你那宝贝姐妹会为你设置了什么心理定式。"他说道。

她只能点头。她对语言的信任被彻底打碎了。雷托迫使她彻底审视了她的内心世界，让她颤抖不已，让她的意识获得了新生。

"你会让自己遭到绑架。"雷托说。

"但是……"

"我不想和你讨论这个问题。"他说道，"你要让自己被绑架。把我的话看作公爵给你的命令。事件结束时，你会明白我的用意。你会见到一个非常有趣的学生。"

　　雷托站起身，点了点头，说道："有些行为有结果但没有开始，有些有开始但没有结果。一切取决于观察者所处的位置。"他转身离开了房间。

　　在二号前厅处，雷托看见甘尼玛正匆匆往他们的私人住处走去。看到他之后，她停了下来："厄莉娅正忙着忠信会的事。"她探询地看了看通向杰西卡房间的通道。

　　"成功了。"雷托说道。

任何人都能识别出暴行，无论是受害者还是作恶者，无论距离远近。暴行没有借口，没有可以用来辩解的理由。暴行从不平衡或是更正过去。暴行只能武装未来，产生更多暴行。它能自我繁殖，像最野蛮的乱伦。无论制造暴行的人是谁，由此暴行繁殖出的更多暴行也应该由他负责。

　　　　　　　　——摘自哈克·艾尔-艾达的《穆阿迪布外传》

　　刚过正午，多数朝圣者都躲在能找到的任何阴凉处，尽量让身体放松，并喝下能找到的所有饮品。传教士来到厄莉娅神庙下方的大广场上。他的手搭在领路人的肩膀上，那个年轻的阿桑·特里格。在传教士飘动的长袍下方的口袋内，放着他在萨鲁撒·塞康达斯行星上用过的黑纱面具。面具和那个孩子所起的作用完全一样：伪装。一想到这个，他就不禁想发笑。只要他仍然需要眼睛的代用品，别人对他身份的怀疑就会继续存在。

　　让神话滋长，但不消除怀疑，他想。

　　一定不能让人发现那面具只是一块布，而不是伊克斯人的制品。他的手也不能从阿桑·特里格瘦弱的肩上挪开。一旦别人看到传教士像长了眼睛般行走，尽管他的双眼是两只没有眼珠的眼窝，人们的怀疑仍

134

然会彻底打消，他所培养的小小希望就会破灭。每一天，他都在祈祷发生改变，被某个他没有料到的东西绊倒，但对他来说，即使是萨鲁撒·塞康达斯行星也是一块他熟知每个细节的鹅卵石。没有改变，也发生不了改变……还没到时间。

很多人注意到了他经过商店和拱廊时的动作。他的头从一边转到另一边，时不时锁定在一道门廊或一个人身上。他头部的动作并不总像个盲人，这也有助于神话的传播。

厄莉娅从神庙城垛的开口处观察着。她观察下方极远处那张满是疤痕的脸，寻找着迹象——透露出身份的明确迹象。每个谣言都上报给了她。每个新谣言都带来了恐惧。

她曾以为自己下达的将那个传教士逮捕起来的命令会是个秘密，但现在，它成了一条新谣言，回到了她身边。即使在她的卫兵中，也有人无法保守秘密。她现在只希望卫兵能执行她的新命令，不要在公开场合逮捕这个穿着长袍的神秘人物，人们会看到这次行动，并把消息传播开来。

广场上异常炎热。传教士的年轻向导已经把长袍前襟的面罩拉了起来，遮在鼻梁上，只露出黑色的双眼和消瘦的额头。面罩下蒸馏服的贮水管在面罩上形成了一个凸起。这告诉厄莉娅他们来自沙漠。他们藏在沙漠的什么地方？

传教士没有用面罩来抵御灼热的空气，连蒸馏服上的贮水管都散在胸前。他的脸暴露在阳光和从广场地砖上升腾而起的一阵阵无形的热浪中。

神庙的阶梯上，九个朝圣者正在举行告别仪式。广场上的阴影中可能还站着五十来个人，多数是朝圣者，正在虔诚地以教会规定的各种方式苦行赎罪。旁观者中有信使，还有几个没有赚够的商人在炎热中继续进行交易。

站在开口处看着他们的厄莉娅觉得自己快被炎热吞没了。她知道，自己正陷于意识思索和肉体感知的矛盾之中。过去，她经常看到她哥哥陷入其中无法自拔。想和她体内生命商量的冲动时时诱惑着她，如同不祥的嗡嗡声，盘桓不去。男爵就在那儿，随时响应她的呼唤，但只要她无法作出理智的判断，不知发生在身边的事究竟属于过去、现在还是将来时，他就会利用她的恐惧。

如果那下面的人是保罗呢？她问自己。

"胡扯！"她体内的声音说道。

但是，有关传教士言行的报告是毋庸置疑的。保罗难道想拆毁这座以她的名字为基础的大厦？一想到这种可能性，恐惧便涌上她心头。

但是，为什么不呢？

她想起了今天早晨在议会的发言，当时，她对伊勒琅大发雷霆，后者坚持要接受科瑞诺家族送来的服装。

"有什么关系？反正和往常一样，所有送给双胞胎的礼物都会彻底检查。"伊勒琅申辩道。

"如果我们发现这份礼物没有害处，该怎么办？"厄莉娅叫喊道。

不知出于何种原因，这才是她最担心的：发现礼物没有危险。

最终，她们接受了精美的衣物，开始讨论另一个议题：要给杰西卡夫人在议会中留个位置吗？厄莉娅设法推迟了投票。

向下望着传教士时，她想的就是这些事。

另外，发生在她教会内的事也像他们对这个行星造成的变化一样。沙丘曾经象征着无尽沙漠的力量。从物质上看，这一力量确实缩小了，但有关沙丘的神话正在迅速增长。这颗行星上，唯一原封不动的只有"沙海"，伟大的沙漠之母，它的边缘被荆棘丛包围着，弗雷曼人仍然称之为"夜之女王"。荆棘丛之后蜿蜒着绿色的山包,向下俯视着沙漠。所有山丘都是人造的。每一座都由像爬虫般工作着的劳工堆积而成。厄莉娅这种在沙漠中长大的人很难接受这些山丘上的绿色。在她和所有弗雷曼人的意识中,沙海仍然控制着沙丘,永不放松。一闭上眼睛,她就能看到那片沙漠。

在沙漠的边缘能看到青翠的山包,沼泽向沙漠伸出了绿色的爪子——但是沙海仍然和以往一样强大。

厄莉娅摇了摇头,向下盯着传教士。

他已经走上了神庙前的第一级台阶,转过身去,看着空旷的广场。厄莉娅按下身旁的一个按钮,将下方的声音放大。她觉得自己很可怜,一个人孤零零地困在这里。她还能信任谁?斯第尔格算一个,但他已经被这个瞎子污染了。

"你知道他怎么数数吗?"斯第尔格问过她,"我听过他数钱付给他的向导。对于我这双弗雷曼耳朵来说,他的声音很奇怪,有点吓人。他是这么数的:shuc、ishcai、qimsa、chuascu、picha、sucta,等等。我只在很早以前的沙漠里听到过这种说法。"

听到他这番话后,厄莉娅知道她不能派斯第尔格去完成那个必须完成的任务。哪怕对那些将教会最微弱的暗示视为绝对命令的侍卫们,她也必须慎之又慎。

他在下面干什么呢,那个传教士?

广场周围遮阳篷和街道拱廊下的市场还是那副俗丽的老样子,展台上摆着商品,只有几个男孩在看。只有为数不多的商人还醒着,嗅着来自穷乡僻壤的香料气味,听着朝圣者钱包里的叮当声。

厄莉娅研究着传教士的后背。他似乎准备开始演说,但又有点迟疑不决。

为什么我要站在这儿看着那具老旧残破的躯壳？她问自己，下面那个废物不可能是我哥哥的"圣躯"。

愤怒与绝望充斥了她的心。她怎么才能弄清这个传教士的真相，怎么才能在不深究真相的前提下弄清真相？真是为难啊。对这个异教徒，她只能流露出一点点兴趣，不敢表现得太过好奇。

伊勒琅同样感觉到了这种虚弱。她丧失了她始终保持的贝尼·杰瑟里特的镇定自若，在议会上尖叫起来："我们丧失了视自己为正义的自信的力量。"

甚至斯第尔格都被她的话震动了。

贾维德让他们重新恢复了理智："我们没时间理会这种废话。"

贾维德是对的。他们怎么评价自己根本无关紧要，重要的是帝国的权力。

但是，恢复镇定的伊勒琅变得更具毁灭性："我告诉你们，我们已经丧失了某种至关重要的东西。失去它之后，我们丧失了作出明智决策的能力。我们鲁莽地作出一个个决定，像鲁莽地冲向敌人一样。不然就是等待，也就是放弃决定，让其他人的决定来推动我们。我们难道忘了吗？目前这股潮流的制造者是我们。"

而这一切的争论，都是从是否要接受科瑞诺家族的礼物这件小事开的头。

必须除掉伊勒琅，厄莉娅暗自决定。

那个老人在下面等什么呢？他自称传教士，为什么不传教？

伊勒琅对我们的决策的指责是错误的，厄莉娅对自己说道，我仍然可以作出正确的决策！掌握生杀大权的人必须作出决定，否则就会成为傀儡。保罗过去总是说，静止不动是最危险的，变动不止才是永恒。变化是最重要的。

我会让他们看到变化！ 厄莉娅想着。

传教士举起双臂，作出赐福的姿态。

还在广场的人靠近了他，厄莉娅能感觉到他们的行动犹豫不决。是的，因为有谣言说传教士已经引起厄莉娅的不悦。她向身旁的扬声器俯下身去。扬声器里传来广场上人群的嘈杂声、风声，还有脚底摩擦沙子的声音。

"我给你们带来了四条消息！"传教士说道。

他的声音在厄莉娅的扬声器中轰鸣，她关小了声音。

"每条消息都送给某个特定的人。"传教士说道，"第一条信息送给厄莉娅，这个世界的领主。"他指了指身后神庙的观察孔，"我给她带来了一个警告：你把时间的秘密缝在腰带内，你出售了你的未来，得到的只是一个空钱包！"

他好大的胆子。 厄莉娅想。但是他的话让她全身僵硬，无法动弹。

"我的第二条消息，"传教士说道，"送给斯第尔格，弗雷曼的耐布。他相信他能将部落的力量转变为帝国的力量。我警告你，斯第尔格：对一切创造性活动而言，最大的危险，就是僵硬的道德规范。它会毁了你，让你流离失所！"

他太过分了！ 厄莉娅想着，*我必须派卫兵去，不管会产生什么后果。* 但是她的手仍然垂在身侧，没有任何动作。

传教士转过身来，看着神庙，向上爬了一级台阶，随后重新转身面对着广场，左手始终搭在向导肩上。他大声说道："我的第三条消息送给伊勒琅。公主，没人能忘记自己遭到的羞辱。我告诫你，设法逃走吧！"

他在说什么？ 厄莉娅问自己。*我们确实要整整伊勒琅，但是……为什么他要警告她逃走呢？我刚刚才作出这个决定！* 一阵恐惧侵袭了她

的全身。传教士是怎么知道的？

"我的第四条消息送给邓肯·艾达荷，"他叫喊道，"邓肯！你接受的教育让你相信忠诚可以换来忠诚。哦，邓肯，不要相信历史，因为历史是由金钱推动的。邓肯！摘下你的绿帽子，做你认为最正确的事。"

厄莉娅咬着她右手的手背。绿帽子！她想伸手按下传唤侍卫的按钮，但是她的手拒绝移动。

"现在我将对你们传教，"传教士说道，"这是来自沙漠的布道。我想让穆阿迪布教会的教士，那些用武器传教的人听听我的布道。哦，你们这些相信既定命运的人！但你们是否知道既定的命运也有邪恶的一面？你们声称生活在穆阿迪布的保佑下是件幸事，我说你们已经抛弃了穆阿迪布。在你们的宗教中，神圣已经取代了爱！你们会遭到沙漠的报复！"

传教士低下头，仿佛在祈祷。

厄莉娅感觉自己在颤抖。上帝啊！那个声音！长年的炎热风沙使它变得沙哑了，但它仍旧带着保罗声音的痕迹。

传教士再次抬起头。低沉的声音在广场回荡，更多的人被这个来自过去时代的怪人吸引着聚到了广场上。

"书上是这么记载的！"传教士叫道，"那些在沙漠边缘祈求露水的人会带来洪水！理智无法使他们逃脱灭亡的命运！因为他们的理智诞生于骄傲。"他压低声音，"据说穆阿迪布死于预测未来，未来的知识杀死了他，使他越过了现实宇宙，进入了秘境。我告诉你们，这都是虚幻。想法不能脱离物质而存在，它们不能脱离你们的身体作出任何实事。穆阿迪布自己说过他没有魔法，无法为宇宙编码解码。不要怀疑他。"

传教士再次举起双臂，声音洪亮："我警告穆阿迪布的教会！悬崖上的火会焚烧你们！自我欺骗的人终将被谎言毁灭。兄弟的鲜血无法被清除。"

他放下手臂，找到他年轻的向导。没等呆若木鸡的厄莉娅从震惊中恢复过来，他已经离开了广场。好一个无所畏惧的异教徒！肯定是保罗。她必须警告她的侍卫，不能在公开场合对传教士下手。下方广场上的迹象肯定了她这一想法。

尽管他宣扬的是异教，但下面没人阻拦传教士离去。没有神庙的卫兵追赶他，也没有朝圣者想要阻止他。好一个魅力非凡的瞎子！每个看到或听到他的人都感到了他天启般的力量。

天很热，但厄莉娅突然间感到了一阵寒意。她感到自己抓住了帝国，像抓住一个有形的东西一样，但她的力量是那么脆弱，随时可能失手。她抓紧观察孔，好像这样就能将权力更紧地抓在自己手中。这种权力是多么脆弱啊。兰兹拉德联合会、宇联商会和弗雷曼军团形成权力的轴心，躲在暗处施展力量的还有宇航公会和贝尼·杰瑟里特姐妹会。还有技术的发展，哪怕这种发展来自人类最遥远的边疆，也会对权力发生影响。就算允许伊克斯和特莱拉的工厂放手生产，仍然无法完全释放技术发展带来的压力。此外，科瑞诺家族的法拉肯，沙达姆四世的继承人，一直在旁虎视眈眈。

失去了弗雷曼人，失去了厄崔迪家族对香料的垄断权，她将失去对权力的绝对控制。所有力量都将瓦解。她能感到权力正从她手中溜走。人们听从这个传教士。除掉他将是危险的，然而让他像今天这样在她的广场上继续布道也同样危险。她已然看到了失败的征兆，也很清楚发展趋势。贝尼·杰瑟里特早已将这个发展模式及应对之策编撰成文：

在我们的宇宙中，数量庞大的人民被一小股强大力量所统治是司空见惯的。在此，我们提出导致人民起来反抗统治者的主要条件——

一、当他们找到一个领袖时。这是对权力最致命的威胁。当权者必须将能够充任群众领袖的人控制在自己手中。

二、当他们意识到权力链条的各个环节时。使人民保持愚昧，看不到这些环节。

三、当他们怀有从奴役中逃脱的希望时。永远不能让人民相信存在逃脱的可能性。

厄莉娅摇了摇头，感到自己的脸颊随着摇头这个动作而颤抖。她的人中已经出现了这些迹象。散布在帝国各处的间谍给她的报告无不证实了她的猜测。无休无止的弗雷曼圣战的影响无处不在。只要是"宗教利剑"挥到的地方，那里的人们就会出现被压迫民族的种种态度：戒心重重、不忠不实、难以捉摸。权力机构——实质上就是教会权力机构——慢慢成了被憎恶的对象。哦，朝圣者仍然蜂拥而来，他们中的某些人可能真的非常虔诚。但无论从哪方面来说，除了朝圣之外，朝圣者还有别的目的，最常见的就是寻求一个确定的前程。表示了顺从之后才能获得真正意义上的权力，这种权力可以轻易地转变成财富。从厄拉科斯返回家乡后，他们就能获得新的权力和社会地位，可以作出对自己回报颇丰的经济决策，而他们的故乡世界却不敢有半句怨言。

厄莉娅知道一个风靡一时的谜语："你能在一个从沙丘星带回家的空钱包中看到什么？"答案是："穆阿迪布的眼睛（火钻石）。"

压制社会不安定因素的传统手法出现在厄莉娅的意识中：必须让人民明白，与权力作对永远会遭到惩罚，帮助统治者的行为一定会得到重奖。皇家军队必须随机地进行换防。摄政女皇对潜在反抗者的镇压必须准确地把握时机,让反抗者措手不及。

我失去对准确时机的判断力了吗? 她想着。

"这是多么无聊的猜测啊。"她体内的一个声音说道。她感到自己平静了一些。是的。男爵的计划非常好。除去杰西卡夫人的威胁,同时嫁祸于科瑞诺家族。好主意。过一阵子再来对付这个传教士。她了解他的立场是什么、他代表着什么。他是狂放不羁的远古精神、活生生的异教徒,根植于她正统统治之外的沙漠。这是他的力量所在,和他是不是保罗无关……只要人们有这种怀疑就行。但厄莉娅的贝尼·杰瑟里特能力告诉她,传教士的力量中也埋藏着他的弱点。

我们会找到传教士的弱点。我要派间谍盯着他,每时每刻。一旦时机来临,我们将让他身败名裂。

弗雷曼人宣称他们上承天启，其使命就是向世人昭示神谕。对此我不想说什么。但他们同时宣称，他们还要向世人昭示一种全新的意识形态，这一点只能饱受我的嘲笑。当然，他们提出这两种说法是为了强化他们的正统性，让这个宇宙能够长期忍受他们的压迫。以所有被压迫者的名义，我警告弗雷曼人：权宜之计从来不会长久。

　　　　　　　　　　　　　　　　——厄拉奇恩的传教士

　　夜里，雷托和斯第尔格离开穴地，来到一道突出地面的岩石顶部的凸缘，泰布穴地的人称这块岩石为"仆人"。在渐亏的二号月亮照耀下，站在凸缘处能俯瞰整个沙漠——北面的屏蔽场城墙和艾达荷峰、南面的大沙漠，还有向东朝哈班亚山脊而去的滚滚沙丘。沙暴过后的漫天黄沙遮盖了南方的地平线。月光给屏蔽场城墙上罩上了一层冷霜。

　　斯第尔格本不愿意来，只是雷托激起了他的好奇心，才最终参与了这次冒险。为什么非得冒险在晚上穿越沙漠呢？这孩子还威胁说如果斯第尔格拒绝的话，他就一个人找机会偷偷溜出去。他们的冒险让他心神不安。想想看，这么重要的两个目标竟然晚上独自行走在沙漠上。

　　雷托蹲坐在凸缘处，面朝南方的大沙漠。偶尔，他会捶打自己的膝盖，一脸焦灼。

　　斯第尔格站在他主人身旁两步远的地方，他善于在安静中等待，双臂环抱在胸前，夜风轻轻拂动着他的长袍。

　　对于雷托来说，穿越沙漠是对内心焦虑的回应。甘尼玛无法再冒险与他一起对抗体内生命之后，他需要寻找新的盟友。他设法让斯第尔格参与了这次行动。有些事必须让斯第尔格知道，好让他为未来的日子作好准备。

　　雷托再次捶打着膝盖。他不知道如何开始！他常常觉得自己是体内无数生命的延伸，那些生命显得那么真实，仿佛就是他自己的生命。那些生命的河流中没有结束，没有成功——只有永恒的开始。有的时候，这些生命纠合在一起，冲着他大喊大叫，仿佛他是他们能窥视这个世界的唯一一扇窗户，他们带来的危险已经摧毁了厄莉娅。

　　雷托注视着沙暴残留的扬沙在月光下闪着银光。连绵不断的沙丘分布在整个大沙漠上：风裹挟着硅砂砾，在沙漠上形成了一层层波浪——有豌豆砂、丸砂，还有小石子。就在他注视着燥热的黑暗时，黎明降临了。阳光穿过沙尘，形成一道道光柱，给沙尘染上了一层橙色。他闭上双眼，想象厄拉奇恩的新的一天如何开始。在他的潜意识中，城市的形象就如同无数个盒子，散布在光明与阴影之间。沙漠……盒子……沙漠……盒子……

　　睁开眼睛时，眼前仍是一片沙漠：风刮起黄沙，仿佛漫天飞舞着咖喱粉。阴影从沙丘底座伸展开来，像刚刚过去的黑夜的爪子。它们是夜晚和白昼的联系物，它们连接着时间。他想起昨晚他蹲坐在这儿时斯第尔格坐立不安的样子。老人为他的沉默感到担心。斯第尔格肯定与他敬爱的穆阿迪布一起度过了很多个类似的夜晚。他现在正四处走动，扫视着各个方向。斯第尔格不喜欢暴露在阳光下。典型的弗雷曼老人。雷托同情斯第尔格的白天恐惧症。黑暗意味着单纯，哪怕其中可能暗藏杀机。光明却可以有很多表象。夜晚能隐藏恐惧的气味和身影，只能听到轻微的声音。夜晚割裂了三维空间，所有的东西都被放大了——号角更嘹亮，匕首更锋利。但白天的恐怖其实更加可怕。

斯第尔格清了清嗓子。

雷托头也不回地说："我有个非常严重的问题，斯第尔。"

"我猜也是。"斯第尔格的声音在雷托身边响起，声音既低沉又警觉。这孩子的声音太像他父亲了，像得让人害怕。这就像一种遭到严禁的魔法，让斯第尔格不由自主地一阵反感。弗雷曼人知道神魔附体的恐怖。所有被附体的人都会立即处死，他们的水被洒在沙漠上，以防污染部落的蓄水池。死人就应该死去。依靠孩子来传宗接代，永续不绝，这再正常不过了。但孩子却没有权利表现得跟某位祖先一模一样。

"我的问题是我父亲留下了太多悬而未决的问题，"雷托说道，"尤其是我们所追求的目的。帝国不能再这样下去了，斯第尔，现在的帝国对人太不重视。应该重视人、人的生命，你明白吗？生命，而不是死亡。"

"曾经有一次，你父亲的某个幻象让他十分不安，他和我说过同样的话。"斯第尔格说道。

声音中透出一种恐惧。雷托很想忽略这种恐惧，提个无关紧要的建议打发了事，比如提出先去吃早饭。他意识到自己饿了。他们上一顿饭是昨天中午吃的，雷托坚持要整晚禁食。但现在攫住他的并非身体的饥饿。

我自己所面对的麻烦也就是这里所面对的麻烦，雷托想着，没有任何新的创造。我只是不断向过去追索、追索、追索，直到连距离都消失殆尽。我无法看到地平线，也无法看到哈班亚山脊。我找不到测试最初开始的那个地方。

"说真的，没有东西能代替预知幻象，"雷托说道，"或许我真该冒险试试香料……"

"然后就像你父亲那样被毁掉？"

"左右为难呀。"雷托说道。

"你父亲曾经向我承认过，对未来掌控得太完美，意味着将自己锁在未来之内，缺乏变化的自由。"

"我们面对的就是这个悖论。"雷托说道，"预见未来，这种东西既微妙又强大。未来变成了现在。但是，瞎子的国度里，拥有视力是很危险的。如果你想向瞎子解释你看到了什么，你就是忘记了瞎子有他们的固有行为，这是他们的瞎眼带来的。他们就像一台沿着自己的道路前进的巨大的机器，有自己的惯性，有自己的定位。我害怕瞎子，斯第尔。我害怕他们。在前进的道路上，他们可以碾碎任何敢于挡道的东西。"

斯第尔格盯着沙漠。橙色的黎明已经变成了大白天。他问："我们为什么要来这里？"

"因为我想让你看看我可能的葬身之地。"

斯第尔格紧张了。他说道："这么说，你还是看到了未来！"

"也许并不是什么预见，只是一个梦罢了。"

"为什么要来这么一个危险的地方？"斯第尔格盯着他的主人，"我们应该马上回去。"

"我不会死于今天，斯第尔。"

"不会？你预见到了什么？"

"我看到了三条道路，"雷托说着，陷入了回忆，声音于是听上去有点懒洋洋的，"其中一条道路要求我杀死我的祖母。"

斯第尔格警觉地朝着泰布穴地的方向看了一眼，仿佛担心杰西卡夫人能隔着沙漠听到他们的谈话："为什么？"

"防止丧失香料垄断权。"

"我不明白。"

"我也不明白。但这就是我梦中的想法，用刀子时的想法。"

"哦，"斯第尔格明白用刀子意味着什么，他深深吸了口气，"第二条路呢？"

"甘尼和我结合，确保厄崔迪家族的血脉。"

"嚯！"斯第尔格厌恶地呼了口气。

"在古代，对国王或女王来说，这么做很平常。"雷托说道，"但是甘尼和我已经决定不这么做。"

"我警告你，最好坚持你这个决定！"斯第尔格的声音中带着死亡的威胁。根据弗雷曼法律，乱伦是死罪，违令者会被吊死在三角架上。他清了清嗓子，问道："那么第三条呢？"

"我把我的父亲请下神坛。"

"他是我的朋友，穆阿迪布。"斯第尔格轻声道。

"他是你的上帝！我必须将他凡人化。"

斯第尔格转过身，背对沙漠，看着他可爱的泰布穴地旁的绿洲。这样的谈话让他十分不安。

雷托闻着斯第尔格身上的汗味。他多么想就此打住，不再提及这些必须在此表明的话题。他们本可以说上大半天的话，从具体说到抽象，远离现实的决定，远离他眼下所面对的"必须"。还可以谈谈科瑞诺家族。这个家族无疑是个很大的威胁，对他和甘尼玛的生命构成了致命危险。斯第尔格曾提议暗杀法拉肯，在他的饮料里下毒。据说法拉肯偏爱甜酒。那种做法当然不妥当。

"如果我死在这里，斯第尔，"雷托说道，"你必须提防厄莉娅。她已经不再是你的朋友了。"

"你说这些都是为了什么？一会儿是死，一会儿又是你姑姑？"斯第尔格真的发火了。杀死杰西卡夫人！提防厄莉娅！死在这里！

"为了迎合她，小人们不断改变自己的做法。"雷托说道，"一位统治者无须是个先知，斯第尔，更无须像个上帝。统治者只需要做到敏感。我带你到这里就是为了说明我们的帝国需要什么。它需要优秀的统治。要做到这一点，依靠的不是法律或是判例，而是统治者自身的素质。"

"摄政女皇将帝国事务管理得不错，"斯第尔格说道，"当你长大后……"

"我已经长大了！我是这儿最老的人！你在我旁边就是个牙牙学语的婴儿。我能回忆起五十多个世纪以前发生的事。哈！我甚至还记得弗雷曼人移民到厄拉科斯之前的事情。"

"你为什么会有这样的胡思乱想？"斯第尔格厉声问道。

雷托对着自己点了点头。是啊，说这些有什么用？为什么要叙述其他世纪的记忆呢？今天的弗雷曼人才是他的首要问题，他们中的大多数还是半开化的野蛮人，一群乐于嘲笑他人不幸的野蛮人。

"主人死后，晶牙匕也会解体。"雷托说道，"现在，穆阿迪布已经解体了。为什么弗雷曼人还活着？"

这种跳跃性的思维把斯第尔格彻底弄晕了。他不知该说什么。雷托的话有其深意，但是他无法理解。

"我被期望成为一名皇帝，但我首先必须学会做一名仆人。"雷托说道，他扭过头来看着斯第尔格，"给了我名字的我的祖先刚来到沙丘时，在他的盾牌上刻下了'我来到这里，也将留在这里'。"

"他没有选择。"斯第尔格说道。

"很好，斯第尔。我也没有。我一出生就应该当上皇帝，因为我出色的认知力，还因为我作为我的一切。我也知道这个帝国需要什么：优秀的政府。"

"'耐布'一词有个古老的意义，"斯第尔格说道，"'穴地的仆人'。"

"我还记得你给我的训练，斯第尔。"雷托说道，"为了实现优秀的统治，部落必须能够挑选出适当的首领，从这些首领自身的生活态度上，就能看出他领导的是一个什么样的政府。"

深受弗雷曼人传统浸染的斯第尔格说道："是啊。如果合适的话，你将继承帝位。但是首先，你必须证明自己能以一个领袖的身份行事。"

雷托突然笑了，随后说道："你怀疑我的品格吗，斯第尔？"

"当然不。"

"我的天赋权利？"

"你有权利。"

"我只能按照人们的期望行事，用这种方法表明我的真诚，是这样吗？"

"这是弗雷曼人的规矩。"

"那么，我的行为就不能听从我内心的指引了吗？"

"我听不懂……"

"我必须永远表现得举止得体，无论我为了压制自己的内心而付出了多大的代价。这就是对我的衡量吗？"

"这就是自我控制，年轻人。"

"年轻人！"雷托摇了摇头，"啊，斯第尔，你所说的正是统治者所必须具备的理性道德。我必须做到始终如一，每个行动都符合传统规范。"

"没错。"

"但我的过去比你们的久远得多！"

"有什么区别……"

"我没有单一的自我，斯第尔。我是众人的综合体，我记忆中的传统远远早于你所能想象的。这就是我的负担，斯第尔。我被过去驱动着。我天生就充满了知识，满得都快溢出来了。它们拒绝新生事物，拒绝改变。然而穆阿迪布改变了这一切。"他指指沙漠，手臂画了个半圆，将他身后的屏蔽场城墙包含在里头。

斯第尔格转过身来看着屏蔽场城墙。在穆阿迪布时代，山脚下建起了一座村庄，作为在沙漠里养护植被的工作队的栖身之所。斯第尔格看着人类对于自然界的入侵。变化？是的。真实存在的村庄让他感到自己受了冒犯。他静静地站在那儿，不理会蒸馏服内的沙砾带来的瘙痒。村庄是对这颗行星原有状态的冒犯。突然间，斯第尔格希望能有一阵旋风，带来沙丘，彻底淹没这个地方。这种感觉让他忍不住全身发颤。

雷托说道："你注意到了吗，斯第尔？新的蒸馏服质量很次，我们的水分流失得太多了。"

斯第尔格差点脱口问道：我不是早就说过吗？他改口说道："我们的人民越来越依赖于药物了。"

雷托点点头。药物改变了人体的温度，减少水分流失。它们比蒸馏服便宜，使用起来也方便。但是它们给使用者带来了副作用，其中之一就是反应速度变慢，偶尔会出现视觉障碍。

"我们来这里就是为了这个？"斯第尔格问道，"讨论蒸馏服的工艺问题？"

"为什么不呢？"雷托问道，"既然你不愿意面对我对你说的话。"

"我为什么要提防你的姑姑？"他的声音中流露出怒气。

"因为她利用了老弗雷曼人抵制变化的愿望，却要带来更多、更可怕的变化，多过你的想象。"

"你无中生有！她是个真正的弗雷曼人。"

"哈，真正的弗雷曼人忠于过去，而我拥有一个古老的过去。斯第尔，如果让我充分发挥我对过去的喜爱，我会创造一个封闭的社会，绝不破坏过去种种神圣不可侵犯的规定。我会控制移民，因为移民会带来新思想，威胁整个社会结构。在这种统治下，行星上的每个城邦都将独立发展，发展成什么样子就是什么样子，最后造成巨大的差异，而这种差异将形成重压，使整个帝国四分五裂。"

斯第尔格徒劳地咽了口唾沫，想要润润嗓子。他的话中有穆阿迪布的影子。他注意到了。雷托的描述很可怕，但如果允许发生变化，哪怕是一丁点儿……他摇了摇头。

"过去确实可能指引你走上正确的道路，前提是你生活在过去，斯第尔。但是环境已经变了。"

斯第尔格完全赞同，环境真的变了。人们该怎么做呢？他看着雷托身后，目光投向沙漠，陷入了沉思。穆阿迪布曾经在那里走过。太阳已然升起，整个大沙漠一片金黄，沙砾的河流上漂浮的是热浪。从这里能看到远处悬浮在哈班亚山脊处的沙尘团，在他眼前的这片沙漠中，沙丘正在逐渐减少。在热浪中，他看到了植被正爬行于沙漠的边缘。穆阿迪布让生命在这片荒芜之地生根发芽。铜色的、金色的、红色的鲜花，黄色的鲜花，还有铁锈红和赤色的鲜花、灰绿色的叶子、灌木丛下的影子，白天的热浪使影子看上去仿佛在抖动，在空气中跳舞。

斯第尔格说道："我只是个弗雷曼领袖，而你是公爵的儿子。"

"你自己都不知道自己在说些什么。"雷托道。

斯第尔格皱了皱眉。穆阿迪布也曾这么说过他。

"你还记得，不是吗，斯第尔？"雷托问道，"我们在哈班亚山脊脚下，那个萨多卡上尉——记得他吗，阿拉夏姆？为了救他自己，他杀死了他的同伴。那天你多次警告，说留下那个萨多卡的性命非常危险，说他已经看到了我们的秘密。最后你说，他肯定会泄露所看到的一切，必须杀死他。我的父亲说你自己都不知道自己在说些什么。你感到委屈。你告诉他你只是弗雷曼人的领袖，而公爵必须懂得更多更重要的事情。"

斯第尔格盯着雷托。*我们在哈班亚山脊脚下！我们！*这……这个孩子，那天甚至还没被怀上，却知道发生的所有细节，只有亲身经历的人才可能记得的细节。这是又一个证据，表明不能以普通孩子的标准去衡量这对厄崔迪双胞胎。

"现在你听我说，"雷托说道，"如果我死了或在沙漠里失踪了，你必须逃离泰布穴地。这是命令。你要带着甘尼，还有……"

"你还不是我的公爵！你还是个……孩子！"

"我是个有着孩子肉身的成年人。"雷托指着他们下方的一条岩石裂缝说道，"如果我死在这儿，那条裂缝就是我的葬身之地。你会看到鲜血。到时候你就明白了。带上我的妹妹，还有……"

"我会将你的卫兵人数增加一倍，"斯第尔格说道，"你不能再出来了。我们现在就回去，你……"

"斯第尔！你无法阻止我。再想想在哈班亚山脊那儿发生的事。想起来了吗？采集机正在沙漠上工作，一条大沙虫来了，无法从沙虫那里救回采集机。我父亲为自己无法挽救采集机懊恼不已，但是哥尼却只想着他在沙漠中失去的人手。记得他是怎么说的吗？'你父亲会因为没有救人而比我更难过。'斯第尔格，我命令你去拯救人民。他们比财富更重要。甘尼是最珍贵的一个。我死之后，她是厄崔迪唯一的希望。"

　　"我不想再听了。"斯第尔格说道。他转过身，开始沿着岩石向下走向沙漠中的绿洲。他听到雷托在他身后跟了上来。过了一会儿，雷托越过了他，回头看着他说道："你注意到了吗，斯第尔？今年的姑娘们可真漂亮啊。"

一个人的生命，像一个家庭或一个民族一样，最终只能靠记忆延续下去。我的人民必须认识到这一点，这是他们走向成熟的必由之路。人类就像是一个有机体，通过持续的记忆，在潜意识库中存储越来越多的经验，以此应对一个不断变化的宇宙。但是，多数被存储的经验在意外事件中丢失了，我们称这些事件为"命运"。多数经验无法整合，并入人类的进化，与人类融为一体，因而在人类所遭遇的无数变化中被遗忘了。人类这一物种会忘却！而这正是魁萨茨·哈德拉克的特殊价值所在，那正是贝尼·杰瑟里特从未怀疑过的价值：魁萨茨·哈德拉克不会忘却！

　　　　　　　　　　　——摘自哈克·艾尔-艾达的《雷托之书》

　　斯第尔格无法解释，但他被雷托不经意间的那句话大大震动了。穿过沙漠回到泰布穴地的途中，雷托的话深深地植入了他的意识中，比雷托在"仆人"上说的任何话都更能引起他内心的反响。

　　的确，这一年，厄拉科斯的女人分外美丽，小伙子也是。他们的脸闪耀着富含水分的光芒。他们的眼睛大而明亮。他们展示着不受蒸馏服和蛇形贮水管掩盖的身材。他们甚至经常在旷野中也不穿蒸馏服，而更愿意穿上新式服装，举手投足间，显露着衣服下年轻柔韧的身段。

与人的风景相映衬的是厄拉科斯美丽的自然景观。和以前相比，人们的目光现在经常被棕红色岩石中夹杂的嫩叶所吸引。一直保持着岩洞文化、在所有出入口安装水汽密封口和捕风器的古老穴地，现在正蜕变成通常由泥砖建成的开放式村庄。泥砖！

为什么我巴不得看到那些村庄毁掉？斯第尔格陷入了沉思，差点绊了个跟头。

他知道自己属于即将灭绝的那一群人。老弗雷曼人惊讶于发生在他们行星上的奢侈——水被浪费在空气中，仅仅是为了塑成盖房用的砖头。一家人用的水足够整个穴地用上一年。

新式建筑竟然还有透明的窗户，太阳的热量可以进入屋内，蒸发屋内人身上的水分。这些窗子还对外敞开着。

住在泥砖屋子里的新弗雷曼人可以向外看到自然风光。他们不再蜷缩在穴地之内。时时能看到新的景观，新的想象力也就被激发了。斯第尔格能感觉到这一切。新的景观让弗雷曼人有了全新的空间观念，使他们与帝国其他地方的人有了密切联系。过去严酷的自然环境将他们束缚在水分稀缺的厄拉科斯，使他们无法像其他行星上的居民一样胸怀开放。

斯第尔格能感觉到这些变化，这些变化时时与他内心深处的疑虑和不安发生剧烈冲突。在过去，弗雷曼人几乎不会考虑离开厄拉科斯，到一个水源充足的世界去开始新的生活。他们甚至被剥夺了梦想逃亡的权利。

他看着走在他前面的雷托，年轻的后背在他眼前运动着。雷托刚才提到对星际移民的限制。是的，对于绝大多数世界的人来说，限制移民是一贯的事实，即使对那些允许人们抱有移民外星的幻想，并以此充当人民发泄不满情绪的安全阀的行星来说也同样如此。但在这方面，过去的厄拉科斯最为极端。无法向外发展的弗雷曼人只好走向内部，禁锢在自己的思想中，就像被禁锢在岩洞内一样。

"穴地"这个词，本意是遭遇麻烦时的避难所，但在现实中，它却成了监狱，监禁着整个弗雷曼民族。

雷托说的是事实：穆阿迪布改变了这一切。

斯第尔格感到了失落，他能感到他的古老信仰在破碎。新的外向型景观使生命产生了逃离这个容器的愿望。

"今年的姑娘们可真漂亮啊。"

古老的规矩（*我的规矩！*他承认）迫使他的人民忽略所有的历史，除了那些有关他们苦难的回忆。只有苦难才能进入他们的内心。老弗雷曼人读到的历史只是他们可怕的迁徙过程，从一次迫害到另一次迫害。过去的行星政府忠实地执行了旧帝国的政策，压制创造力和任何形式的发展与进化。对于旧帝国和掌权者来说，繁荣意味着危险。

斯第尔格猛然间意识到，厄莉娅设定的道路同样危险。

斯第尔格再次被绊了一下，落在雷托身后更远了。

在古老的规矩和宗教中，没有未来，只有无尽的现在。在穆阿迪布之前，斯第尔格看到弗雷曼人被塑造得只相信失败，不相信有成功的可能性。好吧……他们相信列特-凯恩斯，但是他设定了一个四十代的时间表。那不是什么成功；他现在才意识到，那个梦想只是另一种形式的由外向内：转入内心世界。

穆阿迪布改变了这一切！

在圣战中，弗雷曼人知道了很多关于老帕迪沙皇帝沙达姆四世的事，这位科瑞诺家族第八十一任皇帝占据着黄金狮子皇座，控制着帝国所属的无数个世界。对他来说，厄拉科斯是一个试验场，测试种种有可能运用于整个帝国的政策。他在厄拉科斯上的行星总督一直在利用弗雷曼人的悲观主义来巩固他的统治。弗雷曼人被教导得认为自己是一群没有希望的人，也不会有任何外来的救星。

"今年的姑娘们可真漂亮啊。"

看着雷托远去的背影，斯第尔格想，这个年轻人是如何让他产生这些想法的——而且仅凭一句看似简单的话。就因为这句话，斯第尔格开始用一种全新的眼光审视厄莉娅和他自己在议会中所扮演的角色。

厄莉娅喜欢说古老的规矩改变起来很慢。斯第尔格承认她的话让自己莫名其妙地感到安心。变化是危险的。发明必须被压制。个人的意志必须被抵制。除了压制个人意志外，教会还有其他功用吗？

厄莉娅一直说，公开竞争的机会必须被减少到适于管理的限度。这就意味着要用技术来限制人民。过去，技术就是这样为统治者效劳的。任何得到开发许可的技术都必须植根于传统。否则……否则……

斯第尔格再次被绊了一下。他来到水渠边，见雷托在水流边的一排杏树下等着他，脚在没有修剪、自由生长的草地上蹭来蹭去。

自由生长！

我应该相信什么？斯第尔格问自己。

他这一代的弗雷曼人相信，任何人都必须透彻地了解自己的极限。在一个封闭社会中，传统是最重要的控制元素。人们必须了解各种限制：时代的限制、社会的限制和领地的限制。一切思想都必须以穴地为依归，这难道有什么错吗？每个人的所有选择都必须限于一个封闭的圈子：家庭的圈子、社区的圈子，作出任何决定都必须有管理者的指导。

斯第尔格停住脚步，目光越过树林看着雷托。年轻人站在那儿，笑着向他点点头。

他知道我脑海中的风暴吗？ 斯第尔格想着。

这个弗雷曼老耐布极力回归到弗雷曼人的穴地传统上。生活的任何一面都需要一个早经确定的模式，这个模式是封闭的、大家熟知的，知道怎么做会成功，怎么做会失败。生活有模式，同样的模式扩展到社区，到更大的社会，直到最高政府。这就是穴地的模式，还有它在沙漠中的对应物：夏胡鲁。巨大的沙虫无疑是最令人敬畏的生物，但当受到威胁时，它同样会躲到深不可测的地底深处。

变化是危险的！ 斯第尔格告诫自己。保持不变和稳定才是政府的正确目标。

但是，年轻的小伙子和姑娘们是那么美丽。

他又开始行走，向雷托右方的穴地通道前进。年轻人走过来，截住了他。

斯第尔格提醒自己，穆阿迪布说过：**和个体生命一样，社会、文明和政府也会生老病死。**

不管危险与否，变化总是存在的。美丽的年轻弗雷曼人知道。他们向外看，看到了它，并且为变化做好了准备。

斯第尔格被迫停住脚步。他要么停下，要么绕过雷托。

年轻人严肃地盯着他，说道："你懂了吗，斯第尔格？传统并不像你想的那样，它不是至高无上的指路明灯。"

弗雷曼人离开沙漠太久之后会死去，这就是我们所称的
"水病"。

——摘自斯第尔格的《纪事》

"开口要求你做这件事，我感到很为难。"厄莉娅说道，"但
是……我必须确保保罗的孩子有一个帝国可以继承。这是我这个摄政女
皇存在的唯一理由。"

厄莉娅坐在镜前，梳妆完毕后，她转过身来。她看着丈夫，猜测
他在多大程度上接受了她这番话。这种时刻需要对邓肯·艾达荷仔细
观察。毫无疑问，他比过去那个厄崔迪家族的剑术大师敏感得多，也
危险得多。他的外表仍然保持着原貌——黑色的鬈发长在棱角分明的
脑袋上——但是自从多年前从死亡状态醒来之后，他一直在进行着门
泰特训练。

和从前无数次一样，她不禁想知道，他如此神秘而孤独，是不是
因为那个死而复生的死灵仍旧潜藏在他心中。特莱拉人在他身上大施妙
手之前，邓肯的一言一行带着最明显不过的厄崔迪家族的标志——忠心
耿耿，狂热地固守无数代职业军人的道德准则，火气来得快也去得快。
他与哈克南家族有不共戴天之仇，在战斗中为了救保罗而死。但是特莱

160

拉人从萨多卡手中购买了他的尸体，并在他们的再生箱中塑造出了一个怪物：长着邓肯·艾达荷的肉身，但却完全没有他的意识和记忆。他被训练成一个门泰特，并作为一份礼物，一台人类计算机，一件被植入了催眠程序要暗杀主人的精美工具，送给了保罗。邓肯·艾达荷的肉身抗拒了催眠程序，在难以忍受的压力下尽力挣扎，终于使他的过去重新回到他身上。

厄莉娅早就认定，把他看成邓肯是件危险的事。最好将他视为海特，他死而复生之后的新名字。还有，绝不能让他看到她体内有半分哈克南男爵的影子。

见厄莉娅在观察他，邓肯转了个身。爱无法掩饰发生在她身上的变化，也不能隐藏她明显的企图。特莱拉人给他的金属复眼能冷酷地看穿所有伪饰。在他的眼中，现在的她是个沾沾自喜，甚至有点男子气的形象。他无法忍受看到她现在这个样子。

"你为什么转身？"厄莉娅问道。

"我必须想想这件事，"他说道，"杰西卡夫人是……厄崔迪家族的人。"

"你的忠诚属于厄崔迪家族，不属于我。"厄莉娅板着脸说。

"你的看法太浅薄了。"他说。

厄莉娅噘起了嘴。她逼得太急了？

邓肯走到阳台上，从这里向下能看到神庙广场的一角。他看到朝圣者开始在那儿聚集，厄拉奇恩的商人围绕在他们身边，就像一群看到了食物的食肉动物。他注意到了一小群特别的商人，他们胳膊上挎着香料纤维篮子，身后跟着几个弗雷曼雇佣兵，不动声色地在人群中穿行。

"他们卖蚀刻的大理石块。"他指着他们说道，"你知道吗？他们把石块放在沙漠中，让沙暴侵蚀它们。有时他们能在石块上发现有趣的图案。他们声称这是一种新的艺术手段，非常流行：来自沙丘的风暴蚀刻大理石。上星期我买了一棵长着五个穗的金树，很可爱，但没多大价值。"

"不要转移话题。"厄莉娅说道。

"我没有转移话题，"他说道，"它很漂亮，但它不是艺术。人类创造艺术凭借的是自己的力量、自己的意志。"他将右手放在窗户上，"那对双胞胎厌恶这座城市，我明白他们的想法。"

"我看不出这两者有什么联系。"厄莉娅说道，"对我母亲的绑架并不是真的绑架。作为你的俘虏，她会很安全。"

"这座城市是瞎子建造的。"他说道，"你知道吗？雷托和斯第尔格上星期离开泰布穴地去了沙漠，他们在沙漠中待了一整晚。"

"我接到了报告。"她说道，"那些来自沙漠的小玩意儿——你想让我禁止销售吗？"

"对生意人不好。"他转过身说道，"你知道在我问起他们为什么要去沙漠时，斯第尔格是怎么回答的吗？他说雷托想和穆阿迪布的思想沟通。"

厄莉娅感到一阵突如其来的恐惧。她朝镜子看了一阵子，让情绪镇定下来。雷托不可能为了这种胡扯的理由而在夜里进入沙漠。这是个阴谋吗？

艾达荷抬手遮住眼睛，将她挡在视线之外："斯第尔格告诉我，他和雷托一起去，是因为他仍旧信仰穆阿迪布。"

"他当然有这种信仰！"

艾达荷冷笑一声，声音空荡荡的："他说他保持着这种信仰，是因为穆阿迪布总是为小人物着想。"

"你是怎么回答的？"厄莉娅问道，她的声音暴露了她的恐惧。

艾达荷将手从眼睛上拿开："我说，'那么你也是小人物之一。'"

"邓肯！这是个危险的游戏。如果引诱那个弗雷曼耐布，你可能会唤醒一只野兽，毁掉我们所有人。"

"他仍然相信穆阿迪布，"艾达荷说道，"仅仅这种信仰就可以保护我们。"

"他是怎么回答的？"

"他说他知道自己的想法。"

"我明白了。"

"不……我不相信你明白了。真正咬人的东西有着比斯第尔格长得多的牙齿。"

"我不明白你今天是怎么了，邓肯。我要求你做一件非常重要的事，而你这些废话都是什么意思？"

她的脾气听上去是多么坏啊。他再次转身看着阳台的窗户。"当我接受门泰特的训练时……学习如何用自己的心智去思考。厄莉娅，这非常难。你首先必须学会让心智自己去思考。这种感觉很怪。你能运动自己的肌肉，训练它们，使它们强壮，但心智只能由它自己行动。当你学会之后，有时它能让你看到你不愿意看到的东西。"

"这就是你想侮辱斯第尔格的原因？"

"斯第尔格不知道自己的心智，他没有给它自由。"

"除了在香料狂欢时。"

"即使在那种场合下也没有，这也使他能够成为一个耐布。要成为人们的领袖，他必须控制和限制自己的反应。他做人们期望他做的事。一旦你清楚这一点，你就了解了斯第尔格，也能测量他牙齿的长度。"

"那是弗雷曼人的方式。"她说道，"好吧，邓肯，你到底干还是不干？她必须被绑架，还得让绑架看上去是科瑞诺家族干的。"

他陷入了沉默，以门泰特的方式研究着她的语气和论断。这个绑架计划显示了她的冷酷，发现她的这一面目令他震惊。仅仅为了她所说的理由就拿她母亲的生命来冒险？厄莉娅在撒谎。或许有关厄莉娅和贾维德的谣言是真的。这个想法使他觉得腹中出现了一块寒冰。

"干这件事，我只信任你一个人。"厄莉娅说道。

"我知道。"他说。

她把这句话视为他的承诺，对镜中的自己笑了起来。

"你知道，"艾达荷说道，"门泰特看人的方法是，将每个人都看成一系列关系的组合。"

厄莉娅没有回答。她坐在那儿，突然陷入体内的某种记忆，脸上顿时一片空白。艾达荷转过头来看着她，看到她的表情，不禁一阵战栗。她仿佛正在用只有她自己才能听到的声音与他人谈心。

"关系。"他低声道。

他想：一个人必须摆脱旧的痛苦，就像蛇蜕皮一样。但新的痛苦仍会产生，你只有尽力忍受。政府也一样，甚至教会也是如此。我必须执行这个方案，但不是以厄莉娅所命令的方式。

厄莉娅挺起胸膛，说道："这段时间里，雷托不该像那样随便出去。我要训斥他。"

"和斯第尔格在一起也不行？"

"和斯第尔格在一起也不行。"

她从镜子旁站起来，走到艾达荷站着的窗子旁，一只手抓住他的手臂。

他控制着自己，不让身体颤抖，并用门泰特的计算能力研究着自己的生理反应。她的内心有些东西令他厌恶。

她内心的东西。

厌恶使他无法看着她。他闻到了她身上化妆品发出的香料味，不禁清了清嗓子。

她说道："我今天很忙，要检查法拉肯的礼物。"

"那些衣物？"

"是的。他真正要做的和他表现出来的完全不同。此外，我们不能忘了他手下那个霸撒泰卡尼克，他是精通下毒、刺杀等一切宫廷暗杀手段的老手。"

"权力有其代价。"他说着，把手臂从她手中挣脱，"但我们仍然有机动性，法拉肯没有。"她观察着他棱角分明的脸。有时很难看穿他的想法。他所说的机动性仅仅是指军事上的行动自由吗？不一定，厄拉科斯的生活已经安逸得太久。无处不在的危险磨炼出的敏锐嗅觉可能会因为久不使用而生锈退化。

"是的，"她说道，"但我们还有弗雷曼人。"

"机动性，"他重复道，"我们不能蜕变成步兵团。那么做太傻了。"

他的语气惹恼了她，她说道："法拉肯会使用任何手段摧毁我们。"

"啊，你说得对。"他说道，"这也是一种机动性，过去我们没有。我们有道德准则，厄崔迪家族的道德准则。为此，我们总是付出买路钱，而敌人是劫掠者。当然，这个限制现在已经不存在了。我们两家同样灵活，厄崔迪家族和科瑞诺家族。"

"我们绑架母亲的原因是为了不让她受到伤害，"厄莉娅说道，"我们仍然有自己的道德准则。"

他低头看着她。她知道刺激一个门泰特、让他进行计算的危险。他刚才就计算过她，她当然意识到了。然而……他仍然爱着她。他一只手拂过眼睛。她看上去多年轻啊。杰西卡夫人是对的：这么多年来，厄莉娅没老一天。她的面部线条仍然很像她那位贝尼·杰瑟里特母亲，十分柔和，但她长着一双厄崔迪眼睛——多疑、严厉，像鹰眼。这双眼睛后面隐藏着冷酷的算计。

艾达荷为厄崔迪家族服务许多年了，了解家族的优势与弱点所在。但是厄莉娅体内的这个东西，是他以前从未见过的新东西。厄崔迪家族可能会对敌人使用狡诈手段，但绝不会针对朋友和盟军，更不用说针对家人了。厄崔迪家族的行为有严格的准则：尽最大能力来支持自己的人民，让他们意识到生活在厄崔迪家族的统治下有多么美好；以坦诚的行为展示自己对朋友的爱。然而，厄莉娅现在的要求是非厄崔迪的。他全身的细胞和神经结构都感觉到了这一点，感觉到了厄莉娅异于厄崔迪的处事态度。

突然间，他的门泰特感觉中枢启动了，他的心智进入了神游物外的计算状态。时间已经不复存在，只有持续的计算。厄莉娅能看出他在干什么，但已经太晚了。他全身心融入了计算。

计算：他看到杰西卡夫人以一种虚假的生命形式生活在厄莉娅的意识内，就像他能感觉到死去之前的邓肯·艾达荷永远留在他自己的意识内一样。厄莉娅是一个出生前就有记忆的人，所以拥有这种意识，而他则是因为特莱拉人的再生箱。但是，厄莉娅没有与体内的杰西卡接触，厄莉娅完全被体内另一个虚假生命控制了，这个生命排斥了其他生命。

堕入魔道！

异化！

邪物！

他接受了计算结论，这是门泰特的方式。他转而考虑问题的其他方面。厄崔迪家族所有的人都集中在这颗行星上。科瑞诺家族会冒险从太空中发动攻击吗？他的心智中闪现出那些为所有人所接受的协定，正是这些协定结束了原始的战争：

一、在来自太空的攻击面前，所有行星都是脆弱的。因此，每个大家族都在自己的行星之外设置了报复性武器。法拉肯当然知道，厄崔迪家族同样不会忽略这项最基本的预防措施。

二、屏蔽场可以完全阻挡非原子弹的冲击和爆炸，这正是白刃战重新回归的原因。但步兵团有其局限。就算科瑞诺家族将他们的萨多卡恢复到厄拉奇恩战役前的水平，他们仍然不是狂暴凶狠的弗雷曼人的对手。

三、行星采邑制度永远处于技术的威胁之下，但是芭特勒圣战的影响一直延续至今，起到了抑制作用，使技术无法不受约束地发展下去。伊克斯、特莱拉和其他一些边缘世界行星是这种威胁的唯一一来源，但与帝国内其他行星的联合力量相比，这些技术型世界的力量是脆弱的。芭特勒圣战的影响不会中断，所以各大家族不会发展出机械化战争所需的庞大的技术阶层。在厄崔迪帝国中，技术阶层受到严密控制。整个帝国维持着稳定的封建体系，要向新边疆——新行星扩张，采邑体系是最好的社会结构。

邓肯的门泰特意识不断接受着来自记忆数据的冲击，完全感觉不到时间流逝的影响。他计算出科瑞诺家族不敢进行非法的原子弹攻击。通过肉体计算这一主要分析手段，他得出了这个结论，结论的关键论据是：帝国掌握的原子弹相当于其他各大家族原子弹的总和。一旦科瑞诺家族违反协定，至少有一半的大家族会不假思索地立即反击。无须厄崔迪家族开口提出请求，他们的行星外报复性武器系统就将得到各大家族压倒性打击力量的支援。恐惧将使各大家族紧紧团结在一起。萨鲁撒·塞康达斯行星和它的盟军将在一片炽热的烟尘中化为乌有。科瑞诺家族不会冒这种灭族的风险。他们无疑会信守协定：原子弹的存在只有一个理由，那就是当人类受到其他智慧生命体的攻击时用来保卫自己。

计算得出的想法极为清晰，令人信服，没有任何模糊之处。厄莉娅选择绑架她母亲是因为她被异化了，不再是一个厄崔迪。科瑞诺家族确实是个威胁，但不是厄莉娅在议会中所宣扬的那种威胁。厄莉娅想除去杰西卡夫人，是因为贝尼·杰瑟里特的智慧早已看到了他现在才看到的东西。

艾达荷摇了摇头，脱离了门泰特意识。他这才看到站在他面前的厄莉娅，脸上一副冷冷的表情，打量着他。

"你难道不想直接把杰西卡夫人杀掉吗？"他问道。

他锐利的眼睛捕捉到了对方脸上一闪而逝的一丝喜悦，但厄莉娅立即用愤怒的声音掩饰道："邓肯！"

是的，这个异化的厄莉娅更希望直接弑母。

"你是害怕你母亲，而不是为她担心。"他说道。

她紧盯着他的目光没有任何变化："我当然害怕。她把我报告给了姐妹会。"

"什么意思？"

"你不知道贝尼·杰瑟里特最大的诱惑是什么吗？"她向他走近，眼睛透过睫毛充满诱惑地看着他，"为了那对双胞胎，我需要保持力量，随时戒备。"

"你刚才说到贝尼·杰瑟里特姐妹会的诱惑。"他说道，保持着门泰特平静的语气。

"这是姐妹会隐藏得最深的秘密、她们最恐惧的秘密。就是因为这个，她们才称我为邪物。她们知道她们的禁令对我没有约束力。诱惑——她们说的时候总会用更强调的说法：巨大的诱惑。你知道吗，我们这些接受贝尼·杰瑟里特训练的人可以干预我们体内的酶平衡。它可以保持青春——比香料的功能强得多。如果很多贝尼·杰瑟里特同时这么做，你能想象后果吗？别人会发现的。我相信你能计算出我话中的真实性。香料使我们成了这么多阴谋的目标，因为我们控制了一种能延长生命的物质。如果大家知道贝尼·杰瑟里特控制了一种更加有效的秘密，会怎么样？你当然知道！没有一个圣母是安全的。绑架和折磨贝尼·杰瑟里特将成为最普遍不过的事。"

"而你已经实现了酶平衡。"这是一句陈述，而不是一个问题。

"所以我公然挑衅了姐妹会！我母亲对姐妹会的报告将使贝尼·杰瑟里特成为科瑞诺家族不可动摇的盟友。"

花言巧语，他想。

他反驳道："但是，她是你的母亲，绝不会反过来对付你。"

"她在成为我母亲之前很久就是个贝尼·杰瑟里特了，邓肯。她允许她的儿子，我的哥哥，进行戈姆刺测试！她安排了测试！而且知道他可能在测试中死去！贝尼·杰瑟里特一向重视功利，不看重其他一切。只要她觉得这种做法对姐妹会最有利，她就会反过来对付我。"

他点了点头。她很有说服力。这是个让他难过的想法。

"我们必须掌握主动，"她说道，"主动权是我们最锋利的武器。"

"哥尼·哈莱克是个问题。"他说道，"我非得杀了我的老朋友吗？"

"哥尼去了沙漠，做一些间谍工作。"她说道，她知道他早就得知了这个情况，"他远离了这个事件，他很安全。"

"太奇怪了，"他说道，"卡拉丹的摄政总督在厄拉科斯做间谍。"

"为什么不呢？"厄莉娅问道，"她是他的爱人——即使现实中不是，在他的梦中也是。"

"是的，当然。"他不知道她是否听出了他的言不由衷。

"你什么时候绑架她？"厄莉娅问道。

"你最好不要知道。"

"是的……是的，我明白。你会把她关在什么地方？"

"关在找不到的地方。相信我，她不会在这里威胁你了。"

厄莉娅眼中的欣喜绝不会被误认为其他表情："但是在哪儿……"

"如果你不知道，必要时你可以在真言师面前诚实地回答说，你不知道她被关在哪儿。"

"哦，很聪明，邓肯。"

现在她相信我了，相信我会杀了杰西卡夫人，他想。随后他说道："再见，亲爱的。"

她没有听出他话中诀别的意味，在他离开时甚至还吻了吻他。

穿越如同穴地般错综复杂的神庙走廊时，艾达荷一直在揉他的眼睛。特莱拉的眼睛也会流泪。

你爱着卡拉丹

为它命运多舛的主人而哀悼——

你痛苦地发觉

即使新的爱恋也无法抹去

那些永远的鬼魂。

——摘自《哈班亚挽歌·副歌》

斯第尔格将双胞胎周围卫兵的数量增加到了原来的四倍，但他也知道，这么做用处不大。小伙子很像那位给了他名字的老雷托公爵。任何熟悉老公爵的人都会看出这两个人的相似之处。雷托有和他一样的若有所思的表情，也具备老公爵的警觉，但警觉却敌不过潜在的狂野，易于作出危险的决定。

甘尼玛则更像她的母亲。她有和契尼一样的红发、和契尼一样的眼睛，遇到难题时的思考方式也和契尼一样。她经常说，她只会做那些必须做的事，但无论雷托走到哪儿，她都会跟他一块儿去。

雷托会将他们带入险境。

斯第尔格一次也没想过把这个问题告诉厄莉娅。不告诉厄莉娅，当然也就不能告诉伊勒琅，后者不管什么都会报告给厄莉娅。斯第尔格已经意识到，自己完全接受了雷托对于厄莉娅的评价。

她随意、无情地利用人民，他想，她甚至用那种方式利用邓肯，她倒不至于来对付我或杀了我，她只会抛弃我。

加强警卫力量的同时，斯第尔格在他的穴地内四处游荡，像个穿着长袍的幽灵，审视一切。他时时想着雷托引发的困惑：如果不能依靠传统，他的生命又将依靠什么呢？

欢迎杰西卡夫人的那天下午，斯第尔格看到甘尼玛和她祖母站在通向穴地大会场的入口。时间还早，厄莉娅还没到，但人们已经开始涌入会场，并在经过这对老人和孩子时偷偷地窥视他们。

斯第尔格在人流之外的石壁凹陷处停住脚步，看着老人和孩子。渐渐聚集的人群发出的嗡嗡声，使他无法听到她们在说什么。许多部落的人今天都会来到这里，欢迎圣母回到他们身边。他盯着甘尼玛。她的双眼、她说话时这双眼睛活动的样子！她双眼的运动吸引着他。那对深蓝色、坚定的、严厉的、若有所思的眼睛。还有她摇头将红发甩离肩膀的样子：那就是契尼。像鬼魂的复苏，相似得出奇。

斯第尔格慢慢走近，在另一处凹陷处停了下来。

甘尼玛观察事物的方式不像他知道的其他任何孩子——除了她哥哥。雷托在哪儿？斯第尔格转眼看着拥挤的通道。一旦出现任何差错，他的卫兵就会发出警告。他摇了摇头。这对双胞胎让他心神不宁。他们持续不断地折磨着他原本平静的内心，他几乎有点恨他们了。血缘关系并不能阻止仇恨，但是血液（还有其中珍贵的水分）凝成的血缘关系的作用仍然是不能否认的。现在，这对跟他有血缘关系的双胞胎就是他最重要的责任。

棕色的光线透过灰尘照射到甘尼玛和杰西卡身后的岩洞会场。光线射到孩子的肩膀和她穿的新白袍上，当她转过头去看着人流经过时，光线照亮了她的头发。

为什么雷托要用这些困惑折磨我？他想。他无疑是故意的。或许雷托想让我分享一点他的精神历程。斯第尔格知道这对双胞胎为什么会与众不同，但他的理智却总是无法接受他知道的事实。他从来没有过这种经历：意识觉醒、身体却被囚禁在子宫内——受孕之后第二个月就有了意识，人们是这么说的。

雷托说过，他的记忆就像"体内的全息图像，从觉醒的那一刻起便不断扩大，细节也在不断增加，但是形状和轮廓从未变过"。

斯第尔格看着甘尼玛和杰西卡夫人，第一次意识到她们的生活是什么滋味：纠缠在一张由无穷的记忆组成的巨网中，无法为自己的意识找到一个可以退避的小屋。她们必须将无法形容的疯狂和混乱整合起来，随时在一个答案与问题迅速变化、倏忽往来的环境中，对无穷的提议作出选择。

对她们来说，没有一成不变的传统。模棱两可的问题也没有绝对的答案。什么能起作用？不起作用的东西；什么不起作用？会起作用的东西。简直像古老的弗雷曼谜语。

为什么他希望我理解这些东西？斯第尔格问自己。经过小心探察，斯第尔格知道双胞胎对他们的与众不同之处有相同的见解：这是一种折磨。他想，对这样一个人来说，产道一定极其可怕。无知能减少出生的冲击，但他们出生时却什么都知道。知道生活中一切都可能出错——让你度过这样一个生命会是什么滋味？你永远会面临怀疑，会憎恶你与伙伴们的不同之处。即使让你的伙伴尝尝这种不同之处的滋味也能让你高兴。你的第一个永远得不到答案的问题就是："为什么是我？"

而我又在问自己什么问题？斯第尔格想。一阵扭曲的微笑浮现在他嘴唇上。为什么是我？

以这种新眼光看着这对双胞胎，他理解他们未长大的身体承担了什么样的风险。有一次，他责备甘尼玛不该爬上泰布穴地高处的陡峭悬崖，她直截了当地回答了他。

"我为什么要害怕死亡？我以前已经历过了——很多次。"

我怎么能自以为有能力教导这两个孩子呢？斯第尔格想着，又有谁能教导他们呢？

奇怪的是，当杰西卡和她孙女交谈时，她也产生了相同的想法。她在想，在未成年的身体内承载着成熟的心智是多么困难。身体必须学会心智早已熟练的那些动作和行为，在思维与反射之间直接建立联系。她们掌握了古老的贝尼·杰瑟里特意念镇静法，但即便如此，心智仍然驰骋在肉体不能到达之处。

"斯第尔格在那边看着我们。"甘尼玛说道。

杰西卡没有回头。但甘尼玛的声音里有种东西让她感到疑惑。甘尼玛爱这个弗雷曼老人，就像爱自己的父亲一样。表面上，她和他说话时没什么规矩，还时不时开开玩笑，但内心中她仍然爱着他。意识到这一点后，杰西卡重新审视了老耐布，意识到他和这对双胞胎之间分享着各种秘密。此外，杰西卡还发现斯第尔格并不适应这个新的厄拉科斯，就像她的孙儿们不适应这个新的宇宙一样。

杰西卡的脑海中不由自主地浮现出贝尼·杰瑟里特的一句话："**担心死亡是恐惧的开端，接受死亡是恐惧的结束。**"

是的，死亡并不是沉重的枷锁，对于斯第尔格和双胞胎来说，活着才是持续的折磨。他们每个人都活在错误的世界中，都希望能以另外一种方式生存，都希望变化不再意味着威胁，他们是亚伯拉罕[1]的孩

---

[1] 亚伯拉罕：相传为希伯来人的始祖。

子，从沙漠上空的鹰身上学到的东西比从书本上学到的要多得多。

就在今天早晨，雷托使杰西卡吃了一惊。他们当时站在穴地下方的引水渠旁，他说："水困住了我们，祖母。我们最好能像沙尘一样生活，因为风可以把我们吹到比屏蔽场城墙上最高的山峰还要高的地方。"

尽管杰西卡已经习惯了这两个孩子嘴里冒出的深奥的语言，她还是被他的意见打了个措手不及。她勉强挤出回答："你父亲可能也说过这种话。"

雷托朝空中扔了一满把沙子，看着它们掉在地上："是的，他可能说过。但当时他忽略了一点：水能使任何东西迅速跌落到它们原先升起的地方。"

现在，身处穴地，站在甘尼玛身后，杰西卡再次感受到了那些话的冲击。她转了个身，看了一眼川流不息的人群，随后向斯第尔格站着的石窟阴影内看去。斯第尔格不是个驯服的弗雷曼人，他仍然是一只鹰。当他看到红色时，想到的不是鲜花，而是鲜血。

"你突然沉默了，"甘尼玛说道，"出了什么事吗？"

杰西卡摇了摇头："只不过想了想雷托今早说的话，没什么。"

"你们去种植园的时候？他说什么了？"

杰西卡想着今早雷托脸上浮现出的那种奇怪的、带着成人智慧的表情。现在，甘尼玛脸上也是这种表情。"他回忆了哥尼从走私徒那儿重新投入厄崔迪旗下时的情景。"杰西卡说道。

"接着你们谈了谈斯第尔格。"甘尼玛说道。

杰西卡没有问她是怎么知道的。这对双胞胎似乎拥有随意交换思维的能力。

"对，我们谈了。"杰西卡说道，"斯第尔格不喜欢听到哥尼把……保罗叫成他的公爵，但是哥尼就是这么叫的，所有弗雷曼人都听到了。哥尼总是说'我的公爵'。"

"我明白了，"甘尼玛说道，"当然，雷托注意到了，他还没有成为斯第尔格的公爵。"

"是的。"

"你应该知道他说这些的目的。"甘尼玛说。

"我不确定。"杰西卡坦白地说，她发觉这么说让她十分不自然，但她的确不知道雷托到底要对她做什么。

"他想点燃你对我们父亲的回忆，"甘尼玛说道，"雷托非常想知道其他熟悉父亲的人对父亲是什么看法。"

"但是……雷托不是有……"

"哦，是的，他可以倾听他体内的生命。但那不一样。你谈论他的时候，我是指我的父亲，你可以像母亲谈儿子一样谈他的事。"

"是的。"杰西卡咽下了后半句话。她不喜欢这种感觉，这对双胞胎能随意唤醒、打开她的记忆并进行观察，触发她体内任何他们感兴趣的情感。甘尼玛可能正在这么做！

"雷托说了一些令你不安的话。"甘尼玛说道。

杰西卡吃惊地发现，自己不得不强压住火气："是的……他说了。"

"你讨厌这个事实，他就像我们的母亲一样了解我们的父亲，又像我们的父亲一样了解我们的母亲。"甘尼玛说道，"你讨厌这背后隐藏的暗示——我们了解你多少。"

"我从来没这么想过。"杰西卡感觉自己的声音很生硬。

"对情欲之类的东西的了解是最令人不快的，"甘尼玛说道，"这就是你的心理。你发现很难不把我们看成是孩子。但我们却知道我们的父母两人在公众场合和私底下所做的一切。”

有那么一阵子，杰西卡觉得与雷托对话时的那种感觉又回到了她身上，只不过她现在面对的是甘尼玛。

“他或许还提到了你公爵的‘发情期欲望’。”甘尼玛说道，“有时真应该给雷托套上个嚼子。”

还有什么东西没有被这对双胞胎亵渎吗？杰西卡想着，由震惊变得愤怒，由愤怒变得厌恶。他们怎么能妄谈她公爵的情欲？深爱中的男女当然会分享肉体上的欢乐！这是一种美丽而又隐秘的事，不应该在成人与孩子的对话中被随意地拿来夸耀。

成人与孩子！

突然间，杰西卡意识到，不管是雷托还是甘尼玛，都不是在随意地说这些事。

杰西卡保持着沉默，甘尼玛说道：“我们让你受惊了。我代表我们向你道歉。以我对雷托的了解，他是不会考虑道歉的。有时，当他顺着思路说下去时，他会忘了我们……和你们有多么不同。”

杰西卡想：**明白了，原来这就是你们的目的：你们在教我！**随后她又想道，**你们还在教别人吗？斯第尔格？邓肯？**

“雷托想知道你是怎么看问题的。”甘尼玛说道，“要做到这一点，光有记忆是不够的。尝试的问题越难，失败的可能性也就越大。”

杰西卡叹了口气。

甘尼玛碰了碰祖母的胳膊：“有很多必须说的话，你儿子从来没说过，甚至对你都没有。比如，他爱你。你知道吗？”

杰西卡转了个身，想掩饰闪烁在她眼内的泪光。

“他知道你的恐惧，”甘尼玛说道，“就像他知道斯第尔格的恐惧一样。亲爱的斯第尔格。我们的父亲是他的‘兽医’，而斯第尔格只不过是一只藏在壳内的绿色蜗牛。"她哼起了一首曲子，"兽医"和"蜗牛"便来自这首歌。曲调响起，杰西卡的意识中出现了歌词：

哦，兽医，

面对着绿色的蜗牛壳。

壳内有害羞的奇迹，

躲藏着，在病痛中等待死亡。

但你像神一样来到了！

就连外壳也知道，

上帝能带来毁灭，

治疗能带来伤痛。

透过地火之门，

能窥探到天堂。

哦，兽医，

我是个蜗牛人，

我看到你的一只眼睛，

正窥视我的壳内！

为什么，穆阿迪布，为什么？

甘尼玛说道："不幸的是，我们的父亲在宇宙中留下了太多的蜗牛人。"

人类其实生活在一个非永恒的宇宙中——这一假设已作为有效的规则被世人接受。该假设要求心智成为一个完全平衡、充分发挥作用的器官。但是，不发挥整个生物体的作用，心智就无法单独达到平衡。考察一个生物体是否达到平衡，只能通过它的行为表现来辨别。因此，只有当它处在社会中，它才能被称为生物体。在这里，我们又碰到了一个老问题。从古到今，社会所追求的目标都是永恒。任何显示非永恒宇宙的尝试都将引起反对、恐惧、愤怒和绝望。但与此同时，社会却能接受对未来的预言。我们怎么解释呢？很简单：未来情景的给予者所描述的未来是绝对的，也就是永恒的。人类自然有可能欢迎这种预言，尽管预言者所描述的可能是十分可怕的情景。

——摘自哈克·艾尔-艾达的《雷托之书》

　　"就像在黑暗中战斗。"厄莉娅说道。

　　她怒气冲冲地在兰兹拉德联合会厅内来回踱步，从挂着柔化阳光的褶帘的窗口，走到屋子对面紧挨着墙裙的长沙发处。她的凉鞋依次踏过香料纤维地毯、镶木地板和巨大的石榴石板地面，接着又踏上了地毯。最终，她站在伊勒琅和艾达荷的面前，他们俩面对面地坐在鲸鱼皮制的长沙发上。

艾达荷本来拒绝从泰布穴地返回，但是她发出了强制性的命令。绑架杰西卡变得比任何时候都重要，但事情必须先缓一缓。她需要艾达荷的门泰特感知力。

"这些事件都有相同的手法，"厄莉娅说道，"我闻到了阴谋的味道。"

"或许不是。"伊勒琅斗胆说道，她向艾达荷投去询问的一瞥。

厄莉娅的脸上露出了毫不掩饰的嘲笑。伊勒琅怎么会如此天真？除非……厄莉娅用锋利、怀疑的眼光盯着公主。伊勒琅穿了一件简单的黑色长袍，和她深蓝色的香料眼睛很相配。她的金发在脖子后紧紧地绾成一个发髻，突出了那张多年来在厄拉科斯上变得越来越瘦、越来越严厉的脸。她仍然保持着从她父亲沙达姆四世那儿继承来的傲慢，厄莉娅经常认为这副高傲的表情下可能隐藏着阴谋。

艾达荷很随便地穿着一件黑绿相同的厄崔迪家族侍卫制服，制服上没有肩章。厄莉娅的很多卫兵都厌恶这种制服，尤其是她那些佩戴军官肩章的女侍卫。她们不喜欢看到死而复生的门泰特剑客穿着随便，他是她们女主人的丈夫，这更加深了她们对他的厌恶。

"各部落希望杰西卡夫人能重新恢复在摄政政府议会中的席位，"艾达荷说道，"这有什么……"

"他们一致要求！"厄莉娅指着伊勒琅身边沙发上的一张细纹香料纸，"法拉肯是一个威胁，而这……这里头有一股联盟的臭味。"

"斯第尔格怎么想？"伊勒琅问道。

"他的签名在那张纸上！"厄莉娅说道。

"但如果他……"

"他怎么能拒绝他的上帝的母亲？"厄莉娅嘲弄地说。

艾达荷看着她，想：*伊勒琅快要被惹急了*。他再次怀疑为什么厄莉娅要叫他回来，她知道如果绑架阴谋要付诸行动，他必须留在泰布穴地。她是不是听到了传教士传给他的信息？这想法令他的呼吸慌乱起来。那个神秘的乞丐怎么会知道保罗·厄崔迪召唤他的剑客所用的秘密手势？艾达荷多么希望能离开这个毫无意义的会议，去寻找心中问题的答案。

"传教士无疑离开过行星。"厄莉娅说道，"在这件事上，宇航公会不敢骗我们。我要把他……"

"要慎重！"伊勒琅说道。

"是的，必须慎重。"艾达荷说，"这颗行星上有一半人相信他是——"他耸了耸肩，"你哥哥。"艾达荷希望自己能以一种非常随意的态度说出后半句话。那个人怎么会知道手势的？

"但如果他是个信使，或是间谍……"

"他没有接触过宇联商会或是科瑞诺家族的人，"伊勒琅说道，"我们能确定……"

"我们什么也不确定！"厄莉娅不想隐藏她的轻蔑。她转身背对着伊勒琅，看着艾达荷。他知道为什么要他来这儿！为什么他没有像她所期望的那样做？要他来议会，因为伊勒琅在这儿。那段将科瑞诺家族的公主嫁到厄崔迪家族的历史永不该被忘记。背叛，只要发生一次，就会发生第二次。邓肯的门泰特力量应该能在伊勒琅微妙的行为变化中检查出蛛丝马迹。

艾达荷晃了晃身体，看了伊勒琅一眼。有时他憎恶他的门泰特状态表现得太过直接。他知道厄莉娅在想什么。伊勒琅也应该知道。但是保罗·穆阿迪布的这位公主夫人已经克服了那个决定带来的怨恨，那个使她的地位还不如契尼——皇帝的情妇——的决定。伊勒琅对这对双胞胎的忠诚是毋庸置疑的。为了厄崔迪家族，她已经抛弃了她的家庭和贝尼·杰瑟里特姐妹会。

"我母亲是这个阴谋的一部分！"厄莉娅坚持道，"要不然，姐妹会怎么会在这时候派她回到这里？"

"胡乱猜疑对我们并没有好处。"艾达荷说道。

厄莉娅转身背对着他，他知道她会这么做。他暗自庆幸自己不用看着那张曾经可爱，但现在已被魔道扭曲的脸。

"怎么说呢，"伊勒琅说道，"也不能完全信任宇航公会……"

"宇航公会！"厄莉娅嘲弄道。

"我们不能排除宇航公会或贝尼·杰瑟里特仍对我们怀有敌意，"艾达荷说道，"但我们必须对他们加以区别对待，在对我们的战斗中，他们是被动的参与者。宇航公会将坚持其基本准则：永远不当统治者。他们只能通过寄生而发展，这一点他们很清楚。宇航公会不会采取任何会威胁到他们生命所系的宿主的行动。"

"他们眼中的宿主可能和我们期望的不一样。"伊勒琅懒洋洋地说。这是她最接近嘲弄的语气。那个懒洋洋的声音仿佛在说："你犯了一个错误，门泰特。"

厄莉娅看上去有些犹豫。她没有想到伊勒琅会这么说，一个阴谋家是不会显露出这种观点的。

"说得对，"艾达荷说，"但是宇航公会不会公然反抗厄崔迪家族。但是，姐妹会可能会冒险在政治上与我们分道扬镳……"

"如果她们想这么做，必须通过某种幌子：一个或一群她们可以随时拿来顶罪的人。"伊勒琅说道，"贝尼·杰瑟里特存在了这么长时间，她们知道自保的价值。她们更喜欢待在皇位的后头，而不是坐在皇位上。"

自保？厄莉娅想着，这是伊勒琅的选择吗？

"跟我想说的观点完全吻合。"艾达荷说道。他发现这些辩论和解释很有帮助，能使他的心智摆脱其他问题的困扰。

厄莉娅走向那扇阳光灿烂的窗户。她清楚艾达荷的盲点，每个门泰特都有的盲点。他们必须作出正式判断，这就意味着他们存在过分依赖事实、观察范围有限的倾向。他们自己也知道这一点，这是他们训练的一部分。然而他们做事时仍然会不顾这些盲点。*我应该把他留在泰布穴地*，厄莉娅想，*直接把伊勒琅交给贾维德审问会更好些*。

在她的头颅内，厄莉娅听到一个低沉的声音说道："完全正确！"

*闭嘴！闭嘴！闭嘴！*她想着。在这种时刻，她总觉得自己正受到诱惑，即将犯下一个危险的错误，可她却无法看清这个错误究竟是什么。她能感觉到的只是危险。艾达荷必须帮助她走出困境。他是个门泰特。门泰特是必需品。肉体计算机替代了被芭特勒圣战摧毁的机器。*汝等不可制造拥有人类心智的机器！*但是厄莉娅一直希望有个顺从的机器。它们不会有像艾达荷那样的限制。你永远不会对机器产生怀疑。

厄莉娅听到了伊勒琅懒洋洋的声音。

"假象中的假象中的假象中的假象，"伊勒琅说道，"我们都知道对权力进行攻击的形式。我不会指责厄莉娅的多疑。显然她怀疑所有的人，甚至是我们。先不管这个，我们来看动机吧。对摄政政权最大的威胁是什么？"

"宇联商会。"艾达荷以门泰特的平静口吻说道。

厄莉娅露出了微笑。宇联商会！但是厄崔迪家族控制了宇联商会百分之五十一的股份。穆阿迪布的教会控制了另外的百分之五。观点十分现实的各大家族以这种方式承认沙丘控制着无价的香料。香料经常被称作"秘密印钞机",这不是没有道理的。没有香料,宇航公会的宇航员就无法工作。香料促使宇航员进入"领航灵态",在这种状态中,宇航员能在进入时空隧道前就"看到"它。没有香料带来的人体免疫系统增强作用,富人们的平均寿命将至少缩短四年。甚至连帝国中为数众多的中产者们也都在食用稀释的香料,每天都会喝上几滴。

但是厄莉娅听得很清楚,艾达荷的声音中透露出门泰特式的真诚。她一直满怀不祥预感等待着的正是这种声音。

宇联商会。宇联商会远不只是厄崔迪家族、远不只是沙丘、远不只是教会或是香料。它代表着墨藤鞭、鲸鱼皮、志贺藤、伊克斯的工艺品和艺人、不同的人和地域间的贸易、朝圣之旅和来自特莱拉的合法技术产品;它代表着致瘾的药物和医疗技术;它代表着运输(宇航公会)和整个帝国内部复杂的商业,覆盖了成千上万个已知的行星及其周边的秘密世界。当艾达荷说到宇联商会时,他所说的是一个大发酵缸,缸内阴谋套着阴谋,股息波动十分之一就意味着整颗行星所有权的易手。

厄莉娅回到坐在长沙发上的两个人身旁。"宇联商会有什么让你感觉不对的地方吗?"她问道。

"总有家族在囤积香料,进行投机。"伊勒琅说道。

厄莉娅双手一拍大腿,随后指了指伊勒琅身旁的香料纸:"那并不是你真正关心的问题,等到……"

"好吧!"艾达荷厉声道,"说出来吧。你一直遮遮掩掩的是什么情况?你应该清楚,不能一方面隐藏数据,另一方面期望我计算出……"

"最近,四种具有特殊技能的人的交易量大大增加。"厄莉娅说道。她不知道对于眼前这两个人来说,这还算不算是新消息。

"什么技能?"伊勒琅问道。

"高级剑客、特莱拉制造的经过变异的门泰特、苏克学校培训的固化了心理反射行为的医生，还有假账会计，后者是最特殊的。为什么做假账的需求量会骤然激增呢？"她朝着艾达荷提出了问题。

他开始了门泰特的思考。好吧，这总比思考厄莉娅变成了什么样子要轻松些。他将意念集中在她的话上，把她的话与体内的门泰特心智联系起来。**高级剑客？**他曾经也被人这么称呼过。剑术大师当然比单个的战士有用得多。他们能修复屏蔽场，制订作战计划，设计军事配套设施，准备战斗武器。**变异的门泰特？**特莱拉显然还在继续搞这套把戏。作为一个门泰特，艾达荷很清楚经过特莱拉变异会导致的危险。购买了这些门泰特的大家族希望能完全控制他们。不可能！甚至帮助哈克南进攻厄崔迪家族的彼得·德伏来也仍然保留着自己可贵的尊严，最终接受了死亡，而不是放弃自我。**苏克的医生？**加载在他们身上的心理定式确保他们不会背叛自己的病人。苏克医生价值昂贵。交易量的增加意味着大量的资金在流转。

艾达荷将这些因素与假账会计交易量增加进行了对比。

"初步计算的结果是，"虽然他说的是推导结果，但用的语气却非常肯定，"最近各个小家族的财富在不断增加。他们中的一些正悄然变成大家族。这些财富只能源自政治联盟的变化。"

"我们终于谈到了兰兹拉德联合会。"厄莉娅说道，强调的语气表明，她相信这种看法。

"下一次兰兹拉德联合会在两个标准年之后才会召开。"伊勒琅提醒她。

"但是政治上的讨价还价从不停歇，"厄莉娅说道，"我敢保证，签字者中的一部分——"她指了指伊勒琅身旁的纸张，"和那些改变了联盟关系的小家族狼狈为奸。"

"或许吧。"伊勒琅说道。

"兰兹拉德联合会。"厄莉娅道，"对于贝尼·杰瑟里特来说，还有比这更好的幌子吗？姐妹会中还有比我母亲更合适的间谍吗？"厄莉娅转身面对艾达荷，"是这样吗，邓肯？"

为什么我不能保持门泰特的超然？艾达荷责问自己。他看出了厄莉娅的意图。但是，邓肯·艾达荷毕竟曾多年担任过杰西卡夫人的私人保镖。

"邓肯？"厄莉娅继续加压。

"你应该调查各方的立法咨询机构，看他们在为下一届兰兹拉德联合会准备什么议题。"艾达荷说道，"他们可能作出法律规定，让摄政政权不能就某些法律法规行使否决权——例如税率调整和反垄断法等。还有其他一些，但是……"

"采取这种手段，不太实际啊。"伊勒琅说道。

"我同意，"厄莉娅说道，"萨多卡没有了牙齿，而我们依然掌握着弗雷曼军团。"

"要当心，厄莉娅，"艾达荷说道，"我们的敌人正希望把我们丑化成魔鬼。不管你能命令多少军团，在这样分散的一个帝国内，权力只能以大家的默许为基础。"

"大家的默许？"伊勒琅问道。

"你是指大家族的默许？"厄莉娅问道。

"我们面对的这个新联盟下有多少大家族？"艾达荷问道，"资金正在许多奇怪的地方聚集起来。"

"边缘世界？"伊勒琅问道。

艾达荷耸了耸肩。这是个无法回答的问题。他们都怀疑总有一天，特莱拉或是边缘世界的技术专家们会使霍尔茨曼效应失效。等到那一时刻来临，屏蔽场将变得毫无用处。维持着帝国采邑制度的微妙平衡将被彻底打破。

厄莉娅拒绝考虑这种可能性。"我们就利用我们手头的资源，"她说道，"我们拥有的最有力的资源就是：宇联商会的董事们知道我们能摧毁香料。他们不会冒这个险。"

"又回到宇联商会了。"伊勒琅说道。

"除非有人在别的星球上试着复制沙鲑－沙虫循环。"艾达荷说道。他探询地看着伊勒琅，这句话让厄莉娅颇受震动："是在萨鲁撒·塞康达斯行星上吗？"

"我在那儿的线人很可靠，"伊勒琅说道，"不是萨鲁撒。"

"那么我刚才的话仍然有效，"厄莉娅盯着艾达荷，"就利用我们手头的资源。"

那我的行动怎么办？艾达荷想着。他说道："既然你自己就能想出办法，你为什么中断了我的重要行动？"

"别用这种口气和我说话！"厄莉娅厉声说道。

艾达荷的眼睛瞪大了。这一刻，他又看到了那个异化的厄莉娅，这令他惴惴不安。他转脸看着伊勒琅，但她好像没有觉出厄莉娅的异常——或是装着没发觉。

"我不需要小学教育。"厄莉娅说道，语气中仍带着异化的迹象。

艾达荷挤出一个后悔的笑容，但他的胸口疼得厉害。

"跟权力打交道时不可避免地会接触财富，以及财富的种种外在表现形式。"伊勒琅懒洋洋地说道，"保罗是个造成社会突变的因素，我们别忘了，是他改变了财富过去一直保持的平衡。"

"这种突变是可以被还原的。"厄莉娅说道，转身背对着他们，仿佛刚才并没有显示出那种可怕的异化迹象，"帝国范围内，财富在什么地方，董事们清楚得很。"

"他们也知道，"伊勒琅说道，"有三个人可以使这个突变永远保存下来：那对双胞胎，还有……"她指了指厄莉娅。

她们疯了吗，这两个人？艾达荷疑惑着。

"他们会尽力暗杀我！"厄莉娅以刺耳的声音说道。

艾达荷吃了一惊，陷入了沉默，他的门泰特心智在飞速运转。暗杀厄莉娅？为什么？他们完全可以使厄莉娅名誉扫地。这易如反掌。他们可以切断她和弗雷曼人的联系，最终干掉她。但是那对双胞胎……他知道，他没有进入门泰特状态来评估这个问题，但是他必须尽力试试，而且必须做到尽可能准确。但他也知道，精确的思考包含着绝对性。而大自然是非精确的。在他这个量级上，宇宙是非精确的。它混乱而且模糊，充满了不确定性和变化。必须将整个人类视同一个自然现象，在计算之中加入这个因素。精确分析仅代表了不断发展的宇宙潮流的一个切片。他必须进入那个潮流，看着它运动。

"将注意力放在宇联商会和兰兹拉德联合会上，我们这种做法是正确的。"伊勒琅懒洋洋地说道，"邓肯的建议很有价值，给我们指明了入手处……"

"金钱是力量的一种外在表现形式，不能把它与它所代表的力量分开。"厄莉娅说道，"这一点我们都知道。但是我们必须回答三个明确的问题：何时？何地？使用何种武器？"

双胞胎……双胞胎，艾达荷想着，陷入危险的是他们，而不是厄莉娅。

"还有'谁'和'如何'呢？你不感兴趣？"伊勒琅问道。

"如果科瑞诺家族，或宇联商会，或其他任何组织在这颗行星上安插了他们的人手，"厄莉娅说道，"我们有超过百分之六十的机会能在他们行动前找到他们。如果知道他们在何时何地展开行动，我们的优势还会更大。至于'如何'，这和使用什么武器是一个问题。"

为什么她们看不到我所看到的东西？艾达荷思考着。

"那么，"伊勒琅说道，"'何时'呢？"

"当大家的注意力集中到其他人身上时。"厄莉娅说道。

"在欢迎大会上，所有注意力都集中到你母亲身上，"伊勒琅说道，"但没有人对你采取什么行动。"

"因为地点不对。"厄莉娅说道。

她在干什么？艾达荷思考着。

"那么，会在哪儿？"伊勒琅问道。

"就在皇宫内，"厄莉娅说道，"这是我觉得最安全，也是最不注意防护的地方。"

"什么武器？"伊勒琅问道。

"传统武器——任何弗雷曼人都可能随身携带的那种：浸了毒的晶牙匕、毛拉枪……"

"还有猎杀镖呢？他们已经很长时间没用过猎杀镖了。"伊勒琅说道。

"在人群中没有用，"厄莉娅说道，"而他们会在人群中下手。"

"生物武器呢？"伊勒琅问道。

"你是说使用一种传染性媒介？"厄莉娅试探着问道。她没有掩饰自己难以置信的神情：伊勒琅怎么会不知道传染性媒介无法战胜保护着厄崔迪家族的免疫系统呢？

"我想的是某种动物，"伊勒琅说道，"例如，一只小昆虫被训练成只咬某个特定的人，并同时释放毒物。"

"护宅貂会防止类似的事发生。"

"如果就是用护宅貂下手呢？"伊勒琅问道。

"那也不行。护宅貂会排斥任何入侵者并杀死它。这你也知道。"

"我只是研究一些可能性，希望……"

"我会警告我的侍卫。"厄莉娅说道。

在厄莉娅提及侍卫时，艾达荷用一只手蒙住了特莱拉眼睛，抵挡涌向眼前的浪潮。这是开悟，是生命所展现出的永恒。每个门泰特内心意识中都有这种潜能。它将他的意识如同一张渔网般撒向宇宙，并且判断出网内物品的形状。他看到那对双胞胎在黑暗中爬行，掠过他们头顶上方的是巨大的利爪。

"不。"他低声说道。

"什么？"厄莉娅看着他，仿佛对他还在这儿感到有些奇怪。

"科瑞诺家族送的那些衣服，"他问道，"已经被送到双胞胎那儿了吗？"

"当然，"伊勒琅说道，"它们没有任何问题。"

"没人会在泰布穴地暗算那对双胞胎，"厄莉娅说道，"不会有人想去对付斯第尔格训练出来的卫兵。"

艾达荷盯着她。他并没有数据来加强他通过门泰特计算得出的结论，但他知道。就是知道。他刚刚经历的这种感觉与保罗预见未来的能力很相像。但无论是伊勒琅还是厄莉娅都不相信他具有这种能力。

"我想提醒港务局，注意任何形式的动物进口。"他说道。

"看来你不相信伊勒琅的话。"厄莉娅不赞同地说。

"但为什么要冒险呢？"他问道。

"提醒港务局有什么用，你忘了还有走私徒了？"厄莉娅说道，

"但我还是要把宝压在护宅貂上。"

艾达荷摇了摇头。家族的雪貂怎能对抗他感知到的利爪？但厄莉娅是对的。只要贿赂对了地方，再加上认识个把宇航公会宇航员，任何一个空旷的地方都能成为着陆场。宇航公会可能会拒绝出面反对厄崔迪家族，但如果给的价钱足够高……反正宇航公会总能找到借口，说自己只是个"运输机构"，怎么可能知道某个特定的货物会派什么用场呢？

厄莉娅以一个纯粹的弗雷曼姿势打破了沉寂。她举起一只拳头，大拇指与地保持平行。伴随着这个手势，她还说了句传统的咒语，意思是"我是台风的中心"。显然她把自己当成了唯一符合逻辑的暗杀对象，而手势则是表示对这个充满威胁的宇宙的反抗。她的意思是，对于任何胆敢攻击她的人，她都将用狂风置他们于死地。

艾达荷感到任何形式的抗争都毫无意义。他看出了她不再怀疑他。他将要前往泰布穴地，她期望能看到一次针对杰西卡夫人的完美绑架。他从沙发上站了起来，愤怒使他的肾上腺素激增。他想：**要是目标是厄莉娅该有多好啊！要是她能被暗杀就好了！** 一瞬间，他把手放在了刀把上。但是他并不想杀了她，尽管对她来说，成为一个殉教的烈士远远好于失去众人的信任，以后耻辱地长眠于泥沙墓地中。

"对，"厄莉娅道，她误将他的表情当成了关心，"你最好赶快回泰布穴地去。"她接着想：**我真是太蠢了，竟然会怀疑邓肯！他是我的，不是杰西卡的！** 刚才的怀疑，肯定是因为部落的要求使她的心情变得太糟。她向空中挥了挥手，算是和艾达荷告别。

艾达荷无助地离开了大厅。厄莉娅不仅仅被邪魔附体蒙蔽了双眼，更重要的是，每次危机都能使她的疯狂加深一层。她已经越过了危险地带，注定走向灭亡。但他对那对双胞胎能做些什么呢？他能说服谁？斯第尔格？但是斯第尔格除了日常的检查巡逻工作外，还能做些什么?

杰西卡夫人?

是的,他研究过这种可能性,但是她确实可能怀揣着姐妹会的阴谋。他对于这位厄崔迪情妇还没怎么看透。她可能会服从贝尼·杰瑟里特的任何命令——甚至是对付自己孙儿们的命令。

优秀的政府从来不会依靠法律，而是依靠统治者们的个人素质。政府是一台机器，它总处于那些操纵机器的管理者们的意志之下。因此，政府中最重要的元素是如何挑选一个好的领导者。

——摘自《宇航公会守则·法律与政府》

为什么厄莉娅想要我和她一起参加朝会？杰西卡想不明白，他们还没有投票让我重新加入国务会议呢。

杰西卡站在连接着皇宫大厅的前厅内。在厄拉科斯以外的任何地方，这个前厅本身就足以成为一个大厅。在厄崔迪家族的领导之下，随着权力与财富的日益集中，厄拉奇恩的建筑变得越来越庞大。这间屋子更是集中了她的种种担心。她不喜欢这间前厅，就连这里地砖上的画都在描绘他儿子战胜沙达姆四世的事迹。

她在通向大厅的异常光滑的塑钢门上看到了自己的脸。回到沙丘迫使她和以前作出比较，她发现自己比以前老了：椭圆形的脸上已经出现了细微的皱纹，镜中靛青色的眼睛显得毫无温情。她还记得以前她蓝色的瞳孔周围还有一圈白边。那头亮闪闪的金发还没变，她的鼻子仍然娇小，嘴巴也没变形，身材保持得不错，但即使是贝尼·杰瑟里特训练出来的肌肉也会随着时间的流逝而松弛。有人没能注意到这一点，会说"你一点都没变"。但是姐妹会的训练是一把双刃剑：受过同样训练的人的眼睛不会放过这些细小的变化。

同样，厄莉娅身上也没有发生一点变化，这也没能逃过杰西卡的眼睛。

贾维德，厄莉娅的第一秘书，站在大门旁，显得非常正式。他像个罩在长袍里的精灵，那张圆脸上总带着一丝嘲弄的笑容。贾维德使杰西卡想起个悖论：一个膘肥体壮的弗雷曼人。发现她在观察他后，贾维德脸上堆起了笑容，还耸了耸肩。那天，他陪同杰西卡的时间很短，就像他自己料到的那样他恨厄崔迪家族，但如果谣言可以相信的话，他同时又是厄莉娅手下非同一般的红人。

杰西卡看到了他在耸肩，想：*这是个耸肩的时代。他知道我听说了所有的故事，但他不在乎。我们的文明完全可能因为内部这种无所谓的态度而死，而不是在外部入侵面前屈服。*

在前去沙漠深处联络走私徒前，哥尼亲自给她指派了卫兵。他们不愿意让她一个人来到这里，但她自己却觉得很安全。让她成为这地方的殉教者？厄莉娅不会有好果子吃，她自己很清楚这一点。

见杰西卡对他的耸肩和微笑没有反应，贾维德咳嗽了几声，喉咙里发出类似打嗝儿的声音，只有反复训练才能做到这一点。听上去就像某种不为外人所知的秘密语言，仿佛在说："我们都知道这种盛大场面背后的虚伪。用这种手法就能操纵人类的信仰，岂不妙哉？"

*确实很妙！*杰西卡想，但脸上并没有表现出来。

前厅里到处是人，所有被允许参加朝会的陈情者们都从贾维德的手下那里拿到了通行证。通向外面的大门已经关上了。陈情者和随从们与杰西卡保持着礼节性的距离，大家都注意到她穿着正式的弗雷曼圣母黑色长袍。这身装束会引发很多问题，从她的衣着上看不到半点穆阿迪布宗教的标志。人们在注意着她以及那扇小门——厄莉娅将从中走出并引导他们进入大厅——的同时，相互之间不停地窃窃私语。杰西卡很明显地感觉到厄莉娅用以维系摄政政权的权威发生了某种动摇。

*我只在这里现身就做到了这一点，*她想，*但我之所以来这里，是因为厄莉娅邀请了我。*

杰西卡观察着现场的骚动，意识到厄莉娅在有意识地延长这一时刻，好让这股针对摄政政权的暗流能尽可能显现出来。厄莉娅肯定躲在某个监视口旁观察。她的诡计很少能逃过杰西卡的眼睛。随着时间一分一秒地过去，她越来越觉得接受姐妹会指派给她的任务是多么正确的决定。

"事情不能就此发展下去，"请她出山的贝尼·杰瑟里特代表团的领导说，"当然，我们衰落的迹象没能逃过你的眼睛——你们所有人的眼睛。我们知道你为什么要离开我们，但我们也知道你是如何接受训练的。在你受教育的过程中，我们毫无保留。如果一个强大的宗教变质，会给我们带来巨大的损害。你是高手，当然明白这一点。"

杰西卡抿紧双唇，看着卡拉丹城堡窗外柔柔的春意，陷入了沉思。她不喜欢让自己的思维跟着对方的逻辑走。姐妹会的第一堂课就是要学会怀疑一切，尤其是那些隐藏在逻辑面具底下的。但是代表团成员也很清楚这一点。

那天早晨的空气是多么湿润啊，杰西卡环顾厄莉娅的前厅，想。多么清新，多么湿润。这里的空气中也有一丝甜甜的水汽，却令她感到十分不安。她想：*我已经恢复到弗雷曼人的心态了。这个地面之上的"穴地"的空气太潮湿了。负责防止水分散失的人怎么这么不尽职？保罗绝不会允许这么松懈。*

她注意到了一脸警觉的贾维德，此人似乎没有注意到前厅内空气中水分的异常。对于出生在厄拉科斯上的人来说，这不是受过良好教育的表现。

贝尼·杰瑟里特代表团的成员想知道她是否需要某种形式的证据来证明她们的指控。她用她们自己守则里的一句话，怒气冲冲地回敬道："所有证据必将引申出找不到证据的结论！因为我们的好恶决定了我们看待事物的方式。"

"但是证据是门泰特提供的。"代表团领队抗辩道。

杰西卡吃惊地盯着那个女人。"你取得了现在这个地位，却还没能理解门泰特的局限。我对此感到万分惊奇。"杰西卡说道。

听到这话之后，代表团放松了。显然这只是个测试，而她已经通过。她们担心她已经失去了贝尼·杰瑟里特的根本，即保持内心平衡的能力。

现在，看着贾维德离开门边向自己走来，杰西卡稍稍提高了警觉。他鞠了个躬："夫人，我猜你大概还没有听说传教士最近一次的大胆行径。"

"我每天都能接到报告，告诉我这地方都发生了什么。"杰西卡说道。让他去向厄莉娅告密吧！

贾维德笑了笑："那么你该知道他在责难你的家族。就在昨天晚上，他在南郊传教，没人敢碰他。你应该知道其中的原因。"

"因为他们认为他是我儿子的转世，是为了他们回来的。"杰西卡说道，带着懒洋洋的语气。

"我们还没向门泰特艾达荷报告这个问题，"贾维德说道，"或许我们应该这么做，尽快解决这个问题。"

杰西卡想着：他是真的不知道门泰特的局限性，尽管他大胆到足以给一个门泰特戴上绿帽子——即便不是真的，至少他梦想给那个门泰特戴上绿帽子。

"门泰特和使用他们的人一样，都会犯错误。"她说道，"人类的心智，和其他动物的一样，只是个共鸣器。它会对环境中的震动作出反应。门泰特只不过学会了将心智沿无数的因果循环展开，并在这些循环中追溯事件的起因和结果。"让他慢慢消化去吧！

"那么，这位传教士并没有让你感到不安？"贾维德问道，语气突然间变得正式起来，明显地带有试探性。

"我认为他的出现是个好现象，"她说道，"我不想打扰他。"

贾维德显然没料到她的回答如此直接。他竭力想要笑笑，却没能办到。他说道："当然，如果你坚持的话，忠信会将遵从你的意愿。当然，他们还是需要一些必要的解释……"

"或许你会更愿意我解释一下，我打算怎样配合你们的计划？"她说道。

贾维德定定地看着她："夫人，我看不出你拒绝反对这位传教士背后有什么符合逻辑的原因。他不可能是你的儿子。我向你提出一个合理的请求：谴责他。"

这肯定是事先安排好的，杰西卡想着，是厄莉娅让他这么做的。

她说道："不。"

"但是他玷污了你儿子的名讳！他的传教令人憎恶，而且公然叫嚣反对你的女儿。他煽动平民反对我们。他还说你已经被魔鬼附体，还有你……"

"够了！"杰西卡说道，"告诉厄莉娅我不同意。自从我回来之后，听到的都是这位传教士的故事。我烦透了。"

"夫人，在他最近一次的传教中，他说你不会反对他。听了之后你有什么感想？你……"

"即使我成了魔鬼，我也不会谴责他。"她说道。

"这不是玩笑，夫人！"

杰西卡愤怒地冲他摆了摆手。"走开！"她声音中的力量足以让前厅内所有人都听到，迫使他不得不妥协。

他眼中闪烁着愤怒的光芒，但他仍然强迫自己僵硬地鞠了一躬，走回门边自己的位置上。

这场争论与杰西卡已经观察到的蛛丝马迹刚好吻合。当贾维德提到厄莉娅时，他声音中隐藏着一种爱人的语气，不会有错。谣言肯定是真的。厄莉娅已经让自己的生命退化到了可怕的地步。看到这点之后，杰西卡甚至开始怀疑厄莉娅是否真是个自甘堕落的邪物，会不会是由逆反心理造成的自我毁灭。很显然，厄莉娅正在摧毁自己以及建立在她哥哥的宗教之上的权力基础。

前厅里的不安气氛变得越来越明显。虔诚的教徒们已经感到厄莉娅迟到得太久了，而且他们都听到了杰西卡刚才愤然驱逐了厄莉娅身边最红的人。

杰西卡叹了口气。这些奉承者们的一举一动是如此透明！他们善于分辨出重要人物，就像风总能捕捉住最轻的麦秸一样。这些似乎颇有教养的人本着实用主义原则为其他人的地位打分。她对贾维德的呵斥显然伤害了他，现在几乎没人和他说话。但其他重要人物呢？她受过训练的眼睛能够读出围绕在权力周围的这些"卫星人"眼里的读数。

他们不来奉承我，因为我是个危险人物，她想着，因为我散发着让厄莉娅恐惧的气息，而他们嗅到了。

杰西卡环顾大厅，只见无数双眼睛纷纷躲避她的目光。他们是如此猥琐，她觉得自己想要大声嚷叫，驳斥那些维持着他们生命的渺小理由。真该让传教士看看此刻这间屋子！

附近的一个对话片段吸引了她的注意。一个瘦高个教士正在对陈情者们说话，那些人显然是处于他的庇护之下。"我常常被迫不断地说，而不是思考，"他说道，"这就是所谓的外交。"

那伙人大笑起来，但很快又再次陷入了沉寂。有人注意到杰西卡在偷听。

我的公爵肯定会把这种人发配到最遥远的地狱！杰西卡想，**我回来得正是时候。**

她现在才知道，她所生活的遥远的卡拉丹就像个与世隔绝的太空舱，有关厄莉娅的言行，只有最过分的才能传到她的耳边。**是我自己制造了这个梦中桃源，**她想。卡拉丹就像宇航公会中最豪华的飞船，只有最野蛮的操纵才能被感受到，而且给人的感觉只像一阵轻柔的摇摆。

生活在宁静之中是多么诱人啊，她想。

她对厄莉娅的宫廷观察越深，她就越对传教士的话产生共鸣。是的，如果保罗看到他的帝国变成这副模样，他完全可能说出类似的话。杰西卡不禁想知道哥尼在走私徒们中间有什么发现。

杰西卡意识到，她对厄拉奇恩的第一反应是对的。和贾维德一起首次进城时，她就注意到了住处四周的屏蔽场、重兵把守的街巷、角落里耐心的监视者、高高的围墙和敦实的地基所掩饰的深深的地下庇护所。厄拉奇恩已经变成了一个心胸狭窄且又自我封闭的地方，它粗暴的轮廓显示出它的非理性和自以为是。

突然间，前厅的小侧门开了。一队女侍卫保护着厄莉娅拥了进来。她高傲地昂着头，在权力光环的笼罩下，缓慢移动着。厄莉娅的表情显得很是沉着，目光与杰西卡的相撞时，她的表情也没有泛起任何波澜。但她们两人都知道，战斗打响了。

在贾维德的命令下，通向大厅的大门悄无声息地打开了，令人感到了门后隐藏的力量。

厄莉娅走到她母亲身边，卫兵们紧紧围住了她们。

"我们进去吧，母亲。"厄莉娅说道。

"正是时候。"杰西卡说道。看着厄莉娅眼中一副志得意满的神态，她想：*她竟然认为可以摧毁我而不使自己受到任何伤害！她疯了！*

杰西卡吃不准她的计划是否和艾达荷有关。他给她送来了一条信息，但她还没有答复。那信息高深莫测："危险，必须见你。"是用恰科博萨语的变体书写的，其中危险一词还有个意思：阴谋。

*一回到泰布穴地，我必须马上见他。*她想。

这就是权力的谬误之处：归根结底，权力只有在一个确定的、有限的宇宙中才会发生效力。但是宇宙相对论中最基本的一课就是事物总在变化。任何权力都会碰到一个更大的权力，保罗·穆阿迪布在厄拉奇恩的平原上给萨多卡上了这一课，但他的后代却还没有学到。

——厄拉奇恩的传教士

　　今天朝会的第一个陈情者是一个来自卡得仙的行吟诗人，一个钱包已被厄拉奇恩人掏空的朝圣者。他站在大厅内水绿色的石头地面上，并没有一丝乞讨的样子。

　　杰西卡很佩服他的勇敢，她与厄莉娅一起坐在七级台阶之上的顶层平台。这里为母亲和女儿准备了两张一模一样的王座。杰西卡注意到，厄莉娅坐在她右边——象征着雄性的位置。

　　至于这位卡得仙的行吟诗人，很显然，贾维德的人正是因为他现在所展现的个人品质——他的勇敢——而放他通行的。人们指望行吟诗人能为大厅里的朝臣们提供些乐子，以此为贡品，代替他已经丧失在厄拉奇恩的钱财。

　　替行吟诗人陈情的教士报告说，这个卡得仙人只剩下了背上的衣物和肩上背的巴厘琴。

"他说他被灌下了一种黑色饮品，"代陈者说道，勉强压制着嘴角的笑容，"该饮品让他四肢无力，头脑却保持清醒，只能眼睁睁看着钱包被拿走。"

杰西卡端详着行吟诗人，与此同时，代陈者仍在不厌其烦地诉说着，话中充斥着虚伪的仁义道德。卡得仙人个子很高，接近两米。他有一对灵动的眼珠，显示出他是个机警且具有幽默感的人。他的金发耷拉在肩膀上，这是他星球上的发式，还有宽阔的胸膛和无法被圣战长袍隐藏的良好身材，透露出他的男子气概。他名叫泰格·墨罕得斯，是商业工程师的后代。他为祖先以及自己而感到自豪。

厄莉娅做了个手势，打断了恳求，头也不回地说道："为了庆祝杰西卡夫人回到我们身边，请她首先作出裁决。"

"谢谢，女儿。"杰西卡说道，向每个人清楚地表明了此地的长幼尊卑。女儿！看来这位泰格·墨罕得斯是他们计划中的一部分。他会是个无辜的傻瓜吗？杰西卡意识到，在对方的计划中，这个裁决是向她开的第一枪。厄莉娅的态度已经说明了一切。

"你很擅长演奏那个乐器吗？"杰西卡问道，指了指行吟诗人肩上的巴厘琴。

"和伟大的哥尼·哈莱克弹得一样棒！"泰格·墨罕得斯用足以让大厅里所有人都能听清的音量大声说道。他的回答在朝臣们中引起了一阵窃窃私语。

"你想索要路费作为回报，"杰西卡说道，"钱会把你带到何处呢？"

"到萨鲁撒·塞康达斯，法拉肯的宫廷。"墨罕得斯说道，"我听说他在搜罗行吟诗人，他支持这门艺术，要在他周围制造一次伟大的文艺复兴。"

杰西卡强忍着没有看厄莉娅。当然，他们早就知道墨罕得斯会说什么。她觉得自己很乐于在这出戏中充当一个配角。他们难道会认为她连这么一个攻击都无法应付吗？

"你能用你的演奏来获得路费吗？"杰西卡问道，"我要向你提出一个弗雷曼式的条件。如果我欣赏你的音乐，我会留下你为我消除忧虑；如果我讨厌你的音乐，我会把你赶进沙漠，让你在那儿筹集路费；如果我确定你的音乐真的适合法拉肯，此人据说是厄崔迪家族的敌人，我会送你去那儿，并祝你好运。你答应这三个条件吗，泰格·墨罕得斯？"

他仰起头，发出一阵狂笑。他从肩上解下巴厘琴，熟练地在手里掉了个个儿，以示接受挑战。金色的头发随着他的动作而飘洒着。

大厅里的人开始拥向中间，朝臣和卫兵们呵斥着让他们往后退。

墨罕得斯弹了个音符，让琴弦发出低沉的嗡嗡声。随后，他以圆润的男高音开始歌唱。歌词显然是即兴创作的，但杰西卡被他纯熟的演奏技巧迷住了，过了一会儿才注意到了歌词：

> 你说你怀念卡拉丹的大海，
> 你曾经的封地，厄崔迪，
> 永不停息的思念——
> 但却被流放到了陌生之地！
> 你说你痛苦伤心，这里的人野蛮无礼，
> 为了传播你的夏胡鲁之梦，
> 忍受着难以下咽的食物——
> 流放到了陌生之地！

你使厄拉科斯变得柔弱，

使沙虫所过之地不再喧嚣，

而你的结局仍是——

流放到陌生之地！

厄莉娅！他们称你为库丁，

无缘得见的精灵，

直到——

"够了！"厄莉娅厉声喝道。她从王座上半站起来："我要把你……"

"厄莉娅！"杰西卡说道，音量刚好能穿透厄莉娅的呵斥，引起大家的注意，但又不足以和厄莉娅起正面冲突。音言高手的表现。任何听到这句话的人都意识到了它蕴含的能量。厄莉娅坐回她的椅子上，杰西卡注意到她脸上有明显的挫败感。

不知这在不在她的意料之中，杰西卡想，有意思！

"第一个裁决由我作出。"杰西卡提醒她道。

"很好。"厄莉娅的声音只能勉强听到。

"我觉得这个人是一件非常适合法拉肯的礼物。"杰西卡说道，"他有一条像晶牙匕一般锋利的舌头。如此一针见血的舌头能使我们的宫廷保持健康，不过，我还是希望他去监督科瑞诺家族。"

大厅里泛起一阵笑声。

厄莉娅强压着怒火从鼻子里缓缓地呼了口气："你知道他称我为什么吗？"

"他没用任何东西来称呼你，女儿。他只是报告了任何人都能从街上听到的东西。他们称你为库丁……"

"不用腿走路的女妖。"厄莉娅咆哮道。

"如果你赶走报告事实的人，留下的人只会说你想听的，"杰西卡甜甜地说，"让你沉湎于你的幻想，在其中慢慢腐烂。我想不出还有什么比这更危险。"

王座下方的人群发出一阵嗡嗡声。

杰西卡盯着墨罕得斯：他一直保持着沉默，无畏地站着。他似乎准备接受降临到他身上的任何判决，并不在乎判决本身是什么。墨罕得斯是那种她的公爵遇到麻烦时愿意依靠的人：一个自信、果敢的人，能承受任何结果，甚至是死亡，却不轻易背叛自己的命运。但是，他为什么要选择走这条路呢？

"你为什么要特意唱那些歌词呢？"杰西卡问他。

他抬起头，清清楚楚地说："我听说厄崔迪家族非常开明，值得尊敬。我只想做个测试，看能不能待在你们身边，为你们效劳。这样一来，我也有时间去调查到底是谁抢劫了我，我要以我的方式和他们算账。"

"他胆敢试探我们！"厄莉娅嘟囔着说。

"为什么不呢？"杰西卡问道。

她朝下面的行吟诗人笑了笑，以示善意。他来这个大厅的原因只是找寻机会，让他能够踏上新的旅程，经历宇宙中的另一段历程。杰西卡禁不住想把他留下来作为自己的随从，但是厄莉娅的反应说明，勇敢的墨罕得斯会面临厄运。还有就是人们的猜疑和预期——让一个勇敢英俊的行吟诗人留下来为自己服务，就像她留下哥尼·哈莱克一样。最好还是让墨罕得斯走自己的路吧，尽管把这么好的一个人送给法拉肯让她很不舒服。

"他可以去法拉肯那儿，"杰西卡说道，"他拿到了路费。让他的舌头刺出科瑞诺家族的血，看他之后还能不能活下来。"

厄莉娅先是恶狠狠地瞪着地板，然后挤出一丝迟到的微笑。"杰西卡夫人的智慧至高无上。"她说道，挥了挥手，让墨罕得斯离开。

这不是她想要的结果，杰西卡想。但是，厄莉娅的态度表明，更困难的测试还在后头。

另一个陈情者被带了上来。

杰西卡观察着女儿的反应，一阵疑云涌上心头。从双胞胎那儿学来的东西在这儿可以派上用场了。尽管厄莉娅成了邪物，但她仍然是个出生前就有记忆的人。她了解母亲就像了解自己一样清楚。厄莉娅显然不可能在行吟诗人这件事上错误判断母亲该有的反应。**为什么厄莉娅还要上演这么一出戏？为了让我分心？**

没有时间去深思了。第二个陈情者已经在王座下方站好，他的代陈者站在他身旁。

这回的陈情者是个弗雷曼人，一位老者，沙漠中的曝晒在他脸上留下了印记。他个子不高，却有着瘦长的身躯，通常穿在蒸馏服外头的长袍令他看上去有某种威严。长袍很配他的瘦长脸和鹰勾鼻，一双纯蓝的眼睛中目光流动。他没有穿蒸馏服，看上去似乎不太习惯。宽阔的大厅对他来说就像危险的野外，不停地从他体内夺取宝贵的水分。在半敞开的兜帽底下，他戴着象征着耐布的凯非亚节。

"我是甘地·艾尔-法利，"他说道，一只脚踏上通向王座的台阶，以此将他的身份与底下那些乌合之众区分开来，"我是穆阿迪布敢死队成员之一，我来这里是为了沙漠。"

厄莉娅微微挺了挺身，不经意间暴露了她的内心。艾尔-法利的名字曾经出现在要求杰西卡加入议会的联名申请上。

为了沙漠！杰西卡想着。

甘地·艾尔-法利刚才抢在他的代陈者说话之前开口。以这个正式的弗雷曼短语，他让人们明白他要说的和整个沙丘有关，而且是以一种权威的口气说出这个短语，只有曾经跟随穆阿迪布出生入死的人才有这种权威。杰西卡怀疑甘地·艾尔-法利想说的和贾维德以及首席代陈者原以为的祈求内容不一样。她的猜测很快就被证实了。一个教会官员从大厅后方冲了过来，挥舞着黑色的祈求布。

"夫人！"官员叫道，"不要听这个人的！他伪造了……"

杰西卡看着教士向她们跑来，眼角余光发现厄莉娅比出了古老的厄崔迪战时用语："行动！"杰西卡无法判断手势是向谁作出的，但还是本能地向左猛地一倒，带着王座一起倒地，接触到地面时翻了个身，甩开王座。站起身时，她听到了刺耳的毛拉枪声……紧接着又是一枪。但第一声枪响时她作出了反应，同时觉得有东西扯了一下她的右衣袖。她向台下的陈情者和朝臣们扑了过去，却发现厄莉娅没有动。

淹没在人群中后，杰西卡停了下来。

她看到甘地·艾尔-法利已躲到了高台一侧，代陈者却仍然呆立在原来的地方。

和所有伏击一样，整个过程刹那间就结束了，但是大厅里所有的人都作出了意外发生时该有的动作，只有厄莉娅和代陈者就那么傻愣愣地待在那儿。

杰西卡发现大厅中央一阵骚动。她挤开人群，看到四个陈情者紧抓着那个教会官员。黑色的祈求布躺在他脚底下，布的褶皱中露出了一把毛拉枪。

艾尔-法利匆匆越过杰西卡，将教士和手枪仔仔细细打量了一番。接着，这个弗雷曼人发出一声怒吼，拳头从腰间伸出，一掌戳出。由于愤怒，左手的手指绷得笔直。他击中了教士的喉咙，教士倒了下来，喉咙里发出咝咝的声音。然后，愤怒的老耐布将目光对准高台，没有向他攻击的对象看上第二眼。

"Dalal-il'an-nubuwwa!"艾尔-法利叫道，将两只手掌放在前额上，随后放下双手，"萨拉夫[1]不想让我闭嘴！就算我不杀死这些干涉我说话的人，其他人也会干掉他们。"

他还以为他是目标呢，杰西卡意识到。她向下看了看衣袖，手指伸进毛拉枪留下的光滑的弹洞。毫无疑问，是下过毒的。

陈情者们扔下了教士。他在地上抽搐着，喉骨碎裂，濒临死亡。杰西卡向站在她左方的一对吓坏了的朝臣一挥手，说道："让那个人活下来，我有话要问他。如果他死了，你们也活不了！"他们犹豫地向高台方向望了望，她对着他们用起了音言，"快去！"

这对家伙开始行动了。

杰西卡迅速来到艾尔-法利身边，轻轻捅了他一下："你是个傻子，耐布！他们要对付的是我，不是你！"他们身边有几个人听到了。震惊之中，艾尔-法利朝台上看了一眼。一张王座翻倒在地，厄莉娅仍然端坐在另一张上。随后，他的脸色稍稍一变，但变化极其细微，没经验的人是发现不了的——他明白了。

"敢死队员，"杰西卡说道，提醒他对她的家族曾经作出的承诺，"我们在苦难中学会了如何背靠背。"

"相信我，夫人。"他马上理解了她话中的含义。

杰西卡只听身后传出一阵窒息的声音，她一转身，同时感到艾尔-法利立刻移动到了她的后方，和她背靠背站着。一个女人，穿着住在城市的弗雷曼女人的俗丽服饰，从躺在地下的教士身旁直起身来。那两个

---

[1] 萨拉夫：弗雷曼人天父的名字，见下文。

朝臣不知道去了哪儿。那个女人看都没看杰西卡夫人一眼，反而以一种古老的哭腔开始哀恸——呼唤着亡者蒸馏师，让他们前来采集尸体的水分并注入部落的蓄水池。声音与她的穿着大相径庭，令众人悚然而惊。杰西卡当即明白了，都市妇女的衣着只是一种伪装。这个身着轻佻服装的女人杀了教士，好让他永远保持沉默。

她为什么这么做？杰西卡思索着。她满可以等着那个人慢慢窒息而死。但她却选择了鱼死网破的一击，说明她心中怀着极大的恐惧。

厄莉娅朝前挪了挪，坐在王座的前半边，目光炯炯地注视着眼前的这一切。一个穿着厄莉娅卫兵服饰的瘦女人阔步走过杰西卡，在尸体前弯下腰，随后又挺直了身子，望着高台方向："他死了。"

"挪走尸体，"厄莉娅喝道，她示意着台下的卫兵，"把杰西卡夫人的王座扶起来。"

还想装傻！杰西卡想着，难道厄莉娅认为会有人相信她的把戏？但是没有哪个间谍能神通广大到这种地步，能带着毛拉枪进入这个不允许任何武器存在的地方。唯一的答案就是贾维德的人在捣鬼。厄莉娅对她自己的人身安全毫不在意，这同样说明她也是阴谋的一部分。

老耐布扭过头来对杰西卡说："抱歉，夫人。我们这些沙漠人到您这里寻求最后的希望，现在我们看到您同样需要我们。"

"我没有弑母的女儿。"杰西卡说道。

"各部落会听到这句话的。"艾尔-法利保证道。

"如果你这么急着寻求我的帮助，"杰西卡问道，"为什么不去泰布穴地的集会上找我呢？"

"斯第尔格不会允许的。"

啊，杰西卡想着，耐布的规矩！在泰布穴地，斯第尔格的话就是法律。

摔倒的椅子被扶正了。厄莉娅示意她母亲回来："你们所有人都要记住那个叛徒教士的死亡。威胁我的人必死。"她瞥了一眼艾尔－法利，"非常感谢，耐布。"

"感谢我犯的错误吗？"艾尔－法利低声嘟囔道，他看着杰西卡。"您是对的。我的愤怒杀死了一个审问对象。"

杰西卡低声道："记住那两个朝臣和那个穿花衣服的女人，敢死队员。我想抓住他们好好审问。"

"没问题。"他说道。

"假如我们能活着出去的话。"杰西卡说道，"来吧，让我们继续把戏演完。"

"听从您的安排，夫人。"

他们一起回到讲坛，杰西卡拾级而上，坐到厄莉娅身边。艾尔－法利也回到了陈情者的位置。

"继续吧。"厄莉娅说道。

"等等，女儿。"杰西卡说道。她举起衣袖，手指探入破洞，展示给大家看，"袭击的目标是我。即便我竭力躲闪，子弹仍然差点击中我。你们都应该注意到那把毛拉枪已经不见了。"她指着下方说道，"谁拿了？"

没有回答。

"或许我们应该追查枪的下落。"杰西卡说道。

"一派胡言！"厄莉娅说道，"我才是……"

杰西卡半转身子看着女儿，左手一指下方："下面的某个人揣着那把手枪。你不害怕……"

"枪在我的一个卫兵手里！"厄莉娅说道。

"那么叫那个卫兵把枪送到我这儿来。"杰西卡说道。

"她已经拿到别的地方去了。"

"这么快。"杰西卡说道。

"你说什么？"厄莉娅追问道。

杰西卡冷冷地一笑："我说的是你有两个人接受了抢救叛徒教士的任务。我警告他们如果教士死了，他们也得跟着死。现在我要他们死。"

"我反对！"

杰西卡只是耸了耸肩。

"我们勇敢的敢死队员还在等着。"厄莉娅说道，朝艾尔-法利指了指，"我们的争执可以先放一放。"

"可以永远等下去。"杰西卡以恰科博萨语说道。她的话里还有一层意思，她绝不会收回处死那两个人的命令。

"我们等着瞧吧！"厄莉娅说道，她转向艾尔-法利，"你为什么来这里，甘地·艾尔-法利？"

"来拜见穆阿迪布的母亲。"耐布说道，"敢死队勇士中的幸存者，那些侍奉过她儿子的弟兄们集中起可怜的财产作为我的买路钱，让我能打点那些贪婪的卫兵，以见到躲在卫兵身后、与厄拉科斯现实脱节的厄崔迪家族。"

厄莉娅说道："只要是敢死队员的要求，他们不可能……"

"他是来见我的。"杰西卡打断她的话，"你最迫切的要求是什么，敢死队员？"

厄莉娅说道："在这里是我代表厄崔迪家族！这到底……"

"安静，你这个凶恶的邪物！"杰西卡厉声喝道，"你想杀了我，女儿！我要让这里所有的人都知道。这么多人，你总不能全杀了，封住他们的嘴，让他们像那个教士一样沉默。没错，耐布的出手可能已经杀死了那个人——但他仍有机会被救活。我们本来有机会审问他！现在你安心了，他沉默了。你尽可以抵赖，但你的行为已经暴露了你的胆怯。"

厄莉娅静静地坐着，脸色灰暗。杰西卡盯着女儿脸上的表情变化，发现她的手的动作熟悉得可怕。这是个下意识的小动作，却和厄崔迪家族某个世敌的习惯动作一模一样。手指有节律地敲击——小指敲两次，食指敲三次，接着无名指敲两次，小指再敲一次，无名指敲两次……然后再从头来一遍。

老男爵！

杰西卡的目光引起了厄莉娅的注意，她向下看了看自己的手，随即停止了敲击。然后，她又抬起头来看了看母亲，看到了母亲眼中的惊恐。厄莉娅的嘴角浮现出一丝得意的笑容。

"你终于报仇了。"杰西卡低声道。

"你疯了吗，母亲？"厄莉娅问道。

"我真希望我疯了。"杰西卡说道。她暗想：*她知道我会向姐妹会报告这一切。她甚至会怀疑我将把这一切告诉弗雷曼人，并迫使她接受附体测试。她不会让我活着离开这儿。*

"我们在此争论不休，而我们勇敢的敢死队员却仍在耐心等候。"厄莉娅说道。

杰西卡强迫自己将注意力重新集中到耐布身上。她强自镇定下来："你是来见我的，甘地。"

"是的，夫人。我们这些沙漠人看到了，可怕的事正在发生。就像古老的预言所说的那样，小小造物主离开了沙漠。除了在沙漠最深处，再也见不到夏胡鲁了。我们抛弃了我们的朋友，沙漠！"

杰西卡瞥了厄莉娅一眼，后者没什么表示，仅仅示意她继续下去。杰西卡向大厅中的人群望去，只见每张脸上都是震惊的表情。人们显然意识到了这场发生在母女之间的争斗是多么重要，并对朝会还能继续下去感到奇怪。她再次将注意力集中到艾尔-法利身上。

"甘地，你在这儿说起小小造物主和夏胡鲁越来越少见，有什么目的吗？"

"潮湿圣母，"他说道，用了她的弗雷曼尊号来称呼她，"经文早已警告过我们。我们恳求您。整个厄拉科斯发生了翻天覆地的变化！我们不能抛弃沙漠。"

"哈！"厄莉娅嘲笑道，"沙漠深处的愚民害怕生态转型。他们……"

"你的意思我明白了，甘地。"杰西卡说道，"如果沙虫没有了，也就不会再有香料。如果没了香料，我们将来依靠什么？"

大厅内一阵骚动：吸气声和受惊的低语传遍整个大厅，在高大的厅里回响着。

厄莉娅耸了耸肩："迷信！"

艾尔-法利举起右手，指着厄莉娅："我在向潮湿圣母说话，而不是女妖库丁！"

厄莉娅的双手将王座扶手抓得紧紧的，但她仍然坐着没动。

艾尔-法利看着杰西卡："这里曾经是一片不毛之地，现在却长满了植物，像伤口上的蛆虫一样蔓延开来。沙丘上竟然出现了云和雨！雨，我的夫人！哦，穆阿迪布高贵的母亲，沙丘的雨是死亡的兄弟，和睡眠一样。死亡之剑悬在每个人的头上。"

"我们遵循的是列特-凯恩斯和穆阿迪布本人的设计。"厄莉娅道，"说这么多迷信的废话有什么用？我们谨遵列特-凯恩斯的教导，而他告诉我们：'我希望能看到这个星球被绿色的植物所笼罩。'我们正朝着那个方向努力。"

"那么，沙虫和香料怎么办？"杰西卡问道。

"总会有剩下的沙漠，"厄莉娅道，"沙虫会活下来的。"

她在撒谎，杰西卡想着，但她为什么要撒谎呢？

"帮助我们吧，潮湿圣母。"艾尔-法利恳求道。

突然间，杰西卡眼前仿佛出现了双重视像，体内的意识像潮水般涌了上来。这股浪潮是耐布的话引发的。这是顿悟，是意识深处的记忆想要发言。记忆涌上来了，泥沙俱下，无所不包。在它的冲刷面前，她一时丧失了全部感官，意识中只有过去无数世代累积得来的教训。她完全被过去俘获了，就像网中的鱼。然而她能感到它的恳求，仿佛它是一个正常、完整的人。这个"人"的每个细微的组成部分都是回忆。记忆的每一段都是真实的，但又不完全，因为它始终处于变化之中。她知道，这是她所能达到的预知能力的极限，接近她儿子的神力。

厄莉娅在撒谎，因为她被一个想摧毁厄崔迪家族的人控制了。她本人就是第一个牺牲者。艾尔-法利随后的话道出了真相：除非改变生态变革的进程，否则沙虫必将走向灭亡。

在新启示的强大作用力下，杰西卡只觉得参加朝会的人仿佛在做慢动作，他们扮演的角色清晰地暴露在她面前。她能看出现场哪些人接到了不能让她活着离开这里的命令！她的潜意识中出现了一条摆脱这些人的通路，就仿佛在阳光下一样一览无遗——他们中间产生了混乱，其中一个假装撞到了另一个人，整群人都随之倒下。她还看到她能离开这个大厅，然而唯一的结局却是落入了另一双手里。厄莉娅不会在意她是否会制造出又一个殉教者。不——那个控制了她的人不会在意。

现在，在时间停顿的这一瞬，杰西卡选择了一个能拯救自己和老耐布，并能让老耐布为自己充当信使的逃生方式。逃离大厅的通路仍然深深地印在她的潜意识中。多么简单的方法啊！他们全是目不能视的小丑，他们的肩膀绷得紧紧的，自以为是防御姿态，其实只不过让自己动弹不得。地板上的每个点位都可能是冲突触发之地，血肉将从那儿飞溅，露出白骨。他们的身体、他们的服饰，还有他们的脸，清楚地勾勒出他们每个人的恐惧。

杰西卡感受到了生态变革带给厄拉科斯的破坏。艾尔－法利的声音给了她灵魂重重一击，唤醒了她内心最深处的野兽。

转眼间，杰西卡从顿悟状态跳到了现时的宇宙，但这个宇宙已经与几秒钟之前她所处的那个大不一样了。

厄莉娅正准备开口说话，但是杰西卡抢先说道："安静！有人担心我来这里之前向姐妹会作出了妥协。但是，自从那天在沙漠中，弗雷曼人给了我和我的儿子第二次生命，我便是一个弗雷曼人！"随后，她开始用一种古老的语言说话，只有那些能从中受益的人才能听懂她在说些什么："Onsar akhaka zeliman aw maslumen!"（在需要的时候支持你的兄弟，不必理会他是否正义！）

她的话产生了意料中的效果，大厅内的形势发生了微妙的变化。

杰西卡继续煽动："这位甘地·艾尔－法利，一位诚实的弗雷曼人，来这里告诉我本应由其他人通报给我的事情。我们谁都不应当拒绝承认！生态变革已经成了失控的风暴。"

大厅里随处可见无语的认可。

"我的女儿喜欢见到这一切！"杰西卡指着厄莉娅，"她在夜晚独自发笑，盘算着自己的阴谋！香料产量将可能下降为零，最多只是过去的几分之一！当外界知道这一消息时……"

"我们在宇宙中最昂贵的产品上占有一席之地！"厄莉娅喊道。

"我们将在地狱里占有一席之地。"杰西卡怒斥道。

厄莉娅换了两种语言，最古老的恰科博萨语和厄崔迪密语（带有极难发出的声门闭合音和吸气音），对杰西卡说道："你知道吗，母亲！你难道认为哈克南男爵的外孙女会感谢你塞进我的潜意识中的那么多人生记忆吗？甚至在我出生之前？当我为你对我所做的一切感到愤怒时，我只能问自己：在这种情况下，男爵会怎么应对？他回答我了！他理解我，厄崔迪母狗！他回答我了！"

杰西卡听到了她话中的怨恨，证实了她的猜测。邪物！厄莉娅被体内的灵魂包围了，被魔鬼哈克南男爵控制了。男爵自己正在通过她的嘴巴说话，并不在乎会暴露些什么。他要让她看到他的复仇行动，让她明白他是不可能被赶出去的。

*他以为，即使我知道，也毫无办法，只能坐以待毙，*杰西卡想。伴随着这个想法，她扑向那条印在她潜意识中的通道，同时大声喊道："敢死队员，跟我来！"

事实上，大厅里有六位敢死队员，其中的五位终于冲过人群，跟在她身后。

当我比你弱小时，我向你祈求自由，因为这取决于你的态度；当我比你强大时，我拿走你的自由，因为这取决于我的态度。

——摘自《古代哲人语录》

雷托倚在穴地入口处的阴凉中，看着他视野上方闪闪发光的悬崖顶。午后的阳光在悬崖下投下长长的影子。一只蝴蝶时而翩跹在阴影内，时而又飞舞在阳光下，网状花纹的翅膀在阳光下仿佛变得透明。真妙，这地方竟然出现了蝴蝶，他想。

在他的正前方是一片杏树林，孩子们在林子里捡拾着掉落在地上的果子。林子外有一条引水渠。他和甘尼玛遇到了一群进入穴地的童工，趁机摆脱了卫兵。他们轻易地沿着通气管道爬到穴地入口。现在他们要做的就是和那堆孩子混在一起，设法到达引水渠，然后钻入地道。到那儿以后，他们可以待在用来阻止沙鳟吸干穴地灌溉用水的食肉鱼旁边，从那儿出去。弗雷曼人怎么也不会想到，竟然还有人愿意冒失足落水的风险。

他迈步走出了防护通道。悬崖在他身体两边伸展开来。

甘尼玛紧跟在他身后。两个人都带着香料纤维织就的果篮，里面藏着装备：弗雷曼救生包、毛拉枪、晶牙匕……还有法拉肯送的新长袍。

甘尼玛跟着哥哥进入了果园，与工作中的孩子们混在一起。蒸馏服面罩掩盖了每一张脸。他们只是两个新加入的童工，但是她觉得，逃离卫兵的行动已经使她远离了保护，还有熟悉的地盘。简简单单的一步，然而这一步却将她从一个危险带到了另一个危险。

黄昏很快就要降临。在标志穴地种植园边界的引水渠外，夜色从来都是美不胜收，宇宙中没有什么地方的夜晚可以与之媲美。再过一会儿，柔和的月光将微微照亮这片沙漠，这里有着亘古不变的孤独，每个身处其中的生物都会坚信自己是彻底的孤身一人，置身于一个全新的宇宙中。

"我们被发现了。"甘尼玛小声说道。她弯着腰，在哥哥身边工作着。

"卫兵？"

"不是——其他人。"

"好。"

"我们必须尽快行动。"她说道。

雷托接受了她的建议，从悬崖下出发，穿过果园。他想：沙漠中的每样东西都必须运动，否则就会死亡。他的父亲也是这么想的。在远处的沙地上，"仆人"的岩石露出地面，再次提醒他运动的必要性。岩石静静地矗立着，像一个谜，年复一年地消亡着，直至某天在狂风中被完全摧毁。总有一天，"仆人"会变成沙子。

接近引水渠时，他们听到了穴地高处的入口传来了音乐声。是老式的弗雷曼合奏曲——两眼笛、小手鼓，香料塑料制成的定音鼓，鼓面是一整张绷紧的皮子。没人问起过在这个星球上究竟是哪种动物提供了这么大的皮子。

斯第尔格会记起我跟他说过的"仆人"身上的那道岩石裂缝，雷托想，到了一切不可收拾之时，他会离开穴地，走入黑暗——然后，他就会知道。

他们来到引水渠，钻入一个地道入口，顺着维修梯向下爬到维修台。引水渠内昏暗、潮湿又阴冷，他们甚至能听到食肉鱼溅起的水声。任何想从这里偷水的沙鲑都逃不过食肉鱼对它们被水泡软的表皮发起的攻击。人类同样必须提防它们。

"小心。"雷托沿着滑溜溜的维修台向下爬。他将他的思维锁定在他肉体从未去过的时空。甘尼玛跟在他身后。

到了引水渠尽头，他们除去全身衣物，只剩下蒸馏服，然后套上新长袍。他们丢下了弗雷曼长袍，沿着另一个检查通道爬了出去，随后翻过一座沙丘，在沙丘的另一面坐了下来。他们绑好毛拉枪和晶牙匕，把弗雷曼救生包背在肩上。沙丘把穴地挡在身后，他们再也听不到那音乐了。

雷托站起身来，向着沙丘之间的谷地走去。

甘尼玛跟在他身后，以受过训练的无节奏脚步行走在沙地上。

在每座沙丘下，他们都会弯下腰，匍匐着进入沙丘的阴影中，在那儿稍停片刻，观察后方，看看是否有人追赶。他们到达"第一岩石带"时，沙漠上还没有出现追踪者。

在岩石的影子里，他们绕着"仆人"转了一圈，爬上一个平台，观察着整个沙漠。沙漠尽头，流动的空气五光十色，渐渐暗下来，像易碎的水晶。他们眼前，沙漠无尽地延伸开去，看不到任何其他地貌。两人扫视着这片大地，目光不在任何特定的东西上停留。

这是永恒的地平线，雷托想着。

甘尼玛趴在哥哥身边，想：攻击马上就要开始了。她倾听着最微弱的声音，整个身体变成了一根绷紧的绳子。雷托以同样的警惕静静地坐着。在野外，一个人应该坚定地依靠他的感官，各种各样的感官。生命变成了一堆感觉，得自不同的感官，每个感觉都关系到你的生死。

甘尼玛爬上岩石，通过一个裂口观察着他们来时的路。穴地内安全的生活仿佛已是隔世，棕紫色的远方静静地矗立着一座悬崖，在悬崖边被风沙打磨过的岩石上，阳光投下了最后的银边。沙漠上仍然没有追踪者的痕迹。她转过脸来看着雷托。

"应该是一只食肉动物。"雷托说道，"这是我第三次计算的结果。"

"你的计算结束得太早。"甘尼玛说道，"动物的数量不止一只。科瑞诺家族学会了不要将所有的希望都放在一个口袋里。"

雷托点头表示同意。

他突然感到了自己心智上的负担，这是他的与众不同之处给他的——太多的生命，他浸泡在生命之中，恨不得逃离自己的意识。体内的生命是一只巨兽，一不小心就能将他吞没。

他烦躁地站了起来，爬到甘尼玛刚窥视过的裂口处，朝穴地的悬崖瞥去。在那儿，悬崖下方，他能看到引水渠在生与死之间划出的界限。在绿洲的边缘，他能看到骆驼刺、洋葱草、戈壁羽毛草，还有野生的苜蓿。在最后一道日光下，他能看到鸟在苜蓿丛中卖力地啄食，远处的谷穗在风中摇摆，风吹来的云朵将果园笼罩在阴影之下。

这里会发生什么事呢？他问自己。

他知道，会发生死亡，或者与死亡擦肩而过。而目标则是他自己。甘尼玛将活着回去，深深地相信自己所见的一切，或在深度催眠中相信她的哥哥已经遇害了。她会把这个消息告诉大家。

这地方的未知因素让他烦躁不安。他想：人是多么容易屈从于对预知的渴求啊，将自己的意识投入永恒不变的未来之中。但是，他在梦中所见的那一小部分未来已经够可怕的了，他知道，他不敢冒险将意识伸向更远的未来。

他回到了甘尼玛身边。

"还没有追踪者。"他说道。

"他们派来对付我们的野兽是大型动物。"甘尼玛说道，"我们应该有时间看到它们过来。"

"到了晚上就看不到了。"

"很快就要到晚上了。"她说道。

"是啊，该去我们自己的地方了。"他指了指他们左下方的岩石，风沙在那儿的玄武岩上蚀出了一道裂缝。裂缝宽到足以装下他们，但大型动物却进不去。雷托感到自己并不想去那儿，心里却清楚必须得去。那就是他指给斯第尔格看的地方。

"他们也许真的会杀死我们。"他说道。

"我们必须冒这个险，"她说道，"这是我们欠父亲的。"

"我没和你争，我的想法和你一样。"

他想：这是正确的道路；我们在做正确的事。但是他也知道在这个宇宙中做正确的事是多么危险。现在，他们的生死完全寄托在他们的活力和适应性上，还有把握每个动作的极限。他们的盔甲是弗雷曼人的生活与训练方式，他们的后备力量是两人所掌握的贝尼·杰瑟里特知识。现在，两人的思维都像厄崔迪家族最老练的战士，加上深入骨髓的弗雷曼人的顽强。从他们孩子的躯体和规规矩矩的着装上根本就看不出这股可怕的力量。

雷托手指摸索着挂在腰间的晶牙匕柄。甘尼玛也下意识地做着这个动作。

"我们现在就下去吗？"甘尼玛问道。开口的同时，她发现他们下方远处有动静。由于距离遥远，这动静似乎没什么威胁。她的凝神屏气使得雷托没等她开口便产生了警觉。

"老虎。"他说道。

"拉兹虎。"她纠正道。

"它们看见我们了。"他说道。

"咱们最好快点行动。"她说道，"一把毛拉枪绝不可能对付这种野兽。它们可能一直接受训练。"

"这附近应该有个人指挥它们。"他说，率先大步向左方的岩石跑去。

甘尼玛同意他的说法，但为了保存体力，她没有说出来。附近肯定有个人。在行动的时刻到来之前，那两只老虎被牢牢控制着，不会全力追逐。

最后一抹日光下，老虎们迅速移动着，从一块岩石跳向另一块岩石。它们是靠眼睛运动的生物，但夜幕很快就要降临，靠耳朵运动的生物就要登场了。"仆人"岩石上，一只夜鸟的叫声再次强调了即将到来的转变。夜行动物已经在蚀刻而成的裂缝中骚动起来。

奔跑中的双胞胎仍然能看到老虎的身影。野兽的周身流淌着力量，每个动作都透露着百兽之王的霸气。

雷托奔跑着，确信他和甘尼玛能及时跑到他们那条狭窄的裂缝中，但是他的目光却不断好奇地转向逐渐接近的野兽。

假如被绊倒，我们就输了。他想着。

这个想法使他不再那么有把握，他跑得更快了。

你们这些贝尼·杰瑟里特把你们的预言行为称作"宗教的科学"。很好。我，一个另类科学的追随者，认为这是个恰当的定义。你们的确创造了自己的神话，但是所有的社会不都是这么做的吗？

然而，我必须警告你们。你们在像其他很多误入歧途的科学家那样行事。你们的行为表示，你们想从生命那里取走某些东西。到了该用你们常用的一句话提醒你们的时候了：一个人不可能拥有一件没有对立面的东西。

——摘自厄拉奇恩传教士的《给姐妹会的信息》

破晓前的一个小时，杰西卡静静地坐在一张旧香料地毯上。她周围是一个古老、贫穷的穴地内部裸露的岩石。这是最古老的定居点之一。它位于红峡谷边缘处的下方，沙漠的西风被隔绝在了外头。艾尔-法利和他的弟兄们把她带到这里，现在他们在等待斯第尔格的回话。当然，敢死队员在通信时非常谨慎，斯第尔格并不知道他们的位置。

敢死队员们知道自己已经上了通缉令，成了反对帝国的敌人。厄莉娅的说法是她母亲受到了帝国敌人的唆使，但她并没有提及姐妹会的名字。然而厄莉娅统治中的高压和残暴却暴露无遗。她一向认为，控制了教会也就是控制了弗雷曼人。但现在，这种信念即将受到挑战。

杰西卡送给斯第尔格的消息简短而直接：*我的女儿堕入了魔道，她必须接受审判。*

恐惧能摧毁价值观。有些弗雷曼人选择拒绝相信她的指责，他们想用这个机会作为自己的晋升阶梯。这种企图已经在夜间引发了两场战斗，好在艾尔-法利的人偷来了扑翼飞机，把逃亡者们带到了这个相当安全的地方：红谷穴地。他们从这里发出消息，传信给所有的敢死队员，但是厄拉科斯上总共只剩下不到两百个敢死队员了。其他的敢死队员守卫在帝国的别处。

在这些事实面前，杰西卡不禁怀疑自己是否陷入了绝境。有些敢死队员也有类似的想法，但他们仍旧漫不经心地接受了命运的安排。当一些小伙子向艾尔-法利倾诉恐惧时，他只是朝着她笑了笑。

"当上帝下令让某个生物在特定地点死去时，他会指引着那个生物前往那个地点。"老耐布说。

她门上的布帘被掀开了，艾尔-法利走了进来。老人那张瘦长的、被风干的脸显得很憔悴，眼睛中却冒着火。显然他一直没有休息。

"有人来了。"他说道。

"斯第尔格的人？"

"也许。"他垂下双眼，向左面瞥去，一副带来了坏消息的弗雷曼人的姿态。

"出了什么事？"她问道。

"泰布穴地传话过来，你的孙儿们不在那儿。"他眼睛看着别处，说道。

"厄莉娅……"

"她下令将那对双胞胎关押起来，但泰布穴地报告说那对双胞胎已经不见了。我们知道的就这么多。"

"斯第尔格让他们进入沙漠了。"杰西卡说道。

"可能，但是有人报告说他整晚都在寻找那对双胞胎，或许他在演戏……"

"那不是斯第尔格的风格。"她想，除非是那对双胞胎让他这么做的。但她仍然觉得不对劲。她思索着：先不必惊慌。她对那对双胞胎的担心已被先前同甘尼玛的谈话消解了许多。她抬头看着艾尔-法利，后者正研究着她的表情，眼里满是同情。她说道："他们是自己走入沙漠的。"

"就自己？他们还是孩子！"

她并没有费劲去解释这"两个孩子"可能比任何活着的弗雷曼人更懂得沙漠中的生存之道，而是将思绪集中在雷托奇怪的行为上。他坚持让她配合绑架她的行动。她已然放下了那段记忆，但现在是捡起来的时候了。他还说过，她会知道何时该听命于他。

"信使应该已到穴地了。"艾尔-法利说道，"我会带他来你这儿。"他转身掀开破门帘。

杰西卡盯着门帘。那是块红色的香料织物，但上头的补丁是蓝色的。据说这个穴地拒绝了穆阿迪布的宗教带来的益处，于是引起厄莉娅的教会的敌视。据说这里的人都把资产投入到养狗上，他们养的狗有小马驹那般大，并且通过杂交使狗具有了一定的智慧，能充当孩子们的护卫。这些狗都死了。有人说狗死于中毒，下毒者就是教会。

她摇了摇头，想驱走这些片段，知道它们都是内部记忆留下的碎片，如牛蝇般讨厌的捣乱记忆。

那两个孩子去哪儿了？迦科鲁图？他们有个计划。*他们想要尽可能地启发我，让我达到我能力的极限*。她想起来了，当她达到这些极限时，雷托向她下达过命令，要求她遵守。

他已经向她下达了命令！

很明显，雷托已经看清了厄莉娅想要做什么。两个孩子都提及过姑姑的"痛苦"，甚至还为她辩护。厄莉娅坚持她的摄政权力，认为这一点是无可争议的。下令关押双胞胎就是最好的证明。杰西卡抑制不住地发出一声轻笑。圣母盖乌斯·海伦·莫希阿姆曾经很喜欢向自己的学生杰西卡解释这其中的谬误。"如果你坚信自己是正确的一方，将全部注意力集中在自己的正确性上，你就是向对手敞开了大门，任由对立的一方将你吞没。这是个常见的错误。即便是我，你的老师，也曾经犯过。"

"即便是我，你的学生，也犯了这个错误。"杰西卡喃喃自语。

门帘外面传来低语声。两个年轻的弗雷曼人进来了，他俩是昨晚挑选出来的随行人员。在穆阿迪布的母亲面前，这两人明显有些拘束。杰西卡一眼就看透了他们：他们没有思想，只能依附于任何给予他们身份的权力组织上。如果不能从杰西卡这里得到什么，他们就什么都不是，因而是危险的。

"艾尔-法利派我们来帮你作准备。"其中一个年轻人说道。

杰西卡只觉得胸口突然一紧，但她的语气仍然保持着镇定："准备什么？"

"斯第尔格派来了邓肯·艾达荷作为他的信使。"杰西卡将长袍的兜帽罩在头上。一个下意识的动作。邓肯？但他是厄莉娅的工具。

说话的那个弗雷曼人向前走了一小步："艾达荷说他来是想带你去安全的地方，但是艾尔-法利却认为这中间有问题。"

"确实有些奇怪，"杰西卡说道，"但我们的宇宙中总会发生奇怪的事。带他进来。"

他们相互对视了一眼，遵从了她的命令，急匆匆地转身离去，以至于又在旧地毯上刮开了两个破口。

艾达荷掀开门帘走了进来，身后跟着那两个弗雷曼年轻人。艾尔-法利在这一行人的最后，手放在晶牙匕上。艾达荷显得十分冷静。他穿着厄崔迪家族侍卫的常服，这套制服十四个世纪以来都没怎么变过。到了厄拉科斯时代，金色手柄的塑钢剑换成了晶牙匕，但这只是个微小的改变。

"有人说你想帮助我。"杰西卡说道。

"尽管这听上去显得不可思议。"他说道。

"厄莉娅不是派你来绑架我吗？"她问道。

他微微一扬黑色的眉毛，这是他唯一表示吃惊的地方。他的特莱拉复眼仍然盯着她，目光如炬。"这是她的命令。"他说道。

艾尔-法利的指节在晶牙匕上渐渐发白，但他并没有拔出刀来。

"我今晚的大部分时间都在回忆发生在我和我女儿之间的错误上。"她说道。

"是有很多错误，"艾达荷同意道，"其中的大部分都有我的责任。"

她看到他下巴上的肌肉在颤动。

"我们很容易听信能使我们走入迷途的言论。"杰西卡说道，"过去，我想要离开厄拉科斯。而你……你想要一个有如我年轻时的女孩。"

他无声地认可了她的话。

"我的孙儿们在什么地方？"她问道，语气变得严厉起来。

他眨了眨眼，随后说道："斯第尔格认为他们进了沙漠——躲了起来。或许他们预见到了危机的降临。"

杰西卡瞥了艾尔-法利一眼。后者点点头，表示她事先猜得不错。

"厄莉娅在干什么？"杰西卡问道。

"她的所作所为正在激起一场内战。"他说道。

"你真的认为会走到那一步吗？"

艾达荷耸了耸肩膀："或许不会。现在是讲究享乐的时代，人们更愿意倾听讨人喜欢的见解，而不是走向战争。"

"我同意。"她说道，"好吧，我的孙儿们该怎么办？"

"斯第尔格会找到他们的——如果……"

"是的，我明白。"看来一切得看哥尼·哈莱克的了。她转过身看着左边墙上的岩石，"厄莉娅牢牢地控制了权力。"她扭过头来看着艾达荷，"你明白吗？使用权力的方法应该是轻轻地握住它。抓得太紧将受到权力的控制，并成为权力的牺牲品。"

"就像我的公爵经常教导我的那样。"艾达荷说道。

不知为什么，杰西卡知道他指的是老雷托，而不是保罗。她问道："我将被……绑架到什么地方？"

艾达荷盯着她看，仿佛要看穿兜帽下的阴影。

艾尔-法利走上前来："我的夫人，你不是真的想……"

"难道我无权决定自己的命运吗？"杰西卡问道。

"但是这……"艾尔-法利朝艾达荷扬了扬脑袋。

"厄莉娅出生之前，他就是我忠诚的侍卫，"杰西卡说道，"他死之前还救了我和我儿子的命。我们厄崔迪家族永远记得这些恩情。"

"那么，你会跟我走吗？"艾达荷问道。

"你要把她带到哪儿去？"艾尔-法利问道。

"你最好不要知道。"杰西卡说道。艾尔-法利阴沉着脸，但他保持着沉默。他脸上的表情泄露了他的踌躇不决：他理解杰西卡话中的智慧，但仍然对艾达荷是否可信表示怀疑。

"帮助我的敢死队员该怎么办？"杰西卡问道。

"如果能去泰布穴地，他们将会得到斯第尔格的支持。"艾达荷说道。

杰西卡看着艾尔-法利："我命令你去那儿，我的朋友。斯第尔格能让敢死队员参与搜寻我的孙儿们的行动。"

老耐布垂下眼睛："服从穆阿迪布母亲的命令。"

他服从的仍然是保罗，她想。

"我们应该马上离开这里。"艾达荷说道，"他们肯定会搜到这里来的，而且很快。"

杰西卡身体向前一倾，以贝尼·杰瑟里特向来不会忘记的优雅姿态站了起来。经历了昨晚的夜间飞行之后，她越发感到自己老了。她开始移动脚步，但思绪仍系在与孙子的那场谈话上。他究竟在做什么？她摇了摇头，马上假装整了整兜帽，以掩饰这个动作。人们一不小心就会错误地低估雷托，观察普通孩子所形成的概念通常会令人对这对双胞胎继承的生命记忆作出错误的判断。

她注意到了艾达荷的站姿。他放松地站在那儿，为暴力做好了准备。他一只脚站在另一只前面，这个姿势还是她教给他的。她飞快地朝那两个年轻的弗雷曼人瞥了一眼，然后又看了看艾尔-法利。老耐布和两个年轻人的脸上依然写满了怀疑。

"我可以将生命托付给这个人，"她指着自己对艾尔-法利说道，"而且这已经不是第一次了。"

"我的夫人，"艾尔-法利抗议道，"但是……"他盯着艾达荷，"他是库丁的丈夫。"

"他是公爵和我训练的。"她说。

"但他是个死灵！"艾尔-法利声嘶力竭地说。

"我儿子的死灵。"她提醒道。

对于曾经发誓将生命献给穆阿迪布的敢死队员来说，这个回答已经足够了。他叹了口气，让开身体，并示意两个年轻人去掀开门帘。

杰西卡走了出去，艾达荷跟在她身后。她转过身，对门廊里的艾尔-法利说道："你去斯第尔格那儿。他值得信赖。"

"是的……"但她仍然听出老人声音的疑虑。

艾达荷碰了碰她的胳膊："我们必须马上离开。你有什么要带的吗？"

"只须带上我正常的判断力。"她说道。

"为什么？你担心你犯了一个错误？"

她抬头看了他一眼："你是我们中间最好的扑翼飞机驾驶员，邓肯。"

他并没有觉得好笑。他越过她，沿着他来时的路匆匆而去。艾尔-法利走到杰西卡身边："你怎么知道他是开着扑翼飞机来的？"

"他没有穿蒸馏服。"杰西卡说道。

艾尔-法利似乎为自己错过了这个明显特征而有些局促，然而他并不打算就此缄默："我们的信使直接把他从斯第尔格那儿带到这里。他们可能被盯上了。"

"你们被盯上了吗，邓肯？"杰西卡冲着艾达荷的后背问道。

"你应该很清楚，"他说道，"我们飞得比沙丘低。"

他们转入一条小路，螺旋形的梯子将路引向下方，路的尽头处是一个空旷的房间，棕岩石墙高处悬挂着的球形灯将房间照得透亮。一架扑翼飞机面对着墙壁停在那儿，像等待着春天的昆虫一样趴着。墙壁上有机关，整堵墙其实是一扇门，门外就是沙漠。尽管这个穴地很穷，但

230

它仍然保存着一些秘密的机动设施。

艾达荷为她打开扑翼飞机的舱门，挽着她坐在右手座椅上。她的目光扫过他，发现他的头上正在冒汗，那头如黑羊毛一般的头发都打结了。杰西卡不由得想起了过去这颗头颅在嘈杂的山洞内鲜血直流的情景。然而，冷冷的特莱拉眼珠令她走出了回忆。再也不会像过去那样了。她系上了安全带。

"你很久没有带我飞行了，邓肯。"她说道。

"很久很久了。"他说道，并检查着各个控制按钮。

艾尔-法利和两个年轻人站在机器旁，准备好将整面墙打开。

"你觉得我对你有怀疑吗？"杰西卡轻声问道。

艾达荷将注意力集中在引擎上，他启动了推进器，看着指针跳动。他嘴角浮出一丝笑容，在他富有立体感的脸上稍纵即逝，就像它来时那般迅捷。

"我仍然是厄崔迪家族的人，"杰西卡说道，"厄莉娅已经不是了。"

"别担心，"他咬着牙说道，"我仍然效忠于厄崔迪。"

"厄莉娅已经不是厄崔迪的人了。"杰西卡重复道。

"你不必提醒我！"他咆哮道，"现在闭嘴，让我好好驾驶这家伙。"

他话语中的绝望出乎杰西卡的意料，这不像是她所熟悉的艾达荷。压下心头再次升起的恐惧后，她问道："我们去哪儿，邓肯？你现在可以告诉我了。"

他朝艾尔-法利点了点头，机库门打开了，他们暴露在明亮的日光下。扑翼飞机向前跳了一步，开始爬升。它的机翼有力地挥动着，喷气发动机开始轰鸣，随后冲入了空旷的天空。艾达荷设定了一条西南方向的航线，朝着撒哈亚山脊飞去。从这儿看过去，那地方就像沙漠上的一根黑线。

他说道："别把我想得太坏，我的夫人。"

"自从那天你喝多了香料啤酒，在我们的厄拉奇恩大厅内大喊大叫那一刻起，我就再也不会往坏处想你了。"她说道。但事实上，他的话确实引发了她的怀疑。她放松身体，做好防御的准备。

"我也记得那个晚上，"他说道，"我那时太年轻了……没有经验。"

"但你已经是公爵手下最出色的剑客。"

"还算不上，我的夫人。哥尼十次有六次能击败我。"他看了她一眼，"哥尼在哪儿？"

"在为我办事。"

他摇了摇头。

"你知道我们要去哪儿吗？"她问道。

"是的，夫人。"

"告诉我。"

"很好。我承诺过，我将伪造一起针对厄崔迪家族的阴谋，而且要让别人看不出破绽。只有一个办法能够做到这一点。"他按下控制盘上的一个按钮，一个茧式束缚器从杰西卡的椅子上弹了出来，用无法扯断的软带子包裹住她的全身，只露出头部，"我要带你去萨鲁撒·塞康达斯星，"他说道，"去法拉肯那儿。"

在一阵少见的慌乱中，杰西卡想挣断带子，但带子却越捆越紧，只有在她放松下来之后，带子才稍稍松动了些。挣扎过程中，她感觉到了带子上的保护鞘中藏有致命的志贺藤。

"志贺藤的触发装置已经被解除了。"他的眼睛看着别处，"还有，别打算对我用音言。你能用声音控制我的时代早已过去。"他看着她，"特莱拉给我配备了对抗魔音的机制。"

"你听命于厄莉娅，"杰西卡说道，"她……"

"不是厄莉娅，"他说道，"我们在为传教士做事。他想让你像过去教导保罗一样教导法拉肯。"

杰西卡的身体僵住了。她记起了雷托的话，原来那就是她将拥有的有趣的学生。她说道："那个传教士——他是我儿子吗？"

艾达荷的声音仿佛从很遥远的地方传了过来："我也很想知道。"

宇宙只意味着存在；这就是敢死队员眼中的宇宙。宇宙既不是威胁，也不带来希望。宇宙中的许多事物完全在我们的控制力之外：流星的坠落、香料包的爆发、衰老与死亡……这些都是宇宙中的现实，不管你感觉如何，你都得面对它们。你不可能用言语将它们封闭在外。它们能以自身那无语的方式接近你，随后你就能明白"生与死"的意义。理解了这段话，你会感到由衷的喜悦。

——穆阿迪布对他的敢死队员说过的话

"这些就是我们的计划。"文希亚说道，"这一切都是为了你。"

法拉肯没有动，他坐在母亲对面。金色的阳光照耀在他身后，在铺着白色地毯的地板上留下了他的影子。从他母亲身后的墙壁上反射过来的光线在她头上笼罩了一层光圈。她穿着通常的白色长袍，长袍镶着金边，显示着逝去的皇室生活。她那张鹅蛋形的脸上十分平静，但他知道她正在观察他的反应。他觉得胃里空空的，尽管刚刚才吃过早饭。

"你不同意？"文希亚问道。

"有什么值得不同意的吗？"他问道。

"我是说……我们一直瞒着你，直到现在？"

"哦，那个啊。"他观察着母亲，想将自己的心绪集中到这件事上来，但他却一直在想着近期他注意到的一件事，那就是泰卡尼克不再称呼她为"我的公主"。他现在怎么称呼她？皇太后？

为什么我会有一种失落感？他想，**我究竟失去了什么呢？**答案是显而易见的：他失去了无忧无虑的日子，失去了随心所欲的日子。如果他母亲的阴谋实现了，那些日子就真的一去不复返了。新的责任需要他努力去承担。他发现自己痛恨这一切。他们怎么能这么随意处置他的生活，甚至没有和他商量？

"说出来，"他母亲说道，"你有点不对劲。"

"如果这个计划失败了呢？"他问道。这是他脑子中跳出的第一个问题。

"怎么会失败？"

"我不知道……任何计划都可能失败。你在计划中是如何利用艾达荷的？"

"艾达荷？有什么关系？哦，是的——那个泰卡[1]没和我商量就带到这儿来的神神秘秘的家伙提到过艾达荷，不是吗？"

她撒了一个拙劣的谎，法拉肯惊奇地盯着自己的母亲。原来她一直都知道那位传教士。

"没什么，只不过我从来没见过死而复生的人。"他说道。

她接受了他的解释："我们要留着艾达荷做件大事。"

法拉肯默默地咬着上嘴唇。

文希亚感到自己想起了他已故的父亲。德拉客经常做这个动作，

---

[1] 泰卡：泰卡尼克的简称。

他非常内向，想法也十分复杂，很难弄清他的心思。德拉客，她回忆着，与哈西米尔·芬伦伯爵有亲戚关系，他们身上都有那种花花公子式的狂热气质。法拉肯也会这样吗？她开始后悔让泰卡引领这小伙子皈依厄拉奇恩的宗教。谁知道那个鬼宗教会将带他往何方？

"现在泰卡怎么称呼你？"法拉肯问道。

"什么意思？"话题的突然转变让她吃了一惊。

"我注意到他不再称你为'我的公主'。"

他的观察力真强啊，她想。不知为什么，这个问题让她十分不安。他认为我把泰卡当成了情人？无聊，这不是关键所在。那他为什么要提这个问题呢？

"他称呼我为'我的夫人'。"她说道。

"为什么？"

"这是所有大家族的习惯。"

包括厄崔迪，他想。

"如果别人听到了，现在的称呼会显得含蓄些。"她解释道，"有人可能会因此觉得我们已经放弃了对皇位的追求。"

"谁会那么蠢？"他问道。

她抿紧嘴唇，决定让这件事过去。一件小事，但伟大的战役是由无数件小事构成的。

"杰西卡夫人不该离开卡拉丹。"他说道。

她使劲摇了摇头。怎么回事？他的想法发了疯一般跳来跳去。她问道："你想说什么？"

"她不应该回到厄拉科斯。"他说道，"这是不明智的策略，让人心里有想法。应当让她的孙儿们去卡拉丹拜访她。"

他是对的，她想，并为自己从未想到这一点而感到沮丧。如果泰卡在场，他会立即调查，看杰西卡夫人为什么没这么做。她再次摇了摇头。不！法拉肯是怎么想的？他理当知道，教会绝不可能让那两个孩子去太空冒险。

她开口说出自己的想法。

"是教会不让他们冒险，还是厄莉娅夫人不让？"他问道，并注意到她的思路在跟着他的方向走。他为自己终于成为一个重要人物而感到高兴，乐于在这种政治权谋中作出种种假设。她母亲的想法已经有很长时间不再引起他的兴趣了。她太容易被操控。

"你认为厄莉娅自己想掌握大权？"文希亚问道。

他的目光看别处。厄莉娅当然想要自己掌权。来自那颗可恶星球的所有报告都提到了这一点。他的想法又跳到了一条新的航线上。

"我一直在读他们的行星资料。"他说道，"那里应该可以找到线索，告诉我们沙虫的故事……"

"这些事留给别人去干吧！"她说道，开始丧失对他的耐心，"在我们为你做了这么多之后，这就是你想说的一切？"

"你不是为了我。"他说道。

"什么？"

"你是为了科瑞诺家族，"他说道，"而你代表着科瑞诺家族。我现在还没有这个资格。"

"你有责任！"她说道，"那些依靠你的人该怎么办？"

她的话仿佛一下子让他挑上了重担，他感到了科瑞诺家族追随者们的希望和梦想的重量。

"是的，"他说道，"我理解他们。但是我发现有些以我的名义去办的事让人恶心。"

"恶心……你怎么能这么说？我们只是做了所有大家族在考虑未

来时都会做的事。"

"是吗？我觉得你有点过分。不！不要打断我。如果我要成为一个皇帝，你最好学会倾听我的话。你难道以为我看不出蛛丝马迹来吗？你是怎么训练那些老虎的？"

在他显示洞察力的这一刻，她沉默无语。

"老虎是迫不得已的选择。"她终于说道。

"如果计划成功，我就相信你的说法。"他说道，"但是我不会宽恕你们训练它们的方式。不要反驳。这太明显了，它们形成了条件反射。你自己说的。"

"你准备怎么做？"她问道。

"我会等待、观察，"他说道，"也许我会当上皇帝。"

她将一只手放在胸口，叹了口气。有那么一小会儿，她被他吓着了。她几乎觉得他马上就会谴责她。而现在，他已经下定了决心。她看得出来。

法拉肯站了起来，向门口走去，并按铃呼叫母亲的仆人。他转过头来说道："谈话结束了，是吗？"

"是的。"他正要离开，她抬起一只手，"你要去哪儿？"

"去图书馆。最近我迷上了科瑞诺家族的历史。"他转身离去，怀揣着刚刚下定的决心。

她真该死！

他知道自己已下定了决心。他意识到真正的历史与闲暇时所读的历史读物有本质的区别，区别在于前者是活生生的，而后者只是历史本身而已。现在，活生生的新历史正在他身边聚集，将他推入不可逆转的未来。法拉肯感到了所有利益相关者施加给他的压力。不过，让他奇怪的是，他自己对这件事却并不那么热衷。

穆阿迪布曾说过，有一次他看到一株野草想在两块岩石之间生长。他挪开了其中的一块石头。后来，当野草正在旺盛地生长时，他用剩下的那块石头盖住了它。"这原本就是它的宿命。"他解释道。

——摘自斯第尔格的《纪事》

"快！"甘尼玛叫道。跑在她前面两步远的雷托已经到达岩石上的裂缝旁。他没有犹豫，立刻跃入裂口，向前方爬去，直到黑暗完全包围了他。他听到甘尼玛在身后也跳了下来，但是一阵寂静之后，她的声音传了过来，既不急躁也没有恐惧。

"我被卡住了。"

他站了起来，尽管他知道这么做可能会将自己的脑袋送到那些到处乱刨的爪子底下。他在裂缝中转了个身，然后又趴在地上往回爬去，直到他碰到甘尼玛伸出的手。

"我的长袍，"她说道，"被勾住了。"

传来石块滑落的声音。他抓住甘尼玛的手拽了拽，但这也没起什么作用。

他听到了上方的喘息声，伴随着阵阵低吼。

雷托绷紧身体，牢牢蹲坐在岩石上，使劲拉扯甘尼玛的胳膊。一阵布料撕裂的声音，他感到她正向他挤过来。她倒吸了一口气，他知道她肯定感到了疼痛，但他还是用力再拉了一次。她又朝着裂缝内前进了一些，接着整个身子都进来了，摔在他身旁。此时，他们离裂缝的入口处还是太近。他转了个身，四肢着地，飞快地朝深处爬去。甘尼玛紧跟在他身后。爬行时，她的喘息声越来越重，他知道她受伤了。他爬到裂缝的尽头，翻过身来，向这个避难所外看去。裂缝在他头顶上方约两米处，天空中满是星星，但是部分星空被一个大家伙遮挡住了。

连绵不息的低吼声充斥了他俩的耳膜。这是一种深沉、阴险而又古老的声音，是猎手在对它们的猎物说话。

"你伤得怎么样？"雷托问道，尽量保持着平静的语气。

她也跟随着他的语气和声调说道："其中一只抓了我一下，把我的蒸馏服沿着左腿撕开了。我在流血。"

"有多严重？"

"是静脉。我能止住它。"

"压住，"他说道，"不要动。我来对付我们的朋友。"

"小心，"她说道，"它们比我意料中的大。"

雷托拔出他的晶牙匕，向上举着。他知道老虎的爪子会往下探。裂缝的宽度只能容下它们的爪子，它们的身子进不来。

慢慢地，慢慢地，他将刀刺向上方。突然间，有东西碰到了刀头。他只觉得整条胳膊猛地震了一下，刀子几乎脱手。血沿着握刀的手流了下来，溅在脸上，随之而来的是一声惨叫，几乎将他震聋。星星全都露了出来。在刺耳的叫声中，有东西从岩石上翻滚着，掉在沙漠上。

星星再次被遮住了，他又听到了猎手的低吼。第二只老虎过来了，并没有在意它同伴的命运。

"真够执着的。"雷托道。

"你肯定伤了它们中的一个，"甘尼玛说道，"听！"

下方的尖叫声和翻滚声渐渐消失了。但是第二只老虎仍然遮挡着星星。

雷托收回刀，碰了碰甘尼玛的肩膀："把你的刀给我。我想用干净的刀锋来对付这一只。"

"你认为他们还有第三只老虎做后备吗？"她问道。

"不太可能。拉兹虎习惯于结对捕食。"

"像我们一样。"她说道。

"是的，"他同意道。他感到她将晶牙匕的刀把塞入他的掌中，于是用力握紧。他再一次小心翼翼地向上刺。刀锋只接触到了空气。他抬起身体，将自己置于危险之中，但仍然没有效果。他撤回了刀，琢磨着这到底是怎么回事。

"你找不到它？"

"它不像上一只那样轻举妄动。"

"它还在这儿。闻到了？"

他咽了口唾沫润润嗓子。一阵恶臭夹杂着老虎分泌的气息直冲他的鼻孔。星星仍然被遮挡着。第一只老虎那儿已不再有声响传来。晶牙匕已经完成了它的工作。

"我想我得站起来。"他说。

"不！"

"我必须引它进入刀的攻击范围。"

"是的，但是我们商量好了，如果我们中有谁可以避免受伤……"

"你受伤了，所以你是那个回去的人。"他说。

"但如果你也受伤了，而且伤得很重，我没法离开你。"她说。

"你有什么主意吗？"

"把我的刀还给我。"

"但是你的腿！"

"我可以一只脚站在地上。"

"那东西只要一爪子就能扫掉你的头。或许毛拉枪……"

"如果这地方有人听到枪声，他们就会知道我们是有备而来的……"

"我不愿意你去冒这个风险！"他说道。

"不管是谁在这儿，都不能让他知道我们有毛拉枪——还没到时候。"她碰了碰他的胳膊，"我会小心的，把头低下。"

他保持着沉默。她继续说道："你知道这必须由我做。把我的刀给我。"

他不情愿地伸出手，找到她的手之后，把刀交到她手里。这么做符合逻辑，但是逻辑与情感正在他头脑里激烈交锋。

他感到甘尼玛离开了他，听到了她的长袍摩擦在岩石上发出的声音。她喘了口气，他知道她肯定已经站了起来。**千万小心！**他想，差点想把她拉回来，并再次建议使用毛拉枪。但是那么做会提醒这附近的人他们拥有这种武器。更糟糕的是，那么做可能会把老虎赶离裂缝，然后他们就会陷在这儿，旁边不知道哪块岩石后还躲着一只受伤的老虎，随时准备要他们的命。

甘尼玛深深吸了口气，后背靠在裂缝的岩壁上。我必须快，她想。她向上举着刀尖。左腿上被老虎抓伤的地方一阵阵刺痛。她感到鲜血在皮肤上结成了硬痂，新流出的鲜血暖暖地淌过皮肤表面。**必须非常快！**她将注意力集中到贝尼·杰瑟里特应对危机时的准备姿势上，将疼痛和其他所有非相关因素抛在脑后。老虎肯定在向下伸爪子！她慢慢地将刀锋沿着开口处比画了一下。该死的野兽在什么地方？她再次比画了一下。什么也没有。老虎本该上当并发起进攻的。

她小心地嗅着四周。左方传来温暖的呼吸。她保持好平衡，深吸了一口气，尖叫一声："Taqwa!"这是许久以前弗雷曼人的战斗呼号，在最古老的传说中还能找到它的意思：**自由的代价**！随着叫声，她将刀锋一转，朝着裂缝黑暗的开口处猛刺过去。刀刺入老虎的皮肉之前，虎爪先扫到她的肘部。在巨大的疼痛从肘部传到手腕之前，她抓住这千钧一发之机，将手腕使劲一抬。剧痛中，她感到刀尖已经刺入老虎体内。刀把在她麻木的手指间猛地扭动了一下。裂缝开口处的星星再次露了出来，垂死老虎的哀号充斥着夜空。随后传来一阵挣扎翻滚的声音。最后，一切恢复成死一样的寂静。

"它打中了我的胳膊。"甘尼玛说道，竭力用长袍在伤口处打了个结。

"严重吗？"

"我想是的。我感觉不到我的手。"

"让我点盏灯……"

"在我们躲好之前先别点！"

"我尽量加快速度，只照一下。"

她听到他扭过身去抓他的弗雷曼救生包，感到光滑的睡袋盖在她的头上，并在她身后掖好。他没有费时间好好收拾一番，让它能防止水汽逸出。

"我的刀在这边，"她说道，"我能感觉到刀把。"

"先别管刀。"

他点燃了一盏小球形灯。它发出耀眼的光亮，刺得她直眨巴眼睛。雷托把灯放在地面，然后看了看她的胳膊，不禁倒吸了一口凉气。那爪造成了一道又长又深的伤口，从肘部开始，沿着手臂背部旋转着到达了手腕。伤口本身的形态也说明了当时她是怎么翻转刀锋，去刺那只老虎的。

甘尼玛看了一眼伤口，随后又闭上眼睛，开始背诵贝尼·杰瑟里特应对恐惧的祷词。

雷托也感到了祷告的冲动，但他把内心喧嚣的情感放在一边，开始包扎甘尼玛的伤口。他必须小心，既要止住鲜血，又要使包扎显得很笨拙，像是甘尼玛自己干的。他让她用另一只手和牙齿为包扎最后打了个结。

"现在看看你的腿。"他说道。

她扭过身，露出另一处伤口。不像手臂上那么糟糕：沿着小腿留下了两条浅浅的爪印，不断向蒸馏服内淌血。他尽可能地清洗了一下伤口，并把伤口包扎好。最后用绷带把蒸馏服密封起来。

"伤口里有沙子，"他说道，"你回去之后马上找人看一下。"

"我们的伤口里总少不了沙子，"她说道，"毕竟是弗雷曼人嘛。"

他挤出一个笑容，坐了下来。

甘尼玛深深吸了口气："我们成功了。"

"还没有。"

她咽了口唾沫，竭力想从激动的情绪中恢复过来。球形灯光下，她的脸色苍白。是的，我们必须尽快行动。不管是谁控制了那两只野兽，他可能已经等在附近了。

雷托盯着他的妹妹，猛然间感到一阵失去亲人的痛苦。痛苦深深地刺入他的胸膛。他和甘尼玛必须分开了。从出生到现在，这么多年来，他们一直像是一个人一样。但是他们的计划需要他们经历一个质变，各自踏上不同的征程。不同的经历使他们再也无法像以前那样融合为一人了。

他让自己的思绪回到必要的细节上来："这是我的救生包。我从里头拿的绷带。有人可能会检查。"

"是。"她和他交换了救生包。

"躲在这儿的某个人有指挥老虎的信号器，"他说道，"他很可能会等在引水渠附近，确定我们究竟死了没有。"

她摸了摸放在弗雷曼救生包上的毛拉枪，把它拿起来，塞进长袍的肩带中："我的长袍被扯坏了。"

"是的。"

"搜救人员可能很快就会到这儿，"他说道，"他们中可能会有个叛徒。你最好自己溜回去。让哈拉把你藏起来。"

"我……我一回营地就开始搜寻这个叛徒。"她说道。她朝哥哥脸上瞥了一眼，分担着他的痛苦。从这一刻起，他们将积累不同的人生经验。再也不可能成为一个人，相互共享着别人无法了解的知识。

"我去迦科鲁图。"他说道。

"芳达克。"她说。

他点头表示认可。迦科鲁图／芳达克——肯定是同一个地方。只有这种办法才能在世人面前将那个传说中的地方隐藏起来。这是走私徒干的好事。对他们来说，将一个名字变换成另一个，这种事易如反掌。毕竟，他们与行星统治者之间存在一种从来未曾宣诸于口的协议，默许了他们的存在。行星上的统治家族必须为可能出现的极端情况准备好逃跑用的后门，除此之外，保持走私渠道也能使统治家族分享到一小部分利润。在芳达克／迦科鲁图，走私徒们占据了一个功能完备的穴地，利用弗雷曼人不得涉足此地的宗教禁忌，就这样，在光天化日之下，将迦科鲁图隐藏起来。

"没有哪个弗雷曼人会想起到那个地方来搜寻我。"他说道，"他们当然会询问那些走私徒们，但是……"

"我们按你我说好的计划行动，"她说道，"只是……"

"我知道。"听着自己的声音，雷托意识到他俩正度过这共同生命的最后一刻。他的嘴角出现一丝苦笑，使他看上去比他的年龄要成熟许多。甘尼玛觉得自己仿佛正透过时间的面纱，看着长大成人的雷托。她不禁热泪盈眶。

"不要把水献给还没有死的人。"他说道，拍了拍她的脸颊，"我会走得远远的，走到一个没人能听到的地方，然后再呼唤沙虫。"他指了指挂在救生包外折叠起来的制造者矛钩，"两天后的黎明，我会抵达迦科鲁图。"

"一路顺风，我的老朋友。"她低声说道。

"我会回来找你的，老朋友。"他说道，"记住过引水渠时小心点。"

"挑一条好沙虫。"她以弗雷曼人的告别语说道，左手熄灭了球形灯，把睡袋拉到一边，折叠起来放入她的救生包。她感觉到他离开了，听着他爬下岩石，跳到沙漠上。细微的脚步声渐渐消失了。

甘尼玛呆呆地站在那儿，思索着自己下一步的行动。她必须装成雷托已经死了的样子，她必须让自己相信这一点。她的脑海中不能有迦科鲁图，尽管哥哥正前往搜寻这个遗失在弗雷曼神话中的地方。从这一刻开始，她必须抛弃雷托还活着的潜意识。她必须调整自己，让自己一切行为的出发点都基于哥哥已经被拉兹虎咬死这个假想事实之上。没什么人能骗过真言师，但她知道自己能行……必须行。她和雷托分享的无数生命教会了她一个技巧：存在于古老示巴[1]时代的一个理论上的方法，而她可能是唯一还能记得示巴时代的当代人。雷托离开之后，甘尼玛花了很长时间，小心翼翼地强制自己重新构造自己的意识，将自己塑造成孤独的妹妹，双胞胎中的幸存者，直到最后她完全相信了这个故事。结束这一切之后，她发现自己的内心世界一片沉寂——侵入她意识中的那些生命消失了。她没料到这技巧有这样的副作用。

如果雷托能活下来，并了解到这种副作用，那该多好啊，她想。她并没有觉得这个想法有什么不对的地方。她静静地站着，看着雷托被老虎害死的地方。那里的沙地上响起一阵声音，愈来愈响。这是弗雷曼人非常熟悉的声音：沙虫正从那儿经过。尽管它们的数量在沙漠中变得日益稀少，但还是有一条来到这里。可能是第一只老虎临死前的挣扎吸引了它……是的，在雷托被第二只老虎咬死之前，他杀死过其中一只。沙虫的来临再一次引发她内心的强迫假想。假想是如此逼真，她甚至看到了下方远处沙漠上有三个黑点：两只老虎和雷托。随后沙虫来了，然后沙漠上什么都没了，除了夏胡鲁经过后留下的波浪形痕迹。不算是条大沙虫……但已经足够了，而且，她的假想没有允许她看到骑在沙虫背上的小小身影。

怀着悲痛的心情，甘尼玛绑好弗雷曼救生包，从藏身之地小心翼翼地爬出来。她手上抓着毛拉枪，扫视远方。没发现携带信号机的人。她奋力爬上岩石高处，爬进月光投下的阴影中，静静地等待着，以确保在她回家的路上没有埋伏着暗杀者。

眼光越过面前这片开阔地，她能看到泰布穴地方向有火把在动。人们正在寻找他俩。空中有一片阴影正跨过沙漠，朝着"第一岩石带"

---

[1] 示巴：古国名，在阿拉伯南部，即今天的也门，以香料、宝石贸易而著名。

而来。她下了岩石，朝位于搜寻队伍行进路线北面较远的方向前进，进入了沙丘的阴影中，开始向位于雷托的死亡之地与泰布之间的寂静地带走去。行进时她谨慎地打乱了步伐，以免引来沙虫。她知道过引水渠时要多加小心。没有什么能阻挡她，她会告诉大家，哥哥是怎样为了救她而命丧虎口的。

政府，如果它们能持续存在一段时间，总是会逐渐向贵族体系转变。历史上从来没有哪个政府能摆脱这种宿命。而且，随着贵族体系的发展，政府会日益倾向于只保护统治阶级的利益——无论那个统治阶级是世袭的，或是金融大鳄式的寡头垄断，还是官僚集团的既得利益者。

——《重复的政治现象》

摘自《贝尼·杰瑟里特训练手册》

"为什么他会提出这个提议？"法拉肯问道，"这是最关键的问题。"他和霸撒泰卡尼克站在他私人寓所的休息室内。文希亚站在一张蓝色矮沙发的另一端，看上去更像是个听众，而不是参与者。她知道自己的位置很尴尬，并为此而怨恨不已，但是考虑到那天清晨她向法拉肯坦白了他们的阴谋后，法拉肯的言行发生了巨大的改变，她只好作出某种妥协。

现在已是傍晚时分，科瑞诺城堡内暗淡的光线使休息室显得更为舒适。室内陈列着大量真正的书，书架上还有一堆数据块、志贺藤卷轴和记忆强化器。屋子里到处都有长期使用的痕迹——书本上的破损、放大器上明亮的金属光泽和数据块磨损的棱角。屋子里只有一张沙发，但有很多椅子，都是带感应装置的悬浮椅，能给落座者带来极大的舒适感。法拉肯背朝窗户站着。他穿着一件普通的黑灰色萨多卡军服，唯一的装饰是领口上的金色狮爪标记。他选择在这个房间接待他的霸撒和母亲，是希望能借此创造出一种气氛，使彼此间的交流更加轻松，抛开正式场合的拘谨。但是泰卡尼克嘴里不断冒出的"大人"或是"夫人"还是在他们之间拉开了距离。

"大人，我认为，如果他做不到的话，是不会提出这个提议的。"泰卡尼克说道。

"当然！"文希亚插嘴道。

法拉肯瞥了他母亲一眼，示意她别说话，随后开口问道："我们没有给艾达荷施压吗？"

"没有。"泰卡尼克说道。

"那为什么邓肯·艾达荷，一个将所有忠诚都献给了厄崔迪家族的人，现在却主动提议将杰西卡夫人交到我们手里？"

"有谣言说厄拉科斯上出了乱子……"文希亚大着胆子说道。

"还没经过证实。"法拉肯说道，"有可能是传教士操纵了这一切吗？"

"可能，"泰卡尼克说道，"但是我看不出动机。"

"他曾提及要为她寻找一个避难所，"法拉肯说道，"如果那些谣言是真的，他就有动机了……"

"正确。"他母亲说道。

"或者，这也可能是个阴谋。"泰卡尼克说道。

"我们可以提出几个假设，然后再深究下去。"法拉肯说道，"要是艾达荷已经在他的厄莉娅夫人面前失宠了，会怎么样？"

"这可能是个原因，"文希亚说道，"但是他……"

"走私徒那里还没有消息吗？"法拉肯打断道，"为什么我们不能……"

"眼下这个季节，消息总是传递得比较慢，再说还有保密的要求……"

"是的，当然，但是……"法拉肯摇了摇头，"我不喜欢我们的假设。"

"不要这么快就否定它们。"文希亚说道，"到处都在传厄莉娅和那个不知叫什么名字的教士的故事……"

"贾维德，"法拉肯说道，"但那个人显然是……"

"他一直是我们宝贵的信息来源。"文希亚说道。

"我刚才想说的是，他显然是个双面间谍。"法拉肯说道，"我们不能信任他，可疑的迹象太多了……"

"我没看到。"她说。

他突然对她的愚蠢感到无比愤怒："记住我的话，母亲！迹象就在你眼前，我稍后再跟你解释。"

"恐怕我不得不同意大人的见解。"泰卡尼克说道。

无比委屈的文希亚不作声了。他们怎么敢如此对待她，仿佛她是个没脑子的轻浮女人？

"我们不应该忘记，艾达荷曾经死过一次。"法拉肯说道，"特莱拉人……"他朝身旁的泰卡尼克瞥了一眼。

"我们沿着这个思路想下去。"泰卡尼克说道。他发现自己很钦佩法拉肯的思维方式：警觉、追根问底、敏锐。是的，特莱拉在复活艾达荷时，很可能在他体内设置了强大的机关，以为他们日后所用。

"但是我想不出特莱拉人有什么目的。"法拉肯说。

"一项在我们这儿的投资？"泰卡尼克说道，"为未来买个保险？"

"我得说，这可是一笔很大的投资啊。"法拉肯说道。

"危险的投资。"文希亚说道。

法拉肯不得不同意她的观点。杰西卡夫人的能力在帝国内家喻户晓。毕竟是她训练了穆阿迪布。

"只有在别人知道我们扣留了她的情况下，才会危险。"法拉肯说道。

"是的，一旦别人知道，她就成了一把双刃剑。"泰卡尼克说道，"但别人不一定会知道她在我们手里。"

"假设一下，"法拉肯说道，"如果我们接受了这个提议，她有多大价值？我们能用她换回某些更重要的东西吗？"

"不能公开进行。"文希亚说道。

"当然！"他期待地看着泰卡尼克。

"我还没想到。"泰卡尼克说道。

法拉肯点了点头："是的，我想如果我们接受了，我们就必须把杰西卡夫人看成存在银行里的一笔财富，至于什么时候取用，现在还说不准。财富本来无须具有现时的购买力，它只是……有潜在的价值。"

"她是个非常危险的俘虏。"泰卡尼克说道。

"这一点确实要考虑在内，"法拉肯说道，"我听说她的贝尼·杰瑟里特训练能让她通过声音控制他人。"

"或她自己的身体。"文希亚说道，"伊勒琅曾经向我透露过一点她学到的东西，只是口头炫耀，并没有实际演示。但是，贝尼·杰瑟里特确实有些独门绝招，能帮助她们实现自己的目的，这是没有疑问的。"

"你是说，"法拉肯问道，"她有可能引诱我？"

文希亚只是耸了耸肩。

"我得说，做这种事，她的岁数偏大了一点。你不这样认为吗？"

"对于贝尼·杰瑟里特来说，没有什么是可以百分之百肯定的。"泰卡尼克道。

法拉肯感到了一阵激动，其中又掺杂了一丝恐惧。进行这个游戏，然后将科瑞诺家族重新扶上权力的宝座。这个想法既吸引着他，同时又让他厌恶。他真希望终止这个游戏，回到他的爱好中去：研究历史、学习如何管理萨鲁撒·塞康达斯。重整萨多卡军队也是一个任务……对于这个工作来说，泰卡尼克是个很好的工具。管理一颗星球，这个责任非同小可。然而，管理整个星际帝国，其责任重大得多，作为施展抱负的对象而言也有意思得多。有关穆阿迪布/保罗·厄崔迪的故事读得越多，他对权力的应用就越感兴趣。作为科瑞诺家族的后代，沙达姆四世的继承人，如果能让他的家族重登宝座，将是件多么风光的事啊。他需要这种感觉。法拉肯发现，只要连续对自己说上几遍这个梦想，他就能在短时间内克服内心的疑虑。

泰卡尼克正在说话："……当然，贝尼·杰瑟里特教导说和平会诱发冲突，然后就会爆发战争。这个悖论……"

"怎么又转到这个话题上来了？"法拉肯问道，让自己的思绪重新回到现实。

"怎么了？"文希亚看着儿子心不在焉的表情，慢慢地说道，"我只是问问泰卡尼克知不知道姐妹会背后的哲学理念是什么。"

"我们用不着把哲学太当真。"法拉肯转过脸来，对泰卡尼克道，"至于艾达荷的提议，我认为我们需要再作些调查。当我们自以为了解了某样东西时，正是需要继续深入了解的时候。"

"没问题。"泰卡尼克说道。他喜欢法拉肯谨慎的性格，只希望这种性格不会阻碍军事上的决断。军事决断通常都需要迅速和果敢。

法拉肯又问了一个看似不相干的问题："你知道我觉得厄拉科斯历史上什么最有趣吗？我最感兴趣的是一个原始时期的传统，当时，弗雷曼人会杀死所看到的任何没有穿着蒸馏服的人。"

"你为什么对蒸馏服感兴趣呢？"泰卡尼克问道。

"你注意到了，嗯？"

"我们怎么可能注意不到？"文希亚问道。

法拉肯不耐烦地看了他母亲一眼。为什么她总是要插嘴呢？随后，他又看着泰卡尼克。

"蒸馏服是那颗星球的特征，泰卡。它是沙丘的标记。人们倾向于研究它的物理细节：蒸馏服保存身体的水汽，循环利用它，使人类可以在那样一颗星球上生存。你知道，弗雷曼人的规矩是每个家庭成员至少要有一件蒸馏服，食物采集员甚至还有备用的。但是请注意，你们两个——"他示意他母亲也要认真听听，"看起来很像蒸馏服的仿制品正成为整个帝国的时尚。人类总是想模仿自己的征服者！"

"你真的觉得这种信息很有用吗？"泰卡尼克疑惑地问道。

"泰卡，泰卡——没有这种信息当不好统治者。我说过蒸馏服是他们性格中的关键，事实也是如此！它是一种传统的东西，他们所犯的错误也将是传统的错误。"

泰卡尼克瞥了文希亚一眼，后者正担心地看着她的儿子。法拉肯的性格既让霸撒觉得有吸引力，又让他感到一些忧虑。他和沙达姆四世真是太不一样了。沙达姆四世真正代表了萨多卡的核心本质：无所顾忌的军事杀手。但是沙达姆败在了可恶的保罗手下。从他读到的材料上看，保罗·厄崔迪的性格正如法拉肯的描述。的确，在面对最冷酷的决断时，法拉肯可能会比厄崔迪家族更果断，但这不是他的本性，只是他所接受的萨多卡训练。

"很多人在统治时都不会用到这种信息。"泰卡尼克说道。

法拉肯盯着他看了一阵子，随后说道："统治，然后失败。"

泰卡尼克的嘴角绷成了一条直线，他显然在暗示沙达姆四世的失败。这也是萨多卡的失败，任何一个萨多卡都不愿意回忆此事。

表明他的观点之后，法拉肯接着说道："你明白了吗，泰卡？没人能体会星球对于其居住者的潜意识所产生的巨大影响。要打败厄崔迪家族，我们不仅要了解卡拉丹，还要了解厄拉科斯：一个柔弱，另一个却是坚强意志的训练场。厄崔迪家族与弗雷曼人的结合是一个独特的现象。除非我们能理解它，否则我们无法与之抗衡，更不要说打败他们了。"

"这和艾达荷的提议有什么关系？"文希亚问道。

法拉肯怜悯地看着他母亲："我们要向他们的社会施加压力，以此为起点来打败厄崔迪。压力是个非常强大的工具，对我们来说，判断哪里缺乏压力也同样重要。你没注意到厄崔迪让那儿的事物变得软弱起来了吗？"

泰卡尼克微微点了点头，表示同意。这个想法非常好。绝不能允许萨多卡变得软弱。但是艾达荷的提议仍然困扰着他。他开口道："或许我们最好该回绝他的提议。"

"还没到时候。"文希亚说道，"我们面临很多选择，我们的任务是尽可能多地辨明这些选择。我儿子是对的：我们需要更多信息。"

法拉肯盯着她，揣测她的意图和她话中的含义："但是我们怎么才能确保我们不会跨过临界点，然后变得没有选择了呢？"

泰卡尼克发出了一阵苦笑："如果你问我，我会说我们早就跨过了临界点。"

在这个时代，人类的交通手段包括了能在时空深处翱翔的机器，有的还能搭载着乘客轻快地穿越无法涉足的行星表面。徒步完成长距离旅行的想法已显得落伍。然而这仍然是厄拉科斯上最主要的交通方式，部分是因为人们的偏好，还有部分是因为这颗行星的恶劣气候条件粗暴地虐待着一切机械装置。在厄拉科斯的种种限制中，人类的肉体依然是最耐用和最可靠的圣战资源。

——摘自《圣战手册》

甘尼玛小心翼翼地慢慢行走在回泰布穴地的路上，始终紧贴着沙丘的阴影。当搜寻队伍在她的南方经过时，她静静地趴在地上。痛苦的现实攫住了她：沙虫带走了老虎和雷托的尸体，还有危险在前方等着她。他死了，她的双胞胎哥哥死了。她擦干眼泪，愤怒在她体内蒸腾。在这一点上，她是个纯粹的弗雷曼人。她了解自己，并让自己的愤怒弥漫开来。

她知道人们是怎么描绘弗雷曼人的。他们没有道德，在复仇的渴望中迷失了自我，对那些将他们从一颗行星赶到另一颗行星的宿敌们，他们立下毒誓，绝不手软。这种看法当然是愚蠢的。只有那些最原始的野蛮人才不受道德之心的束缚。弗雷曼人具有高度发达的道德观念，其核心就是作为人的权利。外邦人认为他们残忍——而弗雷曼人也是这么看待外邦人的。每个弗雷曼人都知道自己可以干出残忍的事情，并且不用为此内疚。弗雷曼人不会像外邦人那样为这种事羞愧，他们的宗教仪式能缓解他们的内疚感，以防自己被内疚感吞没。他们最深层的意识知道，任何犯罪都能归结于——或至少是部分归结于——情有可原的环境因素：统治机构的失败，或是人们共有的天生的向恶本性，或是坏运气等。任何智慧生物都应当知道，这些事情只是肉体和外部混乱的宇宙的冲突而已。

于是，甘尼玛感到自己成了一个纯粹的弗雷曼人，拥有弗雷曼人的残忍。她需要的只是一个目标——显然它就是科瑞诺家族。她渴望看到法拉肯的鲜血流淌在她的脚下。

引水渠旁并没有埋伏着敌人，连搜寻队伍都已经去了别处。她走上一座泥桥，越过水面，随后爬行着穿过穴地前的蒿草地，来到了秘密入口前。前方闪过一道光，她一下子卧倒在地。从苜蓿的缝隙间看出去，只见一个女人正从外面进入穴地的秘密通道，穴地内的人显然也没忘记用正确的方式来迎接这位不速之客。危机时期，弗雷曼人总是用强光来迎接想进入穴地的陌生人，使陌生人处于暂时的失明状态，以此为穴地内的卫兵作出正确反应赢得时间。但是，这种迎接方式并不会将穴地外的沙漠也照得雪亮，让甘尼玛在这儿都能看到。唯一的原因就是，穴地的密封口已经被取下来了。

甘尼玛为穴地的防卫如此松懈感到痛心不已。如此随意的光线，更别提那些到处都能看到的穿着花边衬衣的弗雷曼人了！

光线在悬崖底部的地面上投下一个扇面。一个年轻的女孩从果园的阴影里跑进光亮中，她的动作中带着些令人恐惧的气息。甘尼玛看到通道内有球形灯的环形光晕在闪动，光晕外还围着一团昆虫。光线暴露了通道内的两个黑影：一个男人和刚才那个女孩。他们手拉着手，注视着对方的双眼。

甘尼玛感到这对男女有什么地方不太对劲。他们并不是简单的恋人，趁着别人都出去搜寻，找个机会在此幽会。球形灯安在他们后上方的岩壁上，他们两个就站在被照亮的拱门前说话，将影子留在夜幕下穴地外的地面上，任何人都能轻易地看清他们的动作。时不时地，那个男的会松开手，在灯光下做些简短的手势，显得鬼鬼祟祟。做完之后，他的手又缩回到阴影中。

夜行动物发出的叫声充斥着甘尼玛身边的黑暗，但她并没有因此而分心。

这两个人在干什么？

那个男人的动作是那么呆板，那么小心。

他转了个身。女子身上长袍反射的光线照出了他的轮廓。他长着一张粗糙的红脸，还有一只长满了疱疹的大鼻子。甘尼玛倒吸了一口凉气。她认识他。帕雷穆巴萨！他是某位耐布的孙子，他的父亲为厄崔迪家族服务。这张脸——还有他转身时带动长袍露出的东西——为甘尼玛勾勒出了全图。他在长袍下系了一根皮带，皮带上挂着个盒子，盒子上的按键和拨盘反射着灯光。这肯定是来自特莱拉或伊克斯的产品，而且肯定是个用来控制老虎的信号器。帕雷穆巴萨！这意味着又一个耐布家族倒向了科瑞诺。

这个女人又是谁呢？不重要。她是被帕雷穆巴萨利用的人。

甘尼玛突然间冒出了一个贝尼·杰瑟里特的观念：*每颗行星都有自己的周期，人也如此。*

看着帕雷穆巴萨和那个女人站在这里，看着他的信号器和鬼鬼祟祟的动作，甘尼玛完全想起了这个人。

我早就该怀疑他了，她想，**迹象是这么明显。**

紧接着，她的心又猛地抽搐了一下：他杀死了我的哥哥！

她强迫自己平静下来。如果她被发现，他同样也会杀了她。现在她总算明白了他为什么要用非弗雷曼的方式暴露灯光，从而暴露秘密通道的位置。他们在利用灯光，查看他们的猎物中是否会有人活着回来。因为还不知道结果，他们在等待时肯定忐忑不安。现在，当甘尼玛看到了信号器之后，她总算明白了他的手势。帕雷穆巴萨在频繁地按着信号器上的某个按钮，表现了他内心的愤怒与焦躁。

这两人出现在此地，让甘尼玛明白了许多东西。可能穴地的每个入口都有类似的人等着她。

鼻子上沾着的黏土令她觉得很痒，她用手刮了刮鼻子。她的伤腿仍然生疼，本该握刀的手传来阵阵灼烧感，间或夹杂以刺痛。手指仍处于麻木状态。如果必须用刀的话，她只好用左手了。

甘尼玛也想过用毛拉枪，但它发出的声音肯定会引起不必要的麻烦。必须想其他法子才行。

帕雷穆巴萨再次转了个身，背对着灯光，看上去变成了灯光下的黑色物体。那女人说话的时候，注意力仍旧放在外面的夜色中。她身上有某种训练有素的警惕性，而且还知道怎么利用眼角的余光来观察黑暗。她不仅仅是一个有用的工具，还是整个大阴谋的一部分。

甘尼玛想起帕雷穆巴萨曾渴望成为一名凯马科姆，教会下属的政治总督。他肯定还是一个更大计划中的一分子，他还有很多同道中人，甚至在泰布穴地内也有。甘尼玛陷入了沉思。如果她能活捉其中一个，其他很多人就会被供出来。

一只在引水渠边喝水的小动物发出的嗞嗞声引起了甘尼玛的注

意。自然的声音和自然的景物。她在自己的记忆中搜寻着，不知怎么回事，记忆库保持着奇怪的寂静，但她还是接触到了被赛纳克里布[1]关在亚述的乔芙公主。公主的记忆告诉了甘尼玛该怎么做。对她来说，帕雷穆巴萨和他的女人只是小孩子，任性且危险。他们不知道乔芙，甚至不知道那颗行星的名字，乔芙和塞纳克里布曾在它之上生活，最终化为尘土。对于即将发生在这两个阴谋者身上的事，假如需要向他们解释的话，只能从实际行动开始。

并以实际行动结束。

甘尼玛翻了个身侧躺着，解下弗雷曼救生包，从固定扣上抽出通气管。随后，她打开通气管的盖子，从中取出长长的滤芯。现在她手头有了一根空管子。接着，她又从针线包内拿出一根针，随即拔出晶牙匕，并把针在刀尖那剧毒的、曾经容纳沙虫神经的空洞内蘸了蘸。胳膊上的伤加大了完成这些动作的难度。最后，她从救生包的口袋里拿出一卷香料纤维，把针紧紧裹在纤维中，成了一个针状飞镖，插在通气管内。

甘尼玛平端着武器，匍匐着向灯光方向前进了一段距离。她移动得极慢，苜蓿地内看不到任何动静。前进时，她研究着围在灯光旁的昆虫。是的，那团昆虫中有吸血蝇，大家都知道它会吸食人血。毒镖的攻击可能会就此被掩盖过去，被当作吸血蝇的骚扰。只剩下最后一个决定：干掉他们中的哪一个呢——男的还是女的？

穆里茨。甘尼玛的意识中突然冒出了这个名字。这就是那个女人的名字。她想起曾听人议论过她。她就像围着灯光的昆虫一样整天围着帕雷穆巴萨。她是较为软弱的一个，容易动摇。

---

[1] 赛纳克里布：亚述王（前705—前681），曾入侵犹太王国，击败巴比伦，重建尼尼微城。

很好。帕雷穆巴萨今晚选错了伙伴。

甘尼玛把管子含在嘴里，潜意识中是乔芙公主的记忆。她仔细地瞄准，猛地呼出胸腔内的空气。

帕雷穆巴萨拍了拍自己的脸，拿开后发现手上有个小血珠。针已不见踪影，看来是被他自己挥手打掉了。

女人说了句轻松的话，帕雷穆巴萨笑了起来。笑容还未消失，他的腿开始发软。他瘫倒在女人身上，女人只好尽力扶着他。当甘尼玛来到她身边，用出鞘的晶牙匕刀尖指着她的腰时，她还在摇摇晃晃地支撑着男人的尸体。

以一种恬淡的口吻，甘尼玛说道："不许乱动，穆里茨。我的刀有毒。你可以放下帕雷穆巴萨，他已经死了。"

你会发现，在所有的社会阶层中，都暗藏着使用语言来获取并保持权力的行为，无论对于巫医、教士，还是官僚来说都是如此。若要统治大众，必先愚化他们，让他们能轻易地接受这些权力语言，认为语言就是事实，并将语言符号体系混淆为真正的宇宙。在维护此权力结构的过程中，必须将有些符号的意义搞得高深莫测——例如那些与操控经济或是人类心智有关的符号。这些神秘的符号造成了各种相互割裂的语言分支，每个分支都意味着其使用者积聚了某种权力。了解这一点之后，我们的皇家卫队必须对新形成的任何专业语言分支保持警觉。

　　　　　　　——摘自伊勒琅公主《在厄拉奇恩战争学院的演讲》

　　"或许根本没必要提醒你们，"法拉肯说道，"但为了防止意外，我还是要说明一下，屋子里安排了一个聋子，而且得到授命：如果有任何迹象表明我被人控制住了，他就会杀死你们。"

　　他并不期望这番话能产生什么作用，杰西卡和艾达荷的反应也符合他的期望。

　　法拉肯精心挑选了初次与这两个人会面的地方——沙达姆四世的

老会客厅，具有异国情调的装饰使它看上去不那么庄严。已是冬日的下午，但是没有窗户的屋子内部却模拟出无尽的夏日，由伊克斯最纯的水晶制成的球形灯优雅地布置在屋内，将整个屋子笼罩在金色的光芒中。

来自厄拉科斯的消息使法拉肯暗自欣喜。双胞胎中的男孩儿——雷托——被一只拉兹虎杀死了。那个活下来的女孩儿甘尼玛被她的姑姑关了起来，据说成了人质。有了这个报告，艾达荷和杰西卡的到来便有了一定的逻辑性，他们的确需要一个避难所。科瑞诺家族的间谍报告说，厄拉科斯上的局势很不稳定。厄莉娅同意进行一个叫作"魔道审判"的测试，但对于这么做的目的却没有进一步的解释。而且，测试的时间仍然待定，科瑞诺家族的那两个间谍甚至认为永远不会有那么一天。到目前为止，确切发生的事情有：沙漠里的弗雷曼人与皇家军队里的弗雷曼人发生了冲突，差点爆发的内战使政府暂时停止了运转。斯第尔格保持中立，承担起交换人质的任务。甘尼玛显然是人质之一。交换人质的机制目前还不清楚。

杰西卡和艾达荷被牢牢绑在悬浮椅上带进接见室。两个人身上缠着致命的志贺藤条，任何轻微的挣扎都会让他们受伤。两个萨多卡带着他们进来，检查捆绑是否结实，随后安静地离开了。

法拉肯的警告的确是多余的。杰西卡看到了那个全副武装的聋子，他靠在她右面的一堵墙上，手里还握着一把老式但高效的毛拉枪。她观察着室内那些异国情调的装饰。在圆形屋顶的中央，罕见的铁树叶与名贵的猫眼石交错排成新月的形状。她脚下的地板是钻石木和贝壳形成的一个个长方形，长方形的边框由动物骨头围成，由激光切割并抛光。墙上的装饰是由某种坚硬的材料密集拼成，从中能看出四种姿态的狮子，这是已逝的沙达姆四世的继承者的标志。狮子的轮廓由金线绘成。

法拉肯决定以站立姿态来迎接他的俘虏。他下身穿着军用短裤，上身穿着一件金色的夹克，领口绣着真丝，唯一的装饰是左胸处高贵的星形家族标志。霸撒泰卡尼克身着萨多卡军服，腿上套着厚重的靴子，站在他的身旁，皮带上穿着一个枪套，里头装着一把华丽的激光枪。杰西卡早就从贝尼·杰瑟里特的报告中熟悉了泰卡尼克那张大脸，他站在法拉肯左后方的几步远处。他俩身后的墙边有一个黑色的木质王座。

"现在，"法拉肯对着杰西卡说道，"你有什么要说的吗？"

"我想问问，为什么要把我们绑成这样？"杰西卡示意缠在她身上的志贺藤。

"我们刚刚才收到了来自厄拉科斯的报告，其中解释了你们上这儿来的原因。"法拉肯道，"或许我现在就应该给你们松绑。"他笑了笑，"如果你……"他突然闭嘴了，他母亲从俘虏身后的大门走了进来。

文希亚匆匆经过杰西卡和艾达荷，没有看他们一眼。她向法拉肯递上一个小小的信息块，并激活了它。他研究着信息块亮闪闪的表面，不时抬头看看杰西卡。表面的闪光变暗了，他把信息块还给母亲，示意她给泰卡尼克瞧瞧。她这么做时，他皱着眉头盯着杰西卡。

文希亚站在法拉肯的右手边，手握不再发光的信息块，白色长袍的褶子遮住了信息块的一部分。

杰西卡向右瞥了一眼艾达荷，但他拒绝与她对视。

"贝尼·杰瑟里特姐妹会对我不太高兴。"法拉肯道，"她们认为我应该为你孙子的死承担责任。"

杰西卡控制着自己的面部表情，想：我应该相信甘尼玛的话，除非……她不愿继续想下去了。

艾达荷闭上眼睛，随后又睁开，瞥了杰西卡一眼。她仍然在盯着法拉肯。看她的表情，她似乎并不在意。他不知道该如何理解她的冷静。看来，她肯定知道某些他不知道的东西。

"情况是这样的……"法拉肯开始解释他所了解的发生在厄拉科斯上的一切，没有漏掉任何信息。他总结道："你的孙女活了下来，但据报告说，她被厄莉娅夫人关了起来。现在你该满意了吧？"

"是你杀了我的孙子吗？"杰西卡问道。

法拉肯的回答十分真诚："我没有，最近我才知道有个阴谋，但那并不是我的主意。"

杰西卡看着文希亚，那张鹅蛋脸上洋溢着得意的表情。她想：是她干的！是母狮为了她的幼兽而设计的阴谋！要让母狮在有生之年为此感到后悔。

杰西卡重新将注意力集中在法拉肯身上，说道："但是姐妹会认为是你杀了他。"

法拉肯转向他的母亲："把那消息给她看看。"

文希亚有些迟疑。他带着怒意再次开口道："我说过了，给她看看。"杰西卡记下他的愤怒，留待将来利用。

文希亚脸色苍白，把信息块的荧光屏对准杰西卡，并激活了它。配合着杰西卡眼睛的移动，一行行文字流过信息块表面："贝尼·杰瑟里特在瓦拉赫九号星上的委员会就科瑞诺家族暗杀雷托·厄崔迪二世正式提出抗议。相关证据和意见现已提交至兰兹拉德联合会内部安全委员会。我们将挑选中立的裁判场所，并选出各方都能接受的法官。我们要求你尽快作出答复。萨比特·瑞库西，兰兹拉德联合会。"

文希亚回到她儿子身旁。

"你会怎么答复？"杰西卡问道。

文希亚说道："因为我儿子还没有正式成为科瑞诺家族的首领，我会——你要去哪里？"后半句话是对法拉肯说的，他正转身向着聋子身旁的一扇小门走去。

法拉肯停住脚步，半侧着身子说道："我要回到我的书本和其他我更感兴趣的东西中去。"

"你怎么敢？"文希亚的脖子和脸上泛起一层深色的红晕。

"我敢以我自己的名义做很多事情。"法拉肯说道，"你以我的名义作出决定，而我觉得这些决定都很不光彩。从现在开始，要么我能以我自己的名义作出决定，要么你去另找一位科瑞诺家族的继承人。"

杰西卡飞快地扫了一眼对抗的双方，看清了法拉肯的愤怒。霸撒笔挺地站着，装作什么也没听见。文希亚在狂怒的边缘迟疑着，法拉肯则摆出一副能接受任何结果的样子，杰西卡不禁颇为佩服他的姿态。她看出这场对抗中有很多能为她所用的东西。似乎派出拉兹虎对付她孙儿们的决定并没有征得法拉肯的同意。他刚才说过，他知道这个阴谋，但没有参与。他说话时样子非常真诚，没有可怀疑的地方。

法拉肯站在这儿，真实的愤怒燃烧在他眼中，他准备好了接受一切后果。

文希亚颤抖着，深深吸了一口气，随后说道："很好。正式授权仪式将在明天举行，你现在就可以提前使用你的权力。"她看着泰卡尼克，但后者拒绝和她对视。

一旦她和儿子走出这里，他们之间将爆发一场激烈的争吵，杰西卡想，但我相信，他已经赢了。她将意识重新集中到兰兹拉德联合会的信息上。姐妹会在信息中动了一点手脚，在正式的抗议语言中隐藏了只有杰西卡才能读懂的消息。这个消息得以存在，本身便说明姐妹会的间谍知道杰西卡的处境，而且她们对法拉肯的了解非常精准，知道他会把这消息给他的俘虏看。

"我需要你回答我的问题。"法拉肯转过脸来之后,杰西卡说道。

"我会告诉兰兹拉德联合会,我和这次暗杀没有丝毫关系。"法拉肯说道,"我还会说,我和姐妹会一样反对这种行为——尽管这一事件的结果令我得到了一些好处。对于暗杀给你造成的痛苦,我表示抱歉。到处都有不幸发生。"

到处都有不幸发生!杰西卡想。那是她的公爵最喜欢的谚语,而且法拉肯说话时的态度表明他至少知道会发生暗杀。她强迫自己不去想他们可能真的杀害了雷托。她必须假设甘尼玛告诉她的双胞胎方案已经付诸实施。走私徒会安排哥尼与雷托相会,然后姐妹会的计划会被执行。雷托必须接受测试,没有选择。不经过测试,他就会被认为像厄莉娅那样堕入了魔道。还有甘尼玛……甘尼玛的事可以稍缓一缓。目前还没有办法把这个出生之前就有记忆的人送到盖乌斯·海伦·莫希阿姆圣母跟前。

杰西卡发出一声深深的叹息。"或早或晚,"她说道,"有人会提出让你和我的孙女结合,团结我们两个家族,使伤口愈合。"

"有人已经向我提出了这个可能性,"法拉肯瞥了一眼母亲说道,"我的回答是等厄拉科斯目前的局势明朗后再谈。没必要匆忙作出决定。"

"有可能你已经中了我女儿的计,被她控制了。"杰西卡说道。

法拉肯挺直了身体:"解释清楚。"

"厄拉科斯的事并不像你所想象的那样。"杰西卡说道,"厄莉娅在玩她自己的游戏,邪物的游戏。我的孙女处于危险之中,除非厄莉娅能找到利用她的办法。"

"你想让我相信你和你女儿在互相斗争,厄崔迪家族在自相残杀吗?"

杰西卡看了一眼文希亚，随后又看着法拉肯："科瑞诺家族的人不也在内斗吗？"

法拉肯的嘴唇浮现出一阵扭曲的微笑："回答得好。我是怎么中了你女儿的计呢？"

"说你与我孙子的死有关，说你绑架了我。"

"绑架……"

"不要相信这个女巫。"文希亚提醒道。

"我自己会决定相信谁，母亲，"法拉肯道，"请原谅，杰西卡夫人，但我不清楚绑架的事，我只知道你和你忠诚的侍从……"

"谁是厄莉娅的丈夫？"杰西卡道。

法拉肯打量着艾达荷，随后看着霸撒："你怎么看，泰卡？"

霸撒的想法显然与杰西卡相似。他说道："我同意她的推理。要当心！"

"他是个死而复生的门泰特，"法拉肯说道，"我们即使把他折磨至死，也得不到确切的答案。"

"但这是个相对安全的假设，那就是我们已经中了厄莉娅的计。"泰卡尼克说道。

杰西卡知道，现在该是她行动的时候了。要是艾达荷能一直沉浸在他的痛苦之中而不出言干涉，那就太好了。她不喜欢以这种方式来利用他，但她必须考虑全局。

"首先，"杰西卡说道，"我得当众宣布我是自愿来这儿的。"

"有趣。"法拉肯说道。

"你必须相信我，给我在塞康达斯行星上行动的自由，"杰西卡说道，"不能让我看起来像是被逼着宣布的。"

"不行！"文希亚反对道。

法拉肯没有理睬她："你以什么理由来这儿呢？"

"我是姐妹会派来的全权大使，负责教授你的功课。"

"但是姐妹会指控我……"

"所以更需要你尽快作出决定。"杰西卡说道。

"不要相信她！"文希亚说道。

法拉肯看着她，以极其礼貌的口吻说道："如果你再打断我，我会让泰卡把你带走。他亲耳听到你已经同意把权力移交给我，他现在是我的人了。"

"我告诉你，她是个女巫！"文希亚看了一眼墙边的聋子。

法拉肯迟疑了一下，随后道："泰卡，你怎么看？我被人控制了吗？"

"我不这么认为。她……"

"你们两个都被控制了！"

"母亲。"他的语气坚决，不容商量。

文希亚握紧双拳，想开口辩解，但她终于没有开口，而是转身离开了房间。

法拉肯再次转过身来对着杰西卡："贝尼·杰瑟里特姐妹会会同意这么做吗？"

"她们会的。"

法拉肯仔细体会了一下他们的谈话，淡淡地一笑："姐妹会想从中得到什么呢？"

"你和我的孙女联姻。"

艾达荷吃惊地看了杰西卡一眼，仿佛要开口说些什么，但最终还是放弃了。

杰西卡说道："你想说什么吗，邓肯？"

"我本想说，贝尼·杰瑟里特想要的就是她们一直以来追求的东西：一个不会干涉她们的宇宙。"

"这是明摆着的。"法拉肯说道，"但是，我实在看不出来这跟你有什么关系。"

由于身上还绑着志贺藤，艾达荷只好用扬眉毛来代表耸肩。他笑了笑。

法拉肯看到了笑容，转身看着艾达荷说道："我让你觉得好笑吗？"

"整件事都让我觉得好笑。你家族中有人买通了宇航公会，让他们带着暗杀武器到厄拉科斯——在他们面前，你们掩盖不了你们的企图，然后你们又得罪了贝尼·杰瑟里特，因为你们杀了她们的优选种子……"

"你在说我是个骗子吗，门泰特？"

"没有。我相信你不清楚这个阴谋，但是我认为我们应该仔细审查一下整个事件的经过。"

"不要忘了他是个门泰特。"杰西卡提醒道。

"我也是这么想的。"法拉肯说道，随后再次转身看着杰西卡，"让我们假设一下，我放了你，然后你当众作出声明。但你孙子死亡的事仍然没有解决。门泰特说得对。"

"是你母亲干的吗？"杰西卡问道。

"大人！"泰卡尼克警告道。

"没关系，泰卡，"法拉肯随意地挥了挥手，"如果我说是我母亲呢？"

为了分裂科瑞诺家族，杰西卡豁出去了："你必须谴责她，将她流放。"

"大人，"泰卡尼克说道，"小心骗局。"

艾达荷说道："杰西卡夫人和我才是被欺骗的人。"

法拉肯的嘴角绷紧了。

杰西卡想：别干涉我，邓肯！现在不要！但是艾达荷的话激发起了她自己的贝尼·杰瑟里特逻辑推理能力。他震动了她。她开始思索，自己是否有可能在不知不觉间落入了别人的圈套，被利用了。甘尼玛和雷托……出生前就有记忆的人可以参考体内无数的经验，他们从体内得到的建议比任何活着的贝尼·杰瑟里特要多得多。还有一个问题是：姐妹会对她表明了一切吗？她们可能仍然不信任她。毕竟，她曾经背叛过她们……为了她的公爵。

法拉肯疑惑地皱着眉头，看着艾达荷："门泰特，我想知道，在你眼中，传教士是个什么样的人？"

"他安排我们到这儿来。我……我们之间说过的话不超过十个单词。他手下的人代替他和我接触。他可能是……他可能是保罗·厄崔迪，但我没有足够的数据来证明这一点。我能确定的就是，我应该离开厄拉科斯，而他有让我离开的途径。"

"你说过，你被欺骗了。"法拉肯提醒他。

"厄莉娅希望你能悄悄把我们杀了，然后销毁一切证据。"艾达荷说道，"除掉杰西卡夫人之后，我就没用了。还有，杰西卡夫人在为姐妹会效劳之后，对她们也就没有用处了。厄莉娅会把责任推到姐妹会身上，但姐妹会最终会解释清楚。"

杰西卡闭上眼睛，集中起自己的注意力。他是对的！她能听出他语气中门泰特式的确信，以及他话中的真诚。整个设计天衣无缝。她深深地吸了两口气，进入冥想模式，在自己头脑中分析着各种数据。随后，她脱离冥想，睁开双眼。

此时法拉肯已经从她身边走开，站到了艾达荷面前半步远的地方——移动了三步。

"别再说了，邓肯。"杰西卡说道，她悲哀地想，雷托曾警告过她，说贝尼·杰瑟里特姐妹会可能在她的意识中动过手脚。

刚想再次开口的艾达荷闭上了嘴巴。

"只有我才能发布命令。"法拉肯说道，"继续，门泰特。"

艾达荷依旧保持着沉默。

法拉肯转过身，看着杰西卡。

她盯着远端的墙壁，回顾着艾达荷和冥想引发的东西。贝尼·杰瑟里特当然没有放弃厄崔迪的血脉，但是她们希望能够控制魁萨茨·哈德拉克。她们在精选血脉上花费了太多的时间和精力。她们希望厄崔迪家族和科瑞诺家族之间能公开爆发一场冲突，好让她们能以仲裁者的身份参与进来。

邓肯是对的。她们会同时控制住甘尼玛和法拉肯两个人。这是唯一可能的结果。奇怪的是，厄莉娅并没有意识到这一点。杰西卡费力地咽了口唾沫。厄莉娅……邪物！甘尼玛说要怜悯她是对的。但谁又会怜悯甘尼玛呢？

"姐妹会许诺将你推上皇位，并让甘尼玛成为你的配偶。"杰西卡说道。

法拉肯向后退了一步。这个女巫能看透我的心思吗？

"她们跟你秘密接头，绕开了你的母亲。"杰西卡说道，"她们告诉你，我不知道这个计划。"

杰西卡观察着法拉肯脸上的表情。一眼就能看穿他。就是这个计划。艾达荷展示了他惊人的推理能力，通过有限的数据就看到了整个设计的架构。

"看来她们在两头做戏，把这些事告诉了你。"法拉肯说道。

"她们什么也没说，"杰西卡说道，"邓肯是对的：她们耍了我。"她为自己点了点头。这是一条缓兵之计，典型的姐妹会的行动：说法合情合理，很容易被接受，因为它能解释她们的动机，让听者自以为不出所料。但是，她们希望这位听者替她们除掉杰西卡——一个曾经让她们失望过的有污点的姐妹，不让她插在中间碍手碍脚。

泰卡尼克走到法拉肯身边："大人，这两个人太危险，不能和他们……"

"等等，泰卡，"法拉肯说道，"这中间圈套套着圈套。"他看着杰西卡，"过去，我们有理由相信，厄莉娅可能希望由她自己来充当我的新娘。"

艾达荷不由自主地挣扎了一下，随后他控制住了自己。鲜血从他左腕处被志贺藤割开的伤口流了下来。

杰西卡让自己稍稍睁大了眼睛，流露出吃惊的模样。她想传达出这种意思：现在，通过法拉肯那种冷酷的推理，她终于看清了邪物的扭曲和邪恶。

"你会答应吗？"艾达荷问道。

"我在考虑。"

"邓肯，我告诉过你，让你别说话。"杰西卡说道。她转脸对着法拉肯："她的条件是让我们俩意外死去？"

"对一切背叛行为，我们都抱着怀疑态度。"法拉肯说道，"你的儿子不是说过吗？'背叛孕育新的背叛。'"

"姐妹会的用意很明显，"杰西卡说道，"她们希望同时控制厄崔迪家族和科瑞诺家族。"

"我们正在考虑接受你的提议，杰西卡夫人，但那样一来，邓肯·艾达荷就必须回到他可爱的妻子身边。"

痛苦只是神经在起作用而已，艾达荷提醒自己，痛苦的降临和光线进入眼睛是同样的原理。力量来自肌肉，而不是神经。这是一项古老的门泰特训练，他在一次呼吸间就完成了它。随后他弯起右腕，将动脉对准志贺藤。

泰卡尼克一下子跳到椅子边，按下锁扣除去束缚，同时大声呼喊医生。助手们立刻从暗墙后拥了出来。

邓肯总脱不了一点傻气，杰西卡想。

医生在抢救艾达荷，法拉肯则注视着杰西卡，片刻之后他说："我没有说我要接受厄莉娅。"

"那并不是他割腕的原因。"杰西卡说道。

"哦？我以为他想腾出位置呢。"

"你没有那么笨，"杰西卡说道，"别在我面前装了。"

他笑了笑："我非常清楚厄莉娅能毁了我。连贝尼·杰瑟里特都不希望我接纳她。"

杰西卡若有所思地打量着他。这个科瑞诺家族的继承者是个什么样的人？他并不擅长装傻。她又想起，雷托曾说她将遇到一个有趣的学生。而艾达荷说传教士也有类似的想法。她真希望自己能见见这位传教士。

"你会放逐文希亚吗？"杰西卡说道。

"这似乎是笔不错的交易。"法拉肯说道。

杰西卡瞥了艾达荷一眼。急救已经结束，现在他身上捆着危险性较低的带子。

"门泰特应该避免走极端。"她说道。

"我累了，"艾达荷说道，"你不知道我有多累。"

"用得太狠的话，忠诚也是会耗尽的。"法拉肯说道。

杰西卡再次打量了他一眼。

看到杰西卡的目光，法拉肯想：用不了多久，她将完全了解我，这对我非常有价值。一个为我所用的贝尼·杰瑟里特版教者！这是他儿子所拥有而我却没有的。现在让她窥视一下部分的我，以后再向她展示全部。

"这个交易很公道。"法拉肯说道，"我接受你的条件。"他朝墙边的聋子做了一套复杂的手势，发出命令。聋子点点头。法拉肯弯腰按下锁扣，放开了杰西卡。

泰卡尼克问道："大人，这么做，你有把握吗？"

"我们不是讨论过了吗？"法拉肯反问道。

"是的，但是……"

法拉肯笑了一声，对杰西卡说道："泰卡怀疑我作出判断的依据。但是，从书本和卷轴上只能学到部分知识，真正的知识来源于实践。"

杰西卡从椅子上站了起来，陷入了沉思。她的意识回到了法拉肯刚才的手势。他使用的是厄崔迪家族的战时用语！这一点很说明问题。这里有人在有意识地向厄崔迪家族学习。

"当然，"杰西卡说道，"你想让我教导你，让你接受贝尼·杰瑟里特的训练吗？"

法拉肯笑容满面。"我无法拒绝这个提议。"他说道。

口令是由一个死在厄拉奇恩地牢里的人给我的。知道吗，我就是在那儿得到这个龟形戒指的。之后，我被反叛者们藏在城外。口令？哦，从那时起已经改过很多次了。当时的口令是"坚持"，回令是"乌龟"。它让我活着从那儿出来了。这就是我戴这枚戒指的原因：为了纪念。

——摘自泰格·墨罕得斯的《与朋友的对话》

雷托听到身后的沙虫朝他安在老虎尸体旁的沙槌和撒在那周围的香料扑过去，这时，他已经走入沙漠很远了。他们的计划刚开局就有了一个好兆头：在沙漠的这个部分，绝大部分时间已看不到沙虫了。尽管不是必要的，但沙虫的出现还是很有帮助：甘尼玛无须去编理由来解释尸体为什么失踪了。

此刻，他知道甘尼玛已经设法让自己相信他已经死了。他在甘尼玛的记忆中只留下一个小小的、孤立的意识包，这段被封闭的记忆只能由整个宇宙中只有他们俩会说的语言喊出的两个单词唤醒：Secher Nbiw. 只有当她听到了这两个单词：金色通道……她才会记起他来，在此之前，他在她心目中是个死人。

雷托感到了真正的孤独。

他机敏地移动着脚步，发出的声音如同沙漠本身自然发出的一样。他沿途的任何动作都不会告诉那条刚刚过去的沙虫，说这儿还有个活人。这种走路方式已深深地印在他的潜意识中，他根本无须为此作出思考。两只脚仿佛在自己移动，步伐之间没有任何节奏可言。他发出的任何脚步声都能被解释成刮风或是重力的影响——这儿没有人。

沙虫在他身后收拾完残局，雷托趴在沙丘的阴影中，回头向"仆人"的方向望去。是的，距离足够了。他再一次安下沙槌，召唤他的坐骑。沙虫轻快地游了过来，没给他留下太长的准备时间就一口吞掉了沙槌。它经过他时，他利用制造者矛钩爬了上去，掀开虫体第一环上的敏感部位，控制着这头无意识的野兽向东南方向驶去。这是一条小型沙虫，但是体力不错。在它咝咝作声地绕过沙丘时，他能感觉到它的力量。风从他耳边刮过，他可以感到虫体发出的热量。

随着沙虫的运动，他的脑海也在翻江倒海。他的第一次沙虫旅行是在斯第尔格带领下完成的。雷托只要稍微回想一下，就能听到斯第尔格的声音在他耳边响起，冷静又果断，带着旧时代的人的礼貌。不像是那个训斥喝多了香料酒的弗雷曼人的斯第尔格，也不像那个喜欢咆哮的斯第尔格。不——斯第尔格有自己的任务。他是帝师。"在古代，人们以小鸟们的叫声来为它们命名。同样，每种风也都有自己的名字。每小时六公里的风被称为帕司得萨，二十公里的叫苏马，达到一百公里的叫黑纳利——黑纳利，推人风。还有在空旷沙漠中的风中魔鬼：胡拉丝卡里·卡拉，吃人风。"

这一切雷托早就知道，但还是在老师的智慧前连连点头。

斯第尔格的话里有很多有价值的东西。

"在古代，有些部落以猎水而著称。他们被称为伊督利，意思是'水虫'，因为这些人会毫不犹豫地偷取其他弗雷曼人的水。如果碰上你一个人走在沙漠里，他们甚至连你皮肉里的水都不会放过。他们住的地方叫迦科鲁图穴地。其他部落的人联合起来，在那个地方消灭了他们。那是很早以前的事了，甚至在凯恩斯之前——在我曾曾祖父的年代。从那以后，再也没有弗雷曼人去过迦科鲁图了，它成了一个禁地。"

这些话使雷托回想起了存储在他记忆中的知识。那一次的经历让他明白了自己的记忆是如何发挥作用的。光有记忆是不够的，即便对于一个拥有无数过去的人来说也是如此，除非他知道如何运用这些记忆中的知识，如何判断出其使用价值。迦科鲁图应该有水，有捕风器，还有其他弗雷曼穴地应有的一切，再加上其无比的价值——即没有弗雷曼人会去那个地方。很多年轻人甚至不知道有这么个地方。哦，当然，他们知道芳达克，但在他们心目中，芳达克只是走私徒的据点。

如果一个死人想要躲藏起来，它是最完美的地点——躲在走私徒们和早在其他时代就已死去的人中间。

谢谢，斯第尔格。

黎明到来前，沙虫体力不支了。雷托从它的体侧滑了下来，看着它钻入了沙丘，以其特有的运动方式慢慢地消失了。它会钻入地下深处，在那儿独自生闷气。

我必须等到白天过去，他想。

他站在沙丘顶部环视四周：空旷，空旷，还是空旷。只有消失的沙虫留下的痕迹打破这里的单调。

一只夜鸟用慢声长鸣挑战着东方地平线上升起的第一缕绿光。雷托把自己埋在沙子里，在身体周围支起蒸馏帐篷，并把沙地通气管的末端伸在空气中。

在睡意来临之前的漫长等待中，他躺在人为的黑暗中，思索着他和甘尼玛所做的决定。这不是个轻松的决定，对甘尼玛来说更是如此。他没有告诉她自己的全部预知幻象。他目前的做法便源自他的幻象，但他同样没有把这一点告诉她。他现在已经认定这是个预知幻象，而不是梦。它的奇特之处在于，他觉得它是有关预知幻象的幻象。如果说有任何证据表明他父亲还活着，该证据就存在于这个幻象的幻象之中。

先知将我们禁锢在他的幻象之中，雷托想，对于先知来说，只有一个办法能够打破这个幻象：在他的预知幻象发展转折的重要关头寻求自身的死亡。这就是雷托的幻象的幻象所揭示的现实，他为此陷入了沉思，因为这与他的决定密切相连。可怜的施洗者约翰[1]，他想，如果他有勇气选择另外一种死法，历史的发展就将完全不同了……但也可能他的选择是最勇敢的做法。我怎么知道他还面临着哪些选择？但我知道父亲面临的选择。

雷托叹了口气。反对父亲就像背叛上帝。但是厄崔迪帝国需要一次重组。它已经坠入保罗所预见的最糟糕境地。它如此轻易地就湮没了人类，人们没有经过思索就接受了它。宗教狂热已经上紧了发条，现在只剩下释放了。

我们被禁锢在父亲的预知幻象之中。

雷托知道，走出宗教狂热的出路就在金色通道。他父亲看到了这一点。从金色通道内走出的人类可能会回望穆阿迪布时代，认为那个时代更为理想，但尽管如此，人类必须去经历与穆阿迪布不同的选择。

安全……和平……繁荣……

只要有选择，不用去怀疑帝国的大多数公民会作出何种选择。

尽管他们会恨我，他想，尽管甘尼玛会恨我。

---

[1] 约翰：耶稣的十二门徒之一。

他的右手突然抽搐了一下，令他想起幻象的幻象中那只可怕的手套。是这样，他想，是的，就该这样。

厄拉科斯，请赐予我力量，他祈祷着。在他的身下和周围，他的行星仍然在顽强地活着。它的沙子压在蒸馏帐篷上。沙丘仍然是蕴藏着无比财富的巨人。它是个具有欺骗性的实体，既美丽又丑陋。它的商人只知道一种货币：权力的脉动，无论这种权力是如何集聚而成的。他们占有这个星球，就像一个男人占有他的女性俘虏，或者贝尼·杰瑟里特姐妹会占有她们的姐妹。

难怪斯第尔格会痛恨那些教士、商人。

谢谢，斯第尔格。

雷托想起了古老优雅的穴地规矩，想起了皇室统治之前的生活。他回忆着，他知道这就是斯第尔格的梦想。在球形灯和激光出现之前，在扑翼飞机和香料开采设备出现之前，还有另一种生活：棕色皮肤的瘦瘦的母亲，大腿上坐着她们的孩子，香料油灯闪亮在肉桂的香气之中，知道自己无权强迫人们接受调解的耐布在耐心地说服冲突的双方。那些在岩洞中的生活……

那只可怕的手套能重新建立平衡，雷托想。

他终于入睡了。

我看到了他的鲜血和一缕被尖利的爪子扯下来的长袍。他的妹妹生动地描述了老虎，以及它们成功的进攻。我们审问了其中一个阴谋者，其他的要么已经死了，要么已经被我们捕获。所有的证据都指向科瑞诺家族。真言师已经证实了这些证言。

——《斯第尔格向兰兹拉德联合会提交的报告》

法拉肯研究着监视器里的邓肯·艾达荷，想找出这个人奇怪行为的根源。刚过正午，艾达荷站在分派给杰西卡夫人的住所门外，等待她的接见。她会见他吗？她自然知道他们受到了监视，但她仍旧要见他吗？

法拉肯身处泰卡尼克训练老虎用的指挥所里。这间屋子违反了许多条法律，装满来自特莱拉和伊克斯的违禁品。只要用右手移动手下的操纵杆，法拉肯就可以从六个角度观察艾达荷，或是转而观察杰西卡夫人的房间，那里的监视装备同样精密。

艾达荷的眼睛让法拉肯觉得很不舒服。特莱拉人在再生箱中为他们的死灵配备的那两个金属球与人类的眼睛真是太不一样了。法拉肯碰了碰自己的眼睑，感到了永久型隐形眼镜坚硬的表面，隐形眼镜掩盖了能暴露他香料成瘾的纯蓝色眼睛。艾达荷的眼睛看到的肯定是一个不同的宇宙。还能有其他答案吗？法拉肯几乎忍不住想要问问特莱拉上的医生，让他来回答这个问题。

为什么艾达荷要自杀？

他真的想这么做吗？他明知道我们不会让他死。

艾达荷是个危险的问号。

泰卡尼克想把艾达荷留在萨鲁撒，或是杀了他。或许这才是最好的选择。

法拉肯转而察看正面影像。艾达荷坐在杰西卡夫人寓所外的一张硬长凳上。那是个没有窗户的门厅，木质墙面上装饰着三角旗。艾达荷在长凳上已经坐了一个多小时了，摆出要等待一辈子的架势。法拉肯向屏幕俯下身去。作为厄崔迪家族忠诚的剑客、保罗·穆阿迪布的老师，这些年来，这个人在厄拉科斯上一直过得不错。他的步伐仍然年轻，富有弹性。可能是长期服用香料的原因，另外，特莱拉的再生箱也赋予了他精妙的代谢平衡。艾达荷真的能记得再生箱以前的事吗？其他在特莱拉上重生的人都不能。艾达荷真是个不可思议的谜！

有关他死亡的报告就放在他的文件室里。杀死他的萨多卡报告了他的勇敢：倒下之前，他干掉了他们小队中的十九个人。十九个萨多卡！他的肉身太值得送往再生箱了。但是特莱拉却让他变成一个门泰特。在那个重生的肉体内活着怎样一个灵魂呢？在原有的天分之上又成了一个人类计算机，会给他带来什么感觉？

为什么他要自杀呢？

法拉肯知道自己的天分在哪儿，也很相信自己的天分。他是个历史和考古学家，也是判断人的一把好手。情势迫使他必须深入了解那些可能为他服务的人，研究厄崔迪家族。他把这种不得已视为成为一个贵族所必须付出的代价。统治者需要对协助其行使权力的人作出精确而果断的判断。很多统治者都是因为其下属的错误和滥用职权而下台的。对厄崔迪家族的仔细研究揭示了这个家族在选择下属方面的天分。他们知道如何保持下属的忠诚。

艾达荷的表现不符合他的个性。

为什么？

法拉肯眯缝起双眼，想透过皮肤看透那个人的内心。艾达荷表现出了一副愿意等下去的样子，没有丝毫不耐烦。他给人的印象是自制和坚定。特莱拉的再生箱在他的动作中注入了些超人类的东西。法拉肯感觉到了。这个人似乎有自我更新的能力，动作圆润流畅，生生不息，像围绕恒星的行星一般有自己恒定的轨道，永远转动，不会停止。这个人不会被压力折断，最多只稍稍变更一下他的轨道，却不会发生任何本质的改变。

为什么他要自杀呢？

不管动机是什么，他这么做是为了厄崔迪，为了他的主人。厄崔迪是他围绕的恒星。

不知何故，他认为把杰西卡夫人安置在这儿对厄崔迪家族有好处。

法拉肯提醒自己：*这是一个门泰特的想法。*

他让自己更深入一步：门泰特也会犯错误，只不过不那么经常。

得出这个结论之后，法拉肯几乎下令让手下把杰西卡夫人和艾达荷赶走，但他在下决定的刹那间犹豫了。

他们两个——死而复生的门泰特和贝尼·杰瑟里特女巫——仍然是这场权力游戏中重要的棋子。艾达荷必须被送回厄拉科斯，因为他肯定会在那儿引发麻烦。杰西卡必须留在这儿，她那稀奇古怪的知识肯定会给科瑞诺家族带来利益。

法拉肯知道自己在玩着一个微妙而危险的游戏，但他一直在为这一刻作准备，自从他意识到自己比周围的人更聪明、更敏感以来就开始了准备。对孩子来说，那是个可怕的发现，于是图书馆既成了他的避难所，也成了他的老师。

疑虑包围了他，他不知道自己是否已经准备好开始这场游戏。他已经罪了他的母亲，失去了她的辅助，但她的决定对他来说总是充满危险。拉兹虎！训练它们的过程就是一场屠杀，将它们投入使用就更愚蠢了。太容易被追查了！仅仅遭到流放，她应该感到欣慰。杰西卡夫人的建议则能够完美地配合他的希望。她的做法也会向他透露厄崔迪家族的思维模式。他的疑虑开始消散。他想，抛弃安逸生活、经过残酷训练之后，他的萨多卡再次变得坚强而具有活力。军团的人数不多，但是他们又形成了与弗雷曼人一对一的战斗力。然而，只要厄拉奇恩条约规定的军事力量限制仍然在起作用，这些军团的意义就不大，弗雷曼人在数量上占有绝对优势——除非他们卷入内战并消耗了实力。

现在让萨多卡和弗雷曼开战有点太早了。他需要时间。他需要那些已断绝关系的大家族重新和他结盟，需要那些刚获得权力的小家族来投靠他。他需要宇联商会的资金。他需要时间让萨多卡变得更强大，弗雷曼人变得更虚弱。

法拉肯再次看了看监视器里那个耐心的门泰特。为什么艾达荷要在此时求见杰西卡夫人？他应该知道他们受到了监视，他们的每句话、每个动作都会被记录下来，进行详细的分析。

为什么？

法拉肯的目光离开监视器，看着控制台旁的文件架。在微弱的屏幕光线下，他能分辨出那份报告厄拉科斯最新情况的卷轴。他的间谍干得十分彻底，他必须表扬他们。这些报告给了他很多欢喜和希望。他闭上双眼，报告的摘要涌现在他的脑海中，这些都是他为了方便使用而由原来的报告缩写而成的。

随着行星越来越肥沃，弗雷曼人没有了土地压力，他们的新社区也失去了穴地的传统。在古老的穴地文化中，弗雷曼人从幼年起就受到反复教导。"穴地就像你自己的身体，有了它，你才能走向世界，走向宇宙。"

传统的弗雷曼人常说："看看戒律吧。"戒律是最重要的科学。但新的社会结构正在侵蚀古老的戒律，纪律在松弛。新的弗雷曼人领袖只知道他们祖先的问答记录和隐藏在他们神秘歌声中的历史。居住在新社区的人民更加活泼，更加开放。他们更容易争吵，对权力机关的服从性也较差。老穴地的人更有纪律，更愿意进行团队合作，更倾向于积极地工作。他们更关心自己的自然资源。老穴地的人仍然相信有秩序的社会有助于实现个人理想。年轻人则已不再相信这种说法。传统文化的守护者看着年轻人，说："死亡之风已经侵蚀了弗雷曼人的过去。"

法拉肯喜欢自己所做的摘要，其要点十分明确：厄拉科斯文化的多样性只会带来混乱。

穆阿迪布的宗教以弗雷曼传统的穴地文化为基础，然而新文化离传统的纪律越来越远了。

法拉肯再次问自己，为什么泰卡尼克要皈依那个宗教。信奉了新宗教的泰卡尼克表现得很古怪。他似乎非常虔诚，但又好像是迫不得已才成了教徒。他就像进入旋风中心想检查旋风，却被旋风挟带得四处乱转的人。泰卡尼克的转变十分彻底，这很不像他的为人，让法拉肯觉得很恼火。这是对古老的萨多卡传统的回归。他警告说，年轻的弗雷曼人也可能会经历类似的回归，旧有的、残留在血脉之中的传统终将恢复。

法拉肯又想到了那些报告卷轴。它们报告了一件令人不安的事：

弗雷曼古老传统的顽固性。弗雷曼人有一种说法，"起源之水"。新生儿的羊水被保留下来，蒸馏成喂给婴儿的第一滴水。传统的仪式需要圣母在场司水，并说："这是你的起源之水。"就连年轻的弗雷曼人也为他们的孩子举行这种仪式。

你的起源之水。

一个婴儿，却要喝下养育了他的羊水蒸馏而成的水——法拉肯一想起这个就觉得厌恶。他还想到了那个活下来的双胞胎，甘尼玛，在她喝下了那种水之后，她母亲就死了。长大之后，她会厌恶那种行为吗？或许不会。她由弗雷曼人养大。弗雷曼人认为正常自然的事，她也同样这么认为。

忽然间，法拉肯为雷托二世的死感到难过。和他谈论这些东西肯定很有趣。或许我会有机会与甘尼玛谈谈。

为什么艾达荷要自杀？

每次看着监视器，他都会问自己这个问题。法拉肯再次陷入了疑惑。他一直渴望像保罗·厄崔迪那样，具备在入定状态中沉醉的能力，去寻找未来和他问题的答案。然而，无论他摄入多少香料，他的意识仍然拒绝改变，看到的仍旧是一个充满不确定性的宇宙。

监视器上出现了一位仆人，打开了杰西卡夫人的房门。那女人伸手召唤艾达荷。他离开长凳，进入屋内。待会儿，仆人会送来一份详细的报告，但是法拉肯被激起了好奇心，他按下控制台上的另一个按钮，看着艾达荷进入杰西卡夫人寓所的客厅。

这个门泰特表现得是多么平静自信啊。他的金属眼睛是多么深不可测。

总的来说，门泰特必须是一个博学家，而不是专家。让博学家来审查重大决策才是明智的做法。专家只会迅速地把你引入混乱。他们只会挑剔一些无用的东西，在标点符号上挑挑拣拣。相反，门泰特式的博学家能给决策过程带来符合常理的建议。他绝不能把自己与宇宙中的大千事物割裂开来。他必须有能力保证："这件事情并没有什么神秘之处。这才是我们需要解决的问题。可能在将来它被证明是错的，但是在错误发生时我们能够纠正它。"门泰特式的博学家必须理解，在我们这个宇宙中，任何能被辨识的事物都只是一个更大现象的组成部分。专家向后看，他看到的只是狭窄的本专业；博学家向前看，他寻找的是可以运用于实际的规律，而且清楚这种规律总是在改变，总是在发展。门泰特式的博学家需要了解的是变化本身的特性。这些变化不可能永远遵循某种规律，也不会有手册或是笔记指引人们研究它们，在研究它们时，你必须尽可能少有成见，要经常问问你自己："现在它在发生什么变化？"

——摘自《门泰特手册》

今天是魁萨茨·哈德拉克日，是穆阿迪布追随者们的第一个圣日。圣日肯定了被神化的保罗·厄崔迪的身份，即那个同时能在很多地方出现的人，一个男性贝尼·杰瑟里特，融合了男女祖先的力量，成了一个无所不能的超人。虔诚的人称这一天为阿伊尔，即牺牲日，以纪念使他得以实现"同时在多处存在"的死亡。

传教士选择在这天清晨再次出现在厄莉娅神庙的广场上，公然挑衅对他的逮捕令。几乎所有人都知道厄莉娅下达了这个命令。厄莉娅的教会和沙漠中反叛部落之间的停战安排获得了成功，但是停战本身很不稳定，它使所有厄拉奇恩人都感到不安。传教士的出现并没有驱散这种情绪。

今天也是官方悼念穆阿迪布之子的第二十八天，也是在灵堂内举办的正式悼念仪式的第六天，反叛部落的出现耽搁了该悼念仪式的进行。然而，即使是战争也没能阻止人们前来朝圣。传教士知道今天广场上的人群肯定是摩肩接踵。大多数朝圣者都会事先计划好在厄拉科斯的日程，让它能包括阿伊尔日——"在属于魁萨茨·哈德拉克的那一天感觉他的存在"。

随着黎明的第一缕阳光升起，传教士来到广场，发现这儿已然挤满了朝圣者。他将一只手轻轻地搭在年轻向导肩上，感觉着年轻人脚步中那种桀骜不驯的态度。随着传教士不断走近，人们留心地注视着他的一举一动。年轻向导显然对这种引人注目的地位颇为高兴，而传教士本人却只是默默接受了群众的注目礼。

传教士站到神庙的第三级台阶上，等待人群安静下来。寂静如同波浪般在人群中传播开来，广场远端传来匆匆赶来听讲的人的脚步声。这时，他清了清嗓子。早晨的空气仍然清冽，阳光还没有越过建筑物的屋顶照射到广场上来。开口说话时，他感到巨大的广场上弥漫着压抑的宁静。

"我来是向雷托·厄崔迪表示敬意,这次布道便是为了纪念他。"他说道,雄浑的嗓音让人想起沙漠中的沙虫骑士,"对那些伤心的人们,我要告诉你们已死去的雷托所领悟到的道理,这就是,明天还没有到来,也许永远不会到来。此时此地才是在我们这个宇宙中唯一拥有的时间和地点。我告诉你们,要体会现在这个时刻,要理解它教会了你们什么。我要告诉你们,一个政府的发展与死亡体现在其公民的发展与死亡之中。"

广场上发出一阵不安的嗡嗡声。他是在嘲弄死去的雷托二世吗?人们不禁觉得,教会的卫兵随时可能冲出来,逮捕这位传教士。

但厄莉娅知道不会有行动去打扰传教士,这是她下达的命令,在今天给他以行动的自由。她用一件上乘的蒸馏服伪装自己,蒸馏服的面罩遮住了她的鼻子和嘴巴,常见的长袍头罩掩盖了她的头发。她就站在传教士下方人群中的第二排,仔细地端详他。是保罗吗?时光可能会把他变成这个样子。而他又是那么擅用音言,单凭他的声音便足以号令人群,就连保罗也不可能比他做得更好。她感到,在对他采取任何行动之前,一定要先弄清楚他的身份。他的声音真的有一种强大的煽动、蛊惑力,连她都受到了影响!

她感到,传教士的话中没有任何讽刺意味。他的声音充满真诚,用一个个不容置疑的句子逐渐将人们牢牢地吸引在他周围。有时人们可能无法一下子理解他话中的深意,但随着演讲的继续,又变得茅塞顿开。看来他是故意这么做的,这是他授课的方式。传教士清楚地感应到了人群的反应,他说:"讽刺通常意味着一个人无法将思路拓宽到他的视界之外。我不会讥讽别人。甘尼玛对你们说她哥哥的鲜血永远不可能被洗刷干净,我同意她的说法。

"有人说雷托去了他父亲去的地方，做了他父亲做过的事。穆阿迪布的教会说他选择了自己的道路，说他的行为有点荒唐鲁莽，但是历史会作出判断。从这一刻起，历史已开始重写。

"我要告诉你们，从这些生命与结束之中，我们还能学到另一个教训。"

不放过任何蛛丝马迹的厄莉娅不禁自问，传教士为什么要用"结束"来替代"死亡"。他是指保罗与雷托并没有真的死去吗？怎么可能？真言师已经确认了甘尼玛的故事。传教士这么说是什么意思呢？他说的是事实还是传说？

"请牢记这个教训！"传教士举起双手大声喝道，"如果你想留住你的人性，你必须放弃这个宇宙！"

他放下双臂，空洞的眼窝直接对着厄莉娅，似乎要对她单独说些什么。他的动作是如此明显，以至于厄莉娅身边的人都转过身来疑惑地看着她。厄莉娅在他的力量下颤抖着。他有可能是保罗。有可能！

"但是我意识到人类无法承受太多现实，"他说道，"大多数生命都是一条脱离了自我的航程。大多数人偏爱圈养的生活。你把头伸进食槽，满意地咀嚼着，直到死的那天。你从来不曾离开过牲口棚，抬起头，做回你自己。穆阿迪布来了，把这些事实告诉你们。要是无法理解他的声音，你就不配崇拜他。"

人群中的某个人，可能是个伪装成群众的教士，再也听不下去了，发出刺耳的叫声："你又不是穆阿迪布本人！你怎么敢告诉别人该怎么崇拜他！"

"因为他死了！"传教士怒喝道。

厄莉娅转过身去，看是谁挑战了这位传教士。他躲在人群中，看不出是哪一个，然而他的叫声却再次响了起来："如果你相信他真的死了，那么从此刻起，你就不要再以他的名义说话了。"

应该是个教士，厄莉娅想着，但她听不出那是谁。

"我来只是问一个简单的问题，"传教士说道，"难道每个人的道德都跟着穆阿迪布一起自杀了吗？难道这就是先知——救世主死后无法避免的结局吗？"

"那么你承认他是——救世主？"人群中的声音叫道。

"为什么不？我知晓这一切，因为我是他那个时代的先知。"传教士说道。

他的语气和态度是那么自信平和，就连他的挑战者也陷入了沉默。人群发出一阵不安的嗡嗡声，好像动物的低吼。

"是的，"传教士重复道，"我是这些时代的先知。"

全神贯注的厄莉娅发觉了他在使用音言的迹象。显然他在控制着人群。他接受过贝尼·杰瑟里特训练吗？这又是护使团的某个策略吗？他会不会根本不是保罗，而是无尽的权力游戏中的另一盘棋？

"我创造了神话和梦想！"传教士叫道，"我是接生孩子、宣布他出世的大夫。但我却偏偏在死亡之日来到你们身边。你们怎么不觉得不安呢？这本来应该能震撼你们的灵魂。"

他的话让她感到怒火中烧，但尽管如此，厄莉娅还是理解了他话中的深意。她发觉自己和其他人一样，不知不觉地向台阶靠得更近，拥向这位一身沙漠打扮的高个男子。他的年轻向导引起了她的注意：这个小伙子的眼睛可真亮啊！穆阿迪布会雇用这么个桀骜不驯的年轻人吗？

"我的目的就是要让你们不安！"传教士吼道，"这就是我的目的！我来这里是为了与你们这个保守的、官僚的宗教体系中的缺陷和幻想作斗争。和其他宗教一样，你们的宗教正变得懦弱，正变得平庸、迟钝和自满。"

人群中爆发出一阵愤怒的嗡嗡声。

厄莉娅察觉到了现场的气氛，暗自希望能发生一场骚乱。传教士能应对这里的紧张局势吗？如果不能，他可能会就此死在这里。

"那个挑战我的教士！"传教士指着人群喝道。

*他知道！*厄莉娅想。一股寒气涌遍她的全身，传教士在玩一个危险的游戏，但他玩得很精彩。

"你，穿着便服的教士，"传教士喝道，"你是个为自满者服务的教士。我来不是为了挑战穆阿迪布，而是要挑战你！当你无须付出、无须承担任何风险时，你的宗教还是真的吗？当你依靠它发财时，你的宗教还是真的吗？当你以它的名义犯下罪行时，你的宗教还是真的吗？从原来的启示堕落到现在这样子，根源是什么？回答我，教士！"

但被挑战者保持着沉默。厄莉娅发现人群再次陷入了渴望听清传教士每个单词的状态中。通过攻击那个教士，他获得了他们的同情！而且，如果她的间谍是可靠的，那么厄拉科斯的大多数朝圣者和弗雷曼人都相信他就是穆阿迪布。

"穆阿迪布的儿子承担了风险！"传教士叫道，厄莉娅听出了他的声音中含有眼泪，"穆阿迪布也承担了风险！他们付出了代价！而穆阿迪布造就了什么？一个离他而去的宗教！"

*这些话如果从保罗的嘴里说出来会有什么不同？*厄莉娅问自己，*我必须调查清楚！*她向台阶靠近，其他人随着她一起移动。她穿过人群，来到一伸手就能摸到这位神秘先知的地方。她闻到了他身上沙漠的味道，一种香料和燧石的混合味道。传教士和年轻向导的身上满是灰尘，仿佛才从沙漠深处过来。她能看到传教士那两只暴露在蒸馏服之外的手上青筋暴绽，她还能看到他左手的一根手指上曾经戴过戒指，留下了痕迹。保罗就在那个手指上戴戒指：现保存于泰布穴地的厄崔迪之

鹰。如果雷托活着，有一天他会戴上这个戒指……如果她允许他登上宝座的话。

传教士再次将空洞的眼窝对准厄莉娅，低声说着，但声音仍旧传遍了整个人群。

"穆阿迪布给了你们两样东西：一个确定的未来和一个不确定的未来。他以他的意志对抗了大宇宙的不确定性，但他从他在这个世界的位置上瞎着眼离开了。他向我们展示了，人必须永远选择不确定性、远离确定性。"厄莉娅发现，最后陈述的语气竟变得像是在向大家祈求。

厄莉娅环顾四周，偷偷将手放在晶牙匕的刀把上。*如果我现在把他杀了，他们会怎么样？*她再次感到一阵寒意袭遍全身。*如果我杀了他，然后显示自己的身份，再宣布这位传教士是个冒名顶替的异教徒，会怎么样？*

但是如果他们能证明他就是保罗呢？

有人推着厄莉娅，她离传教士更近了。尽管她满怀难以遏制的愤怒，厄莉娅却发现自己同时被他的模样迷住了。他是保罗吗？她该怎么办？

"为什么又有一个雷托离开了我们？"传教士问道，他的声音中有真实的痛苦，"回答我，如果你有答案！哈，他们的信息很明确：抛弃确定性！这是生命最深处的呼喊。这是生命的意义所在。我们自身就是向未知世界、向不确定世界派出的探测器。为什么你们听不到穆阿迪布？如果未来的一切都变得确定，那么这世界就是经过伪装的死亡！这样一个未来会从现在起步，它必将来临！他展现给你们看了！"

凭借着可怕的方向感，传教士伸出手来，一把抓住厄莉娅的手臂。他行动时没有任何摸索或是迟疑。她想挣扎开，但他把她抓得生疼，冲着她的脸和她身后那些疑惑的面孔说道：

"保罗·厄崔迪是怎么对你说的，女人？"

他怎么知道我是个女的？ 她问自己。她想退回到体内的生命中，寻求他们的保护，但是她的内心世界沉寂得可怕，似乎被这个来自过去的形象催眠了。

"他告诉你：完美等于死亡！"传教士喝道，"绝对的预知幻象就是完美……就是死亡！"

她想掰开他的手指。她想拔出刀，把他砍倒在她眼前。但是她不敢。一生之中，她从未感觉到如此沮丧。

传教士抬起头，对着她身后的人群喊道："我给你们穆阿迪布的话！他说：'我要用你们想要逃避的东西来打你们的耳光。你们愿意相信的只是那些能使你们安逸的东西，我并不为此感到奇怪。否则，人类还怎么发明能让自己陷入平庸的陷阱？否则，我们怎么才能定义怯懦？'这就是穆阿迪布对你们说的话！"

他突然放开厄莉娅，把她推入人群。她差点摔倒在地，好在身后的人挡住了她。

"生存，就是要从人群中站出来，挺身而出。"传教士说道，"你不能被看作真正活着，除非你愿意冒险，让你自己的生存来检验你的心智。"

传教士往下走了一步，再次抓住厄莉娅的手臂——没有摸索，也没有犹豫。这一次，他温柔了些许。他前倾着身子，以只有她才能听到的声音说道："不要再次把我拖入人群，妹妹。"

随后，他把手放在年轻向导肩上，步入人群。人们为这对怪人闪开一条通道，并纷纷伸出手去触摸传教士，动作轻柔无比，仿佛害怕在那件沾满灰尘的弗雷曼长袍下摸到些什么东西。

厄莉娅一个人站在那里，陷入了震惊。人群已经跟随着传教士离去了。

她已经无比确定。他是保罗。没有疑问。他是她的哥哥。她的感觉和众人一样：她刚才站在了神的面前。现在，她的世界是一片混乱。她想跟着他，恳求他把自己从内心中解救出来，但是她无法移动。

当其他人跟随着传教士和他的向导远去之后，她只能犹如喝醉了一般站在这里，充满绝望。深深的绝望令她全身颤抖，无法控制自己的肌肉。

我该怎么办？我该怎么办？她问自己。

现在就连邓肯都不在她身边，她也无法依靠她的母亲。体内的生命保持着沉默。还有甘尼玛，被关押在重重把守的城堡内，但厄莉娅没有勇气去向双胞胎中活下来的那一位坦白自己的痛苦。

所有人都离开了我。我该怎么办？

有一种观点认为：你不应该关注极遥远处的困难，因为那些问题可能永远不会和你产生关系。你应该对付的是闯进你自己院子里的恶狼，院外的狼群也许根本不存在。

——摘自《阿扎之书》第一章，第四节

杰西卡在客厅的窗边等着艾达荷。这是间舒适的屋子，屋里放置着柔软的长沙发和老式的椅子。她的寓所内没有悬浮椅，墙上的球形灯是来自另一个时代的水晶。她的窗户位于二楼，正对着下面的花园。

她听见仆人打开房门，然后是艾达荷走在地板上的脚步声。她倾听着，却没有转过身来。她必须先压制住内心无声而又可怕的情绪波动。借助她接受过的普拉纳-宾度训练，她深深地吸了口气，感到情绪渐渐平静下来。

高悬在天空的太阳向花园中射下一束束光线，灰尘在光束中欢快地舞动。光束照亮了一张挂在菩提树枝丫间的银色蜘蛛网，高大的菩提树几乎快要遮住她的窗口。房间里很凉快，但是密闭的窗户外面，空气热得能使人发疯。整座科瑞诺城堡躲藏在这个炽热世界的绿荫中。

只听艾达荷在她身后停下脚步。

她没有转身，径自说道："语言意味着欺骗和幻觉，邓肯。为什么你想和我谈话？"

"我们两个中可能只有一个能活下来。"他说道。

"而你希望我能为你的所作所为说几句好话？"她转过身来，看到他平静地站在那里，用那对没有焦点的灰色金属眼睛看着她。它们看上去是多么空洞啊！

"邓肯，你担心自己在历史上的地位吗？"

她略带责备地说出这句话，并想起了另外一次她和这个男人针锋相对的场景。那时他受命监视她，但内心因此十分不安，在一次喝醉酒之后，他吐露了实情。但那是重生之前的邓肯。他已经不是那个人了。这个人的内心不会起冲突，不会受到折磨。

他的笑容证明了她的结论。"历史自会作出裁决，"他说道，"但我怀疑自己会不会对历史的裁决感兴趣。"

"你为什么来这儿？"她问道。

"和你来这儿的目的一样，夫人。"

她脸上并没有表现出听到这句话之后的震惊，但是内心却掀起了狂涛：他真的知道我来这儿的原因吗？只有甘尼玛知道。他取得了足够的数据来进行门泰特计算？有可能。一旦他把她供出来该怎么办？如果她把她来这儿的原因告诉他，他会去告发吗？他肯定知道，他们之间的所有谈话、所有行为都在法拉肯或是他仆人的密切监视之下。

"厄崔迪家族走到了一个痛苦的十字路口，"她说道，"家人开始自相残杀。你是对我公爵最忠诚的人，邓肯。当哈克南男爵——"

"我们不谈哈克南，"他说道，"那是另外一个时代的事。你的公爵也死了。"他暗自思索：难道她没猜到保罗已经发现了厄崔迪家族中有哈克南的血？对保罗来说，那可真是一大难关，但却使邓肯·艾达荷与这个家族的纽带更为紧密。保罗对他坦诚相告，所展现的那种信任是无法想象的。保罗知道男爵的人都对艾达荷做了些什么。

"厄崔迪家族还没有消亡。"杰西卡说道。

"厄崔迪家族是什么？"他问道，"你是厄崔迪家族吗？是厄莉娅吗？是甘尼玛吗？是那些为这个家族效劳的人吗？我看着这些人，他们每个人的痛苦都写在脸上！他们是厄崔迪吗？你儿子说得对：'我的追随者将无法摆脱痛苦与受压迫的命运。'我想摆脱这一切，夫人。"

"你真的加入了法拉肯那边？"

"你不也这么做了吗，夫人？你来这儿不就是为了说服他迎娶甘尼玛，然后解决所有的问题吗？"

他真这么想吗？她怀疑，他是说给那些暗中的监视者们听的？

"厄崔迪家族一直有一个核心理念，"她说道，"这你是知道的，邓肯。我们以忠心换忠心。"

"对人民尽忠效力。"艾达荷冷笑一声，"哈，我多次听到你的公爵这么说。看到现在的情形，他在坟墓中肯定躺得不安心，夫人。"

"你真的认为我们已经堕落到了如此地步？"

"夫人，你知道有弗雷曼反叛者吗？他们称自己为'沙漠深处的爵爷'，他们诅咒厄崔迪家族，甚至穆阿迪布本人。这你知道吗？"

"我听过法拉肯的报告。"她说道，不明白他究竟要将谈话引向何方，想说什么问题。

"比那更多，夫人。比法拉肯报告中提到的多得多。我自己就听过他们的诅咒。它是这么说的：'烧死你们，厄崔迪家的人！你们不再有灵魂，不再有精神，不再有身体，不再有皮肤、魔力和骨头，不再有头发、想法和语言。你们不会有坟墓，不会有家、墓穴和墓碑。你们不再有花园，不再有树木和灌木。你们不再有水，不再有面包、光明和火。你们不再有孩子，不再有家庭、继承人和部落。你们不再有头，不

298

再有手臂、腿和脚。你们在任何行星上都没有落脚之处。你们的灵魂将永远被锁于地底深处，永无超脱之日。你们永远都看不到夏胡鲁，你们将永远是生活在最底层的邪物，你们的灵魂将永无天日。'它就是这么说的，夫人。你能感受到弗雷曼人心中的仇恨吗？他们诅咒一切厄崔迪人，要让他们饱受地狱之火的煎熬。"

杰西卡一阵战栗。艾达荷无疑原封不动地把他听到的诅咒重复了一遍。为什么他要让科瑞诺家族知道这些？她能想象一个愤怒的弗雷曼人，扭曲着狰狞的面孔，站在他的部落前，咬牙切齿地念完了这个诅咒。为什么艾达荷要让法拉肯听到这一切？

"你这就为甘尼玛和法拉肯之间的婚姻提供了一个很好的理由。"她说。

"你总是从有利于你的角度来看问题。"他说道，"甘尼玛是弗雷曼人。而法拉肯呢，他的家族放弃了在宇联商会中所有的股份，转给了你的儿子和其继承人。只是因为厄崔迪的宽宏大量，法拉肯才得以活在世上。还记得你的公爵在厄拉科斯插下厄崔迪鹰旗时说的话吗？他说：'我来到这里，我将留在这里。'直到现在，他的骸骨仍然留在那里。如果法拉肯和甘尼玛结婚，他就会去厄拉科斯定居，带着他的萨多卡。"

一想到这种前景，艾达荷不由得连连摇头。

"有个古老的谚语说，解决问题就要像剥洋葱一样，一层层来。"她冷冷地说。*他怎么敢以这种态度对我？除非他是演给法拉肯的眼睛看的……*

"反正，我无法想象弗雷曼和萨多卡共享一个行星。"艾达荷说道，"这层皮不肯从洋葱上下来。"

艾达荷的话可能会引起法拉肯和他顾问的警惕。一想到这里，她冷冷地说："厄崔迪家族仍然是这个帝国的法律！"说完，她暗想：难道艾达荷是想让法拉肯相信，没有厄崔迪的帮助，他同样能登上宝座？

"哦，是的，"艾达荷说道，"我差点忘了。厄崔迪的法律！当然，但这个法律必须经过翻译的传达，而译者就是教会的教士。我只须闭上眼睛，就能听到你的公爵告诉我说，土地总是通过暴力取得和保有的。哥尼过去经常唱道，财富无处不在。但只要能达到获取财富的目的，随便用什么手段都无所谓吗？哦，也许我误用了谚语。也许无论公开挥舞的铁拳是弗雷曼军团还是萨多卡都无关紧要，将铁拳隐藏在厄崔迪的法律中也行——但铁拳就是铁拳。但就算这样，那层洋葱皮还是剥不下来，夫人。你知道吗，我在想的是，法拉肯需要的是什么样的铁拳？"

他在干什么？杰西卡想，科瑞诺家族会贪婪地吸收他的言论，并加以利用。

"所以你认为教会不会允许甘尼玛嫁给法拉肯？"杰西卡鼓起勇气问道，想看看艾达荷的言论会指向何方。

"允许她？上帝啊！教会会让厄莉娅做任何她决定的事。嫁给法拉肯完全是她自己的决定！"

这就是他这番话的目的吗？杰西卡暗忖。

"不，夫人，"艾达荷说道，"这不是问题所在。这个帝国的人民已经无法区别厄崔迪政府和野兽拉班之间的不同。在厄拉奇恩的地牢里，每天都有人死去。我离开是因为我无法再用剑为厄崔迪家族战斗了，哪怕只有一个小时！你不明白我在说什么吗？我为什么来找你这个厄崔迪家族的代表？厄崔迪帝国已经背叛了你的公爵和你的儿子。我爱你的女儿，但是我俩踏上了相反的道路。如果真的要联盟，我会建议法拉肯接受甘尼玛的手——或是厄莉娅的——但一定要满足他提出的条件！"

哈，他在表演正式从厄崔迪家族退出，她想。但他还谈到了其他事，难道他不知道他们在她身边安插了多少间谍装置吗？她怒视着他："你知道间谍在倾听我们的每一句谈话，是吗？"

"间谍？"他笑了起来，"我当然知道他们的存在。你知道我的忠诚是怎么改变的吗？很多个夜晚我独自一人待在沙漠中。弗雷曼人是对的，在沙漠中，尤其是在夜晚，你会体会到深思带来的危险。"

"你就是在那儿听到了对厄崔迪家族的诅咒？"

"是的。在阿尔－奥罗巴部落。在传教士的邀请下，我加入了他们，夫人。我们称自己为扎尔·萨督司，也就是拒绝服从教会的人。我来这儿是向厄崔迪家族的代表正式宣布，我退出了你的家族，加入了你们的敌人。"

杰西卡打量着他，想寻找暴露他内心的细节，但艾达荷身上完全没有任何地方能表明他在说谎，或他还隐藏着更深的计划。他真的投奔了法拉肯吗？她想起了姐妹会的格言：在人类事务中，没有什么能持久的，所有人类事务都以螺旋形式进化着，忽远忽近。如果艾达荷真的觉得厄崔迪家族已然失败了，这就能解释他最近的行为了。他离我们也是忽远忽近。她不得不开始考虑这种可能性。

但他为什么要强调他是受了传教士的邀请呢？

杰西卡的头脑飞速运转。考虑了各种选择后，她意识到自己或许该杀了艾达荷。她寄予希望的计划是如此精细，不能允许任何干扰。不能有干扰。艾达荷的话透露出他知道她的计划。她调整着他俩在房间里的相对站位，让自己占据了能发出致命一击的位置。

"不要轻举妄动。"他说。

艾达荷思考着为什么他能一眼识破她的动机。是因为她在隐居期间变得懈怠了吗？或是他终于打破了她的贝尼·杰瑟里特训练形成的甲胄？他感到后者是主要的原因，但她自己也有问题——随着年龄增大，她有些变了。新生的弗雷曼人也在发生变化，与老一代之间渐渐出现了轻微的差别。这种变化令他心痛。随着沙漠的消失，人类某些值得珍视的东西也随之消失。他无法描述心里这种感觉，就像现在他无法描述发生在杰西卡夫人身上的变化一样。

杰西卡盯着艾达荷，脸上满是惊奇的表情，她也没打算隐藏自己的反应。他这么轻易就看透她了？

"你不会杀了我，"他用弗雷曼式的警告语气说道，"不要让你的鲜血沾到我的刀上。"说完后他暗自思索着：在很大程度上，我变成了一个弗雷曼人。这给了他一种奇怪的感觉，意识到自己内心深处已经接受了这颗养育了他第二次生命的行星。

"我想你最好离开这儿。"她说道。

"在你接受我离开厄崔迪家族的辞呈之后。"

"我接受！"她恶狠狠地一个字一个字说道。说完之后她才意识到，在这场谈话中，她经历了一次纯粹的自省。她需要时间来思考和重新判断。艾达荷怎么会知道她的计划？她不相信他能借助香料的力量穿行时空。

艾达荷倒退着离开她，直到他感觉到门就在他身后。他鞠了一躬："我再称呼你一次夫人吧，以后我再也不会这么叫了。我给法拉肯的建议是赶紧悄悄地把你送回到瓦拉赫星系，越快越好。你是个十分危险的玩具，尽管我不认为他会把你看成一个玩具。你为姐妹会工作，而不是厄崔迪家族。我现在怀疑你是否为厄崔迪家族出过力。你们这些女巫隐藏得太深，凡人是无法信任你们的。"

"一个死而复生的人竟然认为自己是个凡人。"她打断他道。

“和你相比，我是。”他说道。

“马上离开！”她命令道。

“这也是我的愿望。”他闪身出了门口，经过一个目瞪口呆的仆人，显然他刚才一直在偷听。

结束了，他想，他们只能以那个原因来解读我的行为。

只有在数学领域，你才能体会到穆阿迪布提出的未来幻象的精确性。首先，我们随便假定一个宇宙的维度（这是个经典的理论，n个褶皱就代表n个维度），在这个框架下，正如我们通常的理解，时间也成了维度之一。把这应用到穆阿迪布的现象中，我们要么发现自己面临着时间所呈现的新的特性，要么认定我们正在研究的是组合在一个体系之内的许多独立系统。对穆阿迪布来说，我们假设后者是正确的。如同推算所展示的，n个褶皱在不同的时间框架内分离了。由此，我们得知单独的时间维度是存在的。这是无法拒绝的结论。然而穆阿迪布的幻象要求他能看到n个褶皱，不是分离的，而是处在同一个框架内。事实上，他将宇宙封闭在了其中一个框架中，这个框架就是他眼中的时间。

——摘自帕雷穆巴萨《在泰布穴地的讲课》

雷托躺在沙丘的顶部，观察着空旷的沙漠对面那块凸出地面的蜿蜒岩壁。它看上去就像一条躺在沙地上的巨大的沙虫，在早晨的阳光下显得既单调又深具威胁。那地方什么也没有。头顶上没有鸟儿飞翔，没有动物在岩石上奔跑。他看到了"沙虫"背部靠近中间的地方有捕风器的凹槽，那儿应该有水。岩石"沙虫"的外形与泰布穴地的屏障很相似，但在这个地方却看不到活物。他静静地躺在那里，隐蔽在沙子中，继续观察着。

哥尼·哈莱克弹奏的某支曲子一直在他的意识中回荡，单调地重复着：

> 山脚下狐狸在轻快地奔跑，
>
> 花脸的太阳放出耀眼光芒，
>
> 我的爱依旧。
>
> 山脚下的茴香丛中，我看到了爱人无法醒来，
>
> 他躺在了山脚下的墓地之中。

这地方的入口在哪儿？雷托心想。

他确定这地方就是迦科鲁图/芳达克，但除了没有动物的踪迹之外，这里还有其他一些不对劲的地方。他的意识中有东西在发出警告。

山脚下藏着什么？

没有动物是个不祥之兆。这引起了他弗雷曼式的警惕：要想在沙漠中生存下来，无动静往往比有动静传递了更多的信息。那儿有一只捕风器，那儿应该有水，还有喝水的人。这里是躲藏在芳达克这个名字之后的禁地，它的另一个名称已被大多数弗雷曼人所遗忘。而且，这里看不到一只鸟或是一只动物。

没有人类——然而金色通道却于此开始。

他的父亲曾经说过："每时每刻，未知都笼罩着我们，我们的知识便来自未知。"

雷托向右方望去，望着一座座沙丘的顶部。这儿最近刮过一场风

暴，露出了被沙子覆盖的阿兹拉卡的白色石膏质地面。弗雷曼人有个迷信，无论谁看到了这种被称为比言的白色土地，都能满足自己的一个愿望，但却可能被这个愿望所摧毁。但雷托看到的仅仅是石膏浅盆地，这块浅盆地告诉他，厄拉科斯曾经存在过露天水体。

而它有可能再一次出现。

他四下望去，想寻找任何活动的迹象。风暴过后的空气十分浑浊，阳光穿过空气，把一切都染上了一层奶白色。银色的太阳躲在灰尘幕布上方的某个高处。

雷托再次将注意力集中在蜿蜒的岩壁上。他从弗雷曼救生包中拿出双筒望远镜，调节好焦距，观察着灰色的岩石表面，观察着迦科鲁图人曾经居住过的地方。望远镜中出现了一丛荆棘，人们称这种荆棘为"夜之女王"。荆棘生长在一个裂缝处，那里可能就是穴地的入口。他沿着岩壁的纵长方向仔细观察。银色的阳光将红色岩壁照成了灰色，仿佛给岩石笼罩上了一层薄雾。

他翻了个身，背对迦科鲁图，用望远镜观察四周。沙漠中完全没有人类活动留下的踪迹，风已经淹没了他来时的脚印，只有他昨晚跳下沙虫的地方还留着依稀可见的弧线。

他再次看着迦科鲁图。除了捕风器，没有任何迹象表明人类曾经在这个地方生活过。而且，除了这块凸出地面的岩壁，沙漠上没有任何东西，只有连着天际的荒芜。

雷托突然感到自己之所以来到这里，是因为他拒绝被局限于祖先们遗留下来的系统。他想起了人们是如何看他的，他们的每一瞥都将他视为一个不应该出现的错误。只有甘尼玛不这么看他。

即使没有继承那一堆乱七八糟的记忆，这个"孩子"也从来不曾是一个孩子。

我们已经作出了决定，我必须承担随之而来的责任。他想。

他再次沿着纵长方向观察岩壁。从各种描述来看，这地方肯定就是芳达克，而且迦科鲁图也不可能躲藏在别处。他感到自己与这个禁地之间产生了奇怪的共鸣。以贝尼·杰瑟里特的方式，他向迦科鲁图敞开自己的意识，抛开一切成见。成见会阻碍学习。他给了自己一些时间来与之共鸣，不提任何要求，不提任何问题。

问题在于没有活着的动物，尤其令他担心的是，这儿没有食腐鸟——没有雕，没有秃鹰，也没有隼。即便其他生命都躲了起来，它们还是会出来活动。沙漠中的每个水源背后都有一条生命链，链条的末端就是这些无所不在的食腐鸟。到现在为止，还没有动物前来查看他的存在。他对这些"穴地的看家狗"非常熟悉，在泰布穴地悬崖边蹲守的鸟儿是最古老的殡葬者，随时等待着享用美食。弗雷曼人说它们是"我们的竞争者"。但他们并不反感食腐鸟，因为警觉的鸟儿通常能预告陌生人的到来。

要是芳达克甚至被走私徒都抛弃了，该怎么办？

雷托从身上的水管中喝了口水。

如果这地方真的没有水该怎么办？

他审视自己的处境。他骑了两条沙虫才来到此处，骑的时候还不断抽打它们，把它们累得半死。这里是沙漠的深处，走私徒的天堂。如果生命能在此处存在，它必须存在于水的周围。

要是这儿没有水呢？要是这儿不是芳达克/迦科鲁图呢？

他再次将望远镜对准捕风器。它的外缘已经被风沙侵蚀了，需要维护，但大部分装置还是好的，应该会有水。

万一没有呢？

在一个被遗弃的穴地内，水有可能泄露到空气中，也有可能损失在其他的不幸事故之中。为什么这里没有食腐鸟？为了取得它们的水而被杀了？是谁杀的？怎么可能全部被杀了呢？下毒？

毒水。

迦科鲁图的传说从来没有提及有毒的蓄水池，但这是有可能的。但如果原来的那群鸟被杀了，到现在难道不应该出现一群新的吗？传说盗水者伊督利早在几代之前就被消灭干净了，但传说中并没有提到过毒药。他再次用望远镜检查岩石。怎么可能除掉整个穴地呢？肯定有人逃了出来。穴地很少有所有人全都集中在一起的时候，总有人在沙漠中或城市里游荡。

雷托放下望远镜，叹了口气，放弃了。他沿着沙丘表面滑了下来，万分小心地将蒸馏帐篷埋在沙地里，隐藏他在这里留下的所有痕迹。他打算在这个地方度过最热的那段时光。躲入黑暗之中后，疲倦感慢慢控制了他。在帐篷的保护下，他整个白天都在打盹，或是想象自己可能犯下的错误。他吃了点香料点心，然后睡一会儿，醒来之后再喝点吃点，然后再睡会儿。来这里是一段漫长的旅途，对孩童的肌肉是个严酷的考验。

傍晚时分，他醒了，感觉彻底休息够了。他侧耳倾听着生命的迹象。他爬出帐篷。空气中弥漫着沙子，都吹向同一个方向。他能感到沙子都打在他的半边脸上，这是个明确的变天信号。他感到沙暴即将来临。

他小心翼翼地爬上沙丘顶部，再次看着那块谜一般的岩壁。空气是黄色的，这是死亡之风——大沙暴——即将降临的迹象。届时狂风将卷起漫天黄沙，范围能覆盖四个纬度。黄色的空气倒映在荒凉的石膏面上，使石膏的表面也变成了金黄色。但现在，异样宁静的傍晚仍笼罩着他。随后，白天结束了，夜幕降临了，沙漠深处的夜幕总是降临得这么快。在一号月亮的照耀下，那块岩壁变成了一串崎岖的山脉。他感到沙棘刺入他的皮肤。一声干雷响起，听上去仿佛是来自远方鼓声的回音。在月光与黑暗的交界处，他突然发现了一点动静：是蝙蝠。他能听到它们扇动翅膀的声音，还有细微的叫声。

蝙蝠。

不知是有意还是无意，这地方给人一种彻底的荒凉之感。它应该就是传说中走私徒的据点：芳达克。但如果它不是呢？如果禁忌仍然有效，这地方只有迦科鲁图鬼魂们的躯壳呢？他该怎么办？

雷托趴在沙丘的背风处，看着夜色一步步降临。耐心和谨慎——谨慎和耐心。他想了些消磨时间的法子，例如回顾乔叟[1]从伦敦到坎特伯雷的所见所闻，并由北向南列出他当时途经的城镇：两英里外的圣托马斯湿地、五英里外的德特福德、六英里外的格林尼治、三十英里外的罗彻斯特、四十英里外的西丁博、五十五英里外的伯顿、五十八英里外的哈勃当，然后是六十英里外的坎特伯雷。他知道这个宇宙中几乎没有人还能记得乔叟，或是知道除了在甘斯德星上的那个小村庄之外，还有另外一个地方也叫伦敦。想到这一点不禁令他有点得意。奥兰治天主教的书中提到过圣托马斯，但是坎特伯雷已彻底从人们的记忆中消失，就像它所在的那颗行星一样。这就是记忆带给他的沉重负担，体内每个生命都是一种威胁，随时可能接管他的意识。那次去坎特伯雷的旅行就是他体内生命的经历。

他现在的旅行更长，也更加危险。

他开始了行动，爬过沙丘的顶部，向着月光下的岩壁前进。他躲在阴影里，从沙丘顶部滑下，没有发出任何暴露踪迹的声音。

---

[1] 乔叟：1340—1400，英国诗人。

和每次风暴来临之前一样，空中的沙尘已经消失，只剩下晴朗的夜空。白天这地方没有动静，但是在黑暗中，他能听到小动物在飞快地跑动。

在两座沙丘之间的谷地，他碰到一窝跳鼠。看到他以后，跳鼠们立刻四散逃命。他在第二座沙丘顶部休息了一会儿，他的情绪一直被内心的焦虑困扰着。他看到的那条裂缝——是通道的入口吗？他还有其他一些担心：古老的穴地周围通常设有陷阱：插着毒桩的深坑、安在植物上的毒刺等。他觉得一条弗雷曼谚语非常适用于在他现在的处境：**耳朵的智慧在于夜晚**。他倾听着最细微的声音。

现在，他头顶之上就是灰色的岩壁。走近了看，它显得十分巨大。他倾听着，听到了鸟儿在悬崖上鸣叫，尽管看不到它在什么地方。那是日鸟发出的声音，但却传播在夜空中。是什么颠倒了它们的世界？人类的驯化？

突然间，雷托趴在沙地上，一动不动。悬崖上有火光，在夜晚黑色的幕布上跳着闪光的舞蹈，看样子是穴地向守卫在开阔地上的成员所发出的信号。谁占据着这个地方？他往前爬进悬崖底部阴影的最深处，一路上用手感觉着岩石，身子跟在后头，寻找着白天看到的裂缝。在爬出第八步的时候，他找到了它，随后从救生包中拿出沙地通气管。开始往里爬时，一团硬硬的东西缠住了他的肩膀和手臂，令他动弹不得。

藤条陷网！

他放弃了挣扎，这样做只会使陷网缠得更死。他松开右手手指，扔下通气管，想去拔挂在腰间的刀。他觉得自己太幼稚了，竟然没有在远处先向那条裂缝里扔点东西，看看有什么危险。他的注意力都集中在悬崖上的火把上了。

每个轻微的动作都导致藤条陷网缚得更紧，但他的手指最终还是摸到了刀把。他握紧刀把，开始把刀慢慢抽出。

一阵闪光围住了他。他蓦地停下一切动作。

"哈，我们抓住了好东西。"雷托身后响起了一个浑厚的声音，不知为什么，他觉得自己很熟悉这个声音。雷托想扭过头去，但他意识到如果真这么做，藤条能轻易地把他的骨头挤碎。

没等他看清对方，一只手伸了过来，拿走了他的刀。随后，那只手熟练地在他身上上下搜索，搜出各种他和甘尼玛准备用以逃生的小工具。搜身者什么也没给他留下，甚至包括他藏在头发里的释迦勒索。

雷托还是没能看到这个人。

那只手在藤条陷网上摆弄了几下，雷托感到呼吸顺畅了许多，但是那人警告道："不要挣扎，雷托·厄崔迪。你的水还在我的杯子里。"

雷托极力控制住自己的情绪，说道："你知道我的名字？"

"当然！人们设置陷阱是有目的的。我们已经选好了猎物，不是吗？"

雷托保持着沉默，但他的脑海却在激烈地翻腾。

"你觉得自己被出卖了！"那个浑厚的声音说道。一双手扶着雷托转了个身，动作虽然温柔，却显得很有力量——这个成年人正在告诉孩子，他逃跑的概率不高。

雷托抬起头，借助火把发出的光亮，看到了一张戴着蒸馏服面罩的脸的轮廓。眼睛适应了光线之后，他分辨出了那个人脸上露出的深色皮肤，还有一双香料极度成瘾之后的眼睛。

"你想不通我们为什么要费这么大劲来设计这个圈套。"那个人说道。声音从面罩覆盖着的下半边脸那里传来，腔调很怪，他仿佛在刻意隐藏自己的口音。

"我很早以前就不再去想为什么这么多人想要杀死厄崔迪双胞胎了，"雷托说道，"他们的理由太明显了。"

说话的同时，雷托的脑子一直在飞快地运转，搜索着问题的答案。这是个诱饵？但除了甘尼玛还有谁知道他的计划呢？不可能！甘尼玛不会出卖自己的哥哥。那么会不会有人对他非常了解，能够猜测到他的行动呢？是谁？他的祖母？她会吗？

"你不能再照着原来的样子继续生活下去，"那个人说道，"在登上皇座之前，你必须先接受教育。"没有眼白的眼睛看着他，"你在想，有谁能有资格来教育你？你在记忆中存储了几乎无限的知识。但这正是问题所在，你明白吗？你认为自己受到了教育，但你只不过是个死人的仓库罢了。你甚至没有自己的生命。你只是其他人的工具，他们的目的只有一个——寻求死亡。一个寻求死亡的人不是一个好的领袖。你的统治将尸横遍野。好比你的父亲，他就不懂得……"

"你胆敢以这种口气谈论他？"

"我已经这么说过好几回了。说到底，他不过只是保罗·厄崔迪而已。好了，孩子，欢迎来到你的学校。"

那个人从长袍底下伸出一只手来，碰了碰雷托的脸颊。雷托感到自己的身体摇晃了几下，慢慢坠入了黑暗。一面绿色的旗帜在黑暗中挥舞，那是一面绣有厄崔迪家族白天和黑夜标志的绿旗。在失去知觉之前，他听到了悦耳的流水声。或者是那个人的嘲笑声？

我们仍然记得海森堡[1]之前的美好时光。正是海森堡向人类指明了一道围墙，将我们所有有关宿命、命定的争论全部圈在其中。我体内的生命觉得这很有趣。你想想，如果人类并无命中注定的目的，知识就成了无用之物，但正是因为知识，我们才发现了困住我们的高墙。

——摘自哈克·艾尔-艾达的

《雷托·厄崔迪二世：他的声音》

厄莉娅在神庙休息室内斥责着面前的卫兵。他们共有九个人，穿着满是灰尘的野外巡逻队绿色军服，还在喘着粗气，浑身流着臭汗。午后的阳光从他们身后的门外照射过来。这地方已经看不到朝圣者了。

"我的命令对你们不起作用？"她问道。

她沉浸在自己的愤怒中，没有去压制它，而是让它全部散发出来。她的身体由于愤怒而颤抖不已。艾达荷离开了……杰西卡夫人……没有报告……只有谣言说他们在萨鲁撒。为什么艾达荷不传个消息回来？他都干了什么？他知道贾维德的事了吗？

---

[1] 海森堡：1901-1976，德国量子物理学家，测不准原理的提出者。

厄莉娅穿着黄色的厄拉奇恩丧服，黄色在弗雷曼中代表着燃烧的太阳。再过一会儿，她将带领着治丧队伍第二次，也是最后一次前往灵堂，去完成她死去侄儿的墓志铭。整个活动将于今晚结束，向原本要成为弗雷曼人领袖的雷托致以最后的敬意。

教会的卫兵们在她的愤怒面前似乎无动于衷。他们站在她面前，背后的光线勾勒出他们的轮廓。他们身上排泄物散发的味道能轻易地与城市居民蒸馏服仿制品内的轻微气味分别开来。他们的队长是个金发高个子，斗篷上绣着卡德拉姆家族的标记。为了能更清楚地说话，他摘下了蒸馏服面罩。他的语气中带着阿布穴地统治家族后裔的傲慢。

"我们当然想抓住他！"这个人显然对她的指责感到很恼火，"他亵渎了教会！我们知道你下过不许行动的命令，但我们亲耳听到了他的亵渎！"

"但是你们失败了。"厄莉娅低声责备道。

另一个卫兵，一个矮个子年轻女人，想为自己辩护："那儿的人太多了！我敢发誓，群众在干扰我们。"

厄莉娅沉下脸："为什么你们不能服从我的命令？"

"夫人，我们……"

"卡德拉姆的子孙，如果你抓了他，发现他真的是我哥哥，你会怎么办？"

队长咽了口唾沫，说道："我们必须杀死他，因为他带来了混乱。"其他人吓了一跳。他们都清楚自己听到了什么。

"他号召部落联合起来反对您。"卡德拉姆说道。

厄莉娅已经明白了该如何对付他。她轻声道："我懂了。你摆明了自己的身份，试图公开逮捕他——说明你愿意牺牲自己，也必然牺牲自己。"

"牺牲自己……"他没有把话说完，而是瞥了他的同伴一眼。作为队长，他有权像刚才那样代表大家说话。但从他的表情看，他情愿刚才没有开口。其他卫兵变得不安起来。在方才的抓捕行动中，他们公然挑战了厄莉娅的权威。直到这时，他们才意识到蔑视"天堂之母"的后果。带着明显的惶恐，卫兵们与他们的队长拉开了一段距离。

"为了教会的利益，我们官方的反应将会非常强烈。"厄莉娅说道，"你明白这一点，是吗？"

"但是他……"

"我本人也听了他的演讲，"她说道，"但这是个特殊情况。"

"他不可能是穆阿迪布，夫人！"

你知道得太少了！她想。随后她开口说道："我们不能冒险在公众场合逮捕他，不能让其他人看到我们伤害他。当然，如果机会合适的话……"

"这些天，他的身边总是围着很多人！"

"那么你恐怕得耐心了。当然，如果你拒绝服从我……"她没有说出后果，而是让他们自己去体会。卡德拉姆是个有野心的人，摆在他面前的是一条飞黄腾达之路。

"我们没想冒犯您的权威，夫人，"这个人终于控制住了自己，"现在我懂了，我们当时太冲动。请原谅我们，但是他……"

"什么也没发生，也没什么需要原谅。"她用常用的弗雷曼客套语说道。这是部落用来保持和平的方法之一，而从这位卡德拉姆的年龄来看，他应该能听懂这句话的含义。他的家族曾长时间担当部落首领。内疚感是耐布的鞭子，应当尽量少用。为了免除自己的内疚感，弗雷曼人会竭力效劳。

他低下头，表示理解了她的意思："为了部落，我懂。"

"下去休息一下，"她说道，"治丧游行将在几分钟后开始。"

"遵命，夫人。"他们急匆匆地离开了，并为能从这次事件中全身而退感到庆幸。

厄莉娅的脑海中响起一个低沉的声音：哈，你处理得十分得体。他们中有一两个仍然认为你想要杀掉那个传教士。他们会找到机会的。

"闭嘴！"她嘘了一声，"闭嘴！我真不应该听你的！看看你都干了什么……"

我让你走上获取不朽功名之路。低沉的声音说道。

她感觉到声音在她颅内回响，像隐隐传来的疼痛。她想：我能躲在什么地方？无处可藏！

甘尼玛的刀很锋利，男爵说道，记住这一点。

厄莉娅眨了眨眼睛。是的，是该记住。甘尼玛的刀很锋利。那把刀或许能打破他们现在的困境。

如果你相信某句话，那么你就相信了话中的观点。当你相信某个观点是对的或错的，是正确的或是谬误的，那么你就相信了观点背后的假设。这些假设通常有很多漏洞，但是对于那些相信它们的人来说，这些假设仍然弥足珍贵。

——摘自哈克·艾尔-艾达的《先知书》

雷托的意识在无数刺鼻的气味中飘浮着。他闻出了美琅脂浓郁的肉桂味、活动的身体上焐出来的汗味、敞开的亡者蒸馏器发出的酸味、扬尘散发出的燧石味。气味在沙漠中留下了踪迹，在死亡之地形成了一片浓雾。他知道这些气味能告诉自己一些东西，但是他朦胧的意识却分辨不出。

各式想法如同鬼魅般掠过他的脑海：此时此刻，我没有固定的形态。我是我所有的祖先。坠入沙漠的落日就是我的灵魂。我体内的生命曾经是那么强大，但现在一切已结束。我是弗雷曼人，我将拥有弗雷曼式的结局。金色通道还未开始就已然结束。它什么都不是，只是风吹过的痕迹。我们弗雷曼人知道所有隐藏自己的诀窍：我们没有脸，没有水，没有痕迹……现在，看着我的痕迹消失吧。

一个浑厚的声音在他耳边响起："我能杀了你，厄崔迪。我能杀了你，厄崔迪。"声音不断重复，直到它丧失了意义，只剩下声音本身重复于雷托的梦中，仿佛是一段冗长的祷词："我能杀了你，厄崔迪。"

雷托清了清嗓子，感到枯燥的声音冲击着他的意识。他干渴的喉咙勉强发出了声音："谁……"

他身后有个声音说道："我是个觉醒的弗雷曼人。你们抢走了我们的上帝，厄崔迪。我们为什么要关心发臭的穆阿迪布？你们的上帝死了！"

是真的声音，还是他梦中的幻想？

雷托睁开双眼，发现自己已经被松了绑，正躺在一张坚硬的小床上。他抬眼看到了岩石、朦胧的球形灯，还有一张没有戴面罩的脸。那张脸离他如此之近，他甚至能闻到对方嘴里呼出的、熟悉的穴地食物的味道。那是一张弗雷曼人的脸，深色的皮肤、凸出的棱角、缺乏水分的肌肉。这不是个肥胖的城市佬，而是个沙漠中的弗雷曼人。

"我是纳穆瑞，贾维德的父亲。"弗雷曼人说道，"你现在认识我了吗，厄崔迪？"

"我认识贾维德。"雷托声音沙哑地说道。

"是的，你的家族知道我儿子。我为他骄傲。很快，你们厄崔迪人对他的认识将更进一步。"

"什么……"

"我是你的老师之一，厄崔迪。我只有一个作用：我是要杀你的人。我很高兴这么做。在这个学校，要想毕业就得活着。失败就意味着落在我的手里。"

雷托听出了他话中的真意，他打了个寒战。这是个人类戈姆刺，一个残暴的敌人，以测试他是否有权进入人类的阵营。雷托从中觉察到了他祖母的影子，以及在她身后无数的贝尼·杰瑟里特。他琢磨着这个想法。

"你的教育从我这儿开始，"纳穆瑞说道，"这很公平，而且很合适。因为你很可能过不了我这一关。现在，听好了。我的每句话都关系到你的生命。我的一切都与你的死亡有关。"

雷托环顾屋子四周的岩壁，单调——只有一张小床、朦胧的球形灯和纳穆瑞身后黑暗的通道。

"你逃不掉的。"纳穆瑞说道。雷托相信他的话。

"你为什么要这么做？"雷托问道。

"我已经解释过了。想想你自己脑子里的计划！你在这儿，无法把未来融入到现在的状况中。现在和未来，这两者无法走到一起。但是如果你了解你的过去，真正了解你的过去，而且回到过去看看自己去了哪些地方，或许你就会找到原因。如果找不到，你的死期也就到了。"

雷托注意到纳穆瑞的语气并不是那么凶恶，却非常坚定，而且的确透露着死亡的气息。

纳穆瑞仰头看着岩石顶壁："以前，弗雷曼人在黎明时脸朝着东方。依欧思，知道这个词吗？在某种古老语言中是黎明的意思。"

雷托带着苦涩的自豪说道："我会说那种语言。"

"你没有认真听我说话。"纳穆瑞说道，冰冷的语气仿佛刀锋般锐利，"夜晚是混乱的时间，白天意味着秩序。你能说的那种语言里是这么说的：黑暗——混乱，光明——秩序。我们弗雷曼人改变了它。依欧思是不受我们信任的光明。我们喜欢月光，或是星光。光明代表了太多的秩序，会带来致命的后果。你看到了厄崔迪家族都干了哪些依欧思了吗？人类只能生长于能保护他们的光线之下。太阳是我们在沙丘上的敌人。"纳穆瑞的目光直视雷托，"你喜欢什么光明，厄崔迪？"

根据纳穆瑞的姿态，雷托感到这个问题隐含着深意。如果他答错了，这个人会杀了他吗？雷托看到纳穆瑞的手安详地垂在光滑的晶牙匕鞘旁边。他持刀的手上戴着个龟形戒指，反射着球形灯的光芒。雷托放松身体，用手肘撑住身体，脑海中思索着弗雷曼的信仰。那些老弗雷曼人，他们相信戒律，喜欢用比喻的手法阐释戒律。月光？

"我喜欢……真理的光明。"雷托道，并观察着纳穆瑞细微的反应。那人显得很失望，但他的手离开了晶牙匕。"这是最完美的光明，"雷托继续道，"人类还会喜欢其他光明吗？"

"你说话的样子像在机械地背书，而不是真的相信这些话。"纳穆瑞说道。

雷托想：*我的确是在背书*。但此刻，他已经开始觉察到纳穆瑞想法的流动，觉察到他的话语是如何被过去经受的训练所过滤的。数以千计的谜题被纳入了弗雷曼人的训练，雷托不得不将注意力转向它们，让一些样本通过他的头脑："谜面：安静。谜底：捕猎之友。"

纳穆瑞点了点头，仿佛他也有着这样的想法："有一个岩洞，对弗雷曼人来说，那是生命之源。那是一个真实存在的岩洞，躲藏在沙漠里。夏胡鲁，所有弗雷曼人的祖先，封死了那个洞。我的叔叔兹迈德把这一切告诉了我，他从来没有对我撒谎。那个岩洞确实存在。"

纳穆瑞说完之后，雷托感到了沉默中的挑战。*生命岩洞？*"我的叔叔斯第尔格也曾跟我说过那岩洞，"雷托说道，"它被封住是为了防止懦夫躲在里头。"

纳穆瑞纯蓝的眼睛反射着球形灯光。他说道："你们厄崔迪会去打开那个岩洞吗？你们想用政府来控制生命。告诉我，厄崔迪，你们的政府有什么问题？"

雷托坐了起来，意识到自己已经完全陷入了纳穆瑞这种文字游戏，游戏的赌注就是他的生命。从那个人的神情可以看出，只要听到一个错误答案，他就会拔出他的晶牙匕。

纳穆瑞仿佛看穿了雷托的想法："相信我，厄崔迪，我是个冷血的杀手。我是铁锤。"

雷托听懂了。

纳穆瑞将自己视为迈兹巴，手拿铁锤，击打那些无法回答天堂的提问，因而无法进入天堂的人。

厄莉娅和她的教士们所创造的中央政府有什么问题？

雷托想起自己为什么会进入沙漠，他内心顿时生出了希望。金色通道仍有可能出现在他的宇宙中。纳穆瑞的问题不正是驱使他进入沙漠的动机吗？

"只有上帝才能指明方向。"雷托说道。

纳穆瑞盯着雷托。"你真的相信你说的话吗？"他问道。

"这就是我来到这里的原因。"雷托说道。

"寻找出路？"

"为了我自己。"雷托将脚搁在小床边的地上。岩石地上没有铺地毯，感觉很冷。

"你说的话倒像个真正的反叛者，"纳穆瑞说道，摩挲着手指上的龟形戒指，"我们走着瞧。再次听好了。你知道佳佳鲁德-丁那地方的屏蔽场城墙吗？那山上刻有我祖先早年留下的印记。贾维德，我的儿子，看过这些印记。阿布第·加拉，我的侄子，也看过。在沙暴季，我和我的朋友亚卡普·阿布德从那座屏蔽场城墙上下来。风干燥炎热，和教会我们跳舞的旋风一样。我们没有花时间去看那个印记，因为沙暴挡住了我们的去路。但是，当沙暴平息后，我们看到棕色的沙地上空出现了塔塔的影像。萨科·阿里的脸也出现了一阵子，向下看着他的坟墓城市。影像很快消失了，但我们的确看见了。告诉我，厄崔迪，我在什么地方能找到那个坟墓城市？"

教会了我们跳舞的旋风，雷托思索着，塔塔和萨科·阿里的影像。只有禅逊尼流浪者才用这些词汇，他们认为只有自己才是真正的沙漠人。

还有，弗雷曼人是禁止拥有坟墓的。

"有一条通道是所有人必须走过的，坟墓城市就在它的终点。"雷托说道。随后，他借用了一段禅逊尼的祝词："它位于一个一千步见方的花园内。花园里有一条长两百三十三步、宽一百步的走廊，走廊上铺着产自斋浦尔古城[1]的大理石。花园里住着一个名叫阿-拉齐兹的人，他为所有有需要的人准备好食物。当审判日降临，那些动身寻找坟墓城市的人将一无所获。因为书上已经写了：'你在这个世界上知道的东西将不可能在别的世界中找到。'"

"你又在背书了，你自己根本不相信。"纳穆瑞讥笑道，"但是我可以接受，因为我认为你知道自己为什么要上这儿来。"他的唇间又露出一丝冷笑，"我给你一个临时的未来，厄崔迪。"

雷托仔细端详着这个人。这是个问题吗，伪装成陈述句的问题？

"好！"纳穆瑞说道，"你的意识已经准备好了。我已经往家里放飞了巴巴里鸽。还有一件事，你听说过卡迪什城里的人在使用蒸馏服仿制品吗？"

纳穆瑞等待着回答，而雷托则在费力地猜测着他的用意。模拟蒸馏服？他们在很多行星上都已流行开来。

他说道："卡迪什浮夸的习气早已出名。聪明的动物知道适应环境。"

---

[1] 斋浦尔：印度西北部城市，位于德里西南以南，建于1727年，曾是12世纪建立的古国的中心。

纳穆瑞缓缓点了点头，说道："那个抓住你，把你带到这里来的人马上要来见你。别想从这地方逃走，你会因此而送命。"说完，他转身走入黑暗的通道。

他离开后很长一段时间里，雷托一直盯着那个通道。他能听到那里有声音，是当值卫兵在小声地说话。纳穆瑞所说的那个有关幻影的故事一直停留在他脑海里。他走了这么远的路，终于来到这里。现在，这个地方不是迦科鲁图/芳达克已经不重要了。纳穆瑞不是走私徒。他显然比他们更有趋势，而且他玩的这个游戏中有杰西卡的影子。纳穆瑞走的那条通道是这间屋子唯一的出路，屋子外面是个陌生的穴地——还有穴地外的沙漠。沙漠中的严酷、幻影和无尽的沙丘构成了陷阱的一部分，困住了雷托。他可以再次穿越沙漠，但是逃亡将把他带到何处？这个想法如同一摊臭水，无法解救他的饥渴。

在传统思维模式中，时间是线性发展的。因此，人类考虑任何问题都要遵循先后次序，并且用语言将自己的问题描述出来。由于这个心智缺陷，人类所谓的效力、后果，其有效范围都非常短暂。于是，在应对危机时，人类永远措手不及，毫无准备。

——摘自列特-凯恩斯的《厄拉科斯工作日志》

语言与行动，二者必须同时齐发，杰西卡提醒着自己。她集中注意力，使自己的头脑为即将到来的交锋做好准备。

现在刚过早餐时间，她从窗户中看出去，萨鲁撒·塞康达斯上的金色太阳才爬到花园的围墙上。她精心挑选了服装：带有兜帽的黑色圣母长袍，金色的厄崔迪家族鹰冠在长袍下摆、两个袖口处形成一圈花边。杰西卡背对窗户站好，仔细理了理长袍的衣褶，左臂横放在小腹上，突出袖口的鹰冠图形。

法拉肯注意到了厄崔迪的标志，踏进屋子的同时还对此作了一番评论，并没有表现出愤怒或是惊讶的样子。她发现他的话中带着一丝好玩的语气，不禁感到有些奇怪。他穿了一套黑色的紧身连衣裤，这是他的建议。按照她的示意，他在绿色矮沙发上坐了下来，轻松地把右臂搭在靠背上。

为什么，为什么我会信任她？他问自己，**她毕竟是个贝尼·杰瑟里特女巫啊！**

杰西卡观察着他放松的身体和脸上的表情，笑了笑，说道："你信任我，是因为你知道我们做了一笔很不错的交易，而且你想学习我能教你的东西。"

她看到他不快地皱了皱眉头，摆了摆左手，解释道："不，我不会读心术。我只观察脸、身体、态度、语气，还有手臂的姿势。一旦学会了贝尼·杰瑟里特的方法，任何人都能做到这一点。"

"你会教给我？"

"我相信你读过关于我们的报告。"她说道，"报告中提到过我们无法有兑现诺言的时候吗？"

"没有，但是……"

"我们能够生存下来，部分原因是人们对我们的承诺有完全的信心。这一点到目前为止还没有改变。"

"听上去很有道理，"他说道，"我都等不及了。"

"我觉得很奇怪，你从来没有向贝尼·杰瑟里特姐妹会申请一位教师。"她说道，"只要你提出申请，他们会立即抓住这个机会，好让你欠他们一个人情。"

"我向母亲提过，但她从来就不听我的。"他说道，"但是现在……"他耸了耸肩，暗示对文希亚的流放已经执行了，"我们可以开始了吗？"

"如果你能在几年开始，那就更好了。"杰西卡说道，"以你现在的年纪，学起来会有些困难。刚开始时你必须特别耐心，非常耐心。我希望你不会觉得付出这种代价不值得。"

"只要得到你的许诺的好处，不会。"

他的话中有真诚，有期待，也有敬畏，她听出来了。他准备好了。她说道："耐心的艺术——从基本的腿部、手臂和呼吸方面的龟息训练开始。以后我们再来注意手形和手指的问题。准备好了吗？"

她在面对他的一张凳子上坐下。

法拉肯点了点头，脸上保持着期待的神情，以此掩盖内心突发的恐惧。泰卡尼克警告过他，说杰西卡夫人的承诺中肯定有姐妹会酝酿已久的鬼把戏。"她再一次抛弃了她们或是她们抛弃了她之类的鬼话，你绝对不能相信。"法拉肯勃然大怒，结束了他们的争论。但刚一发火，他立即后悔了。有了这种情绪变换，他现在觉得泰卡尼克的话也有几分道理。法拉肯瞥了一眼屋内。屋角饰品上的宝石发着柔和的光。但闪光的并不一定是宝石，还有精心伪装的监视器。屋子内发生的一切都会被记录下来，然后，会有才华横溢的聪明人分析每一个细微的表情、每句话、每个动作。

看到他的视线后，杰西卡笑了，但没有表明她知道他心里都在想什么。她说道："要学习贝尼·杰瑟里特式的耐心，你必须首先意识到我们这个宇宙的本质是无常。我们将自然称为最终极的不确定状态，包括自然的一切内容、一切行为。为了打开你的眼界，让你体会到自然的变化方式，你必须伸直双臂，与胸齐平。看着你的双手，首先是手心，然后是手背。然后观察手指，前面和后面。开始做。"

法拉肯照着做了，但是觉得自己傻里傻气的。这两只都是他自己的手，他很熟悉它们。

"想象你的手变老了，"杰西卡说道，"它们必须在你眼前变得非常老，非常非常老。注意皮肤有多干燥……"

"我的手不会变。"他说道。他上臂的肌肉已经开始有点颤抖。

"继续盯着你的手。把它们变老，想变多老就变多老。当你看到它们变老之后，颠倒整个过程，让你的手再次年轻起来。要尽量做到能随意地把它们变成婴儿或是老人的手，变过来，再变过去。"

"它们不会变！"他抗议道。他的肩膀开始疼了。

"集中注意力，你的手会发生变化的。"她说道，"专心，想象时间的流逝：从婴儿到老人，从老人到婴儿。你可能会花上几个小时、几天、几个月。但你能做到。反转这个变化流程的目的是让你看到，一切事物都是某个不断旋转，又保持着相对稳定的系统……只是相对的稳定。"

"我还以为我要学的是耐心。"她听出了他话中的气愤，还有一丝沮丧。

"相对的稳定，"她说道，"有了这种信念，你就能运用自己的想象力，在实际中看到所发生的变化。目前，你只有非常有限的方法来观察这个宇宙。而现在，你必须把宇宙当成你自己的造物。这样一来，你就能掌握任何相对的稳定，使之为你所用。"

"你刚才说这个阶段要花多长时间？"

"耐心。"她提醒着他道。

他的嘴角浮出一丝苦笑。他将目光转到她身上。

"看着你的双手。"她喝道。

苦笑消失了。他的目光重新集中到伸出的双手上。

"要是我手臂累了该怎么办？"他问道。

"不要说话，集中注意力。"她说道，"如果你觉得很累，停下来休息几分钟，然后重新开始练习。你必须坚持下去，直到成功为止。现在这个阶段比你想象的重要得多。学会这一课，否则其他课程无法开始。"

法拉肯深深吸了一口气，咬住嘴唇，盯着他的双手。他慢慢地翻转它们：正面、背面、正面、背面……什么也没改变。

杰西卡站起身，走向唯一的房门。

他开口发问，注意力并没有的从他的双手移开："你去哪儿？"

"如果你一个人待着，练习效果会更好一些。我大概会在一小时后回来。耐心。"

"我知道！"

她观察了他一会儿。他看上去是那么专注。她不禁心头一痛——他让她想起了自己已经失去的儿子。她叹了口气，说道："等我回来以后，我会教你做一些放松肌肉的练习。要有耐心。你会为你的身体和感官所发生的变化而感到惊讶的。"

她离开了房间。

她步入走廊，卫兵们立即出现，跟在她三步远的地方。他们内心的敬畏和害怕写在脸上。他们是萨多卡，多次听说过她的威力。在厄拉科斯上他们被弗雷曼人打败的故事中，她是主角之一。这个女巫是弗雷曼人的圣母，又是一个贝尼·杰瑟里特，一个厄崔迪人。

杰西卡向身后瞥了一眼，看到了他们严肃的面容，一列列排着，像专门为她设计的一行行里程碑。她走到楼梯口，下楼，穿过又一条过道，来到她窗户下的花园中。

现在只求邓肯和哥尼能完成他们的那部分任务了。她一边感觉着脚下的沙砾，一边想。阳光透过丛丛绿叶，照进花园。

完成下一步的门泰特教育之后，你就能学到整合、联系的方法了。到那时，你的心智便会彻底贯通，你的意识能够全面处理数据的各条通路，并以你早已掌握的门泰特分类技能处理极度复杂的海量输入数据。一开始处理某个特定问题时，你会很难摆脱因为细节和数据之间的分歧而产生的紧张情绪。要警惕！如果没有掌握门泰特的整合、联系的方法，你会陷入互不相干的数据之中，难以自拔。这就是所谓巴比伦[1]困境。我们用这个名称来表示无处不在的整合风险，即，信息是正确的，组合这些信息的过程中却出现了错误。

——摘自《门泰特手册》

织物摩擦的声音使雷托惊醒过来，像在黑暗中迸出一簇簇火花。他惊奇地发现自己的感觉竟变得如此敏锐，一下子就从声音上分辨出了织物的质地：声音是由一件弗雷曼长袍和粗糙的门帘相互摩擦发出的。他转身对着声音传来的地方。它发自那条黑暗的通道，几分钟前纳穆瑞就是从那儿离开的。转身的同时，他看到有人走了进来。是那个抓住他

---

[1] 巴比伦：出自圣经故事。为阻止人类建立可以直达天国的巴比伦塔，上帝混淆人类的语言，使他们无法相互沟通。

的人：蒸馏服面罩上方露出同样的深色肌肤、同样的一对灼热的眼睛。那个人一只手伸进面罩，从鼻孔中拔出贮水管然后拉下面罩，同时也掀开兜帽。甚至在发现他下颌处的墨藤鞭印之前，雷托就认出了他。他认出这个人完全是个下意识行为，之后，对方面貌的细节才进入雷托的意识，作为事后的确定。没错，这位大个子，这位行吟诗人，正是哥尼·哈莱克。

雷托将双手握成了拳头，压下认出对方带来的震惊。厄崔迪家族的家臣中，没有人比哥尼更忠诚，没有人比他更擅长屏蔽场格斗搏击。他是保罗值得信赖的朋友和老师。

他是杰西卡夫人的仆人。

雷托的脑海中思索着此次重逢背后的故事，哥尼是抓捕他的那个人。哥尼和纳穆瑞同在这次阴谋中，杰西卡的手在背后操纵着他们。

"我知道你已经见过了我们的纳穆瑞。"哈莱克说道，"请相信我，他有且只有一个职责：如果有必要，他是唯一能下手杀死你的人。"

雷托不假思索地用他父亲的声音回答道："你加入了我的敌人阵营，哥尼！我从未想过……"

"不要在我身上试这种把戏，年轻人，"哈莱克说道，"它们对我不起作用。我听从你祖母的命令。对你进行教育的详细计划已制订完毕。是我挑选了纳穆瑞，但是得到了她的赞同。接下来的事，不管痛苦与否，都是她安排的。"

"她都安排了什么？"

哈莱克从长袍的褶子里亮出一只手，手上拿着个弗雷曼注射器，样子原始却很有效。透明的管子里盛着蓝色的液体。

雷托在小床上向后挪去，后背碰到了岩壁。纳穆瑞走了进来，站在哈莱克身旁，两人一起堵住了唯一的出口。

"我看你已经认出这是香料萃取物了。"哈莱克说道，"你必须经历沙虫幻觉，否则，你父亲作出了尝试而你却没有，这个问题将困扰你的一生。"

雷托无言地摇了摇头。就是这种东西，甘尼玛和他都知道这玩意儿可能会毁了他们。哥尼真是个无知的笨蛋！但杰西卡夫人怎么能……雷托感觉到了存在于记忆中的父亲，父亲涌入他的意识，试图摧毁他的反抗意志。雷托想大声怒喝，但双唇却无法动弹。这是他最害怕的东西，这种恐惧是语言无法描述的。这是入定状态，这是预知未来，将它固化，让它的恐惧吞没自己。杰西卡显然不可能下令让自己的孙子经历这种考验，但她的存在却浮现在他的意识之中，压迫着他，用种种理由说服他接受这个考验。就连应对恐惧的祷词也成了毫无意义的低语："我绝不能恐惧。恐惧是思维杀手。恐惧是带来彻底毁灭的小小死神。我将正视恐惧，任它通过我的躯体。当恐惧逝去，我会打开心眼，看清它的轨迹。恐惧所过之处，不留一物，唯我独存。"

卡尔迪亚王国[1]全盛期，这段祷词就已经十分古老了，雷托试图行动起来。向站在他面前的两个人扑过去，但是他的肌肉拒绝执行命令。恍惚中，雷托只见哈莱克的手移动着，注射器正向他接近。球形灯光照射在蓝色的液体表面，形成一个亮点。注射器碰到雷托的左胳膊。疼痛在他体内传播着，一直到达他大脑的深处。

忽然间，雷托看到了一个年轻女人坐在晨光中的茅屋外，就在那儿，在他面前，烘烤着咖啡豆，把它们烤成棕色，又往里面添了些豆蔻和香料。他身后的某个地方响起了三弦琴声。音乐在不断地重复着、重复着，直到进入他的脑海中，仍在重复不已。音乐开始在他体内弥漫，

---

[1] 卡尔迪亚：新巴比伦人的一个王国。

让他膨胀起来，变得非常大，不再像是个孩子。他的皮肤也不再属于他自己。一阵暖流涌遍他的全身。接着，和方才的景象出现时同样突兀，他发现自己重又站在黑暗中。天黑了。星星像风中的余烬一般，溅落在壮阔的大宇宙之中。

他知道自己已经无力回天了，但还是奋力抗拒着入定状态的作用，直到最后，他父亲的形象闯入了他的意识。"我会在入定状态中保护你，你体内的其他人不会就此占据你。"

风刮倒了雷托，推着他在地上翻滚，卷起沙尘打在他身上，蚀进他的胳膊、他的脸，将他的衣服扯成碎条，将剩下的一条条毫无用处的褴褛衣衫吹得猎猎作响。但他感觉不到疼痛，他眼看着身上的伤口愈合，和它们出现时同样迅速。他继续在风中翻滚着，他的皮肤仍旧不是自己的。

来了，快来了！ 他想。

但这个想法非常遥远，仿佛并不是他自己的想法，就像皮肤不属于他自己一样。

幻象吞没了他。幻象扩展成为立体的记忆，分隔了过去和现在、未来和现在、未来和过去。接着，每个被隔离的部分各自形成一个视点焦距，指引着他的前进道路。

他想：时间，和长度单位一样，是衡量空间的尺度，但是衡量这个动作本身却把我们锁在我们要衡量的空间中。

他感觉到入定的作用在加强。内在意识不断扩大，他的自我也随之发生着变化。时间在流动，他无法让它停止在某一刻。过去和未来的记忆碎片淹没了他，像一个个蒙太奇片段，它们之间的关系不断变化着，他的记忆像一个镜头、一束灯光，照亮一个个碎片，将它们分别显示出来，但却无法使它们那种永恒的运动和改变停止下来。

他和甘尼玛的计划出现在这束灯光中，凸显出来，让他惊恐不已。幻象如现实般真实，带着一种不容分说的必然性，让他不由得畏缩了。

他的皮肤不是他自己的！过去和未来在他体内冲撞，越过恐惧设下的障碍。他无法分辨眼前出现的到底是过去还是未来。有时，他觉得自己正在参加芭特勒圣战，竭力摧毁任何模仿人类意识的机器。这是过去的事——已经发生而且早已结束。但他的意识却仍然在过去的经验中徘徊，吸收一切信息。他听到一个与他共事的部长在讲台上说道："我们必须消灭能思考的机器。人类必须依靠自己来制定方针。这不是机器能干的事情。推理依靠的是程序，不是硬件。而人类正是最终极的程序编写者！"

他清楚地听到了这个声音，而且知道他所处的环境：巨大的大厅，黑色的窗户。光明来自那些噼啪作响的火把。他的部长同事继续说道："我们的圣战就是'清除'。我们要将摧毁人类的东西彻底清除。"

在雷托的记忆中，那个演讲者曾经是一位计算机专家，一个懂得并且服务于计算机的人。他刚想深究下去，整个场景却消失了，换成甘尼玛站在他面前："哥尼知道。他告诉我了。它们是邓肯的原话，是邓肯在门泰特状态下说的。'做好事消除的是恶名，做坏事消除的是自我意识。'"

这肯定是未来——很久以后的未来。但是他感到了它的现实性，就像体内无数生命的过去一样真实。他喃喃自语道："这是未来吗，父亲？"

父亲的形象用警告的口吻说道："不要主动招灾惹祸！你现在学习的是如何在涌入意识的碎片中作出选择。如果不掌握这种技巧，你会被汹涌的意识碎片淹没，无法在时间中定位。"

浅浮雕一般的影像无处不在。未来扑面而来，撞击着他。过去——现在——未来。没有真实的界限。他知道自己必须跟随这些影像，但他同时却害怕跟随它们，唯恐无法回到以前那个熟悉的世界。然而，压力之下，他不得不停止自己的抗拒行为。这是一个全新的宇宙，他无法通过静止的、贴上标签的时间片段来了解这个新宇宙。在这里，没有哪个片段会静止不动。事物再也没有顺序，也毫无规律可言。他不得不观察变化，寻找变化本身的规律，不知不觉间，他发现自己已经走进一个巨大的时空隧道，看到了未来中的过去、过去中的现在、过去和未来中的此时此刻。在仅仅一次心跳的时间里，无数世纪的经历汹涌而来。

雷托的意识自由地飘浮着。他不再为保持清醒而冷眼旁观，也不存在障碍。他知道纳穆瑞过一会儿要做什么，但这仅仅占据了他意识的一角，与其他无数个未来共享着他的意识。他的意识分割成了无数片段，在这个意识中，他所有的过去、所有的体内生命，都融入了他，成为他自己。在他体内无数生命中最伟大的那一个的帮助下，他成了主导。他们成了他。

他想：研究某个东西时，必须拉开一段距离才能真正发现其中的规律。他为自己赢得了距离，他能看见自己的生命了：他纷繁庞杂、数量无比巨大的过去是他的负担，是他的乐趣，也是他的必需。出生之前便拥有的过去使他比常人多了一个维度。从现在起，父亲不再指引他了，因为不再有这个需要了，拉开距离之后，雷托自己就能看得清清楚楚，洞见过去和现在。极目过去，他看到了他的终极的祖先——就是人类本身，没有这个祖先，遥远的未来便不可能存在。距离带来了新的准则、新的维度。不管他选择什么生活，他都能借助自己无比丰富的经验生活下去，不为任何人所控制。这些经验是无数个世代的积累，任何一个单一生命都无法与之相比。被唤醒之后，这个经验综合体拥有巨大的力量，相比之下，他此前的独立自我只能黯然失色。这个综合体可以作用于某个个体，也能使自己强加于某个民族、社会或是整个文明之上。有人告诫哥尼要提防他，这便是原因所在。这也是让纳穆瑞的尖刀守在一旁的原因。他们害怕看到他体内的力量。没人能看到它的全部威力——连甘尼玛也不行。

雷托坐了起来，发现只有纳穆瑞还等在这里，注视着他。

雷托用老年人的声音说道："每个人的极限各不相同。预知每一个人的未来，这只是一个空洞的神话。当下这个时间段内，只有最强大的力量才能被事先预知。但是，在一个无限的宇宙中，'当下'这个概念实在太大了，人类的意识实在难以全面把握。"

纳穆瑞摇了摇头，表示没有听懂。

"哥尼在哪儿？"雷托问道。

"他离开了，他不想看到我杀了你。"

"你会杀了我吗，纳穆瑞？"雷托听上去像在恳求这个人快点杀了自己。

纳穆瑞的手离开了刀把："既然你让我这么做，那我偏不杀你。因为你觉得无所谓，所以……"

"无所谓——这种病症摧毁了很多东西。"雷托说道，自顾自地点了点头，"是的……文明本身都会因此消亡了。到达更复杂的意识水平之后，似乎必须付出这样的代价。"他抬头看着纳穆瑞，"他们让你来看看，看我是不是有这种态度？"他意识到纳穆瑞不仅仅是个杀手，他比杀手狡猾，也比杀手深刻。

"有这种态度，说明你无法控制你所拥有的力量。"纳穆瑞说道，但这是句谎言。

"无所谓的力量，是的。"雷托站了起来，深深地叹了口气，"其实，我父亲的生命并没有那么伟大，纳穆瑞，他作茧自缚，为自己在'当下'制造了一个挣脱不出的陷阱。"

哦，保罗，你就是穆阿迪布，

众生的救世主，

你在呼吸之间，

释放了飓风。

——摘自一首穆阿迪布赞歌

"决不！"甘尼玛说道，"我会在新婚之夜把他杀掉。"语气斩钉截铁，不容分说。厄莉娅和她的侍卫已经劝了她半个晚上，这间寓所里一直没安静下来，不断有新的侍卫前来助阵，送上新的食物和饮品。整个神庙和它附近的皇宫都惴惴不安，等待着迟迟未作出的决定。

甘尼玛从容地坐在她寓所内的一把绿色悬浮椅上。屋子很大，粗糙的黑色墙面模拟着穴地的岩壁，然而天花板却是水晶的，折射着绿色的光芒。地面上铺着黑色地砖。屋子里没几样家具：一张小小的写字台、五把悬浮椅和一张放置在凹室内的弗雷曼式小床，甘尼玛穿着一件黄色的丧服。

"你不是个自由人，你无权决定你的生活。"厄莉娅第一百遍重复道。这个小傻瓜迟早会明白这一点！她必须同意与法拉肯的婚约！她必须！她大可以今后干掉他，但根据弗雷曼人的婚俗，只有在她表示首肯之后，婚约才有效力。

　　"他杀了我哥哥，"甘尼玛说道，坚持着这个有力的理由，"大家都知道。如果我答应了他的婚约，每个弗雷曼人都会唾弃我的名字。"

　　这也是你必须要同意这门亲事的原因之一，厄莉娅想。她开口道："是他母亲干的。他已经为此将她流放了。你还要求他什么呢？"

　　"他的血，"甘尼玛说道，"他是科瑞诺人。"

　　"他公开谴责了他的母亲。"厄莉娅反驳道，"至于下层弗雷曼人，别管那些乌合之众怎么说。他们只会接受我们要他们接受的东西。甘尼，帝国的和平要求你……"

　　"我不会同意，"甘尼玛说道，"没有我的同意，你无法宣布婚约。"

　　甘尼玛说话时，伊勒琅走进了屋子，先是询问地看了厄莉娅一眼，随后又看了看她身边那两个垂头丧气的侍卫。厄莉娅懊恼地举起双手，随后整个人都瘫倒在甘尼玛对面的椅子中。

　　"你来跟她说，伊勒琅。"厄莉娅说道。

　　伊勒琅拖过一把悬浮椅，坐在厄莉娅身旁。

　　"你是科瑞诺人，伊勒琅，"甘尼玛说道，"别在我身上浪费时间了。"她站起身，走到她的小床旁，盘着腿坐在上面，目光炯炯地盯着眼前的两个女人。伊勒琅和厄莉娅一样穿着黑色长袍，兜帽甩在脑后，露出了她的金发。

　　伊勒琅瞥了厄莉娅一眼，然后站起身，走到甘尼玛对面："甘尼，如果杀人能解决问题的话，我会亲自前去杀了他。你说得不错，法拉肯和我有相同的血脉。但是，除了对弗雷曼人的承诺之外，你还有更重要的责任……"

"你嘴里的话比我敬爱的姑姑说的强不了多少。"甘尼玛说道，"'兄弟的血是洗不掉的'，这条弗雷曼格言并不是说说而已。"

伊勒琅紧闭双唇，随后又开口说道："法拉肯扣留了你祖母，他也扣留了邓肯，如果我们不……"

"对于发生的一切，你们的解释不能让我满意。"甘尼玛看着厄莉娅和伊勒琅，"邓肯曾经为保护我的父亲献出了生命。或许这个死而复生的家伙不再是……"

"邓肯的任务是保护你祖母的安全！"厄莉娅越过伊勒琅看着她，"我相信他是没办法才选择了这么做。"她暗自想着：邓肯！邓肯！你真不应该选择这种方式啊。

甘尼玛盯着姑姑，研究着厄莉娅的语气："你在撒谎，天堂之母，我听说了你和我祖母之间的争执。有关我祖母和邓肯的事，你隐瞒了什么？"

"我都告诉你了。"厄莉娅说道，但在如此直截了当的指责面前，她还是不由得一阵恐惧。她意识到她过于疲劳，放松了戒备。她站起身来："我知道的东西你全都知道。"她转身面对伊勒琅，"你来劝劝她。一定要让她……"

甘尼玛用一句刺耳的弗雷曼诅咒打断了她，从未成熟的嘴唇中冒出这样的话，实在令人震惊。骂完之后，她接着道："你认为我只是个小孩子，你有大把时间来规劝我，而我最终会被你劝服的。你想得美。哦，天堂之母，你比任何人都清楚我内心的年龄。我会听从他们，而不是你。"

厄莉娅勉强控制着自己，没有开口反驳，只是恨恨地盯着甘尼玛。她也成了邪物吗？这个孩子是谁？她对甘尼玛的恐惧又加深了一层。她也向体内的生命妥协了吗？厄莉娅说道："过一段时间，你会明白过来的。"

"过一段时间，你可能会看到法拉肯的鲜血流淌在我的刀上，"甘尼玛说道，"相信我。只要把我俩单独留在一起，我们中的一个就会死去。"

"你以为你对你哥哥的感情在我们之上？"伊勒琅问道，"别傻了！我是他的母亲，也是你的母亲。我是……"

"你从来不了解他，"甘尼玛说道，"你们所有人，除了我敬爱的姑姑，你们总是把我们看成小孩。你们是傻瓜！厄莉娅知道！你看，她有意回避……"

"我什么也没回避。"厄莉娅说道，但她却转身背对着伊勒琅和甘尼玛，盯着那两个女侍卫。那两人装作什么也没听见的样子，她们显然已放弃了说服甘尼玛的尝试，或许还对她有些同情。厄莉娅生气地把她们轰出屋子。侍卫离开时，脸上明显带着庆幸的表情。

"你回避了。"甘尼玛坚持道。

"我只是选择了一条适合我的生活道路。"厄莉娅说道，转身看着盘腿坐在小床上的甘尼玛。她难道已经向体内生命妥协了？厄莉娅想从甘尼玛的眼睛中看到线索，但没有任何发现。接着，厄莉娅想：*她看到了我作出的妥协吗？她是怎么发现的？*

"你害怕成为无数生命的窗口。"甘尼玛谴责道，"但我们都是出生前就有记忆的人，我们知道会这样。你会成为他们的窗口，无论你是有意还是无意。你无法拒绝他们。"她暗自想道：*是的，我知道你——邪物。或许我会步你的后尘，但现在的我只会可怜你、鄙视你。*

甘尼玛和厄莉娅之间陷入了沉寂。伊勒琅所受的贝尼·杰瑟里特训练注意到了这种寂静。她挨个看了看她们，问道："你们为什么突然这么安静？"

"我刚好想到了一个问题，需要集中精力。"厄莉娅说道。

"等你有空的时候再想吧，亲爱的姑姑。"甘尼玛嘲笑道。

厄莉娅强压住疲惫引发的怒火，说道："够了！让她自己想想吧。或许她会想明白的。"

伊勒琅站起身说道："天都快亮了。甘尼，在我们离开之前，你愿意听听法拉肯发来的最新的消息吗？他……"

"我不听，"甘尼玛说道，"而且，从现在开始，也不要用那个愚蠢的昵称来称呼我。甘尼！别用这种称呼，别以为我还是个孩子……"

"你和厄莉娅怎么会突然间不作声了？"伊勒琅问道，回到她刚才的问题上。但这一次，她悄悄地用上了音言。

甘尼玛仰头大笑起来："伊勒琅！你敢在我身上用音言？"

"什么？"伊勒琅被吓了一跳。

"你在教你的祖母吃鸡蛋。"甘尼玛说道。

"什么意思？"

"这句俗语我知道，而你却从来没听说过。想想这个事实吧。"甘尼玛说道，"这是一句表示蔑视的俗语，它流行的时候，你们的贝尼·杰瑟里特姐妹会还很年轻。如果这还不足以让你清醒的话，问问你的父皇母后为什么要给你起名叫伊勒琅，是毁灭的意思吗？"

尽管受过控制表情的训练，伊勒琅的脸还是涨得通红："你想要挑衅我吗，甘尼玛？"

"而你想要在我身上用音言。用在我身上！我还记得第一个掌握这种技巧的人。我记得那一刻，毁灭的伊勒琅。现在，你们俩，出去。"

但厄莉娅却被激起了兴趣，来自体内的建议使她忘却了疲劳。她说道："或许我有一个能改变你想法的建议，甘尼。"

"还叫我甘尼！"甘尼玛厉声笑道，"你自己想想吧，如果我想杀死法拉肯，我只须按照你的计划办就行。我猜这一点你已经想到了。要提防突然听话的甘尼啊。你懂吗？我一直都对你很坦率。"

"我就是这么希望的，"厄莉娅说道，"如果你……"

"兄弟的血不可能被洗净，"甘尼玛说道，"我也不会在弗雷曼人面前成为一个叛徒。**决不原谅，决不忘却。**这难道不是我们的基本信条吗？我在此警告你们，而且我还要对公众宣布：你们绝不可能诱骗我答应与法拉肯的婚约。谁会相信呢？法拉肯自己都不会相信。听到这个婚约的弗雷曼人只会在暗中偷笑说：'看到了吗，她把他诱进了陷阱？'如果你们……"

"我知道。"厄莉娅道，走到伊勒琅身旁。她注意到伊勒琅呆呆地站在那儿，沉浸在震惊之中——她明白了这场对话将走向何方。

"如果我答应，我就是在诱他中计。"甘尼玛说道，"如果那就是你们需要的，我会同意，但他可能不会上当。如果你希望这个假婚约能值些钱，帮你买回我的祖母和你珍贵的邓肯，那也行。这算是你的造化。但法拉肯是我的，我要杀了他……"

伊勒琅转过头来看着厄莉娅："厄莉娅！如果我们真的这么做……"她有意顿了顿，让厄莉娅想象一下兰兹拉德联合会内的各大家族的愤怒、厄崔迪家族的名誉将承受的毁灭性打击、宗教信仰的破灭，还有随之倒塌的大大小小的社会上层建筑。

"……对我们将大为不利。"伊勒琅继续道，"所有对保罗预知能力的信仰都将毁灭。它……帝国……"

"有谁胆敢挑战我们的权力？我们有权决定什么是对的，什么是错的。"厄莉娅平静地说道，"我们是错误与正确的裁定者。我只须宣

342

布……"

"你不能这么做！"伊勒琅抗议道，"保罗……"

"只不过是教会和国家的一个工具而已。"甘尼玛说道，"不要再说傻话了，伊勒琅。"甘尼玛摸了摸腰间的晶牙匕，抬头看着厄莉娅，"我错误地判断了我聪明的姑姑、穆阿迪布帝国内的圣人。我真的看错你了。把法拉肯骗到我们的客厅来吧——如果你想这么做的话。"

"这么做太鲁莽了。"伊勒琅竭力反抗道。

"你同意婚约了，甘尼玛？"厄莉娅没有理睬伊勒琅，直接问道。

"前提是满足我的条件。"甘尼玛说道，她的手仍然没有离开晶牙匕。

"我不参与这件事，"伊勒琅说道，她的手出汗了，"我本想促成一个真正的婚约，以愈合……"

"厄莉娅和我，我们会给你一个更加难以愈合的伤口。"甘尼玛说道，"尽快带他到这儿来，如果他愿意来的话。或许他会同意的。他怎么会怀疑我这么一个小孩子呢？让我们准备一个正式的订婚仪式，需要他亲自出席。再制造一个让我和他独处的机会……只要一两分钟……"

伊勒琅在真实的甘尼玛面前战栗着。现实不就是这样吗？在可怕的血腥斗争中，弗雷曼人的孩子与成人没有区别。弗雷曼人的孩子习惯于在战场上杀死受伤的敌人，让女人可以省点力气，直接收集战场上的尸体就行，然后把它们送往亡者蒸馏器。甘尼玛，以一个弗雷曼孩子的声音，用她声音中的成熟，用围绕在她周围的古老家族的仇杀气氛，堆积起一层又一层的恐惧。

"成交。"厄莉娅说道，勉强压制着自己的脸部表情和声音，不让自己的狂喜暴露在外，"我们会准备正式的婚约证书。我们要让联合会族的代表们见证婚约的签字仪式。法拉肯不太可能怀疑……"

"他会怀疑，但他还是会来。"甘尼玛说道，"他会带卫兵，但是他们能阻止我接近他吗？"

"看在保罗所有努力的分上，"伊勒琅抗议道，"至少我们该让法拉肯的死看上去像是个事故，或者是某个外星球家族的恶意……"

"我乐于向我的同胞们展示沾满鲜血的利刃。"甘尼玛说道。

"厄莉娅，我求你了，"伊勒琅说道，"放弃这个疯狂的决定吧。你可以宣布要刺杀法拉肯，或任何……"

"我们无须正式宣布要刺杀他，"甘尼玛说道，"整个帝国都知道我们的感受。"她指了指她长袍的袖子，"我们穿着黄色的丧服。即使我换上了黑色的弗雷曼订婚服，难道还会有人以为我真的想订婚吗？"

"希望能瞒过法拉肯，"厄莉娅说道，"还有那些我们邀请来参加仪式的联合会代表……"

"每个代表团都会反对你，"伊勒琅说道，"这一点你也清楚。"

"有道理。"甘尼玛说道，"所以挑选代表团成员时一定要细心点。他们必须是那些我们在未来可以舍弃的人。"

伊勒琅绝望地朝空中一挥手，然后转身离开了。

"把她置于严密的监视之下，以防她给她的侄子通报消息。"甘尼玛说道。

"用不着教我怎么计划阴谋。"厄莉娅说道。她转身跟随着伊勒琅，但走得比她慢。门外的卫兵和待命的助手们迅速跟在她身后，就像沙虫跃出沙漠表面、沙砾随即流入它身后形成的漩涡一般。

门关上后，甘尼玛悲伤地摇着头，想：就像可怜的雷托和我想到的一样。上帝！我希望被老虎杀死的是我，而不是他。

很多势力都想控制厄崔迪的双胞胎。当雷托的死亡被公布之后，阴谋与反阴谋之间的交锋更为激烈了。请注意各种势力的动机：姐妹会害怕厄莉娅，一个成年的邪物，但仍然希望得到厄崔迪家族携带的特殊基因；教会看到了控制穆阿迪布的继承人所带来的权力；宇联商会需要一扇通向沙丘财富的大门；法拉肯和他的萨多卡想回到沙丘，再现科瑞诺家族的辉煌；宇航公会担心的是一个公式：厄崔迪=香料，失去香料，他们就无法导航；杰西卡希望能修复由于她的抗命而造成的与贝尼·杰瑟里特之间的裂痕。几乎没有人问过这对双胞胎他们自己的计划，直到一切都太迟了。

——摘自哈克·艾尔-艾达的《克里奥斯书》

晚餐后不久，雷托看到一个人穿过拱形门廊，向他的屋子走来，他的注意力随即放到这个人身上。房门开着，雷托看到了外面的不少动静：隆隆驶过的香料运输车，还有三个女人，身着外星球的衣物，表明了她们走私徒的身份。雷托注意到的那个人与其他人本来没什么不同，只是他走起路来很像斯第尔格，一个年轻得多的斯第尔格。

现在，雷托的意识已经和常人截然不同。它飘飘荡荡地向外游荡，时间充塞其中，像一颗光芒四射的恒星。他能看到无限多的时空，但只有当进入自己的未来，他才感觉到他的肉身位于何处。体内无数记忆涌动着，时而高涨，时而退却，但他们现在就是他。他们就像海滩上的潮水，如果冲得太高，他会对他们下令，然后他们就会撤退了，留下他独自一人。

时不时地，他会倾听这些记忆。他们中有人会充当敦促者，从记忆深处探出头来，大声喊叫着，为他的行动提供线索。他的父亲在意识中现出身来说道："你现在是个希望成为男子汉的少年。但当你成为一个男子汉后，你会徒劳地想重新变成个少年。"

自从来到这个古老而且维护不佳的穴地后，他的身体一直受着跳蚤和虱子的折磨。那些给他送来香料食物的仆人似乎并没有为这些小生物而感到烦恼。他们对这些东西有免疫力，抑或他们和它们相处的时间太长，以至于完全感觉不到难受？

聚集在哥尼身边的都是什么人？他们是怎么到这儿来的？这里是迦科鲁图吗？他体内的记忆给出了一个很难让人高兴的答案。这些人长得都很丑，而哥尼是最丑的一个。然而，这里却潜伏着一种完美，在丑陋的表面下静静地等待着。

他知道自己仍处于强烈的香料沉醉之中，每餐中添加的大量香料仍然束缚着他。他孩子的身体想要反抗，而他内心积累了成千上万个世代的记忆却发出了咆哮。

游荡的意识回来了。但他不敢确定自己的身体现在在哪儿，香料迷惑着他的感官。他感觉到肉身限制的压力在不断累积，就像沙漠在悬崖之下缓缓堆集起来。总有一天，一小股沙流会蹿上悬崖顶端，然后越聚越多……到最后，阳光下剩下的只有沙子。

但是现在，那座悬崖仍然屹立在沙漠上。

我仍然处于入定的作用中，他想。

他知道自己很快将来到生与死的分岔口。抓获他的这些人不满意他每次返回时带来的答案，于是一次又一次地把他送回到香料的束缚中。狡诈的纳穆瑞总是怀揣着刀等着他。雷托知道无数的过去和未来，但他仍然不知道什么才能让纳穆瑞满意……或是让哥尼·哈莱克满意。他们想从预知幻象中得到些什么。生与死的分岔口诱惑着雷托。他知道自己的生命应该有比描绘预知幻象更为重要的责任。想到这一点后，他感到他的内在意识才是真正的他，而外在形体只是一具沉醉于香料的躯壳。他很害怕。他不想回到一个有跳蚤、有纳穆瑞、有哥尼的穴地。

我是个懦夫，他想。

但即便是一个懦夫，也可以以勇敢的姿态死去。可是，他怎么才能重新成为一个完整的人呢？他怎么才能从入定中醒来，预知哥尼需要的未来呢？如果没有转变，如果不从漫无目的的幻象中醒来，他知道自己可能会死在某个他自己选择的幻象中。想到这一点之后，他终于开始与他的抓捕者们合作。他必须在某个地方找到智慧，找到体内的平衡。只有到了那时，他才能开始寻求金色通道。

有人在穴地内弹奏着巴厘琴。雷托觉得自己的身体听到了琴声。他感觉到了身下的小床。他能听到音乐了。是哥尼在弹奏。对这种最难掌握的乐器来说，没有其他手指能比他的更熟练。他弹奏着一首弗雷曼老歌，名字叫《穆罕默德言行录》，曲子中有大量的旁白，涉及在厄拉科斯生存所必须掌握的各个方面。歌曲讲述了一个穴地内人们的工作与生活。

雷托感到音乐将他引入一个奇妙的古代岩洞中。他看到了女人在榨香料的残渣来获取燃料，把香料堆在一起让它们发酵，以及编织着香料织物。穴地内到处都是香料。

雷托已分辨不清音乐和岩洞内的人了。织布机发出的呜呜声、撞击声与巴厘琴弦发出的声音混在一起。但他看到了人类的头发、变异鼠的柔软长毛、沙漠棉花的纤维，以及小鸟绒毛织成的布匹。他看到了一个穴地学校。沙丘的语言，长着音乐的翅膀，不断冲击着他的意识。他看到了太阳能厨房、制作和维护蒸馏服的车间，看到气象预报员观察着他们插在沙漠里的小棍子。

在他旅途中的某个地方，有人给他带来了食物，用勺子喂进他嘴里，并用一只强壮的手臂扶着他的脑袋。他知道这是个现实中的感觉，但是他意识中的那幅生动的画卷仍在继续展开。

古老的格言在他意识中响起："据说，宇宙之中，没有什么实在的、平衡的、耐久的事物——没有事物会保留它原来的样子。每一天、每一刻，变化都在发生。"

*古代的护使团知道自己在干什么，*他想着，*他们知道如何操纵人民和宗教。甚至连我的父亲，到了他的生命尽头，都没能逃脱。*

就在那儿，那里就是他要搜寻的答案。雷托研究着它。他感觉到力量又回到他的肉体中。由无数经历组成的他转了个身，向外看着宇宙。他坐了起来，发现自己一个人待在昏暗的小屋中，唯一的光线源于外头门廊上的灯光。一个人正在穿过门廊，正是他把他的注意力领到了无数世代以前的地方。

"祝我们好运！"他以传统的弗雷曼方式打着招呼。

哥尼·哈莱克出现在拱形门廊的尽头。在身后灯光的照射下，他的头成了个黑色的圆球。

"拿盏灯过来。"雷托说道。

"你还想再接受测试吗？"

雷托笑了笑："不，该轮到我来测试你了。"

"我们还是先看看再说吧。"哈莱克转身离开了，没过多久便用左胳膊夹着带来了一只蓝色的球形灯。在小屋内，他放开球形灯，让它自由地飘浮在他们头上。

"纳穆瑞在哪儿？"雷托问道。

"就在外面，听得到我叫声的地方。"

"哈，沙漠老爹总是在耐心等待。"雷托说道。他产生了一种奇怪的放松感，他已经站在发现的边缘。"你用夏胡鲁专属的名字来称呼纳穆瑞？"哈莱克问道。

"他的刀是沙虫的牙齿，"雷托说道，"因此，他是沙漠老爹。"

哈莱克冷冷地笑了笑，没有说话。

"你仍然在等着对我作出判断。"雷托说道，"我承认，在作出判断之前，你不可能和我互相交换信息。准确地说，宇宙在我手里，而你却无法得到。"

哈莱克身后响起一阵声音，提醒了雷托，纳穆瑞正在前来。他在哈莱克左边半步远的地方停住脚步。

"神秘是无穷的，又是确定的。拿它开玩笑不够明智。"纳穆瑞咆哮着说道。他用眼角的余光瞥了哈莱克一眼。

"你是上帝吗，纳穆瑞，你竟敢妄言确定？"雷托问道。但他的注意力始终放在哈莱克身上。判断是由他作出的。

两个人都盯着雷托，没有回答他的问题。

"每个判断都与错误近在咫尺。"雷托解释道，"如果有人妄称他掌握了确定无疑的知识，他必是妄言。知识只是向不确定领域探索的无尽冒险。"

"你在玩什么文字游戏？"哈莱克问道。

"让他说。"纳穆瑞说道。

"这个游戏是纳穆瑞起的头。"雷托说道。老弗雷曼人点头认可，他当然知道这是什么——文字游戏。

"我们的感觉总有两个层面。"雷托说道。

"琐事和信息。"纳穆瑞道。

"非常好！"雷托说道，"你给我琐事，我给你信息。我看到了，我听到了，我闻到了气味，我碰到了，我感觉到了温度和味道的变化，我感觉到了时间的流逝。还有感情，今天我就选点儿让人高兴的吧。哈！我很高兴。你明白了吗，哥尼？纳穆瑞？人的生活其实并没有什么神秘的，他不应该是个有待解决的问题，是需要我们体验的现实。"

"你在挑战我们的耐心吗，年轻人？"纳穆瑞说道，"你想死在这儿吗？"

但是哈莱克做了个制止的手势。"首先，我不是个年轻人。"雷托说道，"而你也不会杀了我，因为我已经让你欠下了水债。"

纳穆瑞拔出晶牙匕："我什么也不欠你的。"

"我让你意识到了你的存在。"雷托说道，"通过我，你知道你的现实不同于其他人的现实，由此，你知道自己还活着。"

"在我面前说这些亵渎的话是危险的。"纳穆瑞说道。他扬起了晶牙匕。

"亵渎是宗教的必要成分，"雷托说道，"更别说它在哲学中有多么重要了。我们只有一种办法可以测试我们这个宇宙，那就是亵渎。"

"你认为你了解了这个宇宙？"哈莱克问道，他在自己和纳穆瑞之间拉开了一点距离。

"问得好。"纳穆瑞说道，他的声音中有死亡的威胁。

"只有风才了解这个宇宙，"雷托说道，"而我们的脑子不够。创世就是发现。上帝在虚无中发现了我们，因为我们在动，背后是一堵墙。上帝很熟悉那堵墙，它便是一无所有。而现在，它前面出现了动作。"

"你在跟死亡玩游戏。"哈莱克警告道。

"但你们俩都是我的朋友呀。"雷托看着纳穆瑞说道，"当你介绍某人成为这个穴地的朋友时，你会杀一只鹰、一只隼作为他的晋见礼。而他则以下面的话作答：上帝把一切送到终点，无论是鹰、是隼，还是朋友。难道不是这样吗？"

纳穆瑞的手在刀上滑动着，刀锋重新入鞘。他瞪大眼睛盯着雷托。每个穴地都把自己接纳朋友的仪式视为秘密，可他竟随随便便就提到了。

哈莱克问道："你的终点是这个地方吗？"

"我知道你想从我这儿听到什么，哥尼。"雷托说道，眼看着希望与怀疑在那张丑脸上交锋。雷托拍了拍自己的胸口："这个孩子从来就不是个孩子。我的父亲在我体内活着，但他不是我。你爱他，他是个英勇的人，他的事迹被视为神迹。他的意图是想结束战争的轮回，但他的计算没有考虑到生命永无休止的运动！未来存在诸种可能性，警惕那些削减这些可能性的前进道路。这些道路会让你离开无尽的可能性，踏入致命的陷阱。"

"我想从你这儿听到什么呢？"哈莱克问道。

"他只是在玩文字游戏。"纳穆瑞说道，但语气极为迟疑。

"我要和纳穆瑞站在一起，共同反对我的父亲。"雷托说道，

"而我的父亲也和我们站在一起，共同反对有关他自己的神话。"

"为什么？"哈莱克问道。

"因为这是我带给人类的礼物，是发展到极限的自我审视。在这个宇宙中，我要和让人类重获人性的人站在同一阵线。哥尼！哥尼！你不是在沙漠中出生并长大。你不能理解我所说的真理。但是纳穆瑞知道。在沙漠这样的开阔地带可以看到任何方向，每个方向都和其他方向一模一样。"

"我仍然没有听到我必须听到的东西。"哈莱克喝道。

"他在鼓吹毁坏和平的战争。"纳穆瑞说道。

"不，"雷托说道，"我的父亲也不赞成战争。但是看看他被塑造成了什么吧。在这个帝国中，和平只有一个意义，那就是保持目前的生活方式。人家命令你们安于现状。所有星球的生活方式必须与帝国政府所规定的一致。宗教学习的主要目的是寻找适当的人类行为方式，而我们的教士是怎么实现这个目标的？埋头于穆阿迪布的言论中！告诉我，纳穆瑞，你对现状满意吗？"

"不。"纳穆瑞干脆地否认道。

"那么，你会亵渎穆阿迪布吗？"

"当然不会！"

"但你不是才说你不满意吗？看到了吗，哥尼？纳穆瑞已经为我们证明了这一点：任何一个问题都不止有一个正确的答案。我们必须允许有多样性的存在。单块的巨石并不牢固。你为什么要从我这儿得到唯一正确的答案呢？"

"你在逼我杀了你吗？"哈莱克问道，从他的语气中能听出他的苦恼。

"不，我是在可怜你。"雷托说道，"告诉我的祖母，我将与她合作。姐妹会可能会因为与我合作而感到后悔，但作为厄崔迪家族一员的我已作出了承诺。"

"真言师可以测试他，"纳穆瑞说道，"这些厄崔迪人……"

"那些他必须说的话，让他在他的祖母面前说吧。"哈莱克说道。他朝着通道里点头示意。

离开之前，纳穆瑞特意停了一下，看着雷托说道："我们让他活下来——但愿这是正确的决定。"

"去吧，朋友，"雷托说道，"去吧，好好想想。"

那两个人离开了，雷托脸朝天躺下，感到冰凉的小床紧贴着他的脊柱。这个动作让他的头部一震，被香料深深影响的意识立即开始飞速旋转起来。就在那一刻，他看到了整颗行星——每个村庄、每个小镇、每个城市、沙漠地带和植被地带。他看到了帝国的社会结构如何通过行星和行星的各个行政区被具体地表现出来。他体内仿佛有个巨人醒了过来，他明白了这是什么——一扇通向社会各个不可见部分的窗户。看到这一点之后，雷托意识到每个系统都有这么一扇窗户，甚至他本人这个系统都有。他开始朝窗户内看去，他成了一个宇宙偷窥者。

这就是他的祖母和姐妹会要寻找的东西！他知道。他的意识在一个新的更高的层次上游荡。他感到自己的细胞里承载着远古的历史，历史在他的记忆中，在神话内，在他的语言及它们的史前碎屑内。他所有人类和非人类的过去都最终与他融为一体。他感觉自己被核苷酸的潮起潮落裹挟着。在无尽的背景中，他既是出生与死亡几乎同时发生的原生动物，又是无边无际。

我们每一个人都是无数世代的集合！他想着。

他们需要他的合作。作出合作的承诺，他为自己在纳穆瑞的刀下赢得了缓刑。

他想：但我不会以他们期望的方式带来新的社会秩序。

雷托嘴边浮现出一丝苦笑。他知道自己不会像父亲那样犯下无意的错误，将社会划分为统治者和被奴役的人民。但到时候，新时代的人们很可能会渴望"美好的旧时光"。

体内的父亲想要对他说话，他小心地寻找着时机，却无法引起雷托的注意，只能一遍遍地恳求着。

雷托回答道："不。我们要让复杂性重新占据他们的思维。是的，体内的父亲，我们会给予他们问号。"

你们已经不再有是非善恶之分。对你们来说，一切都已过去。你们不过是做过某些事的人，有关这些事件的记忆则照亮了我前进的道路。

——摘自哈克·艾尔-艾达的

《雷托二世对他体内生命的讲话》

"它自己动了。"法拉肯说道，他的声音比耳语响不了多少。

他站在杰西卡的床前，一队卫兵站在他身后。杰西卡夫人从床上坐了起来。她穿着一件真丝睡衣，睡衣反射着白色的微光，领口处的颜色与她古铜色的头发刚好相配。法拉肯刚刚闯进这里。他穿着灰色的连衣裤，沿着宫殿走廊一路跑来，激动得满脸是汗。

"几点了？"杰西卡问道。

"几点？"法拉肯好像没听明白。

一个卫兵道："现在是凌晨三点，夫人。"他小心地看了法拉肯一眼。年轻的王子刚才飞奔着冲过深色的走廊，大惊失色的卫兵急忙在他身后紧紧跟随。

"手动了。"法拉肯说道。他举起自己的左手，随后又是右手。"我眼看着自己的手缩小成了肉乎乎的拳头。我记起来了，那是我婴儿时期的手！我记起了我婴儿时的样子，而且……记得很清楚。我捡回了婴儿时期的记忆！"

"很好。"杰西卡说道，他的兴奋很有感染力，"当你的手逐渐变老时发生了什么？"

"我的……思维……变得缓慢，"他说道，"我感觉到背部有个地方很疼。就在这儿。"他碰了碰他的左肾处。

"我们学到了至关重要的一课，"杰西卡说道，"你知道是哪一课吗？"

他放下双手，看着她道："我的思维控制着我的现实。"他的眼睛闪着光，又用更大的声音重复了一遍，"我的思维控制着我的现实！"

"这是普拉纳-宾度平衡的开始，"杰西卡说道，"但只是个开始。"

"接下来我该干什么？"他问道。

"夫人，"刚才回答她问题的卫兵斗胆插嘴道，"已经很晚了。"

杰西卡道："走开。我们有事要做。"

"夫人。"卫兵坚持道，他的眼睛紧张地在法拉肯和杰西卡之间望来望去。

"你以为我会勾引他吗？"杰西卡问道。

卫兵的身子僵硬了。

法拉肯兴奋地笑着向卫兵们挥了挥手，以示解散："你们都听见了，走吧。"

卫兵们互相看了看，终于服从了他的命令。

法拉肯坐在她床边。"接下来干什么？"他摇了摇头，"我想相信你，但我做不到。然后……我的头脑就像融化了一样乱成一团。我累了，我的头脑放弃了对你的怀疑。接着，它发生了。就这么简单！"他打了个响指。

"你的头脑抗拒的并不是我。"杰西卡说道。

"当然不是，"他承认道，"我是在和我自己抗拒，在和我的固有观念斗争。接下来干什么？"

杰西卡笑了："我承认我没想到你这么快就成功了。才过了八天……"

"我有耐心。"他笑着说道。

"你总算开始学会有耐心了。"她说道。

"开始？"

"你刚刚越过了学习的第一个关口。"她说道，"现在，你算是一个真正的婴儿。这以前……你只是有潜力，甚至都还没有出生。"

他的嘴角耷拉下来。

"不要这么沮丧，"她说道，"你已经成功了。这很重要。又有几个人能重获新生呢？"

"接下来干什么？"他坚持道。

"你要继续练习你学到的这个东西，"她说道，"我要求你能随时随地做到这一点，它会使你的意识中出现一片新天地。过一段时间，你会学到新东西，填充那片暂时空白的天地，你将拥有检验现实世界的能力。"

"我要做的只有这些？只练习这个……"

"不。现在你可以开始肌肉训练了。告诉我，你能移动你左脚的小脚趾，同时让其他地方保持不动吗？"

"我的……"他开始尝试移动小脚趾，脸上露出专注的表情，额头上渐渐沁出了汗珠。最后，他低下头，死死盯着自己的左脚，长叹一声："我做不到。"

"你能做到，"她说道，"只是需要学习。你要学习控制身上的每一块肌肉。你要熟知它们，就像你熟知自己的手一样。"

这番前景让他禁不住咽了口唾沫。法拉肯道："但这些到底是什么训练？你的计划是什么？"

"我的计划是让你摆脱这个现实宇宙的束缚，"她说道，"你会成为你最渴望成为的人。"

他思索了一阵子："无论我渴望什么？"

"是的。"

"不可能！"

"你已经学会了如何控制现实，等你进一步学会控制你的渴望时，不可能就会成为可能。"她说道。她暗想：就这样！让他的分析家们去审查吧。他们会建议谨慎对待，但法拉肯会让自己的学习继续深入一步，以求弄明白我到底有什么打算。

他的话证实了她的猜测："告诉一个人他可以实现心中的渴望是一回事，真正实现却完全是另一回事。"

"你的进步比我想象的更快。"杰西卡说道，"很好，我向你保证：完成整个学习过程之后，你将成为真正的你。无论你做什么，都是因为你想这么做。"

让真言师来分析我这句话吧，她想。

他站了起来，脸上的表情透露出他对她的确怀有善意："你知道吗，我相信你。我不知道为什么，但我就是相信。今天就说到这儿吧。"

他走出了她的卧房，杰西卡看着他远去的背影。她熄灭了球形灯，躺到床上。这个法拉肯是个城府很深的人。刚才的话相当于告诉她，说他已经开始看出她的计划，但他决定参与这个阴谋——出于他自己的意志。

等他学会真正明了自己的想法，那时再瞧吧。她想。这个想法让她平静下来，准备入睡。明天，宫廷里会有许多人"偶然"碰上她，向她问些看似无关紧要的问题。

人类时不时地会有一段加速发展期，新生活力与羁绊守旧之间爆发出激烈的竞赛。在这种不定期发生的竞赛中，任何停留都是一种奢侈。只有在这种时候，人们才会意识到：一切都是允许的，一切皆有可能。

——摘自《穆阿迪布外书》

　　与沙子的接触很重要，雷托告诉自己。

　　他坐在蔚蓝的天空下，感觉着屁股下的沙粒。他们又一次强迫雷托服下了大剂量的香料，现在他的意识如同漩涡般转个不停。在漩涡的中央有一个一直没有解决的问题：**为什么他们坚持要我说出来呢？** 哥尼很固执，这一点毋庸置疑，另一方面，他还接到了杰西卡夫人的命令。

　　为了"上好这一课"，他们把他从穴地带到外面的日光下。在身体从穴地来到这里的短短的旅途中，他产生了某种奇怪的感觉，觉得他的内在意识正在调解一场发生在雷托公爵和哈克南男爵之间的战争。他们在他体内通过他进行着间接的争斗，因为他不允许他们直接面对面交锋。这场战争让他懂得了厄莉娅身上究竟发生了什么。可怜的厄莉娅。

　　我对于香料之旅的恐惧是对的，他想。

　　他对杰西卡夫人愤愤不已。她那该死的戈姆刺！抵抗的结果不是胜利就是死亡。她虽然无法把毒针顶在他的脖子旁，但她可以将他送进已经攫获了她女儿的危险深渊。

一阵喘息声侵入了他的意识。声音起伏不定，时而响亮，时而轻柔，然后重又变得响亮……轻柔。他无法分辨这是来自现实还是香料创造的幻境。

雷托的身体软绵绵的，双手交叉放在胸前。他感觉到了屁股底下的热沙。虽然前面摆了一块垫子，但他还是直接坐在沙子上。一个影子横在垫子上：是纳穆瑞。雷托盯着垫子上杂乱的图案，觉得上头似乎不断冒着气泡。他的意识自行游荡在另一个地方，一个绿色植被连着天际的地方。

他的脑子一阵阵悸痛。他觉得自己在发烧，很热。肉体的高热挤走了感官，他只能隐约感到危险的影子在移动。纳穆瑞和他的刀。热……热……终于，雷托飘浮在天空与沙漠之间，什么也感觉不到，除了燃烧般的高热。他在等待着一件事情的发生，并认为这件事将是宇宙中的第一次，也是唯一一次。

热烈的阳光撞在他身边，灿烂地坠毁。雷托的内心没有宁静，也没有安全感。**我的金色通道在何方？在每一个爬虫爬过的地方。每一个。我的皮肤不是我自己的。**他的神经传递着这个问题，等待着回答。

抬起头，他命令自己的神经。

一个可能是他自己的头向上抬起，望着明亮阳光中的一块黑斑。

有人在低语："他已经深入未来。"

没有回答。

火辣辣的太阳继续释放着热浪。

渐渐地，他的意识之潮拥着他飘过一大片绿色的虚无，在那里，低矮的沙丘后，离凸出的悬崖顶端不到一公里的地方，绿色的未来正在发芽，正在茁壮成长，要长成无边的绿色、膨胀的绿色、绿色外的绿色，直至天际。

所有绿色中，连一条沙虫也没有。

野生的植被长势繁茂，但没有夏胡鲁。

雷托感到自己已经越过了樊篱，跨进一片只在想象中见过的新天地。现在的他正透过面纱看着这个世界，世人把这张面纱称作"未知"。

它现在成了残酷的现实。

他感到红色的生命之果在他手上摇曳。果汁正从他的体内流走，而这果汁就是他血管中流淌的香料萃取物。

没有夏胡鲁，没有香料。

他看到了未来，一个缺失了巨大的灰色沙虫的未来。他知道，但他无法从恍惚中摆脱，无法脱离这个未来。

突然间，他的意识开始后退——后退，后退，远离了如此极端的未来。他的思维回到了他体内。他发现自己无法将注意力集中在视野中的任何细节上，但是他听到了体内的声音。它说着一种古老的语言，他完全听懂了。声音既悦耳又欢快，但是内容却震撼着他。

"并不是现在影响了将来，你这个傻瓜。应该倒过来，未来形成了现在。你完全弄反了。未来是确定的，现在一连串的事实只不过是确保未来的确定和无法避免。"

这些话让他瞠目结舌。他感到恐惧在他肉体内生成。由此，他知道自己的身体仍然存在，但是不计后果的自然和狂野的幻象让他觉得自己动弹不得，陷入无助，无法让肌肉听命。他知道自己越来越屈服于体内生命的冲击。他陷入了恐慌，以为自己将要失去对它们的控制，最终堕落成为邪物。

雷托感到自己的身体恐慌地扭动着。

他已经开始依靠刚刚征服的体内生命的善意合作，但他们现在却背叛了他。他几乎丧失了自我。雷托努力集中注意力，在意识中形成一个自我形象，但看到的却是一个个相互重叠的画面，每个画面代表着不同的年纪：从婴儿直到老态龙钟。他想起了体内的父亲早先给他的训练：让手先变年轻，然后再变老。但现在，他已经丧失了现实感，意识中的形象于是彻底混淆起来，甚至无法区分自己与自己体内的生命。

一道闪亮的雷电劈碎了他。

雷托感到自己的意识进成了碎片，纷纷飘离。但在存在与消亡之间，他仍然保有一丝微弱的自我意识。在这个希望的鼓舞下，他感到自己的身体开始了呼吸。吸气……呼气。他深深地吸一口气：阴。呼出这口气：阳。

在他刚好够不着的地方，有一块不受任何干扰的独立之地。与生俱来的多重生命带来了混乱，而这块独立之地则代表着他彻底地征服了混乱——不是错觉，而是真正的胜利。他现在知道他以前犯的错误了：他在入定的作用中选择了寻求力量，而不是去面对他和甘尼玛不敢面对的恐惧。

正是恐惧击倒了厄莉娅！

对力量的追求还布下了另一个陷阱，把他引入了幻想，把假象展示在他眼前。现在，假象转了过去，他知道了自己的位置。他在中央，毫不费力便可以极目纵览全部预知幻象。

他充满了喜悦之情。他想笑，但是他拒绝享受这种奢侈，因为笑声会关上记忆的大门。

啊，我的记忆，他想。我看到了你所制造的假象。从现在起，你无须再为我编造下一时刻的图像了。你只需要告诉我如何创造新的未来。我不会把自己绑在过去的车辙上。

这个想法在他的意识内扩散开来，如同清水洗刷着地面。随着扩散，他感觉到了自己的整个身体，感觉到了每个细胞、每条神经。他入定了。在安宁中，他听到了声音，他知道声音是从很远处传来的，但是他听得真切，仿佛在听山谷中的回音。

其中一个声音是哈莱克的："或许我们让他喝得太多了。"

纳穆瑞回答道："我们完全遵照她的要求。"

"或许我们该回到那儿，看看他现在怎么样了。"哈莱克说道。

"萨巴赫对这种事很在行。如果有麻烦，她会立即通知我们。"纳穆瑞说道。

"我不喜欢萨巴赫的参与。"哈莱克说道。

"她是必不可少的组成部分。"纳穆瑞说道。

雷托感到他身体之外一片光明，而体内则是一片黑暗，但这黑暗是私密的、温暖的，能保护他。光明开始变得狂野，他感觉光明来自体内的黑暗，爆发般向外冲去，如同一朵绚丽的彩云。他的身体开始变得透明，牵着他站起来，然而他仍然保持着与每个细胞、每条神经的亲密接触。体内的生命排成整齐的队列，没有一丝混乱。他们和他的内心保持一致，变得非常安静。所有记忆生命既各自独立，又共同组成一个不可分的非物质整体。

雷托对他们说道："我是你们的精神。我是你们唯一能实现的生命。我是你们的居住地，是你们唯一的家园。没有我，有序的宇宙将陷入混乱。创造力和破坏力在我体内紧密相连，只有我才能斡旋于二者之间。没有我，人类将陷入泥潭和无知。通过我，你们和他们能找到远离混乱的唯一道路：感知生命。"

说完后，他放手让自己离开，变回了他自己，他个人的自我已融合了他的全部过去。这不是胜利，也不是失败，而是一种在他与任何他选择的体内生命之间分享的新东西。雷托体会着这新东西，让它掌握了每个细胞、每条神经，在他自己切断和细胞及神经的紧密接触时，由它来接替。

过了一会儿，他苏醒过来。刹那间，他知道了自己的肉体在什么地方：坐在离标志着穴地北方界限的悬崖一公里远的地方。他现在知道了那个穴地：迦科鲁图……也叫作芳达克。但是它和走私徒们鼓吹的神话、传说和谣言中的样子相差得太远。

一个年轻女人坐在他对面的垫子上，一盏明亮的球形灯钉在她的左袖上，灯飘浮在她的脑袋附近。雷托的目光从球形灯上移开，看到了星星。他知道这个女人，她是以前在他的幻象中出现过的那个人，烘咖啡的女人。她是纳穆瑞的侄女，也像纳穆瑞那样随时准备抽刀杀死他。她膝盖上现在就放着一把刀。在灰色的蒸馏服外，她套着一件样式简单的绿色长袍。萨巴赫是她的名字。纳穆瑞对她有自己的安排。

萨巴赫从他眼中看出他已清醒过来："快到黎明了，你在这儿待了一个晚上。"

"加上一整个白天。"他说道，"你烘得一手好咖啡。"

他的话令她疑惑，但她没有在意。她现在只有一个想法。严酷的训练和明确的指示造就了她现在的行为。

"现在是暗杀的时间，"雷托说道，"但是你的刀不再有用。"他朝她膝盖上的晶牙匕看了一眼。

"这要看纳穆瑞怎么说了。"她说道。

不是哈莱克。她印证了他内心的想法。

"夏胡鲁是了不起的清洁工，能消除任何不需要的痕迹。"雷托说道，"我就曾经这么利用过它。"

她轻轻地将手放在刀把上。

"我们坐的位置、我们的坐姿……这些细节能揭示多少事情啊。"他说道，"你坐在垫子上，而我坐在沙地上。"

她的手握紧了刀把。

雷托打了个哈欠，张大嘴巴使他的下巴隐隐作痛。"我看到了一个幻象，里面有你。"他说道。

她的肩膀微微放松了。

"我们对厄拉科斯的了解太片面了，"他说道，"因为我们一直只是野蛮人。我们正在做的事情有股惯性。现在，我们必须撤回我们的某些做法，必须缩小我们改变的范围，保证环境的平衡。"

萨巴赫疑惑地皱起眉头。

"我的幻象告诉我，"他说道，"除非我们能让沙丘的生命重新开始舞蹈，否则沙漠深处的龙将不复存在。"

他使用了古老的弗雷曼名字来称呼沙虫，她一开始没能听懂，随后才说："沙虫？"

"我们在黑暗中。"他说道，"没有香料，帝国将四分五裂，宇航公会也无法运转。各个世界将渐渐地相互忘却，变得自我封闭。空间将成为障碍，因为宇航公会的宇航员失去了领航能力。我们将被困在沙丘，不知道外面和里面都有些什么。"

"你说的话真奇怪，"她说道，"你怎么能在你的幻象中看到我呢？"

*利用弗雷曼人的迷信！*他想，随后说道："我就像有生命的象形文字，写下一切未来必将发生的变化。如果我不写，你就会遭遇人类绝不应该经历的痛苦。"

"你会写些什么字？"她问，但她的手仍然握在刀把上。

雷托将头转向迦科鲁图的悬崖，看到了二号月亮的月光。就要到黎明时分了，月亮正渐渐坠入崖后，远远传来一只沙漠野兔临死前的惨叫。他看到萨巴赫在发抖，远处传来了翅膀扇动的声音，是猛禽，属于夜晚的生物。它们从他头顶飞过，飞往悬崖上的窝。他能看到它们的眼睛闪闪发光。

"我的心已经发生了变化，它在指引我。我必须听从它的指引。"雷托说道，"你认为我只是个小孩，萨巴赫，但是……"

"他们警告过我，要我当心你。"萨巴赫说道，肩膀绷得紧紧的。她就要动手了。

他听出了她话中的恐惧，说道："不要害怕我，萨巴赫。你比我这具肉体多活了八年。由此，我尊敬你。但我还拥有其他生命经历过的数不清的年月，比你知道的要长得多。不要把我看成个孩子。我看到了很多未来，在其中的一个，我们坠入了爱河，你和我，萨巴赫。"

"什么……不会……"她糊涂了，声音越来越低。

"慢慢想吧。"他说道，"现在，帮我回到穴地，因为我去了很远的地方，旅途让我感到身心疲惫。必须让纳穆瑞知道我刚才都去了什么地方。"

他看到她在犹豫，于是说道："我难道不是穴地的朋友吗？纳穆瑞必须知道我看到的东西。为了防止我们的宇宙退化，我们要做的事情太多了。"

"我不相信你说的……有关沙虫的话。"她说道。

"也不相信我们会相爱？"

她摇了摇头。但是他能看到这个想法如同风中的羽毛般在她的思绪中飘来飘去，既对她有吸引力，又使她不快。与权力结合当然有其吸引力，可她叔叔已经给她下过命令。但话又说回来，某一天，这个穆阿迪布的儿子可能会统治沙丘和整个宇宙。而她作为一个栖身岩洞的底层弗雷曼人，竟然能有这样的机会。与雷托的结合一定会使她变得家喻户晓，成为谣言和臆断的对象。当然，她也能就此拥有大量的财富，而且……

"我是穆阿迪布的儿子，能看到未来。"他说道。

慢慢地，她把刀插进刀鞘，轻巧地从垫子上站起来，走到他身旁，扶着他站了起来。她接下来的举动让雷托暗自好笑：她整齐地叠好垫子，放在右肩上，然后悄悄比较着他们俩的个子。雷托不禁想起自己刚才的话：陷入爱河？

个子是另一个会变化的东西，他想着。

她伸出一只手，扶住他的手臂，引导并抓着他。他趔趄了一下，她严厉地说道："我们离穴地还很远！"意思是无谓的声响可能会引来沙虫。

雷托感到自己的身体成了一个干瘪的皮囊，就像是昆虫蜕下的壳。他知道这个壳，这个壳属于以香料贸易和教会为基础的这个社会。这具躯壳使用过度，于是干瘪了，和这个社会一样。现在，穆阿迪布的崇高目标已经蜕变成为得到被军事集团强化的巫术，它成了"仙恩-萨-绍"，这是伊克斯语，意思是狂热、疯癫，指那些自以为他们的晶牙匕一指，就能把宇宙带进天堂的狂人。伊克斯已经这样发生了改变，他们也同样会这样改变。因为他们也不过是他们所属的太阳的第九颗行星，并且已经忘却了曾经给予他们名字的语言。

"圣战是一种集体疯狂。"他喃喃自语道。

"什么？"萨巴赫一直在集中精力帮他行走，让他的脚步声没有任何节奏感，在开阔沙漠中隐匿他俩的存在。她寻思着他的话，最后认定这只是疲劳的产物。她知道他太虚弱了，入定状态吸干了他的力量。

对她来说，这一切都是毫无意义的残忍。如果他真的像纳穆瑞说的那样该杀，那么就该做得干干净净，不要拉扯这么多枝蔓。但是，雷托刚才说到他有什么了不起的大发现——或许那就是纳穆瑞寻求的东西。这孩子的祖母之所以这么做，显然也是为了这东西。否则，我们的沙丘圣母怎么会同意对一个孩子实施如此危险的行动？

孩子？

她再次想起了他的话。他们来到悬崖底部，她停下脚步，让他在安全的地方休息一会儿。在朦胧的星光下，她低头看着他问道："未来怎么会没有沙虫？"

"只有我能改变，"他说道，"别怕。我能改变任何事。"

"但是……"

"有些问题是没有答案的，"他说道，"我看到了那个未来，但是其中的那些矛盾之处只会让你迷惑不解。宇宙在不断变化，而在一切变化中，人类的变化是最古怪的。能让我们改变的东西实在太多了，我们的未来需要不断调整、更新。至于现在，我们必须除去一个障碍。这要求我们去做残忍的事，违背我们最基本的意愿……但我们必须这么做。"

"必须做什么？"

"你曾经杀过朋友吗？"他问道，转过身，率先向通往穴地隐蔽入口的裂缝走去。他以被入定状态吸干的体力所能支撑的最快速度走着，但她紧跟在他身后，抓住他的长袍，拉住了他。

"杀死朋友是什么意思？"

"他无论如何都会死，"雷托说道，"不需要我自己动手。问题是我能阻止他的死亡。如果我不阻止，这不也算杀了他吗？"

"是谁……谁会死？"

"因为还有回转的余地，所以我必须保持沉默。"他说道，"我或许不得不把我的妹妹交给一个魔鬼。"

他再次转身背对着她，当她再一次拽住他的长袍时，他拒绝回答她的问题。时机成熟之前最好不要让她知道，他想。

一般人认为，自然选择就是由环境筛选出那些有资格繁衍后代的生物。然而，涉及到人类时，这种观点显示出极大的局限性。人类可以将实验、革新的手段用于繁殖过程，使之发生变异。它带来了很多问题，包括一个非常古老的问题，即：究竟是当变异出现之后，环境才来充当筛选者的角色呢，还是在变异出现之前，它就已经充当了决定何种变异将出现并持续下去的决策者？沙丘并没有回答这个问题，它只是提出了新的问题。雷托和姐妹会将在接下来五百代的时间里作出回答。

　　　　　　　　　　　——摘自哈克·艾尔-艾达的《沙丘灾难》

　　屏蔽场城墙光秃秃的棕色岩石在远处若隐若现，在甘尼玛的眼里，它仿佛是威胁着她未来的幽灵。她站在皇宫空中花园的边上，落日的余晖照着她的后背。阳光从空中的沙尘云中折射而出，变成了橘黄色，像沙虫嘴边的颜色一样绚烂。她叹了口气，想着：厄莉娅……厄莉娅……你的命运就是我的命运吗？

　　最近，她体内的生命变得日益喧嚣。或许性别不同真的有巨大的差异，反正女人更容易被体内的浪潮征服。以前，她的祖母在和她交谈时就向她警告过这一点，杰西卡根据她积累的贝尼·杰瑟里特经验，观察到了甘尼玛体内生命的威胁。

"姐妹会将出生之前就有记忆的人称为邪物，"杰西卡夫人说道，"这个称谓后面隐藏着一部漫长的苦难史。问题的根源在于体内的生命会产生分化，分化成良性的与恶性的。良性的会保持驯良，对人有益；但是恶性的会汇聚成一个强大的心智，想夺取活人的肉体和意识。夺取控制权的过程会持续很长时间，但它的迹象是相当明显的。"

"你为什么要放弃厄莉娅？"甘尼玛问道。

"因为恐惧，我逃离了我所创造的东西，"杰西卡低声说道，"我放弃了。我内心的负担在于……或许我放弃得太早了。"

"什么意思？"

"我还无法作出解释，但是……或许……不！我不会给你虚假的希望。人类的神话早就描述过邪物的引诱。它被称作很多东西，但最常用的称呼是'魔道'。你在邪念中迷失了自我，邪恶将引诱你进入恶之地。"

"雷托……害怕香料。"甘尼玛说道。他俩面临着多么巨大的威胁啊。

"很明智。"杰西卡是这么说的。她也只能说这么多了。

但是甘尼玛已经历过体内记忆的喷发，隐约看到了内心世界，而且不断徒劳地背诵贝尼·杰瑟里特应对恐惧的祷词。发生在厄莉娅身上的事得到了解释，但这并不能减轻她的恐惧。但贝尼·杰瑟里特积累的经验指出了一条可能的生路。探索内心时，甘尼玛寄希望于默哈拉，她的亲切伙伴，希望它能保护她。

她站在落日余晖照耀下的皇宫空中花园，回想着那次体验。她立即感觉到了她母亲的记忆形象。契尼站在那儿，像一个鬼魂，站在甘尼玛与远处悬崖之间。

"一旦进来，你将品尝到扎曲姆之果——来自地狱的食品。"契尼说道，"关上这扇门，我的女儿，只有这样，你才能得到安全。"

内心的喧嚣在契尼的形象旁升腾而起，甘尼玛逃离了，让自己沉浸于姐妹会的信条。之所以这么做，与其说是信任这些信条，还不如说是绝望中的无奈之举。她默念着这些信条，发出耳语般的声音。

"宗教是孩子对成人的效法。宗教诞生于神话，而神话是人类对宇宙的猜测。宗教的另一个基础是人们在追逐权力的过程中的言论。宗教就是这样一个大杂烩，加上少许真正具有启迪作用的思想。所有宗教都包括一条虽未明言却至为根本的戒律：你们不应怀疑！但是，我们怀疑。我们当然要打破这条戒律，因为我们为自己制定的任务是解放想象力，利用想象力来触发人类最深处的创造力。"

渐渐地，甘尼玛的意识又恢复了秩序。她感到自己的身体在颤抖，她知道自己暂时获得的安宁是多么脆弱。

随后她回想起记忆中法拉肯的形象，那张阴郁的年轻脸孔，还有他的浓眉和紧绷的嘴角。

仇恨令我强壮，她想，有了仇恨，我就可以抗拒厄莉娅那样的命运了。

但是她仍在不住颤抖。在这种状态下，她只能思考一个问题：法拉肯在多大程度上像他的先辈，已逝的沙达姆四世。

"原来你在这儿！"

伊勒琅沿着栏杆从甘尼玛右手边走来，走路的姿势看上去像个男的。甘尼玛转过头去，想：她是沙达姆的女儿。

"你为什么一定要一个人偷偷溜出去呢？"伊勒琅停在甘尼玛面前问道，愤怒地向下瞪着甘尼玛。

甘尼玛控制着自己，没有反驳说她并不是一个人在这儿，卫兵们看着她上了天台。伊勒琅之所以愤怒是因为她们俩暴露在这儿，可能被远程武器要了性命。

"你没有穿蒸馏服。"甘尼玛说道，"你知道，从前如果有人在户外被抓到没有穿蒸馏服，这个人会被立即处死。浪费水资源会威胁到整个部落的生存。"

"水！水！"伊勒琅喝道，"我想知道你为什么要让自己暴露在危险中。回到屋里去。你给我们大家都添了麻烦。"

"这儿有什么危险？"甘尼玛问道，"斯第尔格已经清除了叛逆者，而且现在到处都有厄莉娅的卫兵。"

伊勒琅向上看着渐黑的天空。蓝灰色的背景下，能看到星星在闪光。她又将注意力放回到甘尼玛上："我不会和你争论，我被派到这儿来通知你法拉肯已经接受了，但不知为什么，他要求推迟订婚仪式。"

"多长时间？"

"我们还不知道，还在谈判中。但是邓肯被送回来了。"

"我的祖母呢？"

"目前她选择待在萨鲁撒上。"

"有谁能怪她吗？"甘尼玛问道。

"全都是因为那次与厄莉娅的愚蠢的争吵！"

"不要骗我，伊勒琅！那不是愚蠢的争吵。我听说了整个故事。"

"姐妹会的担心……"

"是真的。"甘尼玛说道，"好了，消息你已经传到了。你打算借这个机会再来劝阻我一次吗？"

“我已经放弃了。”

“你真的不应该骗我。”甘尼玛说道。

“好吧！我会一直劝下去。这种事真能让人发疯。”伊勒琅不知道自己为什么在甘尼玛面前这么容易急躁。一个贝尼·杰瑟里特应该在任何时候都保持冷静。她说道：“我担心你面临的极度危险。你知道的。甘尼，甘尼……你是保罗的女儿。你怎么能……”

“正因为我是他的女儿。”甘尼玛说道，“我们厄崔迪人的祖先能一直追溯到阿伽门农，我们知道我们的血管里流着什么样的鲜血。请绝对不要忘记这一点，我父亲名义上的妻子。我们厄崔迪人有血淋淋的历史，血还将继续流下去。”

伊勒琅心不在焉地问：“谁是阿伽门农？”

“这足以证明你们那自负的贝尼·杰瑟里特教育是多么浅薄。”甘尼玛说道，“我老是会忘记你的历史知识是多么贫乏。但是我，我的回忆能追溯到……”她打住了，最好别去打扰体内生命那易醒的睡眠。

“不管你记得什么，”伊勒琅说道，“你肯定知道你选择的道路是多么危险……”

“我要杀了他！”甘尼玛说道，“他欠我一条命。”

“我会尽可能地阻止你。”

“我们已经料到了。你不会有机会的。厄莉娅会派你前往南方的一个新城镇，直到整件事情结束为止。”

伊勒琅沮丧地摇了摇头：“甘尼，我发誓我将在一切危险前尽力保护你。如果有必要，我将献出自己的生命。如果你以为我会在哪个偏僻城市打发时间，眼看着你……”

“别忘了，”甘尼玛轻声说道，“我们还有亡者蒸馏器。你总不至于能从亡者蒸馏器里干涉我们吧。”

伊勒琅的脸色变得惨白，一只手捂住了嘴，一时间忘了她所有的训练。只有这种时候才能知道她有多么关心甘尼玛。在这种几乎只剩下动物式的恐惧的时刻，所有伪装都会被抛弃，流露出最诚实的感情。感情的洪流让她语不成声："甘尼，我并不为自己担心。为了你，我可以投身于沙虫口中。是的，我就是你刚才所称呼的那样，你父亲名义上的妻子，但你就是我的孩子。我求你……"泪光在她的眼角闪动。

甘尼玛也觉得喉咙发紧，她强压下冲动："我们之间还有一个不同。你从来就不是一个弗雷曼人，而我是个纯粹的弗雷曼人，这是分隔了你我的峡谷。厄莉娅知道这一点，不管她有多少不是之处，她知道这一点。"

"厄莉娅知道什么，旁人是无法猜测的。"伊勒琅恨恨地说，"假如我不知道她是厄崔迪人，我会发誓说她所做的一切都是为了摧毁这个家族。"

你怎么知道她仍旧是厄崔迪人呢？甘尼玛想，不知道伊勒琅为什么在这方面如此眼拙。她是个贝尼·杰瑟里特，还有谁比姐妹会更了解邪物的历史呢？可她竟然想都没想过这一点，更别说作出这种判断了。厄莉娅肯定在这个可怜的女人身上施加了某种巫术。

甘尼玛说道："我欠你一个水债。为此，我会护卫你一生。但是你侄子的事已经定了，所以请你不要再多说了。"

伊勒琅的嘴唇仍然在颤抖，眼睛瞪得大大的。"我真的爱你父亲，"她耳语道，"在他死之前连我自己都不知道。"

"或许他还没死，"甘尼玛说道，"那个传教士……"

"甘尼！有时我真的不了解你。保罗会攻击自己的家族吗？"

甘尼玛耸了耸肩，抬头看着正在变黑的天空："他可能会觉得挺有趣，攻击……"

"你怎么能说这种……"

"我不会嘲笑你。上帝知道我不会。"甘尼玛说道，"但我不只是父亲的女儿，我是每一个向厄崔迪家族提供血脉的人。你不认为我是邪物，但我却不知道还能有其他什么词来形容我。我是个出生前就有记忆的人。我知道我体内是什么。"

"愚昧的迷信……"

"别这么说！"甘尼玛伸出一只手，封住伊勒琅的嘴，"我是每一个贝尼·杰瑟里特，包括我的祖母。我是梦寐以求的优生结果。但我还是其他许多东西。"她用右手的指甲在左手手掌上划出一道血痕，"这是一具年轻的身体，但它的经验……哦，上帝，伊勒琅！我的经验！"她再次伸出手，伊勒琅靠近了她。"我知道所有我父亲勘查过的未来。我拥有无数个生命的智慧，也有他们的无知……以及道德上的所有弱点。如果你想帮助我，伊勒琅，你首先必须学会了解我。"

伊勒琅本能地弯下腰，把甘尼玛搂在自己的怀里，搂得紧紧的，脸贴着脸。

不要让我不得不杀了这个女人，甘尼玛想，**不要发生这种事。**

当这个想法掠过她的脑海时，整个沙漠陷入了夜色。

一只小鸟在呼唤你，

从它深红色的喙里。

它在泰布穴地鸣叫，仅仅一次，

接着你就去了丧原。

——摘自《献给雷托的悼词》

恍惚之中，雷托听到一阵女人头发上的水环发出的叮当声。他顺着小石室开着的门向外望去，只见萨巴赫坐在那里。半梦半醒之间，他觉得她现在这个样子和他在幻象中见到的一模一样。大多数比她小两岁的弗雷曼女子都已经结婚了，没结婚的也至少有了婚约。因此，她的家庭留下她肯定是为了某种特殊的用途……或是为了某个特殊的人。她是个健康适婚的女人……显然如此。在幻象中，他的双眼看到了她来自地球的祖先。她长着黑色的头发和浅色的皮肤，深陷的眼窝使得她纯蓝的眼睛显出一抹绿色，鼻子小巧，嘴唇丰满，下巴消瘦。对他来说，她是个活生生的信号，表明迦科鲁图知道贝尼·杰瑟里特的计划，至少有所怀疑。姐妹会希望他和他妹妹结婚，让这个残暴的帝国持续下去。难道迦科鲁图的人想用萨巴赫阻止这样的婚姻？

他的抓捕者知道这个计划，他们是怎么知道的？他们无法看到他所看到的预知幻象。他们没有跟随他前往未来的时空。反复出现的幻象显示萨巴赫是他的，而且仅仅属于他一个人。

萨巴赫头发上的水环再次发出了叮当声，声音激发了他的幻象。他现在正骑在一条大沙虫上，乘客们头发上的水环叮当作响，为他们的旅途带来了节奏感。不，不对……他现在身处迦科鲁图的小石室内，正进行着最危险的旅程：时而脱离感官所能感知的真实世界，时而又重返这个世界。

她在那儿干吗？头发上水环还时不时地发出叮当声？哦，是的，她在调配着香料，他们就是用它困住了他：往食品中添加香料萃取物，让他一半身处现实世界，一半神游于世界之外，直到要么他就此死去，要么他祖母的计划成功为止。每次当他觉得自己已经赢了时，他们总是会再来一次。杰西卡夫人是对的——那只老母狗！这是什么样的经历啊！打开体内所有生命的全部回忆并没有用处，除非他能组织好所有的记忆数据，并能根据自己的意志来决定该回忆什么。那些生命是无序的原材料。他们中的任何人都能侵占他。迦科鲁图的人将大量香料用于他身上，这是一场不得不进行下去的赌博。

哥尼在等着我显示出某种迹象，但是我拒绝表露出来。这场试验还要进行多长时间？

他盯着门外的萨巴赫。她把兜帽抛在脑后，露出了鬓角处的部落文身。雷托没能一下子认出那个文身，随后才意识到自己身处的环境。是的，迦科鲁图仍然存在。

雷托不知道自己究竟是要恨自己的祖母，还是要感谢她。她想让他能够清醒地意识、分析自己的本能。但本能只是人类这一物种的群体记忆，能告诉人们如何应对危机。来自体内其他生命的直接记忆能教给他的东西远比本能更多。他已经将他们的记忆整理完毕，而且看到了将自己的内心袒露给哥尼将带来的危险。但在纳穆瑞面前，他无法掩饰。纳穆瑞是另外一个问题。

萨巴赫走进小石室，手里拿着个小碗。他欣赏地看着门外的灯光投射在她身后，在她头发边缘形成了一道彩虹。她轻柔地抬起他的头，开始喂他吃小碗里的东西。直到此刻，他才意识到自己是多么虚弱。他没有拒绝，而是让自己的思绪重又开始漫游。他想起与哥尼和纳穆瑞的那次会面。他们相信了他！纳穆瑞比哥尼相信的程度更深，但即便是哥尼也无法否认他的意识所看到的行星的未来。

萨巴赫用长袍的衣角擦了擦他的嘴。

哦，萨巴赫，他想着，回忆起了那些使他的内心充满痛苦的幻象。许多个夜晚，我在露天的水面旁做梦，听着风从我的头顶刮过。许多个夜晚，我的肉身躺在了岩洞旁，梦到了炎炎夏日中的萨巴赫。我看到了她正在储藏那些在红热的塑钢片上烤熟的香料面包。我看到了引水渠中清澈的水面，宁静，波光粼粼，而我的心中却有沙暴在肆虐。她喝着咖啡，吃着甜点。她的牙齿在阴影中闪闪发亮。我看到她把我的水环编入她的头发。她胸部散发的琥珀香气飘入我内心最深处。她的存在压迫和折磨着我。

来自体内记忆的压力爆发了。他试图抵抗，但它还是爆发了。他感觉到了缠绕在一起的身体、做爱的声音、嘴唇、呼吸、潮湿的呼吸、舌头。他幻象中的某处，有着炭色的、螺旋的形体。它进入他脑海的时候，他感受到了它的律动。有个声音在他头颅中回响着："请你……请你……请你……请你……"他感到下身在膨胀，嘴巴大张，进入了一种癫狂的状态。接着是一声叹息，一阵盘桓不去的高潮般的甜美，一次彻底的崩塌。

哦，让这一切变成现实吧。如果实现，那该多好啊！

"萨巴赫，"他喃喃自语道，"哦，我的萨巴赫。"

雷托深深地陷入了入定的作用。萨巴赫带着碗离开了。她在门口停了一下，对纳穆瑞说道："他又叫我的名字了。"

"回去和他待在一起，"纳穆瑞说道，"我必须找哈莱克讨论一下这个事情。"

萨巴赫把碗放在门口，转身回到石室内。她坐在小床旁，看着阴影中雷托那张脸。

他睁开双眼，伸出一只手，碰了碰她的脸颊。他开始和她说话，告诉她她在幻象世界中的样子。

他说话时，她把他的手握在手心。他的样子是多么甜美……多么甜美啊——她倒在床上，枕着他的手。她睡着了，没有意识到他抽开了手。雷托坐了起来，感觉身体极度虚弱。香料和它引发的幻象吸干了他的精力。他搜寻着自己的每个细胞，聚起所有残余的力量。随后，他爬下了床，没有惊扰萨巴赫。他不得不离开，但他知道自己走不了多远。他慢慢地穿上蒸馏服，套上长袍，沿着通道溜到外面。那儿有几个人，都在忙着自己的事。他们知道他，但他的事不归他们管：纳穆瑞和哈莱克应该知道他在干什么，再说萨巴赫就在附近。

他找到了一条他需要的小路，鼓起勇气，沿着它走了下去。

在他身后，萨巴赫正在熟睡，直到哈莱克回来把她弄醒。

她坐了起来，抹了抹眼睛，看到了空荡荡的小床，还看到自己的叔叔站在哈莱克身后，愤怒写在他们的脸上。

她的表情提出问题，纳穆瑞回答道："是的，他溜了。"

"你怎么能让他逃走？"哈莱克愤怒地喝道，"怎么可能？"

"有人看见他向着低处的出口去了。"纳穆瑞说道，声音出奇地平静。

萨巴赫在他们面前害怕地蜷缩成一团，渐渐想起了刚才的事。

"他怎么逃走的？"哈莱克问道。

"我不知道，我不知道。"

"现在是晚上，再说他很虚弱。"纳穆瑞说道，"他走不远的。"

哈莱克转身看着他："你想要这个男孩死吗？"

"这么做不会让我难过。"

哈莱克再次面对萨巴赫："告诉我发生了什么。"

"他碰了碰我的脸颊。他一直在说他的幻象……说我们在一起。"她低头看着空空的床，"他让我睡着了。他对我使了魔法。"

哈莱克瞥了纳穆瑞一眼："他会不会藏在这里的什么地方？"

"如果藏在穴地里，我会找到他的。但他朝出口去了，他在外面。"

"魔法。"萨巴赫低声道。

"没有魔法，"纳穆瑞说道，"他把她催眠了。我也曾经几乎着了他的道，还记得吗？当时我还说我是他的朋友。"

"他非常虚弱。"哈莱克说道。

"那只是他的身体，"纳穆瑞说道，"但是他走不远。我弄坏了他蒸馏服的足踝泵。就算我们找不到他，他也会被渴死。"

哈莱克几乎要转过身来给纳穆瑞一拳，但他强忍着没动。杰西卡警告过他，纳穆瑞可能会杀了那个男孩。上帝啊！他们走上了一条什么道路，厄崔迪人对付厄崔迪人！他说道："有没有可能他只是在入定的作用下梦游？"

"有什么分别？"纳穆瑞问道，"如果他逃走，他必须死。"

"天一亮我们就开始搜寻。"哈莱克说道，"他有没有带弗雷曼救生包？"

"大门的水汽密封口后总是放着几个，"纳穆瑞说道，"他要不拿一个的话就太傻了。我向来不认为他是个傻子。"

"那么，给我们的朋友传个信息吧。"哈莱克说道，"告诉他们发生了什么。"

"今晚传不了信息，"纳穆瑞说道，"马上要起沙暴了。部落跟踪它已经三天了，今天午夜它将经过这里。通信已经中断。这儿的卫星信号两个小时前就消失了。"

哈莱克发出一声深深的叹息。如果那个男孩碰到了沙暴，他肯定会死在外面。沙暴会把他的肉从骨头上啃下来，并把他的骨头挤成碎片。计划中的假死会变成真正的死亡。他用拳头击着另一只手的掌心。沙暴会把他们困在穴地内，他们甚至无法展开搜寻。而且沙暴的静电已经切断了穴地与外界的通信。

"蝙蝠。"他说。可以把信息记录在蝙蝠的声音里，让它飞出去传递警告。

纳穆瑞摇了摇头："蝙蝠无法在沙暴中飞行。别指望了，它们比我们更敏感。它们会躲在悬崖下，直到沙暴过去。最好等卫星信号重新连接上，然后我们才能试着去找他的遗体。"

"如果他带上了弗雷曼救生包，把自己埋在沙子里，他就不会死。"萨巴赫说道。哈莱克转了个身，暗自咒骂着离开那两人。

和平需要解决方案，但是我们从来没有过真正有活力的方案，我们只是在不断地朝那个方向努力。此外，一个既定方案，从它的定义就可以看出，是一个死方案。和平的问题在于它倾向于惩罚错误，而不是奖励创造性。

——摘自哈克·艾尔-艾达的
《我父亲的语录：经过整理的穆阿迪布记录》

"她在训练他？她在训练法拉肯？"

厄莉娅盯着邓肯·艾达荷，目光中带有明显的愤怒和怀疑。就在不久前，宇航公会的飞船进入了厄拉科斯的轨道。一个小时后，飞船把邓肯·艾达荷放到了厄拉科斯，没有发出任何通报就降落了。几分钟后，扑翼飞机把他带到了皇宫顶上。接到他即将到达的报告后，厄莉娅一直在那儿等着他。她身后站着一列卫兵，整个会面过程显得冷冰冰的，十分正式。之后，他俩回到她在皇宫北翼的房间内。他报告了事件的全过程，真实、准确，用门泰特的方式强调了每个细节。

"她已经失去了理智。"厄莉娅说道。

他把她的评论当作了一个向门泰特提出的问题："所有迹象表明她仍然保持着心理平衡，应该说她的心智健康表现在……"

"住嘴！"厄莉娅喝道，"她到底在想什么？"

艾达荷知道，只有进行冷静的门泰特计算，他才能控制自己现在的情绪。他说道："据我的计算，她在考虑她孙女的婚约。"他小心地控制着自己不流露出任何表情，以掩盖内心不断升腾的悲痛。厄莉娅不在这儿。厄莉娅已经死了。有时，他会在自己的意识中保留一个原来的厄莉娅，他创造了这个厄莉娅来满足自己的需要。但是，门泰特无法长时间生活在自我欺骗中。这个戴着人类面具的家伙已经入了魔道，魔鬼般邪恶的心灵正驱使着她。他有一对金属眼，眼珠里还有无数个复眼，他可以随意地在视野中再现许多个原来的厄莉娅。但只要他把这些影像结合成一个，过去的厄莉娅就全都消失了。她的形象变成了邪物，她的肉体只是一具外壳，下面是无数咆哮的生命。

"甘尼玛在哪儿？"他问道。

她随意地打发了这个问题："我让她和伊勒琅一起待在斯第尔格那儿。"

待在那个保持中立的地方，他想，最近又有一轮和反叛部落的谈判，她的势力正在缩减，她还不知道谈判会有什么结果……是这样吗？还有别的原因吗？斯第尔格投靠她了吗？

"婚约。"厄莉娅若有所思地说道，"科瑞诺家族的情况如何？"

"萨鲁撒周围聚集了一大堆远亲家族，都在为法拉肯效劳，希望在他重掌大权以后得到一点好处。"

"她竟然以贝尼·杰瑟里特的方式训练他……"

"对于甘尼玛的丈夫来说，这种训练难道不合适吗？"

厄莉娅想起甘尼玛的报复心，暗自笑了笑。就让法拉肯被训练吧。杰西卡训练的是一具尸体。所有问题都可以得到解决。

"我必须好好想想这个问题。"她说道，"你怎么不说话，邓肯？"

"我在等你的问话。"

"我明白了。我当时真的非常生气，你竟然把她交给了法拉肯！"

"你命令过我，绑架必须看上去像真的一样。"

"我被迫向公众宣布，说你们两人被俘了。"她说道。

"我是执行你的命令。"

"有些时候你太机械了，邓肯。你差点吓死我了。"

"杰西卡夫人不会有事。"他说道，"为了甘尼玛的事，我们应当感谢她……"

"万分感谢。"她同意道。她暗想：*不能再信任他了。他那该死的对厄崔迪家族的忠诚！我必须找个理由把他支走……除掉他。当然，必须像是一次事故。*

她碰了碰他的脸颊。

艾达荷强迫自己接受了她的亲昵行为，并握住她的手吻了一下。

"邓肯，邓肯，太让人伤心了，"她说道，"我不能把你留在我身边。发生了太多的事，而我能信任的人又这么少。"

他松开她的手，等待着。

"我被迫把甘尼玛送到了泰布穴地，"她说道，"这儿的局势很不稳定。来自半开化的弗雷曼人的袭击者破坏了卡加盆地的引水渠，把水都放到了沙漠里。厄拉奇恩的供水量严重不足，盆地内的沙鳟还在吸收着残余的水分。我们正在想办法对付，但进展不顺利。"

他已经注意到皇宫内几乎看不到厄莉娅的女卫兵。他想：*沙漠深处的游击队会不断尝试刺杀厄莉娅。她难道不知道吗？*

"泰布仍然是中立区，"她说道，"谈判就在那儿进行。贾维德带着教会代表驻扎在那儿，但我希望你能去泰布监视他们，特别是伊勒琅。"

"她是科瑞诺人。"他同意道。

但他从她的眼睛里看出来了，她其实是要除掉自己。对他来说，这个披着厄莉娅外表的生物变得越来越透明了。

她挥了挥手："走吧，邓肯，趁我还没心软，想把你留在身边。我已经开始想你了……"

"我也想你。"他说道，并让内心所有的痛苦都流露在语言中。

她盯着他，被他的悲痛吓了一跳，随后她开口说道："为了我，邓肯，走吧。"接着她暗自想：*对你来说就太糟了，邓肯。*她再次开口道："兹亚仁卡会带你前往泰布。我们这儿也需要扑翼飞机，不能交给你。"

*她那个受宠的女卫兵，*他想，*我得提防那个人。*

"我明白。"他说道，再次抓住她的手吻了一下。他盯着曾经是厄莉娅的可爱的肉体。他不敢看着她的脸。当他转身离开时，她脸上那一双不知属于谁的眼睛盯着他的后背。

他爬上皇宫顶上的平台，开始研究刚才没来得及考虑的问题。与厄莉娅会面时，他一直保持着极端的门泰特状态，读取着各种各样的数据。他等在扑翼飞机旁，眼睛注视着南方。想象力带着他的目光越过了屏蔽场城墙，看到了泰布穴地。*为什么是兹亚仁卡带我去泰布？驾驶扑翼飞机返回是个微不足道的任务。为什么她还不来？兹亚仁卡是在受领什么特别任务吗？*

艾达荷瞥了警惕的卫兵一眼，爬上扑翼飞机驾驶员的座位。他向外探出身子说道："告诉厄莉娅，我会叫斯第尔格的人尽快把扑翼飞机送回来。"

没等卫兵作出反应，他关上舱门，启动了扑翼飞机。卫兵站在那儿，一副犹豫不决的样子。谁敢阻挠厄莉娅的丈夫呢？在她下定决心该怎么办之前，他已经把扑翼飞机飞上了天。

现在，孤身一人待在扑翼飞机内，他让自己的悲痛化为时断时续的哽咽。他们永远地分开了。从他的特莱拉眼睛中流出了泪水。

但是，现在不是悲伤的时候，他意识到了这一点，并迫使自己冷静下来，计算着目前的情况。驾驶扑翼飞机也需要他集中注意力。飞行时的力反馈带给他些许宽慰，他控制住了自己。

甘尼玛和斯第尔格又在一起了。还有伊勒琅。

为什么她要兹亚仁卡陪伴他前往泰布？他把这个问题纳入了门泰特思考，思考的结果令他寒意顿生。**路上的事故会要了我的命。**

这个供奉着领袖头颅的岩石神殿内没有祈祷者。它成了荒凉的墓地。只有风能听到此地的声音。夜行动物的叫声和两个月亮划过的轨迹都述说着他的时代已结束。不再有祈祷者前来，他们已忘却了这个纪念日。从山上下来的小路是多么荒凉啊。

——摘自某位佚名厄崔迪公爵神殿内镌刻的诗句

在雷托看来，这个想法看似简单，但深处却隐藏着欺骗：抛开幻象，去做那些没有在幻象中显现的事。他深知这其中的陷阱，那些通向宿命未来的线头看似随意地互相缠绕着，但一旦你握住其中的一根，其余的线头很快便会将你紧紧包围。好在他已经理清了这些线头。他正在逃离迦科鲁图。必须首先剪断的就是连接萨巴赫的线头。

在最后一缕日光下，他匍匐在守卫着迦科鲁图的岩壁的东缘下。弗雷曼救生包里有能量片和食物。他等待着重新积聚起自己的力量。在他西面是阿兹拉卡——一个石膏平原——在沙虫出现前，那里曾经是一片露天的水域。东面地平线之外是贝尼·什克，一片分散的新居民区，不断蚕食着沙漠，当然从这儿是看不到它的。南方是坦则奥福特，恐怖之地：三百八十公里长的荒原，其中点缀着被植被固化的沙丘，沙丘上的捕风器为植被提供水分。生态变革的工作正改变着厄拉科斯的地貌。空运过来的工作队定期维护那里的植被，但谁也不可能在那儿待上很久。

我要去南方，他告诉自己，**哥尼猜得到我会这么做，但现在这个时刻还不适合去做别人意料不到的事。**

天很快就要黑了，马上就可以离开这个暂时的藏身之所。他盯着南方的天际。那儿的地平线上躁动着褐色的空气，如同烟雾般弥漫开来，空气中的沙尘就像一条火线似的四处奔袭——是沙暴。沙暴的中心升腾在大沙漠上空，像一条探头探脑的沙虫。足足一分钟，他观察着沙暴中心，注意到它既不往右边去，也不往左边来。一条古老的弗雷曼谚语一下子闪现在他的脑海：**如果沙暴的中心没有偏移，只能说明你正好挡在它的道上。**

沙暴改变了他的安排。

他回头向左方泰布穴地的方向注视了一会儿，感受着沙漠的傍晚呈现出的具有欺骗性的宁静。他又看了看点缀着风蚀小圆石的白色石膏平原，体会着与世隔绝的荒凉。石膏平原亮闪闪的白色表面倒映着沙尘云，显得那么虚幻。在任何幻象中，他都没有看到自己从一场大沙暴中逃生，也没有看到自己被深埋于沙中窒息而死。他只有一个在风中翻滚的幻象……那个幻象可能就要发生了。

沙暴就在那儿，范围覆盖了好几个纬度，把它所经之处的世界都置于自己的淫威之下。可以去那儿冒冒险。弗雷曼人中流传着一些古老的故事，当然总是来源于朋友的朋友，说人可以找一条筋疲力尽的沙虫，用造物主矛钩插入它最宽的那几节身体中的一节，将它定在地面，让它不能动弹，然后人站在沙虫下风的遮蔽区内，用这种办法从沙暴中逃生。勇敢和冒进的分界线诱惑着他。那个沙暴最早也要在午夜才能抵达这儿。还有时间。在这儿能截断多少条线头呢？所有的，甚至包括最后一根？

哥尼能猜到我会去南方，但他没有料到沙暴。

他朝南方看去，想寻找一条道路。他看到一条深深的峡谷，蜿蜒切入迦科鲁图的岩壁中。他看到沙尘在峡谷内盘旋，如同鬼魅起舞。沙尘傲慢地沙沙作响飞进沙漠，像流水一般。他背上弗雷曼救生包，沿着通向峡谷的道路走去，忍受着嘴里的干渴。尽管天还没有黑到别人看不到他的程度，但是他知道自己必须和时间赛跑。

他到达峡谷入口时，沙漠中的黑夜迅速降临了。月光照耀着他前往坦则奥福特。他感到自己的心跳在加速，所有体内生命的恐惧都作用在他身上。他感到自己正在陷入"华内-纳"，弗雷曼人以此来称呼最大的沙暴，意思是"大地的亡者蒸馏器"。但是，无论会发生什么，都是他的预知幻象没有显示的。踏出的每一步都让他渐渐远离由香料引发的幻象，每一步都让他的自我意识得以逐渐伸展。踏出数百步之后，他慢慢又建立了与真实内心之间无声的沟通。

无论如何，父亲，我来找你了。

四周的岩石上有鸟，他看不见它们，但它们发出的低叫声暴露了自己。他倾听着鸟叫声的回音，前进在漆黑的路上——这是弗雷曼人的生活智慧。经过地缝时，他时时留意，看有没有凶恶的绿眼睛，野兽通常会躲在缝中，以躲避即将到来的沙暴。

他走出了峡谷，来到沙漠。沙子仿佛有了生命，在他脚底下呼吸移动，告诉他地下发生的剧变。他回头看着月光笼罩下的迦科鲁图火山锥。那里的整个岩壁都是变质岩，是受到地壳的压力而形成的。他插好了召唤沙虫的沙槌。当沙槌开始敲击沙地时，他占据好了位置，静静地听着，观察着。他的右手不自觉地摸索着藏在长袍内代表厄崔迪家族的玺戒。哥尼发现了这个玺戒，但没有收缴。看到保罗的戒指时，他有什么想法？

父亲，我快来了。

沙虫从南方来。它扭转着身子，避免碰到岩壁。它并不像他希望的那么大，但已经没有时间了。他调整着自己的前进路线，在它身上插入造物主矛钩，在它冲向沙槌所激起的沙尘中迅速攀上它鳞状的表面。在矛钩的作用下，沙虫听话地转了个弯。旅途中的风开始掀动他的衣襟。他将目光锁定在南方那片被沙尘掩盖的昏暗星空，驾驭着沙虫向前驰去。

径直冲向沙暴。

借着一号月亮的月光，雷托目测着沙暴的高度，计算它到来的时间——肯定在天亮之前。沙暴正在扩张，积聚着更多的能量，为爆发作准备。生态变革工作队在那里做了不少工作，行星仿佛在有意进行愤怒的反击。随着工作的深入，行星的愤怒也越来越可怕。

整个晚上，他一直驱策沙虫往南行进，他能感到脚下沙虫体内储存的香料正在转变成能量。时不时地，他能感觉到这头野兽想逃向西方——它整个晚上都在竭力这么做，可能是因为它体内固有的领地意识，也可能是想躲避即将到来的沙暴。沙虫通过钻入地下来躲避沙暴，但它却因为身上插着矛钩而无法下潜。

临近午夜，沙虫显示出了疲惫的迹象。他沿着它的脊背后退了几步，用鞭子抽打着它，但容忍它以较慢的速度继续往南而去。

天刚亮，沙暴来了。沙漠上空的晨曦一个接一个地照亮了沙丘。刚开始，扑面的沙尘使他不得不拉下了防护罩。在越来越浓的沙尘中，沙漠变成了一幅没有轮廓的棕色图画。随后，沙子开始切割他的脸颊，刺痛他的眼睑。他感觉着舌头上粗糙的沙子。该下决心了。他应该冒险尝试那个古老传说中的方法吗？用矛钩定住已筋疲力尽的沙虫？只一刹那间，他便抛弃了这个想法。他走向沙虫的尾部，松开矛钩。几乎无法动弹的沙虫开始潜入地下，它体内排放的热量在他身后形成了一股热旋风。弗雷曼孩子从最早听到的故事中就已经知道了沙虫尾部的危险性。沙虫相当于一座氧气工厂，它们行进的沿途会擦出一排火焰。

沙子开始抽打着他的脚面。雷托松开矛钩，向旁边跳了一大步，躲避沙虫尾部的火焰。现在，一切都取决于能否钻入沙中，沙虫刚刚把这地方的沙地弄松。

雷托左手抓住静电压力器，开始向沙地深处挖去。他知道沙虫太累了，顾不上回头把他吞进血盆大口中。左手挖沙的同时，他的右手从弗雷曼救生包中取出蒸馏帐篷，并做好了充气准备。整个过程在不到一分钟的时间内完成：他在一座沙丘的背风处挖出了个沙窝，并把帐篷靠在坚实的沙壁上。他给帐篷充了气，爬了进去。在密封帐篷口之前，他伸出手摸到了压力器，并反转了它的工作方向。沙子开始沿着帐篷滑下。在他密封好帐篷口之前，几粒沙砾滑进了帐篷。

现在，他必须以更快的速度工作。不会有通气孔通到这个地方，给他提供呼吸的空气。这是个超大的沙暴，几乎没有人能从它手里逃命。它会在这地方盖上成吨的沙子。只有蒸馏帐篷柔软的泡泡和坚实的外骨架能够保护他。

雷托平躺在帐篷里，双手合在胸前，让自己进入龟息状态。在这种状态下，他的肺一小时内只工作一次。这么做的同时，他失去了对未来的掌控。沙暴会过去，如果它没有掀开这个脆弱的沙窝，他有可能醒来……或者他会进入地府，永远长眠下去。不管发生了什么，他知道他必须剪断所有的线头，一根接着一根，到最后只剩下金色通道。要么他能醒来，要么他放弃作为帝国继承人的权利。他不愿继续生活在谎言中——那个可怕的帝国，叫嚣着将他的父亲扭曲为神话。如果教士再呼喊那种诸如"他的晶牙匕将溶解魔鬼"之类的废话，他将不会继续保持沉默。

带着坚定的信念，雷托的意识滑入了无尽的"道"之网中。

在任何行星系统中，显然都存在着某种最主要的影响力，通常表现为将地球的生命引入新发现的行星。在所有这些活动中，生活于相似环境中的生命发展出了极其相似的适应新环境的形式。这里所说的形式远不只生命的外表，它能将生存下来的物种紧密地联系在一起。人类渴求这种互相依赖的秩序和有序环境，这是一种深刻的必需。然而，这种渴求也可以用在保守的用途上，即维持现状，拒绝变革。事实证明，对整个社会结构而言，这一点最具摧毁力。

——摘自哈克·艾尔-艾达的《沙丘灾难》

"我的儿子并不是真正看到了未来。他看到的是创造的过程，以及它与现实之间的联系。"杰西卡说道。她的语气很轻快，没有显示出要草草跳过这个话题的意思。她知道，一旦躲在暗处的观察者意识到她在干什么，他们会飞快地跳出来阻止她。

法拉肯坐在地板上，午后的阳光从他身后的窗户里照射进来，照亮了地板的一角。杰西卡站在法拉肯对面的墙边，从这儿刚好能看到花园中那棵树的顶部。在她面前的是一个新的法拉肯：更瘦，也更强壮。几个月的训练使他产生了不可思议的变化。他看着她时，眼睛里闪着光。

"他看到了现存的力量继续发展下去的前景，这些前景必将变成现实，除非能够事先分散那些力量。"杰西卡说道，"他采取了行动，分散了现在的力量。他不能伤害那些追随他的人，于是只好朝他自己下手。他拒绝接受摆在他面前的那个确定的未来，因为那是胆怯的表现。"

法拉肯已经学会了安静地倾听，先在心里掂量、分析自己的疑问，直到他认为这些问题都切中了要害才将它们提出来。她刚才一直在说贝尼·杰瑟里特关于记忆的观点，然后很自然地过渡到了姐妹会对保罗·穆阿迪布的分析。然而，法拉肯察觉到她的话和动作中隐藏着阴影，她的潜意识和她表面的陈述有差异。

"在我们所作的那么多分析中，这是最关键的。"她说道，"我们假设所有的人类和支持人类的生命形成了一个自然社区，那么，整个社区的命运取决于每个人的命运。因此，我们不再扮演上帝，转而教育人民。我们决定教育一个个个体，让他们像我们一样获得自由。"

直到这时，他才明白了她究竟想说什么，而且知道她的话对那些暗中监视的人会产生什么样的效果。他控制着自己，没有不安地向门口张望。只有受过训练的眼睛才能察觉出他在刹那间表现的不平衡，但杰西卡看到之后只是笑了笑。毕竟，微笑能代表任何意义。

"这就算是你的毕业典礼吧，"她说道，"我为你感到高兴，法拉肯。站起来，好吗？"

他服从了她的命令，站起身，挡住他身后窗户外的树顶。

杰西卡将双臂紧贴于体侧，说道："我有责任向你传达这段话：'我是神圣人类中的一员。诚如我所知，某天你也将加入我们。我在你面前祈祷这一切终将发生。未来仍未确定，它也本应如此，因为它是我们描绘自己的渴望的画布。人类总是面对着一张美丽的空白画布。我们掌握着现在，在你我共同创造并享有的神圣面前，不断地提升我们自己。'"

杰西卡刚刚说完，泰卡尼克便从她左面的一扇门里冲了进来。他装出一副轻松随意的样子，但脸上的怒容暴露了他的内心。"阁下。"他说道。但他已经太迟了，杰西卡的话和此前的一切准备发挥了作用。法拉肯不再是科瑞诺人了。他现在是一名贝尼·杰瑟里特。

你们这些宇联商会的董事似乎有个问题没能弄清楚：为什么在商业中很难找到真正的忠诚。你上一次听说某个职员将生命献给了公司是什么时候？或许你们的缺陷出于一个错误的假定，即你们认为可以命令人们进行思考或是合作。这是历史上一切组织，从宗教团体到总参谋部，失败的根源。总参谋部有一长串摧毁了自己国家的记录。至于宗教，我推荐你们读读托马斯·阿奎那[1]的著作。你们相信的都是什么样的谎言啊！人们想做好某件事情的动力必须发自内心最深处。只有人民，而不是商业机构或是管理链，才是伟大文明的推动力。每个文明都有赖于它所产生的个体的质量。如果你们以过度机构化、过度法制化的手段约束人民，压制了他们对伟大的渴望——他们便无法工作，他们的文明也终将崩溃。

——摘自传教士的《写给宇联商会的信》

　　雷托渐渐从入定状态中醒来。转变的过程很柔和，不是将一个状

---

[1] 托马斯·阿奎那（1225—1274），意大利圣多明尼克教派僧侣，神学家和哲学家，经院哲学杰出代表，他将亚里士多德的方法应用于基督神学。他的名著是《神学大全》。

态与另一个状态截然分开，而是慢慢地从一个程度的清醒上升到另一个程度。

他知道自己身处何方。力量回归到了他体内，他感觉到了帐篷内缺氧的空气中夹杂着阵阵馊味。如果他拒绝移动，他知道自己将永远地留在那张无边的网内，永远留在这个永恒的现在，与其他一切共存。这个景象诱惑着他。所谓的时空感只不过是宇宙在他心智上的投影。只要他愿意打破预知幻象的诱惑，勇敢地作出选择，或许可以改变不久以后的未来。

但这个时刻要求的是哪一种类的勇敢行动？

入定状态诱惑着他。雷托感到自己从入定中归来，回到了现实宇宙，唯一的发现是两者完全相同。他想就此不动，维持这个发现，但是生存需要他作出决定。他渴望着生命。

他猛地伸出右手，朝他丢下静电压力器的方向摸去。他抓到了它，并翻了个身，俯卧着撕开帐篷的密封口。沙子沿着他的手臂滑落下来。在黑暗中，他一边呼吸着肮脏的空气，一边飞快地工作着，向上开挖出一条坡度很陡的隧道。在破除黑暗、进入到新鲜空气之前，他向上挖了六倍于他身高的距离。最后，他从月光下的一座沙丘中破土而出，发现自己离沙丘顶部还有三分之一高度的距离。

他头顶上方是二号月亮。它很快便越过了他，消失在沙丘后面。天空中的星星亮了起来，看上去如同一条小路旁闪闪发光的石头。雷托搜寻着流浪者星座，找到了它，然后让自己的目光跟随着亮闪闪的星座伸出的一只胳膊——那是南极星的所在。

这就是你所在的这个该死的宇宙！他想。从近处看，它是个杂乱的世界，就像包围着他的沙子一样，一个变化中的世界，一个独特性无处不在的世界。从远处看，只能看到某些规律，正是这些规律模式诱惑着人们去相信永恒。

但在永恒之中，我们可能会迷失方向。这让他想起了某段熟悉的弗雷曼小调中的警告：在坦则奥福特迷失方向的人会失去生命。规律能提供指引，但同样也会布下陷阱。人们必须牢记，规律也在发生变化。

他深深吸了口气，开始行动。他沿着挖出的隧道滑下去，折叠好帐篷，重新整理好了弗雷曼救生包。

东方的地平线上出现了一抹酒红色。他背上救生包，爬上沙丘顶部，站在日出前寒冷的空气中，直到升起的太阳温暖了他的右脸颊。他眼眶上还戴着遮光板，以减弱阳光的刺激，但他知道自己现在必须向沙漠示好，而不是和它斗争。因此，他取下遮光板，把它放进救生包中。他想从贮水管中喝口水，可只喝到了几滴水，倒是吸了一大口空气。

他坐在沙地上，开始检查蒸馏服，最后查到脚踝泵。它已经被针型刀切开了。他脱下蒸馏服，开始修理它，但是损害已然发生。他体内的水分至少已经流失了一半。如果不是有蒸馏帐篷的保护……他回味着这件事，奇怪自己为什么没有在幻象中看到它。这个事实告诉他，没有幻象的世界同样充满了危险。

雷托行走在沙丘顶部，打破了此地的孤寂。他的目光游荡在沙漠上，寻找着地面的任何波动。沙丘星上任何不寻常的现象都可能意味着香料或是沙虫的活动。但沙暴过后，沙漠上的一切都一模一样。于是他从救生包中取出沙槌，把它插在沙地里，激活了它，让它呼唤躲在地底深处的夏胡鲁。随后他躲在一边，静静地等待着。

等了很久才有一条沙虫过来了。他在看到它之前就听到了它的动静。他转身面对东方，那里传来大地颤动发出的沙沙声，连带着震动了空气。他等待着从沙地中冒出的血盆大口。沙虫从地底下钻了出来，裹挟着的大量沙尘遮挡了它的肋部。蜿蜒的灰色高墙飞快地越过雷托，他趁机插入矛钩，轻易地从侧面爬了上去。向上爬的过程中，他控制着沙虫拐了个大弯，向南而去。

在矛钩的刺激下，沙虫加快了速度。风刮起雷托的长袍，他感到自己被风驱赶着，强大的气流推着他的腰。

这条沙虫属于弗雷曼人称之为"咆哮"的那一类。它频繁地把头扎到地底下，而尾部一直在推动着。这个动作产生了闷雷般的声音，而且使得它的部分身体离开沙地，形成了驼峰般的形状。这是一条速度很快的沙虫，尾部散发的热风吹过他的身体。风里充斥着氧化反应的酸味。

随着沙虫不断向南方前进，雷托的思绪自由飘荡起来。他想把这次旅行看成自己获得新生的庆典，以此让自己忘却为了追求金色通道所必须付出的代价。正如弗雷曼老人一样，他知道自己必须通过各种新的庆典来保证自己不被割裂成记忆的碎片，来抵挡灵魂中那些贪婪的捕猎者。矛盾从未被统一过，现在却必须被纳入当下的情形，成为从内部驱动他的力量。

中午过后不久，他注意到在他前进方向偏右的地方有个隆起。渐渐地，隆起变成了一个小山丘。

现在，纳穆瑞……现在，萨巴赫，咱们来瞧瞧你们的同胞会怎么对待我的出现，他想。这是他面前最微妙的一根线头，它的危险更多来自它的诱惑，而不是显而易见的威胁。

山丘的景象一直在变化。有一阵子，看上去仿佛是它在朝他走近，而不是他向着它前进。

筋疲力尽的沙虫总想往左边去。雷托沿着它庞大的身体侧面向下滑了一段距离，随后又插下矛钩，让沙虫沿着一条直线前进。一阵浓郁的香料味道刺激着他的鼻孔，这是香料富矿的信号。他们经过一片到处在冒泡的鳞状沙地，沙地下刚刚经历了一场香料喷发。他稳稳地驾驭着沙虫越过那条矿脉。充满肉桂香气的微风追随了他们一阵子，直到雷托操纵沙虫进入另一条正对着山丘的航道。

突然间，一道缤纷的色彩闪现在沙漠南部远处的地平线上：在空旷的大地上，一个人造物体反射着太阳的光芒。他拿出双筒望远镜，调整好焦距，看到了一架香料侦察机伸展的机翼在阳光下闪闪发光。它下面有一台大型采集机，看上去像是一只巨大的蝶蛹。雷托放下望远镜，采集机缩小成了一个小点。这也告诉他，那些香料的采集箱也会看到他——沙漠与天空之间的小黑点，弗雷曼人把这看成有人在活动的迹象。他们显然已经看到了他，而且警觉起来。他们在等待。在沙漠中，弗雷曼人总是互相猜疑，直到他们认出了新来者，或是确定了新来者不会构成威胁。甚至在帝国文明之光的照耀下，他们仍然保持着半开化的状态。

那就是能拯救我们的人，雷托想，那些野蛮人。

远处的香料侦察机向右倾斜了一下，随后又向左倾了倾。这是一个传递给地面的信号。雷托能想象驾驶员正在检查他身后的沙漠，看他是不是前来此处的唯一沙虫骑士。

雷托控制着沙虫向左转弯，直到它完整地掉了个头为止。他从沙虫的肋部滑下，并向外跳了一大步，离开了沙虫的前进范围。不再受矛钩控制的沙虫生气地在地面吸了几口气，然后把前三分之一的身体扎进沙地，躺在那里恢复体力。显然它被骑得太久了。

他转身离开沙虫，它将留在这里继续休息。侦察机围绕着采集机缓缓飞行，不断用机翼发出信号。他们肯定是接受走私徒赞助的反叛者，刻意避免使用电子形式的通信手段。他们的目标显然是他刚刚经过的香料区——采集机的出现证明了这一点。

侦察机又转了一圈，随后沉下机头，停止转圈，直接向他飞来。他认出这是他父亲引进厄拉科斯的一种轻型扑翼飞机。它在他头上同样转了一圈，然后沿着他站立的沙丘搜查了一番，这才迎着微风着陆。它停在离他有十米远的地方，激起一阵飞扬的沙尘。靠他这侧的舱门开了，一个穿着厚厚的弗雷曼长袍的人从里面走了出来，长袍右胸处有一个长矛标记。

那个弗雷曼人缓缓地向他走来，给双方都留下充分的时间来研究对方。那个人个子挺高，长着一双蓝色的香料眼。蒸馏服面罩遮蔽了他下半部分脸庞，他还用兜帽盖住了额头。长袍飘动的样子显示那底下藏着一只拿着毛拉枪的手。

那个人在离雷托两步远的地方停了下来，低头看着他，眼神里充满疑惑。

"祝我们好运。"雷托说道。

那个人向四处看了看，检查着空旷的大地，随后将注意力重新放回到雷托身上。"你在这儿干什么，孩子？"他问道，蒸馏服面罩使他的声音听起来闷闷的，"你想成为沙虫洞的软木塞吗？"

雷托再次用了传统的弗雷曼表达方式："沙漠是我家。"

"你走的是哪条路？"那个人问道。

"我从迦科鲁图向南而来。"

那个人爆发出一阵狂笑："好吧，巴泰！你是我在坦则奥福特见到的最奇怪的人。"

"我并不是你的小瓜果。"雷托针对他说的"巴泰"回应道。这个词有一种可怕的含义——沙漠边缘的小瓜果能为任何发现它的人提供水分。

"我们不会喝了你，巴泰，"那个人说道，"我叫穆里茨。我是这里台夫们的哈里发。"他用手指了指远处的采集机。

雷托注意到这个人称自己为他们这伙人的法官，并把其他人称为台夫，意思是一个帮派或是一个公司。他们不是"依池万"——不是有血缘关系的一个部落。他们肯定是接受赞助的反叛者。这里有他想要选择的线头。

雷托保持着沉默，穆里茨开口问道："你叫什么？"

"就叫我巴泰吧。"

穆里茨又发出一阵笑声："你还没告诉我，你来这儿干吗？"

"我在寻找沙虫的足迹。"雷托说道，用这个宗教式的回答表明自己正在进行顿悟之旅。

"一个这么年轻的人？"穆里茨问道，他摇了摇头，"我不知道该拿你怎么办，你看到我们了。"

"我看到什么了？"雷托问道，"我提到了迦科鲁图，而你什么也没回答。"

"想玩文字游戏？"穆里茨说道，"好吧，那边是什么？"他朝着遥远的沙丘扬了扬头。

凭借他在幻象中的所见，雷托回答道："只是苏鲁齐。"

穆里茨挺直了身子，雷托感觉自己的脉搏正在加速。

接下来是一阵久久的沉默。雷托看出那个人在揣测着他的回答。苏鲁齐！在穴地晚餐之后的故事时间内，苏鲁齐商队的故事总是被反复传诵着。听故事的人总是认定苏鲁齐是个神话，一个能发生有趣事情的地方，一个只是为了神话而存在的地方。雷托记起了众多故事中的一个：人们在沙漠边缘发现了一个流浪儿，把他带回了穴地。一开始，流浪儿拒绝回答他的救命恩人提出的任何问题，但慢慢地，他开始以一种谁也不懂的语言说话。时间流逝，他仍然不对任何问题作出回应，同时拒绝穿衣，拒绝任何形式的合作。每当他独自一人待着的时候，他会用手作出各种奇怪的动作。穴地内的所有专家都被叫来研究这个流浪儿，但是都没有结果。这之后，一个很老的女人经过他门口，看到了他的手势，笑道："他在模仿他父亲将香料纤维搓成绳子的动作。"她解释道："这是仍然存在于苏鲁齐的手法。他只是想以此来减轻自己的寂寞。"该故事的寓意是：苏鲁齐的古老处世行为具有一种来自金色通道的归属感，这种感觉能给人带来安宁。

穆里茨保持着沉默，雷托接着说道："我是来自苏鲁齐的流浪儿，我只知道用手比画一些动作。"

那个人很快点点头，雷托于是知道他听过这个故事。穆里茨以低沉、充满威胁的声音缓缓地回应道："你是人吗？"

"和你一样的人。"雷托说道。

"你说的话对于一个孩子来说太奇怪了。我提醒你，我是这里的法官，我有权对塔克瓦作出裁决。"

是啊，雷托想，从一位法官的嘴里说出的塔克瓦这个词，意味着随时可能变为现实的威胁。塔克瓦指魔鬼引发的恐惧，老一代弗雷曼人依然对此深信不疑。哈里发知道杀死魔鬼的方法，于是人们总是选择他们来对付魔鬼，因为他们"具有伟大的智慧，无情却又不残暴，知道对敌人仁慈是对自己人最大的威胁"。

但是雷托必须坚持抓住这个线头。他说道："我可以接受玛斯海德测试。"

"我是任何精神测试的法官，"穆里茨说道，"你接受吗？"

"毕-拉尔·凯法。"雷托说道，意思是*欣然接受*。

穆里茨的脸上现出一丝狡黠。他说道："我不知道我为什么要同意这么做。最好是现在就杀了你，但你是个小孩子，而我有个儿子刚死了。来吧，我们去苏鲁齐，我会召集一个裁决会，决定你的命运。"

雷托发现这个人的一些小动作暴露了他想置自己于死地的想法。他说道："我知道苏鲁齐不只是神话，它真正存在于现实世界中。"

"一个孩子懂什么叫现实世界？"穆里茨反问道，示意雷托走在他前面，向扑翼飞机走去。

雷托服从了他的命令，但他仔细倾听着跟在他后面的弗雷曼人的脚步声。"最有效的保密方法是让人们以为自己已经知道了答案，"雷托说道，"那以后，人们便不会追问下去了。你这个被迦科鲁图驱逐的人很聪明。谁会相信神话中的苏鲁齐存在于现实世界？对于走私徒或任何想偷渡进沙丘的人来说，这地方是一个绝佳的藏身之所。"

穆里茨的脚步停了下来。雷托转过身，背靠着扑翼飞机，机翼在他的左手边。

穆里茨站在半步远的地方，拔出毛拉枪，指着雷托。"你不是个孩子。"穆里茨说道，"你是个受诅咒的侏儒，被派来监视我们！你的话对于一个孩子来说未免聪明过头了，而且你说得太多，说得太快。"

"还不够多，"雷托说道，"我是雷托，保罗·穆阿迪布的儿子。如果你杀了我，你和你的人会陷入地狱。如果你放过我，我会指引你们走向伟大。"

"别和我玩游戏，侏儒，"穆里茨冷笑道，"就你说话这段时间里，真正的雷托还待在迦科鲁图呢……"但他没有把话说完，而是若有所思地眯起了眼睛，枪口也稍稍垂下了一点。

雷托预料到了他的迟疑。他让全身所有肌肉都给出要往左躲避的迹象，然而他的身体只往左移动了不到一毫米，引得那个弗雷曼人的枪口迅速向左摆动了一大段距离，狠狠地碰在机翼边缘。毛拉枪从他手中飞了出去，没等他作出反应，雷托已经抢到他身旁，拔出自己的晶牙匕，顶在他的后背。

"刀尖蘸了毒。"雷托说道，"告诉你在扑翼飞机里的朋友，待在里面别动，不要有任何动作。否则我会杀了你。"

穆里茨朝受伤的手上哈着气，冲扑翼飞机里的人摇了摇头，说道："我的同伴贝哈莱斯已经听到你说的话了，他会像石头那样一动不动。"

雷托知道，在他们两人找到应对措施或是他们的朋友前来营救之前，自己只有非常有限的时间。他飞快地说道："你需要我，穆里茨。没有我，沙虫和香料将从沙丘上消失。"他能感觉到这个弗雷曼人的身子僵直了。

"你是怎么知道苏鲁齐的？"穆里茨说道，"我知道他们在迦科鲁图什么都没告诉你。"

"那么你承认我是雷托·厄崔迪了？"

"还能是别的什么人？但你是怎么知道……"

"因为你们在这儿，"雷托说道，"所以苏鲁齐就存在于此地。剩下的就非常简单了。你们是迦科鲁图被摧毁后的流亡者。我看到你用机翼发信号，说明你们不想用那些会被监听到的电子通信装置。你们采集香料，说明你们在进行贸易。你们只能与走私徒做交易。你们既是走私徒，同时也是弗雷曼人。那么，你们必定是苏鲁齐的人。"

"为什么你要诱惑我当场杀了你？"

"因为我们回到苏鲁齐之后，你一定会杀了我。"

穆里茨的身子不禁又变得僵硬起来。

"小心，穆里茨，"雷托警告道，"我知道你们的底细。你们过去常常掠夺那些没有防备的旅行者的水，这类事你们干得不少。你还能找到别的让不经意闯入这里的人保持沉默的方法吗？还有其他能保守你的秘密的方法吗？你用温和的语言来引诱我。但我凭什么要把水浪费在这沙地中？如果我和其他人一样被你迷惑了——那么，坦则奥福特会干掉我。"

穆里茨用右手做了个"沙虫之角"的手势，以遮挡雷托的话所带来的魔鬼。雷托知道老派的弗雷曼人不相信门泰特或其他任何形式的逻辑推理，他笑了笑。"如果纳穆瑞在迦科鲁图跟你提起过我们，"穆里茨说道，"我会取了他的水……"

"如果你再这么愚蠢下去，你除了沙子之外什么也得不到。"雷托说道，"当沙丘的一切都覆盖上了绿色的草原和开阔的水域，你会怎么办？"

"这不可能发生！"

"它就发生在你的眼皮底下。"雷托听到了穆里茨的牙齿在愤怒和绝望中咬得咯吱咯吱响。他终于问道："你怎么能阻止它发生呢？"

"我知道生态变革的整个计划，"雷托说道，"我知道其中的每个强项和每个漏洞。没有我，夏胡鲁将永远消失。"

狡猾的语气又回到了穆里茨的话中，他问道："好吧，我们为什么要在这儿争论呢？我们在对峙。你手里拿着刀，你可以杀了我，但是贝哈莱斯会开枪打死你。"

"在他射杀我之前，我有足够的时间捡回你的毛拉枪。"雷托说道，"那以后，你们的扑翼飞机就归我了。是的，我会开这玩意儿。"

怒容显现在穆里茨兜帽下方的额头上："如果你不是你自称的那个人，该怎么办？"

"难道我的父亲还认不出我吗？"

"啊哈，"穆里茨说道，"原来你是通过他知道这里的一切的？但是……"他收回了后半句话，摇着头，"我自己的儿子在当他的向导。他说你们两个从未……怎么可能……"

"看来你不相信穆阿迪布能预见未来。"雷托说道。

"我们当然相信！但他自己说过……"穆里茨再次收回了他的后半句话。

"你以为他不知道你们的怀疑吗？"雷托说道，"为了和你见面，我选择了这个确定的时间、确定的地点，穆里茨。我知道你的一切，因为我……曾经见过你……还有你的儿子。我知道你认为自己藏得很隐蔽，知道你如何嘲笑穆阿迪布，也知道你用来拯救你这片小小的沙漠的小小的阴谋。但是，没有我，你这片小小沙漠也注定将走向死亡，穆里茨。你会永远失去它。沙丘上的生态变革已经过头了。我的父亲已经快要丧失他的幻象了，你只能依靠我。"

"那个瞎子……"穆里茨打住了，咽了口唾沫。

"他很快就会从厄拉奇恩回来。"雷托说，"到那时，我们再来瞧瞧他究竟瞎到什么程度。你背离弗雷曼传统多远了，穆里茨？"

"什么？"

"他是个瞎子，但却生活在这里。你的人发现他独自一人漫游在沙漠中，于是把他带回了苏鲁齐。他是你最可贵的发现！比香料矿脉还要珍贵。他和你生活在一起。他是你的'瓦德昆亚斯'。他的水与你部落的水混合在一起。他是你们精神河流的一部分。"雷托用刀紧紧地顶着穆里茨的长袍，"小心，穆里茨。"他举起左手，解下了穆里茨的面罩，并丢下了它。

穆里茨知道雷托在想什么，他说道："如果你杀了我们两个，你会去哪里？"

"回迦科鲁图。"

雷托将自己的大拇指伸进穆里茨的嘴里："咬一下，喝我的血。否则就选择死亡吧。"

穆里茨犹豫了一下，随后恶狠狠地咬破雷托的皮肉。

雷托看着那个人的喉咙，看到了他的吞咽动作，然后撤回了刀，并把刀还给了他。

"瓦德昆亚斯。"雷托说道，"除非我背叛了部落，否则你不能拿走我的水。"

穆里茨点了点头。

"你的毛拉枪在那儿。"雷托用下巴示意着。

"你现在信任我了？"穆里茨问道。

"还有其他和被驱逐的人生活在一起的方法吗？"

雷托再次在穆里茨的眼睛里看到了一丝狡黠，但看得出来，这一次他是在衡量，算计着自己的利益。那个人突然一转身，说明他内心已经下定决心。他捡回自己的毛拉枪，回到了机翼边的舷梯旁。"来吧，"他说道，"我们在沙虫的窝里逗留得太久了。"

预知幻象中的未来不可能总是被过去的法则所羁绊。伸向未来的各条线索是由很多目前未知的法则交织而成的。幻象中的未来自有其法则。它不会遵从禅逊尼的秩序，也不会符合科学的规律。它需要的是此时此刻的努力。

　　——摘自哈克·艾尔–艾达的《卡利玛：穆阿迪布语录》

　　穆里茨熟练地将扑翼飞机飞到苏鲁齐上空。雷托坐在他身旁，身后是荷枪实弹的贝哈莱斯。从现在起，他只能相信这两个人，还有他紧紧抓住不放的那条出现在他幻象中的线索。如果这些都失败了，就只有凭夏胡鲁保佑了。有时候，人们不得不屈从于某些更为强大的力量。

　　苏鲁齐的山丘在沙漠中显得很是扎眼。它的存在——不是在地图上，而是在现实生活中——诉说着无数贿赂和死亡，涉及许多身居高位的"朋友"。雷托能看到在苏鲁齐心脏部位有一处被峭壁包围的洼地，峭壁之间有深不可测的峡谷，一直通向洼地中心。峡谷的底部两边排列着郁郁葱葱的草丛和灌木，中心地带还生长着一圈棕榈树，显示出这地方富含水分。建筑物看上去像散落在沙地上的绿色按钮，那里生活着从被驱逐的人中再次被驱逐出来的人，除了死亡之外，这些人再也没有别的旧宿了。

穆里茨在洼地上降落，降落地离其中一条峡谷的入口不远。扑翼飞机正前方是一座孤零零的建筑，是由沙藤和贝伽陀叶子编成的棚屋，隔热的香料纤维将沙藤和贝伽陀叶子绑在一起。雷托知道这种建筑会泄漏水汽，而且会饱受来自旁边植被的蚊虫们的攻击。这就是他父亲的生活环境。还有可怜的萨巴赫，她将在这里接受惩罚。

在穆里茨的命令下，雷托离开扑翼飞机，跳到沙地上，大步向棚屋走去。他能看到很多人在峡谷深处的棕榈林中工作。他们那衣衫褴褛的穷苦模样告诉了他这个地方所存在的压迫，这些人甚至没有向他或是扑翼飞机看上一眼。雷托看到工人们身后蜿蜒着一条引水渠的石头堤岸，感到了空气中毋庸置疑的潮湿：这儿有露天的水域。经过棚屋时，雷托往里看了看，不出所料，里头的陈设相当简陋。他走到引水渠边，低头看了看，只见暗色的水流中有食肉鱼游动时产生的漩涡。工人们避免和他的目光接触，继续干着手中的活，清扫着石头堤岸上的沙尘。

跟在雷托身后的穆里茨说道：“你站的地方是食肉鱼和沙虫的分界地带。每个峡谷中都有沙虫。我们刚刚挖开这条水渠，打算除去食肉鱼，好把沙鲑吸引过来。”

雷托说道：“你们把沙鲑和沙虫卖到外星球。”

“这是穆阿迪布的建议！”

“我知道。但是你的沙鲑和沙虫中，没有哪条离开沙丘之后还能存活很长时间。”

“是的，”穆里茨说道，“但总有一天……”

“一千年之后也不行。”雷托说道。他转身看着穆里茨脸上的怒容。各种问题流过穆里茨的内心，就像引水渠中的水流。这个穆阿迪布的儿子真的能预见未来吗？有些人仍然相信穆阿迪布可以，但是……这类事情究竟应该怎么判断呢？

穆里茨转了个身，带着雷托回到棚屋前。他掀开简陋的密封口，示意雷托进去。屋内远端的那堵墙前点着一盏香料灯，灯光下蹲着一个小小的身影。油灯散发出一股浓郁的肉桂香味。

"他们送来一个新俘虏，让她照料穆阿迪布的穴地。"穆里茨讥讽地说，"如果她干得好，或许能保住她的水。"他的眼睛盯着雷托，"有人认为这是一种邪恶的取水方式。那些穿花边衬衣的弗雷曼人在他们的新镇子里堆满了垃圾！堆满了垃圾！以前的沙丘什么时候见过堆满的垃圾！当我们抓到他们中某个人时，就像这一位——"他指了指灯光下的身影，"他们常常由于恐惧而变得近乎疯狂。他们堕落了，堕落在他们自身的邪恶中，真正的弗雷曼人瞧不上这类人。你听懂我的话了吗，雷托-巴泰？"

"我听懂了。"

蹲在那地方的身影没有移动。

"你说要指引我们，"穆里茨说道，"弗雷曼人只能由流过血的人来指引。你能指引我们去什么地方？"

"克拉里兹克。"雷托说道。他的注意力一直放在那个蹲着的身影上。

穆里茨紧紧地盯着他，蓝色眼睛上的眉毛皱得紧紧的。克拉里兹克？那不仅仅是战争或是革命，那是终极的斗争。这是一个最古老的弗雷曼传说中的词汇：宇宙终结时的战争。克拉里兹克？

高个子弗雷曼人艰难地咽了口唾沫。这小子就像城里那些花花公子一样让人怎么都猜不透！穆里茨转身看着蹲在灯光下的身影。"女人！利班·瓦希！"他命令道，给我们上香料饮料。

她迟疑了一下。"照他说的做，萨巴赫。"雷托说道。

她一下子站了起来，猛地转过身来。她紧盯着他，无法将目光从他脸上挪走。

"你认识这个人？"穆里茨问道。

"她是纳穆瑞的侄女。她冒犯了迦科鲁图，所以他们把她交给了你。"

"纳穆瑞？但是……"

她飞快地从他们身边跑开。门外响起她飞奔的脚步声。

"她跑不远的，"穆里茨说着，用手摸了摸鼻子，"纳穆瑞的亲戚？嗯，有趣。她做了什么错事？"

"她让我逃走了。"说完，雷托转过身去追萨巴赫。他看到她站在水渠边。雷托走到她身旁，低头看着渠水。旁边的棕榈林中有鸟，雷托听到了它们的叫声和扑打翅膀的声音，还听到了工人们扫走沙子时发出的唰唰声。但他仍然像萨巴赫那样，低头看着渠水。他眼角的余光看到了棕榈林中蓝色的长尾小鹦鹉，其中一只飞过水渠，他看到了水面银色漩涡中映着它的倒影，仿佛鸟和食肉鱼在同一个世界中嬉戏。

萨巴赫清了清嗓子。

"你恨我。"雷托说道。

"你让我蒙羞。你让我在我的族人面前蒙羞。他们召集了一次裁决会，然后就把我送到这儿来，让我在这里失去自己的水。这一切都是因为你！"

在他们身后不远处，穆里茨笑出了声："看到了吗，雷托-巴泰，我们有许多供水者呢。"

"但我的水流淌在你的血管中。"雷托转身说道，"她不是你的供水者。萨巴赫决定了我的幻象，我跟随她。我穿过了沙漠来到苏鲁齐，寻找我的未来。"

"你和……"他指了指萨巴赫，随后仰头大笑起来。

“你们两个都不会相信，但未来必将如此。”雷托说道，“记住这句话，穆里茨，我找到了我的沙虫的足迹。”他感到泪水充满了他的眼眶。

“他把水给了我这个已经死去的人。”萨巴赫轻声道。

连穆里茨都吃惊地瞪着他。弗雷曼人几乎从不哭泣，眼泪代表着来自灵魂深处最宝贵的礼物。穆里茨窘迫地拉起口罩，又把兜帽往下拉了拉，盖住了他的眉毛。

雷托望着穆里茨身后，说道：“在苏鲁齐，他们仍然在沙漠边祈求露水。走吧，穆里茨，为克拉里兹克祈祷吧。我向你保证，它必将到来。”

弗雷曼的语言非常简练，意思表达得非常准确。弗雷曼人热衷于说教，他们以谚语来应对所有令人恐惧的不确定性。他们说："我们知道世上没有知识大全，那是上帝的宝藏。但只要人们学到了什么，他们总可以保有学到的知识。"他们对待这个宇宙的态度就是如此直截了当。以同样的方式，他们形成了一套奇异的符号，代表信仰与预兆，以及他们自己的命运。这就是他们的克拉里兹克传说的起源：宇宙终结时的战争。

　　　　　　　　　——摘自《贝尼·杰瑟里特秘密报告》800881页

　　"他们把他抓在手掌心里了，在一个绝对安全的地方。"纳穆瑞说道，他朝正方形石室内另一端的哥尼·哈莱克笑了笑，"你可以把这个消息报告给你的朋友。"

　　"这个安全的地方在哪儿？"哈莱克问道。他不喜欢纳穆瑞的语气，也不喜欢杰西卡强加在他身上的命令。那个该死的女巫！她警告过他，一旦雷托无法掌控体内可怕的记忆，会产生什么样的后果。除此之外，她的话听上去毫无道理。

　　"那是个绝对安全的地方，"纳穆瑞说道，"我只能告诉你这么多。"

"你怎么知道？"

"我收到了消息。萨巴赫和他在一起。"

"萨巴赫！她刚刚让他……"

"这次不会了。"

"你会杀了他吗？"

"这已经不再由我决定了。"

哈莱克苦笑了一下。密码器。那些该死的蝙蝠能飞多远？他经常能看到它们掠过沙漠表面，叫声中隐藏着它们传递的信息。但是，它们在这个地狱般的行星上究竟能飞多远？

"我必须亲自见到他。"哈莱克说道。

"不行。"

哈莱克深吸了一口气，让自己平静下来。为了等待搜寻结果，他已经熬了两天两夜。现在是第三个早晨了，他觉得自己扮演的角色正在崩溃，暴露出了真实的自我。他从来就不喜欢下命令。下命令的人总是在等待结果，与此同时，其他人正进行着有趣的冒险。

"为什么不行？"他问道。那些安排了那个安全穴地的走私徒们就是这么神神秘秘的，纳穆瑞竟然也这样对付他。

"有人认为，看到我们这个穴地时，你就已经知道得太多了。"纳穆瑞说道。

哈莱克听出了他话中的威胁，于是身体更加放松，只有受过最严格训练的斗士才会如此从容。他的手放在刀旁，但没有握住刀把。他很希望能再有一面屏蔽场，但屏蔽场会引来沙虫，再说在沙暴的静电场面前，屏蔽场的力场撑不了多久，所以他早就弃之不用了。

"保密并不是我们协议中的一部分。"哈莱克说道。

"如果我杀了他，这算不算我们协议中的一部分？"

哈莱克再次感到自己正受到某种未知力量的愚弄，杰西卡事先没有警告过他这种力量的存在。她那个计划真该死！或许真不应该相信贝尼·杰瑟里特。他马上觉得自己实在太不忠了。她对他解释过其中的困难，而他也慨然许诺，加入了她的计划。他早就知道，和其他任何计划一样，这个计划需要时时调整。她并不是随便哪个贝尼·杰瑟里特。她是厄崔迪家族的杰西卡，长久以来一直是他的朋友，支持着他。没有她，他知道自己注定漂泊在比现在这个行星危险百倍的地方。

"你还没有回答我的问题。"纳穆瑞说道。

"只有当他显示自己……着了魔以后，变成邪物以后，"哈莱克说道，"你才能杀了他。"

纳穆瑞郑重地抬起手："你的夫人知道我们能够测出他是不是邪物。她很明智，知道应该让我来作出裁决。"

哈莱克无奈地咬紧了嘴唇。

"你也听到圣母是怎么对我说的。"纳穆瑞说道，"我们弗雷曼人知道怎么领会这些女人的意思，你们这些外来者不懂。弗雷曼女人经常送她们的儿子去死。"

哈莱克咬牙道："你是说你已经杀了他吗？"

"他还活着，他在一个安全的地方。他会继续服用香料。"

"如果他活下来，我要送他回到他祖母那儿去。"哈莱克说道。

纳穆瑞只是耸了耸肩。

哈莱克知道，这就是他能得到的全部回答。该死的！他不能带着这些没有答案的问题回到杰西卡那儿！他摇了摇头。

"那些事是你无法改变的，你为什么要咬着不放呢？"纳穆瑞问道，"你已经得到了足够的报酬。"

哈莱克恨恨地盯着那个人。弗雷曼人！他们相信所有的外邦人都能被钱收买。但是，纳穆瑞表现出的还不仅仅是弗雷曼人的偏见。在这里，发挥作用的还有其他力量，这一点对于受过贝尼·杰瑟里特训练的眼睛来说真是太明显了。整个事件散发出骗局中套着骗局的气味。

哈莱克换了一副腔调，用傲慢的口吻道："杰西卡夫人会很生气。她会派军队……"

"你只不过是个跟班，是别人手下的信使而已！"纳穆瑞骂道，"我会很乐意替那些比你高贵的人没收你的水！"

哈莱克将一只手放在刀上，同时准备好用左衣袖给对方来个小小的突然袭击。"我没有看到谁的水被泼洒在这里，"他说道，"或许你的骄傲让你瞎了眼睛。"

"你能活着，是因为我想让你在死之前看明白一点：你的杰西卡夫人手下没有任何军队。你不该这么快送命，外星来的渣滓。我是一个高贵的民族的一员，而你……"

"而我只是厄崔迪家族的仆人。"哈莱克温和地说道，"我们是一群把你们肮脏的脖子从哈克南的绞索中解放出来的渣滓。"

纳穆瑞不屑地一笑，露出洁白的牙齿："你的夫人早已成了萨鲁撒·塞康达斯上的囚徒。你自认为来自她的命令实际上来自她女儿！"

哈莱克竭力保持着平稳的语气："没关系。厄莉娅会……"

纳穆瑞拔出他的晶牙匕。"你了解天堂之母？我是她的仆人，你这个杂种。奉她的命令，我来取走你的水！"说完，他直愣愣地冲过屋子，向他一刀砍来。

哈莱克没有被对手看似笨拙的动作所欺骗。他抬手一挥长袍的左袖，特意加长加厚的一截假袍袖激射而出，缠住纳穆瑞的刀。衣袖展开，蒙住了纳穆瑞的头。与此同时，哈莱克右手持刀，穿过左衣袖的下方，朝纳穆瑞的脸直刺过去。他感到刀尖刺到了肉体，随后，纳穆瑞的身体撞到他身上。隔着纳穆瑞的长袍，他感觉到了那个人衣服里面的盔甲。弗雷曼人发出一声惨叫，往后退了几步，倒在地上。他躺在那儿，血从嘴里涌出，眼睛死死地盯着哈莱克，渐渐地失去了神采。

哈莱克嘘了一口气。愚蠢的纳穆瑞，怎么会认为别人看不出他长袍底下穿着盔甲？他捡回了那截假袍袖，擦干净刀，收刀入鞘。"你不知道我们这些厄崔迪仆人是怎么训练的吗，傻瓜？"

他深深地吸了口气，开始思索起来：现在，我又是谁的棋子呢？纳穆瑞的话透露了某些真相。杰西卡成了科瑞诺家族的俘虏，厄莉娅正在进行其邪恶的计划。杰西卡已将厄莉娅视为厄崔迪的敌人，并准备了很多应急方案，但她从来没料到自己会成为俘虏。眼下，他仍然有命令要执行。但首先，他必须离开这个地方。幸运的是，穿上长袍的弗雷曼人看上去个个差不多。他把纳穆瑞的尸体滚进墙角，在上头盖了几个坐垫，拖过一张地垫盖住血迹。做好这些之后，和所有准备进入沙漠的人一样，哈莱克调节了一下蒸馏服的鼻管和嘴管，戴上面罩，扣上兜帽，开始了漫长的旅途。

良心无牵无碍，脚下轻松愉快，他想。他觉得自己产生了一种奇妙的解脱感，仿佛他正在远离危险，而不是步步逼近它。

我从来就不喜欢对付那个男孩的计划，他想，如果我能再一次见到夫人，我一定要把这个想法告诉她。只是如果。因为万一纳穆瑞的话是真的，他就只能选择实施那个最危险的计划了。一旦厄莉娅抓到他，肯定不会让他活得太久。好在他还有斯第尔格——一个迷信、善良的弗雷曼人。

杰西卡曾经对他解释过："斯第尔格的本性上面只蒙着薄薄一层文明规范，除去这层东西的方法是……"

穆阿迪布的精神无法用语言表达，也无法用以其名义所
成立的宗教教义来表达。穆阿迪布的内心一定对傲慢自大的
权力、谎言和狂热的教条主义者充满了愤怒。我们必须给这
内心的愤怒以发言权，因为穆阿迪布的教导中最重要的一条
就是：只有在公正、互助的社会结构中，人类才能长久地生
存下去。

——摘自弗雷曼敢死队契约

雷托背靠小棚屋的一堵墙坐了下来，注视着萨巴赫——出现在预
知幻象中的线头正在慢慢解开。她已经准备好了咖啡，放到了他身旁。
现在她正蹲在他面前，为他准备晚饭。晚饭是喷香的加了香料的稀粥。
她用勺子快速搅拌着稀粥，在碗口留下靛青色的痕迹。她搅拌得十分认
真，那张瘦脸几乎垂到了粥面。她身后是一张粗糙的薄膜，有了它，小
棚屋就能充当蒸馏帐篷用。灶火和灯光将她的影子映在薄膜上，像在她
的头上加了一圈光环。

那盏灯引起了雷托的兴趣。那是盏油灯，而不是球形灯。苏鲁齐
的人真是肆意挥霍香料油啊。他们保持着最古老的弗雷曼传统，同时却
又使用扑翼飞机和最先进的采集机，粗鲁地将传统与现代搅拌在一起。

萨巴赫熄灭了灶火，把那碗粥递给他。

雷托没碰那个碗。

"如果你不吃，我会被惩罚。"她说道。

他盯着她，想着：如果我杀了她，就会粉碎一个幻象；如果我告诉她穆里茨的计划，就会粉碎另一个幻象；如果我在这儿等着父亲，这一根幻象线头将变成一条粗壮的绳索。

他的思维整理着各种幻象的线头。其中一个很甜蜜，久久萦绕在他心头。在他的幻象中，有一个未来讲述了他和萨巴赫的结合，这个未来诱惑着他，威胁着要将其他未来排挤出去，让他沿着这条路一直走向苦难的终点。

"你为什么要那么看着我？"她问道。

他没有回答。

她把碗朝他推了推。

雷托咽了口唾沫，润了润干渴的嗓子。他全身上下充满了想杀死萨巴赫的冲动。他发现自己的身体由于冲动而颤抖不已。要粉碎一个幻象是多么容易啊！让自己的野性发作吧。

"这是穆里茨的命令。"她指着碗说。

是的，穆里茨的命令。迷信征服了一切。穆里茨想要他去解读幻象中的场景。他像个古代的野蛮人，命令巫医丢下一把牛骨头，让他根据骨头散落的位置占卜未来。穆里茨已经取走了他的蒸馏服，因为那是一种"简单的防范措施"。穆里茨嘲笑了纳穆瑞和萨巴赫：只有傻瓜才会让囚犯逃走。

此外，穆里茨还有个大问题：精神河流。俘虏的水在他的血管中流淌。穆里茨正在寻找某个迹象，让他有借口杀死雷托。

有其父必有其子，雷托想。

"香料只能给你带来幻象。"萨巴赫说道，雷托长久的沉默让她很不自在，"我在部落狂欢中也有过许多幻象，可惜它们全都没什么意义。"

有了！他想。他让身体进入封闭的静止状态，皮肤于是很快变得又冷又潮。贝尼·杰瑟里特的训练主宰了他的意识，他的意识化为一道光，详尽无遗地照亮萨巴赫和这些被驱逐者的命运。古老的贝尼·杰瑟里特教义中说得很清楚：

"语言反映着生活方式。某种生活方式的与众不同之处大都能通过其所用的语言、语气及句法结构而被识别。尤其要注意断句的方式，这些地方代表生命的断续之处。生命的运动在这些地方暂时阻滞、冻结了。"和每个服用香料的人一样，萨巴赫也可以产生某些幻象。可她却轻视自己那些被香料激发的幻象，它们让她不安，因此必须被抛在一边，被有意忘却。她的族人崇拜夏胡鲁，因为沙虫出现在他们的大部分幻象中；他们祈祷沙漠边缘的露水，因为水主宰着他们的生命。但尽管如此，他们却贪婪地追求着香料带来的财富，还把沙鲑诱进开放的引水渠。萨巴赫在用香料激发他的预知幻象，但对这些幻象却似乎并不十分在意。然而，他意识的光束照亮了她话中那些细微的迹象：她依赖绝对、有限，不愿深入变化无穷的未来，因为变化意味着决定，而且是严酷的决定，而她无法作出这些决定，尤其是当它们涉及她自身的利益的时候。她执着于自己偏颇的宇宙观，尽管它可能蒙蔽了她，让她感觉不到时间的流逝，但是其他可能的道路却令她无比恐惧。

她是固定的，而雷托却在自由运动。他像一只口袋，容纳了无数个时空。他能洞见这些时空，因此能够作出萨巴赫无法作出的可怕的决定。

就像我的父亲。

"你必须吃！"萨巴赫不耐烦地说。

雷托看到了全部幻象的发展规律，知道自己必须跟随哪根线头。他站起来，用长袍把自己裹紧。没有蒸馏服的保护，长袍直接接触皮肤，带给他一种奇怪的感觉。他光着脚站在地板上的香料织物上，感觉着嵌在织物中的沙粒。

"你在干什么？"她问道。

"这里头的空气太差，我要到外头去。"

"你逃不走的，"她说，"每条峡谷里都有沙虫。如果你走到引水渠对岸，它们能根据你散发出的水汽感觉到你。这些被圈禁起来的沙虫十分警觉，一点也不像它们在沙漠中的同伴。而且——"她得意地说，"你没有蒸馏服。"

"那你还担心什么呢？"他问，有意激起她发自内心的反应。

"因为你还没有吃饭。"

"你会因此而受罚。"

"是的！"

"但我浑身上下已经浸满了香料，"他说道，"每时每刻都有幻象。"他用光着的脚指了指碗，"倒在沙地里吧，谁会知道？"

"他们在看着呢。"她轻声说道。

他摇了摇头，把她从自己的幻象中除去了，立即感到了一种全新的自由。没必要杀掉这个可怜的小卒。她在跟随着别人的音乐跳舞，连自己所跳的舞步都不知道，却相信自己正共享着那些吸引着苏鲁齐和迦科鲁图的强盗们的权力。雷托走到门边，打开密封口。

"要是穆里茨来了，"她说道，"他会非常生气……"

"穆里茨是个商人，除此之外，他只是一个空壳。"雷托说道，"我的姑姑已经把他吸干了。"

她站了起来："我和你一起出去。"

他想：她还记得我是如何从她身边逃走的。现在她担心自己对我的看管太不严密。她有自己的幻象，但她不会听从那些幻象的引导。其实她要做的只是看看那些幻象，就会知道他的打算：在狭窄的峡谷里，他要怎么才能骗过被困在里面的沙虫？没有蒸馏服和弗雷曼救生包，他要怎么才能在坦则奥福特生存下来？

"我必须一个人待着，向我的幻象请教。"他说道，"你得留在这儿。"

"你要去哪儿？"

"去引水渠。"

"晚上那里有成群的沙鲑。"

"它们不会吃了我。"

"有时沙虫就在对岸待着，"她说道，"如果你越过引水渠……"她没有说完，想突出她话中的威胁。

"没有矛钩，我怎么能驾驭沙虫呢？"他问道，不知她能否稍稍看看哪怕一星半点她自己的幻象。

"你回来之后会吃吗？"她问道，再次走到碗边，拿起勺子搅拌着稀粥。

"干任何事情都得看时候。"他说道。他知道她不可能觉察出他巧妙地使用了音言，由此将自己的意愿偷偷加进了她的决策思维。

"穆里茨会过来看你是否产生了幻象。"她警告道。

"我会以自己的方式来对付穆里茨。"他说道，注意到她的动作变得十分缓慢。他刚才对她使用的音言巧妙地与弗雷曼人的生活模式融为一体。弗雷曼人在太阳升起时朝气蓬勃，而当夜晚来临时，一种深深的忧郁通常会令他们昏昏欲睡。她已经想进入梦乡了。

雷托独自一人走进夜色。

天空中群星闪耀，他能依稀分辨出四周山丘的形状。他径直向水渠边的棕榈林走去。

雷托在水渠岸边久久徘徊着，听着对岸沙地中发出的永无止息的嘤嘤声。听声音应该是条小沙虫：这无疑是它被圈养在这儿的原因。运输小沙虫较为容易。他想象着抓住它时的情景：猎手们用水雾让它变得迟钝，然后就像准备部落狂欢时那样，用传统的弗雷曼方法抓住它。但它不会被淹死。它会被送上宇航公会的飞船，运到那些充满希望的买家手中。然而，外星的沙漠可能过于潮湿了。很少有外星世界的人能意识到，是沙鳟在厄拉科斯上维持着必要的干燥。是这样！因为即使是在坦则奥福特这儿，空气中的水分也比任何以往沙虫所经历的都要多上好几倍——除了那些在穴地蓄水池中淹死的沙虫。

他听到萨巴赫在他身后的棚屋内辗转反侧，遭到压制的幻象刺激着她，让她不得安宁。他不知道抛开预知幻象和她共同生活会是什么样子。两个人共同迎接并分享每一时刻的到来。这个想法比任何香料所引发的幻象都更吸引他。未知的未来带着独一无二的清新气息。

"穴地的一个吻相当于城市中的两个。"

古老的弗雷曼格言已经说得很清楚了。传统的穴地是野性与羞涩的混合体。迦科鲁图／苏鲁齐的人至今仍然保留着一丝羞涩的痕迹，但仅仅是痕迹而已。传统已经消失了，一念及此，雷托不禁悲从中来。

来得很慢。当雷托真正意识到行动已经开始时，他已经被身边许多小生物发出的沙沙声包围了。

沙鳟。

很快他就要从一个幻象转入另一个了。他感受着沙鳟的运动，仿佛感受自己体内发生的运动。弗雷曼人已经和这些奇怪的生物共同生活了无数世代。他们知道，如果你愿意用一滴水来做诱饵，你就能引诱它们进入你触手可及的范围。很多快要渴死的弗雷曼人常常会冒险用他们所剩的最后几滴水来进行这场赌博，结果可能是赢得从沙鲑身上挤出的绿色糖浆，从而维持自己的生命。沙鲑也是小孩子的游戏。他们抓它们既是为了取水，也为纯粹的玩乐。

但此刻的"玩乐"对他实在太重要了。雷托不禁打了个哆嗦。

雷托感到一条沙鲑碰到了他的光脚。它迟疑了一下，随后继续前行。水渠中大量的水在吸引着它。

沙鲑手套。这是小孩子的游戏。如果有人把沙鲑抓在手里，将它沿着自己的皮肤抹开，它就变成了一只活手套。沙鲑能察觉到皮肤下毛细血管中的血液，但血液的水中混有的其他物质却令它感到不舒服。或早或晚，手套会跌落到沙地上。随后它会被捡起并放入香料纤维篮子中。香料抚慰着它，直到它被倒入穴地的亡者蒸馏器中。

他能听到沙鲑掉入水渠的声音，还有食肉鱼捕食它们时激起的水花。水软化了沙鲑，让它们变得柔韧。孩子们很早就知道了这一点。一口唾沫就能骗来糖浆。雷托倾听着水声。水声代表着沙鲑正向开放的水面迁徙，但它们无法占据一条由食肉鱼把守的水渠。

它们仍然在前进。它们仍然在发出溅水声。

雷托用右手在沙地里摸索着，直到手指碰到一条沙鲑坚韧的皮肤。正如他期望的，这是条大家伙。这家伙并没有想要逃走，而是急切地爬进他的手中。他用另一只手感觉着它的外形——大致呈菱形。它没有头，也没有突出的肢体，没有眼睛，可它却能敏锐地发现水源。它和其他伙伴能身体挨身体，用突起的纤毛将大家交织着连在一起，变成一大块能锁住水分的生物体，把水这种"毒物"和由沙鲑最终演变而成的巨型生物——夏胡鲁——隔绝开来。

沙鲑在他手中蠕动着，延展着身子。它移动时，他感到他所选择的幻象也在随之延展。就是这个线头，不是其他的。他感到沙鲑变得越来越薄，他的手越来越多地被它覆盖。没有哪只沙鲑曾接触过这样的手，每个细胞中都含有过度饱和的香料。也没有哪个人曾在香料如此饱和的状态下存活下来，而且还保持着自己的思考能力。雷托精心调节着体内的酶平衡，吸收他通过入定状态得到的确切的启示。来自他体内无数的已与他融为一体的生命所提供的知识为他明确了前进道路，他只需再做些精细的微调，避免一次性释放剂量过大的酶，因刹那间的疏忽而遭灭顶之灾。与此同时，他将自己与沙鲑融合在一起，沙鲑的活力成了他的活力。他的幻象为他提供了向导，他只需跟随它就行。

　　雷托感觉到沙鲑变得更薄，覆盖了他手上更多的部位，并向他的手臂进发。他找到另一条沙鲑，把它放在第一条上面。这种接触使两只沙鲑狂乱地蠕动了一阵子。它们的纤毛相互交织，形成一整张膜，覆盖到他的肘部。沙鲑曾经是儿童游戏中的活手套，但这一次，它们扮演着雷托皮肤共生物的角色，变得更薄、更敏感。他戴着活手套，弯腰抚摸着沙子。在他的感觉中，每颗沙粒都有自己独特的个性。覆盖在皮肤上的沙鲑不再只是沙鲑，它们变得坚韧而强壮。而且，随着时间流逝，它们会越来越强壮，同时也使他强壮起来……他那只摸索的手又碰到一条沙鲑，它迅速爬上他的手，与刚才那两条混为一体，融入了它的新角色。坚韧却又柔软的皮肤一直覆盖到了他的肩膀。

　　他将意识集中起来，发挥到极致，成功地把新皮肤融入了他的肉体，杜绝了排异反应。他的意识丝毫没有理会这么做的后果。重要的是他在入定状态下获得的幻象；重要的是历经苦难之后才能踏上的金色通道。

　　雷托脱下他的长袍，赤裸着身体躺在沙地上，他戴着手套的胳膊横在沙鲑行进的路线上。他记得甘尼玛曾经和他抓住过一条沙鲑，把它在沙地上反复摩擦，直到它收缩成了一条"婴儿沙虫"——一个僵直的管状物，一个盛着它体内绿色糖浆的器官。在管子的一头轻咬一口，趁伤口愈合之前吮吸几口，就能吃到几滴糖浆。

沙鲑爬满他的全身。他能感到自己的脉搏在这张有生命的膜下跳动。一条沙鲑想覆盖他的脸，他粗暴地搓着它，直到它蜷缩成了一个薄薄的滚筒。滚筒比"婴儿沙虫"长得多，而且保持着弹性。雷托咬住滚筒末端，尝到一股甜甜的细流，细流维持的时间比任何弗雷曼人所碰到过的久得多。他感到了糖浆带给自己的力量。一阵奇怪的兴奋感充斥了他的身体。膜再次想覆盖他的脸，他迅速地反复搓着，直到膜在脸上形成了一圈僵硬的隆起，连接着他的下巴和额头，露出耳朵。

现在，那个幻象必须接受检验了。

他站起来，转身向棚屋跑去。移动时，他发现自己的脚动得太快，让他失去了平衡。他一头栽倒在沙地上，随后翻了个身又跳起来。这一跳使他的身体离地足有两米。当他落到地上、想重新开始奔跑时，他的脚又开始移动得过于迅速。

停下！他命令自己。他强迫自己进入放松的状态，在体内融合了众多意识的池子中凝聚自己的感觉。他内敛注意力，注视着当下的延伸，由此再一次感觉到了时间。现在，那张膜正如预知幻象中那样，完美地工作着。

我的皮肤不再是我自己的了。

但是他的肌肉还得接受训练，才能配合加快的动作。他不断开步走，不断倒在地上，然后又不断翻身跃起。几个回合之后，他坐在地上。平静下来以后，他下巴上的隆起想变成一张膜，盖住他的嘴巴。他用手压住它，同时咬住它，吮吸了几口糖浆。在手掌的压力下，它又退了回去。

那张膜与他的身体融合的时间已经够长了。雷托平趴在地上，开始向前爬行，在沙地上摩擦着那张膜。他能敏锐地感觉到每颗沙粒，但没有任何东西在摩擦着他自己的皮肤。没过多久，他已经在沙地上前进了五十米。他感觉到了摩擦产生的热量。

那张膜不再尝试盖住他的鼻子和嘴巴，但是现在他面临着进入金色通道之前第二个重要的步骤。他刚才的行动已带着他越过了水渠，进入被困的沙虫所在的峡谷。它被他的行动吸引了，他听到了它在发出咝咝声，而且正逐渐向他靠近。

雷托一下子跃起身来，想站在那儿等着它，但结果仍和刚才一样：加大加快了的动作让他的身体向下栽倒，往前蹿出了二十来米。他竭力控制住自己，坐在地上挺直上身。沙子直接在他面前凸起、蠕动，在星光下留下一条魔鬼般的轨迹。接着，在离他只有两个身长的地方，沙地爆裂开来，微弱的光线下，水晶般的牙齿一闪而过。他看到了沙洞内张开的大嘴，洞深处还有昏暗的火光在移动。浓郁的香料气味弥漫在四周。但是，沙虫没有向他冲来，它停在他眼前。此时，一号月亮正爬上山丘。沙虫牙齿上的反光映衬着它体内深处闪耀的化学反应之火。

深埋于体内的、弗雷曼人对于沙虫的恐惧要雷托逃走。但他的幻象却让他保持不动，让他沉迷于眼前这一似乎无限延长的时刻。还没有人在离沙虫牙齿这么近的情况下成功逃生。雷托轻轻移动自己的右脚，却绊在一道隆起的沙脊上，放大了的动作使他冲向了沙虫的大嘴。他连忙膝盖着地，停住身体。

沙虫仍然没有移动。

它只感觉到了沙鳟。它不会攻击自己在沙漠深处的异变体。在自己的领地内或在露天的香料矿上，一条沙虫可能会攻击另一条。只有水能阻挡它们——还有沙鲑。沙鲑是盛满水的胶囊，也是水的另一种形态。

雷托试着将手伸向那张可怕的大嘴。沙虫往后退了几米。

消除恐惧之后，雷托转身背对着沙虫，开始训练他的肌肉，以适应刚刚获得的新能力。他小心地向引水渠走去。沙虫在他身后仍然保持着静止。越过水渠后，他兴奋地在沙地上跳了起来，一下子在沙地上方飞行了十余米。落地后，他在地上爬着、翻滚着、大声地笑着。

小棚屋门的密封口被打开了，亮光洒在沙地上。萨巴赫站在油灯黄紫色的灯光下，愣愣地盯着他。

笑声中，雷托又回头越过引水渠，在沙虫面前停了下来，然后转过身，伸开双臂看着她。

"看啊！"他呼喊道，"沙虫服从我的命令！"

她被惊呆了。他转身围绕着沙虫转了一圈，然后跑向峡谷深处。随着对新皮肤的逐渐适应，他发现自己只要稍微动一下肌肉就能快速奔跑，几乎完全不耗费他自己的力气。随后，他开始发力，在沙地上向前飞奔，感到风摩擦着脸上裸露的皮肤，一阵阵发烫。到了峡谷尽头，他没有停下来，而是纵身一跃，跳起足有十五米。他攀住悬崖，四肢乱蹬，如同一只昆虫般，爬上俯视坦则奥福特的山顶。

沙漠在他眼前延展开来，在月光下如同一片巨大的银色波涛。

雷托的狂喜之情渐渐平静下来。

他踱着步，感觉着变得异常轻盈的身体。刚才的运动使他的身体表面产生了一层光滑的汗水膜。通常情况下，蒸馏服会吸收这层膜并把它送往处理装置，在那儿过滤出盐分。而此刻，等到他放松下来，这层汗水已经消失了，被覆盖在他身体表面的膜吸收了，而且吸收的速度远比蒸馏服能达到的快得多。雷托若有所思地拉开他嘴唇下的那个隆起，把它放进嘴里，吮吸着甜蜜的液体。

他的嘴巴并没有被覆盖住。凭着弗雷曼人的本能，他感到自己体内的水分随着每次呼吸流失进了空气。这是浪费。雷托拉出一段膜，用它盖住自己的嘴巴。当那段膜想钻入他鼻孔时，他又把它卷下来。他不断重复着这个过程，直到那段膜封住他的嘴、而又不再往上想封住他的鼻孔。随后，他立即采用沙漠中的呼吸方式：鼻孔吸气，嘴巴呼气。他嘴上的那段膜鼓成了一个小球，但嘴上不再有水汽流失，同时他的鼻孔却保持着畅通。

一架扑翼飞机飞行在他和月亮之间，倾斜着机翼转了个弯，随后降落在离他大约一百米的山丘上。雷托朝它瞥了一眼，然后转身看着他来时的峡谷。下面引水渠的对岸，许多灯光正晃来晃去，乱成一团。他听到了微弱的呼喊声，听出了声音中的歇斯底里。从扑翼飞机里下来了两个人，向他逼近。他们手中的武器在月光下闪闪发光。

现在是通向金色通道最关键的一步。他已经穿上了有生命的、由沙鲑膜形成的蒸馏服，这是厄拉科斯上的无价之宝……*我不再是人。今晚的事将被广为传播，它将被放大、被神化，直到亲身参与其中的人都无法从中看出真实事件的原貌。但总有一天，那个传说会成为事实。*

他朝山崖下望去，估计自己离下方的沙地大约有二百米距离。月光照亮了山崖上的凸起和裂缝，但找不到可以下去的路。雷托站在那儿，深吸一口气，回头看看朝他跑来的人，随后走到悬崖边，纵身跃入空中。下落约三十米后，他弯曲的双腿碰到了一个凸出物。增强了的肌肉吸收了冲击力，并把他弹向旁边的一个凸起。他双手一抓，抓住一块岩石，稳住身体，接着又让自己下坠了二十米左右，然后抓住另一块岩石，又再次下降一段距离。他不断跳跃着，不断抓住凸出的岩石。他用纵身一跃完成了最后四十米，双膝弯曲着地，然后侧身一滚，一头扎进沙丘光滑的表面，沙子和尘土扬了他一身。他站了起来，接着一举跃上沙丘顶部。嘶哑的叫喊声从他身后山丘的顶上传来，他没有理睬，而是集中注意力，从一座沙丘顶部跳到另一座沙丘顶部。

越来越适应增强的肌肉以后，他觉得在沙漠上的长途跋涉简直是一种享受。这是沙漠上的芭蕾，是对坦则奥福特的蔑视，是任何人都未曾享受过的旅途。

他算计着那两个扑翼飞机乘员从震惊中清醒过来到重新开始追踪需要多长时间。觉得差不多了时，他一头扎向某座沙丘背光的一面，钻了进去。获得新力量以后，沙子给他的感觉就像是比重稍大的液体，但当他钻得太快时，体温却升高到了危险的程度。他从沙丘的另一头探出头来，发现膜已经封住了自己的鼻孔。他拉下鼻孔中的膜，感到他的新皮肤正忙着吸收他的排泄物。

雷托把一段膜塞进嘴里，吮吸着甘露的同时抬头观察天空。他估计自己离苏鲁齐有十五公里远。一架扑翼飞机的轨迹划过天空，仿佛一只大鸟。天空中出现了一只又一只大鸟。他听到了它们拍打机翼的声音，还有消音引擎发出的轻微声响。

他吮吸着有生命的管子，等待着。一号月亮落下了，接着是二号月亮。

黎明前一小时，雷托爬了出来，来到沙丘顶部，观察着天空。没有猎手。他知道自己已经踏上了一条不归路。他前方的时空中是重重陷阱，一步踏错，他和人类就会受到永世难忘的教训。

雷托向东北方向前进了五十公里，随后钻入沙地以躲避白天，只在沙地表面用沙鲑管子开了个小孔。在他学习如何与那张膜相处的同时，膜也在学习着如何与他相处。他控制着自己，不去想那张膜会对他的肉体带来其他什么后果。

明天我要袭击嘎拉·鲁仁，他想，我要摧毁他们的引水渠，把水放到沙漠中。然后我要去闻达克、老隘口和哈格。一个月内，生态变革计划会被迫推迟整整一代人。这会给我留出足够的时间，发展出新的时间表。

自然，沙漠中的反叛部落会成为替罪羊。有的人还可能想起迦科鲁图盗水者的往事，厄莉娅会被这些事缠住，至于甘尼玛……雷托默念着那个能唤醒她记忆的词语。以后再来处理这件事吧……如果他们能在纷繁的线头中活下来。

金色通道在沙漠中引诱着他，它仿佛是一个现实存在的实体，他睁开双眼就能看到它。他想象着金色通道中的情景：动物游荡在大地上，它们的存在取决于人类。无数个世代以来，它们的发展被阻断了，现在需要重新走上进化的正轨。

随后他想起了自己的父亲，告诉自己说："用不了多久，我们就要像男人般面对面了，幻象中的未来只有一个能最终化为现实。"

气候设定了生存的极限。缓慢的气候变迁可能经过一代人都无法察觉。极端的天气变化设定了四季的模式。孤独的、生命有限的人类能观察到四季，感受到一年中天气的变化，有时还可能会注意到其他一些情况，例如"这是我知道的最冷的一年"。这些变化是能被感知的。但人类对跨越多年的缓慢的气候变迁却感觉迟钝。而这种感觉却是生存于任何行星上所必需的。他们必须学习观察气候。

——摘自哈克·艾尔-艾达的《厄拉科斯的变迁》

厄莉娅盘腿坐在床上，想通过背诵对抗恐惧的祷词使自己平静下来，但她头颅中回响的嘲笑声阻挠了她的每一次尝试。她能听到他的声音，这个声音控制了她的耳朵和意识。

"简直是一派胡言。你在害怕什么？"

她想逃走，但是小腿上的肌肉抽搐着。她逃不掉。

黎明即将到来。她穿着一件纯天然的丝绸睡衣，睡衣下的肉体已开始发胖。过去三个月的报告躺在她眼前的红色床单上。她能听到空调发出的嗡嗡声，还有微风吹起志贺藤卷轴上标签的声音。

两个小时以前，她的助手慌慌张张地叫醒了她，给她带来了最新的破坏消息。厄莉娅要来了报告卷轴，想从中找出规律。

她不再背诵祷词。

这些破坏肯定是反叛者们干的。越来越多的人开始反对穆阿迪布的宗教。

"那又有什么关系呢？"她体内嘲讽的声音说道。

厄莉娅用力甩了甩头。纳穆瑞让她失望了。居然相信这么一个人，她真是个傻瓜。她的助手不断提醒她斯第尔格也该受到惩罚，他在秘密造反。还有，哈莱克怎么样了？和他的走私徒朋友待在一起？可能吧。

她拿起一个报告卷轴。**还有穆里茨！**这个人发疯了。这是唯一可能的解释，否则她只能相信世上真有神话。没有人，更别说是个小孩子（即使是像雷托那样特别的孩子），能从苏鲁齐的山崖上跳下，还能活着横穿沙漠，能够一步从这个沙丘的顶部跳到另一个上。

厄莉娅手中的志贺藤冷冰冰的。

那么，雷托去哪儿了？甘尼玛坚信他已经死了。真言师已经证实了她的说法：雷托被拉兹虎咬死了。那么，纳穆瑞和穆里茨报告的那个孩子又是谁呢？

她浑身颤抖。

四十条引水渠被摧毁了，它们的水流入了沙漠。四十条水渠，分别属于忠诚的弗雷曼人、反叛者，还有那些愚昧的迷信者。属于各种各样的人！她的报告中充满了各种神奇的故事。沙鲑跳入引水渠，把自己弄得粉碎，然后每个碎片又长成了新的沙鲑；沙虫故意在水中把自己淹死；二号月亮上滴下鲜血，掉落在厄拉科斯上，在落地处引发了巨大的沙暴。沙暴爆发的频率急剧上升！

她想起被发配到泰布的艾达荷，斯第尔格遵从她的命令，将他置于严密的看管之下。斯第尔格和伊勒琅整天都在谈论种种破坏迹象背后隐藏着什么。这些傻瓜！可就连她的间谍都显示出受到反叛者影响的迹象。

为什么甘尼玛要坚持拉兹虎的故事呢？

厄莉娅叹了口气。这么多报告中，只有一个让她安心。法拉肯派出了一队家族卫兵，来"帮助你处理麻烦，并为正式订婚仪式做好准备"。厄莉娅和头颅里的声音一起笑了。至少这个计划仍然完好无损。至于其他报告，她一定会找到符合逻辑的解释，消除那些迷信的胡言。

她将利用法拉肯的人去关闭苏鲁齐，逮捕那些已知的反叛者，尤其是耐布中的反叛者。她衡量着该对斯第尔格采取什么措施，但体内的声音提醒她应该慎重。

"还没到时候。"

"我母亲和姐妹会仍然有她们自己的计划，"厄莉娅轻声道，"她为什么要训练法拉肯？"

"或许他激发了她的兴趣。"老男爵说道。

"他那么个冷冰冰的人？不会的。"

"你不想叫法拉肯把她送回来吗？"

"我知道这么做的危险！"

"好。与此同时，兹亚仁卡最近带来的那个年轻助手，我想他的名字可能叫作阿加瓦斯——是的，布尔·阿加瓦斯。如果你今晚能邀请他来这里……"

"不！"

"厄莉娅……"

"天就要亮了，你这个贪得无厌的老蠢货！今早有个军事委员会的会议，教士们将……"

"不要相信他们，亲爱的厄莉娅。"

"当然不会！"

"很好。现在，这位布尔·阿加瓦斯……"

"我说了，不！"

老男爵在她体内保持着沉默，但她开始感到头疼。疼痛从她的左脸颊开始，一直爬进她的大脑内部。他以前也对她用过这个把戏。但是现在她已经下定决心要拒绝他。

"如果你再玩下去，我会服用镇静剂。"她说道。

他听出她是认真的。头疼开始减弱。

"很好，"他说道，"改天吧。"

"改天。"她同意道。

你用力量分开沙子，你长着来自沙漠中的龙的头颅。是
的，我把你看成来自沙丘的野兽。你虽然长着羊羔般的角，
但是你的叫声却像一条龙。

　　　　　　——摘自《新编奥兰治天主圣经》第二章，第四节

　　未来已经决定，不会再有变化了。线头已经变成了绳索，雷托仿
佛从一出生就熟悉了它。他眺望着远方落日余晖下的坦则奥福特。从这
里往北一百七十公里是老隘口，那是一条穿过屏蔽场城墙的裂缝，蜿蜒
曲折，第一批弗雷曼人就是由此开始了向沙漠的迁徙。

　　雷托的内心不再有任何疑惑。他知道自己为何独自一人站在沙漠
中，感觉自己就像大地的主人，大地必须服从他的命令。他看到了那根
连接着自己和整个人类的纽带，感知到了宇宙中最深远的需求。这是一
个符合客观逻辑的宇宙，是个在纷繁的变化中有规律可循的宇宙。

　　我了解这个宇宙。

　　昨晚，那条载着他前来的沙虫冲到他的脚底，然后冲出沙地，停在
他眼前，就像一头驯顺的野兽。他跳到它身上，用被膜增强的手拉开它
第一节身子的表皮，迫使它停留在沙地表面。整晚向北奔驰之后，沙虫
已经筋疲力尽。它体内的化学"工厂"已经达到了工作的极限，它大口

呼出氧气，形成一个涡流，包围着雷托。时不时地，沙虫的气息让他觉得头晕，让他的脑海中充满各种稀奇古怪的念头。他将视线转向体内的祖先，重新体验了他在地球上的一部分过去，用历史对照现在的变化。

他意识到，自己现在已经离通常意义上的人类相去甚远。他已经吃下了他所能找到的所有香料，在它们的刺激下，覆盖在他身体表面的膜不再是沙鲑，就像他不再属于人类一样。沙鲑的纤毛刺进了他的肉体，从而创造出了一个全新的生物，它将在未来的无数世代中不断进行自身的演变。

你看到了这些，父亲，但是你拒绝了，他想，**这是你无法面对的恐惧。**

雷托知道应该怎么去看待父亲，而且知道为什么要这么看待。

穆阿迪布死于预知幻象。

保罗·厄崔迪在活着时就已超越现实宇宙，进入了预知幻象所显示的未来，但他逃离了这个未来，而他的儿子却敢于尝试这种未来。

于是保罗·厄崔迪死了，现在只剩下了传教士。

雷托大步行走在沙漠上，目光注视着北方。沙虫将从那个方向来，它的背上骑着两个人：一个弗雷曼少年和一个瞎子。

一群灰白色的蝙蝠从雷托的头顶经过，向东南方向飞去。在逐渐暗下来的天空中，它们看上去就像随意洒在空中的斑点。一双有经验的弗雷曼眼睛能根据它们的飞行轨迹判断出前方庇护所的位置。传教士应该会避开那个庇护所。他的目的地是苏鲁齐，那儿没有野生的蝙蝠，以防它们引来不受欢迎的陌生人。

沙虫出现了。一开始，它只是北方天空和沙漠之间的一条黑色的运动轨迹。垂死的沙暴将沙雨从高空撒下，把他的视线遮挡了几分钟，随后沙虫变得更为清晰，离他也更近了。

雷托所在的那座沙丘底部的背阴面开始产生夜晚的水汽。他品味着鼻孔处细微的潮气，调整蒙在嘴上的沙鲑膜。他再也用不着四处寻找水源了。遗传自母亲的基因让他拥有强有力的弗雷曼肠胃，能吸收几乎全部途经它的水分。而他身披的那件有生命的蒸馏服也能俘获它所接触到的任何潮气。即使他坐在这里，接触到沙地的那部分膜也在伸出伪足，采集着能被存储的点滴能量。

雷托研究着不断向他靠近的沙虫。他知道，那个年轻的向导此刻应该已经发现了自己——注意到了沙丘顶部的黑点。距离这么远，沙虫骑士无法辨别出黑点是什么，但弗雷曼人早已懂得如何应对这个问题。任何未知的物体都是危险的。即便没有预知幻象，他也能判断出那个年轻向导的反应。

不出所料，沙虫前进的路线稍稍偏转了些许，直接冲着雷托而来。弗雷曼人时常将巨大的沙虫当成武器。在厄拉奇恩，沙虫帮助厄崔迪人击败了沙达姆四世。然而，这条沙虫却没能执行驾驭者的命令。它停在雷托面前十米远的地方，不管向导如何驱使，它就是不肯继续前进，哪怕只是挪动一粒沙子的距离。

雷托站起来，感到纤毛立刻缩回他后背的膜中。他吐出嘴里的膜，大声喊道："阿池兰，瓦斯阿池兰！"*欢迎，双倍的欢迎！*

瞎子站在向导身后，一只手搭在年轻人肩上。他高高地仰起头，鼻子对准雷托脑袋的方向，仿佛要嗅出这位拦路者的气味。落日在他的额头染上了一层金黄。

"是谁？"瞎子晃着向导的肩膀问道，"我们为什么停下来？"他的声音从蒸馏服面罩中传出，显得有些发闷。

年轻人害怕地低头看着雷托，说道："只是个沙漠中孤独的旅行者。看上去还是个孩子。我想叫沙虫把他撞倒，但沙虫不肯往前走。"

"你为什么不早说呢？"瞎子问道。

"我以为他只是个普通的沙漠旅行者！"年轻人抗议道，"可他实际上是个魔鬼。"

"真像迦科鲁图的儿子说的话。"雷托说道，"还有你，阁下，你是传教士？"

"是的，我是。"传教士的声音中夹带着恐惧，因为他终于和他的过去碰面了。

"这儿没有花园，"雷托说道，"但我仍然欢迎你与我在此共度这个夜晚。"

"你是谁？"传教士问道，"你怎么能让我们的沙虫停下？"从传教士的声音听出，他已经预料到此次会面的意思。现在，他回忆起了另一个幻象……知道自己的生命可能终结于此。

"他是个魔鬼！"年轻的向导不情愿地说，"我们必须逃离这个地方，否则我们的灵魂……"

"安静！"传教士喝道。

"我是雷托·厄崔迪。"雷托说道，"你们的沙虫停了下来，因为我命令它这么做。"

传教士静静地站在那里。

"来吧，父亲，"雷托说道，"下来和我共度这个夜晚吧。我有糖浆给你吮吸。我看到你带来了弗雷曼救生包和水罐。我们将在沙地上分享我们的所有。"

"雷托还是个孩子，"传教士反驳道，"他们说他已经死于科瑞诺的阴谋。但你的声音中没有孩子的气息。"

"你了解我，阁下，"雷托说道，"我年龄虽小，但我拥有古老的经验，我的声音也来自这些经验。"

"你在沙漠深处做什么？"传教士问道。

"布吉。"雷托道。**什么也不做。**这是禅逊尼流浪者的回答，他们能做到随遇而安，不与自然抗衡，而是寻求与环境和谐相处。

传教士晃了晃向导的肩膀："他是个孩子吗？真的是个孩子？"

"是的。"年轻人说道。他一直害怕地盯着雷托。

传教士的身体颤抖着，终于发出一声长叹。"不！"他说道。

"那是个化身为儿童的魔鬼。"向导说道。

"你们将在这里过夜。"雷托说道。

"按他说的做吧。"传教士道。他放开向导的肩膀，走到沙虫身体的边缘，沿着其中一节滑了下来，到地面后他向外跳了一步，在他和沙虫之间空出足够的距离。随后，他转身说道："放了沙虫，让它回到沙地底下吧。它累了，不会来打搅我们的。"

"沙虫不肯动！"年轻人不满地回应道。

"它会走的。"雷托说道，"但如果你想骑在它身上逃走，我会让它吃了你。"他向旁边走了几步，离开沙虫的感应范围，指着他们来时的方向。"朝那个方向。"

年轻人用刺棒敲打着他身后的那节沙虫的身体，晃动着拔出沙虫表皮的矛钩。沙虫开始缓慢地在沙地上移动，跟随矛钩的指挥转了半个圈。

传教士追随着雷托的声音爬上沙丘的斜坡，站在离雷托两步远的地方。整个过程中，他的神态充满自信。雷托明白，这将是一场艰难的比赛。

幻象在此分道扬镳。

雷托说道："取下你的面罩，父亲。"

传教士服从了，把兜帽甩在脑后，取下口罩。

雷托脑子里想象着自己的面容，同时研究着眼前这张脸。他看到了两者之间的相似之处。面庞轮廓大致对得上，表明基因在延续过程中没有发生错误。这些轮廓从那些低声吟唱的日子、从下雨的日子、从卡拉丹上的奇迹之海遗传到了雷托脸上。但是，现在他们站在厄拉科斯的分水岭，等待着夜幕的降临。

"父亲。"雷托说着，眼睛向左面瞟去，看着年轻的向导从沙虫被抛弃之处走来。

"木·真恩！"传教士说着，挥舞着右手做了个下劈的手势。这不好！

"库里什·真恩。"雷托轻声道。这是我们能达到的最好状态。他又用恰科博萨语补充了一句："我来到这里，我将留在这里！我们不能忘记这句话，父亲。"

传教士的肩膀耷拉下来。他用双手捂住塌陷的眼窝。

"我曾经分享了你的视力，还有你的记忆。"雷托说道，"我知道你的决定，我去过你的藏身之所。"

"我知道，"传教士放下了双手，"你会留下吗？"

"你以那个人的名字给我命名。"雷托说道，"我来到这里，我将留在这里——这是他说过的话！"

传教士深深叹了口气："你的行动进展到什么程度了？"

"我的皮肤不再属于我，父亲。"

传教士颤抖了一下："我总算明白你是怎么在这儿找到我的了。"

"是的，"雷托说道，"我需要和我的父亲待一个晚上。"

"我不是你的父亲。我只是一个可怜的复制品，一件遗物。"他转身倾听着向导向这边走来发出的声音，"我不再进入那些有关我的未来的幻象。"

他说话时，夜幕完全降临了。星星在他们头顶闪烁。雷托也回头看着向这边走来的向导。"乌巴克-乌-库哈！"雷托冲着年轻人喊道。向你问好！

年轻人回答道："萨布库-安-纳！"

传教士用沙哑的嗓音低声说道："那个年轻的阿桑·特里格是个危险人物。"

"所有被驱逐者都是危险的，"雷托低声道，"但他不会威胁到我。"

"那是你的幻象，我没有看到。"传教士说道。

"或许你根本没有选择，"雷托说道，"你是菲尔-哈奇卡。现实。你是阿布·德尔，无限时间之路的父亲。"

"我不过是陷阱中的诱饵罢了。"传教士说道，语气中带着一丝苦涩。

"厄莉娅吞下了那个诱饵，"雷托说道，"但我没有，我不喜欢它的味道。"

"你不能这么做！"传教士嘶哑地说道。

"我已经这么做了。我的皮肤不属于我。"

"或许你还来得及……"

"已经太晚了。"雷托将脑袋偏向一侧。他能听到阿桑·特里格沿着沙丘斜坡向他们爬来的声音，和他们的交谈声混在一起。"向你问好，苏鲁齐的阿桑·特里格。"雷托说道。

年轻人在雷托下方的斜坡上停住脚步，身影在星光下隐约可见。他缩着脖子，低着头，显出犹豫不决的样子。

"是的，"雷托说道，"我就是那个从苏鲁齐逃出来的人。"

"当我听说时……"传教士欲言又止，"你不能这么做！"

"我正在这么做。即使你的眼睛再瞎上一次也于事无补。"

"你以为我怕死吗？"传教士问道，"难道你没看到他们给我配备了一位什么样的向导吗？"

"我看到了，"雷托再次看着特里格，"你没有听见我的话吗，阿桑？我就是那个从苏鲁齐逃出来的人。"

"你是魔鬼。"年轻人用发颤的声音说道。

"是你的魔鬼，"雷托说道，"但你也是我的魔鬼。"雷托感到自己和父亲之间的冲突正在加剧。这种冲突仿佛是在他们周围上演的一场皮影戏，展示着他们潜意识中的想法。此外，雷托还感到了体内父亲的记忆，发生在过去的记忆记录了对于未来的预知，它记录了此刻这个两人都十分熟悉的场景。

特里格察觉到了他们之间的幻象之争。他沿着斜坡向下滑了几步。

"你无法控制未来。"传教士低语道。他说话时显得非常费劲，仿佛在举起一个千斤重物。

雷托感到了他们之间的距离。他或他的父亲将被迫尽快行动，并通过行动作出选择，选择需要跟随谁的幻象。他父亲是对的：如果你想控制宇宙，你的所作所为只能是为宇宙提供一件能打败你的武器。选择并操纵某个幻象，要求你使一根脆弱的线头保持平衡——在一根高高悬挂的钢丝上扮演上帝，两边是相互隔绝的不同宇宙。踏上钢丝的挑战者们无法从两难的选择中退却。钢丝两边各有自己的幻象和规律，而挑战者们身后所有过去的幻象正在死去。当某个挑战者移动时，另一个也会作出与之相对的动作，否则平衡便会被打破。对于他们而言，真正重要的行动是让自身与背景中的那些幻象区分开来，使自己不被幻象吞没。没有安全的地方，只有持续变化的关系，关系本身又使边界和规律随时发生着变化。他们能依靠的只有孤注一掷的勇气，但比较而言，雷托比他的父亲还多了两个优势：他已将自己置身于死地，并且已经接受了自己的下场；而他的父亲则仍希望有回旋的余地，并且至今还没有下定决心。

"你绝不能这么做！你绝不能这么做！"传教士以刺耳的声音高呼道。

他看到了我的优势，雷托想。

雷托将自己的焦虑隐藏起来，保持着高手对决时所需要的镇定，以平静的语气说道："我并不执迷于真相，除了我自己的造物，我别无信仰。"随后，他感觉到了父亲和他之间的互动，双方心灵深处细微的变化使雷托更加坚定了自己的信仰。带着这种信仰，他知道自己已经在金色通道前立下了路标。总有一天，这个路标将指引后人成为一个真正的人，而送出这份厚礼的那个个体却在送出礼物的当天脱离了人类的范畴。带着这种感觉，雷托泰然自若地下了这个终极赌注。

他轻轻嗅了嗅空气，搜寻着他和父亲都知道必将到来的信号。还有一个问题没有解决：他父亲会警告那个等在他们下面、内心充满恐惧的年轻向导吗？

雷托闻到了臭氧的气味，这表明附近存在屏蔽场。为了遵从被驱逐者给自己下的命令，年轻的特里格正准备杀了这两个危险的厄崔迪人，但他并不知道此举会令人类陷入怎样一个恐怖的深渊。

"不要。"传教士低声说道。

雷托闻到了臭氧，但周围的空气中并没有叮当声。特里格使用的是沙漠屏蔽场，一件特别为厄拉科斯设计的武器。霍兹曼效应会召唤沙虫前来，并使它陷入癫狂。没有任何东西能阻挡这样的沙虫——无论是水还是沙鲑……任何东西都不行。是的，年轻人刚才在沙丘的斜坡上埋下了这个装置，现在他正想偷偷逃离这个极度危险的地方。

雷托从沙丘顶部跳了起来，耳边传来父亲劝阻的声音。增强的肌肉释放出可怕的力量，推动着他的身体如火箭般向前射去。他的一只手抓住特里格蒸馏服的领子，另一只手环抱在那可怜家伙的腰间。一声轻微的咔嚓声，他拧断了特里格的脖子。随后他再次纵身一跃，扑向埋藏沙漠盾的地方。他的手指摸到了它，把它从沙地里拎了出来，奋力朝南一掷。

沙漠盾原来的埋藏地点之下响起一阵巨大的咝咝声。声音逐渐变小，最后完全消失。沙漠又恢复了宁静。

雷托看着站在沙丘顶部的父亲，他仍然是一副挑战的姿态，但神情中流露出一种挫败感。那上面站着的是保罗·穆阿迪布，瞎了眼睛，愤怒，知道自己正在远离雷托的幻象，因此处于崩溃的边缘。现在的保罗，反映在禅逊尼的箴言中：*在对未来的预知中，穆阿迪布看到了整个人生。他却因此让自己沾染了不确定性。他寻求着有序的、正确的预知，却放大了无序的、歪曲的预知。*

雷托一步跃回沙丘顶部，说道："从现在起，我是你的向导。"

"不行！"

"你想回苏鲁齐吗？看到你独自一人回去，没有特里格的陪伴，他们会依然欢迎你吗？再说，你知道苏鲁齐搬到哪里去了吗？你的眼睛能看到它吗？"

保罗与儿子对峙着，没有眼珠的眼窝盯着雷托："你真的了解你在这里所创造的宇宙吗？"

雷托听出了他话中特别强调的重音。两个人都知道，从此刻起，这个幻象踏上了可怕的征程，未来必须能够控制它，而且是创造性的控制。在这之前，整个宇宙都有着线性发展的时间观，人类认为事物的发展都是有序的。但是，在这个幻象启动之后，人类登上了一辆疯狂运动的列车，只能沿着它的运动轨迹一路狂奔。

唯一能与之对抗的是雷托，多个线头组成的缰绳控制在他手中。他是盲人宇宙中的明眼人。他的父亲已不再握有缰绳，只有他才能分辨出秩序。遥远未来的梦想被现在这一时刻控制了，控制在他的掌中。

仅仅控制在他的掌中。

保罗知道这一点，然而他再也无法看清雷托是如何操纵缰绳的，只能看到雷托为此付出的代价——他不再是人类。他想：**这就是我一直祈祷的变化。为什么我要害怕它？它是金色通道！**

"在此，我赋予进化以目标，因此，也赋予我们的生命以意义。"雷托说道。

"你希望活上数千年，并且不断变化自己吗？"

雷托知道父亲并不是在说他外形上的变化。他们两人都知道他的外形将发生什么变化：雷托将不断适应，不属于他的皮肤也将不断适应。两个部分的进化力量将相互融合，最终出现的将是一个单一的变异体。当质变来到时——如果它能来到的话——一个思想宽广深邃的生物体将出现在宇宙中，而宇宙也将崇拜它。

不……保罗所指的是内心的变化，是他的想法和决定，这些想法和决定将深刻地影响他的崇拜者。

"那些认为你已死的人，"雷托说道，"你知道，他们在传扬所谓的你的临终之言。"

"当然。"

"'现在我做的是一切生命都必须做的事，其目的就是生命本身的延续。'"雷托道，"你从来没有说过这句话，但是某个认为你再也不会回来的骗子教士把这句话安在了你头上。"

"我不会叫他骗子，"保罗深吸一口气，"这是句很好的临终之言。"

"你是要留在这里，还是回到苏鲁齐盆地中的棚屋？"雷托问道。

"现在这是你的宇宙了。"保罗说道。

他话中的失落感刺痛了雷托。雷托的内心悲痛异常，好几分钟都无法开口。当他最终能控制住自己的情绪后，他开口道："这么说，你诱骗了厄莉娅，迷惑了她，让她不作出行动，作出错误的决定。现在她知道你是谁了。"

"她知道……是的，她知道。"

保罗的声音显得很苍老，其中潜藏着不满。他的神态中仍然保留着一丝倨傲。他说道："如果我能办到，我将把幻象从你这儿夺走。"

"数千年的和平，"雷托说道，"这就是我将给予他们的。"

"冬眠！停滞！"

"当然。另外，我还会允许一些暴力。它将成为人类无法忘却的教训。"

"我唾弃你的教训！"保罗说道，"你作的这种选择，你以为我以前没有看到过吗？"

"你看到过。"雷托承认道。

"你预见的未来比我的更好吗？"

"不，反而可能更糟。"雷托说道。

"那么，除了拒绝之外，我还能有什么选择呢？"保罗问道。

"或许你该杀了我。"

"我没有那么天真。我知道你的行动。我知道被摧毁的引水渠和社会上的骚乱。"

"既然阿桑·特里格再也回不了苏鲁齐，你必须和我一起回去。"

"我选择不回去。"

他的声音听上去多么苍老啊，雷托想，这个想法令他内心隐隐作痛。他说道："我把厄崔迪家族的鹰戒藏在了我的长袍中。你想让我把它还给你吗？"

"如果我死了该有多好啊。"保罗轻声道，"那天晚上，我走入沙漠时真的是想去死，但我知道我无法离开这个世界。我必须回来……"

"重塑传奇。"雷托说道，"我知道。迦科鲁图的走狗在那个晚上等着你，就在你预见的地方。他们需要你的幻象！这你是知道的。"

"我拒绝了。我从未给过他们任何幻象。"

"但是他们污染了你。他们喂你吃香料萃取物。你产生过幻象。"

"有时。"他的声音听上去是多么虚弱啊。

"你要拿走你的鹰戒吗？"雷托问道。

保罗突然一下子坐到沙地上，看上去就像星光下的一块石头。"不！"

他已经知道自己在做无用功了，雷托想。这一点已经暴露了出来，但还不够。幻象之争已经从精细的抉择升级到了粗暴地切断其他所有通路，雷托想，保罗知道自己不可能获胜，但他仍然希望雷托选择的道路无法走通。

保罗开口说道："是的，我被迦科鲁图污染了。但是你污染了你自己。"

"说得对。"雷托承认道。

"你是个优秀的弗雷曼人吗？"

"是的。"

"你能允许一个瞎子最终走入沙漠吗？你能让我以自己的方式寻找安宁吗？"他用脚跺着身边的沙地。

"不，我不允许。"雷托说道，"但如果你坚持，你有自杀的权利。"

"然后你将拥有我的身体！"

"是的。"

"不！"

他什么都明白，雷托想。由穆阿迪布的儿子来供奉穆阿迪布本人的尸体，这样可以使雷托的幻象更加牢不可破。

"你从未告诉过他们，是吗，父亲？"雷托问道。

"我从未告诉过他们。"

"但是我告诉了他们，"雷托说道，"我告诉了穆里茨。克拉里兹克，终极斗争。"

保罗的肩膀沉了下来。"你不能这么做，"他低声道，"你不能。"

"我现在是沙漠中的生物了，"雷托说道，"你能对大沙暴说不吗？"

"你认为我是个懦夫，不敢接受那个未来。"保罗以沙哑的声音颤抖地说，"哦，我太了解你了，儿子。占卜或算命是件折磨人的差事。但我从来没有迷失在可能的未来中，因为那个未来实在是太可怕了！"

"与那个未来相比，你的圣战简直就是卡拉丹上的一次野餐。"雷托同意道，"我现在带你去见哥尼·哈莱克。"

"哥尼！他通过我的母亲间接为姐妹会服务。"

雷托立即明白了父亲预知幻象的极限。"不，父亲。哥尼不再为任何人服务。我知道在哪儿能找到他，我这就带你去。该是创造新传奇的时候了。"

"我知道无法说服你。但我想摸摸你，因为你是我的儿子，"

雷托伸出右手，迎接那几根四处摸索的手指。他感到了父亲手指上的力量，于是开始加力，抗拒着保罗手臂上传来的阵阵暗流。"即使是蘸了毒的刀也无法伤害我，"雷托说道，"我体内的化学结构已经全然不同。"

眼泪从一对瞎眼中涌出，保罗放弃了，双手无力地垂在大腿处："如果我选择了你的未来，我会变成魔鬼。而你，你又会变成什么呢？"

"开始的一段时间内，他们会称我为魔鬼的使者。"雷托说道，"然后他们会开始思索，最终他们将理解。你没有将你的幻象延伸到足够远的地方，父亲。你的手既积下了许多德，也造下了许多恶。"

"恶通常只有在事后才会暴露出来！"

"很多罪大恶极之事正是如此。"雷托说道，"你仅仅看到了我幻象中的一部分，是因为你的力量不够强大吗？"

"你也知道，我不能在那个幻象中久留。如果我事先就知道某件事是邪恶的，我绝对不会去做这件事。我不是迦科鲁图。"

"有人说你从来不是个真正的弗雷曼人。"雷托说道，"我们弗雷曼人知道该如何任命一位哈里发。我们的法官能在恶与恶之间作出抉择。我们一直都是这么做的。"

"弗雷曼人，是吗？成为你一手创造的未来的奴隶？"保罗向雷托迈了一步，朝雷托伸出了手，抚摸着他长着外壳的胳膊，沿着胳膊一直往上，摸了摸他暴露在外的耳朵和脸颊，最后还摸了他的嘴，"啊哈，它还没有成为你的皮肤。"他说道，"这层皮肤会把你带去哪儿？"他垂下了他的手。

"去一个人类无时无刻不在创造自己未来的地方。"

"你是这么说的。但一个邪物也可能说出同样的话。"

"我不是邪物，尽管我曾经可能是。"雷托说道，"我看到了厄莉娅身上发生的事。一个魔鬼生活在她体内，父亲。甘尼和我认识那个魔鬼：他就是老男爵，你的外公。"

保罗将脸深深地埋在双手之间。他的肩膀颤抖了一会儿，随后他放下双手，露出绷得紧紧的嘴唇。"这是压在我们家族头上的诅咒。我曾不断祈祷，但愿你能把那只戒指扔进沙漠，我祈祷你能拒绝承认我的存在，回过头去……开始你自己的生活。你能办到的。"

"以什么代价？"

一阵长长的沉默之后，保罗开口说道："未来的结果会不断调整它身后的发展轨迹。只有那么一次，我放弃了自己的原则。只有一次。我接受了救世主降临的说法。我这么做是为了契尼，但这却让我成了一位不合格的领袖。"

雷托发觉自己无法回应父亲。有关那次决定的记忆就保留在他的体内。

"我再也不能像欺骗自己那样欺骗你了，"保罗说道，"我清楚这一点。我只问你一件事：真的有必要进行那场终极斗争吗？"

"要么如此，要么就是人类灭亡。"

保罗听出了雷托话中的真诚。他意识到了儿子幻象的宽广和深邃，小声说道："我没有看到过这种选择。"

"我相信姐妹会对此已经有所警觉。"雷托说道，"否则就无法解释祖母的行为了。"

寒冷的夜风刮过他们身旁。风掀起保罗的长袍，抽打着他的腿。

他在发抖。雷托看在眼里，说道："你有个救生包，父亲。我来支好帐篷，让我们能舒服地度过今晚。"

然而保罗却只能暗自摇头，他知道，从今晚开始，自己再也不会有舒服的感觉了。英雄穆阿迪布必须被摧毁，他自己这么说过。只有传教士才能继续活下去。

弗雷曼人最早开发出了可以贯穿意识／潜意识的符号体系，通过这套符号体系，他们可以深入体会这个行星系统中各事物的运动和相互关系。他们最早以准数学的语言来表达气候，语言本身就是其描述对象的一部分。以这种语言为工具，他们能够真正体察这个支持着他们生命的系统。弗雷曼人认为自己是一群逐水草而居的动物，单凭这一事实，人们便可以充分衡量语言与星球自然系统之间的相互影响力。

——摘自哈克·艾尔-艾达的《列特-凯恩斯的故事》

"卡维-瓦希。"斯第尔格说道。把咖啡送来。他举起一只手，朝着站在这间简朴石室门边的仆人示意。他刚刚在这里度过了一个不眠之夜。这里是他通常享用斯巴达式早餐的地方。现在已经到了早餐时间，但是经历了这样一个夜晚之后，他并不觉得饿。他站起身来，伸了个懒腰。

邓肯·艾达荷坐在门边的矮沙发上，克制着自己不要打哈欠。直到这时，他才意识到他和斯第尔格已经交谈了整整一个晚上。

"请原谅，斯第尔，"他说道，"我让你整晚都没睡。"

"熬个通宵，意味着你的生命又延长了一天。"斯第尔格一边接过从门外递进来的咖啡托盘，一边说道。他推了推艾达荷面前的矮茶几，把托盘放在上面，随后面对客人坐下。

两个人都穿着黄色的悼服。艾达荷这一身是借来的，泰布穴地的人恨他身上穿着的绿色厄崔迪家族制服。

斯第尔格从圆滚滚的铜瓶中倒出深色的咖啡，先啜了几口，然后举杯向艾达荷示意。这是古老的弗雷曼传统：咖啡里没毒，我已经喝了几口。

咖啡是哈拉的手艺，按斯第尔格喜欢的口味煮成：先把咖啡豆烘焙成玫瑰色，不等冷却便在石臼中研磨成细细的粉末，然后马上煮开，最后再加一小撮香料。

艾达荷吸了一口富含香料的香气，小心地抿了一口。他仍然不知道自己是否已经说服了斯第尔格。他运用门泰特功能计算着。

厄莉娅知道了雷托的动向！她已经知道了一切。

贾维德就是她知道内情之后作出的安排。

"你必须还我自由。"艾达荷开口说道，再次挑起这个话题。

斯第尔格站了起来："我要保持中立，所以只好作出艰难的决定。甘尼在这儿很安全。你和伊勒琅也是。但你不能向外发送消息。是的，你可以从外界接收消息，但不能发送。我已经作出了保证。"

"这不是通常的待客之道，更不能这样对待一个曾与你出生入死的朋友。"艾达荷说道。他知道自己已经用过了这个理由。

斯第尔格手端杯子，小心翼翼地把它放在托盘上。开口说话时，他的目光一直注视着它。"其他人会觉得内疚的事，我们弗雷曼人不会。"说完，他抬起头，看着艾达荷。

必须说服他让我带着甘尼离开这地方，艾达荷想。他开口说道："我并没有想引起你的负疚感。"

"我知道，"斯第尔格说道，"是我自己提起了这个问题。我想让你了解弗雷曼人的态度，因为这才是我们所面临的问题：弗雷曼人。就连厄莉娅都以弗雷曼人式的方式思考。"

　　"教士们呢？"

　　"他们是另一个问题，"斯第尔格说道，"他们想把原罪塞给人民，让他们愧疚终生，他们想用这种手段使人民虔诚。"他的语气很平静，但艾达荷从中听出了苦涩。不知道为什么，这种苦涩没能使斯第尔格动摇。

　　"这是个非常古老的独裁把戏，"艾达荷说道，"厄莉娅对此很清楚。温顺的国民必须感觉自己有罪。负罪感始于失败感。精明的独裁者为大众提供了大量走向失败的机会。"

　　"我注意到了，"斯第尔格淡淡地说，"但是请原谅，我得再次提醒你，你口中的独裁者是你的妻子。她也是穆阿迪布的妹妹。"

　　"她发疯了，我跟你说过了！"

　　"很多人都这么说。总有一天她会接受测试。但同时，我们必须考虑其他更为重要的事。"

　　艾达荷悲伤地摇了摇头："我告诉你的一切都可以被证实。与迦科鲁图之间的通信总是要经过厄莉娅的神庙。针对双胞胎的阴谋也是在那儿诞生的。向外部行星兜售沙虫的所得同样流向那里。所有线索都指向厄莉娅的办公室，指向教会。"

　　斯第尔格摇了摇头，深深地吸了口气："这里是中立区。我发过誓。"

　　"再也不能这样下去了！"艾达荷抗议道。

　　"我同意。"斯第尔格点了点头，"有许多方法可以判断厄莉娅的所作所为，每时每刻，对她的怀疑都在增加。这就像是我们那个允许三妻四妾的老传统，它一下子就能发现谁是不育的男性。"他注视着艾达荷，"你说他给你戴上了绿帽子——'把她的性器官当成了武器'，如果我没记错的话，你是这么说的。如此说来，你就有了一个最好不过的手段，可以通过法律途径解决此事。贾维德来了泰布，他带来了厄莉娅的口谕。你只要……"

"在你这个中立区？"

"不，在穴地外的沙漠中……"

"如果我趁机逃走呢？"

"你不会有这样的机会。"

"斯第尔，我向你发誓，厄莉娅疯了。我要怎么做你才会相信？"

"这是难以证实的事。"斯第尔格说道。昨晚他已经用这个理由搪塞很多次了。

艾达荷想起了杰西卡的话，他说："但是你有办法，完全可以证实这一点。"

"办法，是的，"斯第尔格说道，然而他再次摇了摇头，"但这是个痛苦到极点的办法。所以我才会提醒你我们的负罪感。我们弗雷曼人几乎能让自己从任何毁灭性的罪恶中解放出来，然而我们却无法摆脱魔道审判带来的罪恶感。为此，审判员，也就是全体人民，必须承担所有的责任。"

"你以前做过，不是吗？"

"我相信圣母已经全部告诉你了。"斯第尔格说道，"你知道得很清楚，我们以前确实做过。"

艾达荷感觉到了斯第尔格语气中的不快："我不是想抓住你话中的把柄。我只是……"

"这是个漫长的夜晚，还有那么多没有答案的问题，"斯第尔格说道，"现在已经是早晨了。"

"我必须发个消息给杰西卡夫人。"艾达荷说道。

"也就是说你要往萨鲁撒发消息。"斯第尔格说道，"我不会轻易许诺，可一旦许诺，我就要遵守自己的承诺。泰布是中立区。我要让你保持沉默。我已以全家人的生命起誓。"

"厄莉娅必须接受你的审判！"

"或许吧。但我们首先得寻找是否有情有可原的地方。也许只是政策失当？甚至可能是坏运气造成的。完全可能是某种任何人都拥有的向恶表现，而不是入了魔道。"

"你想证实我不是个精神失常的丈夫，妄想假借别人之手进行报复。"艾达荷说道。

"这是别人的想法，我没这么想过。"斯第尔格说道，他笑了笑，以缓和这句话的分量，"我们弗雷曼人有沉默的传统。我们的宗教典籍说，唯一无法打消的恐惧是对自己的错误所产生的恐惧。"

"必须通知杰西卡夫人，"艾达荷说道，"哥尼说……"

"那条消息可能并非来自哥尼·哈莱克。"

"还能是谁？我们厄崔迪人有验证消息的方法。斯第尔，你难道就不能……"

"迦科鲁图已经灭亡了，"斯第尔格说道，"它在好几代人以前就被摧毁了。"他碰了碰艾达荷的衣袖，"无论如何，我不能动用战斗人员。现在是动荡的时刻，引水渠面临着威胁……你理解吗？"他坐了下来，"现在，厄莉娅什么时候……"

"厄莉娅已经不存在了。"艾达荷说道。

"你是这么说来着。"斯第尔格又抿了口咖啡，然后把杯子放回

460

原处，"到此为止吧，艾达荷，我的朋友。为了拔掉手上的刺，用不着扯断整条胳膊。"

"那就让我们谈谈甘尼玛。"

"没有必要。她有我的支持、我的忠诚，没人能在这里伤害她。"

他不会这么天真吧，艾达荷想着。

斯第尔格站起身来，示意谈话已经结束了。

艾达荷也站了起来。他发觉自己的膝盖已经变得僵硬，小腿也麻木了。就在艾达荷起身时，一位助手走进屋子，站在一旁。贾维德跟在他身后进了屋。艾达荷转过身。斯第尔格站在四步开外的地方。没有丝毫犹豫，艾达荷拔出刀，飞快地刺入贾维德的胸口。那个可怜人直着身子后退了几步，让刀尖从他的身体上伸了出来。接着，他转了个身，脸朝下摔倒在地，蹬了几下腿之后气绝身亡。

"奸夫的下场。"艾达荷说道。

站在那儿的助手拔出了刀，但不知道下一步该如何反应。艾达荷已经收起自己的刀，黄色长袍一角留下了斑斑血迹。

"你玷污了我的诺言！"斯第尔格叫道，"这是中立……"

"闭嘴！"艾达荷盯着震惊中的耐布，"你戴着项圈，斯第尔格！"

这是最能刺激弗雷曼人的三句侮辱话之一。斯第尔格的脸色变得苍白。

"你是个奴仆，"艾达荷说道，"为了获取弗雷曼人的水，你出卖了他们。"

这是第二句最能刺激弗雷曼人的侮辱话，正是它毁灭了过去的迦科鲁图。

斯第尔格咬着牙，手搭在刀把上。助手离开走廊上的尸体，退到一旁。

艾达荷转身背对着耐布，绕过贾维德的尸体走出门口。他没有转身，而是直接送出了第三句侮辱话："你的生命不会延续，斯第尔格，你的后代不会流有你的鲜血！"

"你去哪儿，门泰特？"斯第尔格冲着离去的艾达荷的背影问道。声音如同极地的风一般寒冷。

"去寻找迦科鲁图。"艾达荷仍然头也不回地说道。

斯第尔格拔出了刀："或许我能帮你。"

艾达荷已经走到通道的出口处。他没有停下脚步，直接说道："如果你要用你的刀帮我，水贼，请刺向我的后背。对于戴着魔鬼项圈的人来说，这么做是最自然的。"

斯第尔格跑了两步，奔过屋子，踩过贾维德的尸体，赶上通道出口处的艾达荷。一只骨节粗大的手拽住艾达荷。斯第尔格龇着牙齿，手拿着刀，面对艾达荷。他愤怒至极，甚至没有察觉到艾达荷脸上奇怪的笑容。

"拔出你的刀，门泰特人渣！"斯第尔格咆哮道。

艾达荷笑了。他狠狠扇了斯第尔格两下——左手一下，接着是右手，火辣辣地扇在斯第尔格脸上。

斯第尔格大吼着将刀刺入艾达荷的腹部，刀锋一路向上，挑破横膈膜，刺中了心脏。

艾达荷软绵绵地垂在刀锋上，勉强抬起头，冲斯第尔格笑了笑。斯第尔格的狂怒刹那间化为震惊。

"两个人为厄崔迪家族倒下了，"艾达荷喘息着说道，"第二个人倒下的理由并不比第一个人好多少。"他蹒跚几步，随后脸朝下倒在岩石地面上。鲜血从他的伤口涌出。

斯第尔格低头看去，目光越过仍在滴血的尖刀，定格在艾达荷的尸体上。他颤抖着，深深地吸了一口气。贾维德死在他身后，而这位厄莉娅——天堂之母——的配偶，死在自己的手上。他可以争辩说一个耐布必须捍卫自己的尊严，以此化解对他所承诺的中立立场的威胁。但死去的是邓肯·艾达荷。无论他能找到什么借口，无论现场的情况是多么"情有可原"，都无法抵消他的行为带来的后果。即使厄莉娅私下里可能巴不得艾达荷死，但在公开场合中，她不得不作出复仇的姿态。毕竟她也是个弗雷曼人。要统治弗雷曼人，她必须这么做，容不得半点软弱。

直到这时，斯第尔格才意识到，目前这种情况正是艾达荷想以"第二个死亡"换回的结局。

斯第尔格抬起头，看到一脸惊吓的哈拉——他的第二个妻子。她躲在渐渐聚集起的人群中，偷偷地打量着他。无论朝哪个方向看，斯第尔格看到的都是相同的表情：震惊，还有对未来的忧虑。

斯第尔格慢慢挺直了身体，在衣袖上擦了擦他的刀，然后收起。他面对眼前的一张张脸，以轻松的语气说道："想跟我走的人请立刻收拾行囊。派几个人先去召唤沙虫。"

"你要去哪儿，斯第尔格？"哈拉问道。

"去沙漠。"

"我和你一起去。"她说道。

"你当然要跟我一起去。我所有的妻子都得跟着我。还有甘尼玛。去叫她，哈拉，马上。"

"好的，斯第尔格……马上，"她犹豫了一下，"伊勒琅呢？"

"如果她愿意。"

"好的，老爷。"她仍然在犹豫，"你要把甘尼当作人质吗？"

　　"人质？"他真的被这个想法吓了一跳，"你这个女人……"他用大脚趾轻轻地碰了碰艾达荷的尸体，"如果这个门泰特是对的，我是甘尼唯一的希望了。"他记起了雷托的警告："要小心厄莉娅。你必须带着甘尼逃走。"

弗雷曼人之后的所有行星生态学家都将生命视为能量的表现，并开始寻找这两者之间的关系。一点一点地，弗雷曼人的智慧终于成为公认的公理。其他所有民族也能像弗雷曼人一样，观察这种能量，研究其中的规律。

——摘自哈克·艾尔–艾达的《厄拉奇恩的悲剧》

这里是假墙山内的泰克穴地。哈莱克站在穴地前面岩壁的影子中，影子遮挡了穴地高处的入口。他在等待，等着里面的人决定是否收留他。他向外注视着北方的沙漠，然后又抬头看了看早晨灰蓝色的天空。当这儿的走私徒们得知，身为一个来自外星球的人，他竟然俘获了一条沙虫，并骑着它来到此地时，都感到异常惊讶。对他们的反应，哈莱克也同样感到惊讶。毕竟，对于一个身手敏捷的人来说，观察数次之后，骑沙虫这门技术还是比较容易学会的。

哈莱克再次将注意力转回沙漠。闪光的沙漠上点缀着闪闪发亮的岩石，还有一片片灰绿色的瘢痕，显示这里过去曾存在着水体。眼前这一切让他意识到能量的平衡是多么脆弱，一旦发生重大变化，世间一切都将受到威胁。

他知道自己为什么会产生这种想法——来自前面沙漠中闹嚷嚷的

活动。装着死沙鲑的容器被拖进穴地，它们将被分解，水分也将被回收。那儿有成千上万条沙鲑，它们变成了潺潺的流水。正是这流水让哈莱克的思绪奔腾起来。

哈莱克低下头，目光越过穴地的种植园，看着环绕穴地的引水渠。渠里已经不再有珍贵的流水。他看到了引水渠石头堤岸上的缺口，水就是沿着这道残破的堤岸流入沙漠的。是什么造成了这些缺口？沿着引水渠最脆弱的部位，有些洞的直径达到了二十多米，洞口的细沙吸饱了水，形成一个个凹坑。这些凹坑中挤满沙鲑，穴地的孩子们正在猎杀它们。

修补小组正在抢修引水渠垮塌的堤岸。其他人拿着小壶给急须灌溉的植物浇水。连接捕风器下那巨大蓄水池的水路已被切断，使水不再流入已遭破坏的水渠。太阳能泵也被关掉了。灌溉用的水来自引水渠底残留的积水，还有一部分用水则艰难地取自穴地的蓄水池。

天气渐渐暖和起来。哈莱克身后水汽密封口上的金属片响了一声。他的目光仿佛被这个声音惊得一跳，他发现自己正盯着引水渠最远处的弯道，那是漏水最严重的地方。穴地种植园的设计者在那儿种了一棵柳树，现在那棵树已注定死去，除非引水渠内的流水能很快恢复。哈莱克看着那棵柳树：愚蠢地垂着枝条，风沙正侵蚀着它的身体。对他来说，那棵树最恰当不过地象征着他和厄拉科斯的当下处境。

我和它都是舶来品。

他们在穴地耽搁的时间太长，迟迟无法作出决定。他们极其需要优秀的战士，走私徒们总是需要优秀的战士，但哈莱克本人却对他们不抱任何幻想。如今的走私徒早已不是多年前他从公爵被占领的领地上逃出时收留他的那伙人了。他们是一群新品种，对于他们来说，利益高于一切。

哈莱克再次将注意力放回那棵愚蠢的柳树。他突然意识到，突变的局势也许能狠狠打击这些走私徒和他们的朋友。它还可能摧毁斯第尔格脆弱的中立立场，随着他改变立场的还有一大批仍然效忠厄莉娅的部落。他们已经全部变成了被殖民者。哈莱克曾见证过这样的事情在故乡发生，他能体会这种苦涩。他清楚地看到了它，这让他想起城市中的弗雷曼人的习惯，想起郊区的生活状态，以及那些被走私徒的窝点侵占的农村穴地道路。农村地区就是中心城市的殖民地。这里的人不被迷信支配，就会被贪婪支配。在这里，人们的心态是殖民者的心态，而非自由人的心态。这些人善于隐藏自我、防范他人和避实就虚。任何权威都受制于民愤——任何权威，包括摄政王朝、斯第尔格，还有他们自己的议会……

我不能相信他们，哈莱克想。他能做的就只有利用他们，并培育他们之间的不信任。这的确令人难过。但自由人之间的公平交易已经不复存在了。古老的行为方式现在仅仅存在于仪式性的词汇中，他们的传统也仅仅存在于记忆中。

厄莉娅一直干得不错：对反对者进行残酷的惩罚，对支持者予以褒奖，灵活运用帝国的力量，让她的对手难以捉摸。还有那些间谍！她手下不知道有多少间谍！

如果弗雷曼人一直沉睡，不起来反抗，她就将取得胜利，想。

他身后的密封口又响了一声。接着，密封口被打开了。一个名叫麦利迪斯的仆人走了出来。他是个矮个子男人，长着葫芦般的身体，葫芦的下端收缩成了两条纺锤形的腿。他身穿的蒸馏服使他的体形显得更加丑陋。

"你已经被接受了。"麦利迪斯说道。

哈莱克从他的语气中听出了对方的如意算盘。哈莱克明白，这里只能成为他暂时的避难所。

只要能偷到他们的一架扑翼飞机就行，他想。

"请向长老会表达我的谢意。"他说道。他想到了依斯玛·泰克，这个穴地就是以他的名字命名的。由于被人出卖，依斯玛在很早以前就已死去。但如果他还活着，他会在第一眼看到这位麦利迪斯时就毫不留情地杀死他。

任何一条前进道路，只要限制了未来发展的可能性，都可能变成陷阱。人类的发展并不是在穿越迷宫，他们一直在注视着那条充满了独特机会的宽广的地平线。迷宫中受限的视角只适用于那些将头埋在沙漠里的生物。有性繁殖产生的独特性和差异性是物种的生存保障。

——摘自《宇航公会手册》

　　"为什么我感觉不到悲痛？"厄莉娅对着小接见室的天花板问道。只需十步，她就能从屋子的这一面走到另一面，换个方向的长度也不过只有十五步。墙上安了一面又窄又长的窗户，透过它能看到厄拉奇恩市内各种建筑的屋顶，还有远处的屏蔽场城墙。

　　快到正午了，太阳照耀在整个城市上空。

　　厄莉娅垂下了目光，看着布尔·阿加瓦斯，神庙卫队指挥官兹亚仁卡的助手。阿加瓦斯带来了贾维德和艾达荷已死的消息。一群谗臣、助手和卫兵跟着他一块儿拥了进来，更多的人挤在外面的走廊里。这一切都显示他们都已知晓了阿加瓦斯带来的消息。

　　在厄拉科斯，坏消息总是传播得很快。

　　这位阿加瓦斯是个小个子男人，长着一张在弗雷曼人中不多见的圆脸，看上去像婴儿的脸。他是新生代中的一员，水分充足。在厄莉娅的眼中，他仿佛分裂成了两个形象：其中一个拥有严肃的表情、深沉的靛青色眼睛，还有忧郁的嘴形；另一个则既性感又敏感，令人心醉的敏感。她尤其喜欢他那双厚厚的嘴唇。

尽管还没到正午，厄莉娅仍然感到她四周的寂静在诉说着落日时的凄凉。

艾达荷本应在日落时死去，她告诉自己。

"布尔，作为带来坏消息的人，你感觉怎么样？"她问道。她注意到他的表情立刻警觉起来。

阿加瓦斯艰难地咽了口唾沫，哑着嗓子，以比耳语响不了多少的声音说道："我和贾维德一起去的，您还记得吗？当……斯第尔格派我到您这儿来时，他让我转告您说，这是他最后的服从。"

"最后的服从，"她重复道，"他这是什么意思？"

"我不知道，厄莉娅夫人。"他说道。

"跟我说说你都看到了什么。"她命令道。她很奇怪自己的皮肤怎么会变得这么冷。

"我看到……"他紧张地摇摇头，看着厄莉娅面前的地板，"我看到老爷死在中央通道的地面上，贾维德死在附近的一条支路。女人们已经在准备他俩的后事。"

"斯第尔格把你叫到了现场？"

"是的，夫人。斯第尔格叫我了。他派来了姆迪波，他的信使。姆迪波只是告诉我斯第尔格要见我。"

"然后你就在那儿看到了我丈夫的尸体？"

他飞快地与她对视了一下，点了点头，随后又将目光转回她面前的地板上："是的，夫人。贾维德死在那附近。斯第尔格告诉我……告诉我是老爷杀了贾维德。"

"那我的丈夫，你说是斯第尔格……"

"他亲口跟我说的，夫人。斯第尔格说是他干的。他说老爷激怒了他。"

"激怒，"厄莉娅重复道，"他是怎么办到的？"

"他没有说，也没人说。我问了，但没人说。"

"他当场命令你回来向我报告？"

"是的，夫人。"

"你就不能做些别的什么吗？"

阿加瓦斯用舌头舔了舔嘴唇，这才说道："斯第尔格下了命令，夫人。那是他的穴地。"

"我明白了。你总是服从斯第尔格。"

"是的，夫人，直到他解除我的誓约之前。"

"你是说在他派你来为我服务之前？"

"我现在只服从您，夫人。"

"是吗？告诉我，布尔，如果我命令你去杀了斯第尔格，你的老耐布，你会服从吗？"

他坚定地迎接着她的目光："只要您下命令，夫人。"

"我就是要下这个命令。你知道他去了哪儿吗？"

"去了沙漠。我知道的就这么多，夫人。"

"他带走了多少人？"

"大概有穴地战斗力的一半。"

"他带走了甘尼玛和伊勒琅！"

"是的，夫人。那些留下的人是因为有女人、孩子和财物的拖累。斯第尔格给每个人一个选择——和他一起走，或者解除他们的誓约。很多人都选择了解除誓约。他们将选出一位新耐布。”

“我来选择他们的新耐布！那就是你，布尔·阿加瓦斯，在你把斯第尔格的头颅交给我的那一天。”

阿加瓦斯也可以通过决斗来取得继承权。这是弗雷曼人的传统。他说：“我服从您的命令，夫人。关于军队，我能带多少……”

“去和兹亚仁卡商量。我不能给你很多扑翼飞机，它们有其他用途。但你会拥有足够的战士。斯第尔格已经失去了荣誉。多数人将乐于为你服务。”

“我这就去办，夫人。”

“等等！”她观察着他，思考着她能派谁去监视这位敏感的人。必须先将他置于严密的监视之下，直到他证明自己。兹亚仁卡知道该派谁去。

“还有事吗，夫人？”

“是的。我必须私下里和你谈谈对付斯第尔格的计划。”她用一只手捂住脸，“在你实施我的报复之前，我不会表现出悲痛。给我几分钟，让我先安排一下。”她放下那只手，“我的仆人会带你去。”她向一个仆人做了个手势，并向她的新女官萨卢斯耳语道：“给他洗个澡，喷上香水。他闻上去有股沙虫的味道。”

“好的，夫人。”

厄莉娅转过身，装出一副悲痛的样子，前往她的私人寓所。在她的卧室内，她狠狠摔上房门，跺着脚，使劲地咒骂着。

该死的邓肯！为什么？为什么？为什么？

她明白艾达荷是有意挑衅。他杀了贾维德，还激怒了斯第尔格。据说他知道贾维德的事。这一切都是邓肯·艾达荷最后的口信，是他最后的姿态。

她再次跺了跺脚，在卧室内疯狂地走来走去。

他该死！他该死！他该死！

斯第尔格投奔了叛乱者，甘尼玛跟随着他。还有伊勒琅。

他们都该死！

她的脚踢到了一个障碍物，是一块金属。疼痛令她叫出了声。她低头看去，发现自己的脚在一个金属带扣前擦伤。她一把抓起那个带扣。它已经有些年头了，银和白金的合金质地，产自卡拉丹，是雷托·厄崔迪一世奖给他的剑客邓肯·艾达荷的。她以前经常看到艾达荷佩戴着它，现在，他把它丢弃在了这里。

厄莉娅的手指痉挛似的紧紧握住带扣。艾达荷是什么时候把它丢在这里的，是什么时候……

泪水积聚在她的双眼里，随后，它们克服了强大的弗雷曼心理阻力，涌出了眼眶。她的嘴角耷拉下来。她感到头脑中又开始了那场古老的战斗，战斗一直延伸到她的手指头和脚趾尖。她感到自己又分裂成了两个人。其中一个震惊地看着她扭曲的脸孔，另一个则屈从于从她的胸腔内扩散开来的巨大的疼痛。眼泪现在自由地从她的眼中滑落。她体内那个震惊的自我焦躁地问道："谁在哭？是谁在哭？到底是谁在哭？"

但是什么也无法阻止她的眼泪。来自胸腔的疼痛使她倒在床上。

仍然有个声音以异常震惊的语气问道："谁在哭？是谁……"

通过这些行为，雷托二世将自己从进化的过程中解脱出来。他以决绝的姿态完成了这一行为。他说："想要独立，首先必须解脱。"两个双胞胎都意识到了这一点，但最终作出这一大胆举动的人是雷托。他知道，真正的创造独立于其创造者。

——摘自哈克·艾尔–艾达的《神圣的变形》

被破坏的引水渠边的潮湿沙地吸引了昆虫，昆虫上方又聚集了一大群鸟，有鹦鹉、鹊、松鸦等。这里曾经是建筑于玄武岩地基上的最后一个新城镇。现在它已经被遗弃了。甘尼玛利用早晨的空闲时间观察着这个被遗弃的穴地，仔细研究原先的植被区以外的那片区域。她注意到那地方有动静，定睛细看，发现了一只长着斑纹的壁虎。更早些时候，她还看到了一只啄木鸟，它把巢建在新城镇的泥墙上。

她把这地方想象成一个穴地，其实它只不过是一堵堵泥砖砌成的矮墙，植被包围着它的四周，阻挡着沙丘。它位于坦则奥福特内，塞哈亚山脊以南约六百公里。由于缺少了人类的维护，穴地已经开始慢慢退化成沙漠。沙暴侵蚀着它的墙壁，植被正在死去，种植园内的土地在太阳的暴晒下也出现了龟裂。

然而引水渠外的沙地仍然保持着潮湿，表明那个大型捕风器仍然在起作用。

逃离泰布穴地后的几个月内，这批逃亡者已经见到了好些类似的、被沙漠魔鬼破坏后无法居住的穴地。甘尼玛不相信有什么沙漠魔鬼，尽管引水渠遭到破坏的证据非常确凿。

偶尔他们能碰到反叛者的香料猎手，他们带来了北方定居地的消息。有几架——有人说是六架——扑翼飞机正在执行搜寻斯第尔格的任务，但厄拉科斯很大，而沙漠对于逃亡者又相对友好，因此他们的搜寻任务尚未成功。据说另有一支部队也在执行搜寻斯第尔格一行的任务，但那支由阿加瓦斯领导的部队似乎还有其他任务，不时会返回厄拉奇恩。

反叛者说，他们的人和厄莉娅的军队之间已很少发生战斗。沙漠魔鬼随机性的破坏使保卫家园成为厄莉娅和耐布们的首要任务。甚至连走私徒们都遭到了攻击，但据说他们也在扫荡着沙漠，妄想以斯第尔格的人头换取赏金。

在那只对潮气异常敏锐的弗雷曼鼻子的指引下，斯第尔格带着他的队伍在昨天天黑之前进入了新城镇。他向他们保证说自己将很快带领大家继续南行至帕姆莱丝，但他拒绝透露出发的具体日期。现在，斯第尔格人头的赏金能买下一颗行星，他却显得异常高兴和轻松。

"对我们来说，这是个好地方。"他指着仍在发挥作用的捕风器说道，"我们的朋友给我们留下了一些水。"

他们现在是一支小队伍，总共才六十个人。老人、病人和孩子已经被值得信赖的弗雷曼家庭接收了。最强悍的人留了下来，他们在南方和北方都有很多朋友。

甘尼玛不知斯第尔格为什么不愿意谈论这颗行星上正在发生的

事。难道他看不到吗？随着引水渠被摧毁，弗雷曼人退回到了南方和北方的沙漠边缘地带，那里曾经是他们定居的边界。

甘尼玛伸出一只手抓住蒸馏服的领子，将它重新密封好。尽管忧心忡忡，她还是觉得异常自由。体内的生命不再折磨她，她只是偶尔才能感到他们的记忆侵入她的意识。从这些记忆中，她了解到沙漠从前的样子，也就是生态变革之前的样子。举个例子来说，那时候的它更为干燥。那个无人维护的捕风器之所以还能起作用，是因为它所处理的空气湿度比较大。在以前，这是不可能的。

许多从前逃离这片沙漠的生物现在都冒险来到了这里。队伍中的很多人都注意到了猫头鹰数量的激增。甘尼玛还看到了食蚁鸟。它们聚集于已毁坏的引水渠末端，在潮湿沙地上的昆虫上空翻飞。很少能看到獾，有袋类老鼠倒是多得很。

迷信的恐惧统治着弗雷曼人，在这方面，斯第尔格表现得并不比别人更出色。在引水渠于十一个月内连遭五次浩劫之后，这个新城镇终于被归还给了沙漠。他们四次维修了沙漠魔鬼所造成的破坏，但到了第五次，他们已经没有多余的水来再冒一次险。

很多古老的穴地和新城镇都经历了类似的浩劫。绝大多数新定居点被遗弃了，很多老穴地内从来没有像现在这样拥挤。沙漠进入了新纪元，弗雷曼人却在回归古老的生活方式。他们在所有事物中都看到了预兆。除了在坦则奥福特，沙虫不正变得日益稀少吗？这是来自夏胡鲁的审判！到处都能看到死去的沙虫，却怎么也看不出死因。沙虫死后很快就会化作沙漠中的尘土，少数有幸看到它们残躯的弗雷曼人总是被吓得心惊胆战。斯第尔格的队伍在上个月就看到过这么一具残躯。他们整整用了四天时间才消化了心中的罪恶感。那东西散发出酸臭的有毒气体，它的尸体躺在一大堆香料上方，那堆香料中的大部分都已经腐败了。

甘尼玛将目光从引水渠边收回，转身看着新城镇。她的正前方是一堵残墙，它曾经保护着一个小花园。她曾经好奇地搜索这个地方，在一个石头盒子里发现了一块香料面包。

斯第尔格毁了那块面包。他说："弗雷曼人绝不会留下还能食用的食物。"

甘尼玛怀疑他错了，但不愿跟他争论。弗雷曼人在改变。过去，他们能自由地穿越大沙漠，驱动他们的是自然需求：水、香料和贸易。动物的行为就是他们的闹钟。但是现在，动物的行为规律已变得古怪，而大多数弗雷曼人都蜷缩在北方屏蔽场城墙下拥挤的穴地内。坦则奥福特之内已经很少能见到香料猎手，而且只有斯第尔格的队伍仍以古老的方式行进。

她信任斯第尔格，也理解他对厄莉娅的恐惧。伊勒琅则沉浸于古怪的贝尼·杰瑟里特冥想之中。在遥远的萨鲁撒，法拉肯仍然活着。这笔账总有一天要算。

甘尼玛抬头看了看清晨银灰色的天空，脑海中思绪万千。到哪儿才能找到帮助？当她想把发生在她身边的事告诉谁时，应该向谁诉说？杰西卡夫人仍然待在萨鲁撒——如果报告是真实的话；而厄莉娅高高在上，日益自大，离现实越来越远；哥尼·哈莱克也不知身处何方，尽管有报告说他出现在了各个地方；还有传教士，他也躲了起来，他那异端的演讲已经成了遥远的回忆。

还有斯第尔格。

她的目光越过残墙，看着正在帮着修复蓄水池的斯第尔格。斯第尔格对自己现在的角色很满意，他又成了过去那个斯第尔格，代表着沙漠的意志。他头颅的价格每个月都在上涨。

一切都毫无条理可言。所有的一切。

沙漠魔鬼到底是谁？这个家伙摧毁了引水渠，仿佛它们是应该被推倒在沙漠里的异教神像。它会是一条凶猛的沙虫吗？抑或是第三种反叛力量，一个由很多人组成的集体？没人相信它是条沙虫。水能杀死任何一条冒险接近引水渠的沙虫。很多弗雷曼人相信沙漠魔鬼其实是一群革命者，决心推翻厄莉娅的统治，让古老的生活方式回归厄拉科斯。相信这种说法的人认为这是件好事。要打倒那个贪婪的教会，它除了展现自己的平庸之外，其他什么也没做。应该回归穆阿迪布所赞成的真正的宗教。

甘尼玛发出一声长叹。哦，雷托，她想，我几乎要为你高兴，因为你没有活着看到现在这一切。我要追随你，但我的刀还没有染上鲜血。厄莉娅和法拉肯。法拉肯和厄莉娅。老男爵是她体内的魔鬼——绝对不能容忍。

哈拉踏着稳重的步伐向她走来，在她身前停住脚步，问道："你一个人在这儿干吗？"

"这是个奇怪的地方，哈拉，我们应该离开这儿。"

"斯第尔格在等着和一个人会面。"

"哦？他没和我说过。"

"他为什么把所有事情都告诉你呢？"哈拉拍了拍甘尼玛长袍底突起的水袋，"你是个可以受孕的成熟女人吗？"

"我已经怀过无数次孕了，数都数不清。"甘尼玛说道，"别把我当成个孩子逗着玩！"

哈拉被甘尼玛恶狠狠的语气吓得退了一步。

"你们是一群傻瓜，"甘尼玛说道，用手画了个圈，将新城镇，还有斯第尔格和他的手下统统圈在里头，"我真不应该跟着你们。"

"如果你不跟着，你早就死了。"

"也许吧。但你们看不清眼下的局势！斯第尔格到底在等什么人？"

"布尔·阿加瓦斯。"

甘尼玛盯着她。

"红峡谷穴地的朋友会把他秘密地带到这儿来。"哈拉解释道。

"厄莉娅的小玩具？"

"他将被蒙着面带来。"

"斯第尔格相信他吗？"

"要求会面的是布尔。他答应了我们所有的条件。"

"为什么不告诉我？"

"斯第尔格知道你会反对的。"

"反对……这简直就是发疯。"

哈拉昂起头："不要忘了布尔曾经是……"

"他是家族的一员！"甘尼玛打断道，"他是斯第尔格表兄的孙子。我知道。我要杀死的法拉肯也是我的一个近亲。你认为这就足以阻止我拔刀吗？"

"我们收到了密码器带来的信息。没人跟着他。"

甘尼玛低声道："不会有什么好结果，哈拉。我们必须马上离开。"

"你看到什么预兆了？"哈拉问道，"我们看到的是那条死沙虫！会不会……"

"把这些话塞进你的子宫，去别的地方把它生出来吧！"甘尼玛骂道，"我不喜欢这次会面，也讨厌这个地方。这难道还不够吗？"

"我会告诉斯第尔格你……"

"我会亲自告诉他！"甘尼玛大步越过哈拉。哈拉在她身后比了个沙虫角的手势，以示遮挡魔鬼。

　　但斯第尔格只对甘尼玛的担忧爆发出一阵大笑，并命令她去寻找沙鲑，把她仅仅当成了个孩子。她跑进新城镇某间被遗弃的屋子，在墙角蹲下，努力平息自己的怒火。愤怒很快就过去了，她感到了体内生命的烦躁。她想起来了，某个人曾经说过："如果我们能让他们停滞不动，事情就会按照我们的计划发展下去。"

　　多么奇怪的想法啊。

　　但她想不起来这是谁说的了。

穆阿迪布曾经被人剥夺了继承权，他始终站在被剥夺继承权的人们的立场上。他公开宣称，让人们背离自己的信仰和与生俱来的权利——这是极度的不公正。

——摘自哈克·艾尔-艾达的《穆阿迪布教义》

　　哥尼·哈莱克坐在苏鲁齐的一座小山丘上，身边的香料纤维座垫上放着巴厘琴。他下方的盆地中到处是正在栽种植物的工人。那条被驱逐者用以引诱沙虫的、表面铺着香料的斜坡通道已经被一条新的引水渠阻断了。植被沿着斜坡向下蔓延，以保护那条引水渠。

　　快到午饭时间了，哈莱克已在小山丘上坐了将近一个小时。他需要独自待一会儿，好好思考。下面的众人正在辛勤劳作，这里的一切劳动都与香料有关。据雷托估计，香料的产量很快就会下滑，然后稳定在哈克南时期高峰产量的十分之一左右。帝国内各地库存香料的价值每次盘点时都会翻一番。据说有人以三百二十一升香料从梅图利家族手中换得了半个诺文本斯行星。

　　被驱逐者工作起来狂热到极点，像有个魔鬼在驱使他们。或许实际情况也正是如此。每次进餐之前，他们都要面对坦则奥福特，向夏胡鲁祈祷。在他们眼中，这个夏胡鲁已经有了一个拟人化的代表，那就是雷托。透过他们的眼睛，哈莱克看到了一个未来，几乎所有的人都相信这个未来必将成为现实。但哈莱克不知道自己是否会喜欢这样一个未来。

当雷托驾驶着哈莱克偷来的扑翼飞机，载着哈莱克和传教士来到此处时，他立即成了这里的主宰。单凭两只手，雷托就摧毁了苏鲁齐的引水渠，五十米长的石坝像个玩具似的在他的手里抛来抛去。被驱逐者想阻止他，而他只不过挥了挥胳膊，就斩下了第一个跑到他身边的人的头颅。他把那人的躯体扔回他的同伴中间，冲着他们的武器放声大笑。他以魔鬼般的声音向他们咆哮道："你们的射击伤不到我！你们的刀无法伤害我！我披着夏胡鲁的皮肤！"

被驱逐者认出了他，想起他逃跑时如何"直接从山崖跳到沙漠上"。他们在他面前屈服了。随后他发布了他的命令："我给你们带来了两位客人。你们要保护他们、尊敬他们。你们要重新修筑引水渠，并开始培植一个绿洲花园。某一天，我将把我的家安置在这里。你们要做好准备。你们不得再出售香料，采集来的任何一小撮香料都必须贮存起来。"

他继续发布他的命令。被驱逐者听到了每个词语，他们以惊恐的目光看着他，内心充满了敬畏。

夏胡鲁终于从沙子底下钻出来了！

当雷托在一个小型反叛穴地革尔·鲁登找到和甘地·艾尔-法利待在一起的哈莱克时，哈莱克并没有意识到雷托发生的变异。雷托和他的盲人同伴一起，沿着古老的香料之路从沙漠深处而来。他俩搭乘了一条沙虫，穿过如今已很少能见到沙虫的广袤区域。他说他们不得不数次改变路线，因为沙子中的水分已多得足以杀死沙虫。他们是在午后不久到达的，随即被卫兵带进了一间石头搭建的公共休息室。

当时的场景仍然萦绕在哈莱克心头。

"这位就是传教士啊。"他说道。

哈莱克围着盲人转了几圈，仔细地打量着。他想起了这位传教士的故事。由于身处穴地内部，他的脸没有被蒸馏服面罩遮掩，哈莱克能直接看着他的脸部特征，与记忆中的形象进行对比。这个人很像雷托得名的那位老公爵。这是出于巧合吗？

"你知道那个故事吗？"哈莱克扭头问身旁的雷托，"传说他是你的父亲，从沙漠深处回来了。"

"我听说过。"

哈莱克转身端详着雷托。雷托穿着一件旧蒸馏服，脸庞和耳朵边缘都已卷曲。黑色长袍掩盖了他的身体，沙地靴藏起了他的脚。哈莱克不知道的事情有很多：他为什么会出现在这儿？他是怎么再次逃脱的？

"你为什么把传教士带到这里来？"哈莱克问道，"在迦科鲁图，他们说他为他们工作。"

"不再是这样了。我带他来是因为厄莉娅想要他死。"

"那么，你认为这里是他的避难所吗？"

"你是他的避难所。"

谈话过程中，传教士一直站在他们身旁，倾听着他们的交谈，但是没有表现出他到底对哪个话题更感兴趣。

"他为我服务得很好，哥尼。"雷托说道，"厄崔迪家族不会放弃对效忠于我们的人所应承担的责任。"

"厄崔迪家族？"

"我代表厄崔迪家族。"

"在我完成你祖母交待的测试任务之前，你就逃离了迦科鲁图。"哈莱克冷冰冰地说道，"你怎么能代表……"

"你应当像保护自己的生命一样来保护这个人。"雷托以毋庸置疑的语气说道。他面无惧色地迎着哈莱克的目光。

杰西卡教了哈莱克很多精巧的贝尼·杰瑟里特观察手段。在雷托的表情中，除了平和的自信外，他没有发现其他任何东西。然而杰西卡的命令仍然有效。"你的祖母命令我完成对你的教育，并让我明确你是否入了魔道。"

"我没有入魔道。"一句直白的陈述。

"那你为什么要逃走？"

"纳穆瑞接到了指示，无论如何都要杀死我。是厄莉娅给他下的命令。"

"怎么，你是真言师吗？"

"是的。"另一句平和自信的陈述。

"甘尼玛也是吗？"

"不是。"

传教士打破了沉默，将他空洞的眼眶对着哈莱克，但手指着雷托："你认为你能测试他吗？"

"你对问题及其后果一无所知，请不要干涉。"哈莱克头也不回地喝道。

"哦，我对后果知道得很清楚。"传教士说道，"我曾经被一个老太婆测试过一次，她以为知道她在干什么。然而结果证明，她并不知道。"

哈莱克转过头来看着他："你是又一个真言师吗？"

"任何人都能成为真言师，连你都有可能。"传教士说道，"你只需诚实地面对你自己的感觉，你的内心必须承认显而易见的事实。"

"你为什么要干涉？"哈莱克问道。他把手伸向晶牙匕。这个传教士到底是什么人？

"这些事与我有关。"传教士说道，"我的母亲可以将自己的血脉放上祭坛，但我不一样，我有不同的动机。而且，我还看出了你的问题。"

"哦？"哈莱克竟然表现出了好奇。

"杰西卡夫人命令你去分辨狗和狼，分辨兹布和卡利布。根据她的定义，狼是那种拥有力量也会滥用力量的人。不过，狼和狗之间存在着重叠期，你无法在重叠期内分辨它们。"

"说得还算有道理。"哈莱克说道，他注意到越来越多生活在这个穴地的人拥进了公共休息室，倾听着他们的谈话，"你是怎么知道的？"

"因为我了解这颗行星。你不明白吗？好好想想。地表的下面是岩石、泥土、沉积物和沙子。这就是行星的记忆，是它的历史。人类也一样。狗拥有狼的记忆。每个行星都有一个核心，围绕着这个核心运转。从这个核心向外，才是一层层岩石、泥土等等记忆，直到地表。"

"很有趣，"哈莱克说道，"这对我执行命令又有何帮助呢？"

"回顾你自己的一层层历史吧。"

哈莱克摇了摇头。传教士有一种咄咄逼人的坦率。他在厄崔迪家族的成员中常常能发现类似的品质，而且他还隐约察觉到这个人正在使用音言。哈莱克感到自己的心脏开始狂跳起来。有可能是他吗？

"杰西卡需要一个最终测试，通过它来完全展现她孙子的内心。"传教士说道，"但他的内心就在那儿，你只需睁大眼睛去看。"

哈莱克转而盯着雷托。他是下意识间完成这个动作的，仿佛有某种无法抗拒的力量在驱使他。

传教士继续说着，好像在教导不听话的小学生："这个年轻人让你捉摸不透，因为他不是个单一的个体。他是个集体。就像任何受压迫的集体一样，其中的任何成员都可能跳出来掌握领导权。这种领导权并不总是良性的，因此我们才有了邪物的故事。你以前伤害过这个集体，但是，哥尼·哈莱克，你没有看到这个集体正在发生的转变吗？这个年轻人已经争取到了内部的合作，这种合作具有无穷的威力，它是无法被破坏的。即使没有眼睛，我也看到了它。我曾经反对过他，但现在我追随他。他是社会的医治者。"

"你究竟是谁？"哈莱克问道。

"我就是你所看到的这个人。不要看着我，看着这个你受命要教育和测试的人。他经历了重重危机。他在致命的环境中活了下来。他就在这儿。"

"你是谁？"哈莱克坚持问道。

"我告诉你，只需看着这个厄崔迪年轻人！他是我们这个物种生存所需的终极反馈回路。他将过去的结果重新注入到整个系统之中。其他任何人都无法像他一样了解过去。这样一个人，你却想毁掉他！"

"我受命去测试他，并没有……"

"但你实际这么做了！"

"他是邪物吗？"

传教士的脸上浮现出了古怪的笑容："你还在死守着贝尼·杰瑟里特的破理论。她们妄想通过选择和什么样的男人睡觉来制造神话！"

"你是保罗·厄崔迪吗？"哈莱克问道。

"保罗·厄崔迪已经死了。他试图成为一个至高无上的道德象征，拒绝一切凡俗。他成了一个圣人，却没有他所膜拜的上帝。他的每句话都是对上帝的亵渎。你怎么能认为……"

"你说话的声音和他的很像。"

"你要测试我吗？小心点，哥尼·哈莱克。"

哈莱克咽了口唾沫，强迫自己重新将注意力集中到待在一边一言不发、一味观察的雷托。"谁要接受测试呢？"传教士问道，"有没有可能杰西卡夫人是在对你进行测试，哥尼·哈莱克？"

这个想法让哈莱克极其不安，他不明白自己为什么会对传教士的话产生这么强的反应。据说厄崔迪家族的追随者们内心深处都对独裁统治有天然的服从性。杰西卡曾解释过其中的原因，但却让他更糊涂了。哈莱克感到自己的内心正在发生某种变化，这种变化只能由杰西卡对他的贝尼·杰瑟里特训练察觉到。他不想改变！

"你们中间，谁在扮演这个作出最终裁决的上帝？目的又是什么？"传教士问道，"回答这个问题，但不要单纯依靠逻辑来回答这个问题。"

慢慢地，哈莱克有意将注意力从雷托转移到了盲人身上。杰西卡一直教诲他要学会卡迪斯平衡——掌握好"应该/不应该"的分寸。她说，这是一种自我控制，但却是一种"没有语言、没有表达、没有规矩、没有观点"的自我控制。它是他赤裸裸的真实内心。这个盲人的声音、语气和态度激发了他，使他进入了这种彻底平静的状态。

"回答我的问题。"传教士说道。

在他的话音中，哈莱克感到自己的注意力更加集中，集中在这个地方、这个时刻。他在宇宙中的位置已经完全由他的注意力所决定。他不再有疑虑。这就是保罗·厄崔迪，他没有死，而是又回来了。还有这个不是孩子的孩子，雷托。哈莱克再次看了雷托一眼，真正地看见了他。他看到了他眼中的压力、他姿态中的平衡，还有那张时不时会冒出离奇的双关语、但此刻却不发一言的嘴。雷托从他身后的背景中凸显出来，仿佛有聚光灯打在了他的身上。他接受了眼前的场景，达到了内心的和谐。

"告诉我，保罗，"哈莱克说道，"你母亲知道吗？"

传教士发出一声叹息："对姐妹会来说，只要接受现实，就能达到和谐。"

"告诉我，保罗，"哈莱克说道，"你母亲知道吗？"

传教士再次发出一声叹息："对姐妹会来说，我已经死了。不要尝试让我复活。"

哈莱克追问道："但为什么她……"

"她做了她必须做的事。她有自己的生活，她认为自己庇护着许多人的生命。我们都是这样做的，扮演上帝。"

"但是你还活着。"哈莱克轻声说道。他终于相信了自己的发现，他看着眼前这个人。保罗应该比自己年轻，但无情的风沙使这个人看上去比自己的年龄要大上一倍。

"什么意思？"保罗问道，"活着？"

哈莱克环顾四周，看了看围在周围的弗雷曼人。他们脸上夹杂着怀疑和敬畏的表情。

"我的母亲没有必要知道我的故事。"这是保罗的声音！"成为上帝意味着终极的无聊和堕落。我呼吁自由意志的产生！即使是上帝，可能也会希望逃入梦乡，倚枕长眠。"

"但你的确还活着！"哈莱克的声音稍稍大了些。

保罗没有理会老朋友话中的激动。他问道："你真的要让这个年轻人在你的测试中和他的妹妹决斗？多么可怕啊！他们每个人都会说：'不！杀了我！让对方活下去！'这样一个测试能有什么结果？活着又有什么意义，哥尼？"

"测试不是这样的。"哈莱克抗议道，他不喜欢周围的弗雷曼人

488

渐渐向他们靠拢。他们只顾着注视保罗，完全忽视了雷托。

但是雷托突然间插话了："看看前因后果，父亲。"

"是的……是的……"保罗抬起头，仿佛在嗅着空气，"这么说，是法拉肯了！"

"我们太容易跟随我们的思考作出行动，而不是追随我们的感觉。"雷托说道。

哈莱克没能理解雷托的想法。他刚想开口提问，雷托就伸手抓住他的胳膊，打断了他。"不要问，哥尼。你可能会因此再次怀疑我入了魔道。不！让该发生的都发生吧，哥尼。如果硬要强求，你可能会毁了你自己。"

但哈莱克觉得自己被包围在重重迷雾之中。杰西卡曾经警告过他："这些出生前就有记忆的人，他们非常具有欺骗性。他们的把戏你永远想象不到。"哈莱克缓缓地摇了摇头。还有保罗！保罗还活着，还和自己的问题儿子结成了同盟！

围着他们的弗雷曼人再也克制不住了。他们插进哈莱克和保罗，还有雷托和保罗之间，把那两个人挤在后面。空气中充满嘶哑的嗓音。"你是保罗·穆阿迪布吗？你真的是保罗·穆阿迪布？这是真的吗？告诉我们！"

"你们必须把我看成传教士。"保罗推开他们说道，"我不可能是保罗·厄崔迪或是保罗·穆阿迪布，再也不会了。我也不是契尼的配偶或是皇帝。"

哈莱克担心到了极点。一旦这些绝望的提问得不到满意的回答，局面可能会当场失控。他正想开始行动，雷托已经抢在了他的前头。也正是在这时，哈莱克才第一次看到了发生在雷托身上的可怕变化。一阵公牛似的怒吼声响了起来："靠边站！"——随后雷托向前挤去，把成年弗雷曼人从两边分开，有的人被推倒在地。他用手臂驱赶他们，用手直接抓住他们拔出的刀，把刀扭成一堆废物。

一分钟之内，剩下的那些还站着的弗雷曼人惊恐地紧贴着墙壁。雷托站在父亲身旁。"夏胡鲁说话时，你们只需服从。"雷托说道。

有几个弗雷曼人表示了怀疑。雷托从通道的岩壁上掰下一块石头，在手里碾成粉末，这个过程中始终面带微笑。

"我能在你们眼前拆了这个穴地。"他说道。

"沙漠魔鬼。"有人低声说道。

"还有你们的引水渠，"雷托点点头，"我会把它扯开。我们没有来过这儿，你们听明白了吗？"

所有的脑袋都在摇来摇去，以示屈服。

"你们中没有人见过我们。"雷托说道，"要是走漏任何消息，我会立刻回来把你们赶入沙漠，一滴水也不让带。"

哈莱克看到很多双手举了起来，作出了守护的手势，那是沙虫的标志。

"我们现在就离开，我的父亲和我，我们的老朋友陪着我们。"雷托说道，"给我们准备好扑翼飞机。"

随后，雷托带着他们来到苏鲁齐。在路途中，他向他们解释说必须尽快行动，因为"法拉肯很快就要来厄拉科斯了。就像我父亲说的，届时你就能看到真正的测试了，哥尼"。

哈莱克坐在苏鲁齐山丘上，眺望着山下的景象，他又一次自问。他每天都会问自己这个问题："什么测试？他是什么意思？"

但是雷托已经离开了苏鲁齐，保罗也拒绝回答这个问题。

教会和国家、科学和信仰、个体和集体、发展和传统——所有这些，都能在穆阿迪布的教义中达到统一。他教导我们，除了人类的信仰，不存在无法妥协的对立。任何人都可以掀开时间的面纱。你可以在过去或是你的想象之中发现未来。届时，你就能明白宇宙是一个连续的整体，而你是其中密不可分的一分子。

——摘自哈克·艾尔-艾达的《厄拉奇恩的传教士》

甘尼玛远远地坐在香料灯的光圈之外，看着布尔·阿加瓦斯。她不喜欢他的圆脸和过于灵活的眉毛，还有他说话时来回走动的样子，仿佛他的话语中暗藏着旋律，而他的脚在跟着旋律舞动。

他来这儿不是为了和斯第尔格会谈，甘尼玛告诉自己。从那个人的一举一动中，她十分清楚地看到了这一点。她又往后挪了一段距离，离会议的圈子更远了。

每个穴地都有这样的一间屋子，但是这个已遭遗弃的新城镇内的会议厅却令甘尼玛感觉很是促狭，因为它实在太矮了。房间面积倒是很大，斯第尔格这边的六十个人，加上阿加瓦斯的九个人，只占据了会议厅的一侧。香料灯光照在支撑屋顶的那几根低矮的柱子上。刺鼻的油烟使空气中充满了肉桂的气味。

会议是在祈祷和晚餐结束后的黄昏时分开始的，到现在已经进行了一个多小时，但甘尼玛仍然没能看穿阿加瓦斯背后隐藏的行动。他的声音似乎很真诚，但是动作和眼神却不然。

阿加瓦斯正在说话，回答着斯第尔格手下一位助手的问题。那个助手是哈拉的侄女，名叫拉佳。她是个皮肤黝黑、表情严厉的年轻女人，嘴角总是耷拉着，脸上于是永远是怀疑的表情。甘尼玛觉得她的表情与四周的环境倒是挺相配。

"我完全相信厄莉娅会彻底宽恕你们，"阿加瓦斯说道，"否则，我就不会到这里来。"

拉佳还想再次开口，斯第尔格打断了她："我们倒并不在意她是否值得信任，我反而有点担心她是否信任你。"斯第尔格的话中隐藏着暗流。阿加瓦斯让他恢复过去地位的提议让他很不放心。

"她信不信任我并不重要。"阿加瓦斯说道，"坦率地说，我不认为她信任我。为了找你们，我花了太长的时间。但我总觉得她并不真的想抓到你。她是……"

"她是我杀掉的那个人的妻子，"斯第尔格说道，"我承认那是他自找的。即使我不杀了他，他也很有可能去自杀。但是厄莉娅的态度看上去……"

阿加瓦斯跳了起来，脸上带着明显的怒气："她原谅你了！我还得说多少遍啊！她让教士们演了一场戏，请到了神谕……"

"你提了一个新问题。"是伊勒琅，她身体前倾，越过了拉佳，金色的头发遮住了拉佳的黑发，"她让你信服了。但事实上，她可能另有计划。"

"教士已经……"

"到处都有流言，"伊勒琅道，"说你不只是个军事顾问，还是她的……"

"够了！"阿加瓦斯愤怒至极。他的手在晶牙匕附近晃动着，几乎控制不住抽刀杀人的冲动。连他的面孔都开始扭曲了。"你们自己作出判断吧，我无法再和这个女人继续谈下去！她侮辱了我！她玷污了她触摸到的每样东西！我被利用了。我被污染了——好吧，就算这样，但我不会对我的族人举刀相向。就这话！"

看到这一幕之后，甘尼玛想：**至少这些话是他内心的真实反应。**

斯第尔格出乎意料地大笑起来。"啊哈，我的表亲，"他说道，"原谅我，但只有愤怒才能显出真情。"

"你同意了？"

"还没有，"他举起一只手，阻止了阿加瓦斯的又一次爆发，"这不是为了我，布尔，是为了大家。"他示意着身边的人，"他们是我的责任。我们需要时间考虑一下厄莉娅提出的和解。"

"和解？她并没有说过这个词。请原谅，但是……"

"那么她保证了什么？"

"泰布穴地和作为耐布的你，保持完全的自治和中立。她现在理解了……"

"我不会加入她的势力，也不会向她提供战士。"斯第尔格警告说，"你听明白了吗？"

甘尼玛听出斯第尔格开始动摇了。她想：**不，斯第尔！不！**

"明白，"阿加瓦斯说道，"厄莉娅只希望你把甘尼玛还给她，让她履行婚约……"

"她的企图终于暴露出来了！"斯第尔格皱起眉头，"甘尼玛是换取宽恕的代价，对吗？她以为我……"

"她认为你是个理智的人。"阿加瓦斯道。

甘尼玛高兴地想：他不会答应的。别浪费力气了。他不会答应的。

就在这时，她听到左后方传来一阵沙沙声。她想躲闪，但一双有力的手抓住了她。在她叫出声之前，一块浸过迷药的粗布蒙住了她的脸。在意识消失之前，她感到自己被扛着向会议厅内最暗的那扇门前进。她想：我应该能猜到的！我本该有所防备！抓住她的那双手是成年人的手，强壮有力。她无法挣脱。

甘尼玛最后感到的是寒冷的空气、闪烁的星空和一张蒙住的脸。这张脸望着她。接着响起了一个声音："她没有受伤吧？"

她没能听见回答。星空在她的视野中飞速旋转，最后，随着一道闪光，星空消失了。

穆阿迪布使我们懂得了一种特殊的知识，就是洞见未来。他让我们知道伴随这种洞察力而来的是什么，以及预知未来的能力将如何影响那些已经"安排就绪"的事件（即被预见到的、在相关系统中注定要发生的事件）。如前所述，对预知者本身而言，这种洞察力成了一个怪圈。他很可能成为自己这种能力的受害者，被自己的天才所葬送，人类常常会遭遇这类失败。预知的危险在于，预知者很可能会沉溺于自己的预见，由此忽视了一点：他们的幻象会对未来产生两极分化作用。他们很容易忘记，在一个两极分化的宇宙中，没有什么东西能在其对立面缺失的情形下独立存在。

　　　　　　　　　——摘自哈克·艾尔-艾达的《预知幻象》

　　被风刮起的沙尘如同大雾般悬在地平线上，遮挡了正在升起的太阳。沙丘阴影处的沙子仍然很凉。雷托站在帕姆莱丝的环形山上，眺望着远处的沙漠。他闻到了尘土的味道，还有荆棘散发的芳香，听到了人和动物在清晨活动的声音。这里的弗雷曼人没有修建引水渠。他们只有可怜的一点点手栽的植物，几个女人在给它们浇水，水来自她们随身携带的皮袋子。他们的捕风器不怎么结实，轻易就能被沙暴毁坏，但又很容易修复。苦难、香料贸易中的残酷，再加上冒险，共同构成了这里的生活方式。这些弗雷曼人仍然坚信天堂就是能听到流水声的地方，但也正是这些人仍然珍视着雷托也认同的古老的自由理念。

自由就是孤独，他想。

雷托调整着白色长袍的系带，长袍覆盖了他那件有生命的蒸馏服。他能感觉到沙鳟的膜是如何改变自己的。与之相伴的是，他不得不强迫自己克服深深的失落感。他已经不再是个纯粹的人。他的血液中流淌着奇怪的东西。沙鳟的纤毛已经刺入所有器官，他的器官在不断调整变化。沙鳟本身也在调整、适应。雷托体会到了这些，但他仍然感到残留的人类感情撕扯着他的心，感到他的生命处于极度的苦闷之中，只因为生命的延续性被他生生割裂。但是，他知道放纵这种感觉的后果。他知道得很清楚。

让未来自然地发生吧，他想着，唯一能指导创造行为的规则就是创造本身。

他的目光不愿离开沙漠、离开沙丘、离开那种巨大的空无之感。沙漠边缘躺着岩石，看到它们便能触发人们的联想，让人想起风、沙尘、稀有而孤独的植被和动物，想起沙丘如何融合沙丘、沙漠如何融入沙漠。

身后传来了为晨祷配乐的笛声。在这位新生的夏胡鲁听来，祈祷水分的祷告仿佛是一首小夜曲。有了这种感觉以后，音乐中似乎带上了永恒的孤寂。

我可以就这么走入沙漠，他想。

如果这样做，一切都将改变。他可以任选一个方向走下去，无论哪个方向都一样。他已经学会了毫无累赘地生活，将弗雷曼人神秘的生活方式提高到了可怕的高度：他携带的任何东西都是必需的，除此之外，他一无所求：身上的长袍、藏在系带上的厄崔迪家族鹰戒，还有不属于他的皮肤。

从这里走入沙漠，太容易了。

空中的动静引起了他的注意：翅膀的形状表明了那是一只秃鹰。这景象令他心头一痛。像弗雷曼人一样，秃鹰选择在此生活是因为这里是它们的出生地。它们不知道还有什么更好的地方。沙漠造就了它们。

然而，伴随着穆阿迪布和厄莉娅的统治，诞生了一个新的弗雷曼人种。正是因为他们，他才不能像他父亲那样就此走入沙漠。雷托想起了艾达荷很早以前说过的一句话："这些弗雷曼人，他们的生活无比荣光。我从来没有碰到过一个贪婪的弗雷曼人。"

现在却出现了很多贪婪的弗雷曼人。

悲伤流遍雷托全身。他决心要踏上那条道路，去改变这一切，但是为此要付出的代价实在是太高昂了。而且，随着他逐渐接近终点，那条道路也越来越难以掌控了。

克拉里兹克，终极斗争，就在眼前……但它是迷失之后必须付出的代价。

雷托身后传来说话声，一个清脆的童音传进他的耳朵："他在这儿。"

雷托转过身去。

传教士从帕姆莱丝走了出来。一个孩子在前头领着他。

为什么我仍然把他当成传教士？雷托问自己。

答案清晰地印在雷托的脑子里：**因为他不再是穆阿迪布，也不再是保罗·厄崔迪。**沙漠造就了他现在这个样子——沙漠，还有迦科鲁图的走狗们喂给他的大剂量香料，再加上他们不时的背叛。传教士比他要老得多，香料并没有延缓他的衰老，反而加剧了衰老过程。

"他们说你想见我。"那个小向导停下之后，传教士开口说道。

雷托看着帕姆莱丝的孩子，他几乎和自己一样高，脸上带着既畏惧又好奇的表情。小号蒸馏服面罩里露出一对年轻的眼睛。

雷托挥了挥手："走开。"

有那么一阵子，那个孩子的肩膀显露出不乐意的迹象。但很快，弗雷曼人尊重隐私的本能占据了上风，他离开了他们。

"你知道法拉肯已经到了厄拉科斯吗？"雷托问道。

"昨晚载着我飞到这儿时，哥尼已经告诉我了。"

传教士想：*他的语气多么冰冷。他就像过去的我。*

"我面对着一个困难的抉择。"雷托说道。

"我以为你早就作出了抉择。"

"我们都知道那个陷阱，父亲。"

传教士清了清嗓子。现场的紧张气氛告诉他现在他们离危机是多么近。雷托不再仅仅依靠预知幻象了，更重要的是，他必须掌握幻象、管理幻象。

"你需要我的帮助？"传教士问道。

"是的，我要回到厄拉奇恩，我希望以你的向导的身份回去。"

"为什么？"

"你能在厄拉奇恩再传一次教吗？"

"也许吧。我还有些话没和他们说完。"

"你无法再回沙漠了，父亲。"

"如果我答应和你回去的话？"

"是的。"

"我会遵从你的任何决定。"

"你考虑过吗？法拉肯来了，你母亲肯定和他在一起。"

"毫无疑问。"

传教士再次清了清嗓子。这暴露出他内心的紧张，穆阿迪布决不会允许自己有这种表现。这个躯体离自我约束的时期已经太遥远了，他的意识常常会暴露出迦科鲁图的疯狂。或许，传教士认为回到厄拉奇恩是个不太明智的选择。

"你无须和我一起回去，"雷托说道，"但我的妹妹在那儿，我必须回去。你可以和哥尼一起走。"

"你一个人也会去厄拉奇恩吗？"

"是的，我必须去见法拉肯。"

"我和你一起去。"传教士叹了一口气。

从传教士的举止中，雷托感到对方还残留着过去留下的一丝幻象。他想：他还在玩弄那套幻象的把戏吗？不。他不会再走那条路了。他知道与过去藕断丝连会有什么后果。传教士的每句话都说明他已经将幻象完全交托给了自己的儿子，因为他知道，儿子已经能预知宇宙中的一切发展。

"我们几分钟之后离开，"雷托说道，"你想告诉哥尼吗？"

"哥尼不和我们一起去？"

"我想让哥尼活下来。"

传教士不再抗拒自己心中的紧张。紧张隐藏在周围的空气中，在他脚下的地底里，它无处不在，但主要集中在那个不是孩子的孩子身上。过去的幻象哽在他的喉咙里，随时可能发出呐喊。

他无法抗拒体内的恐惧。他知道他们在厄拉奇恩将面对什么。他们将再次玩弄那种可怕而又致命的力量，他们将永远得不到安宁。

孩子拒绝戴上父亲过去的枷锁，重走父亲的老路。"我无需成为我父亲那样的人。我无需遵从父亲的命令，甚至无需相信他所相信的东西。我作为一个人，有力量选择什么可以相信、什么不能相信，选择我可以成为什么、不可以成为什么。"

——摘自哈克·艾尔-艾达的《雷托·厄崔迪二世》

朝圣的女人们在神庙广场上随着鼓声笛声翩翩起舞。她们的头上没有头巾，脖子上也没有项圈，她们的衣服轻薄透明。她们转圈时，黑色的长发时而笔直地甩出去，时而披散在脸庞上。

厄莉娅在神庙高处看着底下的场景，觉得它既引人，又令人厌恶。早晨已经过去了一半，过不了多久，香料咖啡的香气就将从遮阳棚下的商铺中散发出来，弥漫于整个广场。很快，她将出去迎接法拉肯，把正式的礼物交给他，并监视他和甘尼玛的第一次会面。

一切都在按照计划顺利进行。甘尼将杀了他，然后，在接下来的混乱中，只有一个人准备好了收拾残局。木偶在线绳操纵下舞动。如她所希望的那样，斯第尔格杀死了阿加瓦斯，而阿加瓦斯在他本人不知道的情况下将这些反叛者交到了她的手里，因为她送给他的新靴子中隐藏着一个秘密的信号发射器。现在,斯第尔格和伊勒琅被关押在神庙的地牢里。或许应该马上处死他们,但他们可能还有其他利用价值。

让他们等着吧,反正他们已经不再构成威胁了。

她注意到下方的城市弗雷曼人正目不转睛地欣赏朝圣的舞者,眼光中充满了渴望。离开沙漠之后,平等的两性观仍然顽强地存在于城市弗雷曼人中间,但男性和女性在社会地位上的不同已经有所显现。这一点也在按照计划发展。分裂并加以弱化。从这些欣赏来自外星舞蹈的弗雷曼人身上,厄莉娅能感到这种细微的变化。

让他们看吧。让他们的脑子中塞满欲望。

厄莉娅的上半截窗户开着,她能感到外面温度在急剧上升。在这个季节,温度将随着太阳的升起而升高,并在午后达到最高点。广场石头地面上的温度要比这儿高出许多,会令舞者感到很不舒服。但她们仍旧在旋转、下腰、甩开双臂,她们的头发仍旧在随着她们的运动而飘散。她们将舞蹈献给厄莉娅,天堂之母。一个助手和她说起过这件事,而且明显对这些外邦人的奇特行为表示出了不屑。助手解释说那些女人来自伊克斯,在那里被禁止的科学和技术仍然得以保留。

厄莉娅也轻蔑地哼了一声。这些女人和沙漠中的弗雷曼人一样无知、迷信而且落后……那个不屑的助手说得不错。但是,那个助手和这些伊克斯人都不知道,在某种已经消亡的语言中,伊克斯这个词只是一个数字。

厄莉娅暗笑了一下,想:让她们跳吧。舞蹈能浪费能量,而这些能量原本可能被用于破坏性行为。再说音乐也很动听,葫芦鼓和拍手声之间,一阵阵若有若无的乐声不住飘荡着。

突然间,音乐被广场远端传来的嘈杂声淹没了。舞者踏错了舞步,短暂的迟疑之后又恢复了常态,但她们已经无法做到整齐划一,连注意力都游离到了广场远端的出口处。那儿有一群人冲上石头地面，像流水通过开放的引水渠。

厄莉娅盯着那股人流。

她听到了喊叫声，有一个词盖过了其他声音："传教士！传教士！"

随后，她看到了他，随着第一个波浪大步而来，他的一只手搭在年轻向导的肩上。

朝圣的舞者不再转圈，退回到了厄莉娅下方的台阶附近。她们的观众和她们挤在一起。厄莉娅感觉到了人们的敬畏。她自己也感到了恐惧。

他竟然如此大胆！

她半转过身，想召唤卫兵，但转念一想又放弃了这个决定。人群挤满了广场。如果阻碍他们倾听瞎子的预言，他们可能就此狂性大发。

厄莉娅握紧了她的拳头。

传教士！ 为什么保罗要这么做？半数人认为他是个"来自沙漠的疯子"，因此他们害怕他；另一半人则在市场上或是小店中偷偷谈论，说他就是穆阿迪布，不然教会怎么能允许他传播如此恶毒的异端言论？

厄莉娅在人群中看到了难民，那些被遗弃穴地的残余人员，他们的长袍烂成了碎片。

"夫人？"

声音从厄莉娅身后传来。她转过身，看到兹亚仁卡站在通向外室的门口。带着武器的皇室卫兵紧跟在她身后。

"什么事，兹亚仁卡？"

"夫人，法拉肯在外面请求会面。"

“在这儿？在我的寓所内？”

“是的，夫人。”

“他一个人吗？”

“还有两个保镖和杰西卡夫人。”

厄莉娅把一只手放在喉咙上，想起了上次与母亲的对峙。时候不同了。新的环境决定了她们的关系。

“他太急躁了，”厄莉娅说道，“他有什么理由吗？”

“他听说了那个……”兹亚仁卡指了指窗户下的广场。

厄莉娅皱起眉头：“你相信他的话吗，兹亚仁卡？”

“不，夫人。我认为他听说了一些流言。他想看看您的反应。”

“是我的母亲教唆他这么干的！”

“显然是，夫人。”

“兹亚仁卡，我亲爱的，我要求你执行一系列非常重要的命令。过来。”

兹亚仁卡走到离她只有一步远的地方：“夫人？”

“让法拉肯、他的保镖，还有我的母亲进来。然后准备把甘尼玛带到这儿来。她要像弗雷曼新娘那样打扮起来——完完全全像个新娘。”

“带着刀吗，夫人？”

“带着刀。”

“夫人，那……”

“甘尼玛不会对我构成威胁。”

“夫人，但她曾和斯第尔格一起逃走。”

“兹亚仁卡！”

“夫人？”

"尽管执行我的命令，让甘尼玛准备好。在办这件事的同时，你派五个人到广场上去，让他们将传教士请到我这儿来，让他们等待说话的机会，除此之外什么也别做。他们不能用武力。我要求他们传达一个礼貌的邀请，绝对不能使用武力。还有，兹亚仁卡……"

"夫人？"她听上去很是不快。

"必须将传教士和甘尼玛同时带到我这儿来。他们应当在我打出手势时一起进来。你听明白了吗？"

"我知道这个计划，夫人，但是……"

"执行命令！一起带进来。"随后厄莉娅一扬头，示意这位女侍卫离去。兹亚仁卡转身走了。厄莉娅说道，"你顺路让法拉肯一行进来，但是必须让你最信任的十个人带着他们进来。"

兹亚仁卡向身后瞥了一眼，继续前行离开了屋子："遵照您的吩咐，夫人。"

厄莉娅转身朝窗户外看去。再过几分钟，整个计划将结出血淋淋的果实。保罗将当场看着他的女儿发出致命的一击。厄莉娅听到兹亚仁卡的卫兵队伍走了进来。很快就要结束了。一切都将结束。她带着无比满足的胜利感，向下看着传教士站在第一级台阶上，年轻的向导跟随在他身旁。厄莉娅看到身穿黄色长袍的神庙教士等在左边，在人群的挤压下慢慢后退。然而他们在对付人群方面很有经验，仍然能找到接近目标的道路。传教士的声音在广场上空回荡，人群在全神贯注地等待着他的布道。让他们听吧！很快，他的话将被解释成与他本意不同的东西。而且不会再有传教士来纠正了。

她听到法拉肯一行走了进来。杰西卡的声音传了过来："厄莉娅？"

厄莉娅没有转身，直接说道："欢迎，法拉肯王子，还有你，母亲。过来欣赏一场好戏吧。"她向身后瞥了一眼，见身材魁梧的萨多卡泰卡尼克正怒视着挡住他们去路的卫兵。"太不礼貌了，"厄莉娅说道，"让他们过来。"两个卫兵显然接到了兹亚仁卡的事先指令，走上前来站在她和其他人的中间。其他卫兵退到一旁。厄莉娅退到窗户的右面，示意道："这是最好的位置。"

杰西卡穿着传统的黑色长袍，两眼盯着厄莉娅，守护着法拉肯走到窗前，站在他和厄莉娅的卫兵之间。

"你真是太客气了，厄莉娅夫人，"法拉肯说道，"我听说了太多有关这位传教士的传言。"

"那底下就是他本人。"厄莉娅说道。法拉肯穿着灰色的萨多卡军服，军服上没有任何装饰。他移动时的优雅姿态引起了厄莉娅的注意。或许这位科瑞诺王子不仅仅是个游手好闲的花花公子。

传教士的声音被窗户下的监听器放大之后，充满了整个屋子。厄莉娅感到自己的骨头都被震得发抖，她开始入迷地倾听起他的话来。

"我发现自己来到了赞沙漠，"传教士叫喊道，"身处哀嚎不止的旷野废墟。上帝命令我把那个地方清理干净。因为我们激怒了沙漠，让沙漠伤心了。我们在旷野中受到了诱惑，放弃了我们的道路。"

赞沙漠，厄莉娅想，第一批禅逊尼流浪者接受审判的地方，而弗雷曼人正是源自这些流浪者。他在说什么？他难道是在暗示，在摧毁那些效忠于皇室的穴地的行动中，有他的一部分功劳？

"野兽躺在你们的土地上，"传教士说道，他的声音在广场上回荡，"阴险的生物占据了你们的房屋。你们这些逃离家园的人无法再在沙漠上度日。是的，你们这些放弃传统道路的人，如果再执迷不悔，你们终将死于污秽的巢中。但如果你们留意我的警告，上帝将指引你们穿越深渊，进入上帝的山岭。是的，夏胡鲁会指引你们。"

人群发出一阵低吟。传教士停了下来，空洞的眼窝跟随着声音从这头扫到那头。接着他举起双手，张得很开，叫喊道："哦，上帝，我的肉体渴望回到干涸的土地！"

一个老女人站在传教士面前，从她破烂的长袍就能分辨出她是一个难民。她朝着他举起双手，祈求道："帮帮我们，穆阿迪布，帮帮我们！"

由于恐惧，厄莉娅的胸腔紧缩了一下。她问自己那个老女人是否知道事情的真相。她瞥了她母亲一眼，但是杰西卡夫人并没有移动，而是将注意力分散在法拉肯、厄莉娅的卫兵和窗户外的景象之间。法拉肯则仿佛在那儿生了根，被牢牢地吸引住了。

厄莉娅又朝窗外看去，想寻找那几个神庙教士。他们没有出现在她的视野中，她怀疑他们绕到了神庙大门的底下，想从那儿找一条路直接走下台阶。

传教士用右手指着老女人的头叫道："你们自己就是唯一的帮助！你们具有反叛精神，你们带来了干燥的风，裹挟着沙尘，热浪滚滚。你们肩负着我们的沙漠，承受着来自沙漠，来自那可怕地方的旋风。我从荒野中走来。水从破裂的引水渠中洒落到沙漠上。河流纵横在大地上。沙丘的赤道地带竟然还有水从天空落下！哦，我的朋友，上帝给我下了命令，在沙漠中为我们的主建造一条笔直的大道吧。"

他伸出一根僵硬的手指，颤抖着指了指脚下的台阶："新城镇变得无法居住并不是我们的损失！我们曾吃着来自天堂的面包，然而陌生人的喧嚣将我们赶离家园！他们给我们带来了荒芜，让我们的土地不再适合居住、不再有生机。"

人群中发出一阵骚动，难民和城市弗雷曼人怒视着身边的外星朝圣者。

他能诱发一次血腥的骚乱！厄莉娅想，好吧，随他去。我的教士可以趁乱接近他。

她看到了那五个教士，身穿黄色长袍的他们紧紧簇拥在一起，沿着传教士身后的台阶慢慢地往下走着。

"我们洒在沙漠上的水变成了鲜血，"传教士挥舞着手臂说道，"流淌在我们土地上的鲜血！看哪，我们的沙漠能带来欣喜和繁荣，它引来了陌生人，藏在我们中间。他们带来了暴力！他们的部队在集结，最后的克拉里兹克就要来临了！他们采集着沙漠的丰饶物产。他们掳走了藏在沙漠深处的财富。看哪，他们仍然在继续邪恶的工作。教义是这么说的：'我站在沙漠上，看到沙地中跃起一只野兽，在那只野兽的头上镌刻着上帝的名字！'"

人群发出一阵愤怒的低语，人们举起拳头挥舞着。

"他在干什么？"法拉肯小声问道。

"我也想知道。"厄莉娅说道。她一只手抚住胸口，感受着此刻的紧张和刺激。如果他再继续说下去，人群就要对朝圣者动手了！

然而传教士却半转了个身，空洞的眼窝对准神庙，伸出手，指着高处厄莉娅寓所的窗户。"还有一个对上帝的亵渎，"他叫喊道，"亵渎！亵渎者就是厄莉娅！"

整个广场陷入震惊后的寂静。

厄莉娅整个身体都僵住了。她知道人群看不到她，但仍然感觉自己暴露在大庭广众之下，显得那么无助。她脑子里那个想安慰她的声音与她的心跳在相互较量。她只能定定地看着底下那场精彩的演出。传教士仍然保持着他的手势。

然而，他所说的话已经让教士们再也无法忍受了。他们打破了沉默，发出愤怒的呼喊，向台阶下冲去，把沿途的人撞得直往两边倒。他们开始行动，人群也作出了反应，如同波浪般向台阶上冲去，将站在前头的几个旁观者冲得七倒八歪。波浪卷住了传教士，把他和年轻的向导冲散了。随后，人群中伸出一只套着黄色衣袖的胳膊，与那只胳膊相连的手挥舞着一把晶牙匕。她看到那把刀刺了下去，扎进传教士的胸腔。

神庙大门关闭时发出的巨响把厄莉娅从震惊中拽了回来。卫兵这么做显然是为了防止人群冲击神庙。但人们已经后退了，在台阶上围着一个坍缩的物体站成了一个圈。可怕的宁静笼罩着广场。厄莉娅看到了很多尸体，但只有那一具单独躺在那儿。

人群发出痛苦的叫喊声："穆阿迪布！他们杀了穆阿迪布！"

"上帝啊，"厄莉娅颤抖着，"上帝啊。"

"已经晚了，不是吗？"杰西卡说道。

厄莉娅转了个身，注意到法拉肯被吓了一跳——他看到了她脸上狂怒的表情。"他们杀死了保罗！"厄莉娅尖叫道，"那是你的儿子！当那些人证实了这一点之后，你知道会发生什么吗？"

杰西卡静静地站在那儿一动不动，维持了很长时间。厄莉娅告诉她的是她早就知道的事情。法拉肯伸出手拍了拍她，打破了此刻的安静。"夫人。"他说。他的声音中充满了同情，杰西卡真想在这个声音的簇拥下死去。她看看厄莉娅脸上阴沉的怒容，再看看法拉肯表现出的同情，不禁想：或许我教得太出色了。

厄莉娅的话没什么可怀疑的地方。杰西卡记得传教士声音中的每个语调，从中听到了自己的技巧。她花了多年时间来培养那个人。他注定要成为皇帝，现在却躺在神庙台阶前那张血淋淋的垫子上。

欲望让我变得盲目，杰西卡想。

厄莉娅向一个助手示意道："把甘尼玛带来。"

杰西卡强迫自己理解那几个词的意思。**甘尼玛？为什么现在带甘**

尼玛？

　　助手转身向外屋的大门走去。她想下令将门闩打开，但话还没有出口，整扇门就鼓了起来。铰链崩裂了，门闩也弹在一边。由厚钢板制成、能抵挡可怕能量的大门，"砰"的一声倒在屋内。卫兵们手忙脚乱地躲避着倒下的大门，纷纷拔出了武器。

　　杰西卡和法拉肯的保镖紧紧围住这位科瑞诺王子。

　　然而门框下只是站着两个小孩：甘尼玛站在左边，身穿着黑色的婚礼长袍；雷托站在右边，沾满沙漠污渍的白色长袍覆盖着一件灰色的紧身蒸馏服。

　　厄莉娅站在倒下的门旁，看着这两个孩子，不由自主地开始发抖。

　　"家族成员都在这儿欢迎我们。"雷托说道，"祖母。"他朝杰西卡点了点头，然后又将注意力转到科瑞诺王子身上，"这位一定是法拉肯王子。欢迎来到厄拉科斯，王子。"

　　甘尼玛的眼神显得空荡荡的。她的右手抓住挂在腰间的仪式用晶牙匕，显出想从雷托手中挣脱的意思。雷托晃了晃她的胳膊，她的整个身体随之晃动起来。

　　"看着我，家人们，"雷托说道，"我是阿瑞，厄崔迪家族的雄狮。还有这位——"他又晃了晃她的胳膊，她的身体再次晃了几下，"这位是阿页，厄崔迪家族的母狮。我们来引导你们走上Secher Nbiw，金色通道。"

　　甘尼玛听到了那个暗语，Secher Nbiw。立刻，被封存的记忆重新流回她的意识。记忆整齐地排列着、流淌着，体内母亲的意识在记忆流周围逡巡，她是记忆大门的守卫。此刻，甘尼玛知道自己已经征服了体内喧嚣的过去。她拥有了一扇大门，需要时，她可以透过它观察过去。几个月的自我催眠为她打造了一个安全的堡垒，她可以在堡垒里管理自己的肉身。当她意识到自己站在何处以及和谁站在一起之后，她立刻转向雷托，想向他说明发生在自己身上的变化。

雷托放开了她的手臂。

"你的计划成功了吗？"甘尼玛小声问道。

"一切顺利。"雷托说道。

厄莉娅从震惊中清醒过来，冲着站在她左边的一队卫兵喊道："抓住他们！"

雷托弯下腰，一只手抓起倒在地上的门，把它扔向卫兵。两个卫兵被钉在墙上，剩下的都惊恐地向后退去。这扇门有半吨重，而这个孩子却能把它抛来抛去。

厄莉娅这才意识到门外的走廊里肯定还倒下了更多的卫兵，雷托进来时已经消灭了他们，而且，这个孩子还毁了她那扇牢不可破的门。

看到那两具被钉在墙上的尸体、看到雷托所拥有的力量之后，杰西卡也作出了相同的假设。但是甘尼玛刚才的话触发了她的贝尼·杰瑟里特内心，迫使她集中注意力。

"什么计划？"杰西卡问道。

"金色通道，为了帝国所作的计划，我们的帝国。"雷托说道，他朝法拉肯点了点头，"别把我想得太坏，表亲。我也在为你服务。厄莉娅想让甘尼玛杀了你。我则情愿让你在一定程度上快乐地生活下去。"

厄莉娅朝畏缩在走廊里的卫兵尖叫着："我命令你们，抓住他们！"

但卫兵们拒绝进入屋子。

"在这儿等着我，妹妹，"雷托说道，"我还有一个讨厌的任务要完成。"他穿过屋子，朝厄莉娅走去。

她在他面前往后退去，缩到一个角落里，蹲下身体，拔出了刀。刀把上绿色的珠宝反射着从窗户照射进来的阳光。

　　雷托继续前进。他空着两只手，但手已经张开，做好了准备。

　　厄莉娅的刀猛地刺了过来。雷托跳了起来，几乎碰到了天花板。他左腿踢出，踢在她的头上。她四脚朝天跌倒在地，额头留下了一个血痕。晶牙匕从她的手中飞落，顺着地板滑到屋子另一头。厄莉娅慌忙朝它爬去，却发现雷托站在她跟前。

　　厄莉娅犹豫了一下，回忆起她所受过的一切贝尼·杰瑟里特训练。她从地板上爬了起来，保持着放松的平衡姿态。

　　雷托继续向她走去。

　　厄莉娅向左虚晃一招，右肩一旋，踢出右腿，脚尖直戳过去。如果攻击到位，这样一脚可以把人的内脏都踢出来。

　　雷托用手臂承受了这一踢，然后一把抓住她的脚，把她整个人拎了起来，并在他头部的高度甩动起来。转动的速度越来越快，她的长袍不断地抽打着她的身体，屋子里充满衣襟鼓风的声音。

　　其他人都低下头，躲到一边。

　　厄莉娅不断发出尖叫，但雷托继续挥动着她。渐渐地，她不再发出叫声。

　　雷托慢慢地把转速降了下来，轻柔地把她放在地板上。她躺在那儿，喘着粗气。

　　雷托朝她弯下腰。"我本来可以把你甩到墙上，"他说道，"或许这是最好的解决办法。但是，你应该自己作出选择。"

　　厄莉娅往左右看了看。

　　"我已经征服了体内的生命，"雷托说道，"看看甘尼吧，她也……"

甘尼玛打断道："厄莉娅，我可以教你……"

"不！"痛苦的声音来自厄莉娅。她的胸膛起伏不宁，声音从她的嘴里喷涌而出，是一个个片段，有的在咒骂，有的在祈求。"看到了吧！你为什么不听我的！"还有"你为什么这么做！发生了什么？"接着是"让他们住嘴！"

杰西卡蒙住眼睛。她感到法拉肯把一只手安慰地放在她肩上。

厄莉娅仍然在咆哮："我要杀了你！"她体内冲出了歇斯底里的咒骂，"我要喝你的血！"各种语言的声音开始从她的嘴里冒出，乱七八糟，令人费解。

在走廊里挤成一团的卫兵作出沙虫手势，然后用拳头堵住耳朵。她被恶魔附体了！

雷托摇着头。他走到窗户旁，飞快地捶了三下，将牢不可破的水晶强化玻璃捣了个稀巴烂。

厄莉娅的脸上现出一丝狡猾的神色。从那张扭曲的嘴中，杰西卡听到了类似自己的声音，拙劣地模仿着贝尼·杰瑟里特的音言。"你们所有人！站在那儿别动！"

杰西卡放下双手，发现上面沾满泪水。

厄莉娅翻了个身，吃力地站了起来。

"你们不知道我是谁吗？"她问道。这是她以前的声音，是小厄莉娅那甜美轻快的声音，"为什么你们都那样看着我？"她把祈求的目光对准杰西卡，"母亲，让他们停下。"

杰西卡能做的只是摇了摇头，她已经被极端的恐惧攫住了。贝尼·杰瑟里特所有那些古老的警告都变成了现实。她看着并肩站在厄莉娅身旁的雷托和甘尼玛。对这对可怜的双胞胎来说，这些警告究竟又意味着什么？

"祖母，"雷托带着祈求的语气说道，"我们非得进行魔道审判吗？"

"你有什么权力谈审判？"厄莉娅的声音变成一个男子的声音，那是个暴躁的男子、专制的男子、好色放纵的男子。

雷托和甘尼玛都听出了这个声音。老哈克南男爵。同样的声音也在甘尼玛的脑海中响起，但她体内的大门关闭了，她能感到母亲守卫在门口。

杰西卡仍然保持着沉默。

"那么由我来作出决定吧。"雷托说道，"选择权是你的，厄莉娅。魔道审判，或者……"他朝破碎的窗户扬了扬头。

"你有什么权力给我选择？"厄莉娅问道。仍然是老男爵的声音。

"魔鬼！"甘尼玛尖叫道，"让她自己作出选择！"

"母亲，"厄莉娅用小女孩的声音恳求道，"母亲，他们在干什么？你想让我怎么办？帮帮我。"

"你自己帮助自己吧。"雷托命令道。随即，在刹那间，他在她的眼睛中看到了他姑姑破碎的影像，她透过那双眼睛无助地看着自己。影像很快消失。她的身体动了起来，像根棍子一样僵硬而又艰难地走着。她摇摇晃晃，不断摔倒，不断转身回来，而后又不断地转身继续前进。离窗户越来越近了。

老男爵的声音从她的嘴唇中发疯般涌出。"停下！停下，我说！我命令你！停下！感觉一下这个！"厄莉娅伸手抱住头，跌跌撞撞地来到窗前。她把腿靠在窗台上，那个声音仍然在咆哮。"别这么做！停下，我能帮你！我有个计划。听我说。停下，我说。等等！"厄莉娅把手从头上拿开，抓住破损的窗扉。她猛地一用力，把自己拉离窗台，消失在窗外。她摔下去的过程中竟然没有发出尖叫。

他们在屋子里听到了外面的人群发出一声惊叫，随后传来一声沉闷的撞击声。

雷托看着杰西卡："我们告诉过你，要怜悯她。"

杰西卡转身将脸埋在法拉肯的上衣上。

有这么一个假设，它说通过改造某个系统中具有自我意识的组成部分，便可以让系统更好地发挥动能。这种假设既无知又危险。那些自称科学家或技术专家的人常常会作出这种无知的举动。

　　　　　　　　——摘自哈克·艾尔-艾达的《芭特勒圣战》

　　"他在晚上奔跑，表兄，"甘尼玛说道，"你见过他奔跑吗？"

　　"没有。"法拉肯说道。

　　他和甘尼玛等在皇宫里的小会客厅前，是雷托命人叫他们来的。泰卡尼克站在他们身旁，因为身边的杰西卡夫人而浑身不自在。杰西卡现在显得非常孤僻，仿佛活在另一个世界里。早餐结束过后还不到一个小时，但是很多事情都已经动了起来：对宇航公会的传召，还有发给宇联公司和兰兹拉德联合会的信件。

　　法拉肯发现自己很难理解这些厄崔迪人。关于这一点，杰西卡夫人已经警告过他，但他还是对他们的行为困惑不解。他们仍然在谈论着婚礼，尽管附加在婚礼上的政治因素大多已经不复存在了。雷托将登上皇位，这一点没什么疑问。当然，他那身奇怪的活皮肤需要被蜕掉……但是，那可以等到以后再说……

"他奔跑是为了让自己疲惫，"甘尼玛说道，"他是克拉里兹克的化身。从来没有风能像他一样奔跑。当他最终用尽了力气，他会回来，枕着我的腿休息。'让我们体内的母亲寻找一个能让我死去的方法。'他这样祈求道。"

法拉肯盯着她。广场骚乱过后的一个星期内，皇宫里节奏大乱，日子过得急匆匆的，不断能听到各种神秘的消息和故事。从泰卡尼克（目前正为厄崔迪家族提供军事方面的建议）那儿，他还得知屏蔽场城墙之外爆发了残酷的战斗。

"我听不懂。"法拉肯说道，"找到让他死去的方法？"

"他叫我把你准备好。"甘尼玛说道。她不止一次被这位科瑞诺王子奇特的纯洁所折服。这是杰西卡的功劳吗？抑或是他天生的？

"为什么？"

"他不再是人类了。"甘尼玛说道，"昨天你问我，他什么时候才会除去那身活皮肤。不会的。它是他身体的一部分，他也是它的一部分。雷托估计他能在那张膜毁掉他之前活上四千年。"

法拉肯试图咽口唾沫润润嗓子。

"你明白他为什么要奔跑了？"甘尼玛问道。

"但如果他能活这么长时间，又是那么……"

"因为他体内蕴藏着极度丰富的人类的记忆。想想那些生命吧，表兄。不，你无法想象，因为你没有这方面的经验。但是我知道。我能想象他的痛苦。他比任何人的奉献都多得多。我们的父亲走入沙漠，想逃避它；厄莉娅因为害怕它而成了邪物。在这种感觉方面，我们的祖母只是个迷糊的婴儿，然而她却必须用尽贝尼·杰瑟里特的计谋来对付它。但是雷托！他就是他自己，他是独一无二的。"

法拉肯被她的话惊呆了。统治四千年的皇帝？

"杰西卡知道，"甘尼玛看着她的祖母说道，"他昨晚告诉了她。他把自己称作人类历史上第一个大跨度的计划者。"

"那个计划……是什么？"

"金色通道。他今后会跟你解释的。"

"他在这个计划里给我也指派了一个角色？"

"作为我的配偶。"甘尼玛说道，"他接管了姐妹会的育种计划。我相信我的祖母已经跟你说过，贝尼·杰瑟里特一直梦想培育出一位具有无穷力量的男性圣母……"

"你是说我们只是……"

"不能说只是，"她抓住他的手臂，亲密地捏了捏，"他将指派很多重要任务给我们两个，但不会是在我们需要照顾孩子的时候。"

"你的年龄还太小。"法拉肯说道，挣脱了他的手臂。

"不要再犯这种错误了。"她以冰冷的语气说道。

杰西卡和泰卡尼克一起走上前来。

"泰卡告诉我战争已经扩展到了外星球，"杰西卡说道，"巴力克星的中央寺庙已经被包围了。"

法拉肯体会着她那种平静的语气。他昨晚已经与泰卡尼克一起分析了那份战报。帝国内部正燃烧着叛乱的野火。当然，它能够被扑灭，但是等待着雷托的可能是个破烂的帝国。

"斯第尔格来了，"甘尼玛说道，"他们一直在等他。"她再次抓住法拉肯的手臂。弗雷曼老耐布从远处那扇门外走了进来，身边陪伴着两个过去时代的敢死队队员。他们都穿着正式的丧服：黑色长袍，镶着白色的滚边，头上扎着黄色的束发带。他们沉稳地向这边走来，斯第尔格的注意力集中在杰西卡身上。他停在她面前，郑重地点了点头。

"你仍然在为邓肯·艾达荷之死担心。"杰西卡说道。她不喜欢她的老朋友表现出的谨慎。

"圣母。"他说道。

这就是他的意图！杰西卡想着，如此正式，一切都遵照弗雷曼人的礼仪。血迹难道就这么难以擦去吗？

她说道："按照我们的观点，你只是做了邓肯指派给你的任务。有人将生命献给厄崔迪家族，这已经不止一次了。他们为什么要这么做，斯第尔？你也曾不止一次准备献出你的生命。为什么？是因为你知道厄崔迪家族将给你什么样的回报吗？"

"我很高兴你没有寻找借口报复我，"他说道，"但是我有些事必须和你的孙子谈一谈。这些事可能会永远地把我们和你们分开。"

"你是说泰布不会效忠于他？"甘尼玛问道。

"我的意思是我现在还不想下判断，"他冷冷地盯着甘尼玛，"我不喜欢我的弗雷曼人现在的这个样子。"他咆哮道，"我们要回归古老的方式，如果有必要的话，和你们分开。"

"这只能是暂时的。"甘尼玛说道，"沙漠正在死去，斯第尔。没有了沙虫，没有了沙漠，你能怎么办？"

"我不相信！"

"一百年之内，"甘尼玛说道，"世上只会剩下不到五十条沙虫，而且还是生活在精心维护的保护地内的病虫。它们产生的香料只供应给宇航公会，至于价格嘛……"她摇了摇头，"我看到了雷托定下的数字。他走遍了这颗行星。他知道情况。"

"这是让弗雷曼人成为奴隶的又一个把戏吗？"

"你当过我的奴隶吗？"甘尼玛问道。

斯第尔格咆哮了一声。不管他说什么或做什么，这对双胞胎总有办法让人觉得是他的错。

518

"昨晚他和我说了金色通道，"斯第尔格脱口而出，"我不喜欢！"

"这就奇怪了，"甘尼玛瞥了祖母一眼，"帝国内大多数人都对那个前景表示欢迎。"

"它会毁了我们所有人。"斯第尔格嘟囔道。

"但是所有人都盼望着金色年代，"甘尼玛说道，"难道不是吗，祖母？"

"所有人。"杰西卡赞同地说。

"他们盼望强大的帝国，雷托能满足他们的愿望。"甘尼玛说道，"他们盼望和平、丰厚的收成、繁荣的贸易、平等的地位——除了和金色君主相比之外。"

"对于弗雷曼人来说，这一切意味着灭亡！"斯第尔格抗议道。

"你怎么能这么说呢？难道我们不再需要士兵和勇敢的斗士来抚平偶尔的小麻烦吗？斯第尔，你和泰卡的那些勇敢的人将受命去完成这些使命。"斯第尔格看着萨多卡指挥官，两人之间碰撞出了一阵奇特的理解的火花。

"还有，雷托将控制香料。"杰西卡提醒他们。

"他将完全控制它。"甘尼玛说道。

凭借杰西卡教给他的理解力，法拉肯听出甘尼玛和她的祖母在演着一场事先排练好的戏。

"和平将持续下去，"甘尼玛说道，"关于战争的记忆将消失。雷托将率领人类在美好的花园中至少前进四千年。"

泰卡尼克困惑地看着法拉肯，清了清嗓子。

"什么事，泰卡？"法拉肯问道。

"我想私下跟你谈谈，王子。"

法拉肯笑了，他知道泰卡尼克那个军人的脑袋中会有什么样的问题，他也知道现场至少还有两个人也猜出了他的问题。"我不会出售萨多卡。"法拉肯说道。

"没有必要。"甘尼玛说道。

"你听从了这个孩子的话？"泰卡尼克问道，他已经愤怒了。那个老耐布清楚这个阴谋将引发什么样的问题，但是其他人却对此一无所知。

甘尼玛冷笑一声："告诉他，法拉肯。"

法拉肯叹了口气。他很容易在不经意间忘记这个不是孩子的孩子的奇特性。他能想象得到，如果要和她生活一辈子，他的每次亲昵举动的背后都会暗藏着一丝不情愿。这不是个令人愉快的前景，但是他已经意识到它是无法避免的。完全控制日益减少的香料供应！没有香料，任何东西都无法在宇宙中移动。

"以后吧，泰卡。"法拉肯说道。

"但是……"

"*我说了，以后！*"他第一次对泰卡尼克使用了音言，看到那个人奇怪地眨了眨眼睛，然后陷入了沉默。

杰西卡的嘴角浮现出一丝不易觉察的微笑。

"他在同一句话中既提到了和平，也提到了死亡。"斯第尔格嘟囔道，"金色通道！"

甘尼玛说道："他将率领人们经过死亡的洗礼，来到生命茂盛的自由之中！他谈到死亡，因为那是必须的，斯第尔。它能制造一种紧张感，让活着的人意识到自己还活着。当他的帝国倒塌……是的，它会倒塌的。你以为现在就是克托里兹克，但是克拉里兹克尚未到来。当它到来时，人类将重新刷新他们的记忆，记住活着究竟意味着什么。只要有人还活着，这个记忆就不会消失。我们将再次经历严酷的考验，斯第尔。我们将通过这次考验。我们总是能在废墟中站立起来。总是。"

听到她的话后，法拉肯终于理解了刚才她所说的雷托在奔跑是什么意思。他不再是人类。

斯第尔格还是没有被说服。"没有沙虫了。"他咆哮道。

"哦，沙虫们会回来的。"甘尼玛向他保证，"所有沙虫将在两百年内灭绝。但在这之后，它们还会回来的。"

"怎么会……"斯第尔格咽下了后半句话。

法拉肯感到自己的意识正在觉醒。他在甘尼玛开口之前就知道了她要说什么。

"宇航公会能勉强撑过那些供应不足的年份，靠他们和我们的库存。"甘尼玛说道，"但在克拉里兹克之后，将会有大量的香料。在我的哥哥走入沙漠之后，沙虫将回归厄拉科斯。"

和许多其他宗教一样，穆阿迪布的宗教也蜕化成了巫术。他们需要的是一位活着的上帝，然而他们却没能拥有，直到穆阿迪布的儿子成为上帝。

——摘自吕洞宾的话

（他是岩洞的客人）

雷托坐在狮子皇座上，接受来自各部落的效忠。甘尼玛站在他身旁低一个台阶的地方。大厅里的仪式已经进行了好几个小时。一个接一个的弗雷曼部落代表团和耐布在他眼前经过。每个代表团都带来了礼物，献给万能上帝的礼物。这位拥有可怕力量的上帝答应赐予他们和平。

上个星期，他慑服了所有部落。他集中起所有部落的哈里发，并在他们面前做了一番表演。这些具有法官资格的人看着他走入火塘，又毫发未损地走了出来。他们在近处仔细观察，雷托的皮肤上没有留下任何疤痕。他命令他们拔刀向他进攻，牢不可破的皮肤盖住他的脸，他们的进攻全部以失败告终。向他身上泼浓酸也只是让他的皮肤上腾起一阵薄雾。他还当着他们的面吃下毒药，同时对他们放声大笑。

最后他召唤来一条沙虫，当着他们的面站在它的嘴里。然后他离开了那儿，来到厄拉奇恩的着陆场。在那里，他拎着起落架，把宇航公会的一艘战舰翻了个个儿。

满怀敬畏的哈里发们向各自的部落报告了这一切。现在，部落们派出代表团，向他许诺他们的服从。

大厅的拱顶上安装着吸声系统，能够吸收各种突兀的响声。但持续的脚步声却逃过了吸声系统，混合着尘土和门外传来的气味，构成一番热闹的场面。

杰西卡拒绝参加仪式，她通过皇座后方高处的一个监视孔观察着大厅。她望着法拉肯，意识到她本人和法拉肯在这场对抗中落了下风。雷托和甘尼玛早就料到了姐妹会的举动！这对双胞胎能和体内的无数贝尼·杰瑟里特磋商，而且，他们体内的贝尼·杰瑟里特比世上活着的任何其他姐妹会成员更加强大。

她尤其感到伤心的是，正是因为姐妹会一手制造的神话，厄莉娅才会落入恐惧的陷阱。恐惧制造了恐惧！无数世代形成的对邪物的恐惧深刻地影响了她，厄莉娅看不到希望。她最终屈服了。她的命运使杰西卡更加无法面对雷托和甘尼玛的成功。跳出陷阱的不是一个人，而是两个。甘尼玛对于体内生命取得的胜利，以及她坚持说厄莉娅值得同情，这两样东西是她最无法面对的。强制遗忘并和一个良性祖先保持联系，这二者拯救了甘尼玛。同样的办法也许能够拯救厄莉娅。但绝望的她没有作出任何尝试，一切都晚了。厄莉娅的水被倾倒在了沙漠中。

杰西卡叹了口气，把她的注意力放到高居皇座的雷托身上。一个巨大的骨灰瓶中盛着穆阿迪布的水，被荣耀地放在他的右手边。他曾告诉杰西卡，他体内的父亲嘲笑这种安排，但同时又十分佩服他的这种做法。

那个瓶子和雷托的话更加坚定了她拒绝参加仪式的决心。她知道只要自己还活着，就无法接受从雷托的嘴里冒出保罗的声音。她为厄崔迪家族能够幸存下去感到高兴，但只要一想到事情本来会更加圆满，她便觉得心如刀绞。

法拉肯盘着双腿坐在穆阿迪布水瓶旁边。那是皇家书记官的位置，一个刚刚被授予、被接受的位置。

法拉肯感到自己很好地适应了这些新的现实，但泰卡尼克依然很不满意，时不时说今后会发生一系列可怕的后果。泰卡尼克和斯第尔格组成了一个互不信任的联盟，雷托似乎对这一点感到很好笑。

随着效忠仪式的进行，法拉肯的心理从敬畏变成厌倦，又从厌倦再次变成敬畏。人流看不到尽头。这些无敌的战士对厄崔迪家族重申的忠诚是毋庸置疑的。他们在他面前表现出完全服从的敬畏之态，哈里发们的报告已让这些人完全折服。

仪式终于接近尾声。最后一个耐布站在雷托面前——斯第尔格，被赐予了充当"压轴戏"的荣誉。其他耐布带来的是最名贵的礼物，堆放在皇座前。斯第尔格则不同，他只带来一条香料纤维织就的穗状束发带。带子上用金色和绿色绣出厄崔迪之鹰的轮廓。

甘尼玛认出了它，扭头看了雷托一眼。

斯第尔格把带子放在王座下的第二级台阶上，深深地弯下腰。

"我献给您一条束发带，在我带着您的妹妹走进沙漠并给予她保护时，她就束着这条带子。"他说道。

雷托挤出一个微笑。

"我知道你现在的境遇不佳，斯第尔格，"雷托说道，"你想要什么东西作为回礼吗？"他伸手指了指那堆名贵的礼物。

"不用，主人。"

"我接受你的礼物。"雷托朝前探过身子，抓住甘尼玛长袍的衣襟，从上头撕下一条布，"作为回礼，我送给你甘尼玛长袍的一部分，她在沙漠中当着你的面被人绑架，迫使我出手相救，当时的她就是穿着这件长袍。"

斯第尔格用颤抖的双手接过这份礼物："您在嘲弄我吗，主人？"

"嘲弄你？以我的名义，斯第尔格，我决不会嘲弄你。我赐给你的是一份无价之宝。我命令你好好收藏它，让它时刻提醒你：所有人都会犯错误，而所有领导者都是人。"

斯第尔格露出了一丝笑容："您可以成为一个优秀的耐布。"

"我是耐布们的耐布！绝不要忘了这一点！"

"是，主人。"斯第尔格咽了口唾沫，想起他的哈里发给他的报告。他想：*我曾经想过要杀了他，现在太晚了。*他的目光落到瓶子上，典雅的黄金瓶身，绿色的瓶盖。"这是我们部落的水。"

"也是我的，"雷托说道，"我命令你朗读刻在瓶身上的文字。大声读，让每个人都能听到。"

斯第尔格疑惑地朝甘尼玛看了一眼，但她的回应只是抬起下巴。这个冷冰冰的姿势使他体内生出一股寒意。这对厄崔迪小鬼是想让他为自己的冲动和错误付出代价吗？

"读吧。"雷托指着瓶子说道。

斯第尔格缓缓走上台阶，在瓶子前弯下腰，大声朗读起来："这里的水是最根本的精华，是创造力的源泉。它是静止的，却包含着一切运动。"

"这是什么意思，主人？"斯第尔格低声问道。他敬畏这些词语，它们深深触动了他。

"穆阿迪布的身体是个干枯的贝壳，就像被昆虫遗弃的外壳一样。"雷托说道，"当他掌控他的内心世界时，他蔑视外部的世界，这就注定了他的悲惨结局；当他掌控外部世界时，他极力排斥他的内心世界，这就把他的后代交给了魔鬼。他的宗教将从沙丘上消失，然而穆阿迪布的种子将继续下去，他的水仍将推动宇宙。"

斯第尔格低下了头。神秘的事物总是让他觉得混乱。

"开始和结束是同一个事物。"雷托说道，"你生活在空气中，但你看不到它。一个阶段已经结束了。在结束的过程中，这个阶段的对立面开始形成。由此，我们将经历克拉里兹克。所有的东西都将回归，只是换了不同的面目。你思考时，你的头脑感应到你的思考；而你的后代将用腹部感应到他们的思考。回泰布穴地去，斯第尔格。哥尼·哈莱克将在那儿和你会合，他将作为我的顾问参与你们的议会。"

"你不信任我吗，主人？"斯第尔格的声音十分低沉。

"我完全信任你，否则我不会派哥尼到你那儿去。他将负责招募新兵，我们很快就会用上他们。我接受你的效忠。下去吧，斯第尔格。"

斯第尔格深深地鞠了一躬，退下了台阶，转身离开了大厅。根据弗雷曼习俗，"最后进来，最先出去"，其他耐布跟在他身后。皇座附近仍能听到他们离开时对斯第尔格提出的问题。

"你在上面说什么，斯第尔？那些刻在穆阿迪布水瓶上的文字是什么意思？"

雷托对法拉肯说道："你都记下了吗，书记官？"

"是的，主人。"

"我的祖母告诉我，你精通贝尼·杰瑟里特的记忆术。这很好。我不想看到你在我身边总是忙于往纸上写东西。"

"听候你的吩咐，主人。"

"过来站在我面前。"雷托说道。

法拉肯服从了命令，他从心底由衷感谢杰西卡给他的训练。当你意识到雷托不再是人类、无法像人类一样思考这个事实之后，你会更加恐惧他的那条金色通道。

雷托抬头看着法拉肯。卫兵们都站在耳力能及的范围之外，只有仪式主持人还留在大厅里，而他们都谦卑地站在远离第一级台阶的地方。甘尼玛凑了过来，一只手搭在皇座的靠背上。

"你还没有同意交出你的萨多卡，"雷托说道，"但迟早你会答应的。"

"我欠你很多，但这个不算。"法拉肯说道。

"你认为他们无法很好地融入我的弗雷曼人？"

"就像那对新朋友——斯第尔格和泰卡尼克——一样。"

"你在拒绝吗？"

"我在等你的出价。"

"那么我现在就出价，我知道你不会给我第二次机会。但愿我祖母出色地完成了她那部分工作，让你做好了准备，足以理解我的话。"

"你要我理解什么？"

"每个文明都有其主导性的、不为人知的法则。"雷托说道，"它拒绝改变，抗拒变化。于是，当宇宙发生大变化时，人们总是手足无措，无法应对。在充当妨碍变化的障碍物方面，所有法则的表现都是类似的——无论是宗教法则、英雄领袖的法则、先知救世主的法则、科学技术的法则、自然本身的法则——通通如此，概莫能外。我们生活在一个由类似法则定型的帝国之中，现在这个帝国正在崩溃，因为大多数的人无法分辨法则和他们所生活的宇宙本身之间的区别。你明白了吗，法则就像魔道，它总想控制你的意识，让它自己出现在你的一切视野之中。"

"我在你的话中听到了你祖母的智慧。"法拉肯说道。

"很好，表兄。她问我到底是不是异形，我给了她否定的回答。这是我的第一个无奈。你明白吗，甘尼玛逃过了这个劫难，而我并没有。我被迫通过大量香料来平衡体内的生命。我不得不寻求体内那些被唤醒的生命与我积极合作。通过这么做，我避免了那些最邪恶的生命，并选择了一位最主要的帮助者，通过我的意识赋予我力量，而这位最主要的帮助者就是我的父亲。但事实上，我不是我的父亲，但我也不是雷托二世。"

"解释一下你的话吧。"

"你的直率真让人欣赏，"雷托说，"我可以说是由一个古代的伟人统领的社会。这个人建立了一个持续三千年之久的王朝。他的名字叫哈鲁姆。直到因先天的缺陷和后代的迷信而落后之前，他的统治保持着崇高。他们总是随着季节的变化而随时迁移。他们繁衍的后代总是短命、迷信，容易被一个神化的君王统治。但总的来说，他们还是强大的。对他们来说，生存已经成为一种习惯。"

"这种事，我不太喜欢。"法拉肯说道。

"我也不喜欢，真的。"雷托说，"但这就是我要创造的宇宙。"

"为什么？"

"这就是我在沙丘中得到的教训。在这里，我们把死亡视作一种显性的存在。在这种情况下，死者会影响生者。这样一个社会中的人，会逐渐变得沉沦。但当时代走向相反的方向时，他们就会崛起，变得伟大而美丽。"

"你这种解释也并没有回答我的问题。"法拉肯抗议道。

"你不信任我，表兄。"

"你的祖母也不信任你。"

"而且她有充足的理由，"雷托说道，"但她被迫同意了我的做法。贝尼·杰瑟里特终究是实用主义者。你知道，我同意她们的宇宙观。你身上烙有那个宇宙的标记。你保留着统治者的习惯，将周围的一切分门别类，看谁有价值、谁是潜在的威胁。"

"我同意成为你的书记官。"

"这项任命让你暗中窃笑，不过，它和你的天分很相配。你具有一个优秀的历史学家的天分。你能以过去审视现在，已经有好几次预料到了我的意图。"

"你的话里总是暗藏玄机，我不喜欢这样。"法拉肯说道。

"好。你从原来的万丈雄心屈居到了现在这个低层次的位置。我的祖母没有警告你要小心那无限的雄心吗？它就像夜晚的照明灯一样吸引着我们，使我们盲目。"

"贝尼·杰瑟里特的格言。"

"但表达得十分精确。"雷托说道，"贝尼·杰瑟里特认为她们可以预测进化的过程。但是在此过程中，她们忽视了自身的变化。她们假设在她们的育种不断进化的同时，自己却能保持停顿。我不像她们那么盲目。好好看着我，法拉肯，我已经不是人类了。"

"你的妹妹告诉我了。"法拉肯犹豫了一下，"异形？"

"根据姐妹会的定义，也许是吧。好好记住我的话：我具有农夫的冷酷，这个人类的宇宙是我的农田。弗雷曼人曾把驯化的鹰当作宠物，但我要把驯化的法拉肯留在身边。"

法拉肯的脸色沉了下来："小心我的爪子，表弟。我知道我的萨多卡不是你的弗雷曼人的对手。但是我们能沉重打击你，别忘了旁边还有等着渔利的豺狼。"

"我会好好地利用你，我向你保证，"雷托往前探过身子，"我不是说过我已经不是人类了吗？相信我，表兄。我不会有孩子，因为我没有生殖能力。这是我的第二个无奈。"

法拉肯静静地等待着，他终于看到了雷托谈话的方向。

"我将反对所有的弗雷曼规矩，"雷托说道，"他们会接受的，因为他们别无选择。我用婚姻的借口把你留在了这儿，但这并不是你和甘尼玛之间的婚姻。我的妹妹将要嫁给我！"

"但是你……"

"我说的只是婚姻。甘尼玛留在厄崔迪家族。还有贝尼·杰瑟里特的育种计划需要考虑。现在，它已经是我的育种计划了。"

"我拒绝。"法拉肯说道。

"你拒绝成为厄崔迪皇朝之父？"

"什么皇朝？你将占据皇位好几千年的时间。"

"而且会把你的后代塑造成我的样子。这将是历史上最彻底、最完整的训练课程。我们可以构成一个微型生态系统。你明白吗，无论动物选择在哪个系统中生存，那个系统都必须以互相依靠的、形式相同的集体为基础。这样一个系统将产生最智慧的统治者。"

"你用最华丽的词藻描绘了一件最无耻的……"

"谁将从克拉里兹克中幸存？"雷托问道，"我向你保证，克拉里兹克肯定会到来。"

"你是个狂人！你将摧毁这个帝国。"

"我当然要这么做……再说，我也不是人。但我会为所有的人创造一种新的意识。我告诉你，在沙丘的沙漠下面有一个秘密的地方，那儿埋藏着有史以来最大的宝藏。我没有撒谎。当最后一条沙虫死去、沙漠上的最后一钵香料被采集了之后，深埋的宝藏将爆发出来，财富将遍及整个宇宙。随着香料垄断的消失、埋藏宝藏的显现，我们的领域内将产生新的力量，届时人类将再次学会依靠自己的本能生活。"

甘尼玛从皇座靠背抬起胳膊，伸向法拉肯，抓住了他的手。

"就像我的母亲不是合法的妻子一样，你也不会是法律上的丈夫。"雷托说道，"但是你们之间或许会有爱。这就足够了。"

法拉肯感觉着甘尼玛的小手上传来的温度。他听出了雷托言论中的思路。整个过程中他没有使用过音言。雷托的话诉诸他的直觉，而不是他的大脑。

"这就是你给我的萨多卡出的价钱？"他问道。

"比这多得多，表兄。我把整个帝国传给你的后代。我给你和平。"

"你的和平最终会有什么样的结局？"

"和平的对立面。"雷托略带嘲讽地说道。

法拉肯摇了摇头："你给的价太高了。我是不是必须留下当你的书记官，并成为皇家血脉的秘密父亲？"

"你必须。"

"你会强迫我接受你所谓的和平？"

"我会的。"

"我将在有生之年的每一天反对你。"

"这就是我期望你能起到的作用，表兄。这就是我选择你的原因。我要让我的决定官方化。我将赐予你一个新名字。从此刻起，你将被称作'打破习惯的人'，以我们的语言来说就是哈克·艾尔-艾达。来吧，表兄，别再犹豫了。我的母亲把你训练得不错。把萨多卡给我。"

"给他吧，"甘尼玛响应道，"无论如何，他终将得到它。"

法拉肯听出了她的声音中隐藏着的对他的担忧。是爱吗？雷托要求的不是出于理智，而是出于直觉的行动。"拿去吧。"法拉肯说道。

"很好。"雷托说道。他从皇座上站了起来，动作显得很奇怪，仿佛在小心地控制着自己那可怕的力量。雷托向下走到甘尼玛所在的那级台阶，轻柔地转动着她，让她的脸背对着他，随后他自己也转了个身，将自己的后背贴住甘尼玛的后背。"记下这段话，哈克·艾尔-艾达表兄。这就是我们之间永久的方式。我们在结婚时也将如此站立。背对背，互相依靠，以这种方式保护自己。我们一直以来就是这样做的。"他转过身，略带讥讽地看着法拉肯，低声说道，"记住，表兄，当你和甘尼玛面对面，当你轻声诉说着爱情，当你受到和平的诱惑时，你的后背是暴露的。"

他转身走下台阶，与那些司仪会合。他们众星捧月般簇拥着他离开了大厅。

甘尼玛又一次抓住法拉肯的手。雷托已经离开了，但她的目光仍旧停留在大厅的远端。"我们中的一个必须去承受苦难，"她说道，"而他一直比我更坚强。"

读客®
科幻文库
跟着读客读科幻，经典科幻全看遍

太空歌剧、赛博朋克、奇幻史诗……

中国、美国、英国、俄罗斯、波兰、加拿大、日本、牙买加……

读客汇聚雨果奖、星云奖、轨迹奖获奖作品

精挑细选最顶尖的科幻奇幻经典

陪伴读者一起探索人类文明的过去、现在和未来

亿亿万万年，直至宇宙尽头

打开淘宝，扫码进入读客旗舰店，
下一本科幻更经典！

图书在版编目（CIP）数据

沙丘 . 3, 沙丘之子 / (美) 弗兰克·赫伯特
(Frank Herbert) 著 ; 张建光译 . -- 南京 : 江苏凤凰
文艺出版社 , 2017.10（2023.4 重印）
书名原文 : Children of Dune
ISBN 978-7-5594-1117-4

I. ①沙 ... II. ①弗 ... ②张 ... III. ①长篇小说 – 美
国 – 现代 IV. ① I712.45

中国版本图书馆 CIP 数据核字 (2017) 第 225623 号

沙丘 3：沙丘之子

［美］弗兰克·赫伯特 著　　张建光 译

责任编辑	丁小卉			
特约编辑	刘 雨	高一君	王 品	
封面设计	读客文化	021-33608320		
责任印制	刘 巍			
出版发行	江苏凤凰文艺出版社			
	南京市中央路 165 号，邮编：210009			
网　址	http://www.jswenyi.com			
印　刷	大厂回族自治县德诚印务有限公司			
开　本	889 毫米 ×1270 毫米 1/32			
印　张	17			
字　数	412 千字			
版　次	2017 年 10 月第 1 版			
印　次	2023 年 4 月第 16 次印刷			
标准书号	ISBN 978 – 7 – 5594 – 1117 – 4			
定　价	62.00 元			

江苏凤凰文艺版图书凡印刷、装订错误，可向出版社调换，联系电话：010-87681002。

如果你不知道读什么书
就关注书单来了微信号

快点扫吧！
我抱不动了！

如果你不知道读什么书
就关注书单来了微信信号

关注后，回复数字，
即可查看相关书单！

微信号：shudanlaile

1. 这5本小说将中国文学抬到了世界高度
2. 5本适合亲子共读的书，有趣又长知识
3. 等孩子长大，一定会感谢你给他看这5本书
4. 这5本书，都是各自领域的经典之作
5. 我要读什么书，能够让我内心强大

6. 情绪低落的时候，就看这5本书
7. 这5本小书，我打赌你一本都没看过
8. 十个心理成熟的人，九个读过这本书
9. 5位大师的巅峰之作，好看得让你灵魂震颤
10. 这5本书启发你思考，怎样度过你的一生

11. 这5本文学经典，看完仿佛度过了一生
12. 如果你对人生感到迷茫，就看看这5本书
13. 这5本书，教你如何安放不confusing前的自我
14. 5本枚共烧脑的推理经典，令人拍案叫绝
15. 文学史上五个绝世无双的男人，你选谁？

……